RITVEL
DE
BOVRGES.

FAIT PAR FEV MONSEIGNEVR
l'Illustrissime & Reuerendissime Messire

ANNE DE LEVY DE VANTADOVR
Patriarché, Archeuèque de Bourges,
Primat des Aquitaines.

Publié par Illustr.me & Reuerend.me Monseigneur , Messire

IEAN DE MONTPEZAT DE CARBON
P. Arch. de Bourges, P. des Aquitaines.

TOME SECOND.

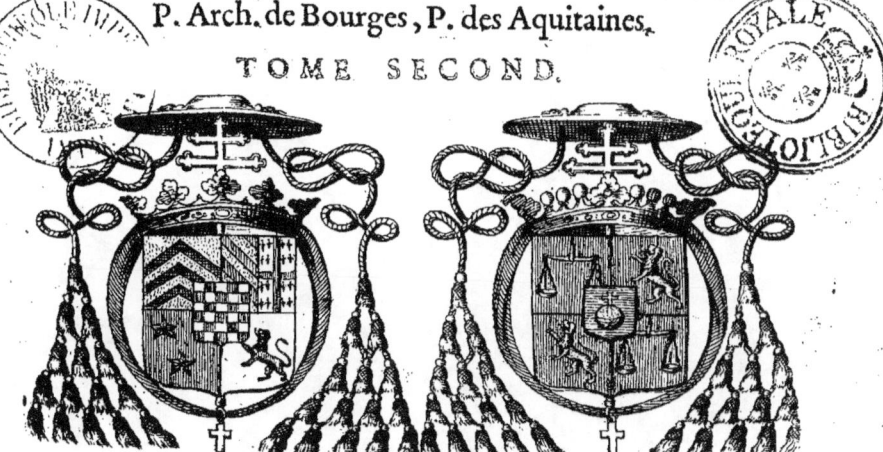

A BOVRGES,
Chez IEAN TOVBEAV, Imprimeur-Libraire de
Monseigneur l'Archeuêque.

M. DC. LXVI.
AVEC PRIVILEGE.

TABLE DES TITRES
CONTENVS EN CETE SECONDE PARTIE.

CHAPITRE PREMIER,
Du sacrifice de la Messe.

TABLE.

CHAPITRE SECOND,
De la visite de Monseigneur l'Archeuêque.

CHAPITRE TROISIESME,

CHAPITRE QVATRIESME.

CHAPITRE CINQVIESME.

TABLE.

CHAPITRE SIXIESME,
Des Benedictions.

TABLE.

Benedictions qui ne se peuuent faire que par les Euêques, ou autres personnes ayans pouuoir d'eux.

Des Cloches.

Benedictions auec Exorcismes, non reseruées

TABLE.

Benedictions auec Exorcismes reseruées.

CHAPITRE SEPTIESME,
Des Processions.

CHAPITRE HVICTIESME,
Contenant diuers traités necessaires à sçauoir, selon les occurrences.

TABLE.

CHAPITRE NEVFIESME.

CHAPITRE DIXIESME,
Contenant diuers formulaires & Reglemens.

Fin de la Table du second Tome.

RITVEL DE BOVRGES
TOME. II.
CHAP. PREMIER,
DV SACRIFICE
DE LA MESSE.

Que la Meſſe eſt vn Sacrifice.

NCORE que l'Ecriture ſainte appelle quelquefois du nom de Sacrifice, la contrition, les actes de vertu, & generalement tout ce qui eſt offert à Dieu; proprement neanmoins, & dans vne plus étroite ſignification, le Sacrifice eſt, *l'oblation exterieure d'vne choſe ſenſible & permanante, inſtituée auec authorité legitime, & faite par vn Miniſtre auſſi legitime, immediatement à Dieu ſeul, par vn changement reel, pour témoigner ſa toute-puiſſance & reconnoître qu'il eſt l'au-*

Pſal. 50.

A

theur de la vie & de la mort , qui d'vn clin d'œil peut faire & défaire toutes choses.

D. August. l 19. contra Fauftum cap. 2.

2. Il ne peut y auoir de vraye Religion où il n'y ayt des marques de cete reconnoiffance, ny par confequent aucune fans Sacrifice. Auffi dans la Religion Chrétienne s'en trouue-t'il des preuues infaillibles dans les Autels, dans le Sacerdoce, & dans les Prêtres, qui y ont été de tout temps.

Cypria. Epift. 66. Athanafius in vi-tâ S. Anton. Optatus mileuit. l. 6. côtra Parmenian. D. Chrifoft. hom 53. ad populum. Idem hom. 20. in 2. ad Corinth. Hieron. in l. côtra vigilant. Ambr. lib. 5. Epift. 33. Aug. lib. 8. de Cinirate c. vltimo & lib. 22. cap. 10. Eufebius l. hift. cap. 23. D. Ambrofius in cap.

3. Saint Cyprien ne vouloit pas qu'on offrît le Sacrifice pour vn Chrétien qui auoit employé vn Prêtre en des affaires temporelles, pource qu'il l'auoit retiré de l'Autel. S. Athanafe dit en la vie de S. Antoine, que préuoyant l'Herefie des Ariens, il vit en fonge des mulets qui à coups de pieds renuerfoient les Autels de IESVS-CHRIST. Optat. *Qu'y a-t'il*, dit-il, *de fi facrilege que de brifer les Autels , fur lefquels vous-mêmes auez quelquefois offert. ? Si quelqu'vn*, dit S. Chrifoftome, *vouloit renuerfer cet Autel , ne l'affommeriez-vous pas à coups de pierre?* Et ailleurs. *Tu honore l'Autel qui reçoit le Corps de* IESVS-CHRIST. Ainfi S. Hierôme , S. Ambroife, S. Auguftin , & tous les anciens Peres & Conciles, font mention des Autels de leurs temps. Qui doute que ce ne fût pour le Sacrifice ?

4. Ils font femblable mention des Prêtres & de la Prêtrife des Chrétiens. Il n'y a rien plus ordinaire dans leurs écrits, que ces termes : & Eufebe dans fon Hiftoire Ecclefiaftique r'aporte l'extrait d'vne Epître de Polycrate Euefque d'Ephefe, dans laquelle entre autres chofes il parle du Sacerdoce de faint Iean l'Euangelifte , & dit qu'il a efté Prêtre, & a porté la lame d'or , pour marque de fon Pontificat.

5. Mais s'ils reconnoiffent en l'Eglife, & des Prêtres, & des Autels, ils n'y connoiffent pas moins le Sacrifice pour lequel ils font inftituez. *Quand nous facrifions*, dit S. Ambroife, IESVS-CHRIST *y eft prefent*, IESVS-CHRIST *y eft immolé.*

6. La croyance & l'vfage de l'Eglife, dont ces Peres font de bons & irreprochables témoins, a fon fondement dans les

faintes Efcritures & dans l'inftitution même de IE SV S-
CHRIST. Le Prophete Malachie, auoit bien prédit il y a Mil. 1.
long temps que *le nom de Dieu feroit grand parmy les Nations de*
la terre, depuis le Leuant iufqu'au Couchant; qu'en tout lieu on
luy facrifieroit, & luy feroit offerte vne oblation pure. C'eft ce Sacrifice que la Sageffe auoit offert, *en mélant le vin & dreffant* Prot 9.
fa table comme l'explique S. Cyprien, qui dit *que le Saint Ef-* Lib. 2.
prit a môntré par Salomon vne figure du Sacrifice du Seigneur, en Epift 3.
faifant mention d'Hoftie immolée, de pain & de vin, même d'Au-
tel & d'Apôtres.

7. Au refte qu'y a-t'il de plus clair que l'inftitution. Le Fils
de Dieu a commandé aux Prêtres de faire en fa memoire, ce
qu'il faifoit lors de fa derniere Cene. *Prenés* (dit-il) *mangés,* Luc. 22.
cecy eft mon Corps. Et par apres felon S. Luc. *Cete eft la coupe,* Nous
le nouueau Teftament en mon Sang, qui eft épanduë pour vous. Où uous ex-
eft remarquable, que non feulement il eft dit, comme ailleurs, piés du
que le Sang eft épandu, ny qu'il fera épandu, ce qui fe mot de
pouroit entendre de l'effufion faite fur la Croix ou pendant afin de
la Paffion, mais que la coupe eft épanduë, c'eft à dire que mieux
le Sang qui eft dedans eft épandu, premierement par vne diftin-
effufion myftique, faite lors de la Confecration, puis par la fufion
reelle qui fe faifoit, en le diftribuant aux Apôtres lors de ference
leur Communion. du gen-
re.

8. IE SV S-CHRIST offrit donc lors vn vray Sacrifice,
puifqu'il offrit fon Corps & fon Sang; qu'en cete oblation fe
trouua vn grand changement, foit qu'on confidere la Confecration, foit qu'on regarde la Communion; que ce qu'il
fit étoit vne grande preuue de la toute-puiffance de Dieu;
qu'il eut pour cela authorité legitime, & la communiqua aux
autres en leur commandant de faire ce qu'il faifoit. Toutes
conditions fuffifantes pour môntrer que c'étoit lors, & eft encore à prefent vn vray Sacrifice.

9. Ce qui fait dire à S. Irenée, *qu'il prit le pain crée, & ren-* D. Ire-
dit graces, difant, cecy eft mon Corps; femblablement le Calice re- næus l 4.
connoiffant que c'étoit fon Sang; & qu'il enfeigna la nouuelle obla- c.32.
tion (c'eft à dire le nouueau Sacrifice) *de la nouuelle loy, que*

A ij

l'Eglise ayant reçu des Apôtres, offre à Dieu par tout le monde.

10 On pourroit ajoûter vne infinité d'autres preuues n'é-
toit que ceux que nous auons à instruire icy, étans enfans de
l'Eglise sçauent bien qu'elle ne peut faillir en la croyance
qu'elle leur propose, & que c'est assés pour leur faire croir
de leur dire de sa part, qu'elle le croit.

Quels sont les effects du Sacrifice de la Messe.

11. IL y auoit dans l'ancienne loy quatre sortes de Sacrifices, l'Holocauste, le Sacrifice pour le peché,
l'Hostie Pacifique offerte en action de graces, & la Pacifique pour impetrer quelque chose de Dieu. Le premier de
ces Sacrifices, étoit *Latreutique*, c'est à dire institué particulierement pour adorer Dieu, & reconnoître sa Souuerai-
neté. Le 2. *Propitiatoire*, pour le rendre propice, & obtenir
de luy la remission des pechés. Le 3. *Eucharistique*, pour le
remercier de ses bien-faits. Et le 4. *Impetratoire*, pour impetrer de luy ses necessités.

12. Or comme le saint Sacrifice de la Messe a succedé
seul, à tous ceux de cete ancienne loy ; aussi contient'il luy
seul, auec eminence toutes leurs perfections. Il est *Latreutique*, pource que par luy nous reconnoissons parfaitement
& adorons la toute puissance de Dieu. Il est *Propitiatoire*, pource qu'il est offert pour la remission de nos pechés. Il est *Eucharistique* à cause qu'en l'offrant nous rendons actions de graces. Enfin, il est *Impetratoire*, d'autant que par luy nous impe-
trons ce qui nous est necessaire.

13. S'il y a quelqu'vne de ces qualités debatuës par les
Heretiques, c'est particulierement la seconde, qui regarde
la remission des pechés : & neanmoins c'est celle qui est
mieux exprimée qu'aucune autre en l'institution. *C'est le
Sang*, dit nôtre Seigneur, *qui est répandu pour vous, en la
remission des pechés.*

14. D'où vient que les Peres de l'Eglife, confiderent cet effet, entre tous les autres. Saint Chryfoftome dit que *le Prêtre intercede au nom de tout l'Vniuers, & prie Dieu qu'il foit propice & pardonne les pechez de tous les hommes tant viuans que trépaffez.* Saint Ambroife en moins de paroles, IESVS-CHRIST *s'offre foy-même comme Prêtre, afin qu'il pardonne nos pechez.* Saint Auguftin dit qu'on offrit pour fa Mere defuncte le *Sacrifice de nôtre rançon, le corps étant déja fur le bord de la foffe, comme on a accoûtumé de faire en telles occafions.*

Chrifoft. lib. 6. de facerdotio.
D. Ambr. l. 1. de officijs c.
48.
D. Aug. lib. 9. cō. feff. c. 12.

15. De cete inftitution, & de la doctrine des Peres nous tirons 1. Que le Sacrifice remet les pechez. 2. Qu'étant dit generalement & indeterminément qu'il les remet, cela fe doit entendre tant des mortels que des veniels. 3. Que la remiffion des pechez regardant la peine & la coulpe, le Sacrifice fert à l'vne & à l'autre. 4. Que les defuncts étans fouuent decedez, auec obligation de fubir des peines pour les pechez qu'ils ont commis, le Sacrifice offert pour eux fert à leur en obtenir la remiffion. 5. Que de là s'enfuit qu'il eft propitiatoire ; tant pour les defunts que pour les viuans.

16. Mais faut noter 1. qu'il ne remet pas immediatement la coulpe des pechez : pource que c'eft le propre des Sacremens. 2. Qu'il la remet mediatement, c'eft à dire par le moyen des lumieres, mouuemens, & fecours furnaturels de la grace qui nous portent à la penitence, & nous conduifent aux remedes efficaces. 3. Qu'en foy, & eû égard au principal Prêtre, qui eft IESVS-CHRIST offrant & offert, il eft d'vn prix infiny, & fuffifant pour vne infinité de perfonnes & de pechez. 4. Que quant à l'application, elle eft finie, & limitée à certains effets furnaturels, pour les perfonnes aufquelles elle fe fait. 5. Qu'il peut être appliqué à toutes perfonnes (fi ce n'eft qu'elles foient damnées) diuerfement toutesfois : aux bien-heureux, en l'offrant à Dieu pour l'augmentation de leur gloire accidentelle ; aux ames de Purgatoire, pour la condonation des peines pour lefquelles elles y font detenuës ; aux viuans fidels, afin qu'ils reçoi-

uent la remiſſion de leurs pechez & augmentation de graces ; aux infidels & excommuniez, afin que Dieu leur touche le cœur, qu'ils faſſent penitence & qu'ils ſe conuertiſ-
ſent ; à ceux qui l'offrent, qui le font offrir, qui y aſſiſtent;
aux Prêtres qui offrent, plus qu'aux autres ; à ceux qui contribuent de leurs aumônes pour faire offrir, plus qu'à ceux
qui ne font qu'y aſſiſter.

17. Finalement il y a trois ſortes de perſonnes qui offrent;
Iesvs-Christ, l'Egliſe, le Prêtre. Iesvs-Christ
& l'Egliſe ſont toûjours conſiderez de même façon ; le ſeul
Prêtre peut changer, mais le Sacrifice offert n'eſt pas
pour cela de moindre valeur ; il n'eſt pas neanmoins loiſible
d'ouyr la Meſſe d'vn Prêtre denoncé excommunié, ſuſpens,
ou interdict ; quand neanmoins on l'oyt de quelque autre,
quoyque méchant, il ne faut pas en eſtimer moins le Sacrifice, mais il faut enuiſager le principal Prêtre & le Sa-
crificateur, Iesvs-Christ, & admirer cete bonté infi-
nie, qui le fait ſe ſoûmettre aux paroles des pecheurs, pour
garder la foy à ſon Egliſe, & être auec elle, non ſeulement
par ſes aſſiſtances externes, mais auſſi par ſa preſence reelle
au Sacrement & Sacrifice de l'Euchariſtie, juſqu'à la con-
ſommation des ſiecles. Il faut auſſi remarquer que les aſſiſtans à la Meſſe l'offrent auſſi particulierement, comme le
Prêtre le fait connoître par ces paroles, *Orate fratres vt meum
ac veſtrum Sacrificium, &c.* & par ces autres du Canon, *&
omnium circunſtantium, quorum tibi fides cognita eſt, & nota
deuotio : pro quibus offerimus vel qui tibi offerunt hoc ſacrificium,*
& c'eſt ce qui les doit obliger d'y aſſiſter auec profond reſ-
pect & ſolide deuotion.

Des Ceremonies de la Meſſe, de ſon nom, & de ſes parties.

18. ENtre les Ceremonies de la Meſſe, il y en a qui
conſiſtent en actions, d'autres en choſes permanentes, & d'autres en circonſtances qui les accompagnent.

19. Les chofes permanentes, font les Eglifes, les Autels, les vaiffeaux facrés, les vétemens Sacerdotaux, les cierges, les ornemens, & autres chofes femblables.

20. Les circonftances, font celle du temps & de l'heure de la celebration, & celle du jûne requis en celuy qui doit celebrer.

21. Les ceremonies qui confiftent en action, fe reduifent à cinq chefs. 1. Il y en a qui fe raportent à Dieu immediatement, comme l'éleuation des mains, & des yeux, l'adoration, l'inclination, la genuflexion. 2. Les autres regardent le Sacrifice, comme l'éleuation de l'Hoftie, la fraction, le mélange des efpeces. 3. D'autres concernent le Prêtre qui celebre, comme de fraper fa poictrine, & lauer fes mains. 4. Il y en a auffi pour le peuple, comme quand on le faluë, en difant *Dominus vobifcum*, ou luy donnant congé de fe retirer, difant *Ite miffa eft*. 5. Le refte eft commun à d'autres actions, comme le figne de Croix, l'afperfion d'eau benîte, & les encenfemens.

22. Toutes ces ceremonies ne font pas de l'effence du Sacrifice, mais elles ont été ordonnées par l'Eglife, pour exciter à deuotion, & à vn plus grand refpect. Cependant elles font à prefent comme incorporées, en telle forte, qu'on n'offre point le Sacrifice de la Meffe fans les obferuer.

C'eft à dire qu'on ne l'offre point fans peché, parce qu'on ne les peut obmetre fans faute.

23. De là vient que ce mot de Meffe, a deux fignifications. L'vne étroicte, pour fignifier feulement l'action effentielle du Sacrifice, qui confifte ou en la feule Confecration, ou comme veulent plufieurs, en la Confecration & Communion du Prêtre. L'autre plus étenduë & plus commune, qui comprend tant la Confecration & Communion que toutes les ceremonies qui les accompagnent.

24. En ce fens elle eft diuifée en deux principales parties, dont la premiere eft appellée *la Meffe des Catechumenes*, la feconde *la Meffe des Fidels*.

25. La Meffe des Catechumenes, eft comprife en ce qui fe dit depuis le commencement, jufqu'à l'Offertoire. Elle eft ainfi nommée, pource que *Miffa* en Latin vaut au-

tant que *Miſſio* , c'eſt à dire enuoy ou congé , lequel autrefois étoit donné apres l'Offertoire aux Catechumenes ,
auſquels le Diacre crioit *ſi quelque Catechumene eſt icy , qu'il
ſorte dehors.*

26. La Meſſe des Fidels commence apres l'Offertoire,
& dure juſqu'à la fin; juſqu'à ce qu'il ſoit dit par le Diacre , *Ite, miſſa eſt.* *Allés , il y a congé.* Celle-cy ſe diuiſe en
trois autres parties, dont la premiere eſt appelée, *le petit Canon* ,
qui tient juſqu'à la Conſecration ; la ſeconde , depuis la
Conſecration juſqu'à la Communion , appelée *le grand
Canon* ; la troiſiéme , depuis la Communion juſqu'à la fin,
n'a point de nom particulier.

27. D'où on peut tirer qu'encore que le nom de Meſſe,
ſoit ſelon quelques vns deriué de l'Hebreu *Miſſah* , qui
dans le Deuteronome ſignifie vne oblation volontaire ; neanmoins auec plus de vray-ſemblance , il eſt tiré du Latin
Miſſa pris pour Miſſion ou congé , à cauſe qu'anciennement on congedioit les Catechumenes , apres vne partie ,
& les fidels à la fin.

28. Il eſt ayſé par ce moyen de répondre aux Heretiques,
qui objectent que le nom de Meſſe n'eſt pas dans l'écriture Sainte : Car il n'a garde d'y être , étant prouenu
d'vne ceremonie inſtituée par l'Egliſe , qui n'eſt pas eſſen-
tielle , & qui au regard des Catechumenes , ne s'obſer-
ue plus à preſent : mais c'eſt aſſez, que le Sacrifice auquel
nous donnons ce nom s'y retrouue, de meſme que le myſte-
re de la Trinité y eſt , encore que le nom n'y ſoit pas.

De la Messe de Paroisse, & de l'obligation qu'ont les Paroissiens d'y assister.

Q Voy que toutes les Messes soient des Sacrifices, & par consequent des actes publics de Religion, & des hommages solennels rendus à Dieu, neanmoins il y a grande difference entre Messe particuliere, & Messe Paroissiale; la Messe particuliere contient seulement ce qui concerne la celebration des Mysteres diuins, qui se dit par toutes sortes de Prêtres, & dans toutes sortes d'Eglises, Chapelles & Oratoires. Mais la Messe de Paroisse se celebre seulement dans vne Eglise publique, à certains iours & heures, en vne assemblée de Chrétiens, par vn Curé ou autre Prêtre pour luy; & outre la celebration des diuins Mysteres, il s'y fait encore la benediction, & aspersion de l'eau, la Procession, le Prône pour la publication des fêtes & autres deuoirs Chrétiens, la lecture des Monitoires, la Predication de la parole de Dieu, l'explication des saints Mysteres; il s'y fait encore des Prieres communes pour tous les fidels & pour tous les biens de la terre, principalement pour ceux de la Paroisse, comme aussi la benediction & distribution du pain beny; & enfin la participation au Corps de nôtre Seigneur : c'est ce que saint Iustin a fort bien compris en ces paroles. *Et solis qui dicitur dies, omnium, qui vel in oppidis, vel ruri degunt, in eundem locum conuentus fit, & commentaria Apostolorum aut scripta Prophetarum leguntur, deinde eo qui legit, finem faciente, Præsidens orationem habet, quâ populum instruit. Sub hæc consurgimus communiter omnes, & præcationes profundimus. Et precibus peractis panis offertur, & vinum & aqua, & præpositus idem, quantùm in ipso est, preces & gratiarum actiones fundit, & populus fauste dicit, Amen. Et distributio communicatioque fit eorum, &c.* Iust. apol. 2.

On dit que la Messe se celebre en vne Eglise publique, c'est à dire en vne Eglise de Paroisse, destinée pour l'assemblée du peuple, à la diſtinction des Egliſes des Religieux, qui ne ſont à proprement parler qu'Oratoires conſtruits pour l'vſage ſeulement des Religieux; laquelle Egliſe de Paroiſſe s'apelle communement apres les Egliſes Cathedrales, l'Egliſe Matrice, Baptiſmale, ou Baſilique.

On dit à certains iours & heures, car c'eſt ſeulement les Dimanches & Fêtes chomées que l'on celebre cete Meſſe Paroiſſiale, & dans l'heure à ce deſtinée, ainſi qu'il ſera dit cy-apres, ſans que cete heure puiſſe être changée pour la conſideration d'aucune perſonne ſuiuant le Concile de Bourges. *Non celebretur Miſſa Parochialis ad nutum Nobilium aut Laïcorum, ſed conſuetâ & oportunâ horâ.*

Can. 8.
tit. 23.

On dit encore en vne aſſemblée de Chrétiens, c'eſt à dire des Paroiſſiens de châque Paroiſſe, qui ſe doiuent trouuer & ſe rendre dans leur Egliſe Paroiſſiale.

Ces aſſemblées Paroiſſiales ſont quelquefois nommées dans les Conciles, *Conuentus* ſimplement; & par excellence quelquefois, *Conuentus Sacerdotalis,* & d'autrefois *Collectio,* ou, *Synaxis.*

Or afin que le peuple s'y rende plus aſſidu, tous les Curez & Predicateurs auront ſoin de les y exhorter ſuiuant les termes du Concile de Trente. *Moneant etiam eundem populum, vt frequenter ad ſuas Parochias, ſaltem diebus Dominicis, & maioribus feſtis, accedant,* du Concile de Bourges. *Moneantur fideles à ſuis Parochis & Prædicatoribus, vt frequenter interſint ſolennibus Eccleſiæ precibus & concionibus in ſuis Eccleſijs, ſaltem diebus Dominicis & maioribus feſtis,* & de pluſieurs autres Conciles & Decrets des Souuerains Pontifs: & pourront tous ſe ſeruir des moyens ſuiuans pour induire les Paroiſſiens à venir à leur Paroiſſe & aſſiſter à leurs Meſſes Paroiſſiales.

Seſſ. 22.
de obſer.
& vitand.
in celeb.
Miſſæ.

Premierement, en leur expliquant les conſtitutions de l'Egliſe, qui recommandent cete obligation auec des termes ſolennels, & quelques vnes ſous de griefues peines.

Secondement, en leur faiſant connoître les grands biens qui en reuiennent, & au contraire les grands maux qui arriuent à ceux qui s'en abfentent.

Troifiémement en leur expliquant les conftitutions, qui marquent l'obligation d'affifter aux Paroiffes qui font en tres-grand nombre, dont voicy quelques vnes.

Le Canon 9. des Apôtres, ou felon vne autre verfion, lo dixiéme. *Omnes fideles qui conueniunt in folennitatibus facris ad Ecclefiam, fcripturas Apoftolorum & Euangeliorum audiant : qui autem non perfeuerant in oratione vfque dum Miffa peragatur, nec fanctam Communionem percipiunt, velut inquietudines Ecclefiæ commouentes¹, conuenit Communione priuari.* Ce Canon peut être entendu de la Meffe de Paroiffe, obligeant comme il fait les fidels à la Communion, laquelle ils faifoient les iours de Dimanches, comme il refulte du Chapitre des Actes, où il eft dit, *vna Sabbati cum conueniffemus ad frangendum panem.* Ce que faint Chryfoftôme & le venerable Bede ont expliqué du Dimanche.

S. Clement dans fes conftitutions Apoftoliques lib. 7. cap. 31. *Die refurrectionis Domini, quem Dominicum dicimus, conuenite fine vlla conuentus intermiffione, ad agendum gratias Deo, & profitendum beneficia, quibus nos Chriftus affecit cum liberauit nos ignorantiâ, errore, vinculis, vt fic facrificium veftrum reprehenfione careat, fitque eo acceptum & gratum.*

Ajoûtez en ce même fiecle ce que dit faint Ignace, dans l'Epître ad Magnefianos *Omnes ad adorandnm, in eodem loco conuenite, fit vna communis precatio, vna mens, vna fpes in charitate & fide inculpata in Chriftum Iefum, quo nihil præftantius eft. Omnes vt vnus quiffiam ad templum Dei conuenite, velut ad vnum altare, ad vnum Iefum Chriftum Sacerdotem,* & Epift. 13. ad Heronem *Synaxes ne negligas, omnes nominatim inquire.*

On dit que le Pape Denis, pour r'amaffer les Chrétiens qui auoient été deçà & delà épars par la perfecution, & r'établir l'ordre & l'vfage des Paroiffes, qui auoit été interrompu par l'Edit de l'Empereur Valerian, par lequel il étoit fait defenfe aux Chrétiens de s'affembler, foit dans les Eglifes, foit dans les maifons, pour y faire leurs prieres ordinaires, apres la mort de ce Tyran renouuella ce Dcret, que l'on atribuë au Pape

B ij

Euariste, *Ecclesiæ verò singulas, singulis Presbyteris dedimus, Parochias & Cœmeteria eis diuisimus, vnicuique ius suum habere statuimus : ita videlicet, vt nullus alterius Parochiæ terras, terminos aut ius inuadat ; sed vnusquisque suis terminis sit contentus, & taliter Ecclesiam & plebem sibi commissam custodiat, vt ante tribunal æterni iudicis de ouihus sibi commissis rationem reddat.*

Le Concile d'Agde au Canon 47. *Cauendum est, vt Missæ peculiares quæ per dies solennes à Sacerdotibus fiunt, non ita in publico fiant vt populus à publicis Missarum solennibus quæ hora tertiâ canonicè fiunt abstrahantur, sed Sacerdotes qui in circuitu vrbis, aut in eadem v be sunt, & populus in vnum ad Missarum publicam celebrationem conueniant.*

Le Concile de Constantinople can. 80. renouuelant celuy de Sardes. *Qui, &c. Nullam grauiorem habens necessitatem, vel negotium difficile vt à sua Ecclesia absit diutissimè, sed in ciuitate agens, tribus diebus Dominicis in tribus septimanis vna non conniat, si quidem clericus deponatur, si laïcus segregetur.*

Le Concile de Pauie, *Quidam vero laïci & maximè potentes ac nobiles, iuxta Domos suas Bazilicas habent, in quibus diuinum audientes officium, ad majores Ecclesias rarius venire consueuerunt : & admonendi sunt igitur potentes, vt ad maiores Ecclesias vbi prædicationem audire possint, conueniant.*

Le Concile de Nantes, que l'on croit auoir été tenu dans ce même siecle, sous le Pape Formosus. *Vt Dominicis & festis diebus Presbyteri antequam Missam celebrent, plebem interrogent, si alterius Parochianus in Ecclesia sit, qui proprio contempto Presbytero, ibi Missam velit audire, quem si inuenerint, statim ab Ecclesia eijciant, & ad suam Parochiam redire compellant. Refert. Decretal. ca. 2. tit. de Paroch.* Par ce même Concile ch. 6. il est enjoint de prendre du pain beny le Dimanche. *Vt post Missarum solennia, qui communicare non fuerint parati, Eulogias die Dominico, & in diebus festis exinde accipiant.*

Le Concile de Rauenne l'an 1311. Rubric. 9. *Monemus insuper omnes & singulos Parochianos, cuiuscumque Parochialis Ecclesiæ, quod saltem diebus dominicis audiant Missam integram in sua Parochiali Ecclesia, à qua prius non recedant, quam*

benediction post Miſſam receperint : & quicumque contra feceris,
tertio admonitus, excommunicationis ſententiâ percellatur.

Sixte IV. dans l'extrau. *de Treuga & pace* qui commence *vi-*
ces, &c. Quod fratres Mendicantes non prædicent populos Paro-
chianos non teneri audire Miſſam in eorum Parochijs diebus feſti-
uis & Dominicis, cum iure ſit cautum illis diebus Parochianos
teneri audire Miſſam in eorum Parochiali Ecclesia, niſi forſan ex
honeſta cauſa ab Ecclesia ipſa ſe abſentent.

Le Concile de Cologne p. 7. cap. 24. *Docendus quoque po-*
pulus, vt qui iuxta antiquum Ecclesiæ ritum, ſingulis Dominicis
diebus, ad communicandum corpori & ſanguini Dominico non ſe
præparat, Miſſæ ſaltem Parochiali, alijſque diebus feſtis interſit.

Le Concile de Trente ſeſſ. 22. De obſeruandis & vitandis
in celebratione Miſſæ. *Moneant etiam Epiſcopi eundem populum,*
vt frequenter ad ſuas Parochias, ſaltem diebus Dominicis & ma-
ioribus feſtis accedant, hæc igitur omnia, &c. Atque ad ea inuio-
latè ſeruanda, cenſuris Ecclesiaſticis, alijſque pœnis quæ illorum ar-
bitrio conſtituentur, fidelem populum compellant, non obſtantibus
priuilegijs, exemptionibus, appellationibus, conſuetudinibus quibuſ-
cumque. Idem ſeſſ. 24. de reform. cap. 4. *Moneat Epiſcopus po-*
pulum diligenter teneri vnumquemque Parochia ſua intereſſe, vbi
id commodè fieri poteſt, ad audiendum verbum Dei.

Le Concile de Milan 1. tit. Quæ pertinent ad celebrationem Miſſæ. *Parochi populum frequenter hortentur, vt in ſua Pa-*
rochia feſtis diebus, Miſſam audire ne omittant, moneatque cum
diligenter debere vnumquemque, vt à Sacra Trid. Synodo tradi-
tum eſt, in Parochiam ſuam, vbi id commodè fieri poteſt, conue-
nire ad audiendum verbum Dei.

Il a été ordonné au 4. Concile de Milan la même choſe.
Quamobrem Concilij etiam Tridentini authoritate, vt in Ecclesiam
Parochialem frequenter, ſaltem Dominicis & maioribus feſtis die-
bus, fideles conueniant, Epiſcopus eos quorum Paſtoralem curam
gerit, diligenter ac ſæpius moneat.

Le Pape Clement VIII. dans vn bref adreſſé à ſon Nonce
en Flandres l'an 1592. *ipſis verò priuilegiatis authoritate Apo-*
ſtolicâ præcipias, vt in Concionibus & Catechiſmis populum ipſum

tum ad reuerentiam Parochorum, tum ad eorum Missas, præsertim Dominicis & alijs solennibus festis diebus audiendas, frequenter moneant & adhortentur.

Toutes ces authoritez sont autant de preuues conuaincantes de l'obligation de celebrer des Messes Paroissiales & de celle d'y assister ; suiuant lesquelles Nous auons fait l'Ordonnance suiuante, que Nous enjoignons aux Curez de publier souuent à leurs Prônes.

Les Oüailles étans obligées d'entendre la voix de leur Pasteur, & le Pasteur de voir & de connoître son troupeau; Nous ordonnons à tous les fidels de l'vn & l'autre sexe, principalement aux Peres & Meres, aux Maîtres & Maîtresses, & tous autres chefs de famille, d'assister au moins de trois Dimanches l'vn à leur Messe Paroissiale, pour rendre ce que l'on doit à sa propre Eglise, pour entendre le Prône, la publication des Fêtes & des jeûnes, & les autres choses que l'on est obligé de sçauoir : & ce sur peine d'excommunication; enjoignons pour cet effet aux Curez de remarquer leurs Paroissiens qui manquent d'assister à la Messe de Paroisse, pour nous en donner avis, & y aporter le remede necessaire. Et afin que le peuple n'ayt aucun sujet ny pretexte de ne pas assister à la Messe de Paroisse; Nous defendons à tous Prêtres seculiers ou reguliers de prêcher, faire des Processions, tenir des Congregations & des assemblées publiques en aucun lieu, aux heures & durant que se dit la grand'Messe dans les Paroisses.

Des raisons que les Conciles ont eu pour obliger les fidels à frequenter leurs Paroisses.

LA premiere des raisons que les Conciles ont eu pour obliger les Paroissiens par tant de Canons, tant de fois renouuellez, à frequenter leur Paroisse, se peut tirer de l'institution ancienne des Paroisses, lesquelles n'ont été établies & fondées, que pour y conuoquer & assembler ceux qui demeurent dans l'étenduë de leur détroit. La seconde, de l'institution des Curez, qui sont obligez de resider & de faire les Offices solennels à leurs Paroisses pour les habitans d'icelles,

& qui ne peuuent connoître leurs Oüailles, comme parle l'Ecriture, si elles s'éloignent ou s'absentent du troupeau & du bercail. La troisiéme, se peut tirer des seruices que nous receuons de la Paroisse en santé & en maladie. Car c'est en la Paroisse que nous sommes conçûs en la grace ; que nous prenons vne nouuelle naissance, que nous sommes fais enfans de Dieu & regenerez sur les Fonds du Baptesme : C'est là que nous sommes éleuez comme entre les bras de nôtre Mere, dans l'esprit du Christianisme, par le moyen des instructions familieres : C'est là que nous prenons nos repas dans la Sainte Eucharistie, & que nous deuons prendre nôtre repos apres la mort : C'est là que l'on nous releue de nos chutes par le Sacrement de Penitence, & qu'on nous fortifie contre la recidiue : C'est là que nous sommes obligez de prendre le Saint Viatique pour faire ce grand voyage de cete vie en l'autre : C'est de là, comme d'vn Arsenal spirituel que nous receuons les armes de l'Extrem'onction, pour combatre à la fin de la vie contre nos ennemis inuisibles : C'est là que nous trouuons ces Anges visibles, lesquels apres nous auoir reçus en la famille de Iesvs-Christ, nous enfantent à l'eternité. *Qui nos in corpore viuentes custodiunt, & de corpore recedentes excipiunt.* C'est là que nous deuons aprendre à bien viure & bien mourir: C'est là que nous deuons faire nos offrandes, que nous deuons faire profession des vertus Chrétiennes, & rendre les deuoirs d'obeyssance, de charité, de bon exemple & d'obeyssance, de charité aux pauures qui s'y rencontrent ; de bons exemples à nos freres Chrétiens.

La quatriéme a été pour rendre nos prieres plus puissantes auprés de sa diuine Majesté, & obtenir plus efficacement ce que nous demandons, par la multitude de ceux qui s'y employent. *Corpus sumus,* dit Tertullien, *de conscientia Religionis, & disciplinæ vnitate, & spei fœdere coimus in cœtum & congregationem, vt ad Deum quasi manufacta, precationibus ambiamus orantes. Hæc vis deo grata est.* Et saint Leon parlant de l'efficace de cete Oraison publique serm. 3. de Ieiunijs.

In Apologet.

7. Menſis cap. 3. *Pleniſsima*, dit-il , *peccatorum obtinetur abolitio , quando totius Eccleſiæ vna eſt oratio , & vna confeſsio ; ſi enim duorum vel trium ſanctorum pio conſenſu omnia quæ propoſuerint dominus præſtando promittit ; quid negabitur multorum millium plebi vnam obſeruantiam pariter exequenti. Magnum eſt in conſpectu Domini, valdeque pretioſum ; cum totus Chriſti populus ijſdem ſimul inſtat officijs & in vtroque ſexu omnes gradus , omneſque ordines eodem cooperantur affectu.*

La cinquiéme & la principale raiſon de l'Egliſe, a été pour lier plus étroitement les Chrétiens, & leur faire conſeruer par ces frequentes entreuuës l'eſprit d'vnion & de charité par enſemble , & les affermir dans les veritez de la foy & de la Religion Catholique , & dans l'vnité d'vne commune eſperance ; Comme Tertullien ſemble l'inſinuer cy-deſſus : c'eſt pourquoy elle leur propoſe vn même iour, le même lieu , la même participation du Corps & du Sang du Fils de Dieu : la meſme Oraiſon à tous , pour tous & en commun : & en fin la communication d'vne méme doctrine, de la bouche d'vn méme Paſteur, qui ſont les trois principaux liens, qui vniſſent tous les membres de l'Egliſe , pour n'en faire qu'vn méme corps ; ſçauoir la Communion, l'Oraiſon, & l'Inſtruction ; ce que ſaint Luc nous enſeigne dans les Actes, quand il dit , que les fidels étoient perſeuerans en la doctrine des Apôtres, en la communication de la fraction du pain , & en Oraiſons. A quoy ſaint Ambroiſe , faiſant alluſion , dit , que l'Egliſe eſt vne eſpece de Iuſtice : *Eccleſia forma quædam Iuſtitiæ eſt, commune votum eſt omnium , in commune orat , in commune operatur , in commune tentatur.*

On ne peut mieux connoître les biens ou les maux qui arriuent de frequenter , ou s'abſenter de la Paroiſſe que par les termes dont ſe ſert le grand ſaint Charles, dans vne lettre circulaire enuoyée à tous les fidels de la Prouince de Milan en forme d'avertiſſement , couché en ſon ſixiéme Concile , que nous auons mis icy tout au long traduit fidellement en nôtre langue.

Avertiſſement

*Avertiſſement de ſaint Charles Borromée à
tous les fidels de ſa Prouince, touchant l'o-
bligation qu'il y a d'aſſiſter à ſa Paroiſſe.*

LEs anciens Peres de l'Eglife ont eſtimé autre fois de ſi
grande importance, que les fidels aſſiſtaſſent ſouuent à leur Paroiſſe, qu'ils ſe ſont crûs obligez de faire
des Loix & des Ordonnances particulieres, pour conſeruer cete difcipline auec d'autant plus de zelè, qu'elle leur
a ſemblé tres auantageuſe à tout le Chriſtianiſme. Car premierement, ils ont ordonné que tous les Curez s'infor-
meroient de leurs Paroiſſiens, auant que de commencer
la Meſſe les Dimanches & les Fêtes, s'il n'y auoit point
quelque perſonne d'vne autre Paroiſſe, qui eût deſſein de
l'entendre dans leur Eglife au mépris de ſon Paſteur ; &
en ce cas de la faire ſortir à l'heure méme & de la r'enuoyer auſſi-toſt à ſa propre Paroiſſe, pour y entendre celle
de ſon Curé. En ſecond lieu, ils leur ont tres expreſſément
défendu de receuoir dans leur Eglife ceux des autres Paroiſſes pour y entendre la ſainte Meſſe, ſous quelque pretexte
que ce ſoit ; ſi ce n'eſt en faiſant voyage, & du conſentement de leur Paſteur. Dauantage il y a prés de deux cent
ans que le Pape Vrbain VI. brûlant du deſir qu'il auoit de
r'établir cete ancienne difcipline, fit vn decret Apoſtolique
pour la remetre en vſage parmy les fidels, qui commen-
çoient à la negliger. Et depuis peu enfin, le ſaint Concile
de Trente ne s'eſt pas contenté ſeulement de commander
aux Eueſques qu'ils auertiſſent les fidels de leur Dioceſes, de ſe rendre tres aſſidus en leurs Paroiſſes, qui ſont
leurs propres Eglifes, au moins tous les Dimanches & toutes les principales Fêtes de l'année : mais de plus, il de-
clare particulierement qu'il n'y a perſonne qui ne ſoit te-
nuë d'y entendre la parole de Dieu, lors qu'elle le peut

C

faire fans quelque raifonnable empêchement. Pour cete confideration , il enjoint à tous ceux qui ont la charge des ames , d'expliquer à la Meffe de Paroiffe quelques paroles ou quelques mysteres appartenans à ce tres augufte & & tres adorable Sacrifice : comme auffi d'inftruire foigneufement leurs Paroiffiens de tout ce que les Chrétiens font obligés de fçauoir pour étre bien-heureux : & enfin d'aprendre aux enfans les premiers élemens de la foy & de la pieté. C'eft pourquoy , Dieu nous ayant infpiré vn defir paffionné d'inftruire les fidels , tant de cete ville & Diocefe , que de la Prouince de Milan , des chofes neceffaires à falut ; afin que par leur bonne vie , ils puiffent meriter le Ciel : fuiuant les decrets de ce faint Concile , & l'exemple fi recommandable que nos Peres nous ont laiffé, depuis fi long-temps ; Non feulement nous les auertiffons & exhortons en general & en particulier, mais nous les prions encore de tout nôtre cœur, & les conjurons par les entrailles de la mifericorde de nôtre Seigneur IESVS-CHRIST (encore qu'il y ayt des Oratoires, des Chapelles , ou d'autres Eglifes dans leur voifinage , où ils puiffent entendre la Meffe plus ayfément) de fe rendre les plus affidus qu'ils pouront à leurs propres Paroiffes , en y affiftant au moins les Dimanches & les Fêtes principales de toute l'année , pour y entendre la parole de Dieu , de la bouche de leur Pafteur, comme de celuy à qui il a confié la conduite de leurs ames , & qui luy en doit répondre ; & pour y receuoir les inftructions & auertiffemens neceffaires à leur falut , foit en ce qui eft de la creance , foit pour ce qui regarde la pieté & les bonnes mœurs : & de plus, afin qu'ils foient excités par fes remôntrances paternelles, de frequenter les Sacremens de Penitence & Communion ; fuiuant l'intention & le defir du même Concile , apres qu'il leur aura viuement perfuadé l'importance qu'il y a de s'en approcher fouuent , & qu'il aura auffi bien fait connoître les veritables difpofitions auec lefquelles il les faut receuoir, pour en retirer du fruit.　Mais , outre ces puiffantes confi-

derations, il y en a d'autres encor qui les oblige d'acquiefcer à nos exhortations & à nos prieres : Car c'est dans
leur Paroisse qu'ils apprendront les Vigiles, les jeûnes
& les Fêtes qui arriuent quelque fois dans la femaine, &
que l'Eglife leur commande de garder ; C'est dans leur
Paroisse où on leur dira en particulier ce qu'il faut faire
en ces iours, pour les employer faintement au feruice de
Dieu & au bien de leur ame. C'est dans leur Paroisse,
où on leur fera fçauoir s'il n'y a pas en d'autres Eglifes des
Prieres publiques, des Proceffions, des Predications, des
Saluts, des Indulgences, ou même des Iubilez à gaigner.
C'est dans leur Paroisse où ils entendront publier les bans
de Mariage ; & enfin c'est dans leur Paroisse qu'on les in-
formera de tous les Reglemens & Ordonnances que les E-
uefques pouront faire de temps en temps, pour la plus grande vtilité des ames qui leur font commifes, felon que la neceffité les obligera. De tous lefquels auantages ils fe priue-
ront eux mêmes, & encore de plufieurs autres, qu'ils r'em-
porteroient des auertiffemens & des remôntrances de leur
Pafteur, s'ils negligent d'affifter au moins les Dimanches &
les Fêtes folennelles à leur Meffe de Paroisse. Où au contraire on ne peut nier que le peu d'affection qui fe rencontre dans la plus-part des Chrétiens pour vne fi belle difcipline, & que la licence que quelques particuliers fe donnent de la méprifer ouuertement, ne foit la caufe de beaucoup de maux qui deshonorent l'Eglife ; puîque c'est de là
qu'est venuë cete déplorable ignorance des principaux myfteres de la foy & des Commandemens de Dieu & de l'E-
glife, que châcun est tenu de fçauoir pour eftre fauué, &
que neanmoins tant de perfonnes ignorent aujourd'huy.
C'est de là qu'est venuë la prophanation des Fêtes qui font
inftituées en l'honneur de Dieu & des Saints. C'est de là
qu'est venu l'oubly de plus importantes obligations de la
pieté Chrétienne. C'est de là qu'est venu le dereglement
des peres & meres de familles dans la conduite de leurs enfans & de leurs domeftiques, pour ne fçauoir pas la ma-

niere de les éleuer Chrétiennement & selon les Regles de
l'Euangile : C'est de là qu'est venu le relâchement de plusieurs Curez dans toutes leurs fonctions : C'est de là qu'est
venu le mépris qu'on oze faire de leur sacré Ministere, aussi
bien que de leur personne. C'est de là qu'est venu la deso-
beyssance aux loix de l'Eglise, & le renuersement de ses plus
saintes pratiques. Et pour ne rien dire dauantage : C'est
de là qu'est venuë la desolation qui se voit dans la plusart
des Paroisses, que la pieté de nos peres auoit bâties auec autant de zele que de magnificence : les Paroissiens ne tenant quasi plus de compte de r'établir & reparer celles qui
sont ruinées, d'entretenir celles qui sont entieres ; & de
pouruoir d'ornemens celles qui manquent de toutes choses,
ou qui n'ont que la moitié de ce qui seroit necessaire pour
y faire le seruice Diuin auec quelque decence. C'est pour
remedier à des abus si pernicieux & à tant de maux, que
châcun se doit efforcer d'accomplir tres soigneusement ce
que les saints Peres ont ordonné, touchant l'assistance qu'on
doit à sa Paroisse, ce que le Concile de Trente commande
aux Euesques de faire sçauoir à tous les fidels. Et enfin ce
dequoy Nous vous avertissons de la part de Dieu, & à
quoy nous vous exhortons paternellement par ces Presentes, tant pour satisfaire à l'intention du mesme Concile,
qu'au soin que nous deuons prendre du salut de vos ames.
Il est vray qu'il y a par fois de la peine d'assister à sa Paroisse, à cause de la distance des lieux, du froid, du chaud,
de la pluye & du mauuais temps : Mais nous esperons de
la bonté de nostre Seigneur IESVS-CHRIST, que toutes
ces incommodités, non seulement n'empescheront pas les
Paroissiens de s'acquiter de leur deuoir, mais au contraire
qu'elles les y encourageront encore dauantage, pouruû
qu'ils ayent grand sentiment de leur salut, qu'ils reconnois-
sent l'importance de la chose dont il s'agit & que nous venons de leur representer : & qu'ils considerent serieusement
que si leur Paroisse leur tient lieu de Mere, les ayant fait
renaître en IESVS-CHRIST d'vne maniere toute diuine

par le faint Baptefme, & les nourriffant du pain des Sacremens, qui leur donnera vn iour la vie eternelle; ils doiuent auffi aymer, honorer & cherir leur Pafteur comme celuy qui doit être leur Mediateur aupres de Dieu, qui doit prier pour leurs pechez, qui leur doit aprendre fes volontez, & leur faire part de fes plus grands myfteres; qui leur doit montrer à viure chrétiennement & les confeiller dans tous leurs befoins, lors qu'ils recourent à luy : & pour dire en vn mot, comme celuy de qui ils doiuent prefque atendre tout ce qui eft neceffaire à leur falut. Or quoy que tous les fidels de cete Prouince foient tenus d'obeyr à nos avertiffemens, ce font neanmoins les Peres de famille, les Tuteurs, les Curateurs, les Maî-tres d'Ecoles, & generalement tous ceux qui ont le foin & la charge des autres, que nous exhortons en particulier, & que nous conjurons au nom de Dieu d'y vouloir acquiefcer les premiers, & de faire en forte que ceux qu'ils ont à con-duire fuiuent leur exemple : de forte qu'ils affiftent non feu-lement à la Meffe & au Seruice diuin, mais encore aux In-ftructions & aux Catechifmes qui fe font dans leurs Pa-roiffes, afin de témoigner par là que le falut de ces perfonnes ne les touche pas moins que celuy de leurs propres ames.

Des Parties de la Meffe Paroiffiale.

LA Meffe de Paroiffe comprend cinq ou fix chofes princi-pales que r'aporte faint Iuftin en ces paroles memora-bles, citées à cete occafion dans tous les Rituels. *Et folis qui dicitur dies omnium, qui vel in oppidis vel ruri degunt in eundem locum conuentus fit, & commentaria Apoftolorum aut fcripta Prophe-tarum leguntur. Deinde eo qui legit, finem faciente præfidens ora-tionem habet quâ populum inftruit & ad imitationem præclararum hu-iufmodi rerum cohortatur; fub hæc confurgimus communiter omnes & precationes profundimus, & precibus peractis, panis offertur & vinum & aqua; & præpofitus itidem, quantum in ipfo eft, preces & gratia-rum actiones fundit, & populus fauftè acclamat, Amen, & diftributio,* Apolog. 2.

communicatióque fit eorum in quibus gratiæ funt actæ cuique præfenti.

Paroles qui nous font voir vn image de la Meſſe Paroiſſiale, nous ſpecifians le iour de Dimanche par celuy du Soleil ; le nombre des aſſiſtans par cete parole, *omnes; le lieu & l'aſſemblée, quand il dit, *in vnum* : & enfin les choſes qu'on y traite, par le reſte du paſſage ; à ſçauoir la lecture & l'explication des ſaintes Ecritures, c'eſt à dire l'expoſition des points de la doctrine Chrétienne, que l'on appelle maintenant communément le Prône, en latin, *Pronum*, ou *Pronaum* ; les prieres communes, l'action du Sacrifice , qui comprend l'offrande, la confecration & la communication des ſaints Myſteres. Et parce que toutes choſes ſe doiuent faire dans l'ordre & pour le bien de l'Egliſe & du public , Nous enjoignons à tous Prêtres, Vicaires & Curez de ſuiure l'ordre du Diocefe, touchant l'heure que la Meſſe de Paroiſſe ſe doit dire, Nous leur faiſons tres-expreſſes inhibitions & defenſes d'vſer d'aucune condeſcendence ny de relâche pour la conſideration d'aucune perſonne particuliere, de quelque condition ou qualité qu'elle ſoit ; comme d'attendre des heures entieres apres le Seigneur ou la Dame du village , au préjudice de toute la Paroiſſe , ou de faire le Prône deuant ou incontinent apres la Proceſſion , afin de leur donner le loiſir de ſe rendre à l'Egliſe.

Et afin que l'heure ſoit arreſtée , Nous ordonnons qu'aux lieux & Paroiſſes où il n'y a qu'vne Meſſe , elle ſe dira à huit heures en été, & à neuf heures en hyuer.

Dans les Paroiſſes où il y a pluſieurs Meſſes , on en dira vne à ſix heures en été , c'eſt à dire depuis le premier iour d'Avril juſqu'au premier iour d'Octobre : & à ſept heures en hyuer, c'eſt à dire depuis le premier d'Octobre juſqu'au premier d'Avril, où ſe fera l'eau benîte & le Prône ; la grand'Meſſe à neuf heures depuis le premier d'Avril juſqu'au premier d'Octobre , & à dix heures depuis le premier d'Octobre juſqu'au premier d'Avril : mais pour les Meſſes particulieres, s'il s'en dit aucune outre ces deux, il faut les dire en tel temps que le peuple ne ſoit point diuerty d'aſſiſter à l'vne de ces deux Messes de Paroisse.

Si bien que l'on les doit dire, ou apres la grand'Messe, ou entre les deux.

De la Procession.

COmme l'Eglise est comparée à vne armée bien rangée en bataille, elle paroît en cet état dans la Procession, où Iesvs-Christ paroît comme le Chef, & tous les autres rangez & marchans selon leur ordre & leurs dignitez, auec ordre & appareil, d'vn lieu en vn autre, chantans les loüanges de Dieu, & offrans à la Majesté diuine leurs vœux & leurs prieres; si bien que la Procession est vne Ceremonie sainte & religieuse, ordonnée par l'Eglise pour des fins differentes, comme il se verra cy-apres.

La fin pour laquelle ces Processions sont instituées, est premierement pour adorer Dieu par cet acte solennel & exterieur de Religion.

2. Pour le remercier de quelque bien-fait.

3. Pour luy en demander de nouueau.

4. Afin d'obtenir par la multitude des personnes qui s'y trouuent plus efficacement les choses que nous demandons.

Cete Ceremonie est fort ancienne, & les Chrétiens ont imité & appris cete façon d'honorer Dieu des liures de l'Ecriture sainte, où il est marqué que dans la loy de nature & dans la loy écrite, souuent on s'en est seruy : tantôt par commandement exprés de Dieu, tantôt par vne simple conduite de la raison naturelle ; comme au passage de la mer rouge, à la prise de Iericho, & à l'entrée de nôtre Seigneur dans la ville de Ierusalem.

Quelquefois l'Eglise apelle les Processions, Litanies ou Supplications; d'autres fois Stations, d'autant que quand on vouloit aller en Station en quelque Eglise, ou autre lieu, soit à raison de quelque Fête solennelle, ou de la sainteté du lieu, ou pour y venerer les Reliques, ou inuoquer l'assistance du Saint auquel il étoit dedié, le peuple auec le

Clergé se trouuoit en vn Eglise voisine, où le Pontife étant arriué on partoit de là en ceremonie & processionellement & on alloit jusqu'au lieu de la Station.

Les Processions nous representent en general. 1. Que Dieu est le principe & la fin de toutes choses, lequel sortant, pour ainsi dire, en quelque maniere, hors de soy-même par la production des creatures, retourne en soy-même, quand en les produisant il les destine à sa gloire.

2. La sortie de nôtre Seigneur du sein de son Pere, pour venir en la terre operer ce grand ouurage de la Redemption, & son retour de la terre au Ciel, suiuant ces paroles : *Exiui à Patre & veni in mundum, iterùm relinquo mundum & vado ad Patrem :* En signe dequoy on porte la Croix en tête de la Procession, pour faire voir aux Chrétiens qu'étans Disciples de IESVS crucifié, lequel l'a portée pendant toute sa vie, & qui n'est arriué à la gloire que par les ignominies qu'il y a endurées, ils doiuent être comme morts & crucifiez auec luy à toutes les choses du monde, & que ce doit être là le sujet de toute leur gloire.

3. Que nous sommes icy bas comme des pelerins & voyageurs, qui n'auons pas de cité permanente, ce qui nous oblige à porter toutes nos pensées & nos desirs au lieu où nous allons, & à nous preparer aux difficultez qui se pouront presenter en chemin.

Il y a parmy les Chrétiens des Processions ordinaires & extraordinaires.

Les Processions ordinaires sont celles qui se font à certains iours reglez, comme celles de la Messe solennelle des Dimanches, celles qui se font au temps des Avents, à Noël, à l'Epiphanie, à la Purification, en Carême, aux Festes de Pâques, aux Rogations, à la Fête-Dieu, &c. Ce n'est pas icy le lieu de parler de celles qui sont extraordinaires.

La Procession se fait deuant la Messe de Paroisse les Dimanches pour honorer le Mystere de la Resurrection de nôtre Seigneur IESVS-CHRIST, dont on renouuelle la memoire châque Dimanche de l'année, & nous aprendre à chercher

chercher nôtre Seigneur : afin que l'ayant trouué auec ces bonnes Dames qui furent du matin le iour de Pâques à son Sepulchre, nous le suiuions auec les Apoſtres, & marchions apres luy en nouueauté de vie, luy rendans nos hommages, & le reconnoiſſans comme l'Autheur de nôtre ſalut.

Singulis Dominicis & prima Sabbathi quâ Dominus reſurrexit dedicatis, hoc nobis proceſſionis ordine ſignificatur, quod in Galilæam, id eſt in transmigrationem, ad videndum Dominum cum Apoſtolis eius, exire debeamus, ſcilicet, vt non ſimus vetuſti homines, ſed in nouitate vitæ ambulemus.

Ex ant. Rit. Bituricenſi.

Pour les autres Proceſſions : celles des Avents nous marquent les deſirs vehemens des anciens Patriarches, leſquels ſe conſiderans comme des Pelerins & Etrangers ſur la terre, alloient chercher, ainſi que parle l'Apôtre, cete Cité permanante en la perſonne du Meſſie, qui deuoit leur en meriter la poſſeſſion. Celles qui ſe font au temps de Noël repreſentent la generation eternelle du Verbe dans le ſein de ſon Pere, & ſa naiſſance temporelle dans celuy de ſa Mere; par laquelle s'étant rendu viſible aux hommes, il les a attirez à la connoiſſance de ſon Pere, & les a fait retourner à luy.

Celle de l'Epiphanie ſe fait en actions de graces de la vocation des Gentils à la foy, en la perſonne des Mages qui vinrent adorer le Fils de Dieu né.

Celle de la Purification eſt en memoire de ce que ſaint Simeon & Anne la Propheteſſe, comme nous marque l'Euangile, allerent audeuant de nôtre Seigneur, qui venoit pour être preſenté au Temple, & pour ſignifier par cet appareil la joye qu'ils reſſentirent à cete heure-là.

Celles de Carême nous marquent la retraite de nôtre Seigneur dans le deſert, le jeûne qu'il y pratiqua, les tentations qu'il y ſouffrit, ſa demeure auec les bêtes, & ſa triſteſſe pour les pechez des hommes : ce qui oblige les Chrétiens de s'y trouuer en eſprit de penitence & de recollection interieure.

Celles de Pâques, outre ce qui en a été dit en parlant de celles des Dimanches, ſont encore pour honorer les diuerfes apparitions de nôtre Seigneur reffufcité.

Celles des Rogations , ou de faint Marc font pour detourner les fleaux defquels nous fommes menacez à caufe de nos recidiues aux pechez , & pour demander à Dieu qu'il luy plaife de verfer fes benedictions fur les fruits de la terre.

Enfin la Proceffion folennelle qui fe fait le iour de la Fête-Dieu, eft le triomphe de la foy fur l'Herefie, vne viue reprefentation de la vie de IESVS-CHRIST fur la terre, vn témoignage fignalé de fa bonté, qui ne dedaigne pas d'être porté par les ruës & les lieux de nos demeures ordinaires pour les fanctifier; c'eft vne puiffante exhortation à fe conuertir & vn Image tres parfait de fa mort & Paffion, dont on tâche de reparer les injures, les opprobres & les affronts qu'il y reçut, par les honneurs qui luy font rendus en cete Proceffion.

De l'eau benîte qui fe fait à la Meffe Paroiſſiale.

NOus aprenons de l'Ordonnance que l'on atribuë au Pape Alexandre premier , que l'on dit auoir tenu le Siege le cinquiéme aprés faint Pierre, que la ceremonie de l'eau benîte vient de tradition Apoftolique, quand recommandant aux Prêtres d'en faire la benediction , & au peuple de s'en feruir, il dit, *Aquam fale confperfam populis benedicimus , vt eâ cuncti afperfi fanctificentur , quod & omnibus Sacerdotibus faciendum effe mandamus.* Comme raportent les Autheurs qui ont traité des Ceremonies de l'Eglife.

La force & l'efficace de l'eau benîte eft, 1. de fanctifier & purger nos confciences, en la prenant auec pieté & douleur des pechez; d'où vient qu'on la met à l'entrée des Eglifes, afin que ceux qui y viennent, s'étans purifiez par ce moyen, affiftent auec plus de pureté à l'Oraifon & au Sacrifice.

2. Afin de chaffer les demons, lefquels étans ennemis des bonnes œuures, font tous leurs efforts pour nous troubler l'efprit, & nous diuertir de la prefence de Dieu & de l'aten-

tion que nous deuons auoir aux faints Myfteres : C'eft pourquoy l'Eglife l'employe en l'adminiftration des Sacremens,
aux Offices diuins, aux Proceffions publiques, aux exorcifmes des demons, & quafi en toutes les fonctions Ecclefiaftiques.

Le 3. C'eft d'empêcher toute forte de preftiges & d'enchantemens, guerir les maladies du corps & de l'efprit, pu-
rifier l'air qui feroit infecté ; & quelquefois amener la fer-
tilité à des terres infructueufes, dequoy nous auons quantité de miracles & d'exemples en l'Hiftoire Ecclefiaftique.

Quoy que la benediction de l'eau fe puiffe faire à tous
momens & par tout, neanmoins on en doit faire vne benediction plus publique & folennelle châque iour de Dimanche auant la Meffe de Paroiffe, & même auant la premiere Meffe ; & enfuite on en fait l'afperfion.

Pour faire la benediction de l'eau on doit obferuer ce qui
fuit. 1. le Prêtre qui fait la benediction doit être reuétu
d'Aube, ou de Surplis, & d'Etole, fans Manipule.

2. Il doit auoir foin que le vafe foit bien net, dans lequel
eft l'eau qu'il benit.

3. Que les benîtiers des entrées foient vuidez & netoyez
auant qu'y metre la nouuelle.

4. Ne faire iamais cete benediction fans lumiere.

5. Le vafe dans lequel doit être l'eau pour benir eft mis
du côté de l'Epître, proche & joignant l'Autel fur quelque
fiege ; & le petit vafe où eft le fel eft pofé fur le même fiege,
ou fur le coin de l'Autel.

6. A la premiere Meffe, la benediction fe fait à voix baffe,
& à la grand'Meffe elle fe fait à voix haute, *in tono lectionis.*

Quant à l'afperfion, elle fe fait de cete maniere ; le Prêtre prenant l'afperfoir & l'ayant moüillé, defcend au bas
des degrez de l'Autel, fe met à genoux & jete en afpergeant
par trois fois, de l'eau benîte fur l'Autel, difant ou chantant,
Afperges me, ou *Vidi aquam*, comme cy-apres, page 170. &
171. Quoy fait, il fe leue, va deuant le Crucifix, & faifant

vne inclinaion profonde deuant & apres, il jete vne feule fois
de l'eau benîte, apres quoy il va aux Autels, jetant à châcun d'iceux vne feule fois de l'eau benîte, faifant deuant
& apres vne inclination ptofonde ; enfuite il retourne deuant le grand Autel, où il s'afperge foy-même, & apres afperge tous les Ecclefiaftiques, puis le Seigneur ou la Dame de la Paroiffe, faifant vne inclination mediocre, puis
il va par toute l'Eglife afperger tout le peuple.

    S'il n'y a point de Seigneur ou de Dame fpeciale de la
Paroiffe, l'eau benîte doit être donnée à tout le monde
confufement.

    On fait cete afperfion auant la Meffe de Paroiffe. 1. Pour
faire fouuenir les Chrétiens de la grace qu'ils ont reçuë
autrefois au Baptefme, à laquelle cete eau benîte, au fentiment des Peres, a quelque forte de raport ; celle-cy effa-
çant les pechez veniels, comme l'autre purifie le peché
Originel.

2.   C'eft pour ôter les empéchemens à la grace, en les pu-
rifiant, & les rendre participans du fruit du Sacrifice.

    L'ordonnance de l'Eglife pour cete benediction fe voit
dans les Autheurs qui ont traité des Ceremonies de l'Eglife,
& il eft enjoint aux Curez de la faire tous les Dimanches
auant la Meffe, excepté le Dimanche de Pâques & de Pentecôte, aufquels on fe fert pour faire l'afperfion, de l'eau
qui a efté benîte la veille pour les Cathecumenes, &
que l'on a puifée auant l'infufion des Saintes huyles. Il fe
trouue des Canons tres-anciens qui en font connoître l'obligation. *Omnibus dominicis,* dit le Concile de Nantes, *Quif-*
que Presbyter in fua Ecclefia ante Miffarum folennia, aquam bene-
dictam faciat in vafe mundo, & tanto myfterio conueniente, de
qua populus intrans Ecclefiam afpergatur, & pro animabus ibidem
quiefcentibus oret, qui volet in vafculis fuis excipiat ex ipfa aqua,
&c. Dans le Liure appellé Ordo Romanus, au titre, Qualiter
agatur Conc. Prouinc. dans les avis que l'Evêque donne
aux Pafteurs. *Omni die Dominico, ante Miffam aquam bene-*
dictam facite, vnde populus afpergatur.

De l'Offrande qui se fait en la Messe Paroissiale.

L'Vsage de l'Offrande dans l'Eglise, vient de l'ancienne deuotion des fidels, qui auoient coûtume de la faire tous les Dimanches : Or ils la faisoient, & nous pareillement nous la faisons.

Premierement, pour reconnoître que tout ce que nous auons vient de Dieu, qu'il en est le Maître absolu ; & que tous les presens que nous luy pouuons faire ne font que des restitutions des choses que nous auons reçuës de luy.

Secondement, pour le prier d'y donner sa Sainte benedi-ction & les multiplier.

Troisiémement, pour participer de plus prés au Sacrifice: D'où vient qu'autrefois on recommandoit à Dieu nommé-ment ceux qui auoient fait offrande de leur bien à l'Autel, comme en la Liturgie de Saint Iacques : *Meminisse digneris, Domine, eorum, qui has oblationes obtulerunt ad altare tuum hodierno die.* Dans la Liturgie de saint Basile ; *Memento vt bonus & benignus, eorum qui obtulerunt.* Et ailleurs *Memento, Domine, eorum qui hæc tibi dona obtulerunt, & pro quibus, & per quos hæc obtulerunt.* Dans la Liturgie de saint Chrisostôme, & encore auiourd'huy recommande-t'on à Dieu particulierement ceux qui offrent le pain beny.

Quatriémement, pour faire vn acte de Religion, contribuant à la sustentation des Ministres Ecclesiastiques, & à l'entretenement des choses qui concernent le Culte de Dieu, comme des lampes, & autres ornemens d'Eglise.

Cinquiémement, pour luy faire homage de tout ce que nous sommes, & luy témoigner par cete offrande, que nous luy offrons non seulement nos biens, mais nos corps, nos ames, & tout ce que nous auons.

Cet vsage sans doute est fort ancien, puisque nous en trouuons des vestiges dans le Canon troisiéme des Apôtres, & que tous les anciens Autheurs en font mention : Comme Tertullien dans son Apologie, où il appelle telles offrandes,

Deposita pietatis : dautant qu'elles étoient employées à des vsa ges pieux : *Nam inde*, dit ce grand homme, *non epulis, no potaculis, nec ingratis voratrinis dispensatur, sed egenis alendi humandisque, & pueris, ac puellis re ac parentibus destitutis* Pour raison dequoy le Pape Fabien Martyr publia vne Or donnance pour faire subsister telles offrandes : *Decernimus v omnibus dominicis diebus altaris oblatio ab omnibus viris ac mu lieribus fiat, tam panis quam vini ; vt per has immolationes peccatorum suorum fascibus liberentur.* Ce qui fut du depui renouuellé par le 2. Concile de Mascon chap. 4. prêque e mesme terme, sinon qu'il est adjoûté, *Vt cum Abel, ve cæteris iuste offerentibus promereantur esse consortes.* Ce qui deu ans apres fut encore de nouueau publié par le Concile d Mayence, chap. 44. *Oblationem quoque & pacem in Eccles facere iugiter, admoneatur populus Christianus, quia Oblatio, sib & suis magnum fert remedium animarum, vt ipsa pax vera, & vnanimitas & concordia demonstretur.* Et dans le même Siecle le Concile de Triburiense exhorta le peuple de faire son offrande à la Messe és jours de Dimanches & Fêtes, com me il se voit au chap. 35. *Diebus Dominicis & sanctorum festis, & orationibus insistendum, & ad Missas cuilibet populo Christia no cum oblationibus est currendum.* Ces offrandes sont telle ment recommandées aux Paroissiens, que saint Cyprien au liure, *De opere & Eleemosynis*, fait des inuectiues contre ceu qui y manquent, & s'adressant à vne femme de condition, luy fait ces reproches : *Locuples & diues es, & Dominicum cele brare te credis ?* lesquels mots signifient l'assistance à la Mess Paroissiale, en laquelle on auoit acoûtumé de receuoir par la sainte Communion le Corps de N. Seigneur IESVS-CHRIST, *quæ Corbonam non respicis, quæ in Dominicum sine Sacrificio venis intuere in Euangelio viduam, præceptorum cœlestium memorem, inter ipsas pressuras egestatis operantem, in Gazophylacium duo, quæ sola sibi fuerant, minuta mittentem, &c.* Puis il adjoûte *Pudeat diuites sterilitatis & infidelitatis suæ ; vidua, & inops vidua, in opere larga inuenitur.* Saint Hierôme, écriuant à Heliodore, menace de mort spirituelle ceux qui seront re fufans de telles offrandes. *Securis ponitur ad radicem, si munus ad altare non defero, nec possum obtendere paupertatem, cum in Euangelio anum viduam duo quæ sola sibi supererant æra mittentem, laudauerit Dominus.* D'où vient que l'Eglife, pour témoigner fon indignation contre les grands pecheurs, ordinairement refufoit leurs offrandes ; témoin ce que pratiqua faint Ambroife à l'égard de l'Empereur Valentinien, auquel en fon Epître trentiéme, il mande auoir defendu aux Prêtres de receuoir fes offrandes à la Meffe. *Licebit tibi ad Eccle-fiam conuenire, sed illic non inuenies Sacerdotem, aut inuenies refistentem: Quid respondebis facerdoti dicenti tibi. Munera tua non quærit Ecclesia, quia templa gentilium muneribus adornasti; Ara Christi dona tua respuet, quoniam aram simulachris fecisti?* Saint Auguftin en vfa de la forte à l'égard du Comte Boniface, auquel il mande, en fon Epître 187. les defenfes par luy faites aux Prêtres & Curez de receuoir fes offrandes: *Oblatio domus ne à Clericis fuscipiatur indixi.* Ainfi, lors qu'il y auoit quelque inimitié publique, & fcandale entre les Paroiffiens, on ne receuoit point leurs offrandes, iufqu'à ce qu'ils fe fuffent reconciliez, conformément au precepte Euangelique. *Relinque munus tuum ante altare, vade, & reconciliare fratri tuo.* D'où le Pape Boniface premier fit vne Ordonnance Canonique, qui fe trouue au liure quatriéme des anciens Canons, chap. 21. *Difcordantium fratrum oblationes, iuxta antiqui Canonis definitionem, nullo modo recipiendas esse censemus.*

Apud Aug. in appendice.

Ces offrandes ne font pas d'obligation, mais elles font feulement vne reconnoiffance qui a toûjours été tres-libre, même dans les premiers Siecles, comme Tertullien nous apprend *Modicam vnufquifque stipem menstrua die, vel cum velit, & si modo velit, & si modo possit, apponit. Nam nemo compellitur, sed sponte confert.* Neanmoins, ce feroit vne efpece d'auarice de les refufer, vn méptis des volontés de l'Eglife, vn témoignage du peu de reconnoiffance des biens que Dieu nous fait tous les iours, & du peu d'état que nous faifons de fes Miniftres : & enfin ce feroit metre en oubly

In Apolog.

les Sacrées exhortations de l'Eglise, qu'elle nous a inserées au Canon *Omnis*, *de confecr. dift.* 20. *Omnis Chriftianus procuret ad Miffarum folennia, aliquid Deo offerre & ducere, in memoriam quod Deus per Moyfem dixit ; non apparebis in confpectu meo vacuus, etenim in collectis fanctorum liquido apparet, quod omnes Chriftiani afferre aliquid debent.*

Du Pain beny de la Meffe Paroiffiale.

LE pain beny eft vne ceremonie faintement inftituée par le Pape Pie, qui tint le fiege l'onziéme apres S. Pierre, enuiron l'an 158. dont la conftitution eft raportée dans l'ancien Concile de Nantes, en ces termes. *Vt de oblationibus quæ offeruntur à populo, vel de panibus quos dederunt Fideles ad Ecclefiam, vel certè de fuis Presbyter, partes incifas habeat, in vafe nitido & conuenienti, vt poft Miffarum folennia, qui communicare non fuerint parati* ΕΥΛΟΓΙΑΝ *in omni die Dominico, & in diebus feftis exinde accipiant.*

Il y a deux raifons principales pour lefquelles le pain beny a été inftitué : La premiere, pour honorer cete Sainte & ancienne coûtume des premiers Chrétiens, lefquels communioient tous les jours; coûtume que les faints Peres ont

Lib. 5. cap. vlt. souhaité de r'établir dans leurs temps *Si quotidianus eft panis*, dit S. Ambroife, *cur poft annum illum fumis ? Accipe quotidie quod quotidie tibi profit.* Et le Concile de Trente. *Optaret*

Seff. 22. cap. 6. *fancta Synodus, vt in fingulis Miffis, Fideles aftantes, non folum fpirituali affectu, fed Sacramentali etiam perceptione Euchariftiæ communicarent.* C'eft pourquoy ce pain eft appellé, *Sacræ Communionis Vicarium* ; & ailleurs dans vn Synode d'Antioche ΑΝΤΙΛΟΡΟΝ *Sacrum fignum.* Et chez les Grecs encore ΕΥΛΟΓΙΑ, c'eft à dire, benediction, autre fois oblation : de là vient que le Concile de Laodicee, fous faint

Can. 14. Sylueftre, ne veut pas qu'on le donne le iour de Pâques, où châcun eft obligé de communier. *Ne fancta inftar benedictionum in fefto Pafchæ in alias Parochias tranfmittantur.*

La raifon de l'inftitution du pain beny, a été pour repre

senter

senter l'vnion de la foy, la participation au Sacrifice , & la charité mutuelle qui doit être parmy les Chrétiens , & les obliger par là à s'entr'aymer comme les membres d'vn méme corps. *Vnum corpus multi fumus , qui de vno pane participamus.* C'eſt pourquoy ſaint Paulin l'appelle , *Panis vnitatis*, en vn endroit : & en vn autre *Panis vnius vnanimitatis indicium.*

De Eulogijs priuatis Ep. 4. & 45.

Pour diſtinguer ce pain d'auec le pain Euchariſtique , il y doit auoir du leuain , d'où il eſt appellé quelquefois *fermentum* ſimplement , quelquefois *fermentum benediĉtum.*

C'eſt vne coûtume loüable d'enuoyer du pain beny à ſes amys; car on remarque dans l'antiquité deux ſortes d'Eulogies, c'eſt à dire deux vſages differens du pain beny ; les vnes étoient publiques, leſquelles étoient benîtes par l'Euêque, & enuoyées aux Curez de la ville par des Acolytes, laiſſant aux Curez des champs le pouuoir de les benir euxmémes , qui ſe donnoient pour marque de la Communion Catholique. D'autres étoient priuées & particulieres , que les voiſins & les amis s'enuoyoient les vns aux autres : Comme nous voyons dans la vie de ſaint Paulin , qui en enuoya à ſaint Auguſtin , à Seuere & à Alipius. Les premieres Eulogies étoient donc benîtes & diſtribuées dans les Egliſes, les autres enuoyées dans les maiſons particulieres.

Ex Epiſt. Paulini.

Il faut , touchant l'vſage du pain beny, enſeigner aux fidels comme il faut s'en ſeruir, & qu'il ne faut pas le méler auec les viandes communes : mais le manger auec reuerence & éleuation de cœur à Dieu , à l'imitation des Grecs, leſquels receuans ce pain de la main de leur Patriarche ou de leur Paſteur, la luy baiſent par honneur.

L'vſage du pain beny a encore la vertu d'empécher pluſieurs maux & inſultes des malins eſprits , comme il paroît par pluſieurs experiences.

La diſtribution s'en doit faire en le preſentant, premierement au Clergé, puis au Seigneur ou Dame de la Paroiſſe, & à tout le reſte du peuple ; & s'il arriue conteſtation il faut le faire metre dans la corbeille ou nape ordinaire ſur les fonds Baptiſmaux , ou ſur quelque ſiege à la porte au dedans de l'Eglife, afin que chacun en prenne en fortant.

DV PRONE.

ON a de tout temps fait dans l'Eglife vne Predication ou Inftruction à la Meffe ; & cete Predication eft appellée communément Prône. Ce mot vient ou du mot latin, *Pronum*, qui fignifie courbé, humilié ; parceque pour lors le Pafteur & le peuple prient Dieu, & que durant ces prieres ils doiuent s'incliner ; ou du mot grec ΠΡΟΝΑΟΣ, qui fignifie le veftibule du Temple ou la Nef, parceque cete Inftruction fe faifoit autrefois dans la Nef ou porche de l'Eglife, où les Catechumenes affiftoient.

Le Prône fe doit faire *infrà Miffarum folennia*, autrefois il fe faifoit immediatement apres l'Euangile, & auant que d'enuoyer les Catechumenes : maintenant il fe doit faire immediatement apres l'Offertoire chantée au Chœur, ou luë à l'Autel par le Prêtre, & apres l'Offrande faite & reçuë du peuple, auant que de découurir le Calice & offrir le pain & le vin : car c'eft vne maxime generale qu'on ne doit iamais quiter l'Autel apres l'Offrande de la matiere du Sacrifice.

Ce Prône contient quatre parties, la premiere comprend les prieres publiques qui fe font pour tous les Ordres de l'Eglife.

La feconde comprend l'Inftruction que le Curé doit à fes Paroiffiens touchant le Symbole, l'Oraifon Dominicale, la Salutation Angelique, les Commandemens de Dieu & les Sacremés.

La troifiéme, les avertiffemens qu'il a à donner au peuple de temps en temps felon les occurences des Fêtes, des Ieûnes, &c. & les avis paternels, neceffaires pour entretenir dans la Paroiffe la vie du Chriftianifme.

La quatriéme comprend les Cenfures Ecclefiaftiques ; c'eft à dire les excommunications, foit generales, foit particulieres, fuiuant les Mandemens que le Curé en a, ou de Nous, ou de nos Grands-Vicaires & Officiaux.

Lib. 8. conft. Apoft. cap. 4.
Cete forme de Prône eft fort ancienne & a toûjours été obferuée dans l'Eglife, comme nous le trouuons dans les Conciles & les Peres de l'Eglife.

Sanctus Iuftinus Apologia 2. Sanctus Ambrof. ferm. 1. de grano fynapis. Aug. l. 3. Conf. c. 3.

C'eſt cete Inſtruction que le Concile de Trente commande à tous les Paſteurs & Prêtres ayans charge d'ames, de faire ſoigneuſement. La coûtume de prier auſſi pour toutes ſortes de perſonnes eſt fort ancienne; & ſans doute elle eſt de-
riuée de ce que ſaint Paul ordonne à Timothée; & Tertullien remarque qu'elle ſe faiſoit de ſon temps.

Concil.
Trident.
ſeſſ 24 de
reform.
can 7.

S. Paulus
ad Thi-
motheũ.

L'on nomme dans ces prieres les Patrons, Fondateurs &
Bienfacteurs de l'Egliſe, pour témoigner reconnoiſſance des
obligations que la Paroiſſe leur a, & pour inciter les autres
Paroiſſiens d'auoir le même zele pour l'Egliſe.

L'on y prie auſſi pour les Seigneurs, afin que Dieu leur
faſſe la grace d'employer la puiſſance qu'ils ont reçuë de luy,
pour empêcher le mal dans le détroit de leur juridiction,
ſpecialement les pechez publics, & de procurer auec les
Miniſtres de IESVS-CHRIST, que Dieu ſoit ſeruy & que
tout le monde ſe maintienne dans ſon deuoir.

Et parce que le Prône eſt vne inſtruction pieuſe & ſalu-
taire, l'on n'y doit rien méler de prophane, il n'y faut point
publier certaines choſes ſeculieres, comme les loüages de
maiſons, les droits deus aux Seigneurs, les criées d'heritages & choſes ſemblables; telles choſes deuant être publiées
par des Officiers de Iuſtice à la porte de l'Egliſe.

*C'eſt ce que
nous defen-
dons tres-ex-
preſſement.*

*C'eſt pourquoy Nous enjoignons & ordonnons à tous les Curez &
Paſteurs de ce Dioceſe, de faire le Prône tous les Dimanches, tant
à la premiere qu'à la grand Meſſe, en la forme que nous l'auons fait
dreſſer, lequel Nous voulons être leu de mot à mot & à voix intelligible, ſans qu'il ſoit loiſible d'y rien changer ou diminuer, ou le
dire par memoire. Et apres la lecture de ce Prône, donneront les avis
neceſſaires à leurs Paroiſſiens, tels qu'ils jugeront bon être; enſuite feront quelque Exhortation & inſtruction courte & brieue ſur
le Symbole ou autres choſes que doiuent ſçauoir les Chrétiens, ou ſur
l'Epître & l'Euangile du Dimanche, & feront cete inſtruction d'vne
façon familiere, ſimple, affectiue & paternelle, non pour faire paroître leur eſprit, mais dans le deſſein de profiter, metant à part ſelon
le S. Concile de Trente toutes les queſtions inutiles, & ne prenant que
les plus vtiles.*

ORDRE POVR FAIRE LE
Prône de la Messe de Paroisse.

LE *Curé ou Prêtre qui dira la Messe de Paroisse,
auant que commencer le Prône fera le signe de la
Croix, disant debout & decouuert :*

In nomine Patris ✚ & Filij, & Spiritus sancti Amen.
Puis s'étant assis & couuert il dira.

EVPLE Chrétien, le Diman-
che étant institué pour nous repo-
ser en Dieu ; l'Eglise nous assem-
ble ce jourd'huy, pour nous faire
commencer à prendre auec elle le
saint repos, dont nous deuons
iouyr.

　　Ce repos consiste en deux cho-
ses, à s'abstenir de tout œuure seruile, & vacquer au
seruice de Dieu. Il vous sera aysé d'accomplir la premiere,
puîs qu'autre chose n'est requise à cete fin, que de vous
abstenir de vos labeurs & trauaux iournaliers, en donnant repos à vos corps.

　　Pour satisfaire à la seconde ; Nous auons commencé
d'offrir à Dieu le saint Sacrifice de la Messe ; en témoigna-

ge que nous le reconnoiſſons pour nôtre ſouuerain Sei-gneur & Maître : Maintenant vos cœurs accompa-gnans ma voix, diſons :

Icy le Curé, ou Prêtre ſe leue, ſe découure, & demeurant ainſi découuert & debout pendant toutes les prieres & in-ſtructions ſuiuantes, il dit.

GRand Dieu, nous vous demandons pardon de toutes les offences que nous auons commiſes contre vôtre diuine bonté : Nous ſommes grande-ment marris & repentans de tous nos pechés, pour l'a-mour de vous; propoſons fermement, moyenant vô-tre ſainte grace, de n'y plus retourner ; & vous prions tres-affectueuſement de nous ayder à en faire vne ve-ritable penitence.

Nous vous remercions humblement de tous les biens que nous auons reçus de vôtre diuine liberali-té, demandons la continuation d'iceux, & ſur tout la grace d'obſeruer ſi religieuſement vos Saints Com-mandemens, que nous puiſſions vn iour par ce moyen arriuer à la vie eternelle.

La charité nous obligeant à n'auoir pas ſeulement ſoin de nous : mais encore de nôtre prochain, nous vous ſupplions tres-humblement, mon Dieu, qu'il vous plaiſe amener au giron de l'Egliſe, en laquelle ſeule on trouue ſon ſalut, les Infidels, les Hereti-ques, les Schiſmatiques, & tous les autres déuoyez.

En outre nous vous preſentons nos tres-humbles prieres pour la ſacrée perſonne de nôtre S. Pere le Pape, pour tous les Prelats de l'Egliſe, & particulie-

rement pour Monseigneur l'Illuftriffime & Reuerendiffime Patriarche, Archeuêque de Bourges, Primat des Aquitaines , nôtre Pere & Prelat ; & pour
tous les autres qui fous luy ont charge d'ames : afin
qu'ils gouuernent la fainte Eglife à vôtre gloire &
au falut de tous les peuples.

Nous vous fupplions encor tres-humblement,
mon Dieu, pour tous les Princes Chrétiens ; & particulierement pour nôtre Roy tres-Chrétien , fous
la puiffance & authorité duquel nous viuons : afin
qu'il gouuerne long-temps fon Royaume en Paix
& Iuftice , au bien de fon peuple, & à la déchar-
ge de fon ame.

Nous vous prions , conjointement pour toute la
Maifon Royale, à ce qu'il vous plaife la conferuer
& l'augmenter en toutes benedictions.

Nous demandons auffi qu'il plaife à vôtre diuine
bonté , maintenir en paix & vnion nôtre S. Pere le
Pape & tous les Princes Chrétiens les vns auec les
autres , & encor tous les Princes & Seigneurs de ce
Royaume, auec le Roy, luy rendans l'obeïffance &
la fidelité qu'ils luy doiuent. Comme auffi nous
vous prions pour tous les Seigneurs & Dames , que
vôtre Diuine Prouidence a conftituez en fuperiorité
fur les autres, & principalement pour le Seigneur,
ou Dame, ou Dames, de cete Paroiffe ; à ce que leurs
déportemens foient conformes à vos faintes Loyx.

Nous vous prions auffi, mon Dieu, pour tous les
bienfacteurs de cete Eglife, qui pour l'amour de

Nota que s'il n'y a point de Seigneur ny de Dame particuliere de la Paroiffe , on obmet de dire ces mots.

vous ont contribué & contribuent de leurs biens à
l'entretenement des choses saintes & sacrées, Seruice
Diuin; & nommément pour ceux qui presentent aujourd'huy le pain beny; qu'il vous plaise en reconnoissance de leurs bienfaits les combler de benediction en ce monde, & donner vôtre gloire en l'autre.

Nous vous prions pareillement pour toutes les
personnes affligées, pour les Vefues, Orphelins, Pauures, Malades, Prisonniers, & autres qui se trouuent
en quelque peril, soit du corps, soit de l'ame, &
particulierement pour les Femmes enceintes, à ce
qu'il vous plaise leur donner vne hureuse deliurance ; & que leur fruict reçoiue le Saint Baptéme.

Nous vous supplions aussi tres-humblement, Seigneur, pour les fruicts de la terre, afin que nous les
puissions recueillir dans la quantité & qualité necessaire, pour nous en pouuoir nourrir, pour en faire
des aumônes aux pauures, & des Sacrifices à vôtre
diuine Majesté.

Nous vous offrons aussi nos tres-humbles prieres pour les ames des fidels trépassez ; & particulierement pour celles dont les corps reposent en
l'Eglise & Cemetiere de ceans, qui sont redeuables
à vôtre Iustice diuine ; à ce qu'il vous plaise par le
merite de la Passion de nôtre Seigneur vôtre Fils,
alleger leurs peines & les mettre en vôtre saint Paradis, lieu de parfait repos.

Et pour conclusion de toutes ces prieres, nous reciterons celle dont IESVS-CHRIST méme, nôtre Seigneur
& vôtre Fils a bien voulu nous prescrire la forme, &

ordonner l'vſage, cete priere contenant en abregé toutes les demandes & les ſouhaits qui peuuent entrer au
cœur & ſortir de la bouche d'vn veritable Chrétien.

Oraiſon Dominicale.

PAter noſter qui es in cœlis : ſanctificétur nomen
tuum:aduéniat Regnum tuum. Fiat volúntas tua,
ſicut in cœlo & in terra.Panem noſtrum quotidiánum
da nobis hódie : Et dimitte nobis débita noſtra, ſicut
& nos dimíttimus debitóribus nóſtris. Et ne nos indúcas in tentatiónem, Sed libera nos à malo. Amen.

On dira alternatiuement le Pater, l'Aue *& le* Credo, *en
latin & en François. C'eſt à dire, on les dira vn Dimanche en latin, & l'autre Dimanche en François.*

La méme Oraiſon Dominicale en François.

NOtre Pere qui étes ès Cieux, vôtre Nom ſoit
ſanctifié : vôtre Royaume nous avienne:vô-
tre volonté ſoit faite en la terre comme au Ciel. Don-
nés nous aujourd'huy nôtre pain quotidien, & nous
pardonnez nos offenſes, comme nous pardonnons à
ceux qui nous ont offenſés; & ne nous induiſez point
en tentation, mais deliurez nous du mal. Ainſi ſoit-il.

Nous reciterons auſſi la Salutation Angelique, ô
mon Dieu,tant en memoire de nôtre redemption,qui
fut annoncée par l'Ange en cete Salutation, que pour
nous joindre à la Communion de tous vos Saints, en
la perſonne de la glorieuſe Vierge Marie, vôtre Mere
la ſuppliant tres-humblement de vous preſenter nos
vœux & nos prieres.   *Salutation*

Salutation Angelique.

AVe Mária grátia plena , Dóminus tecum. Bene-dí&a tu in muliéribus , & benedí&us fru&us ven-tris tuí, Iefus. San&a Mária mater Dei , Ora pro nobis peccatóribus , nunc & in horâ mortis noftræ. Amen.

La mefme Salutation Angelique en François.

IE vous falüe Marie pleine de grace , le Seigneur eft auec vous , vous étes benîte entre toutes les femmes, & beny eft le fruict de vôtre ventre, Iefus. Sainte Marie mere de Dieu, priez pour nous, pauures pecheurs, mainte-nant, & à l'heure de nôtre mort. Ainfi foit-il.

DE plus , parce que non feulement nos prieres , mais auffi toutes nos actions doiuent être fondées en la vraye foy, fans laquelle, comme dit l'Ecriture, il eft im-poffible de vous plaire. O mon Dieu ! nous ferons vne generale proteftation de vouloir viure & mourir en la foy de vôtre Eglife Catholique , Apoftolique & Romaine par le recit du Symbole des Apôtres, en difans tous enfemble.

Le Symbole des Apôtres.

CRedo in Deum Patrem omnipoténtem, Creatórem cœli & terræ. Et in Iefum Chriftum Fílium eius vni-cum , Dóminum noftrum , Qui concéptus eft de Spíritu fan&o : Natus ex Maria vírgine. Paffus fub Póntio Pi-

F

láto, crucifixus, mórtuus & sepúltus. Descéndit ad ínferos. Tértia die resurréxit à mórtuis. Ascéndit ad cœlos, sedet ad déxteram Dei Patris omnipoténtis. Inde ventûrus est iudicâre viuos & mórtuos.

Credo in Spíritum sanctum, sanctam Ecclésiam Cathólicam, Sanctôrum Communiônem, Remissiônem peccatôrum, Carnis Resurrectiônem, vitam ætérnam. Amen.

Le méme Symbole des Apôtres en François.

IE croy en Dieu le Pere tout puissant Createur du Ciel & de la terre ; & en IESVS-CHRIST, son Fils vnique nôtre Seigneur. Lequel a été conçu du saint Esprit, né de la Vierge Marie. A souffert sous Ponce-Pilate : a été crucifié, mort, & enseuely. Est descendu àux enfers, & le troisiéme iour est ressuscité de mort à vie. Est monté és Cieux, est assis à la dextre de Dieu le Pere tout-puissant. D'où il viendra juger les viuans & les morts.

Ie croy au saint Esprit, la sainte Eglise Catholique, la Communion des Saints, la remission des pechez, la resurrection de la Chair, la vie eternelle. Ainsi soit-il.

POur paruenir à la vie eternelle, il est requis sur toutes choses au vray Chrétien, d'obseruer vôtre volonté, ô grand Dieu ! Car la foy sans les œuures est morte, comme dit vôtre Apôtre saint Iacques. Nous reciterons donc en toute reuerence vos saints Commandemens, pour les aprendre & garder de point en point, moyenant vôtre Sainte grace.

Les Commandemens de Dieu.

1. VN feul Dieu tu adoreras, & aymeras parfaitement.

2. Dieu en vain tu ne jureras , ny autre chofe pareillement.

3. Les Dimanches tu garderas, en feruant Dieu deuotement.

4. Tes Pere & Mere honoreras , afin que viue lon-
guement.

5. Homicide point ne feras, de fait ny volontairement.

6. Luxurieux point ne feras , de corps ny de confentement.

7. Le bien d'autruy tu ne prendras ny retiendras à ton
efcient.

8. Faux témoignage ne diras , ny mentiras aucunement.

9. La femme ne conuoiteras de ton prochain charnelle-
ment.

10. Ses biens ne defireras , pour les auoir injuftement.

OR non feulement , mon Dieu, vous voulez étre
ouy & obey : Mais auffi vous voulez que la Sainte
Eglife vôtre Efpoufe foit écoutée & obeye , à peine, pour
ceux qui font le contraire, d'être reputez deuant vôtre
diuine Majefté pour Infidels , Payens , & Publicains:
Car nul ne vous peut auoir pour pere, s'il ne reconnoît
l'Eglife pour fa mere. Nous reciterons donc auffi fes
Commandemens, pour les apprendre & les garder inuiolablement.

Les Commandemens de l'Eglife.

1. **L**Es Dimanches Meſſe ouyras & Fetês de Commandement.

2. Les Fêtes tu fanctifieras commandées expreſſément.

3. Quatre temps, & vigiles jeûneras, & le Carême entierement.

4. Tous tes pechez confeſſeras à tout le moins vne fois l'an.

5. Et ton Createur reçeuras, au moins à Pâques humblement.

6. Vendredy chair ne mangeras, ny le Samedy mémement.

EN outre, mon Sauueur, il vous a plû établir en vôtre Eglife ſept Sacremens, qui ſont comme ſept canaux, par leſquels vous nous communiquez abondamment vos graces, & les merites de vôtre precieux ſang.

A ſçauoir le Baptéme, pour effacer en nous le peché originel; & méme l'actuel, ſi quelqu'vn venoit à être baptiſé apres auoir peché. Ce Sacrement nous donne l'entrée de vôtre Eglife & nous rend capables des autres Sacremens.

La Confirmation, pour nous fortifier en la foy, & nous rendre parfaits Chrétiens.

L'Euchariſtie, pour nous vnir & incorporer auec vous.

La Penitence, pour la remiſſion des pechez commis apres le Baptéme.

L'extrem'Onction, pour nous ayder à la fin de nos jours contre les aſſauts du diable.

L'ordre pour donner pouuoir de vous offrir dans la Sainte Eglife, le Sacrifice de la Meffe ; d'adminiftrer les Sacremens, de prêcher vôtre parole, & faire les fonctions Ecclefiaftiques.

Et le Mariage pour la generation legitime, & inftruction Chrétienne des enfans, afin que par ce moyen le Ciel foit vn jour remply d'ames bien-heureufes, qui vous loüent inceffamment. Ainfi foit-il.

Cela dit, le Curé ou Prêtre annoncera les Fêtes qui feront de Commandement dans la femaine.

La maniere d'annonçer les Fêtes.

N. Sera la Fête de *N.* vous la deués garder & folennifer par l'ordonnance de l'Eglife, comme le Saint Dimanche, en vous abftenant de toutes œuures feruiles, & manuelles, pour venir à l'Eglife entendre la Sainte Meffe & affifter au feruice de Dieu.

La maniere d'annonçer les Fêtes qui font feulement de deuotion.

N. *N.* Sera la Fête de *N.* que nous vous exhortons de la part de Monfeigneur l'Illuftriffime Archeuefque deBourges, de folennifer comme le Saint Dimanche, & pour cete raifon nous dirons la Meffe & Vêpres ce iour là : neanmoins nous vous auertiffons qu'elle n'eft pas d'obligation fous peine de peché mortel, mais feulement de deuotion.

Comme il faut annoncer les jeûnes des vigiles.

N. Est le jeûne de faint *N.* lequel ceux qui font en âge, & n'ont legitime empéchement, font tenus de jeûner : Ceux qui y contreuiennent pechent mortellement.

Châque Dimanche auant les Quatre-temps.

M Ercredy, Vendredy, & Samedy prochain, eft le jeûne des Quatre-temps: tous ceux qui ont âge competant, c'eft à dire, vingt-vn an accomplis, & n'ont legitime empéchement, font tenus de jeûner fur peine de peché mortel. Et pour ce qu'en ce méme temps les Archeuéques & Euéques donnent le Sacrement de l'Ordre. C'eft à dire, font les Prêtres, les Diacres, & au- tres Officiers de l'Eglife; vous prirés pour tous les Arche- uéques & Euéques de l'Eglife Catholique ; & feciale- ment pour Monfeigneur l'Illuftriffime Archeuéque de Bourges ; afin qu'il plaife à Dieu qu'il ordonne & confa- cre des perfonnes, qui ayent les bonnes conditions requi- fes & neceffaires pour s'acquiter dignement d'vn fi Saint Miniftere, & qu'ils augmentent de iour en iour en vertu & en pieté pour fa gloire & le falut des ames.

Pour cete fin aprés Vêpres nous ferons Proceffion, à laquelle vous affifterez.

S'il n'y a aucune Fête dans la semaine.

IL n'y a en cete semaine aucune Fête de Commande-ment, qui vous empéche de vacquer à vos affaires temporelles. Nous vous exhortons toutefois de venir à l'Eglise, tant pour y faire vos prieres, que pour ouyr la Sainte Messe, autant que la commodité vous le per-metra, afin que Dieu benisse vos trauaux, & vous donne sa sainte grace.

Comme il faut annoncer les Obits & Seruices de Fondation.

NOus ferons vn tel iour, l'Obit & Seruice pour deffunct *N*. Ses parens & amis sont auertis de s'y trouuer & prier Dieu pour le repos de son ame.

S'il faut proclamer quelque ban, on le fera comme cy-apres. pag. 49.

VOus sçaurés encore, peuple, que Nous denonçons pour excommuniez tous Heretiques ; tous Simo-niaques, qui vendent ou achetent Benefices, ou donnent conseil & ayde pour les vendre ou acheter ; tous Confi-dentiers qui prétent leurs noms, ou empruntent les noms d'autruy pour leurs benefices, ou qui les gardent pour au-tre que pour eux ; tous Schismatiques, Magiciens & Magi-ciennes ; Sorciers & Sorcieres ; Deuineurs & Deuineresses, Noüeurs d'éguilletes, & autres qui par ligatures & Sortile-ges empéchent l'vsage & consommation du Saint Maria-

ge ; tous Charmeurs & Charmereſſes , qui par leurs char-
mes & enchantemens, nuiſent aux perſonnes, font mourir leur bétail, leuent le ſort de certaines bêtes, & le je-
tent ſur d'autres , arrétent & empéchent de moudre les
moulins; enfin cauſent pluſieurs autres grands mal-heurs:
tous ceux & celles qui ſe marient hors de leurs Paroiſſes
ſans permiſſion ; tous vſuriers & vſurieres ; tous ceux qui
mettent la main violente ſur les Prêtres ou Clercs, ſinon
en leurs corps defendant ; tous ceux qui malicieuſement
vſurpent & retiennent les dixmes , biens & droicts de
l'Egliſe, empéchent ſa juriſdiction ; ſuppriment, diuertiſ-
ſent ou celent les titres , papiers & enſeignemens qui luy
appartiennent ; & auſſi tous ceux qui durant le ſeruice
Diuin vacquent aux jeux & ſpectacles des farceurs: telle
maniere de gens demeureront maudits & excommuniez
iuſqu'à ce qu'ils viennent à amandement & ſoient abſous
de l'Egliſe.

Et d'autant qu'il ne faut communiquer les choſes
Saintes aux indignes : Nous commandons à tous excommuniez s'il y en a en la compagnie, de ſortir preſentement
de ce lieu, comme indignes de participer aux Saints Myſteres & prieres publiques.

Concluſion du *Prône*.

VOila ce que le deuoir de ma charge m'obligeoit
vous repreſenter ce jourd'huy ; vous aurez ſoin
d'en faire vôtre profit, & ſur tout d'auoir toûjours la
crainte de Dieu deuant les yeux , redouter ſes jugemens,

&

& vous garder de l'offenſer : quand vous ſerez tombez
en peché, de vous releuer par le Sacrement de penitence
le plutôt que vous pourez , de peur d'être ſurpris , la
mort étant certaine & rien de ſi incertain que l'heure d'i-
celle. Ie vous exhorte auſſi de vous aymer Chrétiennement les vns les autres : de bien inſtruire vos enfans, ſeruiteurs & autres qui ſont en vôtre charge ; attendu que
vous en deuez rendre comte deuant Dieu. Ie vous recommande les œuures de charité corporelles & ſpirituel-
les enuers ceux qui auront beſoin ; particulierement enuers ceux de cete Paroiſſe. Finalement reſſouuenés-vous
qu'il faut prier les vns pour les autres , ſi nous voulons être
vn jour ſauuez, & ſi nous voulons auoir le Paradis, où nous
conduiſe le Pere ✠ le Fils & le ſaint Eſprit. Ainſi ſoit-il.

La façon d'annoncer & proclamer les bans au Prône.

Nous vous declarons & auertiſſons qu'il y a promeſſe de Mariage entre *N.* fils de *N.* & *N.*
ſes Pere & Mere, de cete Paroiſſe, *ou de la Paroiſſe de
N. dont on dira le nom* ; & *N.* Fille de *N.* & *N.*
auſſi ſes Pere & Mere , ſemblablement de cete Paroiſſe,
*ou de la Paroiſſe d'où elle ſera, dont on dira pareillement
le nom* : afin que s'il y a aucun ou aucune qui ayt interêt
ou qui ayt connoiſſance qu'ils ſoient parens , ou qu'il y
ayt entr'eux quelque affinité , compaternité , ou autre,
empéchement legitime pourquoy le Mariage ne ſe dût
accomplir ; il ayt à nous le reueler , ſur peine d'excommunication : & defendons pareillement , ſur peine d'excom-

G

munication d'y apporter aucun empéchement par malice
& fans caufe: c'eft pour le *premier, fecond, ou troifiéme ban.*

Ce que le Curé, ou autre Prêtre en fa place dira le
Dimanche de la Quinquagefime.

ERCREDY prochain eft le jour des Cendres:
ceux qui pouront, feront leur deuoir venant
le matin à l'Eglife pour receuoir des Cendres
& affifter au Seruice. C'eft auffi le premier
jour de la fainte Quarantaine, laquelle tous Chrétiens
font tenus de jûner entierement, ayant l'âge competant, c'eft à fcauoir, vingt - vn an accomplis ; s'ils n'ont
vn legitime empéchement, comme font les vieilles gens,
ou qui font d'ailleurs fort debiles & caduques, les femmes enceintes, les nourices, les malades, les manou-
uriers le jour de leur trauail ; & generalement toutes
perfonnes qui ne peuuent faire longue abftinence fans
vn éuident peril de leur fanté. Cependant pour remedier
aux fcrupules, & pour plus grande feureté de vos confciences ; crainte que vous ne vous flatiez & ne vous
trompiez en vôtre propre jugement, vous pourez prendre confeil de Nous. Pour les malades qui auront befoin d'vfer d'œufs ou de viandes durant le Carême,
comme auffi en autre temps és jours aufquels l'vfage n'en
eft permis, vous vous adrefferez à Nous pareillement, pour
prendre ordre de ce que vous aurez à faire. Tous ceux
qui ont des enfans ou feruiteurs, nous les enuoyent de
bonne heure, pour être Catechifez, principalement ceux

& celles qui ont l'âge de pouuoir communier à Pâques, afin que nous les inftruifions, & leur aprenions ce qu'ils doiuent fçauoir auparauant leur premiere Communion.

Ovs vous auertiffons de la part de Monfeigneur l'Illuftriffime & Reuerendiffime Archeuêque de Bourges, que vous ayez à faire vos Confeffions de bonne heure, & dans les premieres femaines de Carême; en forte que tous les Paroiffiens de cete Eglife ayent été confeffez deuant le Dimanche des Rameaux, ou au plus tard deuant le Ieudy Saint : à ce qu'és iours fuiuans ils puiffent faire auec plus de loifir & de commodité leurs reconciliations pour la Communion de Pâques. Et afin que cet ordre foit plus exactement obferué, mondit Seigneur de Bourges concede 40. iours d'indulgences à ceux qui fe confefferont auant le Dimanche de la Paffion, ou celuy des Rameaux : a enjoint à tous les Curez de fon Diocefe de r'enuoyer jufqu'au Mardy d'apres la Fête de Pâques, tous ceux & celles qui ne fe feront pas prefentez deuant ledit iour de Ieudy Saint, pour faire leurs Confeffions. Et pour vos enfans qui ne doiuent pas encore communier, vous nous les enuoyerez à confeffe le Lundy de la femaine Sainte; & ceux qui deuront communier, le Vendredy & Samedy d'apres Pâques.

Le Dimanche des Rameaux.

Hretienne & deuote affiftance, par vne finguliere grace de Dieu, nous fommes paruenus jufqu'à la derniere femaine de Carême, que l'on appelle communément la grande & Sainte femaine, non

feulement à caufe des grands & faints Myfteres de nôtre
redemption que nôtre Seigneur auroit accomply en
icelle, & des horribles peines & tourmens qu'il y auroit fouffers : Mais auffi pource que de tout temps les
vrays, fidels & bons Chrétiens s'y font comportez plus
faintement, & fait plus grande abftinence & penitence
qu'en tout le refte du Carême.

Vous vous y comporterez donc faintement, & en
penfant fouuent aux peines & grands tourmens que nôtre Seigneur a voulu fouffrir pour nous en l'arbre de la
Croix, & auffi pour penitence & fatisfaction de vos pechez, vous retrancherez toutes fuperfluitez, & tâcherez
de viure plus aufterement que vovs n'auez fait jufqu'icy.

Afin que châcun de vous fçache l'obligation qu'il a
de receuoir le Sacrement de Penitence & le S. Sacrement
de l'Autel vne fois au moins en vn an, & dans la quinzaine de Pâques, qui commence le Dimanche des Rameaux
inclufiuement, & qui finit le Dimanche de l'octaue de Pâques, que l'on nomme vulgairement, *Quafimodo,* inclufiuement; enfemble quel eft le lieu auquel il faut receuoir ces
Sacremens pour fatisfaire au precepte de l'Eglife: nous ferons la lecture du Canon du Concile general de Latran, en
vertu duquel les fidels y font obligez, en voicy les termes.

Que tout Chrétien de l'vn & l'autre fexe; étans venus
en âge de difcretion, conf.ffe tout feul, fidellement tous fes
pechez à fon propre Pafteur, pour le moins vne fois l'an, &
prenne foin d'accomplir de tout fon pouuoir la penitence qui
luy aura été enjointe : Receuant auec reuerence, pour le
moins à la Fête de Pâques le Sacrement de l'Euchariftie,
fi ce n'eft que par l'avis de fon propre Pafteur, pour quel-

que cause raisonnable, il fût obligé de s'en abstenir pour
quelque temps : autrement, que l'entrée de l'Eglise luy
soit defenduë pendant sa vie; & venant à mourir, qu'il
soit privé de la sepulture chrétienne.

Nous vous ferons aussi la lecture du Decret de
Monseigneur l'Illustrissime Archevêque de Bourges
sur ce sujet, dont la teneur ensuit.

Suiuant & conformément au Concile, & aux autres De-
crets des souuerains Pontifs & aux decisions des autres Con-
ciles qui l'ont expliqué, Nous ordonnons à tous Paroissiens de
se confesser durant la quinzaine de Pâques au moins vne fois,
à leur Curé ou aux Prêtres approuuez de Nous, & par le
Curé commis dans son Eglise, pour entendre les Confessions;
& de receuoir la sainte Communion pendant ladite quinzaine
en leur Eglise Paroissiale : defendons à tous Paroissiens de
se confesser & communier pendant ladite quinzaine hors de
leursdites Paroisses, si ce n'est par nostre permission, ou celle
de nos Vicaires generaux en nôtre absence, ou du consentement
de leur Curé ; auquel en ce cas ils justifiront de ladite permis-
sion, & r'apporteront certificat de leur Confession & Commu-
nion : faisans defenses aux Curez de receuoir à la Commu-
nion ceux qui ne se feront pas confessez en leur Paroisse, ou
qui se feront confessez ailleurs sans nôtre permission, ou de
nos Grands-Vicaires, ou leur consentement, qu'ils accorderont
auec prudence & charité. Et en cas que quelque Paroissien
s'oublie jusqu'à ce point, que de ne pas satisfaire à son deuoir
Paschal : Nous enjoignons aux Curez de leur signifier apres
Pâques par trois fois de huit en huit iours, qu'ils ayent à y sa-
tisfaire ; & s'ils demeurent dans cet endurcissement, & ne
viennent à resipiscence, nous enuoyeront à nos Grands-Vicai-

res, *Officiaux* ou *Promoteurs*, *les trois actes de signification
qu'ils auront faits à ces rebelles*, *pour être sur ce pourueu ;
ou metre lesdits actes entre les mains de celuy de nos Archidiacres dans le détroit duquel ils sont*, *dans le temps
qu'il fera sa Visite*, *pour y aporter le remede.*

Mercredy, Ieudy & Vendredy vous assisterez aux
Tenebres en vostre Paroisse, le plus diligemment qu'il
vous sera possible. Le Vendredy, qui est le iour que
nôtre Sauueur fut mis en Croix pour nous, vous em-
ployerez la matinée en prieres & Oraisons, assisterez à la
Predication & au Seruice diuin deuotement, & ado-
rerez la sainte Croix auec toute humilité & reuerence.

Le Samedy, qui est la veille de Pâques, auquel
iour il est à propos qu'vn châcun se dispose par de
bonnes actions à celebrer saintement cete Fête des Fêtes ; vous deuez pareillement l'employer en jeûnes,
prieres, bonnes œuures, & principalement vous
disposer pour receuoir le precieux Corps de nôtre Seigneur en toute pureté & sincerité de conscience.

Le le ndemain est le iour de Pâques, la premiere
& principale Fête des Chrétiens, instituée en memoire de la triomphante Resurrection de nôtre Redempteur : en ce iour & aux deux autres suiuans vous
serez soigneux de vous maintenir d'autant plus saintement, que grande est cete solennité, & que d'ailleurs vous aurez Dieu plus prés de vous, l'ayant
reçu en vous-même reellement, & afin qu'il luy plaise
demeurer auec vous par grace & vous combler de benediction, tant corporelle que spirituelle. Ainsi-soit-il.

Le jour de Pâques, il dira.

PEVPLE Chrétien : le Saint jour de Pâques eſt le plus grand de tous les jours ; c'eſt le jour que le Seigneur a fait ; comme parle le Prophete Royal ; C'eſt celuy auquel nôtre Sauueur & Redempteur IESVS-CHRIST, apres auóir enduré la mort pour nos pechez , & apres que ſon Corps a demeuré trois jours dans le tombeau ; le reünißant à ſon ame , reprend vne vie nouuelle, immortelle & glorieuſe pour nôtre juſtification.

L'Egliſe ayant ordonné le Caréme, durant lequel les Chrétiens ſe pûßent diſpoſer par jûnes & penitence, à celebrer cete grande Fête deuotement; a voulu qu'vn chacun en ce temps ſe confeſsât & reçût le ſaint Sacrement de l'Autel, qui contient en ſoy reellement le precieux Corps & Sang de nôtre Sauueur & Redempteur IESVS-CHRIST, reſſuſcité des morts , & ſon ame & ſa Diuinité, afin que par ce moyen nos ames viuent d'vne vie Diuine , & que comme nôtre Seigneur IESVS-CHRIST, nous marchions dans vne nouueauté de vie , comme parle Saint Paul.

Elle nous a fait le commandement au Canon, *Omnis vtriuſque ſexus* , qui eſt du Concile de Latran, dont nous auons déja fait la lecture Dimanche dernier, & que nous allons encore faire ; afin que s'il y auoit quelqu'vn qui ût été ſi oublieux de ſon ſalut que de ne s'ètre pas diſpoſé juſqu'à preſent à y obeyr, ſe confeſſer & communier en ce Saint jour, ny en la ſemaine precedente, qu'il ayt à le faire dans ces huict jours qui reſtent : En voicy les paroles.

Que tout Chrétien &c. *comme cy-deuant*, pag. 52. & encore l'Ordonnance de Monſeigneur l'Archeuêque *p.* 53.

C'eſt pourquoy, de la part de Dieu tout-puiſſant & de l'authorité de l'Egliſe, Nous deffendons à tous excommuniez & toutes perſonnes qui ſont en peché mortel, de s'approcher de la ſacrée Table de N. Seigneur pour receuoir ce Sacrement iuſqu'à ce qu'ils ayent reçu l'abſolution.

Nous defendons à tous ceux qui ſont de cete Paroiſſe, de receuoir le Saint Sacrement de l'Autel pour ſatisfaire aux Commandemens de l'Egliſe touchant la Communion Paſchale, s'ils ne ſe ſont confeſſez à Nous ou à quelqu'autre Prêtre par nous commis à cet effet.

Nous defendons à tous nos Paroiſſiens ſur peine d'excommunication, qu'ils n'allent receuoir le precieux Corps de I. C. hors de cete Egliſe ſans congé exprés de nous.

Nous defendons de receuoir le tres-S. Sacrement, ſi on n'a oüy vne Meſſe entiere & ſi on n'eſt à jûn; ſi ce n'eſt qu'on eût empéchement par maladie, ou autre cauſe legitime.

Nous defendons auſſi à tous peres & meres, maîtres & maîtreſſes, de permettre que leurs fils ou filles, ſeruiteurs, apprentifs ou ſeruantes qui ſont obligez de communier pour la Fète de Pâques ſe preſentent à cete table Sacrée, s'ils ne ſont ſuffiſamment inſtruits des Myſteres de la foy, & particulierement de celuy de l'Euchariſtie : & leur enjoignons de les amener ou enuoyer au plutôt en cete Paroiſſe, pour y receuoir les inſtructions requiſes & neceſſaires.

Vous deuez tous apres auoir reçu ce precieux Sacrement, vous garder ſaintement en toute deuotion pour l'honneur de Dieu, qui veut demeurer par ſa grace en vos ames.

Confeſſion

Confeßion Generale.

IE me confeſſe à Dieu le Createur tout-puiſſant, à la bien-heureuſe Vierge Marie, à tous les Saints & Saintes de Paradis, & à vous mon Pere ſpirituel, Vicaire de Dieu, de tous les pechez que i'ay faits depuis l'âge de connoiſſance juſqu'à cete heure. Car i'ay tranſgreſſé les dix Commandemens de Dieu, les Commandemens de nôtre Mere Sainte Egliſe : & de plus i'ay peche és ſept pechez Capitaux & branches dependantes d'iceux.

Premierement, ie n'ay cru tout ce que la ſainte Egliſe Romaine croit. l'ay acquieſcé à quelque Hereſie ou infidelité. l'ay été trop curieux à diſcuter les Myſteres de la foy : & quelque fois i'en ay douté. l'ay eu trop de communication auec les Heretiques ſur les points de la Religion ; diſputé auec eux, aſſiſté à leurs Préches; i'ay leu de leurs liures & autres defendus par l'Egliſe. Ie ne me ſuis mis en deuoir d'apprendre & retenir *le Credo*, *le Pater*, *l'Aue*, les Commandemens de Dieu, les Myſteres de la foy, les Sacremens, & ce qui regarde mon exercice & mon état. Ie n'ay pas aſſiſté aux inſtructions de la Paroiſſe. Ie me ſuis ſeruy de ſuperſtition, enchantement, deuination & malefice, & y ay induit les autres. l'ay adjoûté foy aux ſonges, augures, ſorts illicites, iours heureux, & mal-heureux, & ſemblables vaines obſeruances. l'ay tourné les paroles de l'Ecriture Sainte & ceremonies de l'Egliſe en railleries & choſes prophanes.

Préſumant de la miſericorde diuine, i'ay peché plus

librement, & differé de m'amander. D'autre part, me defiant de la mifericorde, i'ay defefperé de l'a-meñdement de ma vie & de la remiffion de mes pe-chez.

I'ay murmuré contre Dieu, me plaignant de luy, comme s'il n'étoit jufte ; & trouuant à redire à fa di-uine Prouidence. I'ay eû de la hayne contre quel-qu'vn. Ie n'ay pas donné l'aumône & n'ay pas fait la correction fraternelle quand i'ay dû la faire. I'ay peché par pareffe, enuie, difcorde, contention, de-bat & fcandale. I'ay mal parlé & calomnié les per-fonnes vertueufes : l'ay detracté de leurs bonnes œu-ures & les ay diuertics de les faire. I'ay detourné des perfonnes d'entrer en Religion fans caufe raifonna-ble. I'ay peché en orgueil, par ingratitude enuers Dieu : & enuers les hommes par vaine gloire, pre-fomption, jactance, hypocrifie, dépit & mépris de bon confeil. I'ay prefumé que les biens que i'auois du corps, de l'efprit, & autres exterieurs venoient de moy & non pas de Dieu, par mes propres meri-tes, fans la grace diuine.

I'ay juré en vain, jurant d'vne chofe que ie fça-uois ou doutois être fauffe : jurant vray fans necef-fité : jurant de commetre quelque peché ou de ne faire quelque bien. I'ay promis auec ferment ce que ie n'ay pas voulu accomplir. I'ay été caufe qu'vn autre ayt juré en vain : je me fuis accoûtumé à jurer. Etant interrogé juridiquement, ie n'ay pas répondu felon l'intention du Iuge, & ay confeillé de le faire. I'ay mal-heureufement blafphemé, i'ay inuoqué le Diable & luy ay donné mon corps, mon ame, mes enfans, mes feruiteurs, ou autre chofe. Ayant fait vœu ie n'ay pas eu foin de l'accomplir. I'ay voüé temerairement & fuperftitieufement.

I'ay tranfgreffé les Fêtes, faifant des œuures défenduës de l'Eglife, & manquant d'ouyr la fainte Meffe. I'ay empéché les autres de l'entendre, par mépris, ou negligence. I'ay manqué d'affifter à la Meffe de Paroiffe & à Vépres, & d'y faire affifter mes gens. Ie fuis venu en l'Eglife à mauuaife intention, auec efprit & action de vanité & y ay commis d'autres pechez. I'ay vacqué aux danfes, aux jeux, aux promenades & aux voyages inutils, aux occupations non neceffaires, & par fois même auec peril de perdre la Meffe ou le Diuin feruice. Ie n'ay pas eû foin de me confeffer vne fois l'année, & ce à mon Curé ou à quelqu'vn des Prêtres commis de fa part ; ny de faire auffi confeffer mes gens. Ie me fuis confeffé fans auoir examiné ma confcience, fans propos de quiter le peché ; & faute d'examen fuffifant, ie n'ay pas entierement declaré tous mes pechez mortels. Ie n'ay pas jeûné le Caréme, les Vigiles & les Quatre-temps. I'ay beu & mangé par intemperance auec vn domage notable de ma fanté. I'ay frequenté les Cabarets les Dimanches & les Fêtes, durant le feruice Diuin, auec grande dépence & à la ruine de ma famille. Ie me fuis enyuré & y ay induit quelqu'autre. I'ay traité auec irreuerence les Reliques des Saints , leurs Images , les Sacremens & les ceremonies de l'Eglife. Par dégoût des chofes fpirituelles , ie n'ay pas fait quelque bonne œuure à quoy i'étois obligé.

I'ay offenfé mes parens , par haine , inimitié, rancune , détraction , mocquerie, malediction, jugement temeraire , mépris , deshonneur , execration ; ie les ay contriftez & mis en colere. Ie ne leur ay pas obey & ne les ay pas fecouru dans leur befoin.   Ie leur ay fouhaité du mal & même la mort , pour auoir leur fucceffion. Ie n'ay pas executé leurs Teftamens & dernieres volontez. Ie n'ay pas obferué les ordonnances de mes Superieurs, j'ay detracté.   I'ay maudit mes enfans , ie ne les ay pas inftruit à prier Dieu & des deuoirs du Chrétien: Ie les ay mis en Religion contre leur confentement, ou pour des fins temporelles. Ie ne les ay pas corrigez , ny occupez en quelque honéte exercice, pour les retirer de l'oyfiueté & des occafions de débauches : par vn amour defordonné vers eux, ou les miens , ie me fuis porté à offenfer Dieu. Ie n'ay pas eu foin pareillement, que mes feruiteurs & domeftiques ayent fçu les chofes neceffaires à falut; qu'ils ayent obferué les Commandemens de Dieu & de l'Eglife & ne les ay fait affifter eftans malades, tant pour les chofes fpirituelles que pour les corporelles.

I'ay fouhaité du mal à mon prochain , en fon corps , en fon honneur , en fa renommée, en fes

biens spirituels & temporels ; iusqu'à luy desirer la
mort. I'ay frappé, blessé, tué, & donné commission,
ou conseil de le faire. I'ay procuré directement
ou indirectement de faire l'auortement d'vn enfant,
ou qu'il ayt éte étoufé. Ie n'ay voulu pardonner,
n'ay demandé pardon ny fait satisfaction , & n'ay
voulu voir ny parler , ny salüer mon prochain
auec lequel i'ay eu querelle ou differend. Par fureur
& colere i'ay desiré ma mort: ie me suis frappé, maudit & injurié. I'ay semé des debats , des procez, des
discordes & des inimitiés. Ie me suis attristé de la
prosperité des autres & me suis rejoüy de leur mal.

I'ay eu des pensées deshonnétes , ausquelles ie
me suis volontairement arrété & aussi delecté :
i'ay peché en desirs , en paroles lasciues , & à lire
des liures impudiques. I'ay retenu en la maison des
nuditez , des peintures & des Images impudiques
que moy & d'autres ont pû regarder luxurieuse-
ment. I'ay peché par attouchement sur moy , ou
sur autruy, & par des baisers impudiques. I'ay en-
uoyé à mauuaise fin des messages , des letres & des
presens. I'ay donné mauuais conseil ou secours, &
me suis seruy d'entremeteur pour pecher. I'ay eu
de l'amour deshonnéte enuers vne personne , la
poursuiuant à dessein de pecher : i'y ay perseueré, &
à cause de moy cete personne a été notée d'infamie.
Ie me suis seruy de fard , danses , nudité du corps
& semblables, pour inciter au peché de luxure. I'ay
peché par effect auec vne vierge , mariée , parente

alliée, confacrée à Dieu : par violence, menaces, dol, fous promeffes de mariage, par prieres & mignardifes. I'ay induit vne perfonne au peché : Ie m'en fuis vanté & ay nommé la perfonne. I'ay commis le deteftable peché contre nature qui fe nomme Sodomie. I'ay touché deshonnétement quelques bétes, ou commis quelqu'autres peché auec elles. I'ay negligé d'éuiter les occafions prochaines du peché, & y trempe encore. Ie n'ay pas vécu dans le Mariage auec la retenuë & la chafteté à laquelle la Sainteté de ce Sacrement m'oblige. I'ay manqué de rendre le deuoir y étant obligé, & pratiqué les chofes qui pouuoient m'empécher d'auoir lignée. I'ay pris quelque chofe d'autruy par larcin, ou par rapine : I'ay pris vne chofe Sacrée, ou dans vn lieu Sacré. I'ay fait dommage à mon prochain, & n'ay pas été diligent à le reparer. Par des voyes induës, iay empéché le droiĉt de quelques vns. Par ma faute ie fuis deuenu infoluable à mes Creanciers, qui en fouffrent du dommage. Ayant trouué quelque chofe, ie l'ay prife à deffein de la reten r. Par ma faute i'ay perdu des chofes que ie tenois en dépoft. I'ay endommagé ce qui m'a été prété & loüé. En vendant & achetant i'ay fait de la fraude dans la marchandife, au prix, au poids & en la mefure. I ay acheté de ceux qui n'ont le pouuoir de vendre, comme des feruiteurs & des enfans de famille. I'ay vendu plus cher que la chofe ne valoit. I'ay acheté à trop bas prix & en ay eu la volonté. I'ay vendu vne chofe pour vne autre meilleure; & vne defectueufe pour vne entiere. La chofe que ie vendois ayant vn deffaut caché , ie ne l'ay declaré. I'ay acheté des chofes que ie fçauois ou doutois être dérobées. I'ay eû volonté de prendre ou retenir le bien d'autruy. I'ay eû deffein d'acquerir de toutes mains , à bien & à mal. I'ay commis vfure. I'ay fait vn Contract vfuraire , & vne focieté injufte en marchandife. Ayant reçu payement ou falaire pour faire quelque chofe , ie ne m'en fuis pas fidellement acquité. I'ay retenu le falaire de mes officiers ou ouuriers , & differé de les payer auec leur dommage. I'ay fufcité vn procez contre la Iuftice : en vne caufe jufte, i'ay vfé de tromperie pour gagner. I'ay joüé à des jeux defendus , & par fraude i'ay gangné au jeu. I'ay commis Simonie , en vendant ou achetant vne chofe fpirituelle , ou jointe à vne fpirituelle. I'ay priué l'Eglife des dixmes & autres droits que ie deuois , par des moyens illicites & mauuaifes informations. I'ay obtenu quelque chofe qui ne m'apartenoit point. I'ay empêché injuftement les autres de faire quelque gain honnéte. I'ay malicieufement empêché quelqu'autre d'auoir vn benefice Ecclefiaftique. I'ay participé au larcin en le commandant, confeillant, confentant, le loüant & fauorifant, recelant, ne l'empêchant & manifeftant quand ie l'ay pû & dû. I'ay porté faux témoignage. I'ay accufé & dénoncé injuftement. Eftant Iuge ou Arbitre, j'ay prononcé vne Sentence injufte. I'ay dit des menfonges, & par fois auec préjudice & dommage notable du prochain, en chofe d'importance. I'ay murmuré de la vie

des autres , & particulierement des perſonnes qualifiées,
comme ſont les Prelats , les Prêtres , les Religieux , & les
femmes d'honneur. I'ay découuert vn ſecret qui m'étoit
confié. I'ay reuelé ce que j'auois vû ou entendu en ſecret.
I'ay ouuert quelque letre miſſiue , & à mauuais deſſein.
I'ay peché par jugement témeraire. I'ay detracté , maudit , & injurié. Ie me ſuis moqué. Ie n'ay tenu comte
d'accomplir mes promeſſes. I'ay dit des paroles pour rompre l'amitié d'entre des amis. I'ay vſé de flaterie , loüant
ou defendant quelqu'vn en choſe qui étoit peché.

Ie me confeſſe & accuſe de tous les pechez ſuſdits, &
de pluſieurs autres qui me ſont cachez : generalement de
tout ce que ie peux être coupable deuant Dieu : & en ſigne de regret & de déplaiſir que j'ay de l'auoir tant grié-
uement offencé : I'en dis , ma coulpe , ma tres - griéue
coulpe ; & deuotement & humblement luy en requiers
pardon & mercy , par le merite de la Mort & Paſſion de
Iesvs-Christ nôtre Sauueur ; & à vous mon Pere,
Penitence & Abſolution. Ceux qui ſçauent leur *Confiteor*
qu'ils le diſent , & s'il y en a qui ne le ſçauent pas , qu'ils
diſent *Pater noſter* & *Aue Maria.*

Le Dimanche des Rogations.

DEmain, Mardy & Mercredy, font les Proceffions folennelles, où felon l'ancienne coûtume de l'Eglife l'on fe met en prieres publiques, & inuocations des Saints & de toute la Cour celefte ; pour détourner l'ire de Dieu qui nous menace. Ce que du mot Grec , Litanies, nous apellons Rogations ou fuplications: durant lefquels jours, vous étes obligez de faire abftinence de viandes ,& d'affifter aux Proceffions.

Aux jours & Fêtes de la tres-Sainte Trinité : Les Curés enfeigneront à leurs Paroiffiens ainfi qu'il s'enfuit, la forme & ceremonie qu'ils doiuent obferuer ; quand par neceffité ils adminiftrent le Sacrement de Baptême.

PArce que l'Eglife nous propofe aujourd'huy en l'Euangile de ce jour, le commandement de nôtre Seigneur donné à fes Apôtres pour l'adminiftration du Saint Sacrement de Baptême : & que d'ailleurs châque fidel peut & doit l'adminiftrer en cas d'extréme neceffité. C'eft à dire, quand il y a danger que l'enfant ne meure promptement. Il fuffit de prendre de l'eau naturelle & commune , & la répandre en telle forte qu'elle le touche, en difant ces paroles: *Ie te baptife au nom du Pere , & du Fils, & du faint Efprit. Ainfi foit-il.* Et afin que vous les puiffiez mieux retenir, pour en vfer en

I

cas de ladite neceſſité : ie dis encore vne fois, que metant
l'eau & la répandant ſur l'enfant, en telle ſorte qu'elle le
touche, il faut dire, *ie te baptiſe au nom du Pere, & du*
Fils, & du S. Eſprit. Ainſi ſoit-il. Et auoir en même
temps intention de baptiſer.

La forme de declarer quelqu'vn ex-communié par nom & ſurnom.

Lors que le Curé aura reçu commandement de Nous, de
declarer quelqu'vn excommunié, par nom & ſurnom,
il apportera auparauant toute diligence, & fera tout ſon poſ-
ſible à fléchir le cœur de celuy qui doit être excommunié, par
des remôntrances paterneles & particulieres. Et enfin, s'il
ne veut aucunement obeyr, il l'excommuniera par nom &
ſurnom, diſant.

NOus auons reçu commandement de la part de
Monſeigneur l'Illuſtriſſime & Reuerendiſſime Archeuêque de Bourges, de declarer publiquement que N.
Icy on dira le nom, ſurnom, & la demeure de celuy qui
doit être declaré excommunié, eſt excommunié : & ce pour,
Icy l'on dira le crime pour lequel il eſt excommunié, lequel
quoy que nous l'ayons pluſieurs fois auerty & même
exhorté d'obeyr & de ſe metre à la raiſon, & ſatisfaire à
ſon deuoir, à quoy il n'a voulu nullement entendre,
& a perſeueré iuſqu'à preſent. C'eſt pourquoy nous
ſommes contraints, bien qu'auec beaucoup de regret &
beaucoup de douleur de paſſer outre, & de metre en
execution le commandement de nôtre Superieur, *Icy le*

Curé poura s'il le trouue expedient expliquer en bref la
force & l'effet de l'excommunication. Partant donc , de
l'authorité de Monseigneur l'Illustrissime & Reuerendissime Archeuêque de Bourges , Nous declarons & denonçons ledit N. excommunié, retranché & separé de l'Eglise , priué de la participation de tous les Sacremens & de ses
merites & Suffrages , & liuré à la puissance du Diable.
Et de la même authorité , Nous defendons sous peine d'excommunication , à toutes sortes de personnes de le salüer,
de luy parler , & de conuerser auec luy en quelque maniere,
& en quelque lieu que ce soit, hormis és cas portez par le
droit, comme seroit de charité & de necessité , jusqu'à
ce qu'il se soit reconnu & soit reuenu à resipiscence &
ayt reçu l'Absolution.

S'il est expressément ordonné de faire l'excommunication
solennellement, en éteignant le cierge , & sonnant la Cloche:
Le Curé témoignant beaucoup de douleur & de tristesse; pen-
dant que l'on tintera d'vn son lugubre & funeste la grosse
Cloche de l'Eglise, ou la petite , selon la coûtume , éteindra
le Cierge, qui doit être d'vne juste grandeur , lequel vn des
assistans luy aura presenté , & le jetera par terre : il poura
aussi incontinent apres expliquer ce que signifient toutes ces
ceremonies.

Ce qui ne se fera neanmoins que pour des crimes d'E-
tat ou autres semblables, & par nostre expresse permission
par écrit.

I ij

La forme de l'avertiſſement que l'on fait pour les crimes cachés.

S I Monſeigneur l'Illuſtriſſime Archeuêque de Bourges ordonne de faire quelque avertiſſement , ſous peine d'excommunication : pour meurtre ou aſſaſſin , dont l'autheur ſoit inconnu, afin que par ce moyen on le puiſſe découurir , & que celuy qui eſt offenſé puiſſe étre ſoulagé; Le Curé auant que de lire la clauſe qui ſuit , Partant de l'authorité de Monſeigneur l'Illuſtriſſime Archeuêque de Bourges , *dira premierement le crime commis puis ajoûtera.* Il nous a été commandé de la part de Monſeigneur l'Illuſtriſſime Archeuêque de Bourges , d'avertir tous ceux qui ont commis cete faute , ou qui ont contribué , ou même qui en ont entendu ou en ſçauent quelque choſe, d'y ſatisfaire dedans *tel* temps. *Icy il exprimera le temps porté & definy par les lettres,* ou de declarer ceux qu'ils connoiſſent être coupables, ſous peine d'excommunication.

　Que s'il iuge à propos & vtile de môntrer la puiſſance de l'Egliſe , & de dire quelque choſe touchant la vertu & les effets de l'excommunication il le poura faire.

　Si le premier avertiſſement n'a aucun effet, & qu'il ne puiſſe rien découurir, il ſe poura ſeruir de la méme forme pour le ſecond & troiſiéme avertiſſement. Si en ſuite il eſt contraint de venir à l'excommunication, il poura ſe ſeruir de cete forme qui ſuit , ou autre ſemblable.

NOus vous auons auertis déja par trois fois, que ceux qui se sentent coupables de *telle* faute, *Icy on dit le fait*, eussent à y satisfaire, ou ceux qui en auoient quelque connoissance, eussent à declarer les coupables; ce qu'ayant été méprisé, tant des vns que des autres, quoy que ce fût vne chose qui leur étoit commandée de la part de l'Eglise; Nous sommes contraints de recourir au dernier remede.

Partant, de l'authorité de Monseigneur l'Illustrissime Archeuêque de Bourges: Nous declarons toutes ces personnes-là excommuniées & priuées de l'vsage des Sacremens, & des Suffrages de l'Eglise, iusqu'à ce qu'aprés s'être humiliés, & auoir obey, ils ayent obtenu leur Absolution.

Qu'il se donne pourtant de garde de dire le nom de qui que ce soit, encore qu'il luy soit suspect.

Comme il faut publier la reconciliation de l'excommunié.

N'Agueres par le commandement de Monseigneur l'Illustrissime & Reuerendissime Archeuêque de Bourges: Nous auons denoncé & declaré excommunié, *Icy on dit le nom & surnom de l'excommunié;* Auquel Dieu ayant touché le cœur, & iceluy ayant déja été legitimement absous de ladite excommunication & r'étably à la participation des Sacre-

mens de l'Eglise, & la Communion des fidels : Nous
vous le faisons maintenant à sçauoir ; & partant il sera
desormais permis à tous les fidels, de se trouuer &
communiquer auec luy, & prions quant & quant, que
ce soit à la plus grande gloire de Dieu, au salut de
son ame, & à la ioye & consolation de tout le peuple
Chrétien.

CHAPITRE SECOND.

De la Visite de Mgr l'Archevêque.

Ce qu'il faut preparer pour la Visite.

E Chef, ou la premiere Dignité de la principale Eglise ; ou le Curé de la Paroisse au lieu où il y a seulement vne Paroisse : aussi-tôt qu'il aura reçu le Mandement de Monseigneur l'Archeuêque pour sa Visite, il le publiera ou fera publier au Prône, pour en avertir le peuple, & les preparera à receuoir la Confirmation.

Il fera avertir les Procureurs fabriciens, pour tenir les comtes prêts.

Si c'est la premiere fois que Monseigneur l'Archeuêque va faire sa Visite, il avertira toutes les Communautés seculieres & regulieres pour s'y trouuer, & encor les compagnies de la Iustice & de la Ville, & les Echeuins pour porter le Daix.

La veille de l'ariuée de Monseigneur, il fera sonner le Carillon au soir, pour avertir le peuple.

Il fera preparer ce qui s'ensuit.

Le Daix pour porter sur Mondit Seigneur.

Vn accoudoir au milieu du Chœur de l'Eglife, ou s'il n'y a point de Chœur, au milieu du grand Autel au bas des degrés, cét accoudoir doit être vn peu plus éleué que le carreau & paué de l'Eglife, auec vn tapis deffus pour metre à genoux Mondit Seigneur, vn fauteüil ou chaife à bras proche de l'Autel contre la table qu'il preparera, vne table feruant de credence au côté de l'Epître & proche du grand Autel, couurira cete table d'vne grande nape blanche.

Sur cete table on preparera vn baffin & vne eguiere pleine d'eau, pour lauer les mains auant que vifiter le S. Sacrement, & vne feruiete bien blanche pour les effuyer.

Vn Encenfoir auec vne Nauete.

Vn Benîtier auec de l'eau benîte, & vn Afperfoir.

Vne Caffe pleine de charbon dans la Sacriftie, pour allumer & metre du feu dans l'Encenfoir quand on en aura befoin.

Les Liures des Baptémes, Mortuaires, & Mariages.

La clef du Tabernacle, la clef des Fonds baptifmaux, & de l'armoire où l'on met les faintes Huiles, & autres chofes.

Vne bourfe mife fur l'Autel auec vn corporal.

Six chandeliers auec des cierges, fur l'Autel.

Le Meffel fur l'Autel, & l'Oraifon du Patron ou de la Patrone de l'Eglife, marquée.

On inftruira deux Clercs ou deux Ecclefiaftiques, pour tenir toûjours l'Encenfoir & la Nauete préte, le Benîtier & l'Afperfoir, qui feront ce qui s'enfuit.

Celuy qui aura l'Encenfoir tiendra du feu dedans, & celuy qui aura le Benîtier, de l'eau benîte ; fe tiendront tous deux à la porte de l'Eglife, à main droite en entrant & attendront là : lorfque la Proceffion entrera dans l'Eglife, celuy qui aura le Benîtier s'approchera le premier du Superieur de l'Eglife, & en s'approchant, fera vne genuflexion à Monfeigneur, puis donnera l'Afperfoir audit Superieur & attendra là, jufqu'à ce que Monfeigneur ayt afperfé luy & les affiftans; puis le Superieur luy ayant rendu l'Afperfoir, il fera vne genuflexion & fe retirera, & celuy qui aura la Nauete & l'Encenfoir s'auancera ; & approchant de Monfeigneur fera auffi

vne

vne genuflexion, puis donnera la Nauete au Superieur de l'Eglise, & se metra à genoux, ouurira son Encensoir & apres que Monseigneur aura mis de l'encens dedans, il se leuera, donnera son Encensoir au Superieur, & reprendra de la main gauche la Nauete; & de la droite éleuera le deuant de la Chape du Superieur pendant qu'il encensera; apres quoy il fera vne genuflexion, se retirera auec le porte-benîtier, & s'en iront deuant la Croix dans le Chœur, jusqu'à ce qu'on chante *De profundis.*

Quand on chantera *De profundis* dans le Chœur de l'Eglise, ils viendront se metre derriere Monseigneur l'Archeuêque.

Quand on ira au milieu du Cimetiere ou au milieu de la Nef, ils marcheront deuant la Croix & se metront deuant elle dans ledit Cimetiere ou dans la Nef durant le *Libera.*

Quand on repetera le *Libera,* ils viendront derriere Monseigneur l'Archeuêque, & apres que Monseigneur aura dit les Oraisons, ils s'en retourneront deuant la Croix à l'Eglise, dans l'enclos du grand Autel.

Etant arriuez-là, celuy qui porte le Benîtier & l'aspersoir le quitera & le metra sur la Credence ou table preparée à côte de l'Autel, & prendra le bassin & l'eguiere pour donner à lauer; & celuy qui portera l'Encensoir, s'il n'y a pas de feu en ira cependant metre dedans, s'il y en a, se metra au coin de l'Autel, du côté de l'Epître.

Celuy qui portera l'Encensoir, aussi-tôt que Monseigneur aura laué ses mains s'aprochera proche de mondit Seigneur, presentera la Nauete au premier Assistant; qui benira l'encens; & l'ayant beny; il se metra à genoux sur le bout de la seconde marche de l'Autel; & quand le saint Ciboire aura été tiré, & le premier Assistant sera reuenu à genoux auprés de Monseigneur; il donne l'Encensoir au premier Assistant, & ce premier assistant luy rendant, il le reçoit & luy r'aportera apres l'Oraison *Deus qui nobis* dite par Monseigneur; & l'ayant de nouueau reçu, ira aux Fonds deuant la Croix se metre proche des Fonds; & apres la visite, presentera l'Encensoir au premier Assistant, & puis apres s'en re-

K

tournera au Chœur, où la Proceſſion, étant ariuée, il quitera ſon Encenſoir dans la Sacriſtie.

Inſtruira de plus celuy qui doit porter la Croix, & celuy qui doit porter la Baniere, qu'ils doiuent faire ce qui ſuit. Ils doiuent aller à la Proceſſion pour receuoir Monſeigneur: Au retour de la Proceſſion, de la porte de la Ville ou du logis de Mondit-Seigneur, étans r'entrez dans l'Egliſe ils doiuent s'aréter enuiron le milieu de la Nef, en atendant que Monſeigneur aura été encenſé.

Monſeigneur ayant été encenſé ils s'en iront deuant les Prêtres dans le Chœur de l'Egliſe, proche de l'Autel; & apres que le *De profundis* aura été chanté, quand on commencera, *Qui Lazarum* ou *Libera* pour les Trépaſſez, ils iront deuant les Prêtres dans la Nef, ou dans le Cimetiere, ainſi qu'il a été dit cy-deſſus, & ſe metront au milieu de la Nef ou du Cimetiere.

Apres la viſite du ſaint Sacrement quand on aura commencé, *Sit nomen Domini*, & *Laudate pueri Dominum*, ils iront aux Fonds, & ſe metront auprés: apres la viſite des Fonds quand on commencera *Laudate Dominum omnes gentes*, ils reuiendront dans le Chœur, où d'abord qu'ils ſeront ariuez ils quiteront la Croix & la Baniere.

Il inſtruira les Prêtres de la Paroiſſe comment il faut qu'ils allent deux à deux auec modeſtie & accommodés proprement à la Proceſſion, ſoit en allant audeuant de Monſeigneur, ſoit en allant & reuenant du Cimetiere ou de la Nef, ſoit en allant & reuenant des Fonds Baptiſmaux: s'il eſt ſeul dans ſa Paroiſſe il auertira & priera tous les Curez circonuoiſins de l'aſſiſter.

Auant l'ariuée de Monſeigneur il préuoyra bien à tout ce qu'il a à faire, afin que rien n'y manque, & inſtruira bien tous ceux qui doiuent ſeruir à la Ceremonie, repetera tous les iours auec les Eccleſiaſtiques de ſa Paroiſſe, ou autres Eccleſiaſtiques, ce qu'il y a à faire tant pour la preparation, que pour la Ceremonie.

Il donnera encor charge à quelqu'vn de ſe tenir auprés du grand Autel pour alumer les Cierges auſſi tôt que Monſeigneur ſera à la porte de l'Egliſe.

ORDRE DE CE QV'IL FAVT

faire pour receuoir Monseigneur l'Illustrissime & Reuerendissime Archeuêque, quand il fait pour la premiere
fois sa visite dans vne Ville ou dans
l'Eglise.

QVELQVES *heures auant l'ariuée de mondit Seigneur, le Superieur de l'Eglise, ou le Curé fera soner les cloches; & les communautez & le peuple étant ariuez, il se revétira d'vne des plus belles Chapes de son Eglise, sans prendre vne Etole; & tous les autres Prêtres sans Chape, mais seulement auec leurs Surplis, & s'ils sont Chanoines leurs Aumusses, il marchera Processionellement auec tous les autres Prêtres à la porte de la Ville, les Escheuins ou autres personnes portans le Daix; quelqu'vn portera vn tapis & iront tous ensemble sans rien chanter: le Daix se doit porter jusqu'à la porte sans ceremonie.*

Si c'est vn Village; il ira au commencement du Bourg, du côté que Monseigneur viendra, & les plus aparens de la Paroisse porteront vn Daix tel qu'il en auront vn, s'ils n'en ont point ils tâcheront d'en emprunter.

S'il pleut, il atendra Monseigneur l'Archeuêque à la porte de l'Eglise.

Etant ou à la porte de la Ville, ou au commencement du Village en quelque lieu bien net ; voyant ariuer Monseigneur il fera ranger tout le monde en haye, jetera le tapis par terre, sur lequel il fera tenir & metre le Daix qu'ils auront aporté, prendra ou la Croix de la Procession ou vne autre Croix ; & Monseigneur venant auec ses Assistans, il l'atendra en ce lieu-là : Monseigneur étant en rochet & camail vient auec ses Assistans, reuêtus de Surpelis, s'auance sur le tapis ; le Superieur ou Curé de l'Eglise auec tous ses Assistans feront vne genuflexion pour saluër Monseigneur l'Archeuêque : ensuite le Superieur ou Curé de l'Eglise luy presentera la Croix à baiser, laquelle Monseigneur baisera à genoux, celuy qui la tient demeurant debout.

Aussi-tôt que la Croix sera baisée le Superieur de l'Eglise la rendra ; Mondit-Seigneur se leuera, & ses Assistans luy ôteront son Camail, luy donneront l'Etole, la Chape & la Mitre ; & étant ainsi reuêtu, le Superieur de l'Eglise luy fera s'il veut vne harangue, laquelle faite, ou s'il n'en fait point ; aussi-tôt que la Croix sera baisée, il la rendra & entonnera, Te Deum laudamus, qué tous continüront, & la Procession marchera en cét ordre : les Religieux les premiers ; s'il y a des Chapitres & des Paroisses, les Curez & les Prêtres des Paroisses, puis les Chapitres ; le plus noble ira le dernier : & le porte-Croix & le porte-Crosse iront immediatement deuant le Daix, sous lequel Monseigneur sera pendant tout le chemin jusqu'à l'Eglise, & sera suiuy des principaux Corps de la Ville & autres notables laïques deux à deux.

Deux des principaux Ecclesiastiques de l'Eglise, s'il y en a beaucoup, ou deux des principaux Officiers de Monseigneur se metront à ses côtez, & éleueront vn peu le deuant de sa Chape; ce qu'ils obserueront toûjours marchans aux côtez de Monseigneur; & Monseigneur marchera donnant la benediction au peuple.

Etant ariuez à la porte de l'Eglise ou dedans, les Ecclesiastiques ou autres Assistans, continuans toûjours à chanter le Te Deum, *s'il n'est finy; le Superieur de l'Eglise s'arétant à la porte de l'Eglise prendra l'asperfoir & le presentera à Monseigneur, baisant premierement l'asperfoir, puis la main de Monseigneur; atendra qu'il ayt asperfé les Assistans, receura ledit asperfoir de la main de Monseigneur, baisant premierement la main, puis l'asperfoir, & le rendra à l'Officier qui aura le benîtier.*

Il obseruera toutes fois & quantes qu'il presentera quelque chose à Monseigneur ou le receura de luy, qu'il fera toûjours deuant & apres vne inclination profonde; & en presentant, baisera premierement la chose puis la main, & au contraire en receuant il baisera premierement la main, puis la chose qu'il receura.

Ayant reçu l'asperfoir, fera aprocher l'Officier de l'encenfoir, luy fera ouurir son encenfoir, prendra la nauete ou vafe où est l'encens, presentera la cuilleire à Monseigneur obseruant ce que dessus; & Monseigneur ayant mis de l'encens dans l'encenfoir, il receura la nauete, la rendra à l'Officier, prendra l'encenfoir, & se retirant deux ou trois pas, faisant vne profonde inclination encensera Monseigneur par trois fois, puis se metra à genoux pour receuoir la Bene-

diction de Monseigneur, laquelle luy étant donnée se leuera & rendra l'encensoir, puis se tournant vers l'Autel si le Te Deum *est finy, il commencera le Cantique.*

Benedíctus Dóminus Deus Ifrael quia visitauit & fe-

cit redemptionem plebis suæ.

Que tous les autres continüront en Plain-chant, faux-bourdon ou Musique.

Monseigneur se met auec ses Assistans & Officiers au lieu qui est preparé, ses deux Assistans à ses côtez, ses deux Aumôniers deriere, celuy qui porte la Crosse à son côté gauche, & celuy qui porte la Croix à son côté droit, vn peu deuant luy, & tous se metent à genoux.

Les Prêtres se placeront de côté & d'autre, le Superieur ou la premiere Dignité de l'Eglise entrera dans l'enceinte de l'Autel & se placera proche de l'Autel du côté de l'Epître, le visage tourné vers Monseigneur l'Archeuêque.

Ceux qui portent le Daix, aussitôt que Monseigneur entre dans le Chœur se retirent, & le vont metre en quelque part, n'en ayant plus que faire.

Le Te Deum *ou* Benedictus *étant dit, le Superieur ou premiere Dignité se leuera & commencera l'Antienne suiuante, que tous les autres Assistans continüront auec luy étans debout; s'il y a Musique, la Musique poura chanter en motet cete Antienne.*

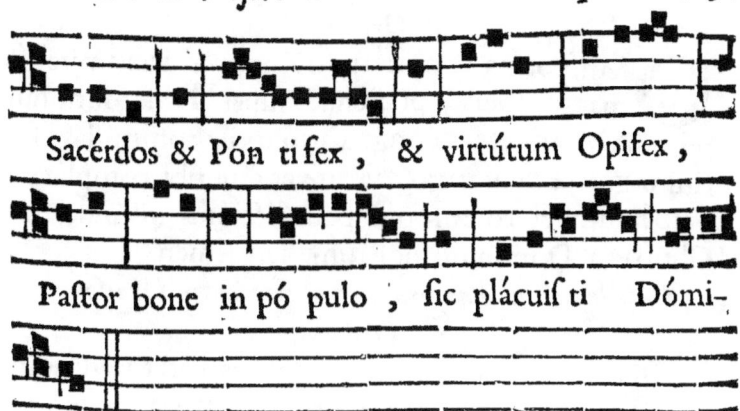

Sacérdos & Pón ti fex , & virtútum Opifex ,

Paftor bone in pó pulo , fic plácuif ti Dómi-

no.

Nota , *Quoy qu'on dife cete Antienne durant le temps de Pâques, on n'ajoûte point* Alleluya *à la fin.*

Enfuite le Superieur ou premiere Dignité étant debout & ayant le côté tourné à l'Autel, & le vifage tourné vers Monfeigneur l'Archevêque, chantera les Verfets & Oraifons fuiuantes, les Affiftans répondans.

℣. Protéctor nofter áfpice Deus.

℞. Et réfpice in fáciem Chrifti tui.

℣. Saluum fac feruum tuum Antiftitem noftrum N.

℞. Deus meus fperántem in te.

℣. Mitte ei Dómine auxílium de fancto.

℞. Et de Sion tuére eum.

℣. Nihil profíciat inimícus in eo.

℞. Et filius iniquitâtis non apponat nocére ei.

℣. Dómine exáudi oratiónem meam.

℞. Et clamor meus ad te véniat.

℣. Dóminus vóbifcum.

℞. Et cum fpíritu tuo.

Orêmus.

OMnípotens fempitérne Deus, qui facis mirabília magna folus, præténde fuper hunc fámulum tuum N. & cunctas congregatiónes illi commíffas, fpíritum grátiæ falutáris; & vt in veritáte tibi compláceat, perpétuum ei rorem tuæ benedictiónis infúnde. Per Chriftum Dóminum noftrum. ℟. Amen.

Puis le même chantera encore cete autre Oraifon.

Orêmus.

DEus humílium vifitátor qui eos patérna dilectióne confoláris, præténde focietáti noftræ grátiam tuam, vt per eos, in quibus hábitas, tuum in nobis fentiámus augméntum. Per Chriftum Dóminum noftrum ℟. Amen.

L'Oraifon finie, le Superieur ou premiere Dignité fe met à genoux au même endroit, & tout le Chœur pareillement fe met à genoux; Monfeigneur l'Archeuêque quite fon fiege & s'en va à l'Autel, & fes deux Affiftans à fes côtez éleuans le deuant de fa chape; fa Croix & fa Croffe marchans deuant luy; le refte de fes Ecclefiaftiques derriere luy: Monfeigneur ariuant au bas des degrez de l'Autel vn de fes Ecclefiaftiques luy ôte la Mitre; puis font tous enfemble vne genuflexion, fi le faint Sacrement y eft, finon ils font vne inclination profonde; & Monfeigneur auec fes deux affiftans monte à l'Autel & le baife doucement: fes deux affiftans fe metent á genoux à fes côtez; le porte-Croffe s'auance & fe met à genoux quafi au milieu, neanmoins vn peu du côté de l'Epître, & le porte-Croix droit au milieu de l'Autel fur le premier degré au bas; & Monfeigneur
com-

commence à chanter & donner la benediction solennelle, Sit
nomen, pendant laquelle tout le Clergé & le peuple est
à genoux.

La benediction donnée, le Superieur quite la Chape, &
Monseigneur fait ou fait faire l'Exhortation ou Sermon,
& ôte sa Chape & sa Mitre s'il veut; ou bien prêche ou
assiste au Sermon en Chape & en Mitre, soit que le Sermon se fasse dans la grande Chaire ou non.

Si le Sermon se fait à l'Autel, Monseigneur se met dans
son fauteüil au milieu de l'Autel, en cas que ce soit luy qui
prêche; sinon il se met du côté de l'Epître dans son fauteüil
un peu tourné vers le Predicateur; & le Predicateur se
met dans une autre chaise du côté de l'Euangile, le visage
tourné vers le peuple.

Si le Sermon se fait dans la grande Chaire, & que
Monseigneur ne le fasse pas; alors on porte le fauteüil de
Monseigneur vis à vis la Chaire, & des sieges pour les Ecclesiastiques qui se metent à l'entour de luy; ceux qui portent sa Croix & sa Crosse sont deuant luy.

Si Monseigneur veut qu'on differe le Sermon à la fin de
la visite; luy ou un de ses Ecclesiastiques auertit le Clergé
& le peuple des Prieres qu'on va faire, & les inuite d'y
assister auec deuotion.

Le Sermon ou l'auis finy, Monseigneur s'en retourne
auec tous ses Ecclesiastiques au milieu du Chœur ou dans
l'enceinte de l'Autel; & s'il y auoit deposé la Chape &
l'étole qu'il auoit, il la reprend & se met à genoux; les Ec-
clesiast.ques dans leurs places ordinaires & tout le peuple
se met aussi à genoux, & Monseigneur commence le

L

Veni Creator, &c. *Que tous les Prêtres continüent : Monseigneur ne commence que le premier verset, les autres versets sont continuez par tous les Ecclesiastiques, en Pleinchant, Faux-bourdon ou Musique.*

Apres le premier verset dit, Monseigneur & tous les Ecclesiastiques se leuent & continüent jusqu'à la fin du Veni Creator.

Puis deux Ecclesiastiques ou deux Enfans chantent le verset.

℣.   Emitte spíritum tuum & creabúntur.

℟.   Et renouábis fáciem terræ.

Si c'est au temps de Pâques on ajoûte Alleluya, *& Monseigneur chante l'Oraison.*

Orêmus.

DEus qui corda fidélium sancti spíritus illustratióne docuísti : da nobis in eodem spíritu recta sápere, & de eius semper consolatióne gaudère. Per Christum Dóminum nostrum. ℟. Amen.

Ensuite les Prêtres ou deux d'iceux commencent, & tout le reste continüe cete Antienne de la Vierge ; pendant laquelle Monseigneur & tous les Ecclesiastiques sont à genoux & découuers ; si ce n'est que ce fût vn Dimanche ou vn Samedy apres midy ; car pour lors on est debout & découuert.

Sancta Má ria   Suc cúrre   mí seris, iuua pusil lá-

nimes, réfoue flé biles, o ra pro pópulo , inter-

uéni pro Clero , intercéde pro de uó to fe-

mí neo fexu; féntiant omnes tuum iuuámen

quicúmque cé lebrant tuam fanctam commemo-

ratiônem.

Puis deux Ecclesiastiques ou deux enfans chantent le verset, & Monseigneur dit l'Oraison suiuante.

Depuis la Trinité jusqu'à Pâques.

℣. Ora pro nobis fancta Dei génitrix.

℟. Vt digni efficiámur promiffiónibus Christi.

Orémus.

FAmulórum tuôrum quæfumus Dómine delíctis ignófce, vt qui tibi placére de áctibus noftris non valémus, genitrícis filij tui Dómini noftri interceffióne faluémur. Per eumdem Chriftum Dóminum noftrum

℟. Amen.

*Si c'eſt depuis Pâques juſqu'à la Trinité que l'on fait la
Viſite, au lieu de l'Antienne, on chante* Regina cæli læ-
tare, *&c. le Verſet* Gaude, *&c. Et pendant cete Antienne
& Oraiſon, tous les Eccleſiaſtiques ſont debout, & Monſeigneur, dit :*

Orêmus.

DEus qui per reſurrectiônem filij tui Dómini nó-
ſtri Ieſu Chriſti mundum lætificâre dignátus es :
præſta quæſumus vt per eius genitrîcem Maríam perpétuæ capiâmus gáudia vitæ. Per eúmdem Chriſtum Dóminum noſtrum. ℟. Amen.

*Puis on chante au Chœur vne Antienne du Patron
ou de la Patrone, pendant laquelle Monſeigneur & tous
les Eccleſiaſtiques ſont debout & découuers ; deux des Eccleſiaſtiques ou enfans chantent le Verſet conuenable, &
Monſeigneur dit auſſi l'Oraiſon conuenable, qui eſt marquée auant la Viſite, par le Superieur ou Curé de l'Egliſe
dans le Meſſel.*

*Apres cete Oraiſon du Patron, Monſeigneur au mê-
me endroit où il eſt, dépoſera ſa Chape & ſon Etole, &
en prendra vne noire ou violete, & demeurant à ſa même
place, le viſage tourné vers l'Autel, commencera.*

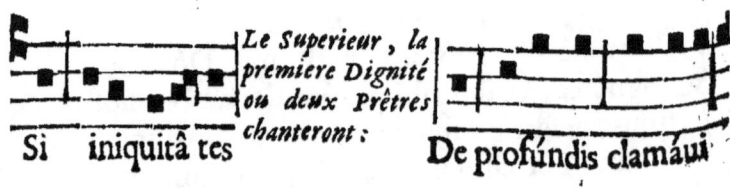

Si iniquitâ tes *Le Superieur, la
premiere Dignité
ou deux Prêtres
chanteront :* De profúndis clamáui

ad te Dómine : Dómine exáudi vocem meam.

Que tous les autres continüront en Plein-chant ou Faux-bourdon.

Pendant que l'on chante De profundis, *celuy qui a le benîtier, & celuy qui a l'encenfoir & l'encens, fe vien-nent metre auprés de Monfeigneur.*

Le De profundis *étant dit, tout le Chœur repete l'An-tienne.*

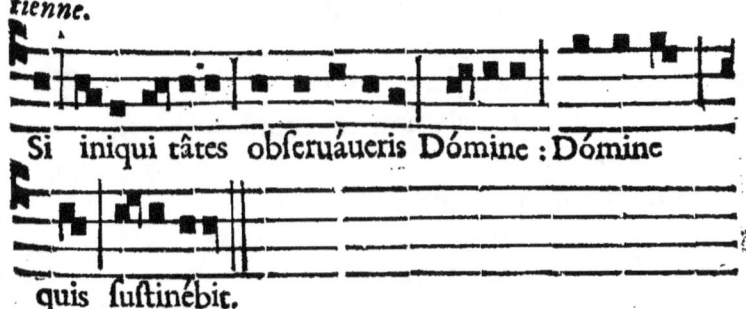

Si iniqui tâtes obferuáueris Dómine : Dómine
quis fuftinébit.

Pendant qu'on repete cete Antienne, l'vn des Affiftans qui ont été à côté de Monfeigneur, fçauoir eft celuy du côté de fa main droite, fait aprocher l'Ecclefiaftique ou Officier qui tient l'encenfoir, prend la nauete, s'auance vn peu deuant Mon-feigneur, luy prefente la cuilliere, & l'Officier vn genoüil en terre, tient l'encenfoir ; puis Monfeigneur met par trois fois de l'encens dans l'encenfoir, difant, Ab illo benedica-ris, *&c. Et rend la cuilliere à l'Affiftant ; l'Affiftant rend* *la nauete à l'Officier qui ſe leue , fait vne genuflexion & ſe retire derriere Monſeigneur.*

L'Antienne chantée, Monſeigneur ayant ôté ſa mitre dit les Verſets & Oraiſons ſuiuantes , & tous les Aſſiſtans répondent.

Kyrie eléïſon.   Chriſte eléïſon.   Kyrie eléïſon.
Pater noſter, *tout bas.*

Cependant l'Aſſiſtant , de la main droite preſente à Monſeigneur l'aſperſoir, & Monſeigneur aſperge trois fois deuant ſoy , enſuite l'Aſſiſtant reçoit l'aſperſoir , & preſente l'encenſoir , & Monſeigneur encenſe auſſi trois fois deuant ſoy, ce qu'étant fait, Monſeigneur chante ces Verſets.

℣.   Et ne nos indúcas in tentatiônem.

℟.   Sed líbera nos à malo.

℣.   In memória ætérna erunt iuſti.

℟.   Ab auditióne mala non timébunt.

℣.   A portâ inferi.

℟.   Erue Dómine ánimas eórum.

℣.   Réquiem ætérnam dona eis Dómine.

℟.   Et lux perpétua luceat eis.

℣.   Domine exáudi oratiônem meam.

℟.   Et clamor meus ad te véniat.

℣.   Dóminus vobíſcum.

℟.   Et cum ſpíritu tuo.

Orêmus.

DEus, qui inter Apoſtólicos ſacerdótes, fámulos tuos pontificali feciſti dignitâte vigére; præſta, quæſumus, vt eórum quoque perpétuo aggregéntur conſórtio. Per Chriſtum Dóminum noſtrum.

℟.   Amen.

Enſuite le Superieur ou la premiere Dignité, ou les Chantres commenceront à chanter ce qui ſuit: Sçauoir, ſi l'on va au Cimetiere, le Répons. Qui Lazarum reſſuſci-taſti, *comme il eſt dans l'Office des Morts.*

Que ſi l'on ne va que dans la Nef à cauſe que le Cimetiere ſera trop éloigné, on chantera, Libera me Domine, *comme il eſt dans l'Office des Morts; & on le chantera poſement.*

Auſſi-tôt que le Répons Qui Lazarum *eſt commencé, ſi l'on va au Cimetiere: ou ſi l'on ne va que dans la Nef, ou auſſi-tôt que le* Libera *ſera commencé, la Proceſſion commencera à marcher en cét ordre.*

Premierement les deux qui portent le benîtier & l'encenſoir, le premier à la droite & le ſecond à la gauche.

Enſuite celuy qui portera la Croix au milieu de deux Acolytes, qui feront vn ſecond rang

Puis tous les Prêtres deux à deux, le Superieur ou la premiere dignité marchant à la teſte, apres eux; le porte-Croix & le porte-Croſſe; & apres Monſeigneur l'Archeuêque auec ſes Aſſiſtans & Officiers, vont tous en cét ordre juſqu'au milieu du Cimetiere, ou de la Nef, ſi le Cimetiere eſt trop éloigné.

Etant ariuez au milieu du Cimetiere, le porte-Croix s'aréte en cét endroit, ſe met le dos tourné du côté du Soleil leuant, & tourne le Crucifix de la Croix vers le Soleil couchant; les deux Acolytes ſe tournent comme luy; les deux qui portent le benîtier & l'encenſoir de méme; les Prêtres ſe metent d'vn côté & d'autre, le viſage tourné l'vn vers l'autre & tous découuers; ſi ce n'eſt que la ſaiſon ſoit trop incommode.

Monseigneur l'Archeuêque auec tous ses Officiers sont à l'oposite, le visage tourné vers le porte-Croix.

Etans tous placez de cete sorte, & le Répons Qui Lazarum *étant finy, deux Chantres commenceront à chanter* Libera me Domine, *que tous continuënt & poursuiuent auec tous les Versets.*

Le Verset Requiem *étant dit, deux Chantres repeteront le Répons* Libera, *que tous continüront jusqu'au premier Verset.*

Durant que l'on repetera le Répons Libera, *les deux qui portent le benîtier & l'encensoir, viennent se metre aupres de Monseigneur l'Archeuêque; celuy qui porte l'encensoir presente la Nauete où est l'encens au premier des Assistans de Monseigneur l'Archeuêque; & pendant que Monseigneur met l'encens dans l'encensoir, il met vn genoüil en terre & tient l'encensoir ouuert; & l'encens étant mis & beny il reçoit la Nauete & se retire derriere Monseigneur.*

Le Répons étant dit, deux Prêtres ou deux Chantres chantent.

Kyrie eleïson, *les autres Assistans,* Christe eleïson, *puis tous ensemble,* Kyrie eleïson.

Incontinent, Monseigneur l'Archeuêque ayant quité sa Mitre, dit d'vn ton moderé, Pater noster, *que tous poursuiuent tout bas jusqu'à* Et ne nos.

Puis le premier Assistant presente l'aspersoir & l'encensoir à Monseigneur, comme il est dit au De profundis, *& Monseigneur asperge & encense de la même façon: Ce qu'étant fait il chante les Versets suiuans.*

℣. Et

℣. Et ne nos indúcas in tentatiônem.

℟. Sed líbera nos à malo.

℣. In memória æterna erit iustus.

℟. Ab auditióne mala non timébit.

℣. A portâ inferi.

℟. Erue Dómine ánimas eórum.

℣. Réquiem ætérnam dona eis Dómine.

℟. Et lux perpétua lucéat eis.

℣. Dómine exáudi oratiônem meam.

℟. Et clamor meus ad te véniat.

℣. Dóminus vobíscum. ℟. Et cum spíritu túo.

Orêmus.

DEus, qui inter Apostólicos sacérdotes, fámulos tuos sacerdotáli fecísti dignitáte vigére ; præsta quæsumus, vt eorum quoque perpétuo aggrégentur consórtio.

DEus véniæ largítor, & humánæ salútis amátor, quæsumus cleméntiam tuam ; vt nostræ Congregatiónis fratres, propínquos, & benefactóres qui ex hoc sæculo transiérunt, beáta María semper vírgine intercédénte, cum ómnibus sanctis tuis ad perpétuæ beatitúdinis consórtium perueníre concedas.

DEus, cuius miseratióne ánimæ fidelium requiéscunt, fámulis & famulábus tuis ómnibus, hic & vbique inChristo quiescéntibus, da propítius véniam peccatorum, vt à cunctis reátibus absolúti, tecum sine fine lætentur. Per Christum Dóminum nostrum. ℟. Amen.

℣. Réquiem ætérnam dona eis Dómine.

℟. Et lux perpétua lúceat eis.

Pour lors deux Chantres disent.

M

℣. Requiéſcant in pace.　℞.　Amen.

Et incontinent , Monſeigneur l'Archeuêque éleuant
ſa main droite, fera le ſigne de la Croix vers tous les côtez
du Cimetiere, ſans rien dire; puis ayant repris ſa Mitre ils
retournent tous à l'Egliſe dans le même ordre qu'ils ſont
venus , le Chœur diſant poſément le Pſalme Miſerere mei,
& tout droit, ſans Muſique ny Faux-bourdon, lequel le Su-
perieur ou vn des Chantres commencent.

Miſerére　mei Deus : ſecúndùm magnam miſericór-

diam tuam.

Ils continüent ledit Pſalme tout au long , & à la fin
au lieu de dire Gloria Patri, *ils diſent* Requiem æternam.

Le Superieur ou premiere Dignité entre dans l'enclos de
l'Autel & ſe met proche de la Credence, du côté de l'Epî-
tre ; les autres Prêtres ſe tiennent dans le Chœur hors le
baluſtre de l'Autel, tout debout.

Le Pſalme étant finy, lequel Monſeigneur même dit
d'vn ton bas auec ſes Miniſtres & Chapelains, & Mon-
ſeigneur étant arriué au Chœur en ſa place d'où il étoit par-
ty, il s'aréte, fait vne inclination auec ſa Mitre ; puis
l'ayant quitée, ſe tourne vers l'Autel, chante & le
Chœur répond.

Kyrie eléïſon.　　Chriſte eléïſon.　　Kyrie eléïſon.
Pater noſter.

℣. Et ne nos indúcas in tentatiónem.

℞. Sed líbera nos à malo.

℣. A porta ínferi. ℞. Erue Dómine ánimas eorum.

℣. Dómine exáudi oratiônem meam.

℞. Et clamor meus ad te véniat.

℣. Dóminus vobíscum. ℞. Et cum spíritu tuo.

Orêmus.

ABsólue, quæsumus Dómine, ánimas famulórum, famularúmque tuárum ab omni vínculo delictó-rum, vt in Resurrectiônis glória inter sanctos & elé-ctos tuos ressuscitáti respírent. Per Christum Dóminum nostrum. ℞. Amen.

Cete Oraison étant dite, les assistans de Monseigneur luy ôteront sa Chape & son Etole noire ou violete, & luy en donneront vne blanche; apres quoy si Monseigneur est au milieu du Chœur il s'aproche de l'Autel; s'il est au milieu de l'Autel au bas des degrez, on luy donne le fauteüil, il s'asseoit & on luy donne à lauer; celuy qui aura aporté le benîtier prendra le bassin & l'eguiere; le premier des assistans de Monseigneur prendra la seruiete; Celuy qui aura le bassin & l'eguiere se metra à genoux pour donner à lauer, & celuy qui a la seruiete, en la presentant, sera debout & fera neanmoins vne inclination profonde deuant que de la donner, & apres l'auoir reprise.

Monseigneur ayant laué ses mains, le premier assistant met la seruiete sur la Credence, & celuy qui a le bassin & l'eguiere se retire & met le bassin & l'eguiere aussi sur la Credence, & Monseigneur montera à l'Autel, se metra à genoux sur le marchepied d'enhaut, & étant ainsi à genoux,

M ij

le premier des affiſtans ayant pris vne Etole blanche, qui doit être preparée ſur la Credence, étendra le corporal, ouurira le Tabernacle, & tirera le ſaint Ciboire, faiſant les genuflexions ordinaires, le poſera ſur le corporal ; & apres auoir fait vne genuflexion ſe retirera au côté droit de Monſeigneur, luy preſentera l'encens pour le benir à la maniere acoûtumée ; puis Monſeigneur encenſera le ſaint Sacrement par trois fois : durant cete viſite du ſaint Sacrement, le porte-Croix & le porte-Croſſe ſont à genoux, le porte-Croix du côté de l'Epître proche de l'Autel, & le porte-Croſſe du côté de l'Euangile, auſſi proche de l'Autel.

Auſſi-tôt que l'on tirera le ſaint Sacrement, le Superieur ou la premiere Dignité, ou les Chantres commenceront à chanter Tantum ergo Sacramentum ; *ou bien,* O Salutaris Hoſtia, *que tous les autres affiſtans étans à genoux continüront.*

On chantera Tantum ergo Sacramentum, *ou* O Salutaris *trois fois, auec vne fois* Genitori Genitoque, *ou* Vni Trinoque Domino ; *pendant quoy, apres que Monſeigneur aura encenſé le ſaint Sacrement, il ſe leuera, s'aprochera de l'Autel, viſitera le ſaint Sacrement & le Tabernacle en cete maniere ; s'aprochant de l'Autel fera vne genuflexion ; le premier affiſtant & le ſecond à ſes côtez & le Promoteur auec eux, feront auſſi la genuflexion ; le premier affiſtant ouurira le ſaint Ciboire, Monſeigneur & tous les autres feront encor la genuflexion ; puis Monſeigneur regardera auec ſes affiſtans ſi le ſaint Sacrement, & le Ciboire eſt tenu en bon ordre ; puis ils feront tous encor vne genuflexion, le premier affiſtant couurira le Ciboire, enſuite Monſeigneur viſitera le*

*Tabernacle, regardant si le corporal qui est dedans est blanc,
si le Tabernacle est doublé* ℰ *s'il est bien net : le tout étant
visité, Monseigneur, ses assistans* ℰ *le Promoteur feront de
nouueau la genuflexion, descendans le premier degré, se metront à genoux jusqu'à ce que* Genitori Genitoque, *ou* Vni
trinoque Domino *soit acheué, lequel étant finy il se leuera,*
ℰ *deux Ecclesiastiques ou deux enfans chanteront le* Verset.

℣. Panem de cœlo præstitisti eis.

℞. Omne delectaméntum in se habéntem.

Monseigneur dira.

Orêmus.

DEus qui nobis sub Sacraménto mirábili, Passiônis
tuæ memóriam reliquísti, tríbue quæsumus, ita nos
córporis & sánguinis tui sacra mystéria venerári, vt redemptiónis tuæ fructum in nobis iúgiter sentiámus. Qui
viuis & regnas in sæcula sæculorum. ℞. Amen.

Laquelle Oraison dite, il se remetra à genoux, ℰ *encensera le saint Sacrement, puis se leuera* ℰ *en donnera la
benediction par trois fois, sans neanmoins rien dire ; ensuite il
se remetra encore à genoux,* ℰ *le premier de ses assistans remetra le saint Sacrement ; apres quoy Monseigneur se leuera*
ℰ *le Superieur, ou la premiere Dignité montera à l'Autel aupres de Monseigneur pour receuoir ses auis sur la visite du saint Sacrement* ℰ *du Tabernacle, s'il en a à donner.*

*Quoy fait, Monseigneur descendra au bas des degrez,
le Superieur ou premiere Dignité pareillement ;* ℰ *apres
auoir fait la genuflexion, le Superieur ou premiere Dignité
se tournera vers le Chœur,* ℰ *entonnera l'Antienne suiuante,* ℰ *Monseigneur reprendra sa Mitre.*

M iij

Deux des Eccle-
siastiques assistans
chanteront.

Sit nomen Dómini   Laudá te Púe-

ri Dóminum : Laudáte nomen Dómini.

Ce *Psalme* étant commencé *, tous vont processionelle-*
ment aux Fonds Baptismaux, celuy qui porte l'encensoir
marchant deuant la Croix, & les Prêtres apres, ils se
metent tous à l'entour des Fonds Baptismaux ; Monsei-
gneur auec ses assistans & le Curé ou la premiere Dignite,
contre les Fonds : & apres que Monseigneur a visité les
Fonds Baptismaux, il encense sur le bassin où est l'eau
Baptismale, par trois fois en forme de Croix, puis il visite
les Saintes Huiles & les liures des Baptémes.

     Pendant ce temps-là , tous les Ecclesiastiques ou assi-
stans chantent ledit Psalme, Laudate pueri Dominum,
& repetent l'Antienne, Sit nomen Domini.

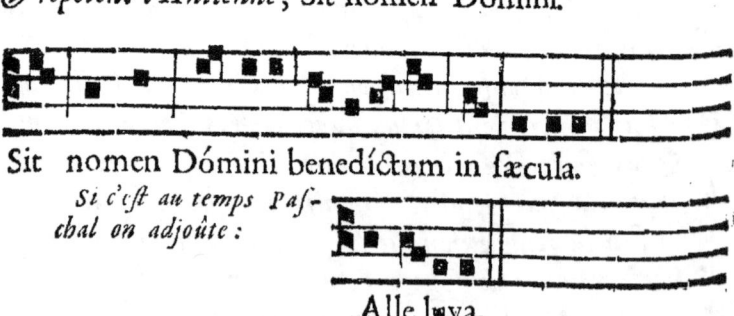

Sit   nomen Dómini benedíctum in sæcula.

Si c'est au temps Paf-
chal on adjoûte :

Alle luya.

Monseigneur , auant que de partir d'auprés des Fonds Baptismaux , examinera les Matrones ou sages-Femmes; & le Curé ou premiere Dignité les fera avertir & venir deuant mondit-Seigneur : apres l'examen desdites Femmes, le Curé ou la premiere Dignité commencera le Psalme, Laudate Dominum omnes gentes, *que tous continüront en s'en retournant processionellement dans le Chœur, & Monseigneur va jusques dans l'enceinte de l'Autel au bas des degrés, le Superieur de l'Eglise y va aussi, où étant il deposera sa Mître , sa Chape & son Etole ; prendra son Camail pardessus son Rochet , & son Bonnet quarré , ou bien pardessus son Rochet , sa grande Chape Pontificale violette auec son Bonnet quarré ; puis on fera l'exhortation , ou bien, Monseigneur étant assis dans son fauteüil au milieu de l'Autel, ou bien au lieu où il aura entendu le Sermon , le Promoteur fait son requisitoire , & demande , tant au Curé ou Prestres deseruans sa Paroisse, qu'aux Procureurs Fabriciens & Habitans, les plaintes & remôntrances qu'ils ont à faire ; les Prestres commencent à parler , puis le peuple ; & Monseigneur entend tout & donne ses ordres sur châque chose.*

Ensuite il visitera tous les Autels & la Sacristie , dans laquelle le Superieur ou premiere Dignité aura soin de faire metre ou aporter les Liures des Mariages & Enterremens , & le Liure de l'état des ames de sa Paroisse, & avertira Monseigneur de ceux qui n'auront pas fait leur deuoir Paschal, ou des personnes qui viuront auec scandale dans sa Paroisse.

La visite étant faite , le Superieur ou la premiere Di-

gnité auec tous les autres Eccleſiaſtiques & les autres perſonnes les plus conſiderables de la Paroiſſe accompagneront Monſeigneur juſqu'à ſon logis.

Durant ſon ſejour ; les Procureurs Fabriciens de la Paroiſſe aportent les comtes de la Fabrique, pour être examinés par Monſeigneur ou ſes deputés ; feront le même tous les Procureurs des Confrairies, & Adminiſtrateurs des Hoſpitaux.

Si l'Egliſe où l'on fait la viſite eſt vne Egliſe Collegiale ; la premiere Dignité aura ſoin de ſçauoir le iour que Monſeigneur voudra aller au Chapitre, & fera aprêter toutes les choſes neceſſaires : le iour & l'heure étant venuë, les Chanoines vienent en ſurplis & aumuſſes pour prendre Monſeigneur en ſon logis, lequel étant vêtu de ſon Rochet, Camail ou Chape Pontificale, va auec eux à l'Egliſe ſaliüer le S. Sacrement à l'Autel où il eſt ; puis il eſt conduit au lieu du Chapitre, où étant il fait, ou fait faire vne brieue exhortation aux Eccleſiaſtiques ; puis le Promoteur fait ſon requiſitoire, & enſuite Monſeigneur donne ſes ordres, apres il ſort & s'en retourne, & tous l'accompagnent,

Nota que durant la viſite de Monſeigneur quand il veut aller à l'Egliſe pour faire ſes fonctions, les Eccleſiaſtiques de l'Egliſe où il va, à l'heure qu'il y veut aller, ſe rendent à ſon logis en ſurplis pour l'y conduire ; & le Superieur de l'Egliſe à l'entrée d'icelle preſente toûjours l'aſperſoir à mondit-Seigneur ; & quand il a fait ſa priere deuant l'Autel, ils le ſaliüent, ſe retirent & ſe rendent à l'Egliſe pour le r'amener quand il voudra s'en retourner : Monſeigneur ira toûjours à l'Egliſe auec ſon Rochet & ſa grande Chape Pontificale, ou ſon camail & bonnet quarré, & ſa Croix portée deuant luy.

ORDRE

ORDRE DE CE QVE L'ON
doit faire quand Monseigneur fait
sa Visite apres sa premiere.

N doit preparer toutes les choses comme il est dit pour la premiere visite, excepté le Daix, car l'on ne s'en sert point.

On n'ira point receuoir Monseigneur à la porte de la Ville ou au commencement du Village : mais le Curé ou la premiere Dignité de l'Eglise auec tous les autres Prêtres le viendront querir Processionnellement au logis où il sera descendu : le Curé ou la premiere Dignité sera reuétu d'vne Chape, les autres seront seulement auec leurs surplis.

Monseigneur se reuétira de son Rochet & Camail, ou de son Rochet & de sa grande Chape violete Pontificale s'il en a vne : & à la sortie de la porte du logis tous les Ecclesiastiques luy feront la genuflexion ; & le Superieur ou la premiere Dignité ayant fait jeter le tapis par terre luy fera baiser la Croix, comme il est dit cy-deuant en la premiere visite, puis s'il veut faire vne harangue à Monseigneur, il la fera en ce lieu, apres laquelle il commencera le Répons suiuant que tous les Ecclesiastiques continuront fort posément & doucement, en telle sorte qu'il puisse durer jusqu'à ce que Monseigneur soit ariué à l'Eglise.

N

A la porte de l'Eglise tous s'aréteront comme en la premiere visite : Monseigneur prendra vne Estolle blanche, &
on luy metra sa Chape & sa Mitre ; & le Curé ou la
premiere Dignité luy presentera l'aspersoir, l'encens, &
l'encensera, comme il est dit en la premiere visite. Puis on
chantera le Cantique Benedictus , & tout le reste s'obseruera comme dessus.

Ec ce   Sacérdos ma gnus   qui in dié bus
su   is   plá cuit   De   o:
I deo iure iurán   do fecit illum Dó minus
créscere in plebem   su-
am Alle lú   i a:℣. Benedictiónem
ómnium géntium dedit il   li   & testaméntum

suû côfirmáuit super caput e ius.

Glória Patri & Fí lio, & Spirí tui

fan &o ℞. Ecce sacérdos magnus.

Nota que si dans vne Ville il y a plusieurs Eglises à visiter, on obseruera que Monseigneur va toûjours faire son entrée, visitant la premiere & principale : & quant aux autres, s'il ne les visite pas luy-même il commet pour les visiter.

Que s'il y va luy même il donne l'heure, & à cete heu-re les Ecclesiastiques de la Paroisse auec le Curé viendront processionellement prendre Monseigneur au logis où il sera logé, & obserueront tout ce qui est marqué cy-dessus dans l'ordre qu'il faut obseruer quand Monseigneur fait sa visite pour la seconde fois.

Que s'il n'y a qu'vn Curé en la Paroisse il priera d'au-tres Prêtres de l'assister.

Monseigneur ira faire ses visites reuétu de son Rochet auec sa grande Chape Pontificale violete & Bonnet carré ou son Rochet & Camail & Bonnet carré.

✠ IHS ✠

ORDRE POVR LA VISITE
qui se fait par les Grands-Vicaires, ou autres commis par Monseigneur l'Archeuêque.

LEs Archeuêques & Euêques étans obligez de visiter leurs Dioceses, & ne pouuans toûjours s'acquiter de ce deuoir, soit parce que leurs Dioceses sont de trop grande étenduë, soit parce qu'ils sont trop occupez en d'autres affaires, soit parce que leur santé ne le permet pas : leurs grands Vicaires ou autres qu'il leur plaira commettre peuuent suppleer, & même les Archeuêques & Euêques sont tenus, cela étant, de faire faire leur visite.

Ex Conc.
Terraco-
nensi c. 8.
Decreuimus vt antiquæ consuetudinis ordo seruetur, & annuis vicibus, Diœceses ab Episcopo visitentur. Si autem Episcopus inualetudine aut officio, aut negotio impeditus, Diœceses suas per semetipsum visitare non poterit, visitationis officium committat alijs.

Il faut remarquer que ce Concile, par ce mot de *Diœcese,* il entend parler de toutes les Eglises du Diocese.

Ex Conc.
Toletano
40. c. 35.
Episcopum per cunctas Diœceses, Parœciasque suas per singulos annos ire oportet, &c. Quod si ipse aut languore detentus, aut alijs occupationibus implicatus adimplere nequiuerit, Presbyteros probabiles mittat.

Il y a plusieurs autres Conciles qui parlent de la sorte, & voicy le dernier.

Ex Conc.
Triden-
tino.
Patriarchæ, Primates, Metropolitani & Episcopi propriam Diœcesim per seipsos, aut si legitimè impediti fuerint per suum generalem Vicarium aut visitatorem: si quotannis totam, propter eius latitudinem visitare non possint, saltem maiorem eius partem, &c.

ORDRE
Extrait d'anciens Procez verbaux.

LE *Mandement étant donné & reçu pour la Visite,*
on le publie, & on en donne connoissance à ceux qu'il
est necessaire ; & le iour étant venu de la Visite, on pre-
pare vn benîtier, vn asperfoir, vne Croix à baiser, deux
chapes & deux étolles, l'vne de couleur blanche ou rou-
ge, & l'autre de couleur noire : vn bassin, vne éguiere,
auec de l'eau, & vne seruiete pour essuyer les mains, de
l'encens pour encenser, & vn Messel pour dire l'Oraison du
Saint ou de la Sainte, patronne : tout étant préparé, on son-
ne les cloches, puis s'il y a plusieurs Ecclesiastiques en l'E-
glise qui doit être visitée, comme il y a dans les chapi-
tres ou paroisses des communautez (car pour les Abbayes,
les Religieux ne sortent point, & viennent seulement tous
receuoir à la porte de l'Eglise) deux Ecclesiastiques viennent
au logis où est le Grand Vicaire, auec leurs surplis ; & luy
étant aussi pareillement reuêtu de son surplis, ils vont tous
ensemble à l'Eglise, à la porte de laquelle le Superieur auec le
reste du Clergé l'atendent auec la Croix & l'eau bénite ;
s'il n'y a qu'vn ou deux ou trois Ecclesiastiques, ils vont
le querir sans y conduire la Croix ny la Baniere, & sans
étolle ; ceux qui portent la Croix & la Baniere demeurent
à la porte auec celuy qui a le bénîtier : Et étant ariué à la
porte de l'Eglise, le Superieur luy presente la Croix à bai-
ser, laquelle il baise à genoux, puis luy donne l'asperfoir
auec lequel il prend de l'eau bénite & en donne à tout le
Clergé, & au peuple, ensuite il luy presente vne étolle qu'il
luy met au col, & vne chappe dont il est reuêtu, & par

N iij

apres le Clergé commence à marcher par ordre dans le Chœur,
en chantant le Cantique Benedictus, *de la méme maniere qu'il*
est dit dans la Visite de Monseigneur; & luy va apres tous,
au milieu des deux Ecclesiastiques qui le sont venu querir.

    Etans au Chœur, châcun se range en son lieu, & luy se
place à la premiere & principale chaire, ou premier lieu
dudit Chœur, qui est préparé d'vn tapis; ou va droit
dans l'enceinte de l'Autel; où il se met à genoux & y adore
le saint Sacrement s'il est à l'Autel.

    Le Cantique Benedictus *dit : il commence à genoux*
l'hymne Veni Creator Spiritus, *qui se chante comme en*
la Visite de Monseigneur; l'hymne finie, deux enfans ou
deux Ecclesiastiques disent le verset, & luy chante l'Oraison
Deus *qui corda fidelium; apres quoy on chantera l'An-*
tienne de la Vierge & celle du Patron ou de la Patronne,
ainsi qu'il est marqué en ladite Visite auec les Oraisons.

    Apres ces Oraisons il s'auancera à l'Autel, les deux Ec-
clesiastiques l'accompagnans toûjours; & étant ariué à l'Au-
tel où le saint Sacrement est, il lauera ses mains, & les essuyra
à la seruiete qui sera preparée à cét effet proche l'Autel, puis
visitera le saint Sacrement de cete maniere.

    Ses mains étant lauées, il se metra à genoux au milieu de
l'Autel sur le degré d'en bas, & on commencera à chanter au
Chœur, Tantum ergo, *ou,* O salutaris Hostia, *que l'on*
dira par trois fois; apres que ce verset est commencé, il se
leue, monte à l'Autel auec les deux Ecclesiastiques, dont
l'vn d'eux étend le Corporal, fait vne genuflexion &
atend qu'on descende le Saint Sacrement, s'il est suspendu;
sinon l'vn desdits Ecclesiastiques ouure le Tabernacle, &

en tire le faint Sacrement, lequel étant posé fur le Corporal ; il defcend fur le premier degré de l'Autel, bénit l'encens qui luy eft prefenté par les Ecclefiaftiques affiftans, fe met à genoux, reçoit l'encenfoir, & encenfe par trois fois le faint Sacrement ; rend l'encenfoir, fe leue, remonte à l'Autel, fait de nouueau vne genuflexion, ouure le Ciboire, fait encore vne genuflexion, & regarde auec pieté l'état où font les faintes Hofties ; s'il y a plufieurs vaiffeaux, il les vifite tous ; puis les referme ; fait la genuflexion ; defcend encore ; fe met à genoux jufqu'à ce que le Tantum ergo, & Genitori genitoque foit finy ; apres lequel on chante le verfet, Panem de cœlo, &c. & luy fe leuant chante l'Oraifon, Deus qui nobis, qui luy eft marquée dans le liure que les Ecclefiaftiques affiftans luy tiennent. L'oraifon finie, il encenfe de nouueau le faint Sacrement à genoux ; puis on luy étend le voyle fur les épaules, s'il y en a ; finon, il monte droit à l'Autel, donne la benediction auec le faint Sacrement, lequel il referre dans le Tabernacle & le ferme, & vn des affiftans en ôte la clef. Que s'il y a encore vn Autel dans la méme Eglife où foit le faint Sacrement, on y va proceffionnellement, chantant l'Hymne, Pange lingua gloriofi, & le faint Sacrement fera vifité de la méme maniere : que s'il n'y en a point d'autre, le faint Sacrement ferré, le Superieur de l'Eglife commence l'Antienne, Sit nomen Domini, & vn Ecclefiaftique le Pfalme, Laudate pueri Dominum, qui fe chante comme en la Vifite de Monfeigneur, durant lequel on va proceffionnellement aux Fonds baptifmaux, qui font vifitez comme il eft dit en ladite vifite de Monfeigneur ;

puis on reuient dans le Chœur, chantant Laudate Dominum omnes gentes : *où étant, châcun à sa place, & le
Grand Vicaire à la premiere chaire : les deux Ecclesiastiques qui l'assistent luy ôtent sa Chape & son Etole, &
luy en donnent vne de couleur noire ; puis deux Chantres
commencent,* Libera me Domine, *& l'on va processionnellement dans le Cimetiere, s'il est proche de l'Eglise, &
au tour de l'Eglise en dedans ; pendant quoy le Grand Vicaire ayant vn Clerc qui luy porte vn benîtier, prend l'aspersoir que luy presente vn des Ecclesiastiques assistans, &
asperge par tout sur la terre : si le Libera ne suffit pas vne
fois, on le repete auant que de dire le verset* Requiem, *&
apres que l'on a fait le tour de l'Eglise, on vient finir dans
la nef deuant le Crucifix, où celuy qui porte la Croix &
la Baniere s'aréte, & tous demeurent au chœur ; on acheue
le* Libera, *& le Grand Vicaire dit les Versets & Oraisons
suiuantes.*

℣.   Aporta ínferi.

℟.   Erue Dómine ánimas eôrum.

℣.   In memória æterna erunt iusti.

℟.   Ab auditióne mala non timébunt.

℣.   Dómine exáudi oratiónem meam.

℟.   Et clámor meus ad te véniat.

℣.   Dóminus vobíscum.

℟.   Et cum spíritu tuo.

Orêmus.

Devs qui inter Apostólicos sacerdótes, fámulos tuos
Pontificáli, seu Sacerdotáli, fecisti dignitáte vi-
gere : præsta quæsumus, vt eórum quoque perpétuo ag-
gregén-

gregéntur confórtio. Per Dóminum noftrum Iefum Chriftum Fílium tuum, &c.

Orêmus.

DEvs véniæ largítor, & humánæ falútis amátor : quæfumus cleméntiam tuam, vt noftræ congregatiónis fratres, propínquos & benefactóres, qui ex hoc fæculo tranfiérunt : beáta Maria femper vírgine intercedénte cum omnibus Sanctis tuis, ad perpétuæ beatitúdinis confórtium perueníre concédas.

FIdélium, Deus ómnium cónditor & redémptor : animábus famulórum famularúmque tuárum, remiffiónem cunctórum tríbue peccatórum; vt indulgéntiam, quam femper optauérunt, pijs fupplicatiónibus confequantur. Qui viuis & regnas cum Deo Patre, &c.

Puis en faifant le figne de Croix deuant luy, il dira; Réquiem ætérnam dona eis Dómine. ℞. Et lux perpétua luceat eis. *Et deux Chantres,* Requiéfcant in pace. ℞. Amen.

Apres quoy deux Eccleſiaſtiques, ou vn, commencent De profundis, *que l'on dira fans chant, & neanmoins à haute voix, & tous s'en retourneront dans le Chœur à leurs places, & le Grand Vicaire à la premiere, où étant, il dira à la fin du* De profundis :

Orêmus.

ABfólue quæfumus Dómine ánimas famulôrum famularúmque tuárum, vt defúncti fæculo tibi viuant : & quæ per fragilitátem carnis humánæ conuerfatióne commiférunt, tu veniâ mifericordíffimæ pietátis abftérge. Per Chriftum Dominum noftrum. ℞. Amen.

O

Apres quoy l'vn des deux Ecclefiaftiques luy ôtant la Chape & l'Etole noire, luy donne la premiere Etole fans Chape, & pour lors il prêche ou fait prêcher.

S'il peut apres le Sermon il avertit le peuple de declarer les plaintes qu'ils voudront faire ; ou il remet à vne autre heure qu'il indique, & afin que tout le monde s'y rende, il fait fonner la cloche.

Pour entendre les plaintes, il fe met dans la Nef deuant le Crucifix dans vne chaire qui luy eft preparée, & apres la remôntrance du Promoteur, il écoute les Prêtres & le peuple, & fait tout écrire au Greffier, répondant à tout.

Puis il vifite toutes les Chapelles & les autres chofes neceffaires fuiuant ce qui eft déclaré cy - apres ; s'il y a Abbaye ou Chapitre, il tient le Chapitre auquel tous les Chanoines ou Religieux affiftent, & étant affis à la premiere place, leur fait vne petite Exhortation, & le Promoteur en fuite fait fa remôntrance ; puis il entend les plaintes d'vn chacun, & leurs remôntrances fur lefquelles il pourroit.

En allant ou venant à l'Eglife qu'il vifite, il doit être toûjours conduit par deux Ecclefiaftiques, ou accompagné par le Curé.

A la fin de tout, il dreffe fon procez verbal, & le fait figner, & laiffe copie des Ordonnances qu'il aura renduës.

Quæ sunt inuestiganda in supradictis visitationibus circa Ecclesiam & eius partes.

AN eo *cultu & nitore teneantur, qui domum Dei decet ; & si quid restituendum, reparandum, reconcinnandumque sit, hoc iussurum Pontificem, ab ijs ad quos pertinet, resarciri.*

An Sanctorum reliquiæ, approbatæ, tutóque, ornatè, ac decenter condita asseruentur,

An quæ de sepulchris ac cæmiterijs à Canonibus & statutis Synodalibus sancita sunt, re ipsâ præstentur.

An desint vestes, libri, calices ; patenæ, corporalia, & reliqua eius generis instrumenta & ornamenta, quæ ad altaris ministerium & ad diuina officia sint necessaria.

An illa munda & purgata seruentur.

An iuxta Ecclesiæ ritum benedicta, an etiam noua quæ tunc ab ipso benedicantur.

An Missæ, aliaque diuina officia, quâ oportet pietate ac deuatione celebrentur.

An Ecclesiæ libri, vetera scripta, instrumenta, & priuilegia custodiantur.

An eorum extet ratio, quâ in inuentarium relata sint.

Tum si Ecclesia Collegiata sit, quærendum esse de dignitatibus, Canonicis, & alijs eiusdem ministris.

An rite sint instituti & ordinati.

An ijs omnibus initiati, quos officij cujusque peculiare munus requirit.

An Missarum, diuinorumque officiorum celebrationi, & anniuersariorum persolutioni, alijsque oneribus & muneribusfaciant.

An in eh oro grauitatem seruent quam & locus & officium exigunt.

An Diuinas laudes non cursim & festinanter, sed potiùs tractim & cum decenti pausâ, Circa cujusque Psalmorum versiculi medium decantent.

An hujus Diœcesis Breuiario vtantur, & an Rituum propriorum

o ij

suæ Ecclesiæ, si qui forte huiusmodi sunt, indicem aut ordinem descriptum habeant.

Qua sit eorum vita & morum ratio, qui vestitus, qui conuictus, quæ familia. Num ex ijs aliquod scandalum possit suboriri.

An sordidis & illiberalibus artibus, atque à suo gradu alienis, aliqui dent operam.

An Ecclesiæ suæ iura, & bonorum Ecclesiasticorum possessionem defendant.

An fructus rectè dispensent.

An pacem inter se habeant; inimicitiarum & odiorum causas tollere studeant.

Præterea si Ecclesia sit parochialis videndum.

An Parochus libros habeat, in quibus baptizatorum, eorum qui matrimonio iuncti sunt, & mortuorum nomina & cognomina describat.

An rite sacramenta suis parochianis administret.

An sacrosanctum Euchariftiæ Sacramentum, chrisma, & reliqua sacra, ea quâ debet munditie, cura, & custodia, conseruet, suoque tempore mutet.

An Euchariftiam piè & honorificè, prosequente aliquo fidelium comitatu ad ægrotos perferat.

An matrimonia, in suâ Ecclesiâ legitimé contrahenda, per tres dies Dominicos in concione suâ, quam vulgò prosnum vocant, priùs publicè denuntiet,

An Dei verbum prædicet, & pueros rudimenta fidei doceat.

An in suâ parochia assiduè resideat, gregemque sibi commissum verbo & exemplo pascat.

Denique dispiciendum esse an in populo sint nouatores, peccatores publici ac notorij, nominatim excommunicati.

An qui inimicitias gerant; qui iejunia, festos dies & reliquos Ecclesiæ ritus non seruent; qui in Paschate, proprio sacerdoti confessi & sacrâ communione refecti non sint.

An demùm tales sint in scholis magistri, per quos pueri in litteris, & pietate sufficienter erudiantur.

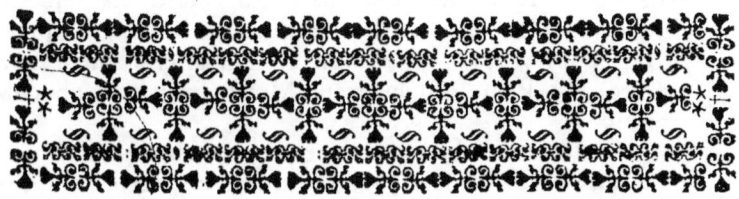

ORDRE DE LA VISITE
des Archidiacres.

COMME le Prelat est obligé de connoître ce qui se passe dans son Diocese, & pouruoir aux necessitez & aux besoins des ames qui luy sont commises, & aux Eglises qui sont sous sa conduite ; & qu'il ne peut pas toûjours aller par tout pour s'informer des choses necessaires, & y donner les ordres : c'est pour cela que l'Eglise a étably des Archidiacres pour luy ayder en cete fonction ; & qu'elle a encore étably des Archi-prêtres, pour veiller sur vn certain nombre de Paroisses : apellant lesdits Archidiacres les yeux de l'Euéque, *Oculos Episcopi*, & voulant que pour s'aquiter de leur deuoir, ils fassent la visite des Eglises de leur détroit tous les ans : c'est pourquoy suiuant les Statuts de l'Eglise, & les Ordonnances Synodales de ce Diocese ; tous nos Archidiacres feront leur visite en personne chaque année, de toutes les Eglises de leur détroit, lesquelles nos predecesseurs ont limitées ; & en cas d'empéchement seront tenus de nous en donner avis pour être par nous commis telles personnes que nous aviserons bon être pour faire lesdites visites, pour lesquelles seront données des commissions de nous signées, scellées de notre Sceau, & contre-signées par notre Secretaire, que lesdits deputez exhiberont aux Curez auant que d'étre par eux reçus.

Et auparauant la visite, nosdits Archidiacres auront soin

d'enuoyer leurs Mandemens, dans lesquels sera contenu l'heure & le iour de leursdites visites, lesquels seront publiez par les Curez le Dimanche auparauant la visite, au Prône de la grand'Messe, afin que chacun s'y rende.

A cete visite se trouueront principalement les Curez & Procureurs Fabriciens, ou à faute de ce, seront mulctez de quelque somme applicable à l'Eglise; & outre ce les Curez seront suspendus pour huit iours, & assignez pardeuant notre Official pour être condamnez aux dépens de ladite visite; si ce n'est pourtant que lesdits Curez ûssent cause legitime, de laquelle ils avertissent leur Archidiacre auant sa visite : on preparera pour cete visite vne Etolle blanche ou rouge, de l'eau dans vne éguiere ou burette, vn bassin, vne seruiete, de l'encens, vn corporal sur l'Autel, & le Messel pour dire l'Oraison du Patron.

Au iour & à l'heure de la visite, le Curé fera sonner les cloches, & luy & ses Prêtres s'étans reuêtus de leur Surplis, iront auec les Procureurs Fabriciens, le Curé tenant vne Etolle pliée en sa main, les Procureurs Fabriciens ou autre, la Croix & banniere, attendront à la porte de l'Eglise l'Archidiacre, qui s'habillera dans la maison la plus prochaine, & viendra auec son Surplis & bonnet quarré à cete porte, & le Curé auec les Prêtres l'ayant salüé, luy presentera l'Etolle, & la luy metra au col, puis luy donnera de l'eau benîte; ensuite il commencera à chanter du sixiéme ton, ou de quelqu'autre, Benedictus Dominus Deus Israel.

Pendant ce Psalme, tous marcheront processionellement deuant l'Archidiacre suiuy de ses Officiers dans le Chœur de l'Eglise, où tous se metent à leurs places; l'Archidiacre & le Curé vont dans le balustre de l'Autel où ils se tiendront à genoux.

Le *Pſalme finy, l'Archidiacre commence à genoux l'Hy-*
mne , Veni Creator Spiritus *, qui eſt continué en chant*
par le Curé & les Prêtres, leſquels commencent les autres
verſets ; apres l'Hymne, l'Archidiacre dit le verſet & l'O-
raiſon, Emitte *, &c.* Orêmus. Deus qui corda.

L'Oraiſon finie , tous ſe leuent & on chante l'antienne du
Patron ; l'Archidiacre dit le verſet & l'Oraiſon,

Ce fait il laue ſes mains , les eſſuye ; pendant quoy le
Curé étend le Corporal ſur l'Autel, ouure le Tabernacle, &
l'Archidiacre ſe metant à genoux , commence, O Salutaris
Hoſtia, *que l'on dit par trois fois & vne fois,* Vni trinoque, *&c. Apres l'auoir commencé , il ſe leue , monte à l'Au-*
tel , fait la genuflexion ; prend le Ciboire où eſt le S. Sacre-
ment, le tire du Tabernacle & le met ſur le Corporal, fait
vne genuflexion, deſcend & ſe remet à genoux : le Curé luy
preſente l'encens, auec lequel il encenſe le ſaint Sacrement,
puis le viſite, ouurant ſeulement le ſaint Ciboire, & re-
gardant l'état où ſont les Hoſties, le referme, fait la ge-
nuflexion, deſcend, & dit le Verſet & Oraiſon du ſaint
Sacrement, puis l'encenſe à genoux ; remonte & donne la
benediction auec le ſaint Sacrement , qu'il remet dans le
Tabernacle, le referme & dit au Curé ce qu'il a remarqué
de defaut.

En ſuite l'Archidiacre commence, ou le Curé, Sit nomen Dómini, *& on chante le Pſalme,* Laudáte pueri;
puis on va aux Fonds proceſſionellement, qu'il viſite &
ordonne ce qui ſera neceſſaire : cetè viſite étant faite, il va
au milieu de la nef, & on chante le Répons dernier, Libera
me Dómine de morte æterna; *apres lequel l'Archidiacre*

dit les Oraiſons telles qu'elles ſont, page 104. & 105. il va s'aſſeoir aux bans des Procureurs fabriciens, s'ils ſont dans la nef ou deuant la chaire ; & là les Eccleſiaſtiques luy preſentent leurs approbations pour voir ſi elles ſont bonnes ; puis il entend les plaintes & remôntrances, auſquelles il donne ordre autant qu'il peut : & ſi on fait des plaintes conſiderables contre vn Curé ou quelque Prêtre, il en informe faiſant premierement rediger par écrit les plaintes de celuy ou ceux qui les font, & entend les témoins ſeparément & en particulier, apres le ſerment d'eux pris ; & fait auſſi écrire leurs depoſitions & en charge ſon procez verbal, qu'il enuoye à notre Official.

    Il entend auſſi en cét endroit, ou dans la Sacriſtie, ou ſous le porche, ce qui eſt plus conuenable que dans l'Egliſe, les comtes des Fabriques pour leſquels il ne prend rien ny pour luy ny pour le Greffier, ſi ce n'eſt qu'il fallût en faire vne groſſe & la donner.

    Les comtes étans ſignez, il les met dans le coffre où doiuent être les titres de l'Egliſe & de la Cure, & les comtes precedans, le coffre doit être dans la ſacriſtie, & doit fermer à deux clefs, le Curé doit garder l'vne, les Procureurs Fabriciens l'autre.

    La viſite acheuée, il enuoyra ſes procez verbaux en notre Greffe, au moins quinze iours auant le Synode de ſaint Luc.

CHAP.

CHAP. TROISIESME.

DV REVENV TEMPOREL DES
Eglises & de son administration.

OVT ainsi que les Euêques sont chargez du soin des ames, ils sont chargez du soin des biens de l'Eglise, comme nous remarquons excellemment bien dans vn Canon des Apôtres. *Præcipimus vt in potestate sua res* Cap. 14. *Ecclesiæ Episcopus habeat, si enim animæ hominum pretiosiores illi credita sunt; multo magis oportet eum curam de pecunijs agere.* De maniere que pour nous acquiter de nôtre charge, nous auons fait les presens Reglemens pour les reuenus des Eglises & leur administration.

Reglement pour le reuenu temporel des Eglises, & pour son administration.

EN châque Eglise sera fait description & inuentaire des biens apartenans, tant à la Fabrique qu'à la Cure, soit meubles, soit immeubles, copie collationnée tant desdits inuentaires, que des papiers, titres, enseignemens & fonda-

P

tions, fera aportée & mife dans le Trefor de nôtre Palais Archiepifcopal; enfemble des baux, dans lefquels foient exprimez les joignans & aboutiffans des terres, le tout à la diligence des Curez, pour ce qui regarde le reuenu de leurs Cures, & des Procureurs Syndics pour ce qui regarde le reuenu des Fabriques. Et le prefent reglement s'executera au plus tard dans le premier iour de l'année prochaine, que l'on comtera mil fix cent foixante-deux, à la diligence des Curez & Vicaires des lieux, qui feront tenus d'avertir les Archiprêtres, s'ils y rencontrent quelque difficulté. Ce qui fera auffi gardé à l'avenir, à mefure que quelque donation fera faite aux Curez, ou aux Fabriques, les contreuenans ou defaillans feront pourfuiuis à la requête de nôtre Promoteur.

L'inuentaire des meubles de la Fabrique, & tous les papiers de l'Eglife feront mis dans vn coffre fermé à deux ferrures; la clef de l'vne demeurera entre les mains du Curé, & celle de l'autre entre les mains du principal Procureur Syndic; ils ne tireront rien dudit coffre fans y laiffer vn recipiffé fuffifant & valable.

Les Procureurs Syndics, tant de l'Eglife, que des Trépaffez, & autres, feront élus & nommez en toutes les Paroiffes de ce Diocefe, le lendemain de Noël, pour entrer en exercice le Dimanche d'apres, & les Procureurs Syndics qui feront fortis de charge rendront compte châcun de leur adminiftration, felon l'ordre & la forme cy-deffous.

Et les Paroiffes où il y a plufieurs Procureurs Syndics de la Fabrique de l'Eglife, on ne procedera châque année à l'élection & nomination que d'vn feulement, afin qu'il aprenne à faire fa charge voyant vn ancien dans l'exercice.

Les Curez prendront garde à ce qu'on chofiffe des Procureurs Syndics foluables, & de probité.

Les Procureurs Syndics n'employeront aucune fomme au deffous de dix liures, & au deffus de trente fols, fans l'avis du Curé; fi la fomme excede dix liures, outre l'avis du Curé, ils prendront celuy des Paroiffiens, lefquels en feront avertis au Prône.

Les biens de l'Eglise à donner à ferme feront auffi publiez au Prône, & l'heure à laquelle ils feront ajugez au plus offrant & dernier encheriffeur, publiquement, en prefence du Curé & des habitans qui voudront s'y trouuer, fous peine de nullité des baux.

Tant les Curez que les Procureurs Syndics, auront foin de ne pas prendre des Fermiers infoluables, ou de difficile conuention.

Les Procureurs Syndics ne pourront même auec l'auis & confentement du Curé & des habitans, aliener ou vendre aucun bien de l'Eglise fans notre permiffion, que nous donnerons auec connoiffance de caufe, & fans charge pour la Paroiffe. Ils ne pourront auffi employer aucuns deniers de l'Eglise pour bâtir, & reparer les Presbyteres fans notre permiffion; le tout fous peine d'excommunication à Nous referuée, & de nullité.

Ne pourront les Procureurs Fabriciens accepter aucunes fondations, fans apeller les Curez & auoir fur ce leurs auis, conformement à l'ordonnance des états de Blois art. 35.

Ils n'employeront aucuns deniers de l'Eglise, pour la commune, fuiuant les faints Decrets, & Ordonnances Royaux, principalement les articles 8. & 9. de l'Edit de Melun dont voicy l'extrait.

De l'Edit de Melun art. 8.

Nous defendons tres étroitement à tous nos Iuges, & tous autres, de diuertir, & apliquer le reuenu des biens qui a été donné pour les fondations, aux Eglises & Chapelles, à autre vfage qu'à celuy auquel il eft deftiné. Et voulons que fi aucune chofe auoit été faite au contraire, que le tout foit remis au premier état & dû.

De l'Edit de Melun, art. 9.

Le reuenu des Marguilleries & Fabriques, apres les fondations accomplies, fera apliqué aux reparations & achapt des ornemens des Eglifes, & autres œuures pitoyables, fuiuant les saints Decrets, & non ailleurs, sur peine aux Marguilliers & Procureurs desdites Eglises d'en répondre en leur propre & priué nom. Lesquels Marguilliers seront tenus faire bon & fidel inuentaire de tous & chacun titres & enseignemens desdites Fabriques, & rendre bon & loyal comte par an, de leur administration, pardeuant qu'il apartiendra.

Ils n'accepteront point les charges d'Asséeurs, ou Collecteurs des Tailles, ou autres subsides, ny des Syndics ou Procureurs de commune; si on les y veut forcer, nous prendrons le fait & cause pour eux.

Ils auront soin de faire deliurer les legs testamentaires qui viendront à leur connoissance, & feront passer des titres nouueaux des redeuances apartenantes à l'Eglise, quand il sera necessaire.

Tous heritiers, legataires, & executeurs testamentaires, se dessaisiront dans vn an des biens laissez à l'Eglise, sous peine d'excommunication à Nous reseruée, s'il n'y a empêchement legitime, dont ils feront aparoître au Curé du lieu, & à son Archiprêtre, lesquels nous en écriront.

Les Procureurs fabriciens rendront comte tous les ans, pardeuant Nous, nos grands Vicaires & Officiaux, Archidiacres, ou Commis, faisans la visite; ce qui est non seulement conforme aux droits de l'Eglise, mais même aux Lettres patentes, Ordonnances & Arrests, dont les extraits ensuiuent.

Des Patentes de Charles VII. du 3. Octobre 1571.

CHarles, par la grace de Dieu Roy de France. A tous ceux qui ces presentes lettres verront, Salut. Le Syndic general du Clergé de France nous a fait remôntrer, que, &c. Sçauoir faisons, que nous desirant l'intention desdits Fondateurs être executée & accomplie, & les biens delaissez aux Eglises & Paroisses, être appliquez & employez aux vsages susdits, ausquels ils sont destinez; auons dit, declaré, voulu & ordonné, disons, declarons, voulons & nous plaît, tous & chacuns les biens, domaines, rentes & reuenus de quelque sorte, qualité ou condition qu'ils soient, qui ont

été leguez aufdites Eglifes, Paroiffes, Cures & Marguilleries, être employez & conuertis aux effets feulement aufquels ils font deftinez, fans qu'ils puiffent être employez par
lefdits Gagers, Marguilliers ou Paroiffiens à autres effets, fur
peine de les repeter fur lefdits Marguilliers, Procureurs &
autres qui auroient interuerty ladite deftination, en leurs propres & priuez noms. Et à ce qu'il puiffe être connu s'il y aura abus ou alteration, & lefdits deniers être employez aux
reparations defdites Eglifes & maifons Presbyterales, ornemens, Liures, & autres chofes neceffaires pour l'entretenement dudit Seruice diuin feulement: Voulons, ordonnons &
nous plaît que tous ceux qui ont pris & reçu lefdites rentes &
reuenus defdites Cures, Eglifes & Fabriques, & qui les receuront cy-apres, en rendront comte dedans trois mois, pardeuant les Euêques, Archidiacres & Officiaux, Curez, ou
leurs Vicaires ou Commis fur les lieux, pour le paffé du ma-
niment qu'ils en ont eu cy-deuant, & d'orénauant d'an en
an, lots & quand lefdits Euêques, Archidiacres & Officiaux
feront leurs vifitations fur les lieux, la connoiffance defquels
comtes nous auons, entant que befoin feroit, & pour éuiter à frais, & que ledit reuenu & bien, au lieu de le conuertir en bonnes œuures & chofes pitoyables, ne foit employé
en procez, voyages, & dépenfes inutiles; commis & atribué,
commetons & atribuons aufdits Euêques, Archidiacres &
Officiaux ou leurs Vicaires & Commis, & icelle interdite
& defenduë, interdifons & defendons à tous nos Iuges &
autres, lefquels toutefois pour icelle audition de comte ne
pourront prendre aucun falaire pour leurs peines & vacations:
& ce nonobftant opofitions ou apellations quelconques, pour
lefquelles, & fans préjudice d'icelles, ne voulons être differé.

*Des Lettres Patentes d'Henry III. du 11. May 1582. Regiftrées en
la Cour de Parlement le 28. iour de May de la même année.*

HEnry, par la grace de Dieu Roy de France & de Po-
logne. A tous ceux qui ces prefentes lettres verront,
Salut fçauoir faifons, que Nous ayant égard à la fupplica-

tion & requeſte qui nous a été faite par les Agens du Clergé de notre Royaume, à ce que, &c. Et inclinans liberalement à leurdite requeſte, & deſirant les bien & fauorablement traiter & gratifier en tout ce qu'il nous ſera poſſible
& releuer nos ſujets de toutes induës vexations : De l'au
de notre Conſeil, auons dit, declaré & ordonné, diſons
declarons & ordonnons de notre grace ſpeciale, pleine puiſ
ſance & autorité Royale, voulons & nous plaît que l'au
dition, examen & clôture des comtes que les Marguillie
des Paroiſſes & Fabriques de notredit Royaume, ont à ren
dre des deniers deſdites Fabriques, ſe faſſe comme il étoi
accoûtumé auparauant notredit Edit & nouuelle atribution
& connoiſſance qui en a été donnée aux Bureaux des Ele
ctions de notre Royaume, duquel notredit Edit nous le
auons exemtez & reſeruez, exemtons & reſeruons, & icel
le nouuelle atribution baillée auſdits Eleus, reuoquée &
reuoquons par ces preſentes, ſans que plus il s'en puiſſen
entremetre, & nonobſtant les defences que nous auions fai
tes auſdits Paroiſſiens & Marguilliers de ne comter ailleurs,
& à tous Iuges & autres perſonnes d'en connoître. Leſquelles defences nous auons leuées & ôtées, leuons & ôtons, &
auſdits Marguilliers permis comter deſdits deniers, comme
ils faiſoient auparauant notredit Edit, ſans qu'il leur ſoit
mis ou donné aucun empêchement au contraire par leſdits
Eleus, ou autrement. Auſquels Eleus nous defendons tresexpreſſément de s'entremetre plus de l'audition & clôture
deſdits comtes, & à iceux Marguilliers & Fabriciens de les
rendre pardeuant eux : le tout à peine de nullité, & de tous
dépens, dommages & interêts qui en pouroient enſuiure, à
la charge que de trois ans en trois ans ceux deſdites Fabriques ſeront tenus porter aux Greffes des Bailliages & Senechauſſées où ils reſſortiſſent, les comtes qui auront été par
eux rendus pour l'effet que deſſus, pour y auoir recours quand
beſoin ſera.

Des Lettres Patentes d'Henry IV. du 16. Mars 1609. Regiſtrées en Parlement le 18, Decembre de la même année.

HEnry par la grace de Dieu Roy de France & de Nauarre: A tous ceux qui ces preſentes lettres verront, Salut. Notre tres-honoré Seigneur & frere le feu Roy Charles que Dieu abſolue, par ſes Lettres Patentes du 3. Octobre 1571. auroit, &c. Nous à ces cauſes, deſirant, entant qu'à nous eſt, remettre en ceſtuy notre Royaume, l'ancien ordre & police Eccleſiaſtique: de laquelle par le droit diuin & humain les Euêques, & ceux qui les repreſentent, doiuent auoir la préeminence en leurs Dioceſes, comme toutes les Egliſes étans ſous eux: & conſiderans que l'intention de notredit frere a été pieuſe, en leur octroyans par ſeſdites Lettres ce qu'ils ont eu anciennement, & qui leur apartient, Auons dit, declaré & ordonné, diſons, declarons & ordonnons, voulons & nous plaît, que leſdites Lettres & Declaration de notre dit feu ſieur & frere ſortent leur effet, & ſoient executées ſelon leur forme & teneur: Et que ſuiuant icelles tous les biens, domaines, rentes & reuenus, de quelque nature & qualité qu'ils ſoient, donnez & leguez auſdites Egliſes, Cures & Marguilleries, ſoient employez par les Gagers & Marguilliers ou Paroiſſiens aux effets ſeulement auſquels ils ſont deſtinez, & non ailleurs, ſur peine de les repeter ſur leſdits Marguilliers, Procureurs, Paroiſſiens & autres qui les auront interuertis, en leurs propres & priuez noms. Et afin d'empêcher leſdites interuerſions, Voulons, ordonnons & nous plaît, que tous ceux qui ont pris les deniers & profits deſdites rentes & reuenus deſdites Cures, Egliſes & Fabriques, & qui les receuront cy-aprés, en rendent comte dans trois mois pardeuant leſdits Euêques, Archidiacres & Officiaux ou leurs Vicaires & Commis ſur les lieux pour le paſſé, & d'orénauant d'an en an, lors & quand leſdits Euêques, Archidiacres & Officiaux feront leurs viſitations ſur les lieux; à la charge toute-fois de ne prendre aucun falaire & vacation pour l'audition & clôture defdits comtes, leur en atribuant derechef & pour cet effet, conformement aufdites Lettres, toute Cour, Iurifdiction & connoiffance : & icelle interdifant à tous Baillifs, Senechaux Elus & tous autres Iuges : Voulons & ordonnons que les jugemens donnez fur les auditions & clôtures defdits comtes, foient executez nonobftant oppofitions ou apellations quelconques, pour lefquelles & fans prejudice d'icelles ne voulons être differé.

*Des Lettres Patentes du Roy Loüys XIII. du 4. Septembre 1619.
Regiftrées au Parlement le 22. May 1620.*

LOüys, par la grace de Dieu Roy de France & de Nauarre : A tous ceux qui ces prefentes lettres verront, Salut. Le Roy Charles IX. notre predeceffeur, d'heureufe memoire, par fes Lettres patentes du mois d'Octobre 1571. auroit, &c. Auons dit, declaré & ordonné, & de notre grace fpeciale, puiffance & autorité Royale, difons, declarons, ordonnons, voulons & nous plaît, que lefdites Lettres & Declarations de notre dit feu Seigneur & pere, conformes à celles du Roy Charles IX. fortent leur plain & entier effet : & que fuiuant icelles, tous les biens domaines, rentes & reuenus, de quelque qualité qu'ils foient, donnez & leguez aufdites Eglifes, Cures & Marguilleries, foient employez par les Gagers, Marguilliers ou Paroiffiens, aux effets aufquels ils font deftinez, & non ailleurs : fur peine de les repeter fur lefdits Marguilliers, Procureurs, Paroiffiens & autres qui les auront interuertis, en leurs propres & priuez noms. Et afin d'empêcher lefdites interuerfions, voulons, ordonnons & nous plaît, que tous ceux qui ont pris les deniers & profits defdites rentes & reuenus defdites Cures, Eglifes & Fabriques, & qui les receuront cy-aprés, en rendent comte dans trois mois pardeuant lefdits Euêques, Archidiacres & Officiaux, ou leurs Vicaires & Commis fur les lieux, pour le paffé : & d'orénauant d'an en an, lors & quand lefdits Euêques, Archidiacres & Officiaux ou lefdits

dits Vicaires feront leurs vifites fur les lieux ; à la charge tou-tefois de ne prendre aucun falaire & vacation pour l'audition & clôture defdits comtes , leur en atribuant derechef & pour cét effet, conformément aufdites Lettres , toute cour, jurifdiction & connoiſſance : & icelle interdiſant à tous Bail-lifs , Senéchaux , Elus , & tous autres Iuges. Voulons & ordonnons, que les jugemens donnez fur les auditions & clôture defdits comtes , foient executez , nonobftant opo-fitions ou apellations quelconques ; pour lefquelles , & fans préjudice d'icelles ne voulons être differé.

De l'Arreſt du Conſeil Priué du Roy du 2. Ianvier 1615.
Signé, le Tenneur.

ENtre Maiftre Iean d'Affier, Archidiacre de l'Eglife Ca-thedrale d'Auxerre , demandeur en Lettres du 23. iour d'Octobre 1613. Et Iean Merlet , Promoteur en l'Officialité de Varfy , Diocefe dudit Auxerre , Election de Clamecy, apellant, &c. Le Roy en fon Confeil, faifant droit fur ladi-te inftance ; fans auoir égard aux fentences defdits Elus, defdits iours 23. Septembre, & 16. Novembre 1613. confor-mément aufdites Lettres patentes du 16. Mars 1609. & Ar-reft de verification : A ordonné & ordonne, que les Procu-reurs Fabriciens dudit Clamecy , & autres du Diocefe d'Au-xerre , rendront comte des deniers & reuenus de leurs Fa-briques pardeuant ledit Archidiacre faifant fa vifite, ou le-dit fieur Euêque dudit lieu , fon Official ou Vicaire faifans leurs vifites : A la charge que les Subftituts du Procureur Ge-neral , ou Procureurs Fifcaux defdits lieux feront apellez , à l'audition defdits comtes, qui fera faite fans frais , & fans que lefdits Euêques , Archidiacres, Officiaux , ou leurs Vi-caires, & autres puiffent pretendre aucun falaire : fait defen-ces aufdits Elus d'en prendre connoiffance à l'auenir , fans dépens.

De l'Arreſt de la Cour de Parlement de Paris du 15. Avril 1631.
Signé, Leuéque.

LOüys par la grace de Dieu Roy de France & de Navar-re: Au premier des Huiſſiers de notre Cour de Parle-ment, ou autre notre Sergent ſur ce requis, Salut. Comme le iour & datte des preſentes comparant en notredite Cour Meſſire Leonor d'Eſtampes, Euéque de Chartres, Conſeil-ler en nos Conſeils d'Eſtat & Priué, Abbé de Bourgueil, demandeur aux fins d'vne commiſſion, du 26. Iuillet 1624. d'vne part: & notre tres cher & bien aimé Couſin Meſſire Henry d'Orleans, Duc de Longueville, Conte de Dunois, ayant pris le fait & cauſe pour Maiſtre François Parans, ſon Procureur Fiſcal audit Conté, defendeur d'autre, &c. Et tout conſideré, Notredite Cour a ordonné & ordonne, que les comtes de l'Hoſtel-Dieu de Châteaudun ſe rendront ſans frais, pardeuant les Officiers de la Iuſtice dudit lieu, en l'ab-ſence dudit ſieur Euéque de Chartres, ſes grands Vicaires & Archidiacres, leſquels neanmoins pendant ladite viſite, ſe pouront faire repreſenter par les Adminiſtrateurs de l'Hôtel Dieu, les comtes qui n'auront été rendus, clos & arêtez, pour être preſens à l'examen d'iceux, le tout gratuitement auec les Officiers dudit lieu, ſans qu'ils puiſſent pretendre aucune Iuriſdiction ſur leſdits adminiſtrateurs, pour raiſon de leur adminiſtration, ſans dépens.

De l'Arreſt du Parlement de Paris du 20. May 1613. Signé, Guyet.

ENtre les Manans & Habitans de la Paroiſſe de la Tri-nité de la ville d'Angers, apellans comme de Iuge in-competant de l'Ordonnance apoſée au pied d'vne Requeſte preſentée au Senéchal d'Anjou, ou ſon Lieutenant audit Angers, le 8. Fevrier 1611. & de tout ce qui s'en eſt enſuiuy: & demandeur ſelon la clauſe appoſée à leurs Lettres de re-lief, du 30. May 1612. d'vne part: & Maiſtre Iean le Court, cy-deuant Procureur de la Fabrique de ladite Paroiſſe, inti-mé, &c. Apointé & oüy ſur ce le Procureur general du Roy, que la Cour a mis & met l'apellation, & ce dont a été apellé au neant, fans amande ; en emendant, a ordonné & ordonne que les parties fe pouruoyront pardeuant l'Archidiacre d'Outre-maine dudit Angers, pour proceder pardeuant luy à l'examen & clôture du comte dudit le Court, ainfi que de raifon : & eft ledit le Court condamné és dépens de la caufe, & de tout ce qui s'en eft enfuiuy, tels que de raifon, qui feront taxez fans nouuel voyage.

De l'Arreft du Parlement de Paris, du 14. Aouft 1619. Signé, Voifin.

ENtre Maiftre Iacques Renault, Preuoft du Pont fainte Maixance, & Maiftre André Fueillette, Subftitut du Procureur general du Roy audit lieu, apellans comme d'abus d'vne Ordonnance faite par l'Official de Beauuais, le 6. Aouft 1616. d'vne part : & Maître Iean Marfeille, Prêtre, Curé dudit Pont fainte Maixance, &c. Dit a été, que la Cour faifant droit fur lefdites apellations, a mis & met les parties hors de Cour & de procez fans dépens : & neanmoins que lefdits comtes feront examinez par lefdits Euêque & Archidiacre, ou leurs Commis, fur les lieux, auec le Subftitut du Procureur general ou Procureur Fifcal, fans prendre aucun falaire.

De l'Arreft du grand Confeil du 27. May 1636. Signé, Sollier.

LOuys par la grace de Dieu Roy de France & de Nauarre : A tous ceux qui ces prefentes lettres verront, Salut. Sçauoir faifons, que comparans en iugement en notre grand Confeil nos bien-amez Maiftre Robert Brifoult, Prêtre, Bachelier en Theologie, Chanoine & Promoteur au Diocefe d'Avranches, demandeur en requefte & commiffion, de notredit Confeil, du 23. Novembre 1634. aux fins que fuiuant & conformément à nos Lettres patentes du 4. Septembre 1619. verifiées en notredit Confeil, il foit ordonné, que les comtes de la geftion & adminiftration des Fabriques des Paroiffes dudit Diocefe, fe rendront & examineront pardeuant le Sieur Euêque dudit Avranches, fes Archidiacres & Offi-

Q ij

ciaux ou ſes Vicaires & commis , & defences au Bailly de la ville d'Avranches, ſon Lieutenant, &c. Iceluy notre grand Conſeil, par ſon Arreſt, ſans auoir égard aux Ordonnances des Iuges d'Avranches , a ordonné & ordonne, que les comtes de l'adminiſtration du reuenu des Fabriques des Paroiſſes dudit Dioceſe, ſeront rendus pardeuant l'Euêque d'Avranches ou ſon Official , ou Vicaire à ce commis, a fait defences aux Iuges & Officiers de ladite ville , de pourſuiure pardeuant eux les Marguilliers deſdites Fabriques, pour raiſon de la reddition deſdits comtes, & auſdits Marguilliers de leur preſenter leſdits comtes, à peine de cinq cent liures d'amande, & de tous dépens, dommages & interêts. Et ordonne notredit Conſeil, que pour l'execution des ſentences qui ſeront renduës par ledit Euêque ou ſes Officiaux & Vicaires, les Officiers dudit Siege ſeront tenus deliurer leur Pareatis & Mandement, à peine de tout dépens, dommages & interêts, ſans dépens.

De l'Arreſt du Conſeil d'Eſtat du 7. Novembre 1641. Signé ,
Le Ragois.

SVr la Requête preſentée au Roy en ſon Conſeil par Croiſet, Tourneur & Eſtienne Limoſin, Prouiſeurs & Marguilliers de l'Egliſe de Moret , contenant , qu'encore que par Arreſt, &c. Vû ladite Requeſte, ſignée, Tourneur , ſuppliant : & de Gyues, Avocat audit Conſeil. Copie imprimée dudit Arreſt du Conſeil d'Eſtat, du 10. Aouſt dernier, donné en faueur des Procureurs & Adminiſtrateurs des Fabriques, qui ne pourront être contraints à faire la recete des tailles ny autres impoſitions. Sommation faite auſdits Supplians à la Requeſte des Echeuins de ladite ville de Moret, du 21. du preſent mois & an, de leuer les deniers de la ſubſiſtance pour la preſente année, Procez verbal de ſignification dudit Arreſt , & des defences y contenuës, faites auſdits Echeuins à la Requeſte des Supplians, du 18. du preſent mois d'Octobre : & copie d'iceux à eux baillée, à ce que du contenu ils n'en pretendiſſent cauſe d'ignorance : & par iugement rendu par les Elus de Melun à l'encontre defdits fupplians, à la pourfuite & diligence des Echeuins de la vil-le de Moret. Oüy l'Agent general du Clergé, le rapport de la Requefte, fait par le Sieur de la Porte, & tout confideré, Le Roy en fon Confeil, ayant égard à ladite Requefte, a déchargé lefdits Croifet & Limofin, Marguilliers de l'Egli-fe de Moret, de faire la leuée de ladite impofition de la pre-fente année, conformément à l'Arreft du 18. Aouft 1641. nonobftant ladite fentence defdits Elus, du 11. Octobre dernier.

INSTRVCTION OV FORMVLAIRE,
pour dreffer les comtes des Fabriques.

L faut laiffer au papier fur lequel on reçoit les comtes, vne grande marge, pour, à côté des ar-ticles, écrire les debats des oyans comtes, & les foûtenemens des rendans.

Il faut laiffer la premiere page du comte en blanc iuf-qu'à la moitié, afin que le iour de l'examen du comte, on puiffe dans ledit efpace vuide, commençant tout au haut de la page, écrire ces mots; Prefenté le Dimanche, ou tel autre iour, trentiéme iour du mois de *N.* l'an mil fix cent foi-xante, &c. & affirmé par *N. N.* pardeuant nous *N. N.* Archidiacre, ou *N.* commis par Monfieur l'Archidiacre de *N.* és prefences de Maiftres *N.* Curé, *N.* Procureur Fifcal, *N.* & *N.* à prefent Procureurs Syndics, *N. N.* & *N.* & autres habitans.

Comte que rend, ou rendent pardeuant vous Monfieur l'Archidiacre de *N.* cy-deuant Procureurs Syndics de l'E-

Q iij

l'Eglise de Saint *N.* à prefent Procureurs Syndics de ladite
Eglife, & ce pour deux années, commençans à tel iour de l'an
mil fix cent foixante, &c.

De la Recete des quêtes qui ont été faites dans ladite Eglife.

Premierement, ledit *N.* rendant comte, fait recete des
deniers qu'il a cueillis és queftes par luy faites chacun
iour de Dimanche & Fête, en ladite Eglife, pendant ledit
temps.

Le premier iour de l'an, a été cueilly la fomme de vingt-
deux fols neuf deniers, pour ce icy   xxii. f. ix. d.

Le premier Dimanche du mois de Ianvier, la fomme de
neuf fols quatre deniers, pour ce icy   ix. fols iv. d.

Le iour des Roys, la fomme de quatorze fols vnze deniers, pour ce icy   xiv. f. xi. d.

Le fecond Dimanche dudit mois de Ianuier la fomme
de, &c.

Et ainfi confecutiuement chaque Fête & Dimanche jufqu'à
la fin defdites deux années

Eft à noter, que chaque Procureur Syndic, doit auoir
vn bordereau pour écrire lefdites queftes chaque Dimanche
& Fête, apres qu'en prefence du Curé, il aura comté ce qui
fera trouué dans fon platelet; Et fi ledit Procureur Syndic ne
fçait écrire la fomme trouuée, chacun defdits iours fera écrite par le Curé fur ledit bordereau.

Poura auffi ledit bordereau feruir pour abreger le prefent
Chapitre, au comte qui doit être dreffé & rendu à la fin de
l'exercice de la charge de Procureur Syndic; parce qu'il
fuffira au prefent Chapitre de coucher les queftes en gros
pour chacun mois; apres que les queftes des Dimanches & Fêtes de chaque mois auront été fommées fur ledit bordereau.

Es Eglifes où il fe fait vente de pain, il en faudra faire
vn Chapitre de recete à part, fur le bordereau qui en aura

été fait chacun Dimanche, en la méme forte qu'il eſt cy-
deſſus dit des queſtes.

De la recete des rentes ou Obits.

ITem, Ledit *N*. fait recete des rentes & obits dûs à ladite Egliſe & qu'il a dû receuoir pendant leſdites deux
années.

Premierement, De Pierre *N*. la ſomme de quatre liures,
à raiſon de quarante ſols par an, à prendre ſur trois quar-
tiers de terre, ſcis au lieu dit les Foſſez, tenant d'vn bout à
N. & d'autre bout à *N*.
pour ce icy   iv. liures,

Item, De Nicolas *N*. & de *N*. heritiers de Pierre *N*. la
ſomme de ſoixante ſols, à raiſon de trente ſols de rente par
chacun an duë à ladite Egliſe, par ledit feu Nicolas *N*. pour
ce icy   iii. liures.

Eſt à noter, que quand le debiteur d'vne rente eſt decce-
dé, il ne faut point partager ladite rente entre les heritiers;
Par exemple Pierre *N*. auoit donné à l'Egliſe trente ſols par
an, & meurt laiſſant Iean, Iacques, Nicolas ſes enfans; en
ce cas il ne faut pas comter dix ſols pour chacun deſdits enfans; parce qu'ils ſont tous ſolidairement obligez à la ſomme entiere de trente ſols; & ſe peut le Procureur Syndic
adreſſer auquel il luy plaira des trois, pour ſe faire payer de
ladite ſomme entiere; ſauf à celuy qu'il ataquera, ſon recours contre ſes deux autres coheritiers : & ſi l'on faiſoit autrement, en cas que Iean l'vn deſdits trois enfans vint auſſi
à deceder, laiſſant trois autres enfans, l'on voudroit encore
diuiſer le tiers de ladite ſomme de trente ſols en trois parts,
de 3. ſ. 4. d. chacune, & ainſi à l'infiny; ce qui aporteroit
non ſeulement trop de peine aux Procureurs Syndics,
ſi pour vne méme rente ils étoient obligez de s'adreſſer à
tant de perſonnes; mais encore cela aporteroit de la confu-
ſion dans les comtes, & feroit perdre auec le temps la lumiere qu'ils peuuent donner pour la perception des rentes.

Eſt auſſi à noter, qu'il faut toûjours coter les tenans & aboutiſſans des heritages ſur leſquels les rentes ſont aſſignées, &
auſſi les charger deſdites rentes, comme ſi c'eſt pour vn ou
pour pluſieurs obits, pour vne ou pluſieurs Meſſes, vn ou
pluſieurs Saluts, & autres prieres.

De la Recete des loüages & reuenus.

ITem, Ledit N. fait recete des loüages des maiſons, &
autres reuenus de ladite Egliſe, pendant qu'il a perçu
leſdites deux années.

Premierement, de N. laboureur, la quantité de tant de
muids de bled, pour telle quantité de terre qu'il tient à loüage de ladite Egliſe, ſuiuant le bail d'vn tel iour, laquelle
quantité de grain a été venduë la ſomme de tant, à raiſon de
tant pour muid, pour ce icy tant

Item, De Iean N. la ſomme de vingt liures, pour deux
années de loyer de tel heritage ſcis en tel endroit, tenant
d'vn bout à   & d'autre à   &c. ſuiuant le bail
d'vn tel iour, pour ce icy   xx. liures,

Eſt à noter, que les baux contiendront toûjours la quantité des terres, leurs ſituations, tenans & aboutiſſans.

Item, Les appreciations ou ventes des grains ſeront faites
par les Procureurs Syndics, auec l'avis du Curé & Paroiſſiens,
pour éuiter à toutes fraudes.

Des Recetes extraordinaires.

ITem, Ledit N. fait recete des deniers par luy extraordinairement reçus pendant leſdites deux années.

Et premierement, Fait recete de la ſomme de cent ſols
pour vne fois payé, leguez à l'Egliſe par defunt Pierre,
&c. ainſi qu'il appert par ſon teſtament, pour ce icy cinq
liures.   v. liu.

Fait recete de la ſomme de   pour reliqua de
comte de Iacques N. ainſi qu'il apert par la clôture de ſon
comte, pour ce icy   *Item,*

Item, Fait recete de la fomme de dix-fept liures trois fols reftant à payer par Noël N. pour le furplus d'vne année de loyer, ainfi qu'il appert par le chapitre de remife du comte de N. pour ce icy   xvii. liures iii. fols.

Item, De Pierre N. la fomme de fix liures dix fols pour trois années, & vn quartier d'arrerages de quarante fols de rente par chacun an, ainfi qu'il appert par le chapitre de remife du comte de Philippe N. pour ce icy   vi. l. x. f.

Ce Chapitre eft apellé de recete extraordinaire, parce qu'il peut ariuer que pendant la charge du Procureur Fabricien, il ne fe fera aucuns legs teftamentaires, qu'il ne fera dû aucun arerage de rente, ny fermage du precedent, ny aucun reliqua de comte par les anciens Procureurs Fabriciens, mais les precedens Chapitres feront toûjours ordinaires.

Eft à noter, quand des fermages, rentes alloüées en remife au comte precedent, font reçuës par les Procureurs Fabriciens, en charge, ils n'en doiuent pas comter confufément auec le courant de leur temps; mais ils comteront dudit courant és chapitres de recete ordinaire des rentes & reuenus, & rejeteront lefdits arrerages, pour en comter au prefent chapitre de recete extraordinaire; & ce pour faciliter l'examen defdits chapitres de recete ordinaire, par la collation & comparaifon du dernier comte rendu, que l'on doit tenir en main pour examiner, le fuiuant de chapitre en chapitre, d'article en article; & à cét effet dans le comte qui eft à rendre, les chapitres, & les articles des chapitres feront écrits dans le méme ordre & dans la méme fuite qu'ils font au dernier comte rendu; car fi cét ordre étoit changé, pour examiner vn feul article il faudroit parcourir le chapitre entier du comte precedent, ioint que gardant vn même ordre & vne méme fuite defdits articles; il eft tres-facile aux oyans-comte de remarquer s'il y a omiffion ou non au comte à rendre : Et pour examiner ce dernier chapitre de recete extraordinaire, il faut tenir en main le dernier chapitre du comte precedent, qui eft le chapitre de remife, duquel les articles alloüez compofent auec les legs teftamentaires les articles du prefent dernier chapitre,

R

d'où il refulte que le dernier comte rendu doit toûjours être en main du Procureur Syndic en charge, pour en regler la recete ordinaire & extraordinaire.

Eft auffi à remarquer, qu'en tous les chapitres de recete, les articles doiuent être tirez pour la fomme entiere qui a dû être reçuë ordinairement ou extraordinairement, fauf à en faire remife au dernier chapitre du comte de tout, ou de la partie qui n'auroit été reçuë.

Des Mifes ordinaires.

L'Edit *N.* fait icy état des deniers par luy débourfez pour l'Eglife, pendant lefdites deux années qu'il a été en charge de Procureur Syndic.

Premierement, A Monfieur le Curé la fomme de quatre-vingts liures, pour les feruices & obits par luy faits & celebrez en ladite Eglife pendant ledit temps; ainfi qu'il appert par fa quitance, pour ce icy   lxxx. liu.

Item, A Monfieur le Vicaire pour fon affiftance aufdits feruices & obits, la fomme de quarante liures, comme il appert par fa quittance, pour ce icy   xl. liu.

Item, A *N.* Marguillier de ladite Eglife, pour fes gages pendant ledit temps, la fomme de trente-fix liures, ainfi qu'il appert par fa quittance, pour ce icy   xxxvi. liu.

Item, A Iacques *N.* pour la cire par luy fournie pour les feruices de ladite Eglife pendant ledit temps, la fomme de comme il appert par fa quittance, pour ce icy

Et ainfi il faut coucher en ce chapitre article par article, les fommes employées pour dépenfe ordinaire, comme le pain & vin de la Communion, blanchiffage de linge, balais, & huile pour la lampe.

Des Mifes extraordinaires.

E N ce chapitre il faut coucher article par article les fommes employées extraordinairement, c'eft à dire, qui ne font pas de la dépenfe ordinaire qui fe fait par chacun an, comme font, fonte de cloches, ornemens, ou linge acheté, & autres chofes femblables.

Eſt à remarquer, qu'en ce chapitre ne faut coucher aucuns deniers employez pour la commune, non pas même quand il y auroit eu aveu des habitans; parce que c'eſt vn crime, de diuertir les deniers apartenans à l'Egliſe, pour les employer en autres choſes que ce qui concerne l'Egliſe méme.

Secondement en ce chapitre, on ne doit alloüer aucuns dépens extraordinaires au deſſus de la ſomme de dix liures, ſi ledit employ n'a été fait de l'avis & conſentement des Curez & Paroiſſiens, qui ſont exhortez de ne pas conſentir trop facilement, comme ils ſont ordinairement, aux dépenſes exceſſiues pour fontes de cloches, dont ariue tres-notable prejudice à l'Egliſe.

Finalement en l'examen des comtes, ne ſera alloüé aucun article de la dépenſe ordinaire ou extraordinaire, qu'en r'aportant quittance par le rendant-comte, ſi ce n'eſt que la ſomme fût tres-petite.

Des remiſes.

D'Autant que cy-deſſus a été dit, qu'és chapitres de recete ordinaire & extraordinaire, il faut coucher les ſommes en entier qui ont dû être reçuës; & qu'il ſe peut faire qu'aucunes deſdites ſommes n'auront point été reçuës par le rendant, ou ſeulement en partie; en ce cas à la fin du comte ſera fait le preſent dernier chapitre, où leſdites ſommes comtées, & non reçuës, ſeront repriſes en cete maniere.

Item, Ledit *N.* fait icy remiſe de la ſomme de quatre liures, cy-deſſus couchée au premier article du ſecond chapitre de recete, comme reçuës de Pierre *N.* d'autant qu'il n'en a rien touché pour ce icy   iv liu.

Item, Fait auſſi remiſe de la ſomme de neuf liures, d'autant que la ſomme de vingt liures cy-deſſus couchée au ſecond article du troiſiéme chapitre de recete, comme reçuës de Iean *N.* il n'en a touché qu'onze liures, pour ce icy ix. liu.

Leſquels articles de remiſe ſeront alloüées, ſi le Procureur Syndic oyant-comte s'en veut charger, ou ſi le rendant a fait ſes diligences, & en fait aparoître, ſinon ils ſeront rayez.

R ij

Lors de la reddition du comte toutes les pages feront fommées, & à chaque chapitre calculées à part, puis toutes les
fommes des chapitres particuliers de recete, feront affemblées dans vne fomme generale de la recete, les fommes particulieres des chapitres des dépenfes ordinaires & extraordinaires, & de remifes, feront pareillement affemblées en vne
fomme generale, & la plus petite defdites deux fommes generales fera fouftaite de la plus grande; & le reftant apres
ladite fouftraction, fera ou le reliqua du rendant, ou ce qui
fera dû par l'Eglife au rendant; ce fait la clôture dudit comte fera dreffée en cete maniere.

L'an mil fix cent tant, le Dimanche quantiéme iour d'vn
tel mois, pardeuant nous, tel, a été examiné le prefent comte,
és prefences des fous-fignez, & par le calcul d'iceluy la recete s'eft trouuée monter à la fomme de tant, &. les mifes &
remifes à la fomme de tant, d'où il apert la recete exceder
les mifes & remifes de la fomme de tant, au payement de
laquelle auons condamné ledit tel rendant-comte enuers ledit tel, à prefent Procureur Syndic. Fait au Bureau de l'Eglife de Saint *N*. d'vn tel lieu, les iour & an que deffus.

Que fi la fomme totale des mifes & remifes excede la recete, il faudra conclure ainfi: D'où il apert les mifes & remifes exceder la recete de la fomme de tant; au payement
de laquelle auons condamné ledit tel à prefent Procureur
Syndic, enuers ledit tel rendant comte. Fait, &c.

CHAP. QVATRIESME.

ORDRE POVR LES Receptions du Roy, de la Reyne, des Princes, Gouuerneurs de Prouinces, ou autres personnes releuées en dignité.

E Roy *ariuant en quelque grande ville ou en quelque gros Bourg; le Clergé va processionellement au deuant de luy hors de la porte, si c'est vne ville, où le Roy étant à cheual, ou, ce qui est plus conuenable, descendant de cheual, & fléchissant les genoux en terre sur vn tapis, il baise la Croix qui luy est presentée par le Prelat. En suite on le conduit sous vn Daix iusqu'à l'Eglise; la Procession marchant immediatement deuant luy & les Prêtres répondans, & chantans le répons qui suit.*

E le git eum Dominus, & excelfum fecit il lum præ Re gi bus ter ræ.

℣. Glorificauit eum in confpectu Regum & non confunde tur

Et excelfum Glori a Et

En fuite on chante des *Hymnes* ou quelqu'vn des plus ioyeux cantiques : lors que le *Roy* entre en l'Eglife, le *Prelat* prenant l'afperfoir luy jete de l'eau benîte, & à tous les autres en general apres luy ; & puis marchent iufqu'au Maître Autel, où étans ariuez, le Roy fe met à genoux fur vn prie-dieu qui luy eft preparé, & prie là quelque temps ; pendant quoy le Prelat monte à la Corne de l'Epître de l'Autel, où étant & fe tournant du côté du Roy qui prie , il dit la tête découuerte.

℣. Deus iudícium tuum Regi da.

℟. Et iuftítiam tuam fílio Regis.

℣. Saluum fac Regem noftrum Dómine.

℟. Deus meus fperántem in te.

℣. Mitte ei Dómine auxílium de fancto.

℟. Et de Sion tuére eum.

℣. Nihil profíciat inimícus in eo.

℟. Et fílius iniquitátis non appónat nocére ei

℣. Fiat pax in virtúte tua.

℟. Et abundántia in túrribus tuis.

℣. Dómine exáudi oratiónem meam.

℟. Et clamor meus ad te véniat.

℣. Dóminus vobífcum.

℟. Et cum fpíritu tuo.

Orêmus.

DEus, cui omnis potéftas & dígnitas famulátur, da huic fámulo tuo Regi noftro N. prófperum fuæ dignitátis efféctum; in qua te femper tímeat, tibíque iúgiter placére conténdat. Per Chriftum Dóminum no-ftrum. ℟. Amen.

En fuite le Prelat, s'il eft Euêque, va au milieu de l'Autel & benît le peuple folenellement; puis depofant fes vêtemens facrez, il accompagne le Roy iufqu'à fon Hôtel.

ORDRE POVR RECEVOIR
Proceſſionellement vn Prince, Gou-
uerneur de Prouince, ou autres
perſonnes releuées en dignité.

Q Vand vn Prince de grande remarque & de grande autorité ariue en quelque ville ou en quelque
gros bourg, le Clergé vient proceſſionellement au
deuant de luy, hors de la porté, ſi c'eſt vne ville : où le
Prince étant à cheual ; ou deſcendant de cheual , ce qui eſt
plus decent, & fléchiſſant les genoux en terre ſur vn tapis,
il baiſe la Croix que le Prelat luy preſente ; enſuite on le
conduit ſous vn Daix iuſqu'à l'Egliſe dans l'ordre ſuſdit,
& cependant on chante ce répons.

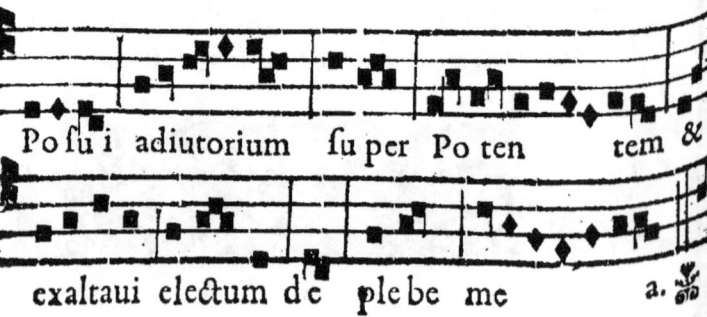

Ma nus e nim me a avxi li a bitur

e i. ℣. Inueni Dauid seruum meum,

o le o sancto meo vn xi e um.

❀Manus enim.℣. Gloria ❀Manus enim.

En suite on chante des Hymnes, ou quelqu'vns des plus ioyeux cantiques : lors que le Prince entre en l'Eglise, le Prelat prenant l'aspersoir luy jete de l'eau benîte, & à tous les autres en general aprés luy ; & puis marchent iusqu'au Maître Autel, où étans ariuez, le Prince se met à genoux sur vn prié-dieu qui luy est preparé, & prie là quelque temps, pendant quoy le Prelat monte à la corne de l'Epître de l'Autel, où étant & se tournant du côté du Prince, il dit la tête découuerte.

℣. Saluum fac Príncipem nostrum Dómine.
℟. Deus meus sperántem in te.
℣. Mitte ei Dómine auxílium de sancto.
℟. Et de Sion tuêre eum.

S

℣ Nihil profíciat inimícus in eo.

℟. Et fílius iniquitátis non appónat nócere ei.

℣. Fiat pax in virtúte tua.

℟. Et abundántia in túrribus tuis.

℣. Dómine exáudi oratiônem meam.

℟. Et clamor meus ad te véniat.

℣. Dóminus vobíscum.

℟. Et cum spíritu tuo.

Orêmus.

Deus, cui omnis potéstas & dígnitas famulátur, da huic fámulo tuo Príncipi nostro N. prósperum suæ dignitátis efféctum ; in qua te semper tímeat, tibíque iúgiter placére conténdat. Per Christum Dóminum nostrum. ℟. Amen.

En suite le Prelat, s'il est Euêque, va au milieu de l'Autel, & benît le peuple solenellement ; puis déposant ses vétemens sacrez, il accompagne le Prince iusqu'à son Hôtel.

ORDRE POVR RECEVOIR
Proceſſionellement vne Reyne &
autres Princeſſes & Dames de
condition.

L A Reyne ou quelqu'autre Dame de remarque
ariuant en quelque ville ou en quelque gros bourg:
Le Clergé vient proceſſionellement au deuant d'el-
le hors de la porte, ſi c'eſt vne ville, où la Reyne étant
dans ſon Caroſſe, elle deſcent, & fléchiſſant les genoux
en terre ſur vn tapis, elle baiſe la Croix que le Prelat luy
preſente, en ſuite on la conduit ſous vn Daix iuſqu'à
l'Egliſe, dans l'ordre ſuſdit, & cependant on chante ce
répons.

Iſta eſt ſpeció   ſa in ter fí lias hie-

rú   ſalem. ✠ ſicut vidíſtis e am plenam chari-

tá te & dilé ĉti o   ne in cubí libus & in

hortis aro   mátum. ℣. Is ta   est

speci ó sa   quæ ascen dit de de sér-

to de licijs   af   flu ens.

Sicut. ℣. Glória.   Sicut.

℣.   Saluam fac ancíllam tuam Dómine.

℞.   Deus meus sperántem in te.

℣.   Mitte ei Dómine auxílium de sanĉto.

℞.   Et de Sion tuêre eam.

℣.   Nihil profíciat inimícus in ea·

℞.   Et fílius iniquitátis non appónat nocére ei.

℣. Fiat pax in virtúte tua.

℟. Et abundántia in túrribus tuis.

℣. Dómine exáudi oratiónem meam.

℟. Et clamor meus ad te véniat.

℣. Dóminus vobíscum.

℟. Et cum spíritu tuo.   *Orêmus.*

DEus cuius prouidéntia, in sui dispositióne non fállitur, ineffábilem cleméntiam tuam súpplices exorámus : vt sicut Esther Regínam, Israelíticæ plebis causa salútis, ad Regis Assueri thálamum, regníque sui consórtium transíre fecísti ; ita hanc fámulam tuam, Christiánæ plebis salútis grátia, ad grátiam tuam. transíre fácias : vt tibi super ómnia iúgiter placére desíderet, &, te inspiránte, quæ tibi plácita sunt, toto corde perfíciat ; & déxtera tuæ poténtiæ illam semper, hîc & vbíque, circúmdet. Per Christum Dóminum nostrum. ℟. Amen.

Ensuite le Prelat, s'il est Euêque, va au milieu de l'Autel, & benît le peuple solenellement ; puis deposant ses vêtemens sacrez, il accompagne la Reyne iusqu'à son Hôtel

Vne Princesse ou autre personne releuée en dignité se doit receuoir proeessionellement, de la même façon, & auec le même ordre que cy-dessus, excepté le Daix, & qu'au lieu de l'Oraison Deus cuius prouidentia, &c. *on dit la suiuante.*   *Orêmus.*

QVæsumus omnípotens Deus, vt hanc fámulam tuam vbîque sapiéntia tua dóceat, & confórtet: atque eam Ecclésia tua fidélem semper agnóscat. Per Christum Dóminum nostrum. ℟. Amen.

CHAP. CINQVIESME.
Du Synode.

Mathæ. 18.

ESVS-CHRIST ayant dit que *s'il y en auoit deux ou trois assemblées, il seroit au milieu d'eux,* ordonnoit & persuadoit les assemblées Synodales: c'est pour cela que l'Eglise conduite du S. Esprit, suiuant les commandemens & les intentions de son Epoux, a toûjours renouuellé dans ses Conciles les decrets de la tenuë des Synodes, voulant qu'au moins tous les ans chaque Euêque tint son Synode pour le reglement de son Diocese, & enjoignant à tous ceux qui auoient charges publiques dans l'Eglise, comme les Abbez, Archidiacres, Prieurs & Chefs de compagnies Ecclesiastiques, & aux Pasteurs particuliers qui auroient soin des ames de chaque Paroisse, d'assister soigneusement à ces Synodes, dans lesquels nous sommes assurez suiuant la parole de l'Euangile que Nostre Seigneur comme notre Souuerain Pontife & le S. Esprit preside.

Epist. 4.
in fine.
    Ces assemblées sont ordonnées principalement, dit Saint Leon, *Vt omnia instituta, Canonumque decreta apud omnes Dei sacerdotes inuiolata permaneant,* & encore selon les termes de

Concile d'Antioche , tenu fous Iules 1. *Pour l'vtilité publique de l'Eglife , & pour decider toutes les controuerfes qui fe peuuent trouuer dans le regime des Paroiffes ,* comme auffi , *pour être inftruis & aprendre les chofes neceffaires à la direction des peuples,* ainfi que nous enfeigne le Concile de Laodicée.

Ce font toutes ces raifons qui ont obligé nos tres faints predeceffeurs d'ordonner & maintenir inuiolablement l'ordre de tenir dans ce Diocefe tous les ans deux Synodes, l'vn apres Pâques, & l'autre apres la Fête de S. Luc ; lequel ordre nous voulons auffi être fuiuy : & pour cét effet , ordonnons que les Synodes de Pâques & S. Luc feront tenus aux iours indiquez dans ce Rituel à la fin du Calendrier.

Et afin que chacun fe rende ponctuel aufdits Synodes ; Nous enjoignons à tous ceux qui y font apellez, & principalement à tous les Curez, de fe rendre en cete ville lefdits iours deftinez & determinez, pour y affifter, & ce fous les peines ordinaires & accoûtumées , & même fous peine d'interdiction , & autres peines que nous decernerons contre ceux qui feront plus de trois defauts de fuite, fi ce n'eft qu'ils foient par nous difpenfez d'y affifter.

Et parce que par cy-deuant plufieurs fe font exemtez de venir aux Synodes, fous des pretextes de maladies ou d'occupations qui n'étoient ny vrayes ny legitimes : nous voulons que toutes les excufes foient par écrit, & raportées par quelqu'vns des Curez le matin du Synode auant la proceffion, pour être mife par ceux qui en feront chargez entre nos mains , ou celles de notre grand Vicaire & Official , & affirmées être veritables ; ou en cas qu'il n'y ait point d'excufe par écrit, deux Curez affirmeront par ferment la caufe de l'empêchement , & feront lefdites caufes redigées par écrit, & les perfonnes qui les auront affirmées le figneront, pour être enfuite écrite fur le liure des abfences legitimes fi elles font iugées telles ; le tout afin de n'être point interrompu dans le cours de notre Synode.

Puifque ces faintes affemblées font ordonnées pour pouruoir à toutes les chofes neceffaires pour le maintien de la

difcipline Ecclefiaftique & le regime des Paroiffes. Afin qu
nous puiffions donner les ordres neceffaires , & pour l'vn &
pour l'autre ; Nous ordonnons à nos Archidiacres d'enuoye
& mettre en notre fecretariat les procez verbaux de leurs vi
fites au moins quinze iours auant le Synode de S. Luc ; &
enjoignons à tous nos Archiprêtres & Curez d'enuoyer pa
les voyes les plus commodes qu'ils trouueront, les memoires ou états des difficultez qu'ils auront trouuées dans l'e-
xercice de leurs fonctions, des defordres & fuperftitions qu
peuuent regner dans leurs Paroiffes, & des befoins qu'il y a
& ce quelque temps auant les Synodes; afin d'être mis entre
nos mains ou celles de notre grand Vicaire & Official, pou
en receuoir les réponfes le iour du Synode.

    Et afin que toutes chofes fe faffent felon le commande-
ment de l'Apôtre, *honefè & fecundum ordinem.* Tous ceux qui
y doiuent venir aporteront leurs Soutanes, Surplis & bonnet carré, & on y obferuera l'ordre fuiuant; pour lequel garder plus ponctuellement, les Archiprêtres viendront en perfonne pour conduire les Curez de leur Archipreueré , ou en
cas d'empêchement legitime prieront vn des plus anciens
Curez de leurs refforts d'y affifter pour eux, & y faire leurs
fonctions ; autrement payeront double mulcte: Si pourtant
quelqu'vn y manquoit, nous en ferons avertis pour y être
pouruû.

    L'abandon & l'oubly dans lequel font la plûpart des Prê-
tres & Curez apres leur mort, étant fi grand qu'ils n'ont pas
fouuent vne perfonne qui ayt foin de prier ou faire prier
Dieu après leur trépas pour le repos de leurs ames, quoy qu'elles en ayent plus de befoin que celles de tous les autres fidels,
nous a fi fort touché le cœur, que nous auons ordonné à
tous les Archiprêtres de nous avertir de tous les Prêtres qui
feront morts, pour faire prier Dieu pour eux; & pource que
chacun des Ecclefiaftiques eft principalement obligé d'affifter en ce rencontre fon frere, pour receuoir apres fa mort
la même grace : Nous enjoignons à nos Archiprêtres de nous
aporter ou enuoyer par ceux qu'ils prieront de faire à leurs
places

1.Corinth.
14.

places leurs fonctions, le memoire des Curez, Vicaires & autres Prêtres qui seront morts dans leur ressort à châque Synode, pour y être publiez; & ensuite enjoignons à tous les Curez & Prêtres de dire vne Messe pour châcun desdits Ecclesiastiques & Curez morts.

ORDRE POVR LA CELE-
bration du Synode.

L'*ORDRE prescrit de l'Eglise pour le Synode, portant de celebrer la Messe du saint Esprit, il seroit à souhaiter que l'on en dît vne dans l'Eglise Cathedrale, solennelle ou basse, & ce auant la Procession, que la Messe fût dite par Monseigneur l'Archeuêque, & que tous les Curez y communiassent; il faut esperer que cet Ordre vn iour y sera étably, mais en attendant on obseruera cecy.*

Pour faire mieux la Ceremonie, il y aura deux Ecclesiastiques destinez par Monseigneur l'Archeuêque pour Maîtres des Ceremonies, qui auront le soin & la conduite du Synode, auquel ils assisteront en surplis & bonnet quarré. Afin d'avertir tous ceux qui doiuent assister au Synode, l'on sonne vne des grosses cloches de l'Eglise Cathedrale, au son de laquelle châcune desdites personnes, principalement les grands-Vicaires, Abbez, Archidiacres, Promoteurs, Archiprêtres, Maîtres des Ceremonies & Curez se rendront en soutane longue & non en soutanelle, en la grande Salle du Palais Archiepiscopal, où étans, tous se reuétiront de leurs surplis par dessus leurs soutanes, & non pas soutanelles.

T

Les *Curez* de *Bourges* se reuétiront d'*Amict* , d'*Aub*
de *Ceinture* , & d'*vne Etole* croisée par le deuant , com~
vn Prêtre disant la *Messe.*

Les *Archiprêtres* prendront pardessus leurs surplis v~
Etole qu'ils auront pendante au col , comme aux *Proce*
sions : & s'il se peut toutes leurs étoles seront de coule~
rouge , afin qu'ils se puissent mieux connoître & discerner~

Les *grands-Vicaires* & *Archidiacres* prendront leu~
surplis & aumusses , les *Abbez* leur habit de religion.

Monseigneur l'*Archeuêque* sera reuétu de son roche~
grande chape *Pontificale* , ou camail violet auec le bonn~
quarré.

Les *Archiprêtres* étudieront bien le rang de leurs mar~
ches , & tâcheront de le bien connoître , afin qu'il n'y a~
point de confusion ny de retardement dans la ceremonie ; &
cela sera assez facile , car il n'y aura qu'à prendre garde si l'o~
est le premier , ou le second , ou le troisième , ou le quatriéme
&c. *Archiprêtre* en l'ordre de la marche : que s'il arri~
confusion par leurs fautes , ils seront reprimendez & mul~
étez au *Synode.*

Tous les *Curez* étans ainsi reuétus , se metront auec l'*Ar*~
chiprêtre de leur ressort ; & si l'*Archiprêtre* deffaut , ils s~
rangeront auec le *Curé* qui tiendra sa place , & qui aura
l'étole ; lequel avertira pour ce sujet les *Prêtres* du ressor~
de l'*Archipreueré.* Et parce que châcun doit assister à la *Pro*~
cession ; pour voir ceux qui y auront manqué , châque *Ar*~
chiprêtre aura vne liste de tous les *Curez* de son ressort~
& marquera sur cete liste d'vn *P.* ceux qui seront presens~
dans la salle deuant la marche.

Etans tous disposez de la sorte , le *Secretaire* ayant reçu~

*l'ordre, apellera châque Archipreueré : & alors l'Archiprê-
tre & les Curez marcheront fuiuant leur ordre, & châque Archiprêtre en paſſant donnera le memoire de ceux qui
ſont preſens, aux Maîtres des Ceremonies ou au Secretaire;
attendu que ceux même qui ſeront abſens, & n'aſſiſteront
point à la Proceſſion, payeront la mulcte aplicable à œures
pies, comme auſſi ceux qui ne ſeront pas en habit decent,
c'eſt à dire auec le ſurplis, ſoutane & bonnet quarré.*

*Dans la marche ils obſerueront d'aller grauement & mo-
deſtement, deux à deux, & marcheront tant qu'ils pourront
ſelon leur reception dans les Cures; ſi bien que les nouueaux reçus marcheront les premiers, & les anciens les derniers; apres
leſquels marchera l'Archiprêtre ſeul vn peu dans le milieu.*

*Ils marcheront ſelon l'ordre de l'appeau ; c'eſt à dire,
que le dernier Archipreueré nommé dans l'appeau marchera
le premier, en ſorte que les Curez de Bourges marchent immediatement deuant Monſeigneur l'Archeuêque allant de
ſon Palais Archiepiſcopal dans le Chœur de l'Egliſe Cathedrale, & à la Proceſſion.*

I. Vierzon.	XII Charenton.	**ORDRE**
II. Sancerre.	XIII. Château-neuf.	**DE LA**
III. Le Blanc en Berry.	XIV. Château-Roux.	**MAR-**
IV. Mont-Luçon.	XV. La Chap. d'Angillon.	**CHE.**
V. Mont-Faucon.	XVI. Chantelle-le Château.	
VI. Levroux.	XVII. La Châtre.	
VII. Huriez.	XVIII. Bourbon.	
VIII. Heriſſon.	XIX. Argenton.	
IX. Graçay.	XX. Bourges, ou les Curez	
X. Yſſoudun.	de la Septaine.	
XI. Dun-le-Roy.	XXI. Les Curez de Bourges.	

*Les Maîtres des Ceremonies marcheront deuant tous,
afin de les conduire, & auront en leurs mains l'Ordre de
la marche.*

*Enfuite les grands-Vicaires aux côtez de Monfeigneur
l'Archeuêque ou derriere; les Abbez apres; deux à deux, les
Archidiacres enfuite, auffi deux à deux; puis l'Archiprêtre
de Bourges & les Aumôniers de Mondit Seigneur.*

*Les Archiprêtres & les Curez iront droit dans le Chœur
de l'Eglife, où en arriuans ils feront vne genuflexion & ne
fe metront pas en confufion, mais en fi bon ordre qu'ils ne fe
broüillent point quand il faudra aller à la Proceffion; & pour
cet effet, fe placeront de la maniere qu'ils doiuent marcher,
c'ſt à dire, que ceux de l'Archipreueré de Vierzon feront au
bas du Chœur; & ainfi fe metront en forte que ceux de la
Septaine de Bourges fe metent au haut du Chœur, les plus
proches de l'Autel. Et afin que les Archiprêtres fe voyent
mieux, ils fe metront tous aux hautes chaires d'vn côté &
d'autre, & les Curez deux à deux comme ils font venus,
aux baffes chaires & dans le plan du Chœur vis à vis de
leur Archiprêtre.*

*Les Curez de Bourges fe metront proche des Archi-
diacres, apres l'Archiprêtre; & fe diſtribueront égale-
ment de côté & d'autre : puis fe metront les Archiprêtres ainfi qu'il s'enfuit : du côté droit fe metront Vierzon,
Sancerre, le Blanc, Mont-luçon, Mont-faucon, Le-
vroux, Huriez, Heriffon, Graçay, Yffoudun : du côté
gauche fe metront, Dun-le-Roy, Charenton, Château-
neuf, Château-roux, Angillon, Chantelle, la Châtre,
Bourbon, Argenton, & lefdits Archiprêtres laifferont
vne chaire vuide entre deux.*

Puis les Curez de la Septaine qui se distribueront de côté & d'autre, tant aux hautes qu'aux basses chaires, & tous les Curez ne passeront point les chaires du Chœur du côté de l'Autel.

Les Maîtres des Ceremonies feront ranger dans le Chœur tout le monde, puis se rendront à la Sacristie.

Monseigneur, ses grands-Vicaires, les Abbez qui s'y trouueront, les Archidiacres & l'Archiprêtre de Bourges iront droit à la Sacristie sans entrer dans le Chœur ; où étans, Monseigneur déposera sa chape Pontificale s'il l'a, ou son camail, puis on luy donnera vn amict s'il en veut vn, la Croix pectorale, l'étole & la chape de couleur blanche au Synode de Pâques ; & de couleur rouge au Synode de S. Luc, & sa mitre pretieuse, ou auriphrygiée ; tous les autres aussi prendront des chapes.

Si Monseigneur l'Archeuêque n'est pas present au Synode, le plus ancien des grands-Vicaires prendra l'étole.

Il y aura aussi vn Diacre & vn Sous-diacre ordinaire du Chœur qui se reuétiront d'amict, d'aube, de ceinture, de manipule, d'étole, de tunique & dalmatique ; il y aura aussi quatre enfans de Chœur, l'vn qui portera la Croix, l'autre l'encensoir, & les deux autres les chandeliers.

Etans tous reuétus de cette maniere, marchent les Maîtres des Ceremonies, puis l'enfant de Chœur qui porte l'encensoir marche le premier : suit celuy qui porte la Croix, au milieu des deux qui ont les chandeliers ; apres le Soûdiacre, le Diacre tenant le liure des Euangiles ou le present Rituel fermé : apres le Diacre, marche celuy qui porte la Croix de Monseigneur l'Archeuêque qui est suiuy du grand Archidiacre portant la Crosse ; puis Monseigneur l'Arche-

T iij

uêque au milieu des plus anciens Archidiacres, ou des deux Archidiacres Chanoines de l'Eglise Cathedrale portans le Gremial; apres suiuent les grands-Vicaires, les Abbez & tous les autres Archidiacres selon leur rang de reception en l'Archidiaconé; l'Archiprêtre & les Aumôniers.

Si Monseigneur l'Archeuêque est absent, & qu'il y ayt plusieurs grands-Vicaires, ils marchent tous ensemble, & côte à côte, en sorte que le plus ancien qui porte l'étole soit au milieu, ou ayt la droite.

Que s'il n'y en auoit qu'vn, il marchera au milieu de deux plus anciens Archidiacres, sans neanmoins porter de Gremial, cete Ceremonie n'étant que pour Monseigneur l'Archeuêque.

Le porte-encensoir, le porte-Croix, les deux porte-chandeliers, le Diacre & Soûdiacre s'en vont à l'Autel auec vn des Maîtres des Ceremonies, & se metent à genoux sur vn des degrez, & le Diacre dit, Munda cor meum,&c.

Monseigneur l'Archeuêque, auec tout le reste de ceux qui sont en chape, & vn des Maîtres des Ceremonies vont au bas du Chœur, où Monseigneur l'Archeuêque se place à sa chaire; son porte-Croix au bas, les grands-Vicaires du côté gauche aux premieres chaires, le grand Archidiacre à la main droite de Monseigneur l'Archeuêque, à la troisiéme chaire: les Abbez, Archidiacres & autres se placent de côté & d'autre; & les Aumôniers se metent à la gauche de Monseigneur l'Archeuêque à l'entour de la porte. Quand Monseigneur l'Archeuêque est absent, les grands-Vicaires se metent des deux côtez, & le plus ancien tient la droite.

Tous étans ainsi placez, Monseigneur l'Archeuêque

*dépose sa mître, tout le monde se met à genoux; & apres
auoir adoré le saint Sacrement, Monseigneur l'Archeuêque se leue, & étant debout & sans mître, chante,*
in tono lectionis, *dans le liure qui est tenu par ses Aumôniers; ou bien le grand-Vicaire portant l'étole, en son
absence dit & chante.*

ADsumus, Dómine sancte Spíritus, ádsumus, peccáti quidem immanitáte deténti, sed in nómine
tuo speciáliter aggregáti : veni ad nos, adésto nobis,
dignáre illábi córdibus nostris : doce nos, quid aga-
mus; quò gradiámur, osténde; quid efficiámus, ope-
ráre. Esto solus, & suggéstor & efféctor iudiciórum
nostrórum ; qui solus cum Deo Patre, & eius Fílio
nomen póssides gloriósum : non nos patiáris perturb-
atóres esse iustitiæ, qui summè díligis æquitátem; vt
sinístrum nos non ignorántiæ trahat, non fauor in-
fléctat, non accéptio múneris vel persónæ corrúm-
pat : sed iunge nos tibi efficáciter solíus tuæ grátiæ
dono, vt simus in te vnum, & in nullo deuiémus à
vero; quátenus in nómine tuo collecti, sic in cunctis
teneámus cum moderámine pietátis iustítiam, vt hîc
à te in nullo disséntiat sententia nostra, & in futúro
pro benè gestis consequámur præmia sempitérna.
℞.   Amen.

*Cete Oraison dite, le Diacre, Soûdiacre, le porte-en-
censoir, le porte-Croix & les deux porte-chandeliers viennent au Chœur jusqu'au banc des chapiers, & là tous se
metent à genoux; le Thuriferaire demande la benediction,
disant,* Benedicite Pater Reuerendissime, *& Monseigneur ou le grand-Vicaire le benit, disant.*

AB illo benedicáris in cuius honóre cremáberis. In nómine ✠ Patris & Fílij ✠ & Spíritus ✠ sancti. *Monseigneur donne trois benedictions ; si c'est le grand-Vicaire il n'en donne qu'vne.*

Apres quoy le Diacre demande la Benediction , Iube Domne benedícere , *Monseigneur, ou le grand-Vicaire la donne, disant.*

DOminus sit in corde tuo & in lábijs tuis, ad dígne pronuntiándum eius Euangélium, In nómine Patris, ✠ & Fílij, ✠ & Spíritus sancti. ✠ ℟. Amen. *Aussi-tôt on ôte la mître , & le Diacre , Soûdiacre, ceux qui portent la Croix , les chandeliers & l'encensoir , vont au milieu du Chœur & se placent à l'ordinaire , & tout le monde se leuant , le Diacre chante l'Euangile.*

℣. Dóminus vobíscum.   ℟.   Et cum spíritu tuo.

℣. Sequéntia sancti Euangélij secúndum Lucam.

℟.   Glória tibi Dómine.

Cela dit , le Diacre encense le liure des Euangiles par trois fois à l'ordinaire , puis il continuë.

IN illo témpore : Designáuit Dóminus & alios septuagínta duos : & misit illos binos anre fáciem suam in omnem ciuitátem & locum, quò erat ipse ventúrus. Et dicébat illis : Messis quidem multa, operárij autem pauci. Rogáte ergo Dóminum messis , vt mittat operários in messem suam. Ite : ecce ego mitto vos sicut agnos inter lupos. Nólite portáre sácculum, neque peram, neque calceaménta ; & néminem per viam salutauéritis. In quamcúmque domum intrauéritis, primùm dícite : Pax huic dómui. Et si ibi fúerit fílius pacis, requiéscet super illum pax vestra : sin autem, ad vos

vos reuertétur. In eádem autem domo manéte, edén-
tes & bibéntes quæ apud illos funt : dignus eft enim
operárius mercéde fua. Nolíte transíre de domo in
domum. Et in quamcúmque ciuitátem intrauéritis, &
fufcéperint vos, manducáte quæ apponúntur vobis :
curáte infírmos qui in illa funt, & dícite illis : Ap-
propinquáuit in vos regnum Dei.

L'Euangile étant finie, on aporte le liure des Euangiles à
baifer à Monfeigneur, puis le Diacre, Sous-Diacre, & por-
te-encenfoir s'en retournent à la Sacriftie; fi Monfeigneur
n'y eft pas, le Diacre, apres l'Euangile dite, s'en retourne
tout droit à la Sacriftie.

Puis tous fe metans à genoux, Monfeigneur l'Archeuê-
que commence, ou bien en fon abfence le grand-Vicaire.

Ve ni Cre átor Spí ritus.

Que tous continüent, & afin qu'il n'y ayt point de con-
fufion, deux des Curez de Bourges qui auront les meilleu-
res voix, & qui feront l'vn d'vn côté & l'autre de l'autre,
commenceront tous les verfets de cet Hymne, lequel on re-
petera plufieurs fois depuis, Qui paracletus, *jufqu'à* Gloria Patri Domino, *exclufiuement; ce dernier verfet ne fe*
deuant dire que lors que l'on eft pres de la porte du Chœur,
au retour de la Proceffion.

Le premier verfet étant dit, vn châcun fe leue, & on
commence à marcher à la Proceffion : marche premierement
Vierzon, & fuiuent tous les Archipreverez du côté droit,
lefquels étans paffez, ceux du côté gauche, fçauoir, Dung-

V

le-roy, Charenton, & *les autres qui font de ce côté, com-*
mencent à marcher. C'eſt à quoy les Maîtres des Ceremo-
nies doiuent prendre garde, qui étans l'vn d'vn côté & *l'au-*
tre de l'autre, feront marcher ſelon les rangs.

Apres cela, Monſeigneur marche, ſes grands-Vicaires,
les Abbez & *Archidiacres dans l'ordre qu'ils ſont venus*
de la Sacriſtie.

Les Curez, en allant marchent deux à deux, mais à
la ſortie du Chœur ils s'écartent, en ſorte neanmoins qu'ils
allent pendant la Proceſſion toûjours vis à vis l'vn de l'au-
tre & *joignans les piliers de l'Egliſe, laiſſans libre toute*
l'eſpace, afin que cela ſoit plus auguſte, & *auſſi plus edi-*
ficatif pour le peuple. C'eſt à quoy doiuent prendre garde
les Maiſtres des Ceremonies, qui pour ce ſujet marcheront
dans les rangs.

Etans tous r'entrez dans le Chœur, ils ſe placent comme
ils étoient auparauant, & *le Gloria Patri Domino étant*
finy ; les deux Curez qui ont commencé les verſets, diſent
Emitte, Monſeigneur l'Archeuêque étant debout & *decou-*
uert, ou bien le grand-Vicaire en ſon abſence, chante
l'Oraiſon.   *Orêmus.*

DEus qui corda fidélium ſanɛti ſpíritus illuſtratió-
ne docuíſti : da nobis in códem ſpíritu reɛta ſá-
pere, & de eius ſemper ſanɛta conſolatióne gaudére.

OMnípotens ſempitérne Deus, qui miſericórdia
tua nos incólumes, in hoc loco ſpeciáli aggre-
gáſti : mentes noſtras, quæſumus, paraclêtus, qui à te
procédit, illúminet, & indúcat in omnem ſicut tuus
promíſit fílius veritátem, cunɛtóſque in tua fide &
charitâte corróboret ; vt excitâti à temporáli Synodo,

proficiámus ad ætérnæ fœlicitátis augméntum. Per
Dóminum noſtrum Ieſum Chriſtum fílium tuum, qui
tecum viuit & regnat in vnitáte eiúſdem ſpíritus ſanɛ̃ti
Deus. Per ómnia ſæcula ſæculórum.

Puis on donne la mître, apres quoy châcun ſe met à
genoux; & les deux Chapiers commencent les Litanies au
milieu du Chœur, ſur le chant du Samedy de Pâques,
auſquelles tout le monde répond : on les chante comme elles
ſont à la fin des ſept Pſeaumes, juſqu'au verſet, Vt om-
nibus fidelibus defunɛ̃tis, & quand les deux Chapiers
en ſont à ce verſet, ils s'arrétent; & Monſeigneur ſe leue,
prenant ſa Croſſe, qui luy eſt donnée par le grand Archi-
diacre, & chante en donnant la benediɛ̃tion aux lieux où
il eſt marqué d'vne Croix, ſur toute l'aſſemblée.

Vt hanc ſanɛ̃tam Synodum benedícere ✠ dignéris. ℟. Te rogámus audi nos.

Vt hanc ſanɛ̃tam Synodum benedícere ✠ & ſan-
ɛ̃tificáre ✠ dignéris.

℟. Te rogámus audi nos.

Vt hanc ſanɛ̃tam Synodum benedícere ✠ ſan-
ɛ̃tificáre ✠ & dirígere ✠ dignéris.

℟. Te rogámus audi nos.

Puis quitant la Croſſe, il ſe remet à genoux.

S'il eſt abſent, le grand-Vicaire dit & chante étant
debout & découuert, vne fois ſeulement.

Vt hanc præſéntem Synodum viſitáre, diſpónere
& benedícere ✠ digneris.

℟. Te rogámus.

Puis étant remis à genoux, les Chantres continüent.

Vt ómnibus fidélibus defúnɛ̃tis, &c.

Les Litanies étans dites, Monseigneur, ou en son absence le grand-Vicaire debout & découuert, chante les Oraisons suiuantes. Orêmus.

DEus qui nos iustítiam loqui, & quæ recta sunt, præcipis iudicáre, tríbue nobis, vt neque iníquitas in ore, nec práuitas inueniátur in mente : vt puro cordi, púrior sermo conséntiat ; ostendátur in ópere iustítia, neque appáreat dolus in lingua, sed ex corde véritas proferátur.

DEus, qui pópulis tuis, & indulgéntiam cónsulis, & amóre domináris, da spíritum sapiéntiæ tuæ, quibus dedísti regímen disciplínæ, vt de proféctu sanctárum óuium fiant gáudia ætérna pastórum.

DEus ómnium fidélium pastor & rector, fámulum tuum N. quem pastórem Ecclésiæ tuæ, præésse voluísti propítius réspice : da ei, quæsumus, verbo & exémplo, quibus præest, profícere ; vt ad vitam, vnà cum grege sibi crédito, peruéniat sempitérnam.

En l'absence de Monseigneur on dit l'Oraison suiuante pour luy, Monseigneur ne la dit pas, mais il continuë pour le Roy.

OMnípotens sempitérne Deus, miserére fámulo tuo Pontífici nostro N. & dírige eum secúndum tuam cleméntiam, in viam salútis ætérnæ : vt te donánte, tibi plácita cúpiat, & tota virtúte perfíciat.

QVæsumus omnípotens Deus, vt fámulus tuus Rex noster N. qui tua miseratióne suscepit Regni gubernácula, virtútum etiam ómnium percípiat increménta, quibus decénter ornátus & vitiórum monstra deuitáre, hostes superáre, Ecclésiæ tuæ pacem obtinêre, & ad te qui via, véritas, & vita es gratió-sus váleat perueníre.

Ecclésiæ tuæ quæsumus Dómine preces placâtus admítte : vt destrúctis aduersitátibus & erróribus vniuérsis, secúra tibi séruiat libertáte.

Effúnde quæsumus Dómine benedictiónem tuam super populum tuum & semper omnes fructus terræ : vt hi collécti ad laudem & honórem nóminis tui misericórditer dispenséntur.

Deus à quo sancta desidéria, recta consília & iusta sunt ópera : da seruis tuis illam quàm mundus dare non potest, pacem : vt & corda nostra mandátis tuis dédita, & hóstium subláta formídine, témpora sint tua protectióne tranquílla. Per Christum Dóminum nostrum. ℞. Amen.

Apres quoy tout le monde se leuera, & châcun étant tourné vers l'Autel, les deux Curez de Bourges qui auront commencé les versets, commenceront De profundis, *que l'on continüra, premierement du côté droit, puis du côté gauche : apres le* De profundis, *Monseigneur ou son grand-Vicaire dira les versets & Oraisons qui sont cy-apres, à la fin des Vêpres des Morts, page 407. & commencera au verset,* A porta inferi, *& continüra jusqu'apres l'Oraison,* Fidelium.

Apres lesquelles Monseigneur donne la benediction solennelle, durant laquelle tout le monde est à genoux.

Apres la benediction, Monseigneur, ses grands-Vicaires, les Abbez, Archidiacres, & autres qui sont en chape s'en retournent à la Sacristie; & apres qu'ils sont sortis du

*Chœur, & non plûtôt, tous s'en reuiennent en l'ordre qu'ils
étoient venus, dans la Salle où l'on tient le Synode, & où
les Archiprêtres se metent du côté droit en entrant, dans
les sieges hauts ; les Curez de Bourges de l'autre côté, &
les autres dans le bas tout au long de la Salle.*

    *Apres que Monseigneur aura quité ses ornemens, & qu'il
aura repris sa chape Pontificale, ou son camail & bonnet
quarré, il s'en retournera comme il estoit venu, dans la Salle
de l'Officialité, sa Croix étant seulement deuant luy :
étant dans son siege, aura à ses côtez vn peu distans de
luy, ses grands-Vicaires, les Abbez, puis les Archidiacres & les Promoteurs. Si Monseigneur l'Archeuêque est
absent, les grands-Vicaires se metent à sa place.*

    *Etans ainsi disposez, on commence l'Oraison Syno-
dale ; apres laquelle, l'vn des Promoteurs fait sa remôntrance sur ce qu'il verra necessaire, & sur les Ordonnances, si on en fait quelqu'vnes ; apres quoy Monseigneur, ou l'vn de ses grands-Vicaires de sa part, pro-
nonce sur le requisitoire du Promoteur ; puis on publie les
Ordonnances s'il y en a.*

    *Si Monseigneur est absent, & qu'il y ayt plusieurs
grands-Vicaires, le Promoteur adressera sa parole à tous,
disant, Messieurs, & celuy qui aura porté l'étole prononcera sur le requisitoire ; mais auparauant demandera, sans
se leuer, les avis aux autres, & prononcera au pluriel.*

    *Apres quoy, Monseigneur, ou l'vn de ses grands-Vi-
caires tenant le papier des difficultez qui auront été propo-
sées, dira tout haut la resolution à ces difficultez, que chacun entendra paisiblement en ces termes, Monseigneur
me commande ; Ensuite ledit grand-Vicaire publiera le*

*nombre des Cure*z *& Prêtres morts.*

Cela fait, tous se leuent , & on chante le Te Deum *que Monseigneur , ou l'vn de ses grands-Vicaires commence, & que l'on chante à deux Chœurs, dont le premier sera du côté droit.*

Apres le Te Deum *, Monseigneur , ou l'vn de ses grands-Vicaires en son absence chantera.*

℣. Benedicámus Patrem & Fílium cum sancto Spíritu.

℞. Laudémus & superexaltémus eum in sæcula.

℣. Meménto congregatiónis tuæ.

℞. Quam possedísti ab inítio.

℣. Dóminus vobíscum. ℞. Et cum Spíritu tuo.

Orêmus.

DEus, cuius misericórdiæ non est númerus , & bonitátis infinítus est thesáurus : piíssimæ maje-státi tuæ pro collátis donis grátias ágimus , tuam semper cleméntiam exorántes; vt, qui peténtibus postuláta con-cédis , eósdem non déserens, ad præmia futúra dispónas.

NVlla est, Dómine, humánæ consciéntiæ virtus, quæ inofféns è possit tuæ voluntátis iudícia expe-ríri ; & ídeo, quia imperféctum nostrum vident óculi tui, perfectióni députa miséricors Deus, quod perfécto æquitátis fine conclúdere peroptámus : te in nostris princípijs occursórem popóscimus, te in hoc fine iudi-ciórum nostrórum indultórem nostris excéssibus sperá-mus ; scílicet, vt ignorántiæ parcas , erróri indúlgeas, vt perféctis votis perféctam óperis efficáciam largiáris: & quia consciéntia remordénte tabéscimus, ne aut igno-rántia nos tráxerit in errórem , aut præceps fórsitan vo-lúntas impulérit iustítiam declináre ; hoc te póscimus,

te rogámus, vt si quid offensiónis in hac Synodi cele-
britáte contráximus, te miseránte, indulgéntiam sentiámus: vt in eo, quod solutúri sumus aggregátam Synodum, à cunctis primum absoluámur nostrórum né-
xibus delictórum, quáliter & transgressóres vénia, &
confiténtes tibi subsequátur remunerátio sempitérna.
Per Christum Dóminum nostrum.   ℟.   Amen.

Pendant l'Oraison Synodale, la publication des Ordon-
nances & la réponse aux difficultez, tous seront assis & cou-
uerts ; & pendant le Te Deum *& Oraisons, debout &*
découuerts ; & encore pendant l'appeau assis & couuerts. Si
quelqu'vn veut parler & faire quelque remôntrance, il se
leuera, se découurira & prendra-t'on garde de parler l'vn
apres l'autre, & non pas confusément plusieurs ensemble.

Châcun poura sortir apres qu'il aura été apellé, & apres
s'être rendu atentif à l'Oraison Synodale, à la publica-
tion des Ordonnances & à la réponse des difficultez.

Vn châcun venant au Synode, dans les Hôtelleries, soit
à la campagne, soit dans la ville, se comportera auec tant
de sagesse, prudence, modestie & sobrieté, soit en ses pa-
roles, soit en ses actions, soit en son boire & manger, que
châcun qui les verra puisse en être édifié ; c'est ce que
Nous recommandons particulierement.

Tous ceux qui ne se trouueront en soutane & surplis
dans la Salle de l'Archeuêché, n'assisteront à la Procession,
à l'Oraison Synodale, à la publication des Ordonnances
& à l'appeau, en cet habit, seront censez absens, & en
outre mulctez d'vne mulcte telle que de raison, aplicable
à œuures pies.

CHAP.

CHAP. SIXIESME,

DES BENEDICTIONS.

Inftruction touchant les Benedictions.

NTRE toutes les Ceremonies &
pratiques ordinaires de l'Eglife,
celle des Benedictions qu'elle a établies & permifes, fuiuant l'exemple de Dieu & de IESVS-CHRIST
nôtre Seigneur, eft des plus communes.

Dieu a le premier donné benediction à fes creatures, auffi-tôt
qu'elles ont eu l'être ; & comme
apres les auoir faites la premiere fois, elles ont encore
été capables de receuoir plus grande perfection ; auffi quoy
qu'il les ût déja benîtes, elles n'ont pas laiffé de pouuoir receuoir de luy vne feconde benediction plus abon-
dante.

Cete nouuelle Benediction eft celle qu'il leur donńe
d'ordinaire pour les rendre plus parfaites, foit dans le nombre, en les multipliant (comme quand il benît les biens
de la terre) foit dans les faueurs qu'il leur fait, en leur

X

donnant quelque qualité, ou la joüiſſance de quelque bien.

Pour obtenir de luy ces Benedictions ſur quelque creature, il faut inuoquer ſon Nom; & cete inuocation faite par ceux qu'il a établis pour mediateurs entre luy & les hommes, comme ſont les Prêtres, c'eſt ce qu'on apelle Benediction.

Deuter.
c. 12.

Num. 6.
28.

Dans le Deuteronome, il eſt commandé de luy offrir les primices de tous les fruits, & de les donner au Prêtre, afin qu'il inuoque le Nom du Seigneur deſſus. *Vous benirez, ainſi* (dit Dieu) *les enfans d'Iſraël, & leur direz, le Seigneur te beniſſe, &c.* & incontinent il ajoûte. *Ils inuoqueront mon Nom ſur les enfans d'Iſraël, & ie les beniray.*

Math.
14. &
Marc. 6.

IESVS-CHRIST a môntré l'exemple de cete Inuocation ou Benediction en pluſieurs rencontres; il benit les pains qu'il vouloit multiplier; il benit celuy qu'il conuertit en ſon Corps, il en benit encore étant auec les Diſciples d'Emmaüs, & quand il ſe retira de ce monde pour monter au Ciel, ce fut en laiſſant à ſes Diſciples ſa Benediction.

Il apert aſſez de là, qu'il a beny & les hommes & le pain, & les autres creatures. Et quoy qu'il ne l'ayt fait qu'en quelques actions particulieres, il nous a toûjours apris par celles-là, que nous en pouuons faire de méme au reſte. C'eſt la doctrine formelle de S. Paul, qui aſſure à ſon Diſciple Timothée, *que toute creature de Dieu eſt bonne, & qu'il ne faut rien rejeter de ce qu'on reçoit auec action de graces, qu'il eſt ſanctifié par la parole de Dieu & par l'Oraiſon.*

1. ad Timot. 4.

Nous ne doutons pas qu'il ne parle des actions de graces & de l'Oraiſon des particuliers; mais ſi celles-là peuuent ſanctifier la creature, à combien plus forte raiſon faut-il croire qu'elle ſera ſanctifiée par l'Oraiſon de l'Egliſe, quand elle inuoquera le Nom de Dieu ſur elle en la beniſſant?

Tertull.
l. de Baptiſmo c. 4
S. Cyp.
epiſt. 70
S. Ambr.

C'eſt pourquoy Tertullien, S. Cyprien, S. Ambroiſe, & la plûpart des Saints Peres, parlent auantageuſement de la Benediction de l'eau pour le Baptéme, laquelle S. Baſile raporte à vne tacite & ſecrete tradition.

l. 1. de Sacr. c. 5. S. Baſil. l. de ſpiritu ſancto c. 27.

Nous pourions à ce fujet r'aporter les miracles faits foit auec l'eau benîte, foit auec d'autres chofes qui auoient reçu femblables benedictions. Ceux que remarquent S. Epiphane & Theodoret, ne fçauroient être fufpects ; l'vn & l'autre en r'aporte qui font ariuez en ietant de l'eau benîte, pour diffoudre des enchantemens & fortileges qui empéchoient le feu de brûler.

D.Epiph.
hæref. 30.
Theod.
lib. 5. hift.
Eccl. 121.

Mais fans nous y aréter, cete raifon fera plus que fuffifante. Il eft bon, faint & loüable, d'inuoquer le nom de Dieu, afin qu'il donne vertu à fes creatures, pour nous feruir plus vtilement, dans la bonne fin à laquelle nous les deftinons. Or quand l'Eglife donne benediction à quelque chofe, elle ne fait qu'inuoquer le nom de Dieu fur elle, afin qu'il luy donne vertu, pour feruir plus vtilement, dans la bonne fin à laquelle elle la deftine : Donc en donnant cete benediction, elle ne fait rien que de bon, rien que de faint & de loüable.

Cete verité fe fera connoître, par la diftinction des benedictions. On les diuife, ou felon la fin à laquelle elles fe r'aportent, ou felon la façon de les benir, ou felon les perfonnes qui les donnent.

La fin eft ou naturelle, ou furnaturelle. La premiere fe retrouue dans les benedictions des fruits, & chofes femblables, defquelles on demande à Dieu l'abondance & le bon vfage ; ce qui eft auffi bien permis, que de luy demander le pain quotidien, comme il nous l'a enfeigné. La feconde, fe rencontre dans les benedictions de l'eau benîte, du pain beny, des faintes huiles, & autres de même deffein, qui font employées par l'Eglife, ou pour nous exciter par leur fignification à quelque chofe plus releuée, ou pour nous faire fouuenir en nous feruant, que Dieu ayant été inuoqué fur elles, nous deuons efperer de fa bonté, qu'il nous fera s'il en eft befoin les mêmes faueurs qu'il a autrefois faites à fon peuple à l'aplication de femblables creatures. Ainfi le pain beny eft donné au peuple pour l'exciter à ce qu'il fignifie, qui eft l'vnion des cœurs entre ceux qui y participent, & la com-

x ij

munion au corps de IESVS-CHRIST, lequel étoit autrefois reçu par quelques fidels toutes & quantes fois qu'on difoit
la S. Meffe. Ainfi l'eau benîte fignifie la netteté interieure
qu'on demande à Dieu, & le figne de Croix qui eft fait deſ-
fus, fait refoûuenir de la merueille que Dieu fit, ôtant l'amer-
tume des eaux, par le bois jeté dedans, qui étoit figure de
la Croix. Ainfi le fel eft beny, auec inuocation du nom de
Dieu, qui luy a autrefois donné vertu par fon Prophete Eli-
fée, de guerir la fterilité des eaux : toutes chofes, qui ne
contiennent rien que de bon, puifqu'elles font établies fur
des fentimens tres faints, de la bonté de Dieu, des mer-
ueilles de fa puiffance, & de la neceffité que nous auons de
fes lumieres & mouuemens, pour être excitez au bien, &
conduits dans les actions qui font au deffus de notre nature.

La façon de benir eft differente ; car il y a des benedictions qui ne contiennent que des prieres, & d'autres qui fe
font auec adjurations & exorcifmes. Les premieres, fe font
ou fans onction & s'apellent plus fpecialement *Benedictions*
ou auec onction, & communément font apellées *Confecra-*
tions. Les fecondes qui contiennent des adjurations, s'a-
dreffent à la creature, entant qu'elle eft muë ou conduite
par quelqu'vn. Et d'autant que celuy qui d'ordinaire la meut,
eft ou Dieu, caufe vniuerfelle de tout ce qui eft creé, ou le
Diable, autheur du mal, qui s'en fert pour nuire à d'autres,
ou l'empéche d'agir elle méme : de là vient qu'il y a deux
fortes d'adjurations; l'vne qu'on apelle *deprecatiue,* qui tend
à exciter Dieu par la priere, comme premier moteur de la
creature, qu'on adjure; l'autre *compulfiue,* pour chaffer auec
autorité, le Diable qui nuit, empéche, ou poffede, & cel-
le-là eft plus ordinairement apellée du nom *d'exorcifme,* encore que la fignification de ce mot s'étende à toutes fortes
d'adjurations.

Enfin de ces deux diuifions, apert qu'il eft raifonnable de
mettre quelque diftinction entre ceux qui doiuent benir; &
que ceux qui tiennent les premiers rangs dans l'Eglife, faf-

fent les benedictions, qui fe r'aportent à vne fin plus releuée. Pour ce fujet on ajoute vne troifiéme diuifion en benedictions, *referuées* aux Euêques, & benedictions *non refernées*. Les premieres font ou *fimples* benedictions, qu'ils peuuent commettre aux fimples Prêtres, *ou confecrations*, qui ne fe font que par eux-mémes : les auttes fe font ou par des Prêtres feuls, comme la benediction des Fons, des cierges, des cendtes, & autres femblables ; ou par des exorciftes, comme les exorcifmes ; ou mémes par des lecteurs, comme la benediction du pain & des fruits nouueaux, toutes lefquelles s'entendront mieux par les diuifions que nous en auons faites.

REGLES GENERALES QV'IL faut obferuer dans toutes les Benedictions.

1. LE Prêtre fçaura quelles font les benedictions qu'il doit faire, ou l'Euêque ; afin que de fa propre autorité, legerement & fans confideration, il ne faffe pas vne charge qui ne luy apartient pas de faire.

2. Dans toutes les benedictions qu'il fera hors la Meffe, il fe vétira d'vn furplis & d'vne étole felon le temps, fi ce n'eft qu'il ne foit marqué autrement dans le Rituel.

3. Il fera toûjours la benediction étant debout & découuert.

4. *Au commencement de chaque benediction il dira.*

℣.   Adjutórium noſtrum in nómine Dómini.

℟.   Qui fecit cælum & terram.

℣.   Dóminus vobíſcum·

℟.   Et cum ſpíritu tuo.

Puis il recitera vne Oraiſon propre à la choſe qu'il benira, ou pluſieurs autres ſelon le temps.

Apres cela, il jetera de l'eau benîte ſur la choſe qu'il va benir, & ou il ſera marqué, il l'encenſera ſans rien dire.

Lorſque le Prêtre veut benir quelque choſe, il aura toûjours vn Clerc qui portera de l'eau benîte, vn aſperſoir, le Rituel ou Meſſel.

Il prendra garde de ne rien metre ſur l'Autel de des-honeſte pour faire la benediction, comme ſont les choſes à manger; mais il les metra ſur vne table miſe dans vn lieu propre & commode.

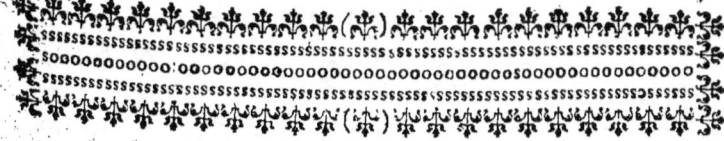

BENEDICTIONS NON RESERVEES

ORDRE POVR FAIRE L'EAV BENITE
le Dimanche.

Le Prêtre vetu d'aube ou de surplis , auec l'étole au col, trouuant du sel preparé sur le benîtier , dira premierement ce verset.

℣. Adiutórium noſtrum in nómine Dómini.

℟. Qui fecit cælum & terram.

Puis commencera l'exorcisme du sel.

EXORCIZO te, creatúra Salis, per Deum ✠ viuum : per Deum ✠ verum : per Deum ✠ ſanctum : per Deum, qui te per Eliſéum Prophétam in aquam mitti iuſſit, vt ſanarétur ſterílitas aquæ : vt efficiáris ſal exorcizátum, in ſalútem credéntium : & ſis ómnibus te ſuméntibus ſánitas ánimæ, & córporis : & effúgiat, atque diſcédat ab eo loco, in quo aſpérſum fúeris, omnis phantáſia, &inequítia, vel verſútia diabólicæ fraudis, omníſque ſpíritus immúndus adiurátus. Per eum qui ventúrus eſt iudicâre viuos & mórtuos & ſæculum per ignem.

Orêmus.

IMménſam cleméntiam tuam, omnípotens ætérnæ Deus, humíliter implorámus : vt hanc creatúram ſalis, quam in vſum géneris humâni tribuíſti, bene ✠

dícere, & sancti ✠ ficâre tua pietâte dignêris: vt
ómnibus suméntibus sánitas ánimæ, & córporis:
quicquid ex eo tactum, vel aspérsum fúerit, cáreat om
ni immundítia, omníque impugnatiône spirituâlis ne
quítiæ. Per Dóminum nostrum Iesum Christum F
lium tuum. Qui ventûrus est iudicâre viuos & mórtuo
& sæculum per ignem. ℞. Amen.

L'exorcisme de l'Eau se dit de suite.

EXorcízo te creatûra Aquæ, in nómine Dei
Patris omnipoténtis, & in nómine Iesu Christi ✠
Fílij eius, Dómini nostri, & in virtûte Spíritus ✠ san
cti: vt fias aqua exorcizâta, ad effugándam omnem po
testâtem inimíci, & ipsum inimícum eradicâre, & ex
plantâre váleas, cum Angelis suis apostáticis. Per virtû
tem eiúsdem Dómini nostri Iesu Christi, qui ventúru
est iudicâre viuos & mórtuos, & sæculum per ignem.
℞. Amen.

Orêmus.

DEus, qui ad salûtem humáni géneris máxima
quæque sacraménta in aquârum subitántia con
didísti: adêsto propítius inuocatiónibus nostris: & ele
ménto huic multímodis purificatiónibus præparáto,
virtûtem tuæ bene ✠ dictiónis infúnde: vt creatúra tua
mystériis tuis séruiens, ad abiiciéndos dæmones, mor
bósque pelléndos diuínæ grátiæ sumat efféctum: vt
quicquid in dómibus, vel in locis fidélium, hæc vnda
respérserit, cáreat omni immundítia, liberétur à noxa:
non illic resídeat spíritus péstilens, non aura corrúm
pens: discédant omnes insídiæ laténtis inimíci: & si
quid

est , quod aut incolumitáti habitántium ínuidet , aut quiéti , afperfióne huius aquæ effúgiat : vt falúbritas per inuocatiónem tui fancti nóminis expetíta , ab ómnibus fit impugnatiónibus defenfa. Per Dóminum noftrum Iefum Chriftum Fílium tuum. Qui ventûrus eft iudicâre viuos & mórtuos , & fæculum per ignem. ℟. Amen.

Il metra le fel dans l'eau, en forme de Croix, difant vne fois.

COmmíxtio falis & aquæ páriter fiat : In nómine Patris, & Fí ✚ lij , & Spíritus ✚ fancti. ℟. Amen.

℣. Dóminus vobífcum.

℟. Et cum fpíritu tuo. *Orêmus.*

DEus inuíctæ virtútis auctor , & infuperábilis impérij Rex , ac femper magníficus triumphátor : qui aduérfæ dominatiónis vires réprimis , qui inimíci rugiéntis fæuítiam fúperas , qui hoftíles nequítias poténter expúgnas : te Dómine treméntes , & fúpplices deprecâmur, ac pétimus : vt hanc creatúram falis , & aquæ dignánter ✚ afpícias : benígnus ✚ illúftres : pietátis tuæ rore fancti ✚ fices : vt vbicúnque fúerit afpérfa, per inuocatiónem fancti tui nóminis , omnis infeftátio immúndi fpíritus abjiciátur : terrórque venenófi ferpéntis procul pellátur , & præféntia fancti Spíritus nobis mifericórdiam tuam pofcéntibus , vbíque adéffe dignétur. Per Dóminum noftrum Iefum Chriftum Fílium tuum. Qui ventûrus eft iudicâre viuos & mórtuos , & fæculum per ignem. ℟. Amen.

La benediction finie, le Prêtre s'en ira deuant le grand Autel, & auec l'afperfoir, à genoux, ietera de l'eau benîte fur iceluy, puis fur foy-même, & apres fur le peuple, en chantant l'Antienne fuiuante. Y

A ſpér ges me, *Le Chœur continuëra,* Dó mine, hyſſópo, & mundábor : la ua bis me, & ſuper niuem dealbábor. *Pſal.* Mi ſerére me i Deus, ſecúndum magnam miſericórdiam tuam.

Sæcu lórum. Amen.

L'Antienne ſe repete, Aſpérges me.

Tous les Dimanches de l'année (hormis Pâques & la Pentecôte) la ſuſdite benediction ſe fait par le Curé ou Prêtre à ce deputé, & ſe chante auſſi ladite Antienne, comme deſſus, excepté qu'au Dimanche de la Paſſion & des Rameaux Glória Patri ne ſe dit point : mais apres le Pſalme Miſerére, on repete immediatement l'Antienne Aſpérges. Excepté auſſi en temps Paſchal , ſçauoir , de Pâques juſqu'à la Trinité : auquel temps on chante l'Antienne ſuiuante.

Vidi aquam egre dién tem de templo à lá tere dex tro, alle lú ia:
Et omnes ad quos peruénit a qua ista,
sal ui fa cti sunt, & di cent alle lúia,
alle lúia. *Pfal.* Confitémini Dómino quóniam
bonus: quóniam in sæculum misericór dia eius.

Sæcu lôrum Amen.

L'Antienne se repete, Vidi aquam.

Le Dimanche de la Trinité on reprend l'Antienne
Aspérges me Dómine.

L'Antienne finie, le Prêtre qui a fait l'aspersion de l'Eau benîte retournera deuant le grand Autel, & se tenant debout chantera le verset.

℣. Osténde nobis Dómine misericórdiam tuam.

Au temps Paschal il ajoûtera à la fin. Allelúia.

℞. Et salutáre tuum da nobis.

℣. Dómine exáudi orationem meam.

℞. Et clamor meus ad te véniat.

℣. Dóminus vobíscum.

℞. Et cum spíritu tuo.

Orêmus.

EXáudi nos, Dómine sancte, Pater omnípotens, ætérne Deus : & míttere dignéris sanctum Angelum tuum de cœlis : qui custódiat, fóueat, prótegat, vísitet, atque deféndat omnes habitántes in hoc habitáculo. Per Christum Dóminum nostrum.

℞. Amen.

La Benediction du pain.

℣. Adiutórium nostrum in nómine Dómini.

℞. Qui fecit cœlum & terram.

℣. Dóminus vobíscum.

℞. Et cum Spíritu tuo.   Orêmus.

DOmine Iesu Christe, panis Angelórum, panis viuus, & ætérnæ vitæ, bene ✠ dícere dignáre Panem istum, sicut benedixísti quinque panes in desérto : vt omnes ex eo dignè gustántes, inde córporis & ánimæ desiderábilem percípiant sanitátem. Per Chriſtum Dóminum noſtrum. ℞. Amen.

Le Prêtre l'aſpergera d'Eau benîte, diſant l'Antien-
ne. De quinque pánibus & duóbus píſcibus ſatiáuit quinque míllia hóminum.

℣. Cognouérunt diſcípuli Dóminum.

℞. In fractióne panis.

Icy le Prêtre rompera le pain, diſant.

Et benedíctio ✠ Dei Patris, & Fílij, & Spíritus
ſancti deſcéndat ſuper hanc creatúram panis & ſuper co-
medéntes. ℞. Amen.

Benediction des Images de Notre Sei-
gneur, de la bien-hureuſe Vierge
& autres Saints.

Le ſaint & ſacré Concile de Trente a declaré qu'il
n'étoit permis à perſonne dans quelque Egliſe que
ce fût, quoy qu'elle fût en quelque façon exemte, de
metre ou faire metre aucune ſtatuë ou Image ſi elle n'étoit
aprouuée de l'Euêque. C'eſt pourquoy nous defendons tresexpreſſément d'expoſer en quelque Egliſe que ce ſoit de notre Dioceſe, bien qu'elle ſoit exemte, des Croix ou quelque
nouuelle Image de Notre Seigneur, de Notre Dame, des
Anges, ou d'autres Saints, qu'elle ne ſoit auparauant aprouuée de Nous, ou de quelqu'autre en ayant la permiſſion,
afin que rien n'y ſoit trouué d'indecent, & puis on la
benira de la maniere ſuiuante.

Seſſ. 25.

℣. Adjutórium noſtrum, &c.

Y iij

Orêmus.

OMnípotens sempitérne Deus, qui Sanctórum tuórum imágines, siue effígies sculpi, *aut* pingi non réprobas, vt quóties illas óculis corpóreis intuémur, tóties eórum actus, & sanctitátem ad imitándum, memóriæ óculis meditémur : hanc, quæsumus, imáginem, *seu* sculptúram in honórem, & memóriam, vnigéniti Fílij tui Dómini noftri Iefu Chrifti, *vel* Beatíffimæ Vírginis Maríæ matris Dómini noftri Iefu Chrifti, *vel* Beáti N. Apóftoli tui, *vel* Mártyris, *vel* Confeffóris, *aut* Pontíficis, *aut* Vírginis adaptátam, benedícere ✚ & sanctificáre ✚ dignéris : & præfta, vt quicúmque coram illa, Vnigénitum Fílium tuum, *vel* Beatíffimam Vírginem, *vel* gloriófum Apóftolum, *siue* Mártyrem, *siue* Confeffórem, *aut* Vírginem fupplíciter cólere, & honoráre ftudúerit, illius méritis, & obténtu, à te grátiam in præfénti, & ætérnam glóriam obtíneat in futúrum. Per eúndem Chriftum Dóminum noftrum.

℟. Amen.

Ayant dit l'Oraifon il jetera de l'eau benîte deffus.

Benediction d'vne nouuelle Croix.

℣. Adiutórium noftrum, &c.

Orêmus.

ROgámus te Dómine sancte, Pater omnípotens, ætérne Deus, vt dignéris benedícere ✚ hoc signum Crucis, vt sit remédium salutáre géneri humáno ; sit solíditas fídei, proféctus bonórum óperum, redémptio animárum , fit folámen , & protéctio , ac tutéla contra fæua iácula inimicórum. Per Chriftum Dóminum noftrum. ℞. Amen.

Autre Oraifon.

Benedic ✠ Dómine hanc Crucem tuam , per quam eripuifti mundum à dæmonum poteftáte , & fuperáfti paffióne tua fuggeftórem peccáti , qui gaudébat in præuaricatióne primi hóminis per ligni vétiti fumptiónem. *Il afpergera d'Eau benîte.* Sanctificétur hoc fignum Crucis. In nómine Patris ✠ & Fílij ✠ Spíritus fancti ✠ vt orántes , inclinantéfque , fe propter Dóminum ante iftam Crucem , inuéniant córporis , & ánimæ fanitátem. Per Chriftum Dóminum noftrum. ℞. Amen.

Puis apres le Prêtre ayant fait vne genuflexion deuant la Croix l'adore deuotement & la baife ; & ceux qui font prefens font le même fi ils veulent.

Benediction des Chandelles hors le temps de la Purification de la Vierge.

℣. Adiutórium noftrum , &c.

Orêmus.

Domine Iefu Chrifte Fili Dei viui , bénedic ✠ candélas iftas fupplicatiónibus noftris , infúnde eis Dómine per virtútem fanctæ Crucis ✠ benedictiónem cæléftem , qui eas ad repelléndas ténebras humáno géneri tribuífti : talémque benedictiónem fignáculo

·ſanǎæ Crucis ✠ accípiant, vt quibuſcumque locis ac-
cénſæ ſiue póſitæ fúerint, diſcédant príncipes tenebrárum, & eontremíſcant, & fúgiant páuidi cum ómnibus miníſtris ſuis ab habitatiónibus illis : nec præſúmant
ámplius inquietáre, aut moleſtáre ſeruiéntes tibi omnipoténti Deo. Qui viuis & regnas in ſæcula ſæculôrum.
℟. Amen.

Benediction d'vn lieu.

℣.   Adiutórium noſtrum, &c.
Orêmus.

B Enedic ✠ Dómine Deus omnípotens locum iſtum
(*domum iſtam*) vt ſit in eo (*in eâ*) ſanitas, cáſtitas,
victória, virtus, humílitas, bónitas, & manſuetúdo,
plenitúdo legis, & gratiárum áctio Deo Patri, & Fílio,
& Spirítui ſanǎo, & hæc benedíǎio máneat ſuper
hunc locum, & ſuper habitántes in eo nunc, & ſemper.
℟. Amen.
    Et il jetera de l'eau benîte deſſus.

Benediction d'vne nouuelle Maiſon.

℣.   Adiutórium noſtrum, &c.
Orêmus.

T E Deum Patrem omnipoténtem ſupplíciter exorámus pro hac domo, & habitatóribus eius, ac
rebus : vt eam benedícere ✠ ſanctificáre ✠, ac bonis
ómnibus ampliáre dignéris : tríbue eis, Dómine, de rore cæli

re cæli abundántiam, de pinguédine terræ, vitæ fubftán-
tiam, & defidéria voti eôrum ad effédum tuæ mifera-
tiônis perdúcas. Ad intróitum ergo noftrum benedícere ✠ & fanctificáre ✠ dignéris hanc domum, ficut
benedícere dignátus es domum Abraham, Ifaac, & Iacob : & intra paríetes domus iftíus, Angeli tuæ lucis
hábitent, eámque & eius habitatóres cuftódiant. Per
Chriftum Dóminum noftrum. ℞. Amen.

Puis il jetera de l'eau benîte deſſus.

Benediction d'vn lit.

℣. Adiutôrium noftrum, &c.

Orêmus.

BEnedic ✠ Dómine thálamum hunc, vt omnes
habitántes in eo in tuâ pace consíftant, & in tuâ
voluntáte permáneant, & fenéfcant, & multiplicéntur
in longitúdine diérum, & ad regna cælórum peruéniant.
Per Chriftum Dóminum noftrum. ℞. Amen.

Ayant dit l'Oraiſon il jetera de l'eau benîte deſſus.

Benediction d'vn nouueau *Nauire*, ou *Bateau*.

PRopitiáre Dómine fupplicatiónibus noftris, & bénedic ✠ nauem iftam déxterâ tuâ fanctâ, & omnes, qui in eâ vehentur; ficut dignátus es benedícere arcam Noë ambulántem in dilúuio : pórrige eis Dómine
déxteram tuam, ficut porrexífti beáto Petro ambulán-
ti fupra mare : & mitte fanctum Angelum tuum de cæ-

Z

lis, qui líberet, & custódiat eam semper à perículis vniuérsis, cum ómnibus, quæ in eâ erunt: & fámulos tuos
repúlsis aduersitátibus portu semper optábili, cursúque
tranquíllo tueáris, transactísque ac rectè perféctis negó-
tijs ómnibus, iteráto témpore ad própria cum omni
gáudio reuocâre dignêris. Qui viuis & regnas Deus, Per
ómnia sæcula sæculórum. ℟. Amen.

    Il jetera de l'eau benîte deſſus le Nauire.

Benedictions des Pelerins partans pour la terre sainte.

LEs Pelerins, auant que partir pour la Terre ſainte,
doiuent ſelon l'inſtitution de notre Mere ſainte Egliſe, prendre des Lettres Patentes, ou de recommandation de leur Euêque ou Curé. Apres auoir eu ces Lettres,
& auoir diſpoſé ce qui eſt neceſſaire pour leur départ,
s'être Confeſſé & auoir oüy Meſſe, dans laquelle ſe dit
l'Oraiſon pour les Pelerins, à la fin de laquelle ils reçoiuent deuotement la Sainte Euchariſtie, le Prêtre dit ſur
eux les prieres ſuiuantes, pendant leſquelles ils ſont toûjours à genoux.

    Qui hábitat in adiutório, &c. *comme il eſt dans les*
Complies.

Glória Patri.

Parce Dómine, parce pópulo tuo, quem redemíſti Chriſte sánguine tuo, ne in ætérnum irascáris nobis.

    Apres cela il dira.

Kyrie eléifon. Chrifte eléifon.

Kyrie eléifon. Pater nofter.

℣. Et ne nos indúcas in tentatiónem.

℟. Sed líbera nos à malo.

℣. Greffus veftros dírigat Dóminus fecúndùm elóquium fuùm.

℟. Vt non dominétur vobis omnis iniuftítia.

℣. Vtinam dirigántur viæ veftræ.

℟. Ad cuftodiéndas iuftificatiónes Dómini.

℣. Perfíciat Dóminus greffus veftros in femítis fuis.

℟. Vt non moueántur veftígia veftra.

℣. Angelus Dómini bonus comitétur vobífcum.

℟. Et benè difpónat itínera veftra, & actus veftros, vt iterùm cum gáudio reuertámini ad própria.

℣. Nihil profíciat inimícus in vobis.

℟. Et fílius iniquitâtis non appónat nocére vobis.

℣. Sit vobis Dóminus turris fortitúdinis.

℟. A fácie inimíci.

℣. Dómine exáudi oratiônem meam.

℟. Et clamor meus ad te véniat.

℣. Dóminus vobífcum.

℟. Et cum fpíritu tuo.

Orêmus.

Deus, cui próprium eft miferéri femper & párcere: fufcipe deprecatiônem noftram, vt quos delictórum caténa conftríngit, miferátio tuæ pietátis abfoluat.

Deus qui mifericórdiam tuam fperántibus in te femper impéndis, & nufquam es à feruiéntibus tibi longínquus; concéde fámulis tuis prósperum iter, vt te protectóre, te duce, per iustítiæ tuæ callem sine offensióne gradiántur.

Désto Dómine supplicatiónibus nostris, & viam famulórum tuórum, in sálutis tuæ prosperitáte dispóne, vt inter omnes viæ & vitæ huius varietátes in tuo semper protegántur auxílio.

Omine sancte, Pater omnípotens, æterné Deus qui es ductor sanctórum, & dírigis itínera iustórum : dírige Angelum pacis cum fámulis tuis, qui eos ad loca destináta perdúcat; sit illis comitátus iucúndus, vt nullus viæ illórum súbrepat inimícus, procul sit ab eis inimicórum accéssus, & comes eis esse dignétur Spíritus sanctus.

Eus qui confidéntes in te patérnâ benedictióne custódis; quæsumus, vt his fámulis tuis á nobis egrediéntibus Angeli tríbuas comitátum; vt auxílio tuo protécti, nullíus mali concutiántur formídine, nullo comprimántur aduersitátis languóre, nullis irruéntis inimíci molesténtur insidiis : sed spátiis necessárij itíneris peráctis propriísque locis restitúti recipiántur incólumes, ac débitas nómini tuo grátias læti exóluant. Per Christum Dóminum nostrum. ℞ Amen.

Apres cela, le Prêtre les Asperge d'eau bénite.

Que s'il n'y a qu'vn homme qui entreprenne le voyage, toutes les prieres se disent au singulier; que si le Prêtre qui bénit est du nombre il les dira à la premiere personne du nombre pluriel (nos) que si c'est vne ou plusieurs femmes, il les dira, au nombre & au genre qu'il conuiendra.

Benediction du Bourdon, & du Sac.

℣. Adjutórium noftrum, &c.

Orêmus.

OMnípotens & miféricors Deus, cuius Spíritus húmiles máximè mentes inhabitáre dignátur; hanc peram, & hunc báculum peregrinatiónis, ac humilitátis indícium ad humilitátem & fuftentatiô nem huius fámuli tui benedícere ✠ dignáre: vt tuâ illum vbíque protegénte grátiâ, quod fignat extérius, intérna pótiùs operétur deuotióne. Per Dóminum noftrum, &c.

Cela dit, il les afperge d'eau bénite.

Apres le Prêtre met le Sac dans le col du Pelerin, difant.

ACcipe peram, fignum peregrinatiônis tuæ, vt per viam mandatórum Dei currens, peruénire poffis ad loca fanctórum defideráta: Angelus Dómini bonus comitétur tecum, & benè difpónat iter tuum. In nómine Patris ✠ & Filij & Spíritus fancti. ℟. Amen.

Enfuite, il met le bâton en la main du Pelerin difant.

ACcipe hunc báculum fuftentáculum itíneris ac labóris in viam peregrinatiónis tuæ, vt víncere váleas omnes catéruas inimíci, & perueníre fecúrus ad límina fanctórum, quò pérgere cupis; & perá&to obediéntiæ tuæ curfu ad nos reuertáris cum gáudio. Per Chriftum Dóminum noftrum. ℟. Amen.

Puis il fait le figne de la Croix fur eux, difant.

IN nómine Patris, & Fílij ✚ & Spíritus sancti.
℞.   Amen.

Benediction des Pelerins, apres leur retour.

Adjutórium noftrum, &c.

Pfalme. 127.

BEáti omnes, qui timent Dóminum, &c. *comme dans la quatriéme Ferie, à la fin* Gloria Patri, *& l'Antienne.* Ecce fic benedicétur homo, qui timet Dóminum.

Kyrie eléifon. Chrifte eléifon.

Kyrie eléifon.   Pater nofter. *tout bas.*

℣.   Et ne nos indúcas in tentatiônem.

℞.   Sed líbera nos à malo.

℣.   Benedícti qui véniunt in nómine Dómini.

℞.   Benedícti vos à Dómino, qui fecit cœlum & terram.

℣.   Réfpice Dómine in feruos tuos, & in ópera tua.

℞.   Et dírige eos in viam mandatórum tuórum.

℣.   Dómine exáudi oratiônem meam.

℞.   Et clamor meus ad te véniat.

℣.   Dóminus vobífcum.

℞.   Et cum fpíritu tuo.

Orêmus.

LArgíre, quæfumus Dómine, fámulis tuis indulgéntiam placátus & pacem, vt páriter ab ómnibus mundéntur offénfis, & fecúrâ tibi mente deféruiant.

OMnípotens fempitérne Deus, noftrórum témporum vitæque difpófitor, fámulis tuis contínuæ tranquillitátis largíre fubsídium; vt quos incólumes própriis labóribus reddidísti, tuâ fácias protectióne fecúros.

DEus humílium vifitátor, qui nos fratérna dilectióne confoláris; præténde focietáti noftræ grátiam tuam, vt per eos in quibus hábitas, tuum in nobis fentiámus aduéntum. Per Dóminum noftrum Iefum Chriftum Fílium tuum, qui tecum viuit & regnat in vnitáte Spíritus fancti Deus. Per ómnia fæcula fæculórum. ℞. Amen.

Apres cela, le Prêtre les afpergera d'eau bénîte, difant.

PAx & benedíctio Dei omnipótentis defcéndat fuper vos & máneat femper vobífcum. In nómine Patris ✠ & Fílij & Spíritus fancti. ℞. Amen.

Benediction ordinaire fur les bleds, & fur les vignes

Adiutórium noftrum, &c.

Orêmus.

ORámus pietátem tuam omnípotens Deus, vt has primítias creatúræ tuæ, quas áëris & plúuiæ temperaménto nutríre dignátus es, benedictiónis tuæ imbre perfúndas; & fructus terræ vfque ad maturitátem perdúcas. Tríbuas quoque pópulo tuo de tuis munéribus tibi femper grátias ágere, vt à fertilitáte terræ efuriéntium ánimas bonis affluéntibus répleas, & egénus

& pauper laudént nomen glóriæ tuæ. Per Chriſtum Dóminum noſtrum. ℞. Amen.

Il les aſperge d'eau benîte.

Benediction de tout ce qui ſe peut manger.

℣. Adiutórium noſtrum, &c.

Orêmus.

Benedic ✠ Dómine creatúram iſtam N. vt ſit reˣ médium ſalutáre géneri humáno : & præſta per inuocatiónem ſancti nóminis tui, vt quicúmque ex eâ ſúmpſerint, córporis ſanitátem , & ánimæ tutélam percípiant. Per Chriſtum Dóminum noſtrum. ℞. Amen.

Il l'aſperge d'Eau benîte.

Benediction des nouueaux Fruits.

℣. Adiutórium noſtrum, &c.

Orêmus.

Benedic ✠ Dómine nouos fructus N. & præſta, vt qui ex eis in tuo ſancto nómine veſcéntur, córporis, & ánimæ ſalúte potiántur. Per Chriſtum Dóminum noſtrum ℞. Amen.

Et il les aſperge d'eau benîte.

Benediction de la vendange.

℣. Adiutórium noſtrum , &c.

Orêmus.

Benedic ✠ Dómine hos fructus nouos vuæ, quos tu rore cæli, & inundántiâ pluuiárum, & témporum ſerenitáte atque tranquillitáte, ad maturitátem perdúcere dignâtus es : & dedíſti eos ad vſus noſtros cum gratiárum actióne percípere. Per Chriſtum Dóminum noſtrum. ℟. Amen.

Il l'aſperge d'eau benîte.

Benediction du vin pour les Malades.

℣. Adjutórium noſtrum , &c.

Orêmus.

Domine Ieſu Chriſte Fili Dei viu i , qui in Cana Galileæ ex aquâ vinum fecíſti, bene ✠ dícere & ſanctificáre dignéris hanc creatúram vini, quam ad ſuſtentatiónem ſeruórum tuórum tribuíſti : vt vbicúmque fuſum fúerit, vel à quólibet potátum, diuínâ opuléntiæ tuæ bene ✠ dictióne repleátur.

Omnípotens ſempitérne Deus , ſalus ætérna credéntium , exáudi nos pro fámulo tuo *vel* pro fámulâ tuâ, pro quo (*vel* , pro quâ) miſericórdiæ tuæ implorámus auxílium : vt réddita ſibi ſanitâte,

gratiárum tibi in Ecclésiâ tuâ réferat actiônem. Per
eúndem Chriſtum Dóminum noſtrum. ℟ Amen.
Il l'aſperge d'eau benîte

De la Benediction des Oeufs.

℣. Adiutórium noſtrum , &c.
Orêmus.

Vbuéniat, quæſumus Dómine, tuæ benedictiónis
✠ grátia huic Ouórum creatúræ, vt cibus ſalúbris
fiat fidélibus tuis , in tuárum gratiárum actióne ſuméntibus, ob reſurrectiónem Dómini noſtri Ieſu Chriſti, qui tecum viuit & regnat in ſæcula ſæculórum.
℟. Amen.
Il les aſperge d'eau benîte.

Benediction des Chapelets & Roſaires.

℣. Adiutórium noſtrum , &c.
Orêmus.

Mnípotens & miſéricors Deus , qui propter ní-
miam charitátem qua dilexíſti nos , filium tuum
vnigénitum Dóminum noſtrum Ieſum Chriſtum pro
redemptióne noſtra , de cœlis in terram deſcéndere , &
de beatíſſimæ Vírginis Maríæ vtero, Angelo nuntián-
te, carnem ſuſcípere voluíſti, vt nos eríperes de poteſtáte diáboli ; obſecrámus imménſam cleméntiam tuam,

vt hæc figna Pfaltérij feu rofárij, in honórem & laudem
ejúfdem genitrícis filij tui ab Ecclésia fidéli dicáta, benedícas ✠ & fanctífices ✠ eífque tantam infúndas
virtútem Spíritus fancti, vt quifquis ea deuótè recitá-
uerit, & ea fecum portáuerit, atque in domo fua reue-
rénter tenúerit, ab omni hofte visíbili & inuisíbili femper & vbíque in hoc fæculo, à Beatíffima Vírgine Maria Dei genitríce tibi plenus bonis opéribus præfentári
mereátur. Per eúndem Chriftum Dóminum noftrum.
℞. Amen.
En fuite il les faut afperger d'eau benîte.

Benediction d'vn nouueau Puis.

℣. Adjutórium noftrum, &c.
Orêmus.

DOmine Deus omnípotens, qui in huius pú-
tei altitúdinem per crepídinem fiftulárum có-
piam aquárum manáre iufsífti : præfta; vt te iuuán-
te atque bene ✠ dicénte per noftræ officium fun-
ctiónis, repúlfis hinc phantafmáticis collufiónibus,
atque diabólicis insídijs purificátus atque emundá-
tus femper híc Púteus perfeuéret. Per Chriftum Dóminum noftrum. ℞. Amen.
Il l'afpergera d'eau benîte.

Benediction des animaux quand ils ont la peste.

℣.   Adiutórium noſtrum , &c.
Orêmus.

MIſericórdiam Dómine , ſupplices exorámus,
vt animália , quæ graui infirmitáte vexán-
tur , in nómine tuo , atque tua bene ✠ dícta virtúte
ſanéntur : extinguátur omnis diáboli poteſtas : Et
ne vltérius ægrótent , tu eis ſis protéctio vitæ , &
remédium ſanitátis.   Qui viuis & regnas Deus per,
ómnia ſæcula ſæculórum. ℟. Amen.
Il jetera de l'eau benîte ſur les animaux.

Benediction du ſel que l'on donne aux animaux.

℣.   Adiutórium noſtrum , &c.
Orêmus.

DEus inuiſíbilis , & inæſtimábilis, pietátem tuam
per ſanctum , ac treméndum filij tui nomen
ſupplíciter deprecámur , vt in hanc creatúram ſalis
benedictiónem ✠ , & poténtiam inuiſíbilis opera-
tiónis tuæ infúndas : vt animália , quæ neceſſitátibus
humánis tribúere dignátus es , cum ex eo accépe-
rint , vel guſtáuerint , bene ✠ dictióne & ſancti ✠
ficatióne tua ab omni ægritúdinis , & læſíonis in-
cúrſu , te protegénte cuſtodiántur. Per Chriſtum,
&c. *Ietera de l'eau benîte.*

Benediction d'vne femme enceinte, étant en peril.

℣. Adiutórium noftrum , &c.

Orêmus.

OMnípotens fempitérne Deus, qui dedífti fámulis tuis in confeffióne veræ fídei ætérnæ Trinitátis glóriam agnófcere, & in poténtia maieftátis adoráre vnitátem : quæfumus, vt eiúfdem fídei firmitáte, hæc fámula tua ab ómnibus femper muniátur aduérfis. Per Dóminum noftrum , &c.

Orêmus.

DOmine Deus ómnium creátor, fortis & terríbilis, iuftus atque miféricors, qui folus bonus & pius es : qui de omni malo líberas Ifráel : qui fecífti patres eléctos quóflibet & fanctificáfti eos múnere Spíritus tui : qui gloriófæ Vírginis matris Maríæ corpus, & ánimam , vt dignum fílij tui habitáculum éffici mererétur, Spíritu fancto cooperánte præparáfti : qui Ioánnem Baptíftam Spíritu fancto repléri , & in vtero matris exultáre fecífti. Accipe facrifícium cordis contríti, ac feruens defidérium fámulæ tuæ N. humíliter fupplicántis pro conferuatióne prolis débilis, quam ei dedífti concípere : & cuftódi partem tuam, & defénde ab omni dolo , & iniúria dolófi hoftis : vt obftetricánte manu mifericórdiæ tuæ, fœtus eius ad lucem véniat incólumis, ac fanctæ regeneratióni feruétur : tibíque in

ómnibus iúgiter deférviat , & vitam conféqui mereátur ætérnam. Per eúndem Dóminum noſtrum , &c.
℟. Amen.

Le Prêtre l'aſpergera & dira le Pſalme.

DEus miſereátur noſtri, & benedícat nobis, &c.
*comme il eſt dans l'Office des Morts , lequel étant
finy , on dit.* Glória Patri, &c.

℣. Benedicámus Patrem , & Fílium , cum ſancto ſpíritu.

℟. Laudémus , & ſuperexaltémus eum in ſæcula.

℣. Angélis ſuis Deus mandet de te.

℟. Vt cuſtódiant te in ómnibus vijs tuis.

℣. Dómine exáudi oratiônem meam.

℟. Et clamor meus ad te véniat.

℣. Dóminus vobíſcum.

℟. Et cum ſpíritu tuo.

Orêmus.

VIſita quæſumus Dómine , cunctam habitatiônem
iſtam , & omnes inſidias inimíci ab ea , & præſénti fámula tua longè repélle : & Angeli tui ſancti hábitent in ea, qui eam & eius prolem in pace cuſtódiant
& benedíctio ✠ tua ſit ſuper eam ſemper. Per Chriſtum Dóminum noſtrum. ℟. Amen.

Il benit apres cela la femme.

BEnedíctio Dei Patris ✠ omnipoténtis, & Fí ✠lij,
& Spíritus ſancti deſcéndat ſuper te, & ſuper prolem tuam , & máneat ſemper. ℟. Amen.

*Benediction du Coral, Ambre, yuoire, Colique,
& autres choses semblables, qu'on a coûtume
de porter sur soy, à cause qu'elles ont quelque
vertu naturelle de guerir de certains maux.*

℣. Adjutórium nostrum, &c.   Orémus.

Benedic ✠ Dómine, hanc creatúram Corallij, *vel*
Ebóris, *vel* Electri *vel* Coli, &c. vt sit remédium
salutáre géneri humáno, & præsta per inuocatiónem
sancti nóminis tui, vt quicúnque eam collo appénsam,
vel áliter suprà se, deuóté & sine superstitióne gestá-
uerint, córporis sanitátem, dolórum suórum leuá-
men, animæque tutélam percípiant. Per Christum Dóminum nostrum ℞. Amen.

Ensuite on jete de l'eau benîte dessus.

Benediction de la Cire au iour de l'Ascension.

℣. Adiutórium, &c.   Orémus.

Deus inæstimábilis poténtiæ, cui omne genu fléctitur, & omnis creatúra deséruit, bénedic hanc
creatúram Ceræ, ad effugándam omnem potestátem inimíci ; & omnis locus vbi pósita fúerit, per méritum
passiónis tuæ, & in virtúte sanctæ ✠ Crucis, atque in
honórem gloriosíssimæ Ascensiónis tuæ in cœlum, careat omni immundítia, & liberétur à noxa : non illic
resídeat Spíritus pestílens, sed virtus Spíritus sancti, qui
custódiat omnes habitántes in eo ad salútem córporis
& ánimæ in vitam ætérnam. ℞. Amen.

Puis on l'asperge d'eau benîte.

BENEDICTIONS QVI NE SE
peuuent faire que par les Euêques,
ou autres perſonnes ayans pouuoir d'eux.

Benediction des habits Sacerdotaux en general.

℣.   Adiutórium noſtrum, &c.

             Orémus.

OMNIPOTENS ſempitérne Deus, qui per
Moyſen fámulum tuum Pontificália & Sacerdotália ſeu Leuítica veſtiménta, ad ex-
pléndum in conſpéctu tuo miniſtérium córum, ad
honórem & decórem nóminis tui fieri decreuíſti:
adéſto propítius inuocatiónibus noſtris, & hæc
induménta Sacerdotália déſuper irrigánte grátiâ
tuâ, ingénti benedictióne per noſtræ humilitátis ſeruítium purificáre ✠ benedícere ✠ & conſecráre ✠ dignéris: vt diuínis cúltibus & ſacris myſtérijs apta & benedícta exíſtant: his quoque ſacris véſtibus Pontífices, & Sacerdótes, ſeu
Leuítæ tui indúti, ab ómnibus impulſiónibus ſeu
tentat ônibus malignórum ſpirítuum muníti & de-
fenſi

fénfi effe mereántur, tuífque myftérijs aptè & condi-gnè feruíre & inhærére, atque in his tibi plácitè & de-uótè perfeueráre tríbue. Per Chriftum Dóminum no-ftrum. ℞. Amen.

Orêmus.

DEus, inuíctæ virtútis triumphátor, & ómnium rerum creátor ac fanctificátor: inténde propítius preces noftras, & hæc induménta Leuíticæ, Sacerdo-cális & Ponificális glóriæ, miníftris tuis fruénda, tuo tor próprio benedícere ✠ fanctificáre ✠ & confecrá-re ✠ dignêris: omnéfque eis vténtes, tuis myftérijs aptos, & tibi in his deuótè ac laudabíliter feruiéntes, gra-tos efficere dignéris. Per Dóminum noftrum, &c. ℞. Amen.

Orêmus.

DOmine Deus omnípotens, qui veftiménta Ponti-fícibus, Sacerdótibus, & Leuítis in vfum taber-náculi fœderis neceffária Moyfen fámulum tuum áge-re iufsífti, eúmque fpíritu fapiéntiæ ad id peragéndum repleuífti: hæc veftiménta in vfum & cultum myftérij tui benedícere ✠ fanctificáre ✠ & confecráre ✠ digné-ris: atque miníftros altáris tui, qui ea indúerint, fepti-fórmis Spíritûs grátiâ dignánter repléri, atque caftitátis ftolâ, beátâ facias cum bonórum fructu óperum mini-ftérij congruéntis immortalitáte veftíri. Per Chriftum Dóminum noftrum. ℞. Amén.

Il jetera de l'eau benîte deffus.

Benediction des vétemens Sacerdotaux pour seruir à la Messe.

℣.   Adiutórium noſtrum , &c.

Orêmus.

DEus omnípotens , bonárum virtútum dator , &
ómnium benedictiónum largus infúſor , fúpplices te rogámus , vt mánibus noſtris opem tuæ benedictiónis infúndas , & hunc amíctum , *vel* hanc Albam,
vel hoc cíngulum , *vel* hanc ſtolam , *vel* hoc manípu-
lum , *vel* hanc tunicéllam , *vel* hanc dalmáticam , *vel*
hanc planétam , diuíno cúltui præparátam , *vel* præparatum , virtúte ſancti Spíritûs bene ✚ dícere , ſancti ✚
ficáre , & conſe ✚ cráre dignêris , & ómnibus eâ , *vel,*
co , *vel* , eis vténtibus grátiam ſanctificatiónis ſacri my-
ſtérij tui benígnus concéde , vt in conſpéctu tuo ſancti,
& immaculáti , atque irreprehenſíbiles appáreant , &
auxílium miſericórdiæ tuæ acquírant.   Per Dóminum
noſtrum Ieſum Chriſtum fílium tuum , qui tecum ví-
uit , & regnat in vnitáte Spíritus ſancti Deus , per
ómnia ſæcula ſæculôrum. ℞. Amen.

Apres il les aſpergera d'eau benîte.

Benediction des Napes ou des linges seruans à l'Autel.

℣. Adiutórium noſtrum , &c.
Orêmus.

EXáudi Dómine preces noſtras , & hæc linteámi-na ſacri Altáris vſui præparáta, benedícere ✚ & ſan-ctificáre dignêris. Per Chriſtum Dóminum noſtrum.
℞. Amen.

Orêmus.

DOmine Deus omnípotens, qui Moyſen fámulum tuum , ornaménta & linteámina fácere per qua-dragínta dies docuíſti, quæ etiam María téxuit , & fe-cit in vſum miniſtérij , & tabernáculi fœderis : benedí-cere ✚ ſanctificáre ✚ & conſecráre ✚ dignêris hæc linteámina ad tegéndum inuoluendúmque altáre glo-rioſíſſimi Fílij tui Dómini noſtri Ieſu Chriſti. Qui te-cum viuit & regnat in vnitáte Spíritus ſancti Deus , per ómnia ſæcula ſæculórum. ℞. Amen.

Benediction des Corporaux.

℣. Adjutórium noſtrum , &c.
Orêmus.

CLementíſſime Dómine, cuius inenarrábilis eſt vir-tus, cuius myſtéria arcánis mirabílibus celebrán-

tur : tríbue, quǽfumus ; vt hoc lintéamen tuæ propitiatiónis benedictióne ✚ fanctificétur ad confe-
crándum fuper illud corpus & fánguinem Dei & Dómini noftri Iefu Chrifti Fílij tui. Qui tecum viuit &
regnat in vnitáte Spíritûs fancti Deus, per ómnia
fǽcula fæculôrum. ℞. Amen.

Orêmus.

O Mnípotens fempitérne Deus, benedícere ✚
fanctificáre ✚ & confecráre ✚ dignêris lin-
teámen iftud ad tegéndum inuoluendúmque corpus
& fánguinem Dómini noftri Iefu Chrifti Fílij tui. Qui
tecum viuit & regnat in vnitáte Spíritus fancti Deus,
per ómnia fǽcula fæculôrum. ℞. Amen.

Orêmus.

O Mnípotens fempitérne Deus, mánibus noftris
opem tuæ benedictiónis infúnde : vt per noftram benedictiónem ✚ hoc lintéamen fanctificétur, & córporis ac fánguinis Redemptóris noftri nouum fudárium Spíritûs fancti grátiâ efficiátur. Per
eúndem Dóminum noftrum, Iefum Chriftum
Fílium tuum, qui tecum viuit & regnat in vnitáte
Spíritûs fancti Deus, per ómnia fǽcula fæculôrum.
℞. Amen.

Et il les afpergera d'eau benîte.

Benediction des Chasses, seruans à enfermer les Reliques des Saints.

℣. Adjutórium noſtrum, &c.

ORémus dilectiſſimi nobis, Deum Patrem omni-poténtem, vt qui ómnia per vnigénitum fílium ſuum in virtúte Spíritûs ſancti valde bona creáuit, ipſe nobis indígnis ad conſecratiónem harum capſárum Re-líquijs Sanctórum ſuórum condéndis paratárum, rorem grátiæ ſuæ cleménter infúndere dignétur. Per eún-dem Dóminum noſtrum Ieſum Chriſtum Fílium tuum, qui tecum viuit & regnat in vnitáte Spíritus ſancti Deus.

PEr ómnia ſæcula ſæculórum.
℟. Amen.
℣. Dóminus vobíſcum.
℟. Et cum ſpíritu tuo.
℣. Surſum corda.
℟. Habêmus ad Dóminum.
℣. Grátias agámus Dómino Deo noſtro.
℟. Dignum, & iuſtum eſt.

Verè dignum, & iuſtum eſt, æquum, & ſalutáre nos tibi ſemper & vbíque grátias ágere, Dómine ſancte, Pater omnípotens, ætérne, Deus inæſtimábilis, Deus ineffábilis, Deus miſericordiárum, & tótius conſola-tiónis: Qui Moyſi fámulo tuo præcepíſti, vt iuxta exém-plar quod ei in monte demonſtráſti, arcam de lignis imputribílibus conftrúeret, & eam auro mundíffimo circúmdaret, in quâ vrna aurea mannâ cæléfti plena, cum tábulis teftaménti dígito majeftátis tuæ confcríptis, in teftimónium futúris generatiónibus, feruári déberet. Quique noftris fæculis eádem facrátius intelligénda manifeftáfti, dum corpus vnici fílij tui, ópere Spíritûs fanéti de incorrúptâ Vírgine concéptum, & ánimâ rationali viuificátum, omni plenitúdine diuinitátis repléfti, te fupplíciter implorámus omnípotens Deus, Pater Dómini noftri Iefu Chrifti, ex quo omnis patérnitas in cælo, & in terrâ nominátur ; vt hæc váfcula Sanétórum tuórum pignóribus præparáta, eifdem Sanétis tuis intercedéntibus, cæléfti bene ✠ diétióne perfúndere dignéris ; quaténus qui horum patrocínia requírunt, ipfis intercedéntibus, cunéta fibi aduerfántia, te adiuuánte, fuperáre, & ómnia cómmodè profutúra, abundántiâ largitátis tuæ meréantur inueníre. Et ficut illi te, Dómine, infpiránte, fpirituálium nequitiárum verfútias cauére, & humánitùs exquifita torménta non folum contémnere, fed etiam pénitus euíncere, Chrifto Dómino confortánte, potuérunt : ita ipfórum mérita venerántibus, & Relíquias humíliter ampleéténtibus, contra Diábolum & Angelos eius, contra fúlmina & tempeftátes, contra grándines & várias peftes, contra corrúptum aërem & mortes hóminum, vel animálium, contra fures & latrónes, fiue géntium incurfiónes, contra malas béftias, & ferpéntium ac reptántium diuersíffimas formas, contra

malórum hóminum ad inuentiónes péſſimas eorúm-
dem Sanctórum tuórum précibus complacátus , déxteram inuíctæ poténtiæ tuæ ad depulſiónem nociuó-
rum , & largitátem proficuórum ſemper , & vbique
propítius exténde.

*Ce qui ſuit , il le dira en liſant, de telle ſorte qu'il puiſſe
être entendu des aſſiſtans.*

Per eúndem Dóminum noſtrum Ieſum Chriſtum
Fílium tuum qui tecum viuit , & regnat in vnitáte
ciuſdem Spíritus ſancti Deus , per ómnia ſæcula ſæculórum. ℟. Amen.

℣. Dóminus vobíſcum.

℟. Et cum ſpíritu tuo.

Orêmus.

DOmine Deus omnípotens, qui vt murmur in-
ſáni pópuli compéſceres , & ſacerdótium Aaron tibi plácitum comprobáres, virgam eius áridam
germináre , & flores fructíferos prodúcere fecíſti ,
candémque in arcâ teſtaménti pro ſigno virtútis tuæ
poni iuſsíſti ; ſed & nobis eódem præſágio Chriſtum
in arâ crucis arefáctum tértiâ die reſurrectióne reflo-
réſcere, & in Eccléſiâ nouíſſimo témpore reſuſcitándâ
per mortem ſuam , die ac nocte fructificáre demonſtráſti : te, quæſumus , indulgentíſſime géneris humáni prouiſor, vt hæc váſcula Sanctórum tuórum re-
ceptáculo præparáta, ita gratuítâ grátiâ ſanctífices ; vt
vbicúmque in tuo nómine proláta fúerint, intercedéntibus habitatórum ipſórum méritis, cuncta aduérſa
repéllas , & nullífices , & ómnia vtília multíplices ,

atque cuſtódias ; quátenus fidéles tui , magnitúdine,
ſiue vniuerſitáte beneficiórum tuórum in parte mó-
dicâ Reliquiárum , íntegra Sanctórum córpora ſe
percepíſſe gratuléntur , & per temporália loca ipſórum précibus impénſa , ad æterna cum eis gáudia
poſſidénda fiduciálius animentur. Per eúndem Dóminum noſtrum , &c.

Cela dit , il les aſpergera d'eau benîte.

Benediction de la premiere pierre du fondement d'vne Egliſe.

Es Egliſes ne doiuent point être bâties ſans la per-
miſſion de Monſeigneur l'Archeuêque , qui en benira
la premiere pierre , ou en donnera le pouuoir à vn Prêtre,
qui fera ce qui ſuit.

Le iour precedent celuy auquel ſe fera cete benediction,
il metra ou fera metre par vn Prêtre , vne Crois de bois
en l'endroit où deura être l'Autel , & le lendemain metra
dans le fondement , la pierre à ce deſtinée , qui doit être
quarrée , en ſorte qu'elle puiſſe faire le coin du mur , &
la benira étant reuétu d'amict , d'Aube , Ceinture , Eto-
le , & d'vne Chape de couleur blanche , & ayant auec
ſoy quelques Prêtres & Clercs , auec vn benítier , &
pacquet d'hyſſope ou autre aſperſoir , il commence l'An-
tienne ; & cependant que les Clercs chantent le Pſalme
ſuiuant , il aſperge le lieu où eſt la Croix auec de l'eau
benîte.

Signum

Ne faut pas chanter l'Antienne entiere auant que de commencer le Pfalme, mais vn ou deux mots, comme l'on fait aux Vêpres & autres Heures.

Signum Sa lú tis pone Dómine Ie fu

Chrifte in lo co ifto, & non permíttas

introí re Angelum percu tien tem.

E u o u a e.

Pfalme 83.

QVàm diléċta tabernácula tua Dómine virtútum ! concupífcit, & déficit ánima mea in átria Dómini.

Cor meum & caro mea : exultáuerunt in Deum viuum.

Etenim paffer ínuenit fibi domum, & turtur nidum fibi : vbi ponat pullos fuos.

Altária tua Dómine virtútum : rex meus & Deus meus.

Beáti qui hábitant in domo tua Dómine : in fæcula fæculórum laudábunt te.

Beátus vir, cuius eft auxílium abs te : afcenfiónes in corde fuo difpófuit in valle lachrymárum, in loco quem pófuit.

Etenim benedictiónem dabit legiflátor, ibunt de virtúte in virtútem : vidébitur Deus deórum in Sion.

Dómine Deus virtútum exáudi oratiónem meam : áuribus pércipe Deus Iacob.

Protéctor nofter áfpice Deus : & réfpice in fáciem Chrifti tui.

Quia mélior eft dies vna in átrijs tuis : fuper míllia.

Elégi abiéctus effe in domo Dei mei : magis quàm habitáre in tabernáculis peccatórum.

Quia mifericórdiam & veritátem díligit Deus : grátiam & glóriam dabit Dóminus.

Non priuábit bonis eos qui ámbulant in innocéntiâ : Dómine virtútum, beátus homo qui fperat in te.

Glória Patri, &c. *Antienne.* Signum falútis, &c.

Le Pfalme étant finy, & le Prêtre étant tourné du côté du lieu où il a jeté de l'eau benîte, dira.

Orémus.

Domine Deus, qui licèt cælo & terrâ non cápiáris, domum tamen dignáris habére in terris, vbi nomen tuum iúgiter inuocétur, locum hunc quæfumus, Beátæ Maríæ femper Vírginis, & *B. N. nommant le faint ou la fainte en l'honneur, & au nom duquel eft fondée l'Eglife,* omniúmque Sanctórum intercedéntibus méritis, feréno pietátis tuæ intúitu vífita, & per infufiónem grátiæ tuæ ab omni inquinaménto purífica, purificatúmque conférua ; & qui dilécti tui Dauid deuotiónem in fílij eius Salomónis ópere compleuífti, in hoc ópere defidéria noftra

perficere dignéris, effugiántque omnes hinc nequítiæ fpirituáles. Per Dóminum noftrum Iefum
Chriftum Fílium tuum, qui tecum viuit & regnat in
vnitáte Spíritus fanḉti Deus, per ómnia fæcula fæculôrum. ℞. Amen.

Puis étant debout, il bénit la premiere pierre, difant.

℣. Adiutórium noftrum in nómine Dómini.

℞. Qui fecit cælum & terram.

℣. Sit nomen Dómini benedíḉtum.

℞. Ex hoc nunc & vfque in fæculum.

℣. Lápidem, quem reprobauérunt ædificántes.

℞. Hic faḉtus eft in caput ánguli.

℣. Tu es Petrus.

℞. Et fuper hanc petram ædificábo Eccléfiam
meam.

℣. Glória Patri, & Fílio, & Spirítui fanḉto.

℞. Sicut erat in princípio, & nunc, & femper, &
in fæcula fæculôrum. Amen.

Orêmus.

DOmine Iefu Chrifte Fili Dei viui, qui es verus
omnípotens Deus, fplendor & imágo ætérni
Patris, & vita ætérna, qui es lapis anguláris de monte fine mánibus abfcíffus, & immutábile fundamén-
tum, hunc lápidem collocándum in tuo nómine
confírma, & tu, qui es princípium & finis, in quem
princípio Deus Pater ab inítio cunḉta creáuit, fis,
quæfumus princípium & increméntum, & confum-
mátio ipfius óperis, quod debet ad laudem & glóriam tui nóminis inchoári. Qui cum Patre & Spiritu

sancto viuis & regnas Deus per ómnia sæcula sæculôrum. ℞. Amen.

*Pour lors, il asperge la pierre, d'eau benîte; & ayant
pris vn coûteau ou ciseau, il graue à chaque coin le signe
de la Croix, disant.*

In nómine Patris, ✠ & Fílij, ✠ & Spíritus ✠
sancti. ℞. Amen. *apres quoy il dit,* Orêmus.

Benedic ✠ Dómine creatúram istam lápidis, &
præsta per inuocatiónem sancti tui nóminis, vt
quicúmque ad hanc Ecclésiam ædificándam purâ
mente auxílium déderint, córporis sanitátem, & ánimæ medélam percípiant. Per Christum Dóminum
nostrum. ℞. Amen.

*Puis il dira les Litanies ordinaires, sans les Oraisons
qui sont à afin, lesquelles étant dites, & ayant preparé du
ciment; le masson étant present, le Prêtre commencera
l'Antienne, & le Chœur la poursuiuera.*

Ne faut pas chanter l'An-tienne entiere auant que de commencer le Psalme, mais vn ou deux mots, comme l'on fait aux Vêpres & au-tres Heures.

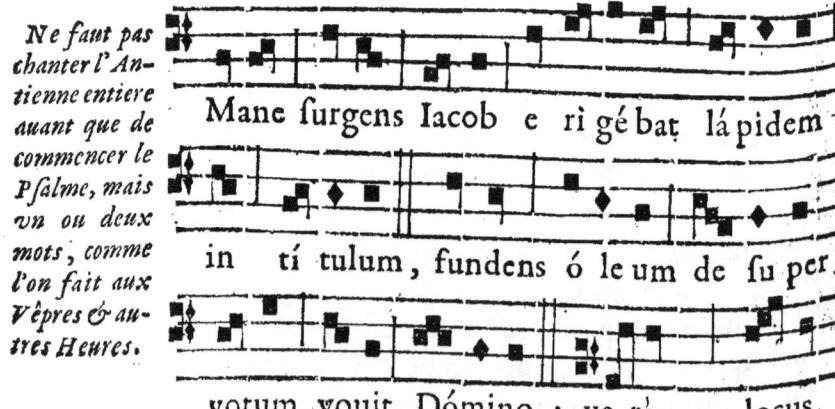

Mane surgens Iacob e ri gé bat lá pidem
in tí tulum, fundens ó le um de su per,
votum vouit Dómino : ve ré locus

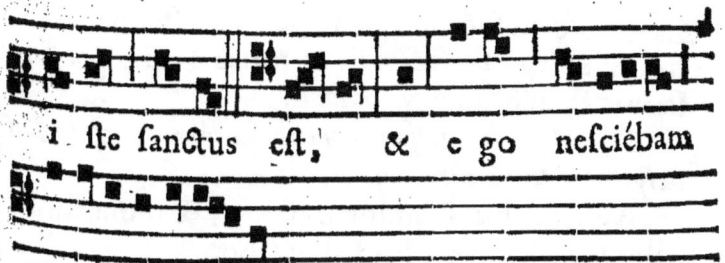

i ste sanctus est, & e go nesciebam

E u o u a e.

Pſalme 116.

Isi Dóminus ædificáuerit domum : in vanum laboráuerunt qui ædíficant eam.

Niſi Dóminus cuſtodiérit ciuitátem : fruſtra vígilat qui cuſtódit eam.

Vanum eſt vobis ante lucem ſúrgere : ſúrgite poſtquam ſedéritis , qui manducátis panem dolóris.

Cùm déderit diléctis ſuis ſomnum : ecce hæreditas Dómini fílij merces fructus ventris.

Sicut Sagíttæ in manu poténtis : ita fílij excuſſórum.

Beátus vir , qui impléuit deſidérium ſuum ex ipſis : non confundétur cùm loquétur inimícis ſuis in portâ.

Glória Patri , &c.

Lequel étant dit, & le Prêtre étant debout, il met la premiere pierre dans le fondement, diſant.

In fide Ieſu Chriſti collocámus Lápidem iſtum primárium in hoc fundaménto, In nómine Patris, ✠ & Fílij, ✠ & Spíritus ✠ ſancti, vt vígeat vera fides hîc, & timor Dei fraternáque diléctio ; & ſit hîc locus deſtinátus oratióni, & ad inuocándum & laudándum no-

men ejúſdem Dómini noſtri Ieſu Chriſti, qui cum Patre, & Spíritu ſanǎo viuit & regnat Deus, per ómnia
ſæcula ſæculôrum. ℟. Amen.

Cependant le maſſon cimente la pierre, & le Prêtre
l'aſperge d'eau benîte, diſant.

Aſpérges me Dómine hyſſópo, & mundábor : lauábis me, & ſuper niuem dealbábor.

Pſalme. Miſerére mei Deus, ſecúndùm magnam, &c.

On le dit tout entier auec Gloria Patri.

Ce Pſalme étant dit, le Prêtre aſperge tous les fonde-
mens d'eau benîte, s'ils ſont faits : que s'ils ne ſont pas
encore faits, il ira aux lieux qui ſont deſtinés pour cela,
en les aſpergeans d'eau benîte ; & continuant à les aſ-
perger, il commencera l'Antienne ſuyuante, le Chœur la
pourſuiuant.

Ne faut pas
chanter l'An-
tienne entiere
auant que de
commencer le
Pſalme, mais
vn ou deux
mots, comme
l'on fait aux
Vêpres & au-
tres Heures.

O quam metuéndus eſt locus iſte ! ve re
non eſt hîc aliud niſi do mus De i,
& por ta cæ li. E u o u a e.

Pfalme 86.

FVndaménta eius in móntibus fanctis : díligit Dóminus portas Sion fuper ómnia tabernâcula Iacob.

Gloriófa dicta funt de te : cíuitas Dei.

Memor ero Rahab & Babylónis : fciéntium me.

Ecce alienígenæ, & Tyrus , & pópulus Æthíopum : hi fuérunt illic.

Numquid Sion dicet, Homo , & homo natus eft in eâ : & ipfe fundáuit eam Altíffimus.

Dóminus narrábit in fcriptúris populórum, & príncipum : horum qui fuérunt in eâ.

Sicut lætántium ómnium : habitátio eft in te.

Glória Patri , &c.

Antienne. O quam metuéndus eft locus ifte ! verè non eft hîc aliud, nifi domus Dei & porta cæli.

Cependant , il va jufqu'aux fondemens faits , ou deftinez en les afpergeans, & ayant repeté l'Antienne , il dit debout.

Orêmus. *Les Affiftans :* Flectámus génua.

R. Leuáte.

OMnípotens & miféricors Deus, qui Sacerdótibus tuis tantam præ cæteris grátiam contulífti , vt quicquid in tuo nómine dignè perfectéque ab eis ágitur , à te fíeri credátur, quæfumus imménfam cleméntiam tuam, vt quicquid modò vifitatúri fumus, vifites : & quicquid benedictúri fumus, benedícas ✠, fitque ad noftræ humilitátis intróitum , Sanctórum tuórum méritis, fuga dæmonum, Angeli pacis ingréffus. Per Chriftum Dóminum noftrum. R. Amen.

DEus, qui ex ómnium cohabitatióne Sanctórum,
ætérnum majeftáti tuæ condis habitáculum, da
ædificatióni tuæ creménta cæléftia, vt quod te iubénte fundátur, te largiénte perficiátur. Per Chriftum
Dóminum noftrum. ℟. Amen.

Benediction d'vne nouuelle Eglife ou Oratoire publique, auant que d'y pouuoir celebrer la Meffe.

*Le Prêtre ayant permiffion de Monfeigneur l'Archeuef-
que, ou de nos grands-Vicaires generaux, de benir vne
nouuelle Eglife, afin que le S. Sacrifice de la Meffe y puiffe
être celebré, fera reuétu d'vne Etole & Chape de couleur
blanche, ayant auec foy quelques Prêtres & Clercs : la
Croix étant portée deuant luy entre deux Clercs portans
vn cierge allumé, ira à la principale porte de l'Eglife ou
Oratoire, où étant ariué, debout & découuert qu'il fera,
dira cete Oraifon intelligiblement & à haute voix, étant
tourné du côté de ladite Eglife ou Oratoire.*

ACtiónes noftras, quæfumus Dómine afpirándo
præuéni, & adiuuándo proféquere : vt cuncta
noftra orátio & operátio à te femper incípiat, & per te
cœpta finiatur. Per Chriftum Dóminum noftrum.
℟. Amen.

*Puis on commence l'Antienne. Afpérges me Dómi-
ne, &c. comme cy-deuant, page 170.*

Et le

Et le Chœur dit alternatiuement le Pſalme. Miſerére mei Deus , *juſqu'à la fin.*

Glória Patri , &c.

Cependant ils font la Proceſſion dehors l'Egliſe , laquel-le doit étre au dedans vuide & ſans ornemens auſſi bien que l'Autel ; le peuple ne deuant point entrer que la bene-diction ne ſoit acheuée : & le Prêtre ayant pris vn aſper-ſoir d'hyſſope , & ſe tournant du côté de ſa main droite , aſ-pergera le haut & le bas de la muraille , d'eau benîte, diſant :

Aſpérges me Dómine hyſſópo , & mundábor lauábis me , & ſuper niuem dealbábor , *comme cy-deuant , pa-ge 170.*

Etans retournez au lieu d'où la Proceſſion étoit partie ; le Chœur repetera l'Antienne , & le Prêtre étant debout comme deuant , dira la face tournée vers l'Egliſe.

Orémus. *Les Miniſtres ,* Flectámus génua. ℟. Leuáte.

Orêmus.

DOmine Deus , qui licet cœlo & terrâ non capiá-ris , domum tamen dignáris habére in terris , vbi nomen tuum iúgiter inuocétur : locum hunc , quæſu-mus, beátæ Maríæ ſemper Vírginis & beáti N. omniúm-que Sanctórum intercedéntibus méritis , ſeréno pietátis tuæ intúitu víſita , & per infuſiónem grátiæ tuæ ab omni inquinaménto puríſica , puríficatúmque conſérua , & qui dilécti tui Dauid deuotiónem in fílij ſui Salomónis ópere compleuíſti , in hoc ópere deſidéria noſtra perfícere di-gnéris , effugiántque omnes hinc nequítiæ ſpirituáles. Per Dóminum noſtrum Ieſum Chriſtum Fílium tuum , qui

DD

tecum viuit & regnat in vnitáte Spíritus sancti Deus, per ómnia sæcula sæculôrum. ℞. Amen.

L'Oraison étant dite, ils entrent en l'Eglise deux à deux, & vont au grand Autel chantans les Litanies.

Si-tôt qu'on aura dit,

Vt ómnibus fidélibus defúnctis réquiem ætérnam donáre dignéris,

  ℞.   Te rogámus audi nos.

Le Prêtre se leue & dit à haute & intelligible voix.

Vt hanc Ecclésiam, & hoc Altâre, ad honórem tuum, & nomen Sancti tui ℕ. purgáre & benedícere ✠ dignéris,

  ℞.   Te rogámus audi nos.

Lors qu'il dit : benedícere, il benit de sa main droite l'Eglise & l'Autel, en suite il se met à genoux comme deuant, pendant qu'on acheue de dire les Litanies, que les Chantres poursuiuent.

Vt nos exaudíre dignéris,

  ℞.   Te rogámus audi nos.

Fili Dei. ℞.   Te rogámus audi nos.

Agnus Dei, &c.   Kyrie eléïson, &c.

Apres le dernier Kyrie eléïson, le Prêtre se leuant, dit :

  Orémus. *Les assistans :* Flectámus génua. ℞. Leuáte.

  Le Prêtre.

PRæuéniat nos, quæsumus Dómine, misericórdia tua, & intercedéntibus ómnibus Sanctis tuis, voces nostras cleméntia tuæ propitiatiónis antícipet. Per Christum Dóminum nostrum. ℞. Amen.

Puis étant vn peu éloigné de l'Autel , il se met à ge-
noux , & faisant le signe de la Croix sur soy , il dit :
Deus in adiutórium meum inténde.

Il se leue , & le Chœur répond.
Dómine ad adiuuándum me festína.

Demeurant debout , il dit :
Glória Patri , & Fílio , & Spirítui sancto.

Le Chœur continuë :   Sicut erat in princípio , &c.
Puis il dit.

Orémus. *Les assistans :* Flectámus génua. ℞. Leuáte.
Le Prêtre.

OMnípotens & miséricors Deus, qui Sacerdótibus
tuis tantam præ cæteris grátiam contulísti, vt quicquid in tuo nómine dignè perfectéque ab eis ágitur , à te
fieri credátur, quæsumus imménsam cleméntiam tuam,
vt quicquid modò visitatúri sumus , vísites : & quicquid
benedictúri sumus, benedícas ✠ sitque ad nostræ humilitátis intróitum , Sanctórum tuórum méritis , fuga dæmonum, Angeli pacis ingréssus. Per Dóminum nostrum
Iesum Christum , &c.

L'Oraison dite , il commence l'Antienne suiuante.

Benedic Domine domum istam nomini tuo con-

secrandum. E u o u a e.

Ne faut pas
chanter l'An-
tienne entiere
auant que de
commencer le
Psalme, mais
vn ou deux
mots , comme
l'on fait aux
Vêpres & au-
tres Heures.

Pſalme 119.

AD Dóminum cùm tribulárer clamáui : & exaudíuit me.

Dómine líbera ánimam meam à lábijs iníquis : & à linguâ dolósâ.

Quid detur tibi, aut quid apponátur tibi : ad linguam
dolóſam?

Sagíttæ poténtis acútæ : cum carbónibus deſolatórijs.

Hei mihi, quia incolátus meus prolongátus eſt, habitáui cum habitántibus Cedar : multùm íncola fuit ánima
mea.

Cum his qui odérunt pacem, eram pacíficus : cum loquébar illis, impugnábant me gratis.

Glória Patri, &c.

Pſalme 120.

LEuáui óculos meos in montes : vnde véniet auxílium mihi.

Auxílium meum à Dómino : qui fecit cælum & terram.

Non det in commotiónem pedem tuum : neque dórmitet
qui cuſtódit te.

Ecce non dormitábit, neque dórmiet : qui cuſtódit
Iſraël.

Dóminus cuſtódit te, Dóminus protéctio tua : ſuper manum déxteram tuam.

Per diem ſol non vret te : neque luna per noctem.

Dóminus cuſtódit te ab omni malo : cuſtódiat ánimam
tuam Dóminus.

Dóminus cuſtódiat intróitum tuum, & éxitum tuum : ex hoc nunc & vſque in ſæculum.

Glória Patri, &c.

Pſalme. 121.

LÆtátus ſum in his, quæ dicta ſunt mihi : in do-mum Dómini íbimus.

Stantes erant pedes noſtri : in átriis tuis Ierúſalem.

Ierúſalem, quæ ædificátur vt cíuitas, cuius participátio eius in idípſum.

Illuc enim aſcendérunt tribus, tribus Dómini : te-ſtimónium Iſraël ad confiténdum nómini Dómini.

Quia illic ſedérunt ſedes in iudício : ſedes ſuper domum Dauid.

Rogáte quæ ad pacem ſunt Ierúſalem : & abundántia di-ligéntibus te.

Fiat pax in virtúte tuâ : & abundántia in túrribus tuis.

Propter fratres meos, & próximos meos : loquébar pacem de te.

Propter domum Dómini Dei noſtri : quæſíui bona tibi.

Glória Patri, &c.

Antienne. Benedic Dómine, *comme cy - deuant.* p. 211.

Cependant il aſperge le haut & le bas des murailles, commençant à aſperger du côté de l'Euangile, diſant : Aſpérges me Dómine, &c. *Puis étant retourné à l'Autel, dit.*

Orêmus. Flectámus génua. ℞. Leuate.

DEus, qui loca nómini tuo dicánda ſanctíficas, ef-fúnde ſuper hanc oratiónis domum, grátiam tuam

D D iij

vt ab ómnibus hîc nomen tuum inuocántibus, auxílium
tuæ misericórdiæ fentiátur. Per Dóminum noftrum Iefum Chriftum, &c.

Apres, on dit la Meffe du iour, ou du Saint.

*Nota qu'il y a diftinction entre benir & confacrer
vne Eglife ; vn Prêtre auec la permiffion d'vn Euêque
peut en faire la benediction ; mais il n'y a qu'vn Euêque
feul qui en puiffe faire la confecration.*

Benediction d'vn nouueau Cimetiere.

*LE iour de deuant la benediction, on met vne Croix
de bois de la hauteur d'vn homme, au milieu du Cimetiere, & deuant cete Croix on fiche en terre vn pau de
bois haut d'vne coudée, fait en forme de trident pour tenir
trois chandelles.*

*Le iour de la benediction au matin, le Prêtre s'étant allé
reuétir dans la Sacriftie, d'Amict, d'Aube, de Ceinture,
d'Etole & de Chape de couleur blanche ; accompagné de
quelques Prêtres & Clercs auec leurs Surplis, qui porteront le benîtier auec l'afperfoir, l'encenfoir auec la nauete,
le Rituel & trois chandelles de cire ; viendra pour faire
cete benediction dans le Cimetiere au deuant de cete Croix
de bois ; & là fe tenant debout & découuert, apres auoir
fait allumer les trois chandelles, qui feront mifes à ce pau,
il dira.* ORÊMUS.

OMnípotens Deus, qui es cuftos animárum, & tutéla falútis, fides qui credéntium, réfpice propítius

ad noſtræ ſeruitútis officium, & ad intróitum noſtrum purgétur, ✠ benedicátur, ✠ & ſanctificétur ✠ hoc Cœmetérium, vt humána córpora hîc poſt vitæ curſum quieſcéntia, in magno iudícij die, ſimul cum felícibus animábus mereántur adipíſci vitæ perénnis gáudia. Per Chriſtum Dóminum noſtrum. ℟. Amen.

Incontinent apres ils ſe metront tous à genoux deuant la Croix, & diront les Litanies ordinaires, le Chantre commençant, & les autres luy répondans ; & quand on aura dit, Vt ómnibus fidélibus defúnctis, &c. Te rogámus, &c. *le Prêtre ſe leue, & dit à haute voix, faiſant vn ſigne de Croix :* Vt hoc Cœmetérium purgáre & benedícere dignéris. Te rogámus, &c. *apres il ſe met à genoux comme auparauant, & on acheue les Litanies.*

Leſquelles dites, tous ſe leuent, & le Prêtre aſperge la Croix, d'eau benîte, diſant l'Antienne, Aſperges, &c. *le Pſalme* Miſerere mei Deus, *que les Aſſiſtans paracheuent & diſent tout entier, auec* Glória Patri, *comme deſſus. Apres on repete l'Antienne,* Aſperges, &c. *Pendant qu'on dit le Pſalme, le Prêtre va tout au tour du Cimetiere, commençant par le côté droit, jetant par tout de l'eau benîte ; quoy fait, il retourne au deuant de la Croix, & la face tournée vers elle, il dit.*

DEus, qui es totíus orbis cónditor, & humáni géneris redémptor, cunctarúmque creaturárum viſibílium & inuiſibílium perféctus diſpóſitor, te ſúpplici voce, ac puro corde expóſcimus, vt hoc Cœmetérium, in quo famulórum famularúmque tuárum córpora quieſcere debent poſt currícula huius vitæ labéntia,

purgáre ✠ benedícere, ✠ & sanctificáre ✠ dignéris:
quique remissiónem ómnium peccatórum, per tuam
magnam misericórdiam, in te confidéntibus præstití-
sti, corpóribus quoque eórum in hoc Cœmetério quiet-
céntibus, & tubam primi Angeli expectántibus consolatiónem perpétuam lárgiter impertíre. Per Christum
Dóminum nostrum. ℞. Amen.

Apres cela il prend vne de ces Chandelles ardentes qu'il
pose au haut de la Croix, ✠ les deux autres aux deux
bras de ladite Croix, puis il l'encense; ✠ l'ayant aspergé d'eau
benîte, il retourne dans la Sacristie auec ses Ministres.

De la pollution des Eglises & Cimetieres.

Voy que la pollution des Eglises, & la propha-
nation des lieux saints, soit vn crime que l'on
devroit plûtôt enseuelir dans le silence que d'en
faire vn traité, que ce soit vn des principaux qui
atire la malediction de Dieu sur le peuple, comme nous
voyons dans l'Ecriture Sainte : neanmoins puîque la corruption se trouue si grande parmy les Chrétiens, que ce peché
se rencontre trop souuent ; nous auons crû être obligez d'en
metre icy quelques avis.

La cause de la pollution d'vne Eglise ou d'vn
Cimetiere.

LA premiere cause, c'est l'effusion du sang humain, en
quantité notable, faite par blessure injurieuse, par des
person-

perſonnes capables de raiſon. Premierement, nous diſons en notable quãtité, car ſi ce n'étoit que quelques gouttes de ſang tombées du nez, l'Egliſe ne ſeroit pas polluë, encore que ce ſang fût répandu par quelque coup. 2. Il faut que cela ariue par bleſſure iniurieuſe, car ſi quelquefois il ariuoit qu'on ſe recreaſt ou que l'on corrigeaſt quelqu'vn, & que dans cete recreation ou correction on vint à bleſſer & répandre du ſang, l'Egliſe ne ſeroit pas polluë. 3. Que ce ſoit par des perſonnes capables de raiſon; car ſi c'étoit par des enfans qui n'euſſent pas encore atteint l'vſage de raiſon, ou par vn yurogne qui n'ût pas la connoiſſance, ou par vn inſenſé, l'Egliſe ne ſeroit pas polluë.

Il faut neanmoins remarquer trois choſes. La 1. Que l'Egliſe ſeroit polluë ſi l'on y bleſſoit, encore que l'on reçût le ſang dans vn vaſe, & qu'il ne tombât pas à terre, ou que l'on tirât de l'Egliſe ſi promptement celuy qui auroit été bleſſé, que le ſang n'y tombât point.

La 2. Que l'Egliſe ne ſeroit pas polluë, ſi quelqu'vn étant frapé & bleſſé ſe retiroit dans icelle & y épanchoit ſon ſang.

La 3. Que ſi l'on faiſoit vn Martyr dans l'Egliſe, elle demeureroit polluë; non pas à cauſe du ſang du Martyr qui eſt vn ſang ſacré; mais par le ſacrilege forfait de celuy qui le tuë & le maſſacre.

Il faut encore noter que l'Egliſe peut être polluë ſans effuſion de ſang, par mort violente; ſi on étrangloit, étouffoit, ou ſi on faiſoit mourir vne perſonne de ſemblable mort, ſans qu'il ariuât aucune effuſion de ſang.

La 2. cauſe pour laquelle l'Egliſe eſt polluë, *eſt voluntaria effuſio ſeminis humani, ſiue contra naturam, ſiue per viam ordinariam, ſiue copulâ licitâ, ſiue illicitâ:* Mais il faut que cete faute ſoit publique & notoire, c'eſt à dire, connuë à pluſieurs, au moins à deux ou trois perſonnes; en ſorte que ſi elle étoit portée en Iuſtice, il pût y auoir preuue; que ſi cete faute étoit ſecrete, l'Egliſe ne ſeroit pas pollüe.

Si neanmoins, quoy qu'il n'y eût qu'vn témoin, elle étoit

E E

portée en Iustice, & que dàns les interrogatoires vne des parties confessoit le crime, l'Eglise seroit polluë, encore que l'autre partie le niât.

La 3. cause, c'est lors qu'on enterre vn excommunié denoncé, ou vne personne qui est morte en commetant vn crime où il y a excommunication sans en auoir reçu l'absolution; comme vn duelliste.

La 4. Lors qu'on y enseuelit & inhume vn infidel & heretique.

Ce qui fait la pollution de l'Eglise fait celle du Cimetiere; c'est à dire, que le Cimetiere est pollu pour les mémes causes que l'Eglise: mais il y a cecy à obseruer, que l'Eglise étant polluë, le Cimetiere l'est aussi, si tant est qu'il soit joint à l'Eglise, car s'il étoit distant de l'Eglise il ne seroit pas pollu; ou bien s'il y auoit deux Cimetieres, & que l'vn fût joint à l'Eglise, & l'autre separé, le joint à l'Eglise seroit pollu, mais non pas le separé.

Ce qui rend vne Eglise polluë rend aussi vne Chapelle benîte, polluë.

Cum sæpe &c. de consecr. Eccl.

Notorius Percussor clerici iuxt c. ad abolendam. Cap. Eccles. de consecr. d. 1. Cap. Si Ecclesiæ de consecr. Eccl.

Cap. Eccl. de consecr. d. 1.

Ce qu'il faut obseruer, l'Eglise ou le Cimetiere étans pollus.

LE Cimetiere étant pollu, on doit cesser d'y enseuelir aucun corps & y faire aucune sepulture, ce qui se doit pratiquer quand l'Eglise est polluë, & que le Cimetiere est vny à l'Eglise, comme dit est cy-deuant.

L'Eglise étant polluë, on doit cesser d'y celebrer la Messe, d'y faire aucun Seruice diuin & y administrer aucun Sacrement, autrement on peche mortellement: aussi-tôt on doit transporter le S. Sacrement dans quelque Eglise ou Chapelle la plus prochaine, & là faire tout le Seruice; s'il y a des Reliques, quoy que cela ne soit pas d'obligation, mais seulement de bien-seance, on peut les transferer, suiuant ce qui fut entendu au rapport de Ioseph, & apres luy de

Baronius, dans le Temple de Ierusalem, apres qu'il eut été pollu, où on entendit les Anges dire, *Migremus hinc*, sortons d'icy : & puis les corps des Saints étans dans les Eglises comme pour accompagner IESVS-CHRIST, I. C. n'y étant plus, il semble aussi qu'ils ne doiuent plus s'y trouuer.

Que si l'on transporte le S. Sacrement en vne Chapelle ou Eglise, où il n'y ayt point de Fonds Baptismaux, il faut aussi prendre dans quelque vaisseau, de l'eau des Fonds & la porter dans ce lieu pour y faire les Baptémes, en attendant que l'Eglise soit reconciliée; & on prendra garde en faisant les Baptémes, que l'eau ne tombe à terre, mais il faut la faire tomber dans quelque plat ou bassin, & en suite la jetter sous l'Autel, ou faire vn petit trou dans la Chapelle & l'y metre, s'il n'y a point de piscine.

Il faut aussi y porter les Saintes Huyles, tant pour les Baptémes que pour le Sacrement de l'Extreme-Onction.

Comment il faut transporter le S. Sacrement.

CEte ceremonie ne doit pas être dans les témoignages de joye, mais dans les marques de tristesse & de douleur; & pour cét effet on doit obseruer cecy.

1. Pour avertir le peuple de se trouuer à l'Eglise, on doit sonner vne cloche seule en branle; puis toutes les cloches, non en branle, mais d'vn son lugubre.

2. On doit preparer le Daiz, qui deuroit être de violet; si l'on n'en a pas, on se seruira de celuy qu'on aura, & des flambeaux & cierges, en sorte qu'il y en ayt vn nombre suffisant.

3. On avertit ceux de l'Eglise où l'on doit porter le S. Sacrement.

4. Tout le Clergé se doit reuétir des habits qu'ils portent au Chœur durant le temps de Caréme, & se doiuent tous ranger dans la Sacristie, où vn Diacre & Sousdiacre se reuétiront d'Amict, d'Aube, de Ceinture, de Manipule,

d'Etole & Tunique de couleur violete s'il y en a, ou autre couleur la moins éclatante : le Superieur ou l'vne des premieres Dignitez se reuétira aussi d'Amict, d'Aube, d'Etole, & d'vne Chape violete; le Thuriferaire accommodera son Encensoir. Ils sortiront tous de la Sacristie processionellement, marchans deux à deux modestement, laissant trainer leurs habits, le Thuriferaire, le porte-Croix & les Acolythes portans les deux Chandeliers, auec le Diacre & Sousdiacre, & le celebrant marchans deuant, selon la coûtume de quelques Eglises, ou bien marchans les Diacre, Sousdiacre & Celebrant les derniers.

Si en cete Eglise il y a vn Chantre portant bâton, il le portera, étant accompagné de ses Assistans, sans neanmoins être reuétus de Chapes, comme ils ont les Fétes, & dans les Processions solennelles; mais seulement leurs habits ordinaires comme les autres iours.

Chacun ira se placer au Chœur en sa place, le Celebrant auec le Diacre & Sousdiacre iront à l'Autel. Le Chantre & ses Assistans se metront à la place du Chœur, & tous étans à genoux, le Chantre commencera *Tantum ergo Sacramentum*, que l'on chantera en chant commun, sans Musique ny Faux-bourdon, & qui sera repeté par trois fois : durant lesquelles le Diacre tirera le Saint Sacrement, ayant au prealable étendu vn Corporal sur l'Autel, sur lequel l'ayant posé, le Celebrant l'encensera de trois coups.

Le verset *Genitori Genitoque* étant finy, on metra le grand voile violet sur les épaules du Celebrant, lequel se leuera & prendra le S. Sacrement, qu'il couurira entierement de ce grand voile; en sorte que l'on ne voye ny le S. Sacrement, ny le vaisseau méme dans lequel il est; & sans donner de benediction, il commence à marcher ayant le Diacre & Sousdiacre à ses côtez : & le Chantre commence les sept Pseaumes, ou bien s'il n'y a que le Curé & quelques autres Prêtres, l'vn d'eux commence lesdits sept Pseaumes Penitentiaux, que l'on chante pendant la Procession, du méme ton que l'on chante les petites heures les jours du Ieudy & Vendredy Saint , & l'on marche proceſſionellement , tout le Clergé laiſſant trainer leurs robes.

S'il y a des Reliques à tranſporter , des Eccleſiaſtiques revétus pardeſſus leurs Surplis, de Chapes violetes, ou autres, les porteront & marcheront deuant le S. Sacrement.

Etans ariuez à l'Egliſe où l'on porte le S. Sacrement , le Celébrant l'ayant mis ſur l'Autel, on finit le chant des ſept Pſeaumes, & il dit les quatre premieres Oraiſons qui ſont à la fin des Litanies & des ſept Pſeaumes; ſçauoir , *Deus qui proprium. Exaudi quæſumus. Ineffabilem. Deus qui culpa.* Puis il ſe met à genoux & encenſe le S. Sacrement, auec lequel il donne la benediction ſans rien dire ; en ſuite le Diacre le ſerre , apres quoy ils vont à la Sacriſtie ſe deuétir, puis ſe retirent.

Durant le temps que le ſaint Sacrement eſt dans cete Egliſe , juſqu'à ce que l'Egliſe polluë ſoit reconciliée, on chante tous les iours, ou apres les Matines , ou apres la Meſſe , ou apres Vépres en chant ordinaire , le traict , *Domine non ſecundum , &c.* & à la fin on dit l'vne de ces Oraiſons ſuſdites, & le peuple doit être inuité d'aller ſouuent en eſprit de penitence viſiter le S. Sacrement, & ſi méme l'on peut, on doit établir ordre , qu'il y ayt à chaque heure du iour , vne ou deux perſonnes deuant le S. Sacrement pour prier. Cela fait , on nous doit avertir pour la reconciliation de cete Egliſe, à laquelle nous deuons pouruoir comme il ſera dit cy-apres.

De la reconciliation de l'Egliſe.

SI l'Egliſe a été conſacrée & dediée par vn Euéque , elle ne peut être reconciliée que par vn Euéque, & auec l'eau Gregorienne : ſi elle n'a été que benite & non conſacrée , elle le poura être par vn Prêtre , tel que nous commetrons : mais il faut auoir nôtre permiſſion, ou celle de nos grands-Vicaires pour ce ſujet.

Elle ne ſe fera point qu'au prealable chacun de la Paroiſſe n'ayt fait quelque penitence pour cét effet, depuis le temps de la pollution jufqu'au iour de la reconciliation : il faut que chacun au moins jeûne vne fois ; ce n'eft pas pourtant que ce jeûne foit d'obligation, mais il eft au moins d'vne grande deuotion ; car comme le crime commis dans l'Eglife irrite beaucoup Dieu, on le doit appaifer par grande penitence.

Si l'Eglife eft confacrée, on fe feruira de la ceremonie du Pontifical : fi elle eft feulement benîte, on fe feruira de la fuiuante, à laquelle feront inuitez les peuples, & auffi le Clergé s'y trouuera.

Benediction ou reconciliation d'vne Eglife polluë, laquelle n'auroit point encore été confacrée par l'Euêque.

L E Prêtre doit reconcilier de cete forte vne Eglife polluë en ayant la permiffion de Monfeigneur l'Archeuêque ou de fes grands-Vicaires : premierement l'Autel fera nud, & fans aucuns ornemens ; & l'on fera en forte que l'Eglife fe puiffe entourer, tant au dehors qu'au dedans fi faire fe peut. Secondement, on preparera vn vaiffeau plein d'eau benîte & vn afperfoir d'hyffope ; & le Prêtre étant reuêtu d'Amict, d'Aube, Ceinture, Etole & Chape de couleur blanche, ayant auec luy quelques Prêtres & Clers, ira à la principale porte de l'Eglife, où étant debout, il commence l'Antienne. Afperges me, comme cy-deuant, page 170. laquelle eft continuée par le Chœur ; puis on dit le Pfalme Miferere tout entier, auec Gloria Patri, & on repete l'Antienne.

Cependant que l'on dit l'Antienne & le Pfalme, le Prêtre afperge le circuit de l'Eglife en dehors, & du Cimetiere, d'eau benîte, jetant alternatiuement fur les murailles de l'Eglife, & fur la terre du Cimetiere, principalement fur le lieu pollu. Quoy fait, il retourne à l'endroit où il a commencé d'afperger, & dit.

Orêmus.

OMnípotens & miféricors Déus, qui Sacerdótibus tuis, tantam præ cæteris grátiam contulísti, vt quicquid in tuo nómine dignè perfectéque ab eis ágitur, à te fieri credátur : quæfumus imménfam cleméntiam tuam, vt quod modò vifitatúri fumus, vífites, & quicquid benedictúri fumus, benedícas ✠ fitque ad noftræ humilitátis intróitum, Sanctórum tuórum méritis, fuga dæmonum, Angeli pacis ingréffus. Per Chriftum Dóminum noftrum. ℞. Amen.

Apres cela, il commence les Litanies & entre dans l'Eglife auec le Clergé, qui les continuë de chanter, va au grand Autel, deuant lequel il fe met à genoux, & lors que l'on aura chanté. Vt ómnibus fidélibus defúnctis réquiem ætérnam donáre dignéris. ℞. Te rogámus audi nos.

Il fe leuera difant.

Vt hanc Eccléfiam, Altáre hoc, & Cœmetérium purgáre ✠ & reconciliáre dignéris. ℞. Te rogámus audi nos.

Cela dit, il fe remet à genoux, & les Litanies fe paracheuent, apres lefquelles, tourné vers le grand Autel, il dit.

Orêmus, *Les Assistans,* Flectâmus génua.

℞. Leuáte.

Præuéniat nos, quæsumus Dómine, misericórdiæ tua, & intercedéntibus ómnibus Sanctis tuis, voces noſtras cleméntia tuæ propitiatiónis antícipet. Per Chriſtum Dóminum noſtrum. ℞. Amen.

Enſuite le Prêtre ſe met à genoux deuant l'Autel, & faiſant le ſigne de la Croix ſur ſoy, dit à haute voix:
Deus in adiutórium meum inténde.

Puis il ſe leue, & le Chœur ou les aſſiſtans répondent.
Dómie ad adiuuándum me feſtína.

Demeurant debout il continuë.
Glória Patri, & Fílio, & Spirítui ſanto.

℞. Sicut erat in princípio, & nunc & ſemper, & in ſæcula ſæculôrum. Amen.

Quoy fait, il commence l'Antienne ſuiuante, & le Chœur la pourſuiuera.

Ne faut pas chanter l'Antienne entiere auant que de commencer le Pſalme, mais vn ou deux mots, comme l'on fait aux Vêpres & autres Heures.

Exurgat De us & diſſi pentur inimi ci cius & fugiant qui o derunt eum à fa-cie eius. Euouae.

In Ec-

Pfalme 67.

IN Eccléfijs benedícite Deo Dómino : de fóntibus Ifraël.

On Repete l'Antienne.

Exúrgat Deus, & diffipéntur inimíci eius, & fúgiant qui odérunt eum , à fácie eius.

Ibi Bénjamin adolefcéntulus : in mentis excéffu.

Exúrgat Deus, &c.

Príncipes Iuda , duces eórum : príncipes Zábulon , príncipes Néphtali.

Exúrgat Deus , &c.

Manda Deus virtúti tuæ : confírma hoc Deus , quod operátus es in nobis.

Exúrgat Deus , &c.

A templo fanóto tuo in Ierúfalem : tibi ófferent reges múnera.

Exúrgat Deus, &c.

Increpa feras arúndinis, congregátio taurórum in vaccis populórum : vt exclúdant eos , qui probáti funt argénto.

Exúrgat Deus , &c.

Díffipa gentes , quæ bella volunt , vénient legáti ex Ægypto : Æthiópia præuéniet manus eius Deo.

Exúrgat Deus , &c.

Regna terræ cantáte Deo : pfállite Dómino.

Exúrgat Deus , &c.

Pfállite Deo, quiafcéndit fuper cælum cæli : ad oriéntem.

Exúrgat Deus , &c.

Ecce dabit voci fuæ vocem virtútis , date glóriam Deo

F F

super Israël : magnificéntia eius, & virtus eius in núbibus.

Exúrgat Deus, &c.

Mirábilis Deus in Sanctis suis, Deus Israël, ipse dabit virtútem & fortitúdinem plebi suæ : benedíctus Deus.

L'on ne dit pas Gloria Patri, & Fílio, *mais on repete l'Antienne.*

Cependant que l'on chante l'Antienne & le Pſalme preßedent, le Prêtre tourne au tour de l'Egliſe en dedans, l'aſpergeant d'eau benîte, & principalement les lieux pollus, quoy fait, & retourné qu'il ſera vers l'Autel, il dira l'Oraiſon ſuiuante.

Deus, qui in omni loco dominatiónis tuæ, clemens & benígnus purificátor aſsíſtis, exáudi nos, quæſumus, & concéde, vt in póſterum inuiolábilis huius loci permáneat benedíctio, & tui múneris beneficia, vniuérſitas fidélium, quæ ſúpplicat, percípere mereátur. Per Chriſtum Dóminum noſtrum. ℟. Amen.

Apres cela, on dit la Meſſe du iour.

Benediction ou Reconciliation d'vn Cimetiere qui a été violé, quand l'Egliſe n'a pas été polluë.

Le iour que ſe doit faire la reconciliation, qui ſe doit toûjours faire le matin, le Prêtre qui a pouuoir & permiſſion de Monſeigneur l'Archeuêque, s'étant allé reuétir dans la Sacriſtie, ou autre lieu honête & decent, d'Amict, d'Au-

be, *de Ceinture, d'Etole & de Chape de couleur blanche,*
& accompagné d'autres Prêtres & Clercs auec chacun vn
Surplis, va au milieu du Cimetiere, vn Clerc portant le
benîtier auec l'asperloir, où étant, luy & ses Ministres
flechissent les genoux sur vn tapis; & les Chantres auec
tous les autres, flechissans aussi les genoux, disent les Lita-
nies: quand ils auront dit, Vt ómnibus fidélibus defúnctis, &c. Te rogámus audi nos. *Le Prêtre se leuant fera*
vn signe de Croix sur le Cimetiere, disant d'vne voix haute.
Vt hoc Cœmetérium reconciliâre ✠ & sanctificâre dignéris. ℞. Te rogámus audi nos. *Cela dit, il flechira les*
genoux comme auparauant, les Chantres acheuans de chan-
ter les Litanies: lesquelles finies, tous se leueront; & le
Prêtre prenant l'asperloir auec de l'eau benîte, commencera
l'Antienne. Aspérges me Dómine hyssópo. *le Chœur pour-*
suiuant le reste: on dira le Psalme. Miserére mei Deus, *tout*
entier, sans dire de Glória Patri; *à la fin de ce Psalme, on re-*
petera l'Antienne Aspérges me, &c. *Pendant que cela se*
chantera, le Prêtre ira tout au tour du Cimetiere qu'il asper-
gera d'eau benîte, particulierement le lieu qui aura été pollu,
commençant par le côté droit. Quoy fait, il retournera au
lieu où il étoit quand on a chanté les Litanies, & se tenant
debout, il dira: Orêmus. *Ses Ministres.* Flectámus ge-
nua. ℞. Leuáte.

DOmine pie, qui agrum figuli, prétio Sánguinis
tui in sepultúram peregrinórum comparári voluísti, quæsumus dignánter reminíscere clementíssimi
huius mystérij tui. Tu es enim Dómine figulus noster,
tu quiétis nostræ ager, tu agri huius prétium. Tu de-

díſti etiam, & ſuſcepíſti. Tu de prétio tui viuífici Sánguinis nos requiéſcere donáſti. Tu ergo Dómine, qui
es offenſiónis noſtræ clementíſſimus indúltor, expe-
ctantíſſimus iudicátor, iudícij tui ſuperabundantíſſimus
miſerátor, iudícium tuæ iuſtíſſimæ ſeueritátis abſcón-
dens, poſt miſeratiónem tuæ piæ redemptiónis ; adéſto
exaudítor, & efféctor noſtræ reconciliatiónis : hócque
Cœmetérium peregrinórum tuórum cæléſtis pátriæ in-
colátum expectántium, benígnus purífica & reconcí-
lia ; & hîc tumulatórum & tumulandórum córpora de
poténtiâ & pietáte tuæ reſurrectiónis, ad glóriam in-
corruptiónis, non damnans, ſed gloríficans reſúſcita.
Qui ventúrus es iudicáre viuos & mórtuos, & ſæculum
per ignem. ℞. Amen.

DES CLOCHES.

De leur Institution.

AVANT que de donner l'ordre de la ceremonie de la benediction des Cloches, il est bon de dire vn mot de leur institution, benediction, vsage, prophanation, & signification.

L'vsage des Cloches que nous auons aujourd'huy dans l'Eglise, la plûpart des Autheurs Ecclesiastiques le tirent du chapitre dixiéme des nombres, où Dieu commande à Moyse de faire faire des trompettes d'argent, pour conuoquer le peuple aux Sacrifices: Et en effet Ioseph décriuant la forme de ces trompettes, dit qu'elles se terminoient par le bout en la forme d'vne Clochette.

L'Eglise ne s'est pas toûjours seruie de Cloches pour apeller le peuple au Sacrifice, car du temps des persecutions, que l'exercice de la Religion étoit interdit par les Empereurs, & que les Chrétiens n'auoient pas de temps ny de lieu assuré pour faire leurs assemblées, ils se seruoient d'vn Clerc, qui avertissoit de maison en maison, apellé pour ce sujet, *cursor*, ou quelquefois du Ministere du Diacre : mais apres que la paix fût renduë à l'Eglise, ils se seruirent pour signal, d'vn certain instrument de bois, semblable à peu pres à ceux dont on se sert dans les Monasteres, aux trois derniers iours de la Semaine Sainte ; jusqu'à ce qu'enfin l'vsage des Cloches fut inuenté, comme la plûpart estiment, par Saint Paulin Euêque de Nole, lesquelles pour cete raison sont nommées en

F F iij

Latin *Campana* ou *Nola*, du nom de la Prouince ou de la ville où premierement elles ont été fabriquées.

De leur Benediction.

ON bénit les Cloches, pour les confacrer au Seruice de Dieu , & en faire par le moyen de cete ceremonie, comme des trompettes de l'Eglife militante, dit le Concile de Cologne, & comme les inftrumens capables de luy éleuer par leur fon les cœurs des fidels ; les rendre diligens de venir à l'Eglife, & donner la chaffe aux Demons , qui voudroient empêcher leurs deuotions : c'eft pourquoy l'Eglife dans cete benediction, implore l'affiftance & la vertu du S. Efprit, *Affiftat fuper eam virtus Spiritus fancti , vt cum hoc vafculum, ad inuitandos filios Ecclefiæ præparatum , tinnitum fuerit, crefcat in eis deuotionis augmentum, & feftinantes ad piæ matris gremium, ibi cantent canticum nouum in Ecclefia Sanctorum.* C'eft pour ce même fuiet, qu'apres les auoir lauées & dedans & dehors auec de l'eau benite d'vne benediction toute expreffe, on y aplique les faintes Huyles & le faint Chréme , & qu'on les couure enfuite, pour en conferuer les onctions auec plus de reuerence, auec vn cierge blanc que prefentent ordinairement ceux qui ont impofé le nom à la Cloche, y joint quelque charitable offrande pour le foulagement de la Fabrique. *Benedicuntur Campanæ,* dit le Concile de Cologne, *vt fint tubæ Ecclefiæ militantis , quibus vocetur populus ad conueniendum in templum, & audiendum verbum Dei, Clerus vero ad annunciandum manè mifericordiam Dei, & veritatem eius per noctem , vt per illarum fonitum, fideles inuitentur ad preces, & vt crefcat in his deuotio fidei , quamuis etiam patres alio refpexerint, videlicet vt dæmones, tinnitu Campanarum, Chriftianos ad preces concitantium terreantur , quin potius precibus ipfis territi abfcedant, illifque fubmotis, fruges, mentes & corpora credentium feruentur, vt procul pellantur hoftiles exercitus & omnes infidiæ inimici frangor; grandinum procella, turbinum , impetus tempeftatum & fulgurum temperentur, infefta tonitrua , & ven-*

Cap 14.
vart. 9.

turum flamina suspendantur, spiritus procellarum & aëris potestates prosternantur; breuiter vt audientes confugiant ad sanctæ matris Ecclesiæ gremium, ac ante sanctæ Crucis vexillum, cui flectitur omne genu, quemadmodum hæc in solenni benedictione Campanæ reperies.

On choisit des personnes en cete ceremonie pour impoſer le nom aux Cloches, qu'on apelle parrein & marreine : premierement, pour mieux diſtinguer les Cloches les vnes des autres : Secondement, pour marquer les heures differentes du Seruice diuin; ou bien d'autant que c'eſt vne choſe pieuſe d'apeller le peuple à l'Egliſe au nom de quelque Saint; ainſi apelle-t'on, la Cloche de S. Pierre, la Cloche de S. André, ainſi des autres, pour môntrer qu'elles ne ſont pas proprement baptiſées, nommées & benites comme des creatures raiſonnables; mais ſeulement, que par cete onction elles ſont deſtinées pour être comme le ſignal exterieur, & l'inſtrument duquel les Saints ſe ſeruent pour nous apeller à l'Egliſe de la part de Dieu; comme nous voyons que les Princes ſe ſeruent de trompettes & de tambours pour aſſembler le peuple, & luy faire connoître leurs volontés.

Ce n'eſt donc pas vn veritable Baptéme que cete ceremonie de la conſecration des Cloches, comme eſtiment les bonnes gens; & c'eſt au Curé de les detromper de cete façon de parler, puïque les cloches d'elles-mêmes ſont incapables d'aucune grace iuſtifiante, comme eſt celle qui ſe donne au Baptéme : Et ſi on ſe ſert à peu prés des mêmes ceremonies qui ſe font en ce Sacrement, comme des lauemens, des onctions, des parrein & marreine; ce n'eſt, premierement, que pour les rendre propres à la fin pour laquelle elles ſont employées à l'Egliſe, comme nous voyons que le temple materiel, les Autels, les Calices & autres vſtenſils ſont benis & ſacrez, quelqu'vns mémes auec lauemens & onctions, auparauant que de s'en ſeruir à tel vſage : Secondement, pour nous marquer le rapport qu'vne Cloche benite a auec l'ame Chrétienne, qui loüe Dieu par la voix & la langue du corps, la Cloche ayant l'ouuerture pour bouche, & le battant pour langue, muette de foy, mais par l'ayde des Chrétiens fonnante & femonante pour venir loüer Dieu.

De la signification des Cloches.

Es Cloches, par leur matiere, qui est d'vn metail de durée, resonant, & qui se fait entendre de loin, nous marquent la durée de l'Euangile, & comme le bruit en a été répandu par tous les coins de la terre habitable.

Et quant à leur benediction, elles nous marquent trois choses; La premiere, combien doiuent être purs & le cœur & les leures de ceux qui prient & qui annoncent la parole de Dieu, puîqu'il faut vne consecration si particuliere pour des vases de métail, destinez seulement pour apeller le peuple aux Offices diuins.

La seconde, combien la maniere de sonner doit être reglée dans chaque Eglise, & connuë de toute la Paroisse, afin que tous se puissent rendre à leurs deuoirs, tout ainsi qu'il ne se donne pas vn coup de trompette dans vne Armée que tous les soldats ne sçachent ce qu'il signifie.

La troisiéme, l'estime que nous deuons faire des Cloches, & auec quel soin nous deuons empécher les mes-vsages qu'on en fait, puîque nous y voyons des ceremonies plus saintes & plus augustes obseruées que dans la sanctification même des Ciboires : desquels neanmoins tout le monde avoüe, que quiconque s'en seruiroit en vsage prophane, commettroit vn sacrilege horrible.

De l'vsage des Cloches.

'Vsage auquel les Cloches doiuent seruir, & les occasions ausquelles elles doiuent être sonnées, sont; premierement, pour apeller le peuple, comme nous auons dit, aux offices diuins; c'est à dire, à la Messe, à la Predication, aux Vêpres, au Catechisme, au Salut; quand on porte le Viatique, ou l'Extreme-onction, à *l'Angelus* le matin, à midy &

dy & au foir, à l'éleuation du S. Sacrement ; à la Meffe de Paroiffe, ou à quelqu'autre priere extraordinaire.

Secondement , au temps des Proceffions , lors qu'elles r'entrent , ou qu'elles fortent des Eglifes.

Troifiémement , pendant les grands orages & les tonnerres.

Quatriémement , pour les defunts, afin d'avertir de leur decez, ou des prieres qui fe doiuent faire pour eux.

Cete benediction confacre ces inftrumens au Seruice de Dieu, pour n'être plus employez aux vfages prophanes , & leur donne encore vne force, vne vertu, & vne efficace fpeciale pour produire quantité d'autres effets tres - confiderables.

Car , premierement, elles feruent pour éleuer nos efprits à Dieu, & nous exciter par leur fon melodieux à chanter fes loüanges, à le prier pour les morts , à inuoquer fon affiftance & faire femblables bonnes œuures.

Secondement , elles nous procurent l'affiftance des bons Anges ; & en vertu de cete benediction , laquelle releue & rechauffe les creatures inanimées à la production de plufieurs effets qui furpaffent l'actiuité de leur nature, elles donnent de la terreur & metent en fuite les malins efprits qui luy font contraires.

Troifiémement, il femble que Dieu foit émû à pieté & compaffion par le fon des Cloches ; car c'eft la voix & le cry public , qui demande pour nous mifericorde. La figure en eft belle en l'ancien Teftament. *Clangetis vlulantibus tubis & erit* Num. 10. *recordatio veftri coram Domino Deo veftro , vt eruamini de manibus inimicorum veftrorum* : La trompette fonante , le Seigneur Dieu fe fouuiendra de vous , & vous deliurera de la main de vos ennemis.

Que fi les Cloches de foy ne font pas capables d'émouuoir Dieu à mifericorde, au moins ne fçauroit-on nier qu'elles ne nous apellent & ne nous affemblent à l'Eglife que pour y inuoquer la bonté diuine : Enfin elles nous feruent de bouclier & de remede contre les foudres & les orages de l'air,

ee

que les malins efprits excitent quelquefois par la permiſſion diuine. C'eſt ainſi que nous voyons que Dieu, à qui toute creature obeït, & qui ſauue & déliure les ſiens par tels moyens qu'il luy plaît, s'eſt ſeruy ſouuent des choſes inanimées, & qui ſembloient auoir moins de rapport & de proportion aux prodiges qu'il vouloit produire : comme il ſauua Saül au ſon d'vne Harpe, & ſi ſouuent les Iſraëlites au ſon d'vne trompette, qu'il rendit par ce moyen victorieux de la ville de Iericho. Voila pourquoy l'Egliſe dans la benediction qu'elle en fait, attribuë aux Cloches le nom de voix & de meſſager de Dieu, *vox Domini,* dit elle par aplication à ces vaſes ſanctifiez, *Confringentis cedros,* le ſon de la Cloche rompt les vertus ennemies : *Vox Domini intercidentis flammam ignis.* Le ſon de la Cloche met en pieces l'orage, écarte les tonnerres, diſſipe la tempête. *Vox Domini præparantis ceruos,* c'eſt à dire, que comme les biches ſont aydées à produire leurs petits à l'éclat & au bruit du tonnerre, les ames fidels au ſon de la Cloche ſont excitées à enuoyer leurs deſirs & leurs vœux vers le Ciel ; & non contente de toutes ces ceremonies ſi auguſtes obſeruées en cete benediction, cete diuine Epouſe, conduite infailliblement par le Saint Eſprit, pour témoigner d'autant plus l'eſtime qu'elle en fait, deſtiné vn de ſes Officiers particuliers, à ſçauoir le Portier, lequel en vertu de ſon ordre, eſt appliqué à la fonction de ſonner les Cloches, & qui reçoit grace pour cela en ſon ordination.

Ce que les Curez doiuent procurer, & à quoy ils doiuent prendre garde à l'occaſion des Cloches.

Premierement, que chaque Egliſe ayt vn Clocher bien reparé, où il y ayt deux cloches au moins : & qu'il ſoit tenu net & ſoit gouuerné par des perſonnes d'âge, de bon-

nes mœurs, qui ne permettent que chofes indignes & des-
honétes s'y commetent. Secondement, que la fonte des Cloches ne fe faffe dans l'Eglife ny dans le Cimetiere. Troifiémement, que dans la fonte qui s'en fait, on n'y graue rien
de prophane, mais feulement vne Croix ou l'image du patron de l'Eglife, ou de celuy duquel on luy impofe le nom.
Quatriémement, qu'on garde vn ordre tres-exacte pour
le temps & les heures de la fonnerie, conformément à ce
qui fera plus decent au Seruice diuin, à la commodité des
Ecclefiaftiques & des habitans des lieux.

De l'abus des Cloches.

LE premier & le plus grand des abus qui fe font plus
ordinairement des Cloches benites, & que les Curez
doiuent retrancher de tout leur pouuoir, c'eft de les voir
fonner par des Laïcs, fouuent en état de peché, fans aucun
fentiment de reuerence, qui prennent cét exercice comme
vn métier, pour y gaigner leur vie; & quelquefois méme par
des femmes; Au lieu d'être fonnées par des Ecclefiaftiques
en Surplis, auec fentiment interieur de deuotion, à qui la
Fabrique contribuë quelque chofe pour leur entretien, ainfi
qu'il fe voit en certains lieux de ce Royáume.

Le fecond, c'eft de s'en iouër, & s'en diuertir, comme
font quelquefois les enfans, ou des perfonnes qui viennent
fonner aux Baptémes.

Le troifiéme, s'en feruir comme d'appel & de fignal pour
aller rendre la Iuftice & tenir les playds; c'eft à dire, pour
apeller les chicaneurs, les playdeurs, &c. quel defordre !

Le quatriéme, s'en feruir pour indiquer des affemblées de
ville, pour faire le guet, pour fonner le tocfein & l'alarme
dans l'occafion d'vn incendie, de l'execution de quelque
mal-faicteur, ou pour avertir de fermer les portes.

Le cinquiéme, c'eft de s'en feruir pour chanter en carillon
des chanfons prophanes, & quelquefois libertines & diffo-
luës, ou pour apeller quelqu'vn.

Benediction du Metail auant qu'il soit jeté dans le fourneau.

Le Prêtre étant reuétu de Surplis & d'Etole, dirá,
℣.   Adiutórium noſtrum, &c.
Orêmus.

MVltíplica Dómine miſericórdiam tuam ſuper nos, & preces noſtras propítius exaudíre dignéris: ſicut exaudíſti fámulum tuum Dauid, qui tibi in arâ crucis hóſtias offeréndo complácuit, iram auértit, indulgéntiam impetráuit ita véniat, quæſumus, ſuper hoc metállum, Spíritus ſancti nóminis benedíctio & vbértas: vt repléti frúgibus tuis, de tuâ ſemper miſericórdia gloriémur. Per Dóminum noſtrum, &c.

Orêmus.

OMnípotens & miſerícors Deus, qui benedixíſti hórrea Ioſeph, áream Gedéonis: & ad hoc quod inánis facta eſt terra, ſémina ſúrgere feciſti cum ſémine méſſium: te humíliter quæſumus, vt ſicut ad petitiónem fámuli tui Helyæ, non défuit víduæ farína: ita ad noſtræ petitiónis ſuffrágium, huic metállo famulórum tuórum, non deſit benedictiónis tuæ abundántia. Per Chriſtum Dóminum noſtrum. ℞. Amen.

SAnctifi ✠ cétur iſtud metállum Dómine, & fúgiat ab eo omnis ſpíritus immúndus, vt per virtútem Dómini noſtri Ieſu Chriſti détur ómnibus ſánitas, cháritas, cláritas, & hiláriras, protegénte ac conſeruánte maieſtáte tuâ, omnípotens Deus, qui viuis & regnas Deus. ℞. Amen.

Orêmus.

OMnípotens ſempitérne Deus qui vbíque præſens es, majeſtátem tuam, ſupplíciter deprecámur : vt huic metállo grátia tua adéſſe dignétur, & cuncta aduérſa ab eo expéllat : & abundántiam benedi ✚ ctiónis lárgiter infúndat. Per Dóminum noſtrum Ieſum Chriſtum fílium tuum, qui tecum viuit & regnat in vnitáte Spíritus ſancti Deus, per ómnia ſæcula ſæculôrum. ℞. Amen.

Et benedíctio Dei ✚ Patris omnipoténtis & Fí ✚ lij & Spíritus ✚ ſancti deſcéndat & maneat ſuper hoc metállum & fornácem. ℞. Amen.

Apres faut prendre cinq morceaux dudit metail, qui ſera mis dans le fourneau par le Curé: diſant. In nómine ✚ Patris & Fí ✚ lij & Spíritus ✚ ſancti & Beátæ Ma ✚ ríæ Vírginis, & beáti *N.* ✚ patróni huius Eccléſiæ, & ómnium ✚ Sanctórum & Sanctárum.

Tandis que le metail fond, le Prêtre dira.
℣. Dóminus vobíſcum.
℞. Et cum ſpíritu tuo.
Inítium ſancti Euangélij ſecúndum Ioánnem.
℞. Glória tibi Dómine.

IN princípio erat verbum & verbum erat apud Deum, & Deus erat verbum. Hoc erat in princípio apud Deum. Omnia per ipſum facta ſunt : & ſine ipſo factum eſt nihil. Quod factum eſt, in ipſo vita erat, & vita erat lux hóminum & lux in ténebris lucet : & ténebræ eum non comprehendérunt. Fuit homo miſſus à Deo, cui nomen erat Ioánnes. Hic venit in teſtimónium, vt teſtimónium perhibéret de lúmine : vt omnes créderent per illum. Non erat ille lux : ſed vt teſtimónium perhibéret de lúmine. Erat lux vera quæ illúminat omnem hóminem veniéntem in hunc mundum. In mundo erat, & mundus per ipſum factus eſt , & mundus eum non cognóuit. In própria venit : & ſui eum non recepérunt. Quotquot autem recepérunt eum, dedit eis poteſtátem fílios Dei fíeri, his qui credunt in nómine eius, qui non ex ſanguínibus, neque ex voluntáte carnis, neque ex voluntáte viri, ſed ex Deo nati ſunt. Et verbum caro factum eſt , & habitáuit in nobis, & vídimus glóriam eius, glóriam quaſi vnigéniti à Patre : plenum grátiæ & veritátis. ℞. Deo grátias.

Ant. Te inuocámus, te adorámus, te laudámus, te glorificámus, O beáta & glorióſa Trínitas.

℣.   Sit nomen Dómini benedíctum.

℞   Ex hoc nunc & vſque in ſæculum.

℣.   Dóminus vobíſcum.

℞.   Et cum ſpíritu tuo.

Orêmus.

PRotéctor in te ſperántium Deus, ſine quo nihil eſt válidum, nihil ſanctum, multíplica ſuper nos miſericórdiam tuam : vt te rectóre, te duce ſic tranſeámus per bona temporália, vt non amittámus ætérna. Per Dóminum noſtrum Ieſum Chriſtum fílium tuum, qui tecum viuit & regnat, &c. ℞. Amen.

Orêmus.

PAteant aures misericórdiæ tuæ Dómine, précibus supplicántium, & vt peténtibus desideráta
concédas, fac eos quæ tibi plácita sunt, postuláre. Per.

Orêmus.

DEus qui nos ómnium Sanctórum tuórum mérita, sub vna tribuísti commemoratióne venerári, quæsumus, vt desiderátam nobis tuæ propitiatiónis abundántiam, multiplicátis intercessóribus largiáris. Per Christum Dóminum nostrum.

Apres on se met à genoux.

Hymne.

VEni Creátor Spíritus mentes tuórum vísita : im-
ple supérna grátiâ, quæ tu creásti péctora.
Qui paráclitus díceris, donum Dei altíssimi : fons
viuus, ignis cháritas, & spiritális vnctio.
Tu septifórmis múnere, dextræ Dei tu dígitus : tu ri-
te promíssum Patris, sermóne ditans gúttura.
Accénde lumen sénsibus, infúnde amórem córdibus:
infírma nostri córporis, virtúte firmans pérpetim.
Hostem repéllas lóngiùs, pacémque dones prótinus:
ductóre sic te præuio, vitémus omne nóxium.
Per te sciámus da Patrem, noscámus atque fílium : te
vtriúsque Spíritum, credámus omni témpore.
Glória Patri Dómino, natóque qui à mórtuis surréxit,
ac paráclito in sæculórum sæcula. Amen.
℣. Emítte spíritum tuum & creabúntur.
℟. Et renouábis fáciem terræ.

Orêmus.

DEus, qui corda fidélium fancti Spíritus illuftratióne docuífti : da nobis in eódem Spíritu recta fápere, & de eius femper fanctâ confolatióne gaudére. Per Dóminum noftrum. ℟. Amen.

Orêmus.

OMnípotens fempitérne Deus, qui dedífti fámulis tuis in confeffióne veræ fídei, ætérnæ Trinitátis glóriam agnófcere, & in poténtiâ majeftátis adoráre vnitátem, quæfumus, vt ejúfdem fídei firmitáte ab ómnibus femper protegámur aduérfis. Per Chriftum Dóminum noftrum. ℟. Amen.

Antienne de Notre Dame.

Sub tuum præfídium confúgimus fancta Dei génitrix, noftras deprecatiónes ne defpícias in neceffitátibus, fed à perículis cunctis líbera & ádiuua nos femper Virgo benedícta. ℟. Amen.

Ou bien on chantera Salue Regína, &c.

℣.　Ora pro nobis fancta Dei génitrix.

℟.　Vt digni efficiámur promiffiónibus Chrifti.

Orêmus.

COncéde quæfumus, omnípotens & miféricors Deus, fragilitáti noftræ præfídium, vt qui fanctíffimæ Dei genitrícis & Vírginis Maríæ, memóriam ágimus, interceffiónis eius auxílio, in noftris petiónibus adiuuémur. Per Chriftum Dóminum noftrum. ℟. Amen.

Orê-

Orêmus.

VIſita quæſumus Dómine habitatiónem iſtam, &
omnes inſídias inimíci ab eâ longe repélle, &
ſancti Angeli tui hábitent in eâ, qui nos in pace cuſtódiant : & benedíctio tua ſit ſuper nos & máneat
ſemper. Per Dóminum noſtrum. ℟. Amen.

Orêmus.

DEus refúgium noſtrum & virtus, adéſto pijs
Eccléſiæ tuæ précibus, auctor ipſe pietátis, &
præſta, vt quod fidéliter pétimus, efficáciter conſe-
quámur. Per Chriſtum Dóminum noſtrum.
℟. Amen.

*Il faut ajoûter l'Oraiſon du Patron, & quand le me-
tail eſt fondu, le Maître Fondeur étant à genoux, dit.*
Iube Domne, benefácere & complère.

Le Prêtre répondra.

DOminus ſit in corde, & in ore tuo in mánibus
tuis, & in factúris mánuum tuárum, vt perfécte
& abúnde fácias quod inténdis, & incepíſti fácere ad
laudem & glóriam nóminis Ieſu Chriſti Dómini noſtri, & beatíſſimæ Vírginis Maríæ & glorioſíſſimi N.
Patróni, & ómnium Sanctórum & Sanctárum paradíſi. In nómine ✠ Patris, & Fílij, & Spíritus ſancti.
℟. Amen.

Quand la Cloche eſt fonduë, il faut entonner, Te Deum
laudámus, *tout au long.*
℣. Benedicámus patrem & Fílium cum ſancto Spíritu.
℟. Laudémus & ſuperexaltémus eum in ſæcula.

HH

Ctiónes noſtras quæſumus Dómine aſpirándo
præueni, & adiuuándo proſéquere, vt cunẽta
noſtra operátio à te ſemper incípiat, & per te cæpta
finiátur. Per Dóminum noſtrum. ℞. Amen.

Orêmus.

Rátiam tuam quæſumus Dómine méntibus noſtris infúnde, vt qui Angelo nunciánte Chriſti Fílij tui incarnatiónem cognóuimus, per paſſió-
nem eius & crucem, ad reſurrectiónis glóriam per-
ducámur. Per eúndem Dóminum noſtrum, Ieſum
Chriſtum fílium tuum, qui tecum viuit & regnat
in vnitáte Spíritus ſancti Deus, per ómnia ſæcula ſæculórum. ℞. Amen.

BENEDICTION DES
Cloches.

I c'eſt vn Euêque qui benit la Cloche, on ſe ſert
de la ceremonie portée par le Pontifical; que ſi c'eſt
vn Curé ou vn autre Prêtre ayant pouuoir de ce
faire, on ſe ſeruira de la ceremonie ſuiuante.

L'on auertira le peuple de la Paroiſſe, de ſe trouuer à
l'heure de la benediction, comme auſſi les perſonnes que l'on
prendra pour aſſiſter, & donner le nom à la Cloche.

On préparera la Cloche, & on la ſuſpendra de hauteur

conuenable, en forte qu'on la puiffe toucher, & ce dans le lieu le plus propre, foit de l'Eglife, foit du Cimetiere; auquel lieu on difpofera vne table auec vne nape blanche deffus, fur laquelle on metra l'eau & le fel à benir, les faintes Huyles des infirmes & celuy du faint Chrême, les linges blancs pour effuyer la Cloche, l'encenfoir, l'encens, & les parfums qu'on doit faire brûler.

L'heure étant venuë, le Clergé fe rend à la Sacriftie en Sotane & Surplis, & s'il y a plufieurs Ecclefiaftiques, deux s'habillent; l'vn pour faire le Diacre & l'autre le Sousdiacre, & prennent des ornemens blancs : le Prêtre fe reuét d'Amict, d'Aube, de Ceinture, de Manipule, d'Etole & Chape de couleur blanche, ou autre couleur, fi on n'en a point de blanche; les Officiers & le Celebrant étant ainfi reuétus, tous fortent de la Sacriftie deux à deux proceffionellement, font la genuflexion deuant le S. Sacrement, vont au Chœur, & le Celebrant auec le Diacre & Sousdiacre, s'arétent au milieu de l'Autel, où étans à genoux ils font vne petite priere; puis fe leuant marchent tous proceffionellement jufqu'au lieu où eft la Cloche, où étans tous les Ecclefiaftiques fe metent à l'entour, en vne diftance conuenable, le parrein & la marreine fe metent proche la table, & le Prêtre Celebrant auec le Diacre & Sousdiacre, s'aprochent de la table où eft l'eau & le fel, & fait la benediction de l'vn & de l'autre à voix haute, & en chantant, in tono lectionis.

℣. Adiutórium noſtrum , &c.

Orêmus.

Benedic Dómine hanc aquam bene ✠ dictió-ne cæléſti : & aſsíſtat ſuper eam virtus Spíri-tus ſancti : vt cum hoc váſculum ad inuitándos fílios Eccléſiæ præparátum , in ea fúerit tinctum, vbicúmque ſonúerit hoc tintinnábulum , longè re-cédat virtus inimicórum , vmbra phantáſmatum, incúrſio túrbinum , percúſſio fúlminum , læſio to-nítruum, calámitas tempeſtátum, omnis ſpíritus pro-cellárum , vt benedicátur nomen ætérni regis ſecún-dum illud cánticum : laudáte Dóminum in cym-balis benè ſonántibus : laudáte eum in cymbalis iubilatiónis : & cùm clangórem illíus audíerint fílij Chri-ſtianórum , creſcat in eis cupíditas deuotiónis : vt fe-ſtinántes ad piæ matris grémium cantent tibi cánti-cum nouum in Eccléſia ſanctórum : deferéntes in ſono tubæ præcónium , modulatiónem per pſaltérium , exul-tatiónem per órganum , ſuauitátem per tympanum , iu-cunditátem per cymbálum : in templo ſancto glóriæ tuæ, ſuis obſéquiis, & précibus inuitare váleant mul-titudínem exércitus Angelórum. Per Chriſtum Dómi-num noſtrum. ℟. Amen.

La Benediction du ſel.

Orêmus.

Imménſam cleméntiam tuam omnípotens ætérne Deus humíliter implorámus , vt hanc creatúram ſalis, quam in vſum géneris humáni tribuíſti , bene ✠ díce-re & ſanctificáre ✠ tua pietáte dignêris , vt cáreat omni immundítia, omníque impugnatióne fpiritális nequítiæ. Per eum qui ventúrus eft iudicáre viuos & mórtuos, & fæculum per ignem. Amen.

Apres faifant le figne de la Croix, il met le fel difant.

Fiat hæc commíxtio falis & aquæ páriter. In nómine ✠ Patris & Fí ✠ lij, & Spíritus ✠ fancti. Amen.

L'eau benîte étant faite, le Celebrant fait aprocher le Parrein & la Marreine de la Cloche, & leur demande au nom de quel Saint ou Sainte il leur plaît qu'on la beniffe. De Saint N. ou de Sainte N.

Quoy fait, le Prêtre auec les Miniftres, c'eft à dire, le Diacre & Sousdiacre lauent la Cloche, tant en dedans qu'en dehors, prenans de l'eau benîte auec leurs mains, puis ils l'enuelopent toute entiere auec des linges : les autres Ecclefiaftiques cependant chantent tout droit les Pfeaumes fuiuans.

Pfalme 148.

Audáte Dóminum de cœlis : laudáte eum in excélfis.

Laudáte eum omnes Angeli eius : laudáte eum omnes virtútes eius.

Laudáte eum Sol & Luna : laudáte eum omnes ftellæ, & lumen.

Laudáte eum cæli cælórum : & aquæ omnes quæ fuper cælos funt, laudent nomen Dómini.

Quia ipfe dixit, & facta funt : ipfe mandáuit, & creáta funt.

Státuit ea in ætérnum, & in fæculum fæculi ; præcéptum pófuit, & non pręteríbit.

Laudáte Dóminum de terra : dracónes , & omnes abyſſi.

Ignis , grando , nix , glácies , ſpíritus procellárum : quæ fáciunt verbum eius.

Montes , & omnes colles : ligna fructífera & omnes cedri.

Béſtiæ , & vniuérſa pécora : ſerpéntes & vólucres pennátæ.

Reges terræ , & omnes pópuli : príncipes, & omnes iúdices terræ.

Iúuenes , & vírgines , ſenes cum iunióribus laudent nomen Dómini : quia exaltátum eſt nomen eius ſolius.

Conféſſio eius ſuper cœlum & terram : & exaltáuit cornu pópuli ſui.

Hymnus ómnibus ſanctis eius : filijs Iſraël, pópulo appropinquánti ſibi.

Pſalme 149.

CAntáte Dómino cánticum nouum, laus eius in Eccléſia Sanctórum.

Lætétur Iſraël in eo, qui fecit eum : & fíliæ Sion exúltent in rege ſuo.

Laudent nomen eius in choro : in tympano, & pſaltério pſallant ei.

Quia beneplácitum eſt Dómino in pópulo ſuo : & exaltábit manſuétos in ſalútem.

Exultábunt ſancti in glória : lætabúntur in cubílibus ſuis.

Exaltatiónes Dei in gútture eórum : & gládij ancípites in mánibus eórum.

Ad faciéndam vindíctam in natiónibus : increpatió-nes in pópulis.

Ad alligándos reges eórum in compédibus : & nóbiles eórum in mánicis férreis.

Vt faciant in eis iudícium conscríptum:glória hæc est óm-nibus Sanctis eius.

Pſalme 150.

Audáte Dóminum in Sanctis eius : laudáte eum in firmaménto virtútis eius.

Laudáte eum in virtútibus eius : laudáte eum secúndùm multitúdinem magnitúdinis eius.

Laudáte eum in sono tubæ : laudáte eum in psaltério, & cythara.

Laudáte eum in tympano, & choro : laudáte eum in chor-dis, & órgano.

Laudáte eum in cymbalis benesonántibus : laudáte eum in cymbalis iubilatiónis : omnis spíritus laudet Dóminú. Glória Patri, &c.

Puis le Prêtre étant debout, chante.

Orêmus.

Eus qui per beátum Moysen legíferum fámulum tuum tubas argénteas fíeri præcepísti, quas dum Leuítæ témpore sacrifícij clángerent, sónitu dulcédinis pópulus mónitus ad te adorándum fíeret præparátus : & ad celebránda sacrifícia conueníret : quorum clangóre hortátus ad bellum, molímina prostérneret aduersán-tium : præsta quæsumus, vt hoc vásculum sanctæ tuæ

Ecclésiæ præparátum sancti ✠ ficétur à Spíritu sancto,
vt per illíus tactum fidéles inuiténtur ad præmium. Et
cum melódia illíus áuribus infonúerit populórum, crefcat in eis deuótio fídei ; procul pellántur omnes infídiæ
inimíci, fragor grandínum, procélla túrbinum, ímpetus tempeſtátum, temperéntur infeſta tonítrua, ventórum flabra fiant falúbriter, ac moderátè fufpénfa.
Proſtérnat aëreas poteſtátes déxtera tuæ virtútis, vt hoc
audiéntes tintinnábulum, contremífcant, & fúgiant
ante fanctæ Crucis Fílij tui in eo depíctum vexíllum,
cui fléctitur omne genu, cæléſtium, terréſtrium, & infernórum, & omnis lingua confitétur, quod ipfe Dóminus nofter Iefus Chriſtus abfórptâ morte per pati-
bulum crucis regnat in glória Dei Patris, cum eódem
Patre, & Spíritu fancto. Per ómnia fæcula fæculórum.
℞. Amen,

Apres quoy, le Diacre & Sousdiacre effuyent la Clo-
che, tant en dedans qu'en dehors auec des linges, autres que
ceux dont ils l'ont enuelopée, & cependant les autres Ec-
clefiaſtiques chantent tout droit, ce Pſalme.

Pſalme 147.

Lauda Ierúfalem Dóminum: lauda Deum tuum
Sion.

Quóniam confortáuit feras portárum tuárum : benedíxit filijs tuis in te.

Qui pófuit fines tuos pacem : & ádipe fruménti fá-
tiat te.

Qui emíttit elóquium fuum terræ : velóciter currit
fermo eius.

Qui

Qui dat niuem ficut lanam : nébulam ficut cínerem fpargit.

Mittit cryftállum fuam ficut buccéllas : ante fáciem frigoris eius, quis fuftinébit ?

Emíttet verbum fuum, & liquefáciet ea : flabit fpíritus eius, & fluent aquæ.

Qui annúntiat verbum fuum Iacob : iuftítias & iudícia fua Ifraël.

Non fecit táliter omni natióni : & iudícia fua non manifeftáuit eis.

Glória Patri, &c.

Ce Pfalme étant finy, le Celebrant commence l'Antienne.

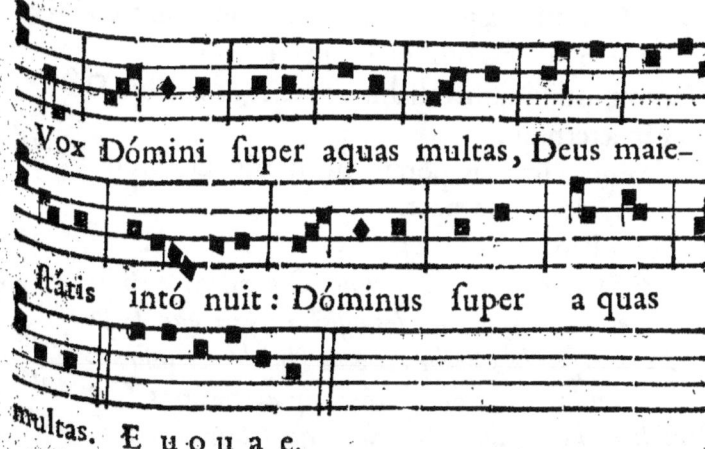

Vox Dómini fuper aquas multas, Deus maieftátis intó nuit : Dóminus fuper a quas multas. E u o u a e.

Ne faut pas chanter l'Antienne entiere auant que de commencer le Pfalme, mais vn ou deux mots, comme l'on fait aux Vêpres & autres Heures.

Pfalme 28.

Afférte Dómino fílij Dei : afférte Dómino fílios aríetum.

Afférte Dómino glóriam, & honórem, afférte Dómino

glóriam nómini eius: adoráte Dóminum in átrio sancto eius.

Vox Dómini super aquas, Deus maiestátis intónuit: Dóminus super aquas multas.

Vox Dómini in virtúte : vox Dómini in magnificéntia.

Vox Dómini confringéntis cedros: & confrínget Dóminus cedros Libáni.

Et commínuet eas tanquam vítulum Libáni : & diléctus quemadmódum fílius vnicórnium.

Vox Dómini intercidéntis flammam ignis : vox Dómini concutiéntis desértum ; & commouébit Dóminus desértum Cades.

Vox Dómini præparántis ceruos, & reuelábit condénsa: & in templo eius omnes dicent glóriam.

Dóminus dilúuium inhabitáre facit : & sedébit Dóminus rex in ætérnum.

Dóminus virtútem pópulo suo dabit : Dóminus benedícet pópulo suo in pace.

Glória Patri , &c.

Puis on repete l'Antienne. Cependant le Prêtre qui benit , étant debout auec ses assistans fait auec la spatule sept Croix dessus la Cloche auec de l'huyle des infirmes ; & dedans , il fait auec du Chrême quatre autres Croix de pareille distance , disant pendant qu'il fait chaque Croix tant dedans que dehors.

SAnctificétur, & consecrétur, Dómine, signum istud In nómine Pa ✠ tris, & Fílij, & Spíritus sancti, in honórem sancti N. là il dit le nom du saint que l'on a* *imposé à la Cloche, ensuite le Prêtre étant toûjours debout, dit.*

Orêmus.

OMnípotens sempitérne Deus, qui ante arcam fœderis per clangórem tubárum muros lapídeos, qui-
bus aduersántium cingebántur exércitus, cádere fecísti; tu hoc tintinnábulum cæléfti bene ✠ dictióne perfúnde; vt ante fónitum eius lóngiùs effugéntur igníta iácula inimíci, percússio fúlminum, ímpetus lápidum, læfio tem-
pestátum; vt ad interrogatiónem prophéticam, quid est tibi mare quòd fugísti? fuis mótibus cum Iordáne retroá-
cto fluénte respóndeat! A fácie Dómini mota est terra, à fácie Dei Iacob, qui conuértit petram in stagna aquárum, & rupem in fontes aquárum. Non ergo nobis, Dómine, non nobis, fed nómini tuo da glóriam, fuper mifericórdia tua, vt cum præfens váfculum, ficut réliqua altáris vafa, facro Chrífmate tángitur, Oleo fancto vngitur; quicúmque ad fónitum eius conuénerint, ab ómnibus inimíci tentatiónibus líberi; femper fídei Cathólicæ do-
cuménta fecténtur. Per Dóminum noftrum Iefum Chri-
ftum Fílium tuum, qui tecum viuit, & regnat in vnitáte Spíritus fancti Deus, per ómnia fæcula fæculórum.
℟. Amen.

Cela fait, le Prêtre met dans l'encenfoir du parfum, de l'encens & de la Myrrhe, s'il peut en auoir : que s'il n'en a point, il en metra de ceux qu'il aura, puis les ayant mis, il metra l'encenfoir & parfum dedans la Cloche, en forte qu'elle reçoiue toute la fumée; cependant le Chœur chantera l'Antienne & le Pfalme fuiuant.

Deus in sancto vi a tua : quis Deus magnus,

sicut De ūs noster. E u o u a e.

Psalme 76.

Ne faut pas chanter l'Antienne entiere auant que de commencer le Psalme, mais vn ou deux mots, comme l'on fait aux Vêpres & autres Heures.

Vidérunt te aquæ Deus, vidérunt te aquæ : & timuérunt, & turbátæ sunt abyssi.

Multitúdo sonitus aquárum : vocem dedérunt nubes.

Etenim sagíttæ tuæ tránseunt : vox tonítrui tui in rota.

Illuxérunt coruscatiónes tuæ orbi terræ : commóta est, & contrémuit terra.

In mari via tua , & sémitæ tuæ in aquis multis : & vestígia tua non cognoscéntur.

Deduxísti sicut oues pópulum tuum : in manu Moysi & Aaron.

Glória Patri , &c.

Ce Psalme acheué, le Celebrant dit.

Orêmus.

OMnípotens dominátor Christe , quo secúndùm carnis assumptiónem dormiénte in naui , dum obórta tempéstas mare conturbásset, te prótinus excitáto & imperante, dissíluit, tu necessitátibus pópuli tui benígnus succúrre; tu hoc tintinnábulum sancti Spíritus rore perfúnde, vt ante sónitum illíus semper fúgiat bonórum inimícus , inuitétur ad fidem pópulus Christiánus, hoſtilis terreátur exércitus ; confortétur in Dómino per illud pópulus tuus conuocátus: ac ſicut Dauídica cythara delectátus déſuper deſcéndat Spíritus ſanctus, atque vt Samuéle lacténtem agnum mactánte in holocáuſtum regis ætérni impérij, fragor aurárum turbam repúlit aduerſántium, ita dum huius váſculi ſónitus tranſit per núbila, Ecclésiæ tuæ conuéntum manus conſéruet Angélica, fruges, credéntiumque mentes & córpora ſaluet protéctio ſempitérna. Per te Chriſte Ieſu, qui cum Deo Patre viuis, & regnas in vnitáte ejuſdem Spíritus ſancti Deus, per ómnia ſæcúla ſæculórum. ℟. Amen.

Puis le Diacre ayant des vétemens de couleur blanche, dit.

℣. Dóminus vobíſcum. ℟. Et cum Spíritu tuo.

Sequéntia ſancti Euangélij ſecúndùm Lucam.

IN illo témpore: Intráuit Ieſus in quoddam caſtellum : & mulier quædam Martha nómine, excépit illum in domum ſuam, & huic erat ſoror nómine María, quæ étiam ſedens ſecus pedes Dómini, audiébat verbum illíus. Martha autem ſatagébat circa frequens miniſtérium: quæ ſtetit, & ait : Dómine non eſt tibi curæ, quòd ſoror mea relíquit me ſolam miniſtráre ? Dic ergò illi, vt me ádiuuet. Et reſpóndens dixit illi Dóminus : Martha, Martha, ſollicita es & turbáris erga plúrima. Porrò vnum eſt neceſsárium. María óptimam partem elégit, quæ non auferétur ab eâ.

L'Euangile étant dite, le Prêtre baiſera le liure des Euangiles, qu'vn des Miniſtres luy preſentera : Puis il fait le ſigne de la Croix ſur la Cloche, apres quoy il va ſe deuétir, & ſe retire.

BENEDICTIONS AVEC EXOR-
cifmes, non referuées.

Benediction des champs pour en chaſſer les chenilles, ſauterelles & autres animaux nuiſibles aux biens de la terre.

E Prêtre reuétu de ſon ſurplis, & ayant l'Etole au col, en arriuant, aſpergera d'eau benîte le champ duquel les fruits ſont endommagez par les chenilles, ſauterelles, ou autres animaux ſemblables ; & apres il dira les Verſets & Oraiſons ſuiuantes.

℣. Adiutórium noſtrum , &c.

Orêmus.

Omnípotens ſempitérne Deus , bonórum ómnium author, & conſeruátor, in cuius nómine omne genu fléctitur , cœléſtium , terréſtrium & infernórum : concéde, vt quod de tua miſericórdia confíſi ágimus, per tuam grátiam efficácem conſequátur eſféctum : quátenus hos Vermes, *ou,* Mures, *ou,* Bruchos, *ou,* Aues, *ou,* Locúſtas, aut ália animália nóxia, ſegregándo ſégreges, exterminándo extérmines, vt ab iſta calamitáte liberáti , gratiárum actiónes maieſtáti tuæ referámus. Per Chriſtum Dóminum noſtrum. ℟. Amen.

Orêmus.

DEus qui famulórum tuórum Móyfis, & Aaró-
nis miniftério ab Ægyptijs pro glória nóminis tui
Locúftas, Bruchos, Cíniphes, aliáfque plagas, fcílicet
iuftítiæ tuæ in peccatóres flagélla, auertífti, à fílijs quoque Ifraël prohibuífti : à pópulo tuo in te credénte fí-
miles calamitátes aufer, vt poténtiam tuam, & benefi-
céntiam prædicémus. Per Chriftum Dóminum noftrum. ℞. Amen.

Orêmus.

LArgíri, & conferuáre dignéris fructus terræ, Dómine Deus nofter, vt temporálibus gaudeámus
auxílijs, & proficiámus fpirituálibus increméntis. Per
Chriftum Dóminum noftrum. ℞. Amen.

Orêmus.

ORámus te Dómine Deus nofter, vt hos agros,
ou, víneas, ferénis óculis, hilaríque vultu refpícere
dignéris : tuámque fuper eos mitte bene ✠ dictiónem,
vt non grando furrípiat, non turbo fubuértat, non vis
tempeftátis detrúncet, non æftus exúrat, non animália nóxia corródant, neque inundátio plúuiæ extérminet : fed fructus incólumes, vberéque vfui noftro, ad
plenam maturitátem perdúcas. Per Dóminum noftrum Iefum Chriftum fílium tuum, Qui tecum, &c.
℞. Amen.

*Incontinent il afperge d'eau benîte les champs, ou les
vignes, difant, felon le temps l'vne ou l'autre de ces Antiennes, Vidi aquam, &c. ou Afperges me, &c. comme
cy-deuant, & apres il dit l'Euangile fuiuante.*

℣. Dóminus vobíscum. ℟. Et cum spíritu tuo.

Sequéntia sancti Euangélij secúndùm Marcum.

℟. Glória tibi Dómine.

IN illo témpore : Dixit Iesus discípulis suis. Eúntes in mundum vniuérsum prædicáte Euangélium omni creatúræ. Qui credíderit, & baptizátus fúerit, saluus erit : qui verò non credíderit, condemnábitur. Signa autem eos qui credíderint hæc sequéntur. In nómine meo dæmónia eiícient, linguis loquéntur nouis, serpéntes tollent, & si mortíferum quid bíberint, non eis nocébit, super ægros manus impónent, & bené habébunt. ℟. Laus tibi Christe.

℣. Dóminus vobíscum. ℟. Et cum spíritu tuo.

Orêmus.

PReces nostras, quæsumus Dómine, cleménter exáudi, vt qui iustè pro peccátis nostris affligimur, & hanc Vérmium, *ou*, Múrium, *ou*, Bruchórum, *ou*, Auium, *ou*, Locustárum, vel aliórum animálium calamitátem pátimur, prò tui nóminis glória ab ea misericórditer liberémur, vt per poténtiam tuam expúlsa nulli nóceant, & hos agros, *ou*, víneas, *ou*, hortos intáctos dimíttant, quátenus quæ ex eis orta fúerint, tuæ maiestáti deséruiant. Per Christum Dóminum nóstrum. ℟. Amen.

Puis apres il asperge les champs susdits, ou vignes, en forme de Croix, disant.

BEnedíctio Dei omnipoténtis descéndat & máneat super hos agros, *ou*, víneas, *ou*, hortos, & eorum fructus; In nómine Patris, ✠ Fílij, & Spiritus Bene-
sancti. ℟. Amen.

Benediction contre les grandes tempêtes.

LOrs qu'on voit éleuer quelque grande tempête, qui menace de ruine les bleds, les vignes, & même les bâtimens & edifices ; le Prêtre s'en ira à l'Eglise, & là s'étant reuétu de surplis & d'étole qu'il laissera pendante à son col ; tout le monde étant à genoux auec luy, il fera quelque petite Priere tout bas deuant le saint Sacrement ; apres quoy se leuant & faisant alumer les cierges de l'Autel, il ouurira auec reuerence le Tabernacle, s'il le juge à propos & qu'il soit necessaire, & le tiendra ainsi ouuert tant que la tempête durera.

Ensuite, laissant quelqu'vn en priere deuant le saint Sacrement, luy & les autres Prêtres s'il y en a, ou à leur defaut quelques Clercs, l'vn desquels prendra vne petite Croix, l'autre vn cierge alumé, l'autre le benîtier auec l'aspersoir, s'en iront en quelque lieu vn peu éminent hors de l'Eglise, disans alternatiuement les vns apres les autres, le Psalme *Miserere mei Deus*, &c. d'où ils puissent plus facilement découurir les nuës, & particulierement celle qui menace du plus grand mal : où étans, & ayans acheué ce Psalme, auec *Gloria Patri*: à la fin, tous, s'ils le peuuent commodement faire, flechiront les genoux ; cependant le Prêtre se tournant du côté de la tempête, & étant debout, commencera, les Cloches sonantes, à faire cét Exorcisme contre elle.

K K

PEr signum ✠ Crucis de inimícis noſtris líbera nos Deus noſter, In nómine Patris, ✠ & Fílij, ✠ & Spíritus ✠ ſancti. Amen. Credo in Deum, &c. *Il le dit tout à claire voix.* Kyrie eléiſon. Chriſte eléiſon. Kyrie eléiſon. Pater noſter.

Il le dit auſſi tout à même voix, & puis ajoûtera.

℣. Adiutórium noſtrum in nómine Dómini.

℟. Qui fecit cœlum & terram.

℣. Sit nómen Dómini benedíctum.

℟. Ex hoc nunc, & vſque in ſæculum.

℣. Exúrgat Deus & diſſipéntur inimíci eius.

℟. Et fúgiant qui odérunt eum à fácie eius.

℣. Exúrge Chriſte, ádiuua nos.

℟. Et líbera nos propter nomen tuum.

℣. Dómine exáudi oratiónem meam.

℟. Et clamor meus ad te véniat.

℣. Dóminus vobíſcum.

℟. Et cum Spíritu tuo.

Orêmus.

DOmine Ieſu Chriſte, qui fecíſti cœlum & terram, mare, & ómnia quæ in eis ſunt, quíque flúmini Iordánis benedixíſti, atque in eo baptizári voluíſti, & tuas ſanctíſſimas manus, & bráchia ſacratíſſima in Cruce ✠ extendíſti, quibus áërem ſanctificáſti : obſecrámus imménſam pietátis & bonitátis tuæ abundántiam, quátenus has nubes, quas ante me, & poſt me, & ſuper me, á dextris, & à ſiníſtris video áërem perturbáre ; diſſoluére, & annihiláre dignéris, vt alligáta poteſtas dæmónum ímpiè ſæuiéntium deficiat, & turbétur, ad laudem tui

fanctiffimi nóminis tui, & potentiffimæ maieftátis tuæ.
Qui viuis & regnas in fæcula fæculôrum. ℟. Amen.
Enfuite regardant les nuées il fera le figne de la Croix
fur elles, difant.

CIrcúmdet te nubes, Deus Pater ✠ Circúmdet te
Deus Fílius ✠ Circúmdet te Deus Spíritus fanctus. Déftruat te Deus Pater ✠ Déftruat te Deus Fílius
✠ Déftruat te Deus Spíritus ✠ Sanctus. Cómprimat
te Deus Pater ✠ Cómprimat te Deus Fílius, ✠ Cómprimat te Spíritus ✠ fanctus.

SAnctus Mathæus, fanctus Marcus, fanctus Lucas,
fanctus Ioánnes Euangelífta, qui Chrifti Euangélium per quátuor mundi partes diuulgárunt, ipfi fuis
méritis & précibus hanc tempeftátem á regióne iftâ, &
ab ómnibus Chriftianórum fínibus, ab eodem Dómino noftro Iefu Chrifto obtíneant effugári, & depélli.

ET ego peccátor, & Chrifti Sacérdos, feu Minífter
(licet indígnus) auctoritáte, & virtúte eiúfdem
Dei & Dómini noftri Iefu Chrifti fummi Imperatóris,
non meâ poténtiâ inníxus & confífus, vobis præcípio
immundíffimi fpíritus, qui has nubes, feu nubéculas
concitátis, in virtúte eiúfdem Dei & Dómini noftri
Iefu ✠ Chrifti, per fanctíffimam eius Incarnatiónem,
per fanctam Natiuitátem, per Baptífmum & Ieiúnium
ipfius, per eius facratíffimam Crucem ✠ & Paffiónem,
per fanctam Refurrectiónem, per admirábilem Afcen-
fiónem, per treméndum aduéntum eius & iudícium,
per intemerátæ, fempérque vírginis Maríæ, & fanctíf-
fimi Elíæ, & ómnium Sanctórum mérita, vt exéá-

tis ab eis, & eas diſpergátis in locis ſiluéſtribus, & in-
cúltis, quátenus nocêre non poſſint homínibus, ani-
málibus, frúctibus, herbis, arbóribus, aut quibuſcúm-
que rebus, humánis vſibus deputátis.   Per eúndem Dóminum noſtrum Ieſum Chriſtum, qui ventúrus eſt
iudicâre viuos & mórtuos, & ſæculum per ignem.
℞.   Amen.

I Pſe vobis ímperat, dæmones, qui has nubes com-
mouétis, de quo in nube lúcidâ dictum eſt : Hic
eſt filius meus diléctus, in quo mihi bene complácui.
✠ Ipſe vobis ímperat, qui ſuâ ſacratíſſimâ Cruce, &
córporis ſui ſanctíſſimi in eâ extenſióne áërem purgá-
uit. ✠ Ipſe vobis ímperat, qui per mortem ſuam vos,
príncipem veſtrum, mortémque deuícit, & ligáuit,
atque ætérnæ gehénnæ mancipáuit ígnibus. ✠ Ipſe
vobis ímperat, qui poſt quadragínta dies nube ſuſcép-
tus, virtúte ſuâ aſcéndit in cœlum. ✠ Ipſe vobis ímperat, qui ventúrus eſt iudicâre viuos & mortuos, &
ſæculum per igḥem.   ℞.   Amen.

Cela dit, il éleuera la Croix en l'air, & dira.

E Cce ſignum ſanctíſſimæ Crucis, fúgite partes ad-
uérſæ, vicit enim vos & mundum Dóminus noſter Ieſus Chriſtus Fílius Dei Imperátor ſummus, leo
de tribu Iudâ, radix Dauid.

*Auſſi-tôt il jetera de l'eau benîte vers les nuës aux
quatre quarts, en forme de Croix. Que ſi la tempête n'eſt
pas encore appaiſée, on poura dire les Litanies ordinaires
comme deſſus à la fin des ſept Pſeaumes, dans leſquelles on
dira deux foix,* A fulgure & tempeſtate. *Enſuite on dira*

le Symbole de saint Athanase. Quicumque vult, &c. *l'Antienne* Salue Regina. Sub tuum præsidium. *Et aussi le Cantique.* Benedicite omnia, &c. *Repetant* Glória Patri *à châque Verset dudit Cantique. Enfin on dira les Versets & Oraisons suiuantes.*

℣. Benedicámus Patrem & Fílium, cum sancto Spíritu. ℟. Laudémus & superexaltémus eum in sæcula.

℣. Ora pro nobis sancta Dei génitrix.

℟. Vt digni efficiámur promissiónibus Christi.

℣. Exúrge Christe, ádiuua nos.

℟. Et líbera nos propter nomen tuum.

℣. Dómine exáudi oratiónem meam.

℟. Et clamor meus ad te véniat.

℣. Dóminus vobíscum.

℟. Et cum Spíritu tuo.

Orêmus.

Omnípotens sempitérne Deus, qui dedísti fámulis tuis in confessióne veræ fídei ætérnæ Trinitátis glóriam agnóscere, & in poténtiâ maiestátis adoráre vnitátem : quæsumus, vt eiúsdem fídei firmitáte, ab ómnibus semper muniámur aduérsis.

Prótege Dómine fámulos tuos subsídijs pacis, & beátæ Máriæ semper vírginis patrocínijs confidéntes, à cunctis hóstibus & perículis redde secúros.

A Domo tuâ, quæsumus Dómine, spiritáles nequítiæ repellántur : & aëreárum discédat malígnitas tempestátum.

A D te nos, Dómine, clamántes exáudi, & aëris serenitátem nobis tribue supplicántibus : vt qui iuſtè pro peccátis noſtris afflígimur, miſericórdiâ tuâ præueniénte, cleméntiam ſentiámus.

Largíri, & conſeruáre dignáre fructus terræ, Dómine Deus noſter, vt temporálibus gaudeámus auxílijs, & proficiámus ſpirituálibus creméntis. Per Chriſtum Dóminum noſtrum. ℟ Amen.

On peut auſſi ajoûter l'Oraiſon du Patron ou Titulaire de l'Egliſe, ou de quelques autres Saints, ſelon la deuotion du Prêtre, qui perſeuerera toûjours, luy & le Clergé à implorer la miſericorde de Dieu, auec grande componction de cœur & profonde humiliation. Que ſi la tempête continuë toûjours, il poura repeter deux & trois fois les choſes ſuſdites ſelon qu'il verra bon être, & qu'il le jugera à propos.

La bonace venuë & la tempête paſſée, le Prêtre auec le Clergé s'en retournera à l'Egliſe, chantant. Te Deum, Lequel finy, il dira.

℣. Dóminus vobíſcum.

℟. Et cum Spíritù tuo.

Orêmus.

Agimus tibi grátias, omnípotens Deus, pro vniuérſis beneficijs tuis. Qui viuis & regnas, &c.

Enſuite il fermera le Tabernacle, s'il l'a laiſſé ouuert, & châcun ſe retirera.

BENEDICTIONS AVEC
Exorcifmes, à Nous referuées.

Benediction d'vne Maifon infiftée des malins Efprits.

*Q*VAND le Prêtre, par nôtre Ordre, ce qui ne ſe doit iamais faire autrement, va pour benir vne Maifon infiftée des malins Efprits ; il y procedera de cete forte.

Premierement il avertira tous les domeftiques de cete Maifon, de fe confeffer entierement de tous leurs pechez à leur propre Curé, ou à quelqu'autre Prêtre qui en aura le pouuoir ; & de faire vne bonne Communion.

Enfuite il leur indiquera quelques jeûnes, à ceux-là particulierement qui feront capables de jeûner, & qui le pourront faire : Et luy-méme auffi jeûnera.

Troifiémement, s'étant reuétu de fon furplis & d'vne Etole violete qu'il laiffera pendante à fon col, vn autre Prêtre portant la Croix deuant luy, & deux Clercs la precedans, auec châcun vn cierge beny allumé en main, il s'arétera fur le feüil de la porte en dedans, & là étant, il dira.

℣. Adiutórium noftrum in nómine Dómini.

℟. Qui fecit cœlum & terram.

℣. Saluos fac Dómine feruos tuos & ancíllas tuas.

℟. Deus meus fperántes in te.

℣. Efto eis Dómine turris fortitúdinis.

℟. A fácie inimíci.

℣. Nihil profíciat inimícus in eis.

℟. Et fílius iniquitátis non appónat nocére eis.

℣. Exúrge Chrifte, ádiuua nos.

℟. Et líbera nos propter nomen tuum.

℣. Dómine exáudi oratiónem meam.

℟. Et clamor meus ad te véniat.

℣. Dóminus vbífcum.   ℟. Et cum Spíritu tuo.

Orêmus.

OMnípotens fempitérne Deus, qui Sacerdótibus tuis præ cæteris, tantam grátiam conférre dignátus es, vt qui quicquid in tuo nómine piè fufcéperint, & firmâ fide fúerint aggréffi, tu ipfe probes & perfícias. Quæfumus imménfam cleméntiam tuam, vt quæcúmque hîc loca vifitatúri fumus, tu ipfe vífites, quæ benedictúri, ✠ benedícas, & ad ea ómnia quæ nunc fumus actúri, déxteram tuæ poténtiæ propítius exténdas, & ad noftræ fragilitátis ingréffum Sanctórum tuórum précibus, dæmonum fiat egréffus, & Angeli pacis benígnus intróitus. Per Dóminum noftrum Iefum Chriftum. &c.

Cela dit, il benira de l'herbe qu'on apelle ruë, en la maniere qui fuit; pour être cete herbe mife & affichée aux paroys des chambres, & particulierement du lieu où les Efprits regnent le plus.

℣. Adiutórium noftrum in nómine Dómini.

℞. Qui fecit cœlum & terram.

℣. Dóminus vobífcum.

℞. Et cum fpíritu tuo.

BEnedic ✠ Dómine Iefu Chrifte, hanc creatúram Ruthæ : & infúnde ei per virtútem fanctæ Cru ✠ cis, tuam ✠ benedictiónem cœléftem, vt qui ea munítus fúerit, vel fuper fe eam habúerit, nullus ei inimícus nocére poffit : & in quibufcúmque locis pófita fúerit vel portáta, ab eis contremífcens diábolus difcédat, & páuidus diffúgiat : & tuis creatúris illúdere, vel eárum quiétem turbáre non vltérius præfúmat. Proínde fúpplices te rogámus, Dómine, vt Angelum tuum Raphaëlem míttere dignéris, qui olim dæmonem mortíferum à Sarra & Tobia éxpulit, & fugáuit, vt illum dénuo à cunctis animábus Deum verum piè coléntibus, à léctulis, cubículis, cáueis, ftábulis, & vniuérfis huiúfce domus locis, in quibus fidéles tui hábitant & requiéfcunt, vígilant & consíftunt, procul eiíciat & extérminet, ne in illos aut pauóres immíttere, aut diuexáre vllátenus váleat, quos tui fancti chrífmatis vnctióne linífti. Qui cum Patre & Spíritu fancto viuis & regnas Deus. Per ómnia fæcula fæculórum. Amen.

BEne ✠ dico te creatúra Ruthæ, in nómine fanctæ Trini ✠ tátis, Pa ✠ tris, & Fílij ✠ eius vnigéniti Dómini noftri Iefu ✠ Chrifti, & Spíritus ✠ fancti, vt fis diáboli, & ómnium confórtium eius fuga & exterminátio. Per eum qui ventúrus eft iudicáre viuos & mórtuos, & fæculum per ignem. Amen.

Apres il l'aspergera d'eau benîte. Et la fera afficher aux parois des chambres & autres lieux, à mesure que luy & ses Prêtres & Clercs, & autres fidels, entreront & marcheront.

Le Prêtre & tous ses assistans sé tans munis du signe de la Croix, entreront par ordre; cependant ils reciteront hautement & distinctement les Pseaumes suiuans.

Dómine, ne in furóre tuo. *Psalme* 6.

Dómine Deus meus in te speráui. *Psalme* 7.

Deus Deus meus, réspice in me. *Psalme* 21.

Dóminus illuminátio mea. *Psalme* 26.

Beáti, quorum remiffæ funt. *Psalme* 31.

Pendant qu'on recite ces Pseaumes, le Prêtre jetera de l'eau benîte par tout, & quand il sera venu au lieu le plus assiegé de ces Esprits, ayant fait metre la Croix & les cierges benîts sur vne table, qui sera là preparée, il dira.

Kyrie eléison. Chrifte eléison.

Kyrie eléison. Pater nofter.

℣. Et ne nos indúcas in tentatiónem.

℞. Sed líbera nos à malo. Amen.

℣. Beáti qui hábitant in domo tua Dómine.

℞. In fæcula fæculórum laudábunt te.

℣. Circúmda Dómine domum iftam.

℞. Et Angelis tuis feruándam committe.

℣. Saluos fac feruos tuos & ancíllas tuas.

℞. Deus meus fperántes in te.

℣. Efto Dómine eis turris fortitúdinis.

℞. A fácie percutiéntis diáboli.

℣. Nihil profíciat malígnus inimícus in eis.

℟. Et filius iniquitátis non appónat nocére eis.

℣. Dómine exáudi oratiónem meam.

℟. Et clámor meus ad te véniat.

℣. Dóminus vobíscum.

℟. Et cum spíritu tuo.

Orêmus.

VIsita quæsumus Dómine, habitatiónem istam, & omnes insídias inimíci ab ea longè repélle : Angeli tui sancti hábitent in ea qui percutiéntes Angelos extérminent, & habitántes fidéles in pace custódiant, super quos tua bene ✠ díctio descéndat, & máneat semper. Per eum qui ventúrus est iudicáre viuos & mórtuos, & sæculum per ignem. ℟. Amen.

Apres il ira asperger tout ce lieu-là d'eau benîte, le porte-Croix marchant deuant auec ceux qui portent les cierges: Les autres Prêtres cependant chantans à genoux dans ce lieu-là méme les Pseaumes qui suiuent.

Iúdica Dómine nocéntes me. *Psalme 34.*

Miserére mei Deus secúndùm. *Psalme 50.*

Deus áuribus nostris. *Psalme 43.*

De profúndis clamáui ad te. *Psalme 121.*

Dómine exáudi oratiónem meam, áuribus. *Psalme 142.*

L'aspersion finie, le Prêtre ira joindre ses assistans, & puis dira, eux luy répondans.

Kyrie eléison. Christe eléison.

Kyrie eléison. Pater noster.

℣. Et ne nos indúcas in tentatiónem.

℟. Sed líbera nos à malo. Amen.

℣. Conuértere Dómine vsquequo?

℞. Et deprecábilis esto super seruos tuos & ancíllas tuas.

℣. Muro tuo inexpugnábili domum istam circumcínge.

℞. Et armis tuæ potentiæ semper prótege.

℣. Fiat misericórdia tua Dómine super nos.

℞. Quemádmodum speráuimus in te.

℣. Líbera nos Deus Israël.

℞. Ex ómnibus tribulatiónibus nostris.

℣. Dic Angelo percutiénti.

℞. Cesset iam manus tua.

℣. Dómine exáudi oratiónem meam.

℞. Et clamor meus ad te véniat.

℣. Dóminus vobíscum.

℞. Et cum spíritu tuo.

Orêmus.

ADésto Dómine supplicatiónibus nostris, & hanc domum óculis tuæ pietátis illústra, vt fugátis tenebrárum Angelis descéndat super habitántes in ea grátiæ tuæ larga bene ✠ díctio, vt in manufáctis habitáculis cum salubritáte manéntes, ipsi tuum semper sint habitáculum. Per Dóminum nostrum Iesum Christum, &c.

Derechef, le Prêtre ira jeter de l'eau benîte par toute la maison, comme dessus. Pendant quoy les autres Prêtres ou Clercs, ou assistans ne bougeans, & se tenans toûjours à genoux dans ce lieu, qui est le plus assiegé des Esprits, ils diront ces autres Pseaumes.

Leuáui óculos meos. *Psalme 120.*

Ad te leuáui óculos meos. *Pfalme 122.*

Nifi quia Dóminus erat. *Pfalme 123.*

Qui confídunt in Dómino. *Pfalme 124.*

Nifi Dóminus ædificáuerit domum. *Pfalme 126.*

Apres la feconde afperfion , le Prêtre retournant vers fes affiftans , dira.

Kyrie eléifon.   Chrifte eléifon.

Kyrie eléifon.   Pater nofter.

℣.   Et ne nos indúcas in tentatiónem.

℞.   Sed líbera nos à malo.   Amen.

℣.   Mitte nobis Dómine auxílium de fanĉto.

℞.   Et de Sion tuére nos.

℣.   Tuére Dómine domum & famíliam iftam.

℞.   Sicut domum Dauid in ætérnum.

℣.   Eripe nos à nequítia fpirítuum immundórum.

℞.   Sicut liberáfti Tobíam ab Afmodæo.

℣.   Líbera nos Deus Ifraël.

℞.   Ex ómnibus tribulatiónibus noftris.

℣.   Dómine exáudi oratiónem meam.

℞.   Et clamor meus ad te véniat.

℞.   Dóminus vobífcum.

℞.   Et cum fpíritu tuo.

Orêmus.

OMnípotens fempitérne Deus , qui in omni loco dominatiónis tuæ præfens es , & operá- ris : ánnue fupplicatiónibus noftris & præfta, vt nihil hîc nequítia contráriæ poteftátis váleat , nihil contra fidéles tuos fámulos moliátur, fed virtúte & operatióne Spíritus fanĉti, à dæmonis infeftatióne

liberáti, tibi gratum & deuótum præstent obséquium.
Per eum qui ventúrus est iudicáre viuos & mórtuos, &
sæculum per ignem. Amen.

*Le Prêtre pour vne troisiéme fois, ira jeter de l'eau
benîte par toute la maison, les autres Prêtres & Clercs
demeurans comme dessus & disans.*

Sæpè expugnauérunt. *Psalme 128.*

Cùm inuocárem. *Psalme 4.*

In te Dómine speráui. *Psalme 30.*

Qui hábitat in adiutório. *Psalme 90.*

Ecce nunc benedícite. *Psalme 130.*

Cete troisiéme aspersion faite, le Prêtre reuenant, dira.

Kyrie eléison.   Christe eléison.

Kyrie eléison.   Pater noster.

℣.   Et ne nos indúcas in tentatiónem.

℞.   Sed líbera nos à malo. Amen.

℣.   De tribulatióne inuocáui Dóminum.

℞.   Et exaudíuit me in latitúdine.

℣.   Dóminus mihi adiútor.

℞.   Et ego despíciam inimícos meos.

℣.   Impúlsus euérsus sum vt cáderem.

℞.   Et Dóminus suscépit me.

℣.   Dómine líbera nos à sagítta volánte : à negótio
perambulánte in ténebris.

℞.   Líbera nos ab incúrsu & dæmónio meridiáno.

℣.   Dómine non præuáleat inimícus homo, & elíde
virès eius.

℞.   Sicut excussísti Pharaónem & virtútem eius, in
mari rubro.

℣. Dómine exáudi oratiónem meam.

℣. Et clamor meus ad te véniat.

℞. Dóminus vobíscum.

℞. Et cum Spíritu tuo.

Orêmus.

DOmine Iesu Christe qui es caput noftrum , & coróna Sanctórum ómnium , réfpice quæfumus fuper domum & famíliam iftam , & in tuam tutélam ac cuftódiam ita fúfcipe, vt fugátis & expúlfis ómnium dæmonum infídijs, & in præfentifæculo fecura tibi gratas agere & in futúro in omne fæculum beáta te laudáte mereátur : qui cum Patre & Spíritu fanéto viuis & regnas in fæcula fæculórum.

Céla dit , le Prêtre benira des chandelles de cire en la maniere qui s'enfuit.

℣. Deus in adiutórium meum inténde.

℞. Dómine ad adiuuándum me feftína.

℣. Glória Patri, & Fílio : & Spirítui fanéto.

℞. Sicut erat in princípio & nunc , & femper : & in fæcula fæculórum. Amen.

℣. Dóminus vobíscum. ℞. Et cum Spíritu tuo.

DOmine Iesu Christe , qui illúminas omnem hóminem veniéntem in hunc mundum, effúnde benedictiónem ✝ tuam fuper has Candélas, & fanétifica eas lúmine grátiæ tuæ. Et ficut igne visíbili accénfæ noctúrnas repéllunt ténebras , ita tenebrárum poteftátes, & inférnos fpíritus ex hoc habitáculo tuæ munímine virtútis exclúdant, eiufdémque íncolas ab omni dæmonum incurfióne tutos & fecúros reddant , quátenus, in hac vita tibi quiéto & tranquíllo ſpíritu ſeruiéntes, ad teípſum lucem indeficiéntem perueníre mereántur. Qui viuis & regnas, &c.

Icy il fera des Croix de ces chandelles, leſquelles il atá-chera aux quatre coins des chambres; & enſuite il benira vne Croix de bois en cete forme.

℣. Adiutórium noſtrum in nómine Dómini.

℟. Qui fecit cœlum & terram.

℣. Sit nómen Dómini benedíctum.

℟. Ex hoc nunc, & vſque in ſæculum.

Benedic ✠ Dómine hoc ſignum Crucis, & ſicut per eam eripuíſti mundum à poteſtáte dæmonum; ita hoc domicílium ab eórum insídijs ſerua : ſanctífica Dómine paſſiónis iſtud ſignáculum, vt hódie tuis inimícis in terrórem, tibi verò credéntibus in auxiliáre vexíllum erigátur : & in quocúnque loco fúerit collocátum, inde aduérſas poteſtátes elíminet, ſanctóſque Angelos iſtíus loci, & habitántium fidélium tutóres ac protectóres fortíſſimos immíttat.

Il oindra cette Croix auec de l'huyle, qu'il benira en la forme ſuiuante.

Exorcíſo te, immundíſſime ſpíritus omníſque incúrſio Sátanæ, & omne phantáſma, in nómine Pa ✠ tris, & Fí ✠ lij, & Spíritus ✠ ſancti, vt recédas ab hoc óleo, vt poſſit éffici vnctio ſpiritális ad protegéndum domum iſtam, vt in ea Spíritus ſanctus hábitet per nomen Dei Patris omnipoténtis, & per nomen dilectíſſimi Fílij eius Dómini noſtri Ieſu Chriſti, qui ventúrus eſt iudicáre viuos & mórtuos ſæculum per ignem.

Il aspergera apres cela l'huyle d'eau benîte, puis il fera poser la Croix ointe de cete huyle, au deßus de la porte de la maison en entrant, & cependant on chantera Vexilla regis prodeunt, *&c.*

Il oindra les portes & entrées de cete maison de cete huyle benîte, en la maniere qui suit.

PEr istam sacrosanctam ólei vnctiónem, & benedictiónem ✠ suscípiat Dóminus huius domicílij custódiam : & ista illud sanctíficet & conséruet, vt Dei fortitúdinis sit tanquam signum scriptum in límine & óstijs. In nómine Pa ✠ tris, & Fí ✠ lij, & Spíritus ✠ sancti. Amen.

Le Prêtre retournant à son principal lieu, dira.

EXáudi nos Dómine, sancte pater, omnípotens ætérne Deus, vt sicut domos Hebræórum in éxitu de Ægypto Agni sánguine linítas, ab Angelo percutiénte custodísti, ita míttere dignéris sanctum Angelum tuum de cælis, qui custódiat, fóueat, prótegat, vísitet atque deféndat domum hanc, & habitántes in ea, in virtúte sánguinis veri Agni Dómini nostri Iesu Christi. Qui tecum viuit & regnat, &c.

Orémus.

OMnípotens sempitérne Deus, cunctárum benedictiónum largítor magníficus, béne ✠ dic domum istam vt sit domus diuíni hospítij, domus pacis, benedictiónis & consolatiónis, domus meditatiónis & protectiónis, sit domus supra firmam petram ædificáta, sit tanquam cíuitas, & domus Dauid stabilíta coram Dómino. Consérua in ætérnum hoc domicílium, quod à ſpirítibus immúndis nunc vt miniſter tuus pur ✠ go, mun ✠ do, ſanctí ✠ fico benedícens, & bene ✠ dico ſanctíficans. Egrediátur fons de ſólio tuo ſuper domum iſtam, vt irrigétur miſericórdia tua, & dic Angelo percutiénti : ceſſet iam manus tua. Appáreat maiéſtas tua & ſanctí ✠ ficet hoc habitáculum, & ponat manum ſuam hîc in ſempitérnum, & ſint óculi eius & cor eius hîc cunctis diébus, ſicut ſuper ædifícium domus Salomónis, & ſexagínta ex fortiſſimis Dei poténtes, omnes tenéntes gládios ad bella doctíſſimi circúmſtent, & contra Angelos pacem & quiétem incoléntium perturbántes, pugnent & expúgnent. Per eum qui ventúrus eſt iudicáre viuos, &c.

On aura des parfums broyez, comme encens, myrrhe & autres ſi on peut, & le Prêtre les benira ainſi.

EXorcízo te creatúra incénſi, *ou*, Myrrhæ, *ou* N. per Deum Patrem omnipoténtem, qui fecit cælum & terram & omnia quæ in eis ſunt, vt omnis virtus aduerſárij, omnis exércitus diáboli, omníſque incúrſio, omne phantáſma ſátanæ eradicétur & effugétur, vt fiat fumus tuus terror omnis aduerſáriæ poteſtátis, & tutéla domicílij huius & habitántium in ea per Spíritum ſanctum. In nómine Pa ✠ tris omnipoténtis, & Ieſu ✠ Chriſti fílij eius Dómini noſtri, qui cum eo viuit & regnat in vnitáte eiúſdem Spíritus ✠ ſancti Deus. Per ómnia ſæcula ſæculórum. Amen.

Apres il les aſpergera d'eau benîte, & demeurant dans ce même lieu, qui ſera le lieu où reignent le plus ces eſprits, il dira.

℣. Dóminus vobíſcum.

℟. Et cum Spíritu tuo.

℣. Inítium ſancti Euangélij ſecúndùm Ioánnem.

℟. Glória tibi Dómine.

In princípio erat Verbum, & Verbum erat apud Deum.

Cete Euangile finie, il metra ces parfums au feu lequel ſera allumé dans la Chambre au lieu ordinaire & accoûtumé, diſant.

Dans le Meſſel à la 3. Meſſe de Noël.

Sicut ego Dei miniſter ímpleo domum hanc fumo arómatum : ſic repleátur maieſtáte & glóriâ Dómini, vt ſit habitáculum firmíſſimum tanquam ſólium Dei, in ſempitérnum : & ómnes habitántes in ea adórent, & laudent eum, quóniam bonus, quóniam in ſæculum miſericórdia eius.

De là ſe tranſportant en vne autre chambre, il dira.

℣. Dóminus vobíſcum.

℟. Et cum Spíritu tuo.

℣. Sequéntia ſancti Euangélij ſecúndùm Matthæum.

℟. Glória tibi Dómine.

Cùm ergo natus eſſet Ieſus in Bethleem Iudæ, &c.

Puis il metra de ces parfums au feu comme deſſus, diſant.

Comme au iour des Roys.

ET aſcéndit fumus incenſórum de manu Angeli coram Deo : & accépit Angelus thuríbulum áureum, & impléuit illud de igne altáris, & miſit in terram, & facta ſunt tonítrua, & voces, & fúlgura, & terræ motus magnus.

De là encore il ſe tranſportera en vne autre chambre, ou autre lieu. Et dira y étant.

℣. Dóminus vobíſcum. ℟. Et cum Spíritu tuo.

℣. Sequéntia sancti Euangélij secúndùm Lucam.

℞. Glória tibi Dómine.

Missus est Angelus Gábriel à Deo.

Et metant des parfums au feu comme deſſus. Il dira.

DE cælo loquútus est Dóminus audiénte pópulo ac vidénte lámpades, & sónitum búccinæ, montémque fumántem.

Derechef il ira en vne autre chambre s'il y en a, & dira.

℣. Dóminus vobíscum.

℞. Et cum Spíritu tuo.

℣. Sequéntia sancti Euangélij secúndùm Lucam.

℞. Glória tibi Dómine.

Comme à la fête de l'Annonciation. Et ingréssus Iesus perambulábat Hiérico, &c.

Et metra deſdits parfums, diſant.

TOtus mons Synai fumábat, eo quod descendísset Dóminus Deus super eum in igne, & ascéndit fumus ex eo quasi de fornáce.

Enfin de là il se tranſportera en vn autre lieu ou chambre, où étant il dira.

℣. Dóminus vobíscum.

℞. Et cum Spíritu tuo.

℣. Sequéntia sancti Euangélij secúndùm Marcum.

℞. Glória tibi Dómine.

NOuíssimè autem recumbéntibus illis vndecim, appáruit Iesus, & exprobrávit incredulitátem eórum, & durítiam cordis. Quia his qui víderant eum resurrexísse, non credíderant. Et dixit eis : Eúntes in mundum vniuérsum prædicáte Euangélium omni creatúræ. Qui credíderit & baptizátus fúerit, saluus erit

qui verò non credíderit, condemnábitur. Signa autem
eos qui credíderint, hæc sequéntur. In nómine meo dæmónia eiícient, linguis loquéntur nouis, serpéntes tollent, & si mortíferum quid bíberint, non eis nocébit.
Super ægros manus impónent, & benè habébunt. Et
Dóminus Iesus postquàm loquútus est eis, assúmptus est
in cælum, & sedet à dextris Dei : illi autem profécti,
prædicauérunt vbíque Dómino cooperánte sequéntibus
signis.

Puis il metra comme il est dit cy-deuant, de ces par-
fums au feu, pendant quoy il dira.

Implétum est templum Dei fumo à maiestáte Dei : &
de virtúte eius éxiit fumus éxtricans omne genus
dæmoniórum.

S'il y a dauantage de lieux ou de chambres dans le logis,
il y ira, & il repetera les choses susdites auec les mémes Cere-
monies.

Cela fait, il benira les habitans de cete maison, qui se-
ront tous à genoux deuant luy, dans ce lieu le plus agité &
insisté de ces Esprits malins, & pour cet effet dira.

℣. Adiutórium nostrum in nómine Dómini.

℟. Qui fecit cælum & terram.

℣. Sit nomen Dómini benedíctum.

℟. Ex hoc nunc, & vsque in sæculum.

℣. Fratres charíssimi.

℟. Deo grátias.

Anéte pacífici in domo vestra, & cor vestrum sit
iucúndum. Det vobis réquiem Dóminus, &
pacem, & consolatiónem vndique ab vniuérsis ini-

mícis veſtris. Apériat Dominus theſaurum ſuum, &
abúndáre fáciat vos ómnibus bonis, ſicut abundáre fecit pópulum Iſraël perſeueerántem in mandátis ſuis. Bene ✠ dícat vos Deus de throno ſuo ſtantes, & ambulán-
tes, dormiéntes, vigilántes : Et família veſtra vígeat
vſque ad tértiam & quartam generatiónem, & omne
conſílium cordis veſtri ſua virtúte corróboret, & domus
veſtra in ſanctificatióne permáneat, & grátia Dómini
noſtri Ieſu Chriſti, & cháritas Dei , & communicátio
Spíritus ſancti deſcéndat ſuper vos, & máneat ſemper
vobíſcum ✠ Amen.

    Enſuite il les aſpergera d'eau benîte.

    Or d'autant qu'on a affaire à vn ennemy bien malin
& bien opiniâtre , on fera les choſes ſuſdites, juſqu'à ce
qu'on ayt contraint ce malin Eſprit de ſortir, & de laiſſer
la maiſon en paix & en repos.

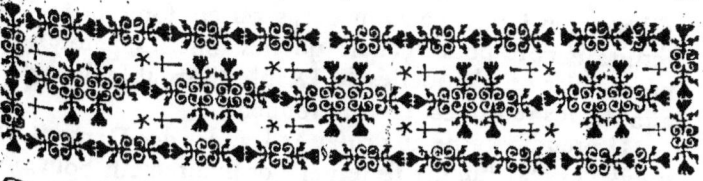

DE L'EXORCISME DES
Energumenes & poſſedez du malin Eſprit.

LE Prêtre, ou autre legitime Miniſtre d'Egliſe qui entreprend d'exorciſer les Energumenes & poſſedez du malin Eſprit, doit auoir vne grande pieté, vne grande prudence, & vne grande probité de vie, ſe fiant non en ſes forces, mais au pouuoir que Dieu luy a donné, & ne s'ingerant point dans cete charge par eſperance d'aucun lucre ny gain temporel, ou motif de vanité, mais par vn zele de vraye & parfaite charité. Il eſt requis encore qu'il ſoit d'vn âge mur, & qu'il ſoit graue & venerable.

Afin donc qu'il s'aquite dignement de cete charge, il apprendra ce qu'il doit faire dans cét exercice, par les bons Autheurs qu'il lira, & par ces enſeignemens les plus neceſſaires qui ſuiuent.

En premier lieu, il ne croira pas qu'vne perſonne ſoit poſſedée, qu'il n'en ayt de grands indices & de grandes marques ; or ces marques & ces indices ſeront, quand le poſſedé parlera de diuerſes ſortes de langues, & qu'il répondra pertinemment à ceux qui luy en parlent, quand il manifeſtera les choſes ſecretes & éloignées, & quand il paroîtra auoir vne force extraordinaire & qui ſurpaſſera ſon âge & ſa condition : On le poura encore conjecturer par d'autres indices, leſquels tant plus ils ſeront, tant mieux connoîtra-t'on la verité de la poſſeſſion.

Et pour en auoir encore vne plus claire connoiſſance, le Prêtre demandera au poſſedé apres vn ou deux Exorciſmes s'il n'a rien souffert en son corps ou en son esprit: ce qui seruira encore pour sçauoir quelles sont les paroles à la prononciation desquelles le Diable se trouble dauantage, afin de les redire & répeter souuent.

Il prendra garde aux ruses & fraudes des Demons, desquels ces mal-hureux se seruent ordinairement pour deceuoir & pour tromper les Exorcistes, qui sont de répondre captieusement, & de se découurir difficilement, afin de les lasser, ou au moins de leur persuader que ce n'est point possession, mais infirmité naturelle. Quelquefois ils se cachent apres s'être manifestez, & laissent le corps comme libre, en sorte que le demoniacle se croyt deliuré; mais l'Exorciste doit toûjours continüer, jusqu'à ce qu'il luy paroisse clairement de la verité.

Il faut avertir le possedé qu'il prie Dieu pour soy, s'il est sain d'Esprit & d'entendement; qu'il jeûne qu'il se confesse & communie souuent, suyuant l'aduis qu'on luy en donnera: & lors qu'on l'exorcise, qu'il se recollige tout en Dieu & se conuertisse entierement à luy, & qu'il luy demande auec vne ferme Foy, & grande humilité sa deliurance; & lors qu'il est le plus tourmenté, qu'il souffre patiamment, & qu'il ne se méfie aucunement de l'ayde & assistance de Dieu; & qu'il ayt entre ses mains, ou deuant soy vn Crucifix: on pourra encore luy mettre sur la tête ou attacher à sa poictrine quelques reliques de Saints, si on en peut auoir, apres qu'on les aura bien renfermées & bien couuertes: Mais qu'on se garde bien de traiter indignement les choses sacrées ou qu'il leur soit fait aucune injure par le Demon. Et pour ce qui est de la sacrée Eucharistie & pretieux Corps de Dieu, qu'on ne le mete point sur la teste du possedé, ny autre partie de son Corps, de crainte d'irreuerence.

Que l'exorciste ne parle point trop, ny qu'il ne s'amuse point à faire des questions inutiles & curieuses, particulierement pour ce qui est des choses futures & cachées, qui ne regardent point son Office. Mais qu'il commande au

au Diable de fe taire, s'il veut trop parler, & de ne répondre que de ce qu'il fera enquis & interrogé : que s'il
difoit eftre l'ame de quelque Saint, ou d'vn défunt, ou
quelque bon Ange, qu'on ne le croye pas.

Quelquefois encore les Demons font tout ce qu'ils peuuent pour empêcher que le demoniacle & poffedé ne fe foû-
mete aux Exorcifmes, ou ils tâchent de luy perfuader qu'il
n'eft point poffedé, & que fon infirmité eft naturelle; d'autres fois fe retirans fecretement, ils le font dormir au milieu
de l'Exorcifme, & luy reprefentent quelque vifion en dor-
mant, qui luy fait croire qu'il eft deliuré, d'autres fois ils
difent que c'eft vn malefice & nomment les perfonnes qui
le l'ont fait, & enfeignent les moyens de le diffoudre & de
le diffiper : mais que l'Exorcifte fe donne bien de garde
d'aller en ce cas-là confulter autres que les Prêtres & Miniftres de l'Eglife ; qu'il fe garde bien d'aller aux Magiciens
ou Sorciers, ou de fe feruir d'aucune fuperftition & voye
illicite pour rompre ce charme.

Par fois le Diable laiffe l'Energumene en repos, & n'empêche point qu'il reçoiue le S. Sacrement, afin qu'on croye
qu'il s'eft retiré. Enfin il fe fert d'vn nombre innombrable
de rufes, pour tâcher à deceuoir & à tromper les hommes,
pour lefquelles éuiter il faut vfer de grande prudence, & fe
bien tenir fur fes gardes.

C'eft pourquoy l'Exorcifte, fe refouuenant de ce que
Iefvs-Christ nôtre Seigneur a dit, en S. Mat. c. 17. que
ce genre de Demons ne fe chaffoit point autrement que par
le jeûne & par la priere, fera en forte que luy & les autres
fe feruiront de ces deux remedes le plus qu'ils pouront, à
l'exemple des Saints-Peres, pour impetrer le fecours du
Ciel, & donner la chaffe à ces malins Efprits. Il faut que
l'Energumene & poffedé, fi faire fe peut commodément, foit
exorcifé dans l'Eglife, ou en quelqu'autre lieu pieux & honête, écarté de la preffe & foule du peuple : que s'il eft ma-
lade, ou fi c'eft quelque perfonne noble, ou même s'il y a
quelque caufe legitime qui en empêche, il poura être exor-

cifé dans vne maifon particuliere.

Or les interrogations qu'il luy faut faire, font, combien ils font de Demons dans le corps du poffedé, comme ils s'appellent, de quand ils y font entrés, la caufe pourquoy ils y font entrés, & ainfi du refte. Pour ce qui eft des badineries, ris & inepties du Demon, l'exorcifte les empêchera, ou au moins les méprifera & avertira ceux qui font là prefens, qui doiuent être en petit nombre, de n'y pas non plus prendre garde & de n'en pas faire d'état; & ils fe donneront bien encore de garde d'interroger le poffedé; mais bien plûtôt ils prieront Dieu pour luy, auec ferueur & humilité.

Pour ce qui eft des Exorcifmes, il les fera & lira auec empire & authorité, y joignant la Foy, l'Humilité, & le grand zele: & quand il verra le Diable fe tourmenter, ce fera pour lors qu'il fera plus d'inftance & preffera dauantage, & autant de fois qu'il verra encore le poffedé fe batre ou être agité en quelque partie de fon corps, qu'il y verra éleuer quelque tumeur, il fera le figne de la Croix deffus, & l'afpergera d'eau benîte, que l'Exorcifte doit toûjours auoir aupres de foy.

Qu'il remarque encore quelles font les paroles aufquelles les Diables ont plus d'horreur & d'averfion, & qu'il les profere fouuent: étant venu aux menaces, il continüra à les faire plufieurs fois augmentant toûjours les peines; à quoy s'il voit qu'il profite, il perfeuerera jufqu'à deux, trois & quatre heures, & dauantage même, s'il le peut, jufqu'à ce qu'il ayt eu le deffus fur eux, & qu'il foit demeuré leur vainqueur.

En outre il fe donnera bien de garde de donner aucune medecine à l'infirme ou au poffedé, ou de luy confeiller d'en prendre; mais il laiffera cela à faire aux Medecins.

Si c'eft vne femme qu'il exorcife, il aura toûjours auec luy d'honnêtes perfonnes qui la tiendront quand elle fera toutmentée du Diable, lefquelles perfonnes feront parentes de cete poffedée fi faire fe peut. Au refte il fe gardera bien de dire & de faire aucune chofe qui luy donne & à luy & aux autres, fujet & occafion de tentation, fe refouuenant que fans la pureté & nettecté de cœur il ne fçauroit rien faire.

En exorcifant il fe feruira plûtôt des paroles de l'Ecriture Sainte que des fiennes ou de celles d'autruy. Il commandera aux Demons de luy dire fi c'eft par œuure de magie, ou fi c'eft par quelques fignes ou inftrumens malefiques, qu'il eft detenu dans le corps de ce poffedé, lefquels fignes ou inftrumens, fi le poffedé a pris par la bouche, il commandera au Diable de les luy faire rendre, & de les luy faire vomir, ou s'ils font ailleurs que dans le corps du poffedé, il luy enjoindra de dire où ils font; & auffi-tôt qu'on les aura trouuez on les fera brûler.

Le poffedé étant deliuré, on l'avertira de fe donner de garde de pecher & d'offencer Dieu deformais : de crainte qu'il ne donne fujet au Diable de retourner dans fon corps, & qu'ainfi la fin ne foit pire que le commencement.

Exorcifme des Energumenes ou poffedez.

*L*E *Prêtre donc, ou autre Exorcifte, étant bien confeffé, ou au moins étant bien contrit en fon cœur de toutes fes fautes & de tous fes pechez, apres auoir dit & celebré la fainte Meffe fi cela fe peut faire commodement, & apres auoir imploré l'affiftance Diuine par fes faintes prieres, fe reuétant de furplis, & prenant à fon col vne étole violete, de l'extremité de laquelle il entourrera le col du poffedé, & ayant deuant foy ledit poffedé lié, s'il craint quelque grande violence, il fera le figne de la Croix fur luy, fur foy-méme, & fur les affiftans, & jetera de l'eau benîte fur tous; puis fe metant à genoux, il dira, les affiftans luy répondans, les Litanies ordinaires jufqu'aux Prieres exclufiuement. A la fin l'Antienne.* Ne reminifcáris Dó-

mine delícta noſtra, vel paréntum noſtrórum, neque viñ-
díctam ſumas de peccátis noſtris, Pater noſter , &c.

℣.   Et ne nos indúcas in tentatiónem.

℞.   Sed líbera nos à malo. Amen.

Pſalme 53.

DEus in nómine tuo ſaluum me fac : & in virtúte tuâ iúdica me.

Deus exáudi oratiónem meam : áuribus pércipe verba oris mei.

Quóniam aliéni inſurrexérunt aduérſum me , & fortes quæſiérunt ánimam meam : & non propoſuérunt Deum ante conſpéctum ſuum.

Ecce enim Deus ádiuuat me : & Dóminus ſuſcéptor eſt ánimæ meæ.

Auérte mala inimícis meis : & in veritáte tuâ diſpérde illos.

Voluntárie ſacrificábo tibi : & confitébor nómini tuo Dómine, quóniam bonum eſt.

Quóniam ex omni tribulatióne eripuíſti me : & ſuper inimícos meos deſpéxit óculus meus.

Glória Patri, & Fílio, &c.

℣.   Saluum fac ſeruum tuum.

℞.   Deus meus ſperántem in te.

℣.   Eſto ei Dómine turris fortitúdinis.

℞.   A fácie inimíci.

℣.   Nihil profíciat inimícus in eo.

℞.   Et fílius iniquitátis non appónat nocére ei.

℣.   Mitte ei Dómine auxílium de ſancto.

℞.   Et de Sion tuére eum.

℣. Dómine exáudi oratiónem meam.

℟. Et clamor meus ad te véniat.

℣. Dóminus vobíscum. ℟. Et cum spíritu tuo.

Orêmus.

DEus, cui próprium est miseréri semper & párcere, súscipe deprecatiónem nostram, vt hunc fámulum tuum, *ou*, fámulam tuam, quem, *ou*, quam, delictórum caténa constríngit, miserátio tuæ pietátis clementer absóluat.

Orêmus.

DOmine sancte, Pater omnípotens, ætérne Deus, Pater Dómini nostri Iesu Christi, qui illum réfugam tyránnum & apóstatam gehénnæ ígnibus deputásti, quique vnigénitum tuum in hunc mundum misísti, vt illum rugiéntem contéreret ; velóciter atténde, accélera, vt erípias hóminem ad imáginem & similitúdinem tuam creátum, à ruínâ & dæmónio meridiáno. Da Dómine terrórem tuum super béstiam, quæ extérminat víneam tuam. Da fidúciam seruis tuis contra nequíssimum dracónem pugnandi fortíssimè, ne contémnat sperántes in te, & ne dicat, sicut in Pharaóne, qui iam dixit, Deum non noui, nec Israël dimítto. Vrgeat illum dextera tua potens, discédere à fámulo tuo, *N. ou*, à fámulâ tuâ *N.* ✝ ne diútius præsúmat captíuum tenére, quem tu ad imáginem tuam fácere dignátus es, & in Fílio tuo redemísti, qui tecum viuit & regnat, &c. ℟. Amen.

Ensuite il fera le commandement qui suit, au Demon.

PRæcípio tibi, quicúmque es, spíritus immúnde, & ómnibus sócijs tuis hunc Dei fámulum obsidéntibus, vt per mystéria Incarnatiónis, Passiónis, Resurrectió-

nis, & Afcenfionis Dómini noftri Iefu Chrifti, per miffió-
nem Spíritus fancti, & per Aduéntum eiúfdem Dómini
noftri ad iudícium, dicas mihi nomén tuum, diem, &
horam éxitus tui, cum áliquo figno; & vt mihi, Dei mi-
níftro, licèt indígno, prorfus in ómnibus obédias : neque hanc creatúram Dei vel circumftántes, aut eorum bona vllo modo offéndas.

Apres cela il dira ces Euangiles fur le poffedé ; il pourra
n'en dire qu'vne ou deux s'il veut. En difant. Léctio
fancti Euangélij fecúndùm Ioánnem. *Il fera le figne*
de la Croix fur foy, au front, à la bouche & à la poitrine
du poffedé.

In princípio erat verbum , &c. *comme deffus.*
Léctio fancti Euangélij fecúndùm Marcum.　*Marc 16.*

IN illo témpore : dixit Iefus difcípulis fuis: Eúntes in
mundum vniuérfum, prædicáte Euangélium omni
creatúræ. Qui crediderit, & baptizátus fuérit, faluus
erit : qui verò non crediderit, condemnábitur. Signa autem eos qui crediderint, hæc fequéntur. In nómine
meo dæmónia eiícient : linguis loquéntur nouis : ferpéntes tollent, & fi mortiferum quid bíberint, non eis nocébit : fuper ægros manus impónent, & benè habébunt.
Léctio fancti Euangélij fecúndùm Lucam.　*Luc 10.*

IN illo témpore : Reuérfi funt feptuagínta duo cum
gáudio, dicéntes ad Iefum: Dómine, etiam dæmónia
fubijciúntur nobis in nómine tuo. Et ait illis: Vidébam
Sátanam ficut fulgur de cœlo cadéntem. Ecce dedi vobis poteftátem calcándi fupra ferpéntes & fcorpiónes, &
fuper omnem virtútem inimíci, & nihil vobis nocébit:

verúmtamen in hòc nolíte gaudére, quia ſpíritus vobis
ſubijciúntur : gaudéte autem, quod nómina veſtra ſcri-
pta ſunt in cœlis.

Léctio ſancti Euangélij ſecúndùm Lucam.

Luc 11.

IN illo témpore : Erat Ieſus eiíciens dæmónium, &
illud erat mutum. Et cum eiecíſſet dæmónium, loquútus eſt mutus, & admirátæ ſunt turbæ. Quidam autem
ex eis dixérunt : In Beelzébub príncipe dæmoniórum
éijcit dæmónia. Et alij tentántes, ſignum de cœlo quæré-
bant ab eo. Ipſe autem vt vidit cogitatiónes eórum, dixit eis : Omne regnum in ſeípſum diuíſum deſolábitur,
& domus ſupra domum cadet. Si autem & Sátanas in ſe-
ipſum diuíſus eſt, quómodo ſtabit regnum eius? quia dícitis in Beelzébub me eiícere dæmónia. Si autem ego in
Beelzébub eiício dæmónia, fílij veſtri in quo eiíciunt?
idcírcò ipſi iúdices veſtri erunt. Porrò ſi in dígito Dei
eiício dæmónia, profécto peruénit in vos regnum Dei.
Cùm fortis armátus cuſtódit átrium ſuum, in pace ſunt
ea quæ póſſidet : ſi autem fórtior eo ſuperuéniens vícerit
eum, vniuérſa arma eius áuferet, in quibus confidébat,
& ſpólia eius diſtríbuet.

℣. Dómine exáudi oratiónem meam.

℟. Et clamor meus ad te véniat.

℣. Dóminus vobíſcum.

℟. Et cum ſpíritu tuo.

Orêmus.

OMnípotens Dómine, Verbum Dei Patris,
Chriſte Ieſu, Deus & Dóminus vniuérſæ crea-

túræ, qui fanctis Apóftolis tuis dedífti poteftátem calcándi fuper ferpéntes & fcorpiónes ; qui inter cætera mirabílium tuórum præcépta, dignatus es dícere, dæmones effugáte ; cuius virtúte motus, tanquam fulgur de cælo Sátanas cécidit : tuum fanctum nómen cum timóre & tremóre fupplíciter déprecor, vt indigníffimo mihi feruo tuo, datâ véniâ ómnium delictórum meórum, confidéntiam & poffibilitáte donáre dignéris, vt hunc crudélem dracónem, bráchij tui fancti munítus poténtia, fiduciáliter & fecúrè aggrédiar : per te Iefu Chriftè Dómine Deus nofter : Qui ventúrus es iudicáre viuos & mórtuos, & fæculum per ignem.

℟. Amen.

Enfuite fe muniffant & auffi le poffedé, du figne de la Croix, apres auoir mis vne partie de fon étole autour du col dudit poffedé, & fa main droite fur fa tête, il dira auec vn grand zele & vne grande foy les chofes qui fuiuent.

℣. Ecce Crucem Dómini, fugíte partes aduérfæ.

℟. Vicit leo de tribu Iuda, radix Dauid.

℣. Dómine exáudi oratiónem meam.

℟. Et clámor meus ad te véniat.

℣. Dóminus vobífcum.

℟. Et cum fpíritu tuo.

Orêmus.

Deus, & Pater Dómini noftri Iefu Chrifti, ínuoco nomen fanctum tuum, & cleméntiam tuam fupplex expófco : vt aduérfus hunc, & omnem immúndum fpíritum, ſpíritum, qui vexat hoc plaſma tuum, mihi auxílium præſtáre dignéris. Per eúndem Dóminum noſtrum Ieſum Chriſtum fílium tuum, qui tecum viuit, & regnat in vnitáte Spíritus ſancti Deus, per ómnia ſæcula ſæculórum. ℟. Amen.

Exorciſme.

EXorcízo te, immundíſſime ſpíritus, omnis incúrſio aduerſarij, omne phantáſma, omnis légio, in nómine Dómini noſtri Ieſu Chriſti ✚ eradicáre, & effugáre ab hoc pláſmate Dei. ✚ Ipſe tibi ímperat, qui te de ſupérnis cælórum in inferióra terræ demérgi præcépit. Ipſe tibi ímperat, qui mari, ventis, & tempeſtátibus imperáuit. Audi ergo, & time Sátana, inimíce fídei, hoſtis géneris humáni, mortis addúctor, vitæ raptor, iuſtítiæ declinátor, malórum radix, fomes vitiórum, ſedúctor hóminum, próditor géntium, incitátor inuídie, orígo auarítiæ, cauſa diſcórdiæ, excitátor dolórum : quid ſtas, & reſiſtis, cùm ſcias Chriſtum Dóminum vires tuas pérdere? illum métue, qui in Iſaac immolátus eſt, in Ioſeph venundátus, in agno occiſus, in hómine crucifíxus, deínde inférni triumphátor fuit.

Il fera les Croix ſuyuantes au front du poſſedé.

REcéde ergo in nómine Patris, ✚ & Fílij, ✚ & Spíritus ſancti : ✚ da locum Spirítui ſancto, per hoc ſignum ✚ Crucis Ieſu Chriſti Dómini noſtri. Qui cum Patre, & eódem Spíritu ſancto viuit, & regnat Deus, per ómnia ſæcula ſæculórum. ℟. Amen.

℣. Dómine exáudi oratiónem meam.

℟. Et clamor meus ad te véniat.

❍ ❍

℣. Dóminus vobíscum.

℟. Et cum spíritu tùo.

Orêmus.

DEus, cónditor & defénsor géneris humáni, qui hóminem ad imáginem tuam formásti, réspice super hunc fámulum tuum N. *ou*, hanc fámulam tuam N. qui, *ou*, quæ, dolis immúndi spíritus appétitur, quem vetus aduersárius, antíquus hostis terræ, formídinis horróre circúmuolat, & sensum mentis humánæ stupóre defigit, terróre contúrbat, & metu trépidi timóris exágitat. Repélle Dómine virtútem diáboli, fallacésque eius insídias ámoue : procul ímpius tentátor aufúgiat : sit nóminis tui signo ✠ *au front*, fámulus tuus munítus, & in ánimâ tutus & córpore.

Il fera les Croix suyuantes à la poîtrine du démoniacle.

TV péctoris ✠ huius intérna custódias. Tu víscera ✠ regas. Tu ✠ cor confírmes. In ánimâ, aduersatrícis potestátis tentaménta euanéscant. Da Dómine ad hanc inuocatiónem sanctíssimi nóminis tui grátiam, vt qui huc vsque terrébat, térritus aufúgiat, & victus abscédat, tibíque possit hic fámulus tuus, & corde firmátus, & mente sincérus débitum præbére famulátum. Per Dóminum nostrum Iesum Christum Fílium tuum, qui tecum, &c. ℟. Amen.

Exorcisme.

ADiúro te serpens antíque, per iúdicem viuórum & mortuórum, per factórem tuum, per factórem mundi, per eum, qui habet potestátem mitténdi te in gehénnam, vt ab hoc fámulo Dei N. qui ad Ecclésiæ li-

num recúrrit, cum metu & exércitu furóris tui feſtínus
diſcédas. Adiúro te íterum ✠ *au front*, non meâ infirmitáte, ſed virtúte Spíritus ſancti, vt éxeas ab hoc fámulo Dei *N.* quem omnípotens Deus ad imáginem
ſuam fecit. Cede igitur, cede, non mihi, ſed miníſtro
Chriſti. Illius bráchium contremíſce, qui deuíctis gemí-
tibus inférni, ánimas ad lucem perdúxit. Sit tibi terror
corpus hóminis. ✠ *à la poîtrine*, ſit tibi formído imágo Dei. ✠ *au front*, Non reſíſtas, nec moréris diſcédere
ab hómine iſto, quóniam complácuit Chriſto in hómine
habitáre. Et ne contemnéndum putes, dum me peccató-
rem nimis eſſe cognóſcis. Imperat tibi Deus, ✠ ímperat
tibi Maiéſtas Chriſti, ✠ ímperat tibi Deus Pater, ✠ ímperat tibi Deus Fílius ✠ ímperat tibi Deus Spíritus ſanctus. ✠ Imperat tibi Sacraméntum Crucis ✠ Imperat tibi fides Sanctórum Apoſtolórum Petri & Pauli, &
cæterórum Sanctórum. ✠ Imperat tibi Mártyrum ſan-
guis. ✠ Imperat tibi continéntia Confeſſórum. ✠ Imperat tibi pia Sanctórum & Sanctárum ómnium inter-
céſſio ✠ Imperat tibi Chriſtiánæ fídei myſteriórum
virtus. ✠ Exi ergo tranſgréſſor, Exi ſedúctor, plene
omni dolo & falláciâ, virtútis inimíce, innocéntium per-
ſecútor. Da locum diríſſime ; Da locum impíſſime ;
Da locum Chriſto, in quo nihil inueníſti de opéribus
tuis, qui te ſpoliáuit, qui regnum tuum deſtrúxit, qui te ví-
ctum ligáuit, & vaſa tua dirípuit, qui te proiécit in ténebras exterióres, vbi tibi cum miniſtris tuis erit præparátus intéritus. Sed quid truculénte renítoris ? quid reme-
rárie detréctas ? Reus es omnipoténti Deo, cuius ſtatú-

ta tranſgréſſus es. Reus es Filio eius, Ieſu Chriſto Dómino noſtro, quem tentáre auſus es,& crucifígere præſumpſiſti. Reus es humáno genere, cui tuis perſuaſiónibus mortis venénum propináſti. Adiúro ergo te, draco nequíſſime, in nómine Agni ✠ immaculáti, qui ambulávit ſuper áſpidem & baſilíſcum, qui conculcávit leónem & dracónem, vt diſcédas ab hoc hómine ✠ *Il fera vne Croix au front du poſſedé*, diſcédas ab Eccléſiâ Dei. ✠ *Et vn autre ſur les aſſiſtans.*

COntremíſce, & éffuge, inuocáto nómine Dómini illíus, quem ínferi tremunt, cui Virtútes cælórum, & Poteſtátes, & Dominatiónes ſubiéctæ ſunt ; quem Chérubim, & Séraphim indeféſſis vócibus laudant, dicéntes, Sanctus, Sanctus, Sanctus, Dominus Deus Sábaoth. Imperat tibi Verbum ✠ caro factum. Imperat tíbi natus ✠ ex Virgine. Imperat tibi Ieſus ✠ Nazarænus, qui te, cùm diſcípulos eius contémneres, elíſum atque proſtrátum exíre præcépit ab hómine ; quo præſénte, cùm te ab hómine ſeparáſſet, nec porcórum gregem ingrédi præſumébas. Recéde ergo nunc adiurátus in nómine ✠ eius ab hómine, quem ipſe plaſmáuit. Durum eſt tibi velle reſíſtere. ✠ Durum eſt tibi contra ſtímulum calcitráre ✠ quia quantò tárdiùs exis, tantò magis tibi ſupplícium creſcit, quia non hómines contémnis, ſed illum qui dominátúr viuórum & mortuórum, qui ventúrus eſt iudicáre viuos & mortuos, & ſæculum per ignem. ℟. Amen.

℣. Dómine exáudi oratiónem meam.

℟. Et clamor meus ad te véniat.

℣. Dóminus vobíscum.

℟. Et cum Spíritu tuo.

Orêmus.

Deus cœli, Deus terræ, Deus Angelórum, Deus Archangelórum, Deus Prophetárum, Deus Apostolórum, Deus Mártyrum, Deus Vírginum, Deus qui potestátem habes dónare vitam post mortem, réquiem post labórem, quia non est álius Deus præter te, nec esse póterit verus, nisi tu creátor cœli & terræ, qui verus Rex es, & cuius Regni non erit finis ; humíliter maiestáti glóriæ tuæ súpplico, vt hunc fámulum tuum de immúndis spirítibus liberáre dignéris. Per Christum Dóminum nostrum. ℟. Amen.

Exorcisme.

Adiúro ergo te omnis immundíssime spíritus, omne phantásma, omnis incúrsio Sátanæ, in nómine Iesu Christi ✚ Nazaréni, qui post lauácrum Iordánis in desértum ductus est, & te in tuis sédibus vinxit : vt quem ille de limo terræ ad honórem glóriæ suæ formáuit, tu désinas impugnáre, & in hómine miserábili non humánam fragilitátem, sed imáginem omnipoténtis Dei contremíscas. Cede ergo Deo ✚ qui te & malítiam tuam in Pharaóne & in exércitu eius per Moysem seruum suum in abyssum demersit. Cede Deo ✚ qui te per fidelíssimum seruum suum Dauid de Rege Saüle spirituálibus cánticis pulsum fugáuit. Cede Deo ✚ qui te in Iudâ Iscaríote proditóre damnauit. Ille enim te diuínis ✚ verbéribus tangit, in cuius conspéctu cum tuis legiónibus tremens & clamans dixísti : Quid nobis & tibi Iesu Fili

Dei Altíssimi? Venísti huc ante tempus torquére nos? Ille te perpétuis flammis vrget, qui in fine témporum dicturus est ímpijs : Discédite à me maledícti in ignem ætérnum, qui parátus est diábolo & ángelis eius. Tibi enim ímpie, & ángelis tuis vermes erunt, qui nunquam moriéntur. Tibi & ángelis tuis inextinguíbile præparátur incéndium, quia tu es princeps maledícti homicídij, tu auctor incéstus, tu sacrilegórum caput, tu actiónum péssimárum magíster: tu hæreticórum doctor ; tu totíus obscœnitátis inuéntor. Exi ergo ✚ ímpie, exi ✚ scelérate. Exi cum omni fallácià tuà : quia hóminem templum suum esse vóluit Deus. Sed quid diútius moráris hîc ? Da hónorem Deo Patri omnipoténti ✚ cui omne genu fléctitur. Da locum Dómino Iesu Christo ✚ qui pro hómine sánguinem suum sacratíssimum fudit. Da locum Spirítui ✚ sancto, qui per beátum Apóstolum suum Petrum, te maniféste strauit in Simóne mago : qui falláciam tuam in Anánià & Sáphirà condemnáuit, qui te in Heróde Rege honórem Deo non dante percússit; qui te in mago Elimà per Apóstolum suum Paulum cæcitátis calígine pérdidit, & per eúndem de Pythoníssà verbo ímperans exíre præcépit. Discéde ergo nunc ✚ discéde ✚ sedúctor. Tibi erêmus sedes est. Tibi habitátio serpens est: humiliáre & prostérnere. Iam non est differéndi tempus. Ecce enim Dominátor Dóminus próximat citò, & ignis ardébit ante ipsum, & præcédet, & inflammábit in circúitu inimícos eius. Si enim hóminem fefélleris, Deum non póteris irridére. Ille te éijcit, cuius óculis nihil occúltum est. Ille te expéllit, cuius vir-

túti vniuersa subiécta sunt. Ille te exclúdit, qui tibi &
ángelis tuis præparáuit ætérnam gehénnam; de cuius ore
exíbit gládius acútus, qui ventúrus est iudicáre viuos &
mórtuos, & sæculum per ignem. ℟. Amen.

AVdi maledícte sátana, adiurátus per nomen ætérni Dei, & Saluatóris nostri Iesu Christi, Fílii eius,
cum tua victus inuídia, tremens geménsque discéde : nihil sit tibi commúne cum seruo, *vel, fámula*, Dei *N*. Da
ígitur honórem adueniénti Spirítui sancto, qui ex summa
cæli arce descéndens perturbátis fráudibus tuis, mundum
sibi templum & habitáculum perfíciat, vt ab omni péni-
tùs vexatióne liberátus seruus, *liberata ancilla*, Dei, grátias perénni Deo réferat semper, & benedícat nomen eius
in sæcula sæculórum. ℟. Amen.

*Le Prêtre tenant ses deux mains sur la tête de l'Ener-
gumene, dira.*

NEc te láteat, Sátana, imminére tibi poenas, imminére tibi torménta, imminére tibi diem iudícij,
diémque supplícij sempitérni, diem qui ventúrus est velut clíbanus ardens, in quo tibi atque vniuérsis ángelis
tuis ætérnus superuéniet intéritus. Proínde damnáte atque damnánde, da honórem Deo viuo & vero, da honórem Iesu Christo Fílio eius, & Spirítui sancto, in cuius nómine atque virtúte ego præcípio tibi, quicúmque
es, spíritus immúnde, vt éxeas & recédas ab hoc fámulo,
famula, Dei *N*. quem, *quam*, Deus & Dóminus noster Iesus Christus pretióso sánguine suo redímere dignátus est. Qui ventúrus est iudicáre viuos & mórtuos, & sæculum per ignem. ℟. Amen.

Il donnera la Croix à baiser à l'Energumene disant,
& l'Energumene auec luy.

ADorámus te Chrifte, & benedícimus tibi : quia
per fanctam crucem tuam redemífti mundum.
Puis le Prêtre dira feul.

Kyrie eléifon.　　℞. Chrifte eléifon.
Kyrie eléifon.　　　Pater nofter.

℣. Et ne nos indúcas in tentatiónem.

℞. Sed líbera nos à malo.

℣. Exúrgat Deus, & diffipéntur inimíci eius.

℞. Et fúgiant qui odérunt eum à fácie eius.

℣. Saluum fac feruum tuum, *ou*, ancíllam tuam.

℞. Deus meus fperántem in te.

℣. Nihil profíciat inimícus in eo, *ea*.

℞. Et filius iniquitátis non appónat nocére ei.

℣. Efto ei Dómine turris fortitúdinis.

℞. A fácie inimíci.

℣. Dómine exáudi oratiónem meam.

℞. Et clamor meus ad te véniat.

℣. Dóminus vobífcum.

℞. Et cum Spíritu tuo.

Orêmus.

DEus qui culpâ offénderis , pœniténtiâ placáris,
preces pópuli tui fupplicántis propítius réfpice,
& flagélla tuæ iracúndiæ , quæ pro peccátis noftris me-
rémur , auèrte.

OMnípotens fempitérne Deus , falus ætérna credéntium : exáudi nos pro fámulo tuo infírmo,
fámula tua infirma, pro quo, *qua*, mifericórdiæ tuæ
implorámus

implorámus auxílium ; vt réddità fibi fanitáte, gratiárum tibi in Ecclésia tua réferat actiónes.

Hostium noftrórum, quæfumus Dómine, elíde
fupérbiam ; eorúmque contumáciam déxteræ tuæ
virtúte proftérne.

Deus qui contritórum non défpicis gémitum, &
mœréntium non fpernis afféctum; adéfto fupplicatiónibus noftris, quas tibi pro tribulatióne noftra
effúndimus, eáfque cleménter exáudi, vt quidquid contra nos diabólicæ atque humánæ moliúntur aduerfitátes,
ad níhilum redigátur, & confílio tuæ pietátis allidátur ;
quátenus nullis aduerfitátibus læfi, fed de omni tribulatióne & angúftia erépti, læti in Ecclésia tua grátias referámus. Per Dóminum noftrum, &c. ℞. Amen.

Toutes les chofes precedentes fe peuuent répeter au-
tant de fois que le Prêtre le iugera à propos, & iufqu'à ce
que le poffedé foit tout à fait deliuré. On poura dire enco-
re ce qui fuit.

Pater nofter, &c.

Aue María, &c.

Credo in Deum, &c.

Magníficat ánima mea. *Cantique de la fainte Vierge.*

Quicúmque vult faluus effe. *Symbole de S. Athanafe.*

Exúrgat Deus. *Pfalme 67.*

Deus in Adiutórium. *Pfalme 69.*

Deus in Nómine tuo faluum me fac. *Pfalme 53.*

Confitémini Dómino. *Pfalme 71.*

Iudíca Dómine nocéntes. *Pfalme 34.*

Dómine Deus meus. *Pfalme 21.*

Domine quid multiplicati funt. *Pfalme 3.*

In Domino confido. *Pfalme 10.*

Vfquequo Domine. *Pfalme 12.*

Oraiſon pour dire apres que l'Energumene ſera deliuré.

ORámus te Deus omnípotens, vt ſpiritus iniquitátis ámplius non hábeat poteſtátem in hoc fámulo tuo, N. *vel*, in hac fámulâ tuâ N. ſed vt fúgiat, & non reuertátur. Ingrediátur in eum, *vel*, in eam, Dómine, te iubénte, bónitas, & pax Dómini noſtri Ieſu Chriſti, per quem redémpti ſumus, & ab omni malo non timémus, quia Dóminus nobíſcum eſt. Qui viuit & regnat cum Deo Patre in vnitáte Spíritus ſancti Deus. Per ómnia ſæcula ſæculórum. ℟. Amen.

Autre forme & façon d'Exorciſmes, ſur vne perſonne qui eſt maleficiée en ſon corps.

QVand le *Curé* ou *Exorciſte*, *s'apercevra apres pluſieurs grands indices, que quelqu'vn eſt Maleficié en ſon Corps, ledit Maleficié, ſi ſon infirmité luy permet, viendra à l'Egliſe, auant midy, & s'étant Confeſſé & Communié, il ſe metra à genoux, ou s'aſſoira deuant l'Autel. Que ſi à cauſe de ſon infirmité il ne peut venir, on l'Exorciſera en ſa maiſon deuant vn Crucifix ou quelque Image de la S. Vierge, pendant quoy, éleuant ſon cœur à Dieu, il tiendra en ſa main vn cierge beny allumé, ou on le metra aupres de luy.*

Et le Prêtre qui l'Exorcisera s'etant reuétu d'aube ou de surplis auec vne étole, luy metra vne autre étole en forme de Croix sur les épaules ; le benira d'eau benîte & en jetera sur tous les assistans, les inuitant de prier Dieu deuotement pour luy. Toutes lesquelles choses étans ainsi disposées, il dira premierement.

IN nómine ✠ Patris, & Fílij, & Spíritus sancti.

℟. Amen.

℣. Dómine exáudi oratiónem meam.

℟. Et clámor meus ad te véniat.

℣. Dóminus vobíscum.

℟. Et cum spíritu tuo.

Orêmus.

ACtiónes nostras, quæsumus Dómine, aspirándo præueni, & adiuuándo proséquere : vt cuncta nostra orátio & operátio à te semper incípiat, & per te cœpta finiátur. Per Christum Dóminum nostrum.

℟. Amen.

Orêmus.

DEus, qui Sacerdótibus tuis tantam grátiam donáre dignátus es, vt quidquid in tuo nómine ab ijs agitur, à te fíeri credátur : quæsumus cleméntiam tuam, vt quidquid modò visitatúri sumus, vísites, quidquid benedictúri, benedícas : sitque ad nostræ humilitátis intróitum, Sanctórum tuórum méritis, fuga dæmonum, & Angeli pacis ingréssus. Per Christum Dóminum nostrum, &c. ℟. Amen.

Apres cela, on dira à haute voix les Litanies des Saints, à la fin desquelles on dira. Pater noster, &c.

℣. Exáudiat te Dóminus in die tribulatiónis.

℞. Protegat te nomèn Dei Iacob.

℣. Mittat tibi auxílium de sancto.

℞. Et de Sion tuátur te.

℣. Impleat Dóminus omnes petitiónes tuas.

℞. Nunc cognóui quóniam saluum fecit Dóminus Chriſtum ſuum.

℣. Dómine exáudi oratiónem meam.

℞. Et clamor meus ad te véniat.

℣. Dóminus vobíſcum.

℞. Et cum Spíritu tuo.

Orêmus.

Omnípotens clementíſſime Deus, & bonitátis infinítæ qui ſecúndùm multitúdinem ſapiéntiæ & miſericórdiæ tuæ quos díligis caſtígas, & flagéllas ómnem fílium quem ſúſcipis : te ſupplíciter inuocámus, vt fámulo huic tuo, *ou*, fámulæ huic tuæ N. qui, *ou* quæ, in corpóre ſuo membrórum debilitátem & dolórem pátitur, grátiam tuam conférre dignéris, vt quidquid ab eo, *ou* eâ, humánâ fragilitáte peccátum, ignoſcere, quidquid diabólica in eo, *ou* eâ, prauitáte corrúptum aut violátum eſt, purgáre, reſtitúere, & ſanáre dignéris, nocuménto omni ac dolóre ſubláto, cunctíſque malignórum ſpirituum peſtíferis machinaméntis procul depúlſis.

Miſerére Dómine contritiónis & pœniténtiæ, miſerére gemítuum & lacrymárum illíus cunctorúmque circumſtántium, glóriam tuam & miſericórdiam pro illo, *ou* illa, humíliter implorántium: & non habéntem fidúciam nifi in mifericórdiâ tuâ , ad tuæ grátiam reconciliatiónis cleménter admítte. Per Chri-ftum Dóminum noftrum , &c. ℞. Amen.

Orêmus.

DEus, qui factúræ tuæ pio femper domináris af-féctu : inclína, quæfumus aurem tuam fuppli-catiónibus noftris ; & fámulum tuum , *ou* fámulam tuam, aduérfâ córporis valetúdine laborántem clemén-ter vifitáre, oculífque tuæ miferatiónis refpícere digné-ris, cœleftémque ei & falutárem medicínam impéndere Per Chriftum Dóminum noftrum. ℞. Amen.

Orêmus.

DEus humánæ infirmitátis finguláre præsídium : auxílij tui fuper infírmum fámulum tuum , *ou* infírmam fámulam tuam , ofténde virtútem , vt ope mifericórdiæ tuæ adiútus, *ou* adiúta, Ecclésiæ tuæ in-cólumis prefentári mereátur. Per Chriftum Dóminum noftrum. ℞. Amen.

Orêmus.

PReces fámuli tui, *ou* fámulæ tuæ, quæfumus Dó-mine , cleménter exáudi , vt qui , *ou* quæ, iuftè pro peccátis fuis affligitur , pro tui nóminis glóriâ , mifericórditer liberétur. Per Chriftum Dóminum no-ftrum. ℞. Amen.

DEus, qui beátum Petrum à vínculis abfolútum, illæfum abíre fecífti ; fámuli tui, *ou* fámulæ tuæ, N. in afflictióne conftitúti, *ou* conftitútæ, víncula ab-fólue, & eum, *ou* eam , mente & córpore illæfum , *ou* illæfam, abíre concéde. Per Dóminum, &c. ℞. Amen.

L'Exorciste se leuant il aspergera d'eau benîte le Maleficié, & lira sur luy ce qui suit, demeurant de bout.

Léctio libri Exódi.

IN diébus illis : Ingréssi Moyses & Aaron ad Pharaónem, fecêrunt sicut præcéperat Dóminus : tulítque Aaron virgam coram Pharaône & seruis eius, quæ versa est in cólubrum. Vocáuit autem Phárao sapiéntes & maléficos, & fecêrunt étiam ipsi per incantatiónes Ægyptíacas, & arcâna quædam similiter, proiecerúntque singuli virgas suas, quæ versæ sunt in dracônes. Sed deuorâuit virga Aaron virgas córum. Tu autem Dómine miserére nostri. ℟. Deo grátias.

Léctio sancti Euangélij secúndùm Marcum.

Marc. vlt.

IN illo témpore : Recumbentibus vndecim discípulis, appáruit illis Iesus : & exprobrâuit incredulitátem eôrum & durítiam cordis ; quia his, qui vidérant eum resurrexísse, non credidérunt. Et dixit eis : Euntes in múndum vniuérsum, prædicáte Euangélium omni creatúræ. Qui credíderit, & baptizátus fúerit, saluus erit : qui verò non credíderit, condemnábitur. Signa autem eos, qui credidérint, hæc sequéntur. In nómine meo dæmónia eiícient, linguis loquéntur nouis, serpéntes tollent : & si mortíferum quid biberint, non eis nocébit : super ægros manus impónent, & bene habébunt. Et Dóminus quidem Iesus, postquam loquútus est eis, assumptus est in cœlum, & sedet à dextris Dei. Illi autem profécti, prædicauérunt vbique : Dómino cooperánte, & sermónem confirmánte sequéntibus signis. ℞. Laus tibi Christe.

Per Euangélica verba tollantur & destruántur in N. ómnia diabólicâ ópera. ℞. Amen.

De diuers Pseaumes.

DIspérdat Dóminus vniuérsa lábia dolósa : & linguam magníloquam.

Reges eos in virgâ férreâ : & tanquam vas figuli confringes eos.

Sicut déficit fumus, deficiant : sicut fluit cera à facie ignis, sic péreant peccatôres à facie Dei.

Sicut cera quæ fluit, auferéntur : supercécidit ignis, & non vidêrunt solem.

Quóniam bráchia peccatôrum conteréntur, confirmat autem iustos Dóminus.

Nisi conuérsi fuéritis, gládium ✚ suum vibrábit: arcum ✚ suum teténdit, & paráuit illum.

Et in eo paráuit ✚ vasa mortis : sagíttas ✚ suas ardéntibus effécit.

Hic N. accípiet bene ✚ dictiônem à Domino : & misericórdiam á Deo salutári suo.

Dirumpâmus víncula ✚ eôrum : & proijciâmus ✚ á nobis iugum ipsôrum ✚.

Bene ✚ dícat te Dóminus ex Sion : qui fecit cœlum & terram.

On peut reciter aussi ces autres Pseaumes, sçauoir. Qui habitat in adiutorio, &c. In te Dómine speraui, &c. *& d'autres encore ? si on veut.*

EXORCISME.

EXorcízo te *N.* córpore infírmum, sed per Spíritum sanctum ex sacro Baptísmi Sacraménto renátum, per Deum vivum ✚ per Deum verum ✚ per Deum sanctum ✚, per Deum qui te primùm de terra creávit, & póstea Sátanæ fráudibus pérditum, pretióso Sánguine suo redémit, vt effúgiat atque discédat à te omnis phantásia, nequítia ac versútia diabólicæ fraudis, omnísque spíritus immúndus adiurátus, per eum qui ventúrus est iudicáre vivos & mórtuos, & sæculum per ignem. ℞. Amen.

ET tu maledícte Sátana, quisquis huic fámulo Dei *N.* per quoscúmque, vel quomodocúmque, læsiónis aliquid intulísti, recognósce senténtiam tuam, da honórem & glóriam Deo vivo & vero : da honórem Iesu Christo filio eius, Dómino nostro : da honórem Spirítui sancto Paráclito, vt cum ómnibus nóxiis & maledíctis opéribus & conátibus tuis ab hoc seruo Dei ad imáginem eius facto, & pretióso Sánguine Christi filij eius redémpto, conféstim abscédas, nec ámpliùs ei vel rebus ipsius diútiùs nocére præsúmas. Per eúmdem Deum & Dóminum nostrum Iesum Christum, qui cum Patre & Spíritu sancto vivit & regnat per infiníta sæculórum sæcula. ℞. Amen.

Puis il l'aspergera d'eau benîte.
AVTRE EXORCISME.
In nómine Patris, ✚ & Fílij, & Spíritus sancti. Amen.

ROgo te Dómine Deus meus, qui es vnicum verbum Patris Altíssimi, Dei viui, custódi fámulum tuum

tuum ab omni factúrâ, & ab omni vínculo, & à malígno óculo : & à Diábolis, & à linguâ dolósâ, & à to-
nítruis, & à lampádibus & à fúlgure & tempeſtáte
& ab ómnibus inimícis, & malígnis ſpirítibus, &
ab iris populórum, propter nomen ſanctum tuum
laudábile, & benedíctum, magnum & glorificátum
in cœlo & in terrâ, & per Emmánuel, quod eſt in-
terpretátum nobíſcum Deus ; & ſicut apérta fuit petra, & aqua effúſa eſt, & bibérunt fílij Iſraël, & liberâuit eos Dóminus Deus de terrâ Ægypti, & de
manu Pharaônis per Moyſem, & Aaron fílios tuos :
& tu Dómine Deus Omnípotens pone manum tuam
déxteram plenam largâ benedictióne ſuper fámulum tuum *N.* Et reple eum ætérnis benedictióni-
bus, Amen. Et etiam Dómine ſicut tu poſuíſti Adam
in paradíſo ab orígine mundi, & feciſti in eo ma-
nâre magnum flumen, quod diuiſíſti in quátuor
flúmina, ſcílicet, Phiſon, Geon, Tigrim, & Euphra-
tem quibus totum mundum rigâre precepíſti. Et nemo pótuit neque poteſt tuæ contradícere voluntâti.
Nec etiam tu Dómine permíttas aliquem contradícere aduérſus fámulum tuum *N.* A quo hódiè per
virtútem tuam, elongétur omne malum, & omne
perículum, omnes virtûtes & inſídiæ diáboli, & omnes aduerſárij eius non hábeant poteſtâtem nocêre
ei, & qui iam nocêre ei deſíderant ex aduerſárijs
eius, ſint maledícti, & excommunicáti, & anathe-
matizáti cum ómnibus, qui cum eis fúerint in ma-
leficijs. Et per communicatiónem Petri qui eſt prin-

Qq

ceps Apoſtolôrum, & per oblatiônem ſolénnem, & per deprecatiónem ſanctôrum, & ſanctârum Dei, & perfectiônem eôrum ; & per humilitâtem peregrinôrum, & per ſacrificium Abel, & per bonitâtem Râphaël, & per oblatiônes Enoch, & per liberatiônem Noë, & per oblatiônem Iſaac, quem redêmit Deus per Angelum, & per obediéntiam Melchíſedec, & per religiônem eius, & per vínculum & pulchritúdinem Ioſeph, & per perſeuerántiam Iob : & per dilectiônem & humilitâtem Moyſis, & per religiônem Aaron, & per oratiônes ſanctas, & pſalmos Dauid, & per annunciatiônem Iſaïæ, & per lamentatiônes Ierémiæ, & per oratiônem Zacháriæ, & per ſanctos & ſanctas qui non dórmiunt, Deum laudántes : & per profúndum abyſſi, & per claritátem deïtátis, & per linguas Euangeliſtárum & per voces Angelôrum, & per eum quem vidit Moyſes, & per ſplendôrem lúminum, & per ſermônem Apoſtolôrum, & per natiuitâtem Dómini noſtri Ieſu Chriſti, & per baptíſmum eius, & per vocem audítam à Patre de cœlis tonânte, & ſuper eum dicênte, hic eſt filius meus diléctus, in quo mihi benè complácui, ipſum audîte : & per eum qui fecit de aquâ vinum, & per eum qui ſatiáuit quinque míllia hóminum in deſérto, & per eum qui ſuſcitâuit Lázarum de monuménto, & per eum qui fecit tranquillitâtem in mari, & fecit ventos ceſſâre, & ambulâuit, & fecit ambulâre Petrum pédibus ſuis ſiccis ſuper aquas : & per eum qui fuit crucifixus, & ſepúltus ; & reſurrêxit tértiâ die : & per aſcenſiônem eius : & Angelôrum míllia míllium, qui

fuêrunt creâti, & cum eo afcendêrunt in cœlum : & per
miffiônem Spíritûs Sancti fuper Apóftolos : & per oratiônes peregrinôrum, qui timent Deum : & per eum qui
fecit ómnia, & per vocem Chrifti. Abfóluo omnes fa-
cturas & ómnia maleficia, quæ facta funt, aut facta
fuêrunt aduérfus fámulum Dei *N.* vt non hábeat po-
teftâtem Diábolus aduérfus fámulum Dei *N.* Et per
oratiônes, quæ in hoc libro fcriptæ funt ad laudem
Dei, qui creâuit ómnia ; & per vocem Chrifti dicéntis fuper lignum crucis Deus meus, Deus meus, vt
quid dereliquîfti me : & per nomen Dei viui, glorifi-
cáti, & adorâti : & per Patrem, & Fílium, & Spíritum
Sanctum. Et fi áliqua factûra fuit, aut fiet contra fámulum tuum *N.* per inuocatiônes & virtûtes & po-
téntias Diáboli, aut fpiríttuum malignôrum, aut in
ære, aut in plumbo, aut in argénto, aut in auro, aut
in áliquo filo bombicíno, vel láneo, vel líneo, vel
in offe hóminis mórtui, vel in óffibus animálium qua-
drúpedum, vel volatílium, vel pífcium : & fi eft in libro, vel in ligno, vel in alíquibus verbis, vel in herbis, vel in lapídibus, aut in pífcibus de aquâ, vel fine
aquâ, vel fi quid eft viuífici in illis ; aut in clíbano : &
fi eft in fepúlchro Hebræôrum, aut Paganôrum, aut
Chriftianôrum, & fi eft in agro, vel víneâ : & fi eft in
móntibus, vel in válilibus, aut in fóntibus, vel extrà :
& fi eft ab Oriénte vel ab Occidénte, aut à Septen-
triône aut à Merídie : & fi eft in veftimentis, vel in
cinctûris, vel in tríuio, aut in domo, vel in paríete, vel
in lecto, aut défuper, vel defúbter : aut in rebus do-

mûs, vel domôrum, aut in árbore, aut in fôueâ, aut in
pûteo, aut in profúndo, vel in abyſſo, aut in ſyluâ, vel
in ſpelúncâ ſolitáriâ, & ſi eſt in deſérto, vel in diuiſió-
nibus márium, vel flúminum, vel in ſtátuâ, vel in
clauſûrâ térreâ, vel lígneâ; vel in coniunctûrâ membrô-
rum, vel conſúmptâ per ignem, vel potatióne, vel co-
meſtióne, vel quocúnque loco ſit, hæc ómnia diſſoluántur ab iſto fámulo Dei N. Et tu Dómine líbera
eum ab ómnibus malis, & ab ómnibus tempeſtátibus,
& tentatiónibus Dæmonum, & malígnis ſpirítibus, &
phantáſmate: & à gládio, & à vento, & à fúlgure, &
ab omni factûrâ, & tempeſtáte, & ab omni vínculo
factûræ, & à malígno óculo, & à linguâ dolóſâ, & ab
ómnibus perículis. Amen. Per nomen Dei, Deus Abraham, Deus Iſaac, Deus Iacob, rex magnus, & glorificá-
tus, & adorátus in cœlo & in terrâ, diſſoluántur ab iſto
fámulo Dei N. omnes factûræ, & ómnia mala. Amen.
Et apériat ei Deus iánuam dilectiónis ſuæ coram ómnibus homínibus, & coram Michaéle, Gabriéle, Raphaé-
le, Cherubin, Séraphin, & ómnibus Angelis, Archán-
gelis Thronis & Dominatiónibus Principátibus & po-
teſtátibus, & virtútibus cœlôrum, & Beátis Spirítibus,
& per Sanctum Ioánnem Baptíſtam, & per omnes
Patriárchas, & Prophétas, & oratiónes ómnium
ſanctôrum Apoſtolôrum Petri, & Pauli, Andréæ
Iácobi, Ioánnis, Thomæ, Iácobi, Philíppi, Bartholo-
mæi Mathæi, Simónis, & Thadæi, Marci, Lucæ, &
Ioánnis, & per oratiónes ómnium ſanctôrum Mártyrum, Stéphani, Vincéntij, Cleméntis, Sixti, Cornélij,

Cypriáni, Lauréntij, Hyppóliti, Leónis, Geórgij, Theodóri, Crispíni, Christóphori, Diónyſij cum ſócijs ſuis, & per oratiónes ómnium ſanctórum, & ſanctárum vírginum, Beâtę Maríæ ſemper Vírginis, Marię Magdalēnę, Maríæ Salomeę, Maríæ Ægyptíacę, Annæ, Perpétuæ, Felicitátis, Agathæ, Ceciliæ, Márthæ, Cathaṫínæ, Solangiæ, Anaſtáſiæ, Eulália, Eugéniæ, Scoláſticæ, Bárbaræ, Helénæ, venerábilis Margarítæ, Iúliæ, Theclæ, Brigíttæ, Verónicæ, & Suſánnæ: & per oratiónes ómnium ſanctórum confeſſórum, Vrſini, Syluéſtri, Mártini, Hilárij, Brítij, Auguſtíni, Ambróſij, Hierónymi, Gregórij, Nicolái, Benedícti, Columbáni, Mauricij, Leonárdi, Bláſij, Caij, Antónij, Pauli, Ludouíci, Elíæ, Iuliáni, Coſmæ, & Damiáni, & ómnium ſanctórum, & coeléſtium virtútum, & per eum qui liberáuit genus humánum à poteſtáte tenebrárum, & per hæc ſancta nómina ómnia, & per oratiónes, quæ in hoc libro ſcriptæ ſunt, diſſoluántur aduérſus fámulum Dei *N.* ómnia víncula, & poteſtátes Diáboli, & à malígno óculo, & à virtúte diáboli, liberétur, per Patrem & Fílium, & Spíritum ſanctum. Amen. Coniúro ✠ vos malígni ſpíritus, per nomen Dei viui, & per virtútem eius, qui princípium non habet, neque finem, qui ſuper nubes ámbulat, & ſuper pennas ventórum, & per Angelos, qui coram eo ſtant, quorum fácies apértæ ſunt, vt vídeant ſplendórem maieſtátis altíſſimi Dei viui, & per flammam ignis, quæ eſt ante fáciem eius, qui eſt Deus Deórum, & Dóminus Dominórum. Coniúro ✠ vos malígni ſpíritus per no-

QQ iij

men Dei viui, vt non habeátis poteftátem fuper fámulum iftum, nocéndi, nec in die, nec in nocte, neque dormiéndo, neque fedéndo, neque ftando, neque comedéndo, aut bibéndo, nec in vllâ horâ diei, neque noctis, neque habeátis poteftátem intrándi domum vbi hoc fcriptum, vel lectum fúerit, nec in vllâ figúrâ appareátis. Per laudes Angelôrum glorificatôrum, & per vocem tonítruum, qui funt in monte Sinaï, qui illuminâtus eft à fancto lúmine, & per illum, qui loquútus eft Móyfi, & Dauid, & liberâuit filios Ifraël, & per virtûtes atque dominatiônes cœlôrum, & per oratiônes trium puerôrum, Anániæ, Azáriæ, & Mifaël, qui pófiti fuêrunt in camíno ignis ardéntis, & non combúftus eft ex eis pilus, & non nócuit eis flamma ignis. Per Dóminum Deum, qui defcéndit in médium eórum, & refóluit víncula eôrum in médio camíni ignis, ita diffoluántur ifto fámulo Dei 𝑁. ómnia víncula, & ómnia mala facturârum, & omne malum. Et per omnes fanctos & fanctas Dei, & per officium quod celebrátur in Eccléfijs ad Dóminum Deum noftrum, & per fánguinem Dómini noftri Iefu Chrifti, qui effúfus fuit fuper lignum crucis in Gólgotha, & per fidem Ioánnis Baptíftæ, & ómnium fanctôrum & fanctârum Dei, & per corónam Chrifti regis, & per fánguinem fuum, & per thronum Altíffimi Dei, & per duódecim Apóftolos, & per quátuor Euangelíftas, abfóluo iftum famulum Dei 𝑁. ab omni vínculo feruitútis, & ab omni malo, Amen. Apériat ei Dóminus iánuas mifericórdiæ, & det ei dilectiônem ómnium hó-

minum, discédant ab eo omnes malígni spíritus, & non
hábeant potestátem inuisibiles neque visibiles, neque
malígni óculi nocéndi, neque contestándi aduérsus fámulum Dei N. & per vocem Dei dicéntis Adam, vbi
es? Absóluo istum fámulum Dei N. ab omni factûrâ,
& ab omni vínculo, & à malígno oculo, Amen. Et
per virtûtem quâ diuísit Deus mare rubrum, & am-
bulauêrunt filij Israël in médio eius, & per virtûtem
quâ vocâuit Lázarum, dicens, veni foras : & per virtûtem quâ eréxit lánguidum, dicens, surge, tolle gra-
bâtum tuum, & vade in domum tuam, & ámplius
noli peccáre, quam infirmitâtem passus fuit annis tri-
gínta septem : & per eum qui pluit aquâ, & dedit plúuiam super fáciem terræ, & terra dedit fructum suum
& per religiônem Eliæ Prophétæ, & per humilitâtem
Ioseph : & per eum qui descéndit de cœlo, & per eum
qui soluit víncula humâni géneris, ita sit absolútio ista
in hoc fámulo Dei N. Amen. Qui vero mala verba &
otiósa díxerint aduersum famulum Dei N. déstruat illos Deus sicut destrúxit Madian & Sisaram in torrénte
Cisson : & omnes factûræ, & ómnia víncula quæ facta
sunt, vel facta fuêrunt aduérsus fámulum Dei N. destruántur per potestátem altíssimi Dei, & per Emmánuel, quod interpretátur nobíscum Deus, He ✠ Loim,
Eli ✠ Sadai ✠ Elsadai ✠ Adonai ✠ Sabaoth. ✠
Quæ sunt nómina altíssimi Dei viui. Fiat in adiutórium fámulo Dei N. & ad defensiônem, & liberatiô-
nes eius ab ómnibus malis atque perículis, & ab ómnibus factûris, & ab ómnibus aduersitátibus, & perí-

culis. Per Dóminum noſtrum Ieſum Chriſtum, & per
Beâtam Maríam Matrem Dómini, & per oratiônes
ómnium ſanctôrum, & ſanctârum Dei liberêtur ſeruus
& fámulus Dei *N.* ab omni vínculo, Amen. Et non
hábeat poteſtátem nocêndi, neque conteſtándi aduérſus eum Diábolus, nec vlla factûra : & per oratiônes
ómnium Sanctôrum & Sanctârum Dei, liberêtur
fámulus & ſeruus Dei : & per virtûtem Dómini noſtri Ieſu Chriſti, qui cum Deo Patre & Spíritu ſancto viuit & regnat, in ſæcula ſæculôrum. Amen.

CHAP. SEPTIESME.

Des Proceſſions.

ORDRE A OBSERVER DANS les Proceſſions, & autres prieres publiques qu'on fait en temps de neceſſité.

E Clergé & le peuple s'étans aſſemblez dans l'Egliſe, feront quelque petite priere à Dieu, les genoux en terre auec vn cœur contrit & humilié. Le Prêtre auec ſes aſſiſtans prendra vne chape, ou au-moins il ſe reuétira de ſurplis & d'étole violete, de laquelle couleur il ſe ſeruira toûjours dans toutes les Proceſſions ; excepté aux Proceſſions du ſaint Sacrement, & celles qui ſe font aux iours ſolennels, & en action de graces, auſquels iours il

R R

*se seruira de la couleur propre & conuenable aux Fêtes &
aux solennitez. Les autres Prêtres & Clercs étans auſſi
reuétus de ſurplis, apres s'être leuez, entonneront l'Antienne qui ſuit.*

Ant. Exúrge Dómine, ádiu ua nos, & li-

bera nos própter nomen tuum.

Pſal. Deus áuribus noſtris audíuimus :

patres noſtri annunciauérunt no bis. Glória.

*Ils repeteront l'Antienne Exurge, &c. Enſuite ils flechiront
tous les genoux en terre, & deux Clercs qui ſeront à genoux
deuant le maître Autel, commenceront à chanter les Litanies, les autres leur répondans. Or quand on aura chanté.*

Sancta Marî a. Ora pro nobis.

Tous se leueront, & marcheront d'ordre, en sortans & chantans les Litanies ; la Croix allant deuant, & puis le Clergé, & en dernier lieu le Prêtre auec ses Ministres reuêtus comme dessus, si faire se peut.

Si la Proceßion est trop longue, on repetera les Litanies, ou bien les Litanies sinies & dites jusqu'aux prieres, on dira quelqu'vns des Pseaumes Penitentiaux ou Graduels, mais on ne dira iamais d'Hymnes ny de Cantiques de joye aux Proceßions qu'on fait en temps de neceßité, non plus qu'à celles qu'on fait le iour de saint Marc, & iours des Rogations. Si en faisant la Proceßion il faut entrer dans quelque Eglise, lors qu'on y sera entré, les Litanies ou Pseaumes ceßez, on chantera l'Antienne auec le Verset & Oraison du Patron de cete Eglise : Ensuite les Prêtres sortans & reprenans leurs prieres qu'ils auoient interrompuës, ils marcheront dans le même ordre qu'auparauant, & retourneront à leur Eglise, où étans ils cloront leur Proceßion par les Prieres & Oraisons qui sont à la fin du Breuiaire apres les Litanies des Saints.

De la maniere de faire des Proceßions, pour demander à Dieu de la pluye.

*O*N *fera toutes les choses comme deßus, jusqu'à la fin des Litanies, aux prieres desquelles on dira deux foix:* Vt congruéntem plúuiam fidélibus tuis concédere dignêris, Te rogámus audi nos. *Et puis on dira à la fin:* Pater noster *tout bas.*

℣. Et ne nos indúcas in tentatiônem.

℟. Sed líbera nos à malo.

Pſalme 146.

LAudáte Dóminum , quóniam bonus eſt pſalmus : Deo noſtro ſit iucúnda, decoráque laudátio.

Ædíficans Ierúſalem Dóminus : diſperſiónes Iſraëlis congregâbit.

Qui ſanat contrítos corde : & álligat contritiónes eôrum.

Qui númerat multitúdinem ſtellârum : & ómnibus eis nómina vocat.

Magnus Dóminus noſter , & magna virtus eius: & ſapiëntiæ eius non eſt númerus.

Suſcípiens manſuétos Dóminus : humílians autem peccatóres vſque ad terram.

Præcínite Dómino in confeſſiône : pſállite Deo noſtro in cythara.

Qui óperit cælum núbibus : & parat terræ plúuiam.

Qui prodúcit in móntibus fœnum : & herbam ſeruitúti hóminum.

Qui dat iuméntis eſcam ipſôrum : & pullis coruôrum inuocántibus eum.

Non in fortitúdine equi voluntâtem habêbit : nec in tíbijs viri bene plácitum erit ei.

Beneplácitum eſt Dómino ſuper timentes eum: & in eis qui ſperant ſuper miſericórdia eius.

Glória Patri, & Fílio , &c.

Ce Pſalme finy le Prêtre dira.

℣. Operi Dómine cælum núbibus.

℟. Et para terræ plúuiam.

℣. Vt prodûcat in móntibus fœnum.

℞. Et herbam ſeruitúti hóminum.

℣. Riga montes de ſuperióribus tuis.

℞. Et de fructu óperum tuórum ſatiábitur terra.

℣. Dómine exáudi oratiónem meam.

℞. Et clamor meus ad te véniat.

℣. Dóminus vobíſcum.

℞. Et cum ſpíritu tuo.

Orêmus.

DEus, in quo víuimus, mouêmur, & ſumus, plúuiam nobis tríbue congruéntem, vt præſéntibus auxílijs ſufficiénter adiúti, ſempitérna fiduciáliùs appetâmus.

Oratio.

PRæſta quæſumus omnípotens Deus, vt qui in afflictióne noſtra de túa pietâte confídimus, contra aduérſa ómnia tuâ ſemper protectióne muniâmur.

Oratio.

DA nobis, quæſumus Dómine, plúuiam ſalutârem, & áridam terræ fáciem fluéntis cœléſtibus dignánter infúnde. Per Dóminum noſtrum Ieſum Chriſtum, &c.

℣. Dóminus vobíſcum.

℞. Et cum ſpíritu tuo.

℣. Benedicâmus Dómino.   ℞. Deo grátias.

℞. Exáudiat nos omnípotens & miſéricors Dóminus.
Amen.

℣. Fidélium ánimæ per miſericórdiam Dei requiéſcant in pace. ℞. Amen.

De la maniere de faire des Prieres pour demander à Dieu du beau temps.

TOutes les choses se feront comme dessus ; sauf qu'on ne se leuera pas pendant les Litanies ny autres prieres qui suiuent ; si on ne fait Procession, il n'y aura que le Curé qui se leuera, auec ceux qui le seruent, pendant les Oraisons. Et on dira deux fois dans les prieres des Litanies. Vt fidelibus tuis áëris serenitâtem concédere dignêris, Te rogâmus audi nos. *A la fin des prieres il faudra dire,* Pater noster, &c.   ℣.   Et ne nos indúcas in tentatiônem. ℞.   Sed líbera nos à malo.

Psalme 66.

DEus misereátur nostri, & benedícat nobis : illúminet vultum suum super nos, & misereátur nostri.

Vt cognoscâmus in terra viam tuam : in ómnibus géntibus salutâre tuum.

Confiteántur tibi pópuli Deus : confiteántur tibi pópuli omnes.

Lætêntur & exúltent Gentes : quóniam iúdicas pópulos in æquitate, & Gentes in terra dírigis.

Confiteántur tibi pópuli Deus : confiteántur tibi pópuli omnes : terra dedit fructum suum.

Benedîcat nos Deus, Deus noster, benedîcat nos Deus & métuant eum omnes fines terræ.

Glória Patri, & Fílio, &c.

Sicut erat in princípio, & nunc & femper, &c.

℣. Adduxísti Dómine Spíritum tuum fuper terram.

℟. Et prohíbitæ funt plúuiæ de cælo.

℣. Cùm obdúxero núbibus cælum.

℟. Apparébit arcus meus, & recordâbor fœderis mei.

℣. Illúftra fáciem tuam Dómine fuper feruos tuos.

℟. Et bénedic fperántes in te.

℣. Dómine exáudi oratiónem meam.

℟. Et clámor meus ad te véniat.

℣. Dóminus vobífcum.

℟. Et cum fpíritu tuo.

Oremus.

Eus qui culpa offénderis, pœniténtia placâris, preces pópuli tui fupplicántis propítius réfpice, & flagélla tuæ iracúndiæ, quæ pro peccátis noftris me-rémur, auérte.

Oratio.

A D te nos Dómine clamántes exáudi, & áëris fe-renitátem nobis tríbue fupplicántibus, vt qui iuftè pro peccátis noftris afflígimur, mifericórdia tua præueniénte, cleméntiam fentiâmus.

Oratio.

QVæfumus omnípotens Deus, cleméntiam tuam, vt inundántiam coérceas ímbrium, & hilaritâ-tem vultus tui nobis impertíri dignéris. Per Dóminum noftrum Iefum Chriftum Fílium tuum, &c.

Priere pour chasser quelque tempête.

ON sonne les cloches, & ceux qui peuuent venir à l'Eglise étans venus, on dit les Litanies ordinaires à genoux, dans lesquelles on repete deux fois : A fúlgure & tempestâte. Et apres les Litanies & Oraison Dominicale, on dit le Psalme qui suit.

Psalme 147.

LAuda Ierúsalem Dóminum : lauda Deum tuum Sion.

Quóniam confortâuit seras portârum tuârum : benedíxit fílijs tuis in te.

Qui pósuit fines tuos pacem : & ádipe fruménti sátiat te.

Qui emíttit elóquium suum terræ : velóciter currit sermo eius.

Qui dat niuem sicut lanam : nébulam sicut cínerem spargit.

Mittit crystállum suum sicut buccéllas : ante fáciem frígoris eius quis sustinêbit?

Emíttet verbum suum, & liquefáciet ea : flabit spíritus eius, & fluent aquæ.

Qui annúntiat verbum suum Iacob : iustítias & iudícia sua Israël.

Non fecit taliter omni natióni : & iudícia sua non manifestâuit eis.

Glória

Glória Patri, & Fílio, &c.

℣. Adiutórium nostrum in nómine Dómini.

℞. Qui fecit cælum & terram.

℣. Osténde nobis Dómine misericórdiam tuam.

℞. Et salutáre tuum da nobis.

℣. Adiuua nos Deus salutáris noster.

℞. Et propter glóriam nóminis tui Dómine líbera nos.

℣. Nihil profíciat inimícus in nobis.

℞. Et filius iniquitátis non appónat nocére nobis.

℣. Fiat misericórdia tua Dómine super nos.

℞. Quemádmodum speráuimus in te.

℣. Saluum fac pópulum tuum Dómine.

℞. Et bénedic hæreditáti tuæ.

℣. Non priuábis bonis eos, qui ámbulant in innocéntia.

℞. Dómine Deus virtútum, beátus homo, qui sperat in te.

℣. Dómine exáudi oratiónem meam.

℞. Et clamor meus ad te véniat.

℣. Dóminus vobíscum.

℞. Et cum Spíritu tuo.

Orêmus.

DEus, qui culpâ offénderis, pœniténtiâ placâris: preces pópuli tui supplicántis propítius réspice, & flagélla tuæ iracúndiæ, quæ pro peccátis nostris merémur, auérte.

Oratio.

A Domo tua, quæsumus Dómine, spirituáles nequítiæ repellántur, & aëreârum discédat malígnitas tempestátum.

Oratio.

OMnípotens fempitérne Deus , parce metuéntibus, propitiâre fupplícibus, vt poft nóxios ígnes núbium, & vim procellârum, in mifericórdiam tránfeat laudis comminátio tempeftâtum.

Oratio.

DOmine Iefu, qui imperáfti ventis & mari, & facta fuit tranquíllitas magna, exáudi preces familiæ tuæ, & præfta; vt hoc figno fanctæ Crucis ✠ omnis difcêdat fæuítia tempeftâtum.

Oratio.

OMnípotens & miféricors Deus, qui nos & caftigándo fanas, & ignofcéndo confêruas: præfta fupplícibus tuis, vt & tranquillitátibus optátæ confolatiônis lætémur & dono tuæ pietâtis femper vtâmur. Per Dóminum noftrum Iefum Chriftum Filium tuum, qui tecum viuit, &c.

On l'afpergera d'eau benîte.

Prieres pour dire en temps de difette & de famine.

ON *fait tout comme deffus : Sauf que fi on ne fait Proceffion on ne fe leuera pas pendant les Litanies dans les prieres defquelles on dit deux fois :* Vt fructus terræ dare & conferuâre dignêris. *Apres lefdites Litanies on dit,* Pater nofter, &c. *Et le Pfalme qui fuit.*

Pſalme 22.

DOminus regit me, & nihil mihi déerit : in loco páſcuæ ibi me collocâuit.

Super aquam refectiônis educâuit me ? ánimam meam conuértit.

Dedúxit me ſuper ſémitas iuſtítiæ : propter nomen ſuum.

Nam & ſi ambuláuero in médio vmbræ mortis, non timêbo mala : quóniam tu mecum es.

Virga tua, & báculus tuus : ipſa me conſolâta ſunt.

Paráſti in conſpéctu meo menſam : aduérſus eos, qui tríbulant me.

Impinguáſti in óleo caput meum : & calix meus inébrians quàm præclârus eſt !

Et miſericórdia tua ſubſequêtur me : ómnibus diêbus vitæ meæ.

Et vt inhábitem in domo Dómini : in longitúdinem diêrum.

Glória Patri, & Filio, &c.

℣. Dómine non ſecúndùm peccâta noſtra fácias nobis.

℟. Neque ſecúndùm iniquitátes noſtras retríbuas nobis.

℣. Oculi ómnium in te ſperant Dómine.

℟. Et tu das illis eſcam in témpore opportúno.

℣. Meménto còngregatiônis tuæ.

℟. Quam poſſedíſti ab inítio.

℣. Dóminus dabit benignitâtem.

℟. Et terra noſtra dabit fructum ſuum.

℣. Dómine exáudi oratiónem meam.

℟. Et clamor meus ad te véniat.

℣. Dóminus vobíscum. ℟. Et cum Spíritu tuo.

Orémus.

INeffábilem nobis Dómine, misericórdiam tuam cleménter osténde, vt simul nos & à peccátis ómnibus éxuas, & à pœnis, quas pro his merêmur, erípias.

Oratio.

DA nobis quæsumus Dómine, piæ supplicatiónis efféctum, & famem propitiâtus auérte, vt mortálium corda cognóscant, & te indignánte tália flagélla prodîre, & te miseránte cessáre.

Oratio.

POpulum tibi súbditum pro peccátis suis fame laborántem ad te Dómine conuérte propítius, qui quæréntibus regnum tuum ómnia adjiciénda esse dixísti. Qui viuis & regnas cum Deo Patre, &c.

Procession en temps de mortalité & de peste.

ON fait tout comme dessus, quand on va en Procession ; dans les prieres des Litanies, on dit deux fois : A peste, & fame ; Líbera nos Dómine, & plus bas en son lieu. Vt à pestiléntiæ flagéllo nos liberáre dignêris, &c. *Apres lesdites Litanies on dit*, Pater noster, &c. *Et le Psalme qui suit.*

Psalme 6.

DOmine, ne in furóre tuo árguas me : neque in i... tua corrípias me.

Miferêre mei Dómine, quóniam infírmus fum : fana me Dómine, quóniam conturbáta funt offa mea.

Et ánima mea turbáta eft valdè : fed tu Dómine, vfquequo? Conuértere Dómine, & éripe ánimam meam : faluum me fac propter mifericórdiam tuam.

Quóniam non eft in morte qui memor fit tui : in inferno autem quis confitébitur tibi?

Laboráui in gémitu meo, lauábo per fingulas noctes lectum meum : lácrymis meis ftratum meum rigábo.

Turbátus eft à furôre óculus meus : inueteráui inter omnes inimícos meos.

Difcédite à me omnes qui operámini iniquitátem : quóniam exaudíuit Dóminus vocem fletus mei.

Exaudíuit Dóminus deprecatiónem meam : Dóminus oratiónem meam fufcêpit.

Erubéfcant & conturbéntur veheménter omnes inimíci mei : conuertántur & erubéfcant valdè velóciter.

Glória Patri, & Fílio, &c.

℣. Dómine non fecúndùm peccáta noftra fácias nobis.

℞. Neque fecúndùm iniquitátes noftras retríbuas nobis.

℣. Adiuua nos Deus falutáris nofter.

℞. Et propter glóriam nóminis tui Dómine líbera nos.

℣. Dómine ne memíneris iniquitátum noftrárum antiquárum.

℞. Citò antícipent nos mifericórdiæ tuæ, quia páuperes facti fumus nimis.

℣. Ora pro nobis fancte Sebaftiáne.

℞. Vt digni efficiámur promiffiónibus Chrifti.

℣. Dómine exáudi oratiónem meam.

℟.   Et clamor meus ad te véniat.

℣.   Dóminus vobíscum.

℟.   Et cum spíritu tuo.

Orêmus.

EXáudi nos Deus salutáris noster , & intercedénte beátâ & gloriósâ Dei genitríce Maríâ semper vírgine , & beáto Sebaftiáno Mártyre tuo, & ómnibus Sanctis, pópulum tuum ab iracúndiæ tuæ terróribus líbera , & misericórdiæ tuæ fac largitâte secûrum.

Oratio.

PRopitiâre Dómine supplicatiónibus nostris , & animârum & córporum medêre languóribus , vt remissiône percéptâ , in tua semper benedictiône lætêmur.

Oratio.

DA nobis quæsumus Dómine, piæ petitiônis efféctum , & peftiléntiam mortalitatémque propitiâtus auérte, vt mortálium corda cognóscant à te indignánte tália flagélla prodîre, & te miseránte cessáre. Per Dóminum nostrum, &c.

Prieres pour dire dans les Litanies en temps de guerre.

ON fait tout comme dessus : Sauf qu'on ne se leuera pas si on ne va en Procession pendant les Litanies. Apres lesdites Litanies on dit, Pater noster, &c. Et le Psalme qui suit.

Pſalme 45.

DEus noſter refúgium & virtus : adiûtór iñ tribulatiónibus, quæ inuenérunt nos nimis.

Proptéreà non timébimus, dum turbábitur terra : &
transferénrur montes in cor maris.

Sonuérunt, & turbátæ ſunt aquæ eôrum : conturbáti
ſunt montes in fortitúdine eius.

Flúminis ímpetus lætíficat ciuitátem Dei: ſanctificáuit
tabernáculum ſuum Altíſſimus.

Deus, in médio eius, non commouébitur : adiuuábit
eam Deus manè dilúculo.

Conturbátæ ſunt Gentes, & inclináta ſunt regna : dedit
vocem ſuam, mota eſt terra.

Dóminus virtûtum nobíſcum : ſuſcéptor noſter Deus
Iacob.

Veníte, & vidête ópera Dómini, quæ póſuit prodí-
gia ſuper terram : áuferens bella vſque ad finem terræ.

Arcum cónteret, & confrínget arma : & ſcuta combû-
ret igni.

Vacáte, & vidête quóniam ego ſum Deus: exaltábor
in Géntibus, & exaltábor in terra.

Dóminus virtûtum nobíſcum : ſuſcéptor noſter Deus
Iacob.

Glória Patri, & Filio, &c.

℣. Exúrge Dómine, ádiuua nos.

℟. Et líbera nos propter nomen tuum.

℣. Saluum fac pópulum tuum Dómine.

℟. Deus meus ſperántem in te.

℣. Fiat pax in virtûte tua.

℞. Et abundántia in túrribus tuis.

℣. Esto nobis Dómine turris fortitúdinis.

℞. A fácie inimíci.

℣. Arcùm cóntere, & confrínge arma.

℞. Et scuta cómbure igni.

℣. Mitte nobis Dómine auxílium de Sancto.

℞. Et de Sion tuère nos.

℣. Dómine exáudi oratiônem meam.

℞. Et clamor meus ad te véniat.

℣. Dóminus vobíscum.

℞. Et cum spíritu tuo.

Orêmus.

DEus, qui cónteris bella, & impugnatóres in te sperántium poténtia tuæ defensiônis expúgnas, auxiliâre fámulis tuis implorántibus misericórdiam tuam, vt inimicôrum suôrum feritâte depréssâ incessábili te gratiârum actiône laudêmus.

Oratio.

DEus, à quo sancta desidéria, recta consília, & iusta sunt ópera, da seruis tuis illam, quam mundus dare non potest, pacem : vt & corda nostra mandátis tuis dédita, & hóstium subláta formídine, témpora sint tua protectiône tranquílla.

Oratio.

HOstium nostrórum, quæsumus Dómine elíde supérbiam, & eôrum contumáciam déxteræ tuæ virtûte prostérne. Per Dóminum nostrum Iesum Christum Fílium tuum, &c.

Qu

QVe ſi on fait la guerre contre les *Turcs & autres Infidels, ou Heretiques :* on fait tout comme deſſus; ſauf que ſi on ne va pas en *Proceſſion* on ne ſe leuera pas durant les *Litanies :* dans les prieres deſquelles on dit deux fois: Vt inimícos ſanctæ Eccléſiæ humiliâre dignêris, Te rogâmus audi nos. *Et on ajoûtera.* Vt Turcârum, *ou,* hæreticôrum cónatus reprímere, & ad níhilum redígere digneris, Te rogâmus, &c. *Apres leſdites Litanies on dit,* Pater noſter, *Et le Pſalme qui ſuit.*

Pſalme 78.

DEus venérunt gentes in hereditâtem tuam, polluêrunt templum ſanctum tuum : poſuérunt Ierúſalem in pomôrum cuſtódiam.

Poſuérunt morticínia ſeruôrum tuôrum eſcas volatílibus cæli : carnes ſanctôrum tuôrum béſtijs terræ.

Effudérunt ſánguinem eôrum tanquam aquam in circúitu Ierúſalem : & non erat qui ſepelîret.

Facti ſumus opprôbrium vicínis noſtris : ſubſanátiò & illúſio his qui in circúitu noſtro ſunt.

Vſquequò Dómine iraſcêris in finem : accendêtur velut ignis zelus tuus?

Effúnde iram tuam in gentes, quæ te non nouérunt : & in regna, quæ nomen tuum non inuocauérunt.

Quia comedérunt Iacob : & locum eius deſolauérunt.

Ne memíneris iniquitátum noſtrárum antiquárum, citò antícipent nos miſericórdiæ tuæ : quia páuperes facti ſumus nimis.

Adiuua nos Deus ſalutáris noſter, & propter glóriam

T T

nominis tui Dómine líbera nos: & propítius esto peccátis nostris propter nomen tuum.

Ne forte dicant in géntibus, Vbi est Deus eórum? & innotéscat in natiónibus coram óculis nostris.

Vltio sánguinis seruórum tuórum qui effúsus est : introéat in conspéctu tuo gémitus compeditórum.

Secúndùm magnitúdinem bráchij tui , pósside fílios mortificatórum.

Et redde vicínis nostris séptuplum in sinù eórum : impropérium ipsórum , quod exprobrauérunt tibi Dómine.

Nos autem pópulus tuus , & oues páscuæ tuæ : & confitébimur tibi in sæculum.

In generatiónem & generatiónem : annuntiábimus laudem tuam.

Glória Patri , & Fílio , &c.

℣. Saluos fac seruos tuos.

℟. Deus meus sperántes in te.

℣. Esto nobis Dómine turris fortitúdinis.

℟. A fácie inimíci.

℣. Nihil profíciat inimícus in nobis.

℟. Et fílius iniquitátis non appónat nocére nobis.

℣. Hóstium nóminis tui Dómine elíde supérbiam.

℟. Et eórum contumáciam déxteræ tuæ virtúte prostérne.

℣. Fiant tanquam puluis ante fáciem venti.

℟. Et ángelus Dómini persequátur eos.

℣. Effúnde iram tuam in gentes, quæ te non nouérunt.

℟. Et in regna, quæ nomen tuum non inuocauérunt.

℣. Mitte nobis Dómine auxílium de Sancto.

℟. Et de Sion tuére nos.

℣. Dómine exáudi oratiónem meam.

℟. Et clamor meus ad te véniat.

℣. Dóminus vobíſcum. ℟. Et cum ſpíritu tuo.

Orêmus.

DA, quæſumus, Eccléſiæ tuæ miſéricors Deus, vt ſancto Spíritu congregâta, hoſtíli nullátenus incurſiône turbêtur.

Oratio.

DEus, qui culpa offénderis, pœniténtia placáris, preces pópuli tui ſupplicántis propítius réſpice : & flagélla tuæ iracúndiæ, quæ pro peccátis noſtris merêmur, auerte.

Oratio.

OMnípotens ſempitérne Deus, in cuius manu ſunt ómnium poteſtátes, & ómnium iura regnôrum, réſpice in auxílium Chriſtianôrum, vt gentes Turcárum, *ou*, Hæreticórum quæ in ſua feritáte confídunt, déxteræ tuæ poténtia conterántur. Per Dóminum noſtrum Ieſum Chriſtum, &c.

Exáudiat nos Dóminus. ℟. Amen.

Proceſsion en tout temps de Tribulation.

ON fait tout comme deſſus : quand on va en Proceſſion. *Apres les Litanies on dit,* Pater nofter, &c. *Et le Pſalme qui ſuit.*

Pſalme 19.

EXáudiat te Dóminus in die tribulatiônis : prótegat te nomen Dei Iacob.

Mittat tibi auxílium de ſancto : & de Sion tueâtur te.

Memor ſit omnis ſacrifícij tui : & holocáuſtum tuum pingue fiat.

Tríbuat tibi ſecúndùm cor tuum : & omne conſílium tuum confírmet.

Lætábimur in ſalutári tuo : & in nómine Dei noſtri magnificábimur.

Impleat Dóminus omnes petitiónes tuas : nunc cognóui quóniam ſaluum fecit Dóminus Chriſtum ſuum.

Exáudiet illum de cælo ſancto ſuo : in potentátibus ſalus déxteræ eius.

Hi in cúrribus, & hi in equis : nos autem in nómine Dómini Dei noſtri inuocábimus.

Ipſi obligáti ſunt, & cecidérunt : nos autem ſurréximus, & erécti ſumus.

Dómine ſaluum fac Regem : & exáudi nos in die, qua inuocauérimus te.

Glória Patri, & Fílio, &c.

Sicut erat in princípio, &c.

　　Ou le Pſalme 90. Qui hábitat in adiutório, &c. *Lequel étant finy on dira les Verſets ſuiuans.*

℣.　Deus refúgium noſtrum, & virtus.

℟.　Adiûtor in tribulatiónibus.

℣.　Saluos fac ſeruos tuos Dómine.

℟.　Deus meus ſperántes in te.

℣. Sanctus Deus, Sanctus fortis, Sanctus immortalis.

℟. Miſerére nobis.

℣. Adiuua nos Deus ſalutáris noſter.

℟. Et propter glóriam nóminis tui Dómine, líbera nos

℣. Dómine exáudi oratiónem meam.

℟. Et clámor meus ad te véniat.

℣. Dóminus vobíſcum.

℟. Et cum ſpíritu tuo.

Orêmus.

NE deſpícias omnípotens Deus, pópulum tuum in afflictióne clamántem, ſed propter glóriam nóminis tui tribulátis ſuccúrre placâtus.

Oratio.

INeffábilem miſericórdiam tuam Dómine nobis cleménter oſténde, vt ſimul nos & à peccátis ómnibus éxuas, & à pœnis, quas pro his merêmur, erípias.

Oratio.

COncède nos fámulos tuos quæſumus Dómine Deus, perpétuâ mentis & córporis ſanitáte gaudêre, & glorióſa beátæ Maríæ ſemper Vírginis interceſſióne, à præſénti liberári triſtítia, & ætérna pérfrui lætítia.

Oratio.

TRibulatiônem noſtram, quæſumus Dómine, propítius réſpice, & iram tuæ indignatiônis quam iuſte merêmur, auérte.

Oratio.

DEus refúgium noſtrum & virtus, adéſto piis Eccléſiæ tuæ précibus auctor ipſe pietátis, & præ-

sta, vt quod fidéliter pétimus, efficáciter consequámur.
Per Dóminum nostrum Iesum Christum, &c.

Des prieres qu'on doit dire aux Procesfions qu'on fait pour action de graces.

Au commencement de la Procession on chante cet Hymne.

TE Deum laudámus : te Dóminum confitêmur.
   Te ætérnum Patrem : omnis terra venerâtur.
Tibi omnes Angeli : tibi cæli, & vniuérsæ potestátes.
Tibi Chérubim & Séraphim : incessábili voce proclámant.
Sanctus, Sanctus, Sanctus : Dóminus Deus sábaoth.
Pleni sunt cæli & terra : majestátis glóriæ tuæ.
Te gloriôsus Apostolôrum chorus.
Te Prophetárum laudábilis numerus.
Te Mártyrum candidátus laudat exércitus.
Te per orbem terrárum, sancta confitêtur Ecclésia.
Patrem imménsæ maiestátis.
Venerándum tuum verum, & vnicum Fílium.
Sanctum quoque paráclitum Spíritum.
Tu rex glóriæ Christe.
Tu Patris sempitérnus es Fílius.
Tu ad liberandum susceptûrus hóminem : non horruísti Vírginis vterum.
Tu deuícto mortis acúleo : aperuísti credéntibus regna cælôrum.

Tu ad déxteram Dei fedes : in glória Patris.

Iudex créderis effe ventûrus.

Te ergo quæfumus fámulis tuis fubueni : quos pretió-
fo fánguine redemífti.

Ætérna fac cum fanctis tuis : glória munerári.

Saluum fac pópulum tuum Dómine : & bénedic he-
reditáti tuæ.

Et rege eos : & extólle illos vfque in æternum.

Per fingulos dies benedícimus te.

Et laudámus nomen tuum in fæculum : & in fæculum
fæculi.

Dignáre Dómine die ifto : fine peccáto nos cuftodíre.

Miferére noftri Dómine : miferére noftri.

Fiat mifericórdia tua Dómine fuper nos : quemádmodum fperáuimus in te.

In te Dómine fperáui : non confúndar in æternum.

Glória Patri, & Filio, &c.

Puis on poura dire felon le temps les Pfeaumes qui fuiuent.

Pfalme 65.

IVbiláte Deo omnis terra, pfalmum dícite nómini
eius : date glóriam laudi eius.

Dícite Deo quàm terribília funt ópera tua Dómine :
in multitúdine virtútis tuæ mentiéntur tibi inimíci tui.

Omnis terra adóret te , & pfallat tibi : pfalmum dicat
nómini tuo.

Venîte , & vidéte ópera Dei : terríbilis in confílijs fuper filios hóminum.

Qui conuértit mare in áridam, in flúmine pertranfí-
bunt pede : ibi lætábimur in ipfo.

Qui dominâtur in virtûte sua in ætérnum, óculi eius super gentes respíciunt : qui exásperant, non exalténtur in semetípsis.

Benedícite Gentes Deum nostrum : & audîtam fácite vocem laudis eius.

Qui pósuit ánimam meam ad vitam : & non dedit in commotiônem pedes meos.

Quóniam probásti nos Deus : igne nos examinásti, sicut examinâtur argéntum.

Induxísti nos in láqueum, posuísti tribulatiónes in dorso nostro : imposuísti hómines super cápita nostra.

Transíuimus per ignem & aquam : & eduxísti nos in refrigérium.

Introîbo in domum tuam in holocáustis : reddam tibi vota mea, quæ distinxérunt lábia mea.

Et locûtum est os meum : in tribulatióne mea.

Holocáusta medullâta ófferam tibi cum incénso aríetum : ófferam tibi boues cum hircis.

Venîte, audîte, & narrâbo omnes qui timêtis Deum : quanta fecit ánimæ meæ.

Ad ipsum ore meo clamáui : & exaltáui sub lingua mea.

Iniquitâtem si aspéxi in corde meo : non exáudiet Dóminus.

Proptéreà exaudíuit Deus : & atténdit voci deprecatiónis meæ.

Benedíctus Deus : qui non amóuit oratiónem meam, & misericórdiam suam á me.

Glória Patri, & Fílio, &c.

Sicut erat in princípio, &c.

Psalme 116.

Pſalme 116.

Laudáte Dóminum omnes gentes : laudáte eum omnes pópuli.

Quóniam confirmáta eſt ſuper nos miſericórdia eius : & véritas Dómini manet in ætérnum.

Glória Patri , & Fílio , &c.

On poura encore chanter le Pſalme, Laudáte Dóminum de cœlis, *le Cantique* Benedícite ómnia ópera, *le Cantique* Benedíctus Dóminus Deus Iſraël , *ſelon que la longeur du chemin le requerera ; apres quoy on dira dans l'Egliſe où ſe fait la Station les Verſets & Oraiſons ſuiuantes.*

℣. Benedíctus es Dómine Deus patrum noſtrórum.

℟. Et laudábilis , & glorióſus in ſæcula.

℣. Benedicámus Patrem & Fílium cum ſancto Spíritu.

℟. Laudémus , & ſuperexaltémus eum in ſæcula.

℣. Benedíctus es Dómine Deus in firmaménto cæli.

℟. Et laudábilis , & glorióſus, & ſuperexaltátus in ſæcula.

℣. Bénedic ánima mea Dómino.

℟. Et noli obliuíſci omnes retributiónes eius.

℣. Dómine exáudi oratiónem meam.

℟. Et clamor meus ad te véniat.

℣. Dóminus vobíſcum.

℟. Et cum ſpíritu tuo.

Orêmus.

Deus, cuius miſericórdiæ non eſt númerus, & bonitátis infinítus eſt theſáurus : pijſſimæ majeſtáti tuæ pro collátis donis grátias ágimus, tuam ſemper cleméntiam exorántes : vt qui peténtibus poſtuláta concédis,

V v

eósdem non déferens ad præmia futûra dispónas.

Oraison.

DEus, qui corda fidélium fancti Spíritus illuftratióne docuífti, da nobis in eôdem Spíritu recta fápere, & de eius femper confolatióne gaudére.

Oraison.

DEus, qui néminem in te fperántem nímium affligi permíttis, fed pium précibus præftas audítum: pro poftulatiónibus noftris votífque fufcéptis grátias ágimus, te piíffime deprecántes, vt à cunctis femper muniámur aduérfis. Per Dóminum noftrum Iefum Chriftum Fílium tuum, &c.

Obferuations fur les Ceremonies des *Te Deum*, & actions de graces.

COmme les actions de graces, pour quelque bien fait fignalé, foit pour l'Eglife, foit pour l'Eftat, font des Ceremonies Ecclefiaftiques, elles ne fe doiuent faire que par nos ordres, ou celles de nos grands-Vicaires; & afin que l'on y obferue vn ordre femblable dans tout nôtre Diocefe, voicy de quelles manieres nous voulons qu'elles foient faites.

Dans les villes où il y a plufieurs Eglifes & des compagnies d'Officiers, auffi-tôt que nos ordres auront été reçus par la premiere dignité de la principale Eglife, il en donnera avis aux autres fuperieurs des Eglifes, qui tous enfemble conuiendront du iour & de l'heure de faire la Ceremonie, & par les foins de l'vn d'eux, les fuperieurs des Communautez regulieres *&* les chefs des Officiers des compagnies feront avertis *&* priez de s'y trouuer.

La ceremonie fe fera ordinairement le premier Dimanche, ou la premiere fête apres nôtre mandement reçu, à l'iffuë des Vêpres, *&* le peuple en fera averty, le matin à la Meffe ; ce qui fe pratiquera auffi aux paroiffes de la campagne.

L'heure venuë de chanter le Te Deum, on fonnera les principales cloches pour avertir le peuple, tous les Ecclefiaftiques de la Ville fe trouueront dans la premiere, principale *&* plus commode Eglife ; *&* chaque Paroiffe, *&* Eglife ou Communauté, iront proceffionnellement à cete Eglife, où tout le monde étant affemblé, *&* les Ecclefiaftiques *&* Religieux dans le chœur ; la premiere dignité auec deux autres en chape, étans dans l'enceinte de l'Autel, ou au milieu du chœur commence Te Deum laudamus, que tout le chœur continuë, *&* on commence à marcher proceffionnellement, comme aux Proceffions generales, faifant la Proceffion autour de l'Eglife ou du Cimetiere, chantant toûjours le Te Deum laudámus *&* les autres prieres marquées cy-deuant.

Etant de retour dans le chœur, *&* les Ecclefiaftiques *&* les Religieux rangez de côté *&* d'autre, le fuperieur de l'Eglife chante *&* dit les Oraifons cy-deuant mifes, apres lefquelles fi le Te Deum fe chante pour des affaires concernans l'Eftat, on chante par trois fois Dómine faluum fac Regem, *&* le fuperieur dit l'Oraifon pour le Roy, apres laquelle chacun fe retire.

V V ij

De la Proceſſion en la Tranſlation de Reliques.

CEte Proceſſion n'eſt pas celle que l'on fait ordinaire-ment dans les Fêtes des Saints , aux lieux où leurs Reliques repoſent, & que l'on porte en Proceſſion , ou de-uant la Meſſe, ou en quelques autres temps; mais celle que l'on fait lors que l'on leue quelques corps de Saints qui n'ont pas encore été leuez de la terre où ils ont été inhu-mez, & que l'on transfere en l'Egliſe, pour être mis dans des chaſſes, & honorez par les fidels : ou bien celle qui ſe fait en la tranſlation d'vne Relique conſiderable de quel-que Saint, & que l'on porte en quelque Egliſe pour y de-meurer, & y eſtre honorée : ores dans cete Proceſſion il faut obſeruer ce qui ſuit.

L'Egliſe & les ruës par leſquelles la proceſſion doit paſſer, doiuent étre tapiſsées.

Le Celebrant & ſes Miniſtres, vêtus d'ornemens de couleur rouge ou blanche, ſelon que les Saints deſquels les Reliques ſont tranſportées le requierent, tiennent des cierges allumez ; en partant de l'Egliſe on chante les Litanies, inuocant les Saints deſquels on tranſporte les Reliques, auec l'Hymne Te Deum laudámus, le Pſalme Laudáte Dóminum de cœlis, auec les deux ſuiuans, & autres Pſeaumes & Hymnes du Propre ou du Com-mun deſdits Saints.

Quant aux Proceſſions ordinaires qui ſe font dans les fêtes des Saints, où l'on porte les Reliques, on ne fait pas toutes ces ceremonies, on ne tapiſſe point les ruës, on ne fait point de repoſoirs, car cela ne ſe fait que dans les

Proceſsions de tranſlation, ou dans les Proceſsions du ſaint Sacrement : *Que* ſi neanmoins les Proceſsions étoient trop longues, & que les chaſſes fuſſent trop peſantes, en ſorte que l'on ne pût pas les porter d'vne traite ſans ſe repoſer, on peut s'aller repoſer dans quelque Egliſe ou Chapelle, ou bien faire metre ſeulement vne table, couuerte d'vne nappe blanche ou tapis, dans le chemin, ſur laquelle on metra les Reliques, & a ces ſtations on ne doit, ny donner de l'encens, ny dire des Oraiſons ; on doit ſeulement continuer le chant que l'on a commencé: Et quand les porteurs ſe ſont vn peu repoſez, ils reprennent les Reliques.

A ces Stations les Eccleſiaſtiques ſe doiuent metre *in forma coronæ*, à l'entour de la table où ſont les Reliques.

En l'vne & l'autre des Proceſsions, les Reliques doiuent être portées par les Eccleſiaſtiques reuétus de Surplis & Chapes, ou d'Aubes & de Tuniques, & doiuent marcher dans le milieu des rangs du Clergé, & non à la tête du Clergé ; il n'y a que le ſaint Sacrement, qui contenant le chef de l'Egliſe doit être à la tête des Eccleſiaſtiques.

CHAP. HVICTIESME

Contenant diuers traitez necessaires à sçauoir,
selon les occurrences.

ES traitez suiuans ont été mis dans
le Rituel, pour le bon ordre dans
l'Eglise, & éuiter la confusion qui
se trouue, & que l'on a veu ariuer
ordinairement dans les Dioceses
faute de ne les pas sçauoir, & n'a-
uoir pas de liure qui les enseigne,
ce qui a été souuent cause que le
peuple a été plus scandalisé qu'é-
difié, de voir les Ceremonies qui
doiuent étre obseruées auec majesté & vniformité, étre faites dans le desordre.

Des Vêpres qui se disent Monseigneur l'Ar-
cheuêque present & n'officiant pas.

1. SI M. l'Archeuéque allant dans son Diocese se trouue dans vne Eglise, & veut assister à Vépres, on luy
dresse vn siege, c'est à dire, on luy mèt vn Fauteüil éleué
sur vn marche-pied, & deuant luy vn acoudoir couuert

d'vn tapis auec des carreaux du côté de l'Epître : ou bien s'il y a des chaires du Chœur, on metra vn tapis deuant celle qui est au haut vers l'Autel du côté de l'E-pître, où il se metra ; & deuant que de commencer Vépres tous les Ecclesiastiques iront auec leurs surplis au logis de Monseigneur l'Archeuéque, pour l'accompagner à l'E-glise ainsi qu'il est dit en la Messe suiuante.

2. L'Officiant, auparauant que de commencer Vêpres, se tournera vers M. l'Archeuêque, & luy fera vne profonde inclination, puis commencera Vépres.

3. M. L'Archeuêque bénit l'encens deuant le *Magnificat*, & non l'Officiant.

4. L'Officiant, apres auoir encensé l'Autel, ira encenser M. l'Archeuêque qui est encensé de trois coups, & apres luy, l'Officiant de deux seulement.

5. A la fin des Vêpres, apres que le Chœur a dit, *Bene-dicamus Domino, &c.* M. l'Archeuêque donne la benedi-ction solennelle étant découuert, & ayant sa Croix au deuant de luy.

6. Si M. l'Archeuéque assistoit à Complies, & qu'on dît les prieres, quand on est au *Confiteor*, il le dit au lieu du celebrant, & le celebrant auec les autres du Chœur, le di-sent apres luy, & se tournent vers M. l'Archeuéque en disant, *& tibi Pater, & te Pater*, puis M. l'Archeuéque dit, *Misereatur, &c. Indulgentiam, &c.* & en suite le celebrant continuë *Dignare Dómine, &c.*

De la Messe solennelle, Monseigneur l'Arche-uéque étant present.

AVparauant que M. l'Archeuéque vienne à l'Eglise, on accommode vn siege, ainsi qu'il est dit en l'ar-ticle cy-deuant, des Vêpres ; le celebrant auec les Diacre, Sous-Diacre, & les autres Ministres ou Acolythes s'étans rendus à la Sacristie, prennent leurs ornemens, comme il fera dit en la Meſſe ſolennelle, en ſorte qu'ils ſoient tous reuétus & préts à ſortir quand M. l'Archeuêque entrera dans le Chœur pour faire ſa priere.

2. M. L'Archeuêque entrant dans l'Egliſe accompagné des Eccleſiaſtiques ſeculiers ou reguliers, reçoit l'aſperſoir des mains du plus digne de ceux qui l'ont accompagné, ou qui ſont venus à ſon rencontre, prend & donne de l'eau benite à tous, puis va au deuant du grand Autel, où il fait ſa priere, ſe mettant à genoux ſur vn carreau que ſes domeſtiques ont mis ſur le dernier ou plus bas degré de l'Autel, & qu'ils ôtent apres; quand il ſe leue les Eccleſiaſtiques ſe retirent au Chœur apres auoir fait leur priere.

4. Le Celebrant à méme temps que M. l'Archeuêque entre dans le Chœur, ſi l'office qu'on chante au Chœur deuant la Meſſe eſt entierement finy, ſort de la Sacriſtie auec les Diacre, Sous-Diacre & Acolythes, conduits par le M. des Ceremonies, & vont à l'Autel comme en la Meſſe ſolennelle, ſaluënt l'Autel en y arriuant, ſaluënt apres M. l'Archeuêque qui eſt debout, ſçauoir le Celebrant, les Diacre & Sous-Diacre d'vne profonde inclination, & tous les Acolythes d'vne genuflexion.

5. Si c'étoit vn Dimanche, qu'on doit donner l'eau benite, M. l'Archeuêque étant entré au Chœur & fait ſa priere, iroit à ſa chaire, y receuroit l'aſperſoir des mains du Celebrant, prendroit & apres donneroit de l'eau benite au Celebrant, lequel apres auoir donné de l'eau benite dans le Chœur, iroit dire les oraiſons au deuant de l'Autel, & étant acheuées, il quitteroit le Pluuial ;& prendroit la Chaſuble, & M. l'Archeuêque viendroit à l'Autel pour dire la Meſſe, comme nous dirons cy-apres.

6. M. L'Archeuêque étant ariué au bas des degrez du milieu de l'Autel, le Celebrant ſe met à ſa gauche, le Diacre à la gauche du Celebrant, & le Sous-Diacre à la gauche du Diacre : M. l'Archeuêque commence la Meſſe, *In nomine Patris*, *&c. Introibo*, *&c.* le Celebrant auec ſes Miniſtres luy répondent, ſe tournans vers M. l'Archeuêque quand

quand ils difent ; *Et tibi Pater*, & , *Et te Pater.*

7. Apres que M. l'Archeuêque a dit *Indulgentiam*, *&c.* il fe retire, & va à fon fiege, où il continuë à dire, *Deus tu conuerfus*, *&c.* iufques à, *Aufer à nobis*, *&c.* qu'il ne dit pas : le Celebrant auec fes Miniftres s'étans tournez vers M. l'Archeuêque quand il fe retire, le faluënt ; puis le Celebrant tourné vers l'Autel & au milieu continuë la Meffe, monte à l'Autel, ayant le Sous-Diacre à fa gauche, le baife, & attend qu'on luy donne l'encenfoir pour faire l'encenfement de l'Autel : le Diacre & le Thuriferaire ayans fuiuy M. l'Archeuêque à fon fiege pour faire benir l'encens : M. l'Archeuêque y étant ariué eft falüé de tout le Chœur, & luy les falüe auffi d'vne inclination de tête , & apres s'affied & fe couure.

8. Le Diacre ariuant auprés de M. l'Archeuêque, le falüe d'vne inclination profonde ; le Thuriferaire fait toûjours la genuflexion, & aprés auoir donné la nauette au Diacre, fe met à genoux ; & le Diacre prenánt la cullier, la donne à M. l'Archeuêque, baifant la cullier , puis la main de M. l'Archeuêque, & difant, *Benedicite Pater Reuerendiſſime*, luy prefente la nauette, & M. l'Archeuêque ayant pris & mis de l'encens dans l'encenfoir, le benit à l'ordinaire ; il donne auffi fa benediction au Diacre, puis fe découure & fe leue pour dire l'Introite, &c.

9. Le Diacre ayant repris la cullier auec les baifemains ordinaires , rend la nauette au Thuriferaire qui fe releue, & ayans tous deux falüé M. l'Archeuêque, puis le Chœur en fortant, retournent à l'Autel, & aprés l'auoir falüé au milieu , vont au côté de l'Epître, où le Diacre ayant reçu du Thuriferaire l'encenfoir, le prefente au Celebrant, baifant les chainettes de l'encenfoir, puis la main du Celebrant, qui encenfe aprés l'Autel à l'ordinaire.

10. L'encenfement finy, le Diacre étant au côté de l'Epître reçoit l'encenfoir, encenfe le Celebrant de deux coups, puis va auec le M. des Ceremonies , & le Thuriferaire encenfe M. l'Archeuêque de trois coups, ainfi qu'il eft dit à

X x

l'encensement de l'Offertoire ; & le Celebrant lit l'Introïte si l'on fait les cercles portez par le Ceremonial, on obseruera ce qui suit.

11. Pendant que le Celebrant encense l'Autel, le M. des Ceremonies, par vne inclination qu'il fait aux Chanoines qui sont au Chœur, les inuite à venir au cercle ; c'est à dire de venir auprés de M. l'Archeuêque qui est en sa chaire debout & découuert : les plus ieunes partent les premiers de leurs places, & se rendent au deuant de M. l'Archeuéque, les plus éloignez ; & les plus dignes en suite se rangent le plus prés de M. l'Archeuêque ; les vns & les autres ariuans au deuant de M. l'Archeuéque, saliient premierement l'Autel d'vne inclination profonde, ou genuflexion, si le saint Sacrement est dans le Tabernacle ; puis se tournans vers M. l'Archeuéque, luy font tous vne genuflexion.

12. M. L'Archeuéque étant debout & découuert lit l'Introïte, ses Chapelains luy tenant le liure & le Bougioir, dit les *Kyrie*, alternatiuement auec les Chanoines, qui attendent que le Celebrant ayt entonné le *Gloria in excelsis Deo*, que M. l'Archeuéque dit auec les Chanoines, faisans les inclinations de la tête comme M. l'Archeuéque.

13. Le *Gloria* finy, ou s'il ne se dit point, aprés le dernier *Kyrie*, M. l'Archeuéque donne la benediction de la main droite aux Chanoines, sans leur rien dire, & eux le saliient d'vne inclination profonde ; puis se tournans vers l'Autel, le saliient comme en y ariuant, & s'en retournent en leurs places : ce qui seruira de remarque pour toutes les autres fois que les Chanoines viendront au cercle, ce qui ariuera au *Credo*, si on le dit en cette Messe, à *Sanctus*, & à *l'Agnus Dei*.

14. Mais ces cercles se font seulement à la grand'Messe, à laquelle M. l'Archeuéque assiste, soit en iour de Feste ou de Ferie : Et ne se font point lors que M. l'Archeuéque celebre luy méme la Messe, ny aux Eglises où il n'y a point des Chanoines, ny aux Messes des Trépassez, ny le Vendredy Saint.

15. Quand le Celebrant dit les Oraisons, M. l'Archeué-

que est debout, découuert & tourné vers l'Autel ; si ce
n'est aux Messes des Trépassez, aux Vigiles, quatre-Temps
& Feries de l'Aduent & du Caréme, qu'il se met à genoux
sur vn carreau à sa place, ou sur vn fauteüil au bas des degrez, retournant à son Siege quand elles sont dites.

16. Aprés la conclusion de la derniere Oraison, il s'assied,
se couure, & demeure ainsi iusques à l'Euangile.

17. L'Epistre dite, le Sous-Diacre, accompagné du
Maistre des Ceremonies, apres auoir salüé l'Autel, va au
deuant de M. l'Archeuéque, qu'il salüe au bas de son Siege,
puis se tournant vers le Chœur, le salüe d'vne inclination
mediocre d'vn côté, puis de l'autre, monte aprés les degrez de la chaire de M. l'Archeuéque, baise sa main à genoux : M. l'Archeuéque apres le benît, il se releue, salüe encor M. l'Archeuéque au bas de son Siege, salüe
aussi le Chœur, & s'en retourne à l'Autel.

18. Le Diacre auparauant que de dire l'Euangile porte
le liure sur l'Autel, puis va vers M. l'Archeuéque qu'il
salüe, & le Chœur aussi ; il s'approche apres de M. l'Archeuéque, qui étant assis & couuert, & luy à genoux luy baise
la main : Le Thuriferaire suit le Diacre venant à M. l'Archeuéque, qu'il salüe & le Chœur aussi ; apres que le Diacre les a saluez, & comme le Diacre a baisé la main de M.
l'Archeuéque, le Thuriferaire luy donne la nauette, & se
met apres à genoux ; & le Diacre ayant donné la cuiller à
M. l'Archeuéque, il prend & met de l'encens dans l'encensoir que le Thuriferaire tient étant à genoux deuant
luy, & M. l'Archeuéque benit l'encens, puis le Diacre,
comme cy-deuant.

19. Le Diacre ayant repris la cuiller, & le Thuriferaire
s'étant releué, le Diacre luy donne la nauette, & étans dé-
cendus des degrez de la chaire salüent M. l'Archeuéque,
puis le Chœur, & s'en retournent à l'Autel, qu'ils salüent
en y ariuant ; le Diacre se met à genoux sur le marche-
pied de l'Autel, dit *Munda cor meum, &c.* se releue, prend
le liure, & apres auoir salué l'Autel, il décend au milieu

de l'Autel attendant qu'il foit temps d'aller demander la benediction à M. l'Archeuéque.

20. Vers la fin du Trait ou de la Profe, le Diacre va au deuant des degrez du milieu de l'Autel auec le Sous-Diacre, les deux Acolythes des Chandeliers & le M. des Ceremonies (le Thuriferaire attendant prés de l'Autel le retour du Diacre) & ayans tous faluë l'Autel vont à M. l'Archeuéque; le M. des Ceremonies marche le premier, puis les Acolythes, & en dernier lieu les Diacre & Sous-Diacre.

21. Comme ils font au deuant de M. l'Archeuéque, le faluënt tous enfemble, & s'étans aprochez de M. l'Archeuéque, tous fe metent à genoux, & le Diacre difant *Iube Domne benedicere*, demande la benediction à M. l'Archeuéque; M. l'Archeuéque étant affis & couuert, dit, *Dominus fit &c.* & benit le Diacre.

22. Le Diacre ayant reçu la benediction, tous fe releuent, faluënt M. l'Archeuéque, & vont au lieu deftiné pour chanter l'Euangile, faluant l'Autel s'ils paffent deuant; M. l'Archeuéque fe découurant & demeurant debout & tourné vers le Diacre quand il la dit.

23. L'Euangile dit, le Sous-Diacre accompagné du M. des Ceremonies porte le liure à baifer à M. l'Archeuéque, qui le baife étant debout & découuert, & le Sous-Diacre ne faliie point M. l'Archeuéque qu'apres que M. l'Archeuéque a baifé le liure: M. l'Archeuéque ny le Celebrant ne font point encenfez, pour la raifon cy-deuant dite à l'article 10. Le Celebrant ne commence point le *Credo*, s'il faut le dire, que M. l'Archeuéque n'ayt baifé le liure.

24. L'Euangile étant baifée, le Diacre & tous les autres s'en retournent à l'Autel, faluant M. l'Archeuéque & puis au milieu de l'Autel ayant faliié l'Autel, le Diacre monte fur fon degré, & les Thuriferaires & Acolythes vont à la Credence.

25. S'il y a *Credo* à dire, dés auffi-toft que l'Euangile

ft dit, les Chanoines viennent au deuant de M. l'Archeuéque, & obſeruent les mémes Ceremonies que cy-deuant
aux *Kyrie*, ſoit en ariuant, & en ſe retirant, faiſant la genuflexion & M. l'Archeuéque auſſi tournez vers l'Autel;
quand ils diſent *Et incarnatus eſt, &c.* ſe mettans tous à genoux en leurs places quand le Chœur le chante : M. l'Archeuéque s'aſſied & ſe couure apres que le Celebrant a dit
Dominus vobiſcum.

26. Le Sous-Diacre auparauant que de metre l'eau
dans le Calice, étant au côté de l'Epître, tenant la burette de l'eau de la main droite, l'éleue pour la faire voir
à M. l'Archeuêque & faiſant vne demie genuflexion dit
Benedicite Pater Reuerendiſſime, M. l'Archeuéque s'étant
tourné vers l'Autel, la benit de ſon Siege : que ſi le Sous-
Diacre étant à l'Autel ne pouuoit pas étre commodement
veu de M. l'Archeuéque, il iroit au deuant du Siege de
M. l'Archeuéque, accompagné du M. des Ceremonies
portant la Burette pour la faire benir, auec ſes ſaluts ordinaires, de l'Autel, de M. l'Archeuéque & du Chœur.

27. Apres l'Oblation, le Diacre accompagné du Thuriferaire & du M. des Ceremonies va à M. l'Archeuéque
pour luy faire benir l'encens, comme au commencement de
la Meſſe; & étant de retour à l'Autel, le Diacre étant au
côté de l'Epître, reçoit l'encenſoir du Thuriferaire, & le
donne au celebrant qui encenſe l'Autel à l'ordinaire.

28. L'Encenſement de l'Autel étant finy, le Diacre
ayant reçu l'encenſoir des mains du Celebrant, il l'encenſe
de deux coups; il va apres accompagné du Thuriferaire à
M. l'Archeuéque, & étans ariuez au deuant de luy, le
Diacre ſalüe M. l'Archeuéque qui eſt debout & découuert, ſalüe auſſi le Chœur, encenſe apres M. l'Archeuêque de trois coups, qui luy donne ſa benediction; le Diacre
le ſalue, & va apres encenſer le Chœur à l'ordinaire, toûjours accompagné du Thuriferaire : ſortant du Chœur il
ſalüe M. l'Archeuéque, puis le Chœur, & étant de retour
à l'Autel, il encenſe le Sous-Diacre, & luy méme eſt encenſé, &c. x x iij

29. Si le cercle se fait: vers la fin de la Preface, les Chanoines viennent aupres de M. l'Archeuêque pour dire *Sanctus*, comme cy-deuant aux *Kyrie*.

30. M. l'Archeuêque, quand les Acolythes viennent à l'Autel auec leurs flambeaux, se met à genoux sur vn carreau à sa place, ou il décend de son Siege, s'il le trouue plus à propos & se met à genoux sur vn fauteüil que ses domestiques luy mettent aupres de sa chaire.

31. Apres l'éleuation du Calice, il se releue & se tient debout & découuert à sa chaire : si ce n'est aux Messes des Morts, Vigiles, ou Feries marquées cy-deuant art. 15 qu'il demeure à genoux iusques à *Pax Domini*, qu'il se releue & retourne à son Siege où il demeure debout & découuert.

32. Si le cercle se fait; vn peu auparauant que le Celebrant dise *Agnus Dei*, les Chanoines viennent aupres de M. l'Archeuêque pour le dire auec luy, faisant en ariuant, & en se retirant vne genuflexion vers l'Autel, soit qu'il y ayt Tabernacle ou non, & le reste comme cy-deuant.

33. Le Sous-Diacre ayant reçu la paix, étant accompagné du M. des Ceremonies va à M. l'Archeuêque, & sans le saluer, ny le Chœur, la luy donne en disant, *Pax tecum*, M. l'Archeuéque répondant: *Et cum spiritu tuo*; puis le Sous-Diacre va la porter au Chœur : sortant du Chœur, il le saluë & M. l'Archeuêque; le M. des Ceremonies saluant M. l'Archeuéque & le Chœur à l'ordinaire.

34. Quand le Celebrant dit *Domine non sum dignus*, & qu'il se communie, M. l'Archeuéque demeure incliné & tourné vers l'Autel: Aux Oraisons il est debout ou à genoux comme aux premieres, artic. 15.

35. Le Celebrant apres auoir dit *Placeat, &c.* sans donner la benediction, saluë l'Autel auec les Diacre & Sous-Diacre, décend au bas des degrez du côté de l'Euangile (supposé que M. l'Archeuéque soit au Chœur au côté de l'Epître, que s'il étoit au côté de l'Euangile le Celebrant décendroit au bas des degrez du côté de l'Epiître)

le Sous-Diacre à la droite du Diacre s'ils sont au côté de l'Euangile, & au contraire le Diacre étant à la gauche du Celebrant & le Sous-Diacre à la gauche du Diacre s'ils sont au côté de l'Epître, étans à genoux tournez vers M. l'Archeuéque de quel côté qu'ils soient.

36. M. l'Archeuêque étant en son Siege, debout & découuert dit tout haut, *Sit nomen Domini benedictum, Adjutorium, &c.* se tournant vers l'Autel, & faisant vne inclination mediocre il dit, *Benedicat vos omnipotens Deus*, puis s'étant remis, donne la benediction de la main droite, tenant la gauche sur sa poîtrine, à sa gauche, puis au milieu, & apres à sa droite.

37. En Carême la derniere Oraison étant dite le Diacre sans se bouger du côté de l'Epître, se tourne, & chante tout haut, *Humiliáte capita vestra Deo*, M. l'Archeuéque & ceux du Chœur demeurans à genoux & vn peu inclinez.

38. La benediction donnée, le Celebrant monte à l'Autel pour dire l'Euangile au lieu accoûtumé, & puis apres se tourne auec ses Ministres vers M. l'Archeuéque & le saluent, se tournent apres vers l'Autel, & attendent que M. l'Archeuéque soit forty pour s'en retourner à la Sacristie, au méme ordre qu'ils en sont venus, saluans le Chœur s'il y reste quelqu'vn.

39. M. l'Archeuéque, apres que le Celebrant ayant dit l'Euangile l'a salüé, luy donne sa benediction, & décend de sa chaire, salüe l'Autel, se retire étant accompagné des Chanoines; ou partie d'iceux, s'il reste quelque Office à dire.

De la Messe solennelle qui se dit en presence de Monseigneur l'Archeuéque, reuêtu de ses Ornemens Pontificaux.

1. SI M. L'Archeuéque desire assister à la Messe solennelle, reuétu de ses Ornemens Pontificaux auec la Mître & la Crosse, ses Chapelains se doiuent preparer de

bonne heûre dans la Sacriftie, ou en autre lieu deftiné
pour cela ou fur le grand Autel, fi M. L'Archeuéque de-
fire de s'habiller dans fa chaire pontificale.

2. M. L'Archeuéque ayant fait fa priere au deuant du
grand Autel, fe leue, fait vne inclination à l'Autel, ou
genuflexion s'il y a Tabernacle; le Chœur eftant debout,
M. L'Archeuéque s'étant tourné vers le Chœur, tout le
monde le faluë d'vne inclination profonde, & luy les faluë
auffi : M. l'Archeuéque va & monte à fon fiege, étant accompagné de ceux qui luy doiuent feruir de Prêtre affiftant,
& de Diacres d'honneur; y étant ariué il quitte fa Chape
ou fon Camail, laue fes mains, & apres étre reuêtu de fes
Ornemens pontificaux par fes Diacres d'honneur qui reçoiuent les Ornemens des Acolythes, qu'ils aportent l'vn
apres l'autre de l'Autel, fçauoir la Mître, l'Aube, la Ceinture, la Croix pectorale, l'Etole & le Pluuial; le Prêtre
affiftant luy met l'Anneau au doigt, le premier Diacre luy
donne la Mître, & s'étant affis, bénit l'encens à l'ordinaire.

3. Le celebrant auec le Diacre & le Sous-Diacre, étans
reuêtus de leurs Ornemens, fortent de la Sacriftie au méme ordre qu'en la Meffe folennelle, conduits par le M.
des Ceremonies.

4. Entrans au Chœur, ils le faluënt, vont apres au deuant du grand Autel qu'ils faluënt; fçauoir le Celebrant
d'vne inclination profonde, les Diacre & Sous-Diacre de
pareille inclination s'ils font Chanoines, & d'vne genuflexion, & s'ils ne le font pas, attendent que M. l'Archeuéque defcende de fon Trône pour aller à l'Autel, ils falüent M. l'Archeuéque le premier s'ils paffent au deuant
de luy auparauant que d'aborder à l'Autel.

5. M. l'Archeuéque venant à l'Autel auec la Mître &
la Croffe, eft accompagné jufqu'aupres de l'Autel des deux
Diacres d'honneur & du Prêtre affiftant, qui fe retirent
apres vn peu en arriere.

6. M. l'Archeuéque étant ariué au bas des degrez du
milieu de l'Autel, rend la Croffe à l'Acolythe qui en a le
foin,

foin, vn des Diacres d'honneur luy ôte la Mitre, & le Celebrant fe met à fon côté gauche vn peu en arriere, le Diacre à la gauche du Celebrant, & le Sous-Diacre à la gauche du Diacre tant foit peu en arriere, en forte qu'ils ne forment pas vne ligne droite auec M. l'Archeuéque ny auec le Celebrant; les Prétres affiftans & Diacres d'honneur demeurans derriere.

7. Ils faliient tous enfemble l'Autel, & M. l'Archeuéque commence comme s'il difoit luy méme la Meffe, le Celebrant & les autres Miniftres & Affiftans répondent, fe tournans vers M. l'Archeuéque en difant, *Et tibi Pater,* &, *Et te Pater.*

8. Apres auoir dit, *Indulgentiam, &c.* vn des Diacres affiftans donne la Mitre à M. l'Archeuéque & prend la Croffe, faliie l'Autel d'vne inclination mediocre; le Celebrant auec fes Miniftres le faliie, s'étant retiré pour le laiffer paffer, s'en allant à fon fiege, ayant à fes côtez les Diacres d'honneur, & le Prétre affiftant qui le fuit: Le Celebrant apres fe met au milieu de l'Autel, continuë la Meffe, monte à l'Autel, le baife & attend que M. l'Archeuéque ayt beny l'encens, afin de faire l'encenfement de l'Autel.

M. l'Archeuèque étant en fon fiege, s'y comporte comme à la Meffe pontificale, le Prétre affiftant luy prefente l'encens à benir, & l'encenfe à fon fiege, & luy donne la Paix, l'ayant reçiie du Celebrant; les deux Diacres d'honneur y donnent & ôtent la Mitre de la méme façon qu'en la Meffe pontificale.

9. M. l'Archeuéque étant ariué à fon fiege retenant la Mitre, quite la croffe, s'affied; le Thuriferaire feul vient au deuant de luy & le faliie; il donne apres la nauete au Prétre affiftant, & fe met à genoux pendant que M. l'Archeuéque benit l'encens à l'ordinaire: puis le Thuriferaire s'étant releué & ayant faliié M. l'Archeuéque, va à l'Autel au côté de l'Epître, donne l'encenfoir au Diacre, & le Diacre au Celebrant qui encenfe l'Autel à l'ordinaire.

10. L'encenfement finy le Diacre reçoit l'encenfoir, &

Y y

encenſe le Celebrant de deux coups d'encenſoir : il le rend
apres au Thuriferaire, & le porte au Prétre aſſiſtant, qui
étant décendu des degrez du trône, prend l'encenſoir,
& encenſe M. l'Archeuéque, étant deboutauec ſa Mître,
de trois coups d'encenſoir, en luy faiſant vne profonde inclination deuant & apres.

11. M. l'Archeuéque quite la Mître, & ſi le cercle ſe doit
faire, les Chanoines étans inuitez par le M. des Ceremonies
y viennent, c'eſt à dire ſe rendent aupres de M. l'Archeuéque quand il dit *l'Introite*, & diſent auec luy *Kyrie*, & le
Gloria, ils y viennent auſſi au *Credo*, au *Sanctus*, & à *l'Agnus
Dei*, obſeruans ce que nous auons dit au Chapitre precedant
aux articles 11. 12. & 13.

12. Quand le Celebrant dit les Oraiſons, M. l'Archeuéque eſt debout & ſans Mître, tourné vers l'Autel.

13. Aux Meſſes des Trépaſſez, Vigiles & feries de l'A-
vent & du Caréme, il ſe met à genoux ſur vn carreau à ſa
place ; le Diacre aſſiſtant luy ôte la Mître quand il eſt à genoux : ou il ſe va metre à genoux ſur vn fauteüil au bas
des degrez de ſon trône, & au deuant de l'Autel, ne quitant la Mître qu'apres qu'il s'eſt mis à genoux, & la reprenant étant leué, pour s'en retourner à ſon ſiege ; ſes aſſiſtans
ſe metans à genoux à ſes côtez, & aydans M. l'Archeuéque à ſe releuer ; les Celebrant, Diacre & Sous-Diacre demeurans debout.

14. Si on diſoit en cete Meſſe le Verſet, *Adiuua nos
Deus, &c.* comme il ſe dit le iour des Cendres, &c. ou *Veni
ſancte Spiritus, &c.* vn peu auparauant qu'on le chante, il
ſe met encor à genoux ſur vn fauteüil : le Celebrant auec
le Diacre & le Sous-Diacre ſe metent auſſi à genoux ſur le
marche-pied du milieu de l'Autel, & ceux du Chœur ſe
metent à genoux en leurs places.

15. M. l'Archeuéque eſt aſſis auec la Mître quand le
Sous-Diacre dit l'Epître, & que le Chœur chante le Gra-
duel ou la Proſe : quite la Mître & ſe leue (apres auoir
beny l'encens) quand le Diacre commence l'Euangile.

16. Le Sous-Diacre apres l'Epître, ou le Diacre deuant l'Euangile, font comme au chapitre precedant, aux articles 17. 18. 19. 20. & 21.

17. Cependant que le Diacre dit l'Euangile, M. l'Archeuêque est debout & sans Mître tenant la Crosse des deux mains ; Apres l'Euangile étant encor debout & sans Mître, baise le liure, & est seul encensé par le Prêtre Assistant, à qui le Thuriferaire a donné l'encensoir : M. l'Archeuéque étant debout, & sans Mître, dit le *Credo* ; s'il se doit dire, auec les Chanoines, qui se rendent aupres de luy.

18. Le Celebrant ayant dit, *Dominus vobiscum*, *Oremus*, deuant l'Offertoire, M. l'Archeuêque s'assied & reçoit la Mître : le Sous-Diacre sans sortir d'aupres de l'Autel, monte la Burette de l'eau à M. l'Archeuêque, qui la benit de son siege étant assis auec la Mître, & sans se leuer il benit l'encens.

19. Apres l'encensement de l'Autel, le Diacre encense le Celebrant de deux coups d'encensoir, & le Prêtre Assistant encense apres M. l'Archeuéque de trois coups d'encensoir, étant debout auec la Mître.

20. M. L'Archeuéque retenant la Mître, se leue quand le Celebrant commence la Preface, laquelle il quite quand les Chanoines viennent au cercle pour dire *Sanctus*, & la reprend apres.

21. A méme temps que les Acolythes viennent à l'Autel auec les flambeaux, M. l'Archeuéque se met à genoux en son trône sur vn carreau, ou sur vn fauteüil au bas des degrez : vn des Diacres Assistans luy ôte la Mître quand il est à genoux.

22. Apres l'éleuation, il se releue, & demeure debout sans Mitre en sa place : s'il s'est mis à genoux au bas des degrez, il reprend apres l'éleuation du Calice la Mître, monte à sa chaire, où il quite la Mitre & demeure debout iusques apres la communion.

23. Aux Messes des Trépassez, des Vigiles & Feries, &c.

M. l'Archeuéque s'étant mis à genoux à l'eleuation ; il ne se releue point, & y demeure iufques au *Per omnia fæcula,* deuant *Pax Domini,* & fait comme cy-deuant pour s'en retourner à fon fiege.

24. A *l'Agnus Dei,* les Chanoines viennent au cercle : le Prêtre affiftant qui eft aupres de M. l'Archeuéque, va à l'Autel & le falüe, monte les degrez, fe met à la droite du Celebrant, duquel il reçoit la paix, la porte à M. l'Archeuéque, qui la donne à fes deux Diacres d'honneur, & le Prêtre affiftant la donne apres au Sous-Diacre qui la porte au Chœur.

25. Quand le Celebrant dit *Domine non fum dignus,* & durant la Communion, M. l'Archeuéque eft incliné vers l'Autel, il demeure debout ou à genoux aux Oraifons, comme aux premieres fans Mitre.

26. Le Celebrant ayant dit, *Placeat, &c.* décend auec les Diacre & Sous-Diacre au bas des degrez du côté de l'Epître, où il reçoit à genoux la benediction, que M. l'Archeuéque donne auec la Croffe & fans Mitre ; fon Chapelain étant à genoux, luy tenant la Croix au deuant de luy.

27. L'Euangile étant dit, le Celebrant va au milieu de l'Autel, ayant le Diacre à fa droite, & le Sous-Diacre à fa gauche, fait vne inclination mediocre, les Diacre & Sous-Diacre la font auffi, puis décendent au bas des degrez, falüent l'Autel, & apres fe tournans vers M. l'Archeuéque ; ils le faluent comme cy-deuant en ariuant, art. 4. s'en retournent à la Sacriftie au méme ordre qu'ils en font venus.

28. M. l'Archeuéque, l'Euangile étant dit, quite fes ornemens, les Diacres d'honneur les donnent aux Acolythes qui les portent fur l'Autel, prend fa chape ou fon Camail, décend de fon trône, falüe l'Autel, & fe retire, étant accompagné des Chanoines, ou de partie, fi l'office du Chœur n'eft pas acheué.

De l'expofition du S. Sacrement.

L'Experience nous ayant fait connoître, que plufieurs de leur authorité priuée, par vn culte particulier, fous pretexte d'Indulgences, de Profeffions de Religieufes, de Proceffions, de feftes de Patrons, ou de quelques autres feftes & folennitez d'Ordres, entreprennent d'expofer le faint Sacrement à découuert dans leurs Eglifes, & même fe chargent de fondations qu'ils reçoiuent à ce fujet, ce qui diminüe le refpect deu à vn Sacrement fi augufte, que l'Eglife a accouftumé de referuer pour fon dernier & plus affeuré refuge dans fes neceffitez extraordinaires. Pour empécher cete licence, *Nous auons défendu & défendons tres-expreffement à tous Abbez, Chanoines & Chapitres, Curez, Vicaires Superieurs de Communautez, & tous autres Prêtres feculiers ou reguliers, d'expofer le faint Sacrement à découuert fur l'Autel, ny le porter en Proceffion que dans l'Octaue du faint Sacrement ou és Prieres de quarante heures, que par noftre permiffion par écrit: & receuoir aucune fondation à cete fin, fi ce n'eft de nôtre confentement, & pour lors on y obferuera ce qui fuit.*

2. Lors que le faint Sacrement doit être expofé, l'Eglife doit eftre bien nettoyée & tendüe de tapifferies fi l'on peut, l'Autel proprement accommodé & orné, il y doit auoir pardeffus fix grands chandeliers auec des cierges de cire blanche ou autre, & autour du lieu où le faint Sacrement doit être expofé, fix autres petits chandeliers auec des cierges ou bougies ; en forte que dans les grandes Eglifes, il y ayt toufiours douze cierges allumez, & aux petites Eglifes fix cierges, ou au moins quatre.

3. L'héure étant venüe pour expofer le faint Sacrement, le Prêtre qui le doit expofer ayant pris le Surplis, l'Etole & le Pluuial, affifté du Sacriftain ou d'vn autre Chapelain, ayant pris le Surplis & l'Etole, portant entre fes mains la clef du Tabernacle & la bourfe auec les corporaux, du M. des Ceremonies portant le liure, fi le Sacriftain ne l'a preparé

prés de l'Autel, du Thuriferaire portant l'encenfoir; & de
deux Acolythes portans des flambeaux ou des chandeliers
auec des cierges allumez, va à l'Autel marchant en cét ordre; le Thuriferaire marche le premier, fuiuent les deux
Acolythes, puis le Maiſtre des Ceremonies, apres le Sacriſtain ou Chapelain, & en dernier lieu le Prêtre couuert de
ſon bonnet.

4. Entrans dans le Chœur, s'il y a des Eccleſiaſtiques ils
les faliüent, & étans ariuez au bas des degrez du deuant de
l'Autel, l'Officiant ſe découure & donne ſon bonnet au M,
des Ceremonies, fait apres auec les autres & en même temps
la genuflexion, puis ſe met à genoux ſur le ſecond degré; le
Sacriſtain monte à l'Autel, étend le corporal, & met la
bourſe au côté de l'Euangile, ouure le Tabernacle & ſans
tirer le ſaint Sacrement fait la genuflexion & retoùrne aupres de l'Officiant.

Si le ſaint Sacrement n'étoit pas dans le Soleil, à cauſe qu'il ne pouroit pas eſtre mis dans le Tabernacle, il doit
être conſerué dans le ſaint Cyboire, & l'Hoſtie doit auoir
été preparée auparauant que d'être conſacrée, en ſorte qu'elle
puiſſe entrer dans le Soleil: & en ce cas le Tabernacle étant
ouuert, le Celebrant monte à l'Autel, fait la genuflexion,
prend le ſaint Cyboire, en tire l'Hoſtie & la met dans le
Soleil, qu'il laiſſe ſur le corporal au milieu de l'Autel, &
remet le ſaint Cyboire dans le Tabernacle qu'il ferme dés
auſſi-tôt apres.

5. Le Thuriferaire s'aproche du Sacriſtain & luy donne
la nauette, l'Officiant, puis décend ſur le premier degré
apres auoir fait la genuflexion, étant leué reçoit la cuiller
du Sacriſtain & met par trois fois de l'encens dans l'encenſoir, tenu par le Thuriferaire ſans le benir; le Sacriſtain
ne baiſant point ſa main ny la cuiller, en la luy donnant
ou la reprenant.

6. L'Officiant ſe met à genoux ſur le marche-pied, les
Chantres entonent le Verſet, *Tantum ergo Sacramentum,*
ou, *O Salutaris Hoſtia, &c.* que le Chœur pourſuit, & à mé-

me temps le Sacriſtain ayant reçu l'encenſoir, le preſente à l'Officiant qui encenſe le ſaint Sacrement de trois coups, faiſant vne inclination profonde deuant & apres.

7. Le Sacriſtain reprend l'encenſoir & le donne au Thuriferaire, puis le Celebrant ſe leue & monte à l'Autel, fait vne genuflexion, prend le ſaint Sacrement & le met au lieu où il doit demeurer expoſé, il fait encor vne autre genuflexion, & décend ſur le degré où il ſe met encor à genoux.

Si le lieu où l'on expoſe le ſaint Sacrement eſt ſi éleué, qu'il faille ſe ſeruir de quelques degrez pour le l'y mettre, qu'il prenne bien garde en montant de ne choir pas, & ſur tout de ne metre pas les genoux ny les pieds ſur l'Autel.

8. Le Chœur ayant acheué de chanter, deux Acolythes diſent le Verſet, *Panem de cœlo, &c.* & l'Officiant étant debout dit *Dominus vobiſcum*, & en ſuite l'Oraiſon, *Deus qui nobis ſub Sacramento, &c.* auec la brieve concluſion, *Qui viuis & regnas in ſæcula ſæculorum.* Le Sacriſtain étant à genoux luy tenant le liure, ou le ſoûtenant ſi l'Officiant le tient luy méme.

9. L'Oraiſon dite, l'Officiant prend ſon bonnet, fait la genuflexion à deux genoux & tous les autres auſſi, & retournent à la Sacriſtie de la méme façon qu'ils en ſont venus, l'Officiant ne ſe couurant de ſon bonnet, qu'il ne ſoit hors la vûë du ſaint Sacrement.

10. Si apres l'expoſition du ſaint Sacrement on deuoit dire la Meſſe, ou quelque autre Office, l'Officiant apres auoir encenſé le ſaint Sacrement, & que le Chœur a acheué de dire le Verſet, *Tantum ergo*, ou, *O Salutaris Hoſtia*, ſans dire les Verſets ny l'Oraiſon, retourneroit à la Sacriſtie ou iroit au Chœur.

11. Aux moindres & petites Egliſes, ou méme aux Monaſteres des Religieuſes où il n'y a qu'vn Prêtre, étant reuétu du Surplis & de l'Etole, acompagné s'il ſe peut de deux Acolythes, portans des flambeaux ou des chandeliers auec des cierges, ou au moins d'vn Thuriferaire portant l'encenſoir, va à l'Autel portant la clef du Tabernacle & la

bourse auec les corporaux dedans, y étant ariué fait a genuflexion & les Acolythes aussi, se met à genoux sur le plus
bas degré & fait sa priere, puis s'étant releué monte à
l'Autel, étend le corporal, ouure le Tabernacle & sans
tirer le S. Sacrement, auec l'annotation mise aprés l'article
4. cy-deuant, fait la genuflexion, décend sur le second
degré, & étant debout, le Thuriferaire luy ayant presenté
l'encens en met dans l'encensoir sans le benir, apres s'étant
mis à genoux sur le marche - pied, & ayant reçu l'encensoir du Thuriferaire sans rien benir, encense le S. Sacrement de trois coups, s'inclinant profondement deuant &
apres l'encensement.

12. Quand on commence l'encensement, s'il y a quelqu'vn qui puisse chanter, ou les Religieuses si c'est dans
leur Eglise, chanteront *Tantum ergo, &c.* le Prestre l'ayant
entonné deuant que d'encenser le S. Sacrement, & ayant
rendu l'encensoir se leue, monte à l'Autel, fait la genuflexion, prend le saint Sacrement & le met au lieu où il doit
demeurer exposé, il fait apres la genuflexion & retourne
sur le second degré où il demeure à genoux iusqu'à ce
qu'on ayt acheué de chanter, & que les Acolythes ayent
chanté le Verset, ou luy-méme : puis se leue & le Thuriferaire luy ayant donné le liure qu'il auoit preparé auparauant que de venir à l'Autel, dit *Dominus vobiscum,* & l'O-
raison comme cy-deuant, & retourne apres à la Sacristie.

13. Si apres l'Office il faut refermer le saint Sacrement,
l'Officiant assisté comme cy-deuant va à l'Autel, & ayant
encensé le saint Sacrement étant à genoux, monte à l'Autel, prend le saint Sacrement & le met dans le Tabernacle,
le ferme & retourne à la Sacristie auec les autres qui l'ont
accompagné.

De la benediction du soir.

1. L'Heure étant venuë qu'on veut donner la Benediction le soir, le Sacristain ayant preparé tout ce qui
est

est necessaire, celuy qui doit faire l'Office ayant pris le Surplis, l'Etole, & le Pluuial, assisté du Sacristain ou d'vn autre Chapelain en Surplis, ayant l'vn & l'autre laué leurs mains auparauant; du M. des Ceremonies portant le liure & le grand voile, si le Sacristain ne l'a preparé auparauant prés de l'Autel : du Thuriferaire portant l'encensoir , & de deux Acolythes portans des flambeaux, ou des chande-liers auec des cierges allumez, va à l'Autel marchant com-me il est dit cy-deuant artic. 3. *Il y a des Eglises qui don-nent au Prétre Officiant (par dessus les Ministres cy-deuant de-clarez) deux assistans reuétus de Pluuial, dont le premier doit aussi prendre l'Etole , afin qu'il puisse faire tout ce que nous auons dit deuoir être fait par le Sacristain ; & comme cete coû-tume sert à honorer dauantage le saint Sacrement , il seroit à souhaiter qu'elle fût agreablement reçuë, & pratiquée dans les grandes Eglises ou grandes Communautez : le premier assi-stant faisant ce que nous marquerons deuoir être fait par le Sa-cristain.*

2. Entrant au Chœur, l'Officiant se découure & donne son bonnet au M. des Ceremonies, & ayans tous salüé le Chœur, vont au deuant des degrez de l'Autel , où étans tous en ligne droite, font la genuflexion à deux genoux ; les Acolythes demeurent à genoux au plan; le Thuriferaire & le M. des Ceremonies aussi.

3. L'Officiant, *ayant ses assistans à ses côtez , ou s'il n'y en a point,* ayant le Sacristain à sa droite, monte à l'Autel & le baise; fait vne genuflexion d'vn seul genoüil, & le Sa-cristain aussi ; en suite il décend le premier degré & se met à genoux sur le marche-pied; le Sacristain sans baiser l'Autel s'arrête, & étend le corporal sur l'Autel, fait apres cela la genuflexion, & retourne à la droite de l'Officiant , où il se met aussi à genoux.

4. Les Chantres entonnent l'Hymne, *Pange lingua, &c.* que le Chœur poursuit, & quand il dit, *Verbum caro pa-nem verum, &c.* l'Officiant se leue, & le Sacristain aussi, puis le Thuriferaire, lequel s'approchant du Sacristain luy

donne la nauette ; le Sacriſtain ſans rien baiſer preſente la cuiller à l'Officiant qui l'ayant reçuë prend & met de l'encens dans l'encenſoir ſans le benir.

5. Cela fait il rend la cuiller au Sacriſtain qui rend la nauette au Thuriferaire, & ſe remettent à genoux.

6. Lors que le Chœur commence à chanter, *Tantum ergo*, *&c.* l'Officiant étant à genoux, & ayant reçu l'encenſoir du Sacriſtain, encenſe par trois fois le ſaint Sacrement ; le Sacriſtain étant auſſi à genoux, & éleuant cependant le côté droit du Pluuial de l'Officiant.

7. L'encenſement finy, l'Officiant donne l'encenſoir au Sacriſtain, & celuy-cy au Thuriferaire.

8. Le Sacriſtain ſe leue, monte à l'Autel, fait vne genuflexion, prend le ſaint Sacrement du lieu où il étoit expoſé, & le met ſur le corporal, fait encor vne genuflexion & retourne prés de l'Officiant.

9. L'Hymne dit, les Acolythes diſent le Verſet, *Panem de cælo*, *&c.* & le Chœur ayant répondu *Omne*, *&c.* l'Officiant ſe leue & dit *Dominus vobiſcum*, & apres qu'il luy a été répondu, il dit *Oremus*, & en ſuite l'Oraiſon, *Deus qui nobis ſub Sacramento*, auec la brieve concluſion, *Qui viuis & regnas in ſæcula ſæculorum*. Le Sacriſtain étant à genoux luy tenant le liure, ou le ſoûtenant au cas qu'il veuille le tenir luy méme.

10. Si apres l'Oraiſon du ſaint Sacrement on en veut dire d'autres, comme pour le Roy ou pour quelques neceſſitez publiques, on peut les dire de ſuite en nombre impair & ſous vne méme concluſion brieve, & conuenable à la derniere Oraiſon ; les Acolythes ayans apres le Verſet du ſaint Sacrement *Panem de cælo*, dit les Verſets conuenables aux Oraiſons qu'on veut dire.

11. L'Oraiſon, ou les Oraiſons dites ; le Sacriſtain auec le M. des Ceremonies, metent le grand voile ſur les épaules de l'Officiant, qui s'étant releué monte à l'Autel, pendant ce temps on ſonne la clochete pour avertir de la benediction. Le Celebrant étant à l'Autel, fait la genuflexion,

prend luy-méme le faint Sacrement de la main droite par le nœud, & de la gauche par le pied, fes mains étans couuertes du voile, & faifant en forte que le deuant du Soleil foit vers le peuple quand il fera tourné.

12. L'Officiant fe tourne par le côté de l'Epître, & donne la benediction au peuple, éleuant fa main droite iufques à la hauteur du vifage, puis l'abaiffant iufqu'à la poitrine, & apres l'éleuant iufqu'à la hauteur des épaules, & la portant du côté gauche au droit; formant par ce moyen le figne de la fainte Croix auec le faint Sacrement, & beniffant vne feule fois le peuple fans rien dire.

13. Il fait le tour entier, ayant donné la benediction, puis repofant le faint Sacrement fur le corporal, il le tourne & le remet dans le Tabernacle, fait vne genuflexion, & le Sacriftain l'enferme fans plus l'encenfer.

14. L'Officiant décend au bas des degrez & prend fon bonnet, le Sacriftain y décend auffi, enfuite ils faluënt tous l'Autel, & retournent à la Sacriftie comme ils en font venus, faluënt encore le Chœur fi ils paffent deuant.

15. Aux moindres Eglifes, on peut donner la benediction le Prêtre n'étant reuétu que du furplis & de l'Etole, au cas qu'il n'y ayt point de Pluuial, étant accompagné au moins d'vn Acolythe portant l'encenfoir, qui aura preparé prés de l'Autel le liure & le voile: & obferuera en donnant la benediction, ce qui a été dit cy-deuant, à la referue que n'ayant aucun affiftant, il fera luy-méme ce que l'affiftant ou le Sacriftain font obligez de faire.

16. Si M. l'Archeuêque vouloit donner la benediction, étant reuétu d'Amict, d'Aube, Ceinture, Etole, & Pluuial, ayant deux Affiftans reuétus de Pluuial, & le premier encor de l'Etole, il iroit à l'Autel, auec la Mitre, & y étant ariué il quitteroit fa Mitre, & faluëroit enfemble auec tous les autres, le faint Sacrement, feroit comme cy-deuant, & beniroit le peuple auec le faint Sacrement par trois fois; à fa gauche, au deuant de luy & à fa droite, fans dire deuant que la donner, *Sit nomen Domini, &c.* ny autre chofe en la donnant.   z z ij

De la Messe basse qui se dit en presence de M. l'Archeuêque.

1. LE Prêtre allant à l'Autel & passant deuant M. l'Archeuéque, luy fait vne inclination mediocre sans se découurir s'il porte le Calice : s'il n'en porte point, il luy fait vne inclination profonde & se découure.

2. Apres auoir accommodé le Calice & ouuert le Messel, il décend au bas des degrez du côté de l'Euangile (supposé que M. l'Archeuêque soit au milieu de l'Autel, ou au côté de l'Epître) tant soit peu tourné vers M. l'Archeuéque, iusqu'à ce qu'il luy fasse signe de commencer : & lors le Celebrant apres auoir fait vne inclination profonde à M. l'Archeuéque, sans changer de place, se tourne vers l'Autel, luy fait vne inclination profonde ou genuflexion, s'il y a vn Tabernacle, apres il commence la Messe.

3. *Au Confiteor*, au lieu de dire *vobis*, &, *vos fratres*, il dit, *tibi*, &, *te Pater*, s'inclinant vn peu vers M. l'Archeuéque.

4. Apres auoir dit, *Oremus*, il fait vne inclination profonde à M. l'Arch. & s'en va au milieu de l'Autel, où il commence l'Oraison. *Aufer à nobis, &c.* & l'acheue en montant les degrez.

5. A la fin de l'Euangile il ne dit point, *Per Euangelica dicta*, ny ne baise pas le liure, mais il est porté à M. l'Archeuéque pour le baiser, si quelque Ecclesiastique en surplis luy sert, sans luy faire aucune reuerence, si ce n'est apres l'auoir baisé.

5. Le Celebrant ayant dit la premiere Oraison apres l'*Agnus Dei, Domine Iesu Christe, &c.* il baise l'Autel au milieu, puis la paix qui luy est presentée, en disant, *Pax tecum*, & luy ayant été répondu, *Et cum spiritu tuo*, on porte la paix à M. l'Archeuéque, comme cy-deuant on a fait le liure, & en la luy presentant on dit, *Pax tecum*.

7. Apres auoir dit, *Benedicat vos omnipotens Deus*, & s'étant tourné, fait vne inclination profonde à M. l'Archeuéque, puis il donne la benediction vers l'endroit où M. l'Arch. n'est point.

8. Apres le dernier Euangile il se tourne vers M. l'Archeuéque, & luy fait vne inclination profonde, comme au commencement de la Messe.

9. En retournant à la Sacristie, s'il passe deuant M. l'Archeuéque, il fait la même chose que venant à l'Autel.

CHAP. NEVFIESME.

Des Obseques, Sepultures, ou Funerailles,
& leur recommandation.

E n'est pas assez à vn Pasteur d'auoir assisté ses Paroissiens à la vie & à la mort, mais il faut que ses soins paternels s'étendent encoro apres leur decés, pour leur rendre les derniers deuoirs; c'est à dire, pour les inhumer en terre sainte, & prier Dieu pour le repos de leurs ames.

Cete obligation de rendre les derniers deuoirs aux defunts, n'est pas si particuliere aux Pasteurs, qu'elle ne regarde encor les parens du defunt, & generalement tous les hommes, à qui la nature a apris à connoître que les ames raisonnables étans immortelles, & quelque chose de diuin, les corps qui leur ont seruy de domicile pendant la vie, venans à en étre priuez, ne doiuent pas être traitez comme ceux des autres animaux en qui tout meurt, & le corps & l'ame, quand ils viennent à mourir.

On dit que c'est le deuoir du Pasteur; parce que de tout

temps le foin des fepultures a été referué aux Prêtres, méme parmy les Payens, comme vn des principaux actes de
religion.

Cete oligation eft fondée fur toute forte de droit,
Naturel, Diuin, Humain, Ciuil & Ecclefiaftique, & fur
deux principales vertus, la Iuftice & la Pieté.

La Iuftice s'obferue en la fepulture des morts. 1. Parce
que l'on rend à la terre ce qui luy apartient, & ce que
l'homme a pris d'elle en naiffant. 2. Parce que, comme
celuy qui eft mort vit encor en la memoire des hommes,
il a interêt que fon corps foit traité apres fa mort auec
honneur.

La Pieté paroît en la fepulture des morts; en ce que
parce moyen on affifte des perfonnes qui ne peuuent aucunement fe fecourir d'elles-mémes, foit pour la fepulture qui
leur eft duë, foit pour les peines où elles peuuent être
engagées dans le Purgatoire; & ainfi on fait des œuures de
mifericorde des plus grandes & des plus fignalées.

Mais ce qui rend ce foin pour les morts plus recom-
mendable : c'eft que l'Ecriture fainte nous fait voir que
Dieu l'a recommandé en plufieurs endroits dans la Loy de
nature, dans la Loy écrite, & dans la Loy de grace.

Dans la Loy de nature nous remarquons les foins que
prinrent les Patriarches, Abraham, Iacob & Iofeph, à
leur Sepulture. Dans la loy de Moyfe, nous trouuons 1. les
loüanges que l'Ecriture donne à Tobie, & les graces qu'il
reçut du Ciel, pour auoir eu foin d'enterrer les morts;

S Paluius
de Tobia. *Huius fpecialiter muneris prærogatiuâ iuftificatus à Domino, &*
Archangeli voce laudatus.

Eccl. 7.   2. Les preceptes que le fage nous en donne, *Mortuo ne*
prohibeas gratiam, & peu apres, *Fili in mortuum produc la-*
chrymas, & fecundum iudicium, (c'eft à dire, felon la forme
& la maniere du lieu où l'on eft; ou bien felon les perfonnes, & leur dignité,) *Contege corpus illius & non defpicias*
fepulturam illius.

4. Efd. 2.   3. La recompenfe que Dieu promet à ceux qui ont co

loin là, *Mortuos vbi inueneris signans commenda sepulchro, & dabo tibi primam seßionem in resurrectione mea* : vne si grande recompense n'est pas promise à vne œuure qui ne soit beaucoup meritoire. C'est dans ce méme sentiment que le Prophete Daniel benissoit les habitans de Iabes Galaad, qui auoient donné sepulture à Saül & à ses Enfans , & qu'il les asseuroit que Dieu les en recompenseroit. *Benedicti vos* 2. Reg. 2. *à Domino qui fecistis misericordiam hanc, &c. Et nunc retribuet vobis quidem Dominus misericordiam & veritatem, &c.*

4. Les plaintes que font les Prophetes, de ce que par la violence des Tyrans, les corps des fidels étoient demeurez sans être inhumez; *Posuerunt mortalia seruorum tuorum,* Eccl. 6. *escas volatilibus cæli, carnes sanctorum tuorum bestiis terræ, & non erat qui sepeliret*; aussi l'Ecclesiaste dit , *Melior est abortiuus quàm sepultura carere.*

5. Les menaces que Dieu fait , comme vne grande punition, de permétre que les corps demeurent sans être enterrez. *Viuo ego, in solitudine hac iacebunt cadauera vestra* ; Aussi Num. 14. Moyse cottant les malheurs qui ariueroient aux Iuifs , s'ils venoient à trangresser la Loy, disoit ; *Tradet te Dominus cor-* Deut. 28. *ruptem ante hostes tuos , sitque cadauer tuum in escam volatilibus cæli, & bestiis terræ, & non sit qui abigat*; Et Dieu par Abias dit, *Ecce ego inducam mala super domum Ieroboam, &c. Qui mortui* 3. Reg. 14. *fuerint de Ieroboam in ciuitate comedent eos canes, qui autem mortui fuerint in agro vorabunt eos aues cæli.* Et décriuant par Ieremie les malheurs qui deuoient ariuer, il ne repete rien dauantage que cette priuation de Sepulture; *Erit mortici-* Ieremie. *num populi huius in cibos volatilibus cæli, & bestiis terræ: Erunt* 7. 33. *proiecti in viis Ierusalem, & non erit qui sepeliat, visitabo super* 14. 16. *eos quatuor species, gladium ad occisionem, & canes ad laceran-* 15. 3. *dum , & bestias terræ ad deuorandum. Mortibus ægrotationum* 16. 4. *morientur , non plangentur, & non sepelientur in sterquilinium super faciem terræ erunt. Et morientur grandes, & parui in terra ista non sepelientur neque plangentur, &c.*

Et le méme Prophete parlant de Ioachim qui ayant fait Ierem. tuer le Prophete Vrie, pour plus grande ignominie l'auoit 26. 33.

fait jeter, *In sepulchris vulgi ignobilis*, pour punition d'vn tel forfait, dit que, *Non plangent eum væ frater, & væ soror, non concrepabunt væ Domine, & væ inclyte*, (qui étoit la façon solennelle de lamenter des Iuifs) mais *Sepultura asini sepelitur, putrefactus, & proiectus extra portas Ierusalem, cadauer eius proiicietur ad æstum per diem, & ad gelu per noctem.*

1.Mach.5. Et nous voyons encore cete méme punition dans les
2.Mach. Machabées en la personne de Iason faux Pontife & de
Chap.12. Menelaus Apostat; du premier desquels il est écrit, qu'il étoit raisonnable, *Vt qui multos de patria sua expulerat, peregrè periret, & qui multos insepultos abiecerat, ipse & illamentatus, & insepultus abiiceretur, sepultura, neque peregrina vsus, neque patrio sepulchro participans.*

6. Le soin, & la diligence de Iudas Machabeé loüé dans
2. Mach. l'Ecriture, *Qui misit duodecim dracmas argenti Hierosolymam,*
12. *offerri pro peccatis mortuorum sacrificium, &c.*

7. En ce qu'il étoit permis d'acheter, & d'accommoder és iours du Sabath, les choses necessaires pour la sepulture, ausquels iours tout autre commerce étoit expressement defendu par la Loy.

Dans la Loy de grace la 1. preuue que nous auons, c'est la recommandation & l'aprobation que nôtre Seigneur en fait en quantité d'endroits; comme quand il resuscita le fils de la vefue Naim, qui étoit porté au sepulchre auec grande pompe : quand il loüa sainte Magdelaine de l'onguent qu'elle versa sur sa tête, *Ad sepeliendum me*, & qu'il
Math.26. assure que par tout où sera préché son Euangile, *In toto*
Math.23. *mundo dicetur, & quod hæc fecit in memoriam eius.* Quand il dit aux Scribes *Ædificant sepulchra Prophetarum, & ornant monumenta iustorum.*

Math.14. La 2. est l'estime qu'en ont fait les premiers Disciples, comme çeux de saint Iean Baptiste, lesquels ayant entendu qu'il étoit mort, *Tulerunt corpus eius & posuerunt illud in monumento.* Et ceux qui enleuerent le corps de saint
Act.8. Estienne, *Sepelierunt Stephanum, & fecerunt planctum magnum super eum.*

La 3.

La 3. Le zele & le courage que Dieu a donné aux Chrétiens dans les perfecutions, jufqu'à endurer le martyre pour
enterrer les martyrs ; le grand foin qu'en auoit l'Eglife, les
conftitutions faites pour cela, nonobftant les defenfes &
les empêchemens des Empereurs payens, l'achapt que l'on
faifoit de leurs corps à grand pris d'argent : zele qui s'éten-
doit même aux infidels que les Chrétiens ne fe conten-
toient pas d'affifter d'aumônes pendant leur vie, mais encore les enterroient apres leur mort.

La 4. eft la recommandation qu'en font les faints Peres
dans leurs écrits, & les exemples des Saints, hors le temps
même des perfecutions, comme faint Malachie, faint
Hugues, Euêque de lincolne en Angleterre, & fur tout
de faint Louys qui à la guerre contre les Sarrazins enterra
de fes propres mains quantité de foldats à demy pourris &
déchirez des beftes : de là viennent les Confrairies établies
à cete fin, qu'on appelle de la mort ou de la charité. Saint
Hierôme dit que ceux-là déchirent l'Eglife. *Qui viuis ha-*
bitaculum, mortuis fepulchrum negant. Tertullien dit que c'étoit
la coûtume des Chrétiens. *Stipem conferre egenisalendis human-*
difque. Et faint Auguftin recommande, *Sit pro viribus cura*
fepeliendi, & fepulchra conftruendi, quia & hæc in fcripturis fan-
Étis inter bona opera deputata funt. Hoc illi quotidianum opus (dit
faint Ambroife en parlant de Tobie,) *& magnum quidem :*
nam fi viuentes operire lex præcepit, quanto magis debemus operi-
re defunctos? fi viantes ad longiora in domum deducere folemus,
quanto magis in illam terram profectos vnde iam non reuertun-
tur? &c. Nihil hoc officio præftantius ei conferre qui tibi iam
non poffit reddere, vindicare à volatilibus, vindicare à beftijs
terræ confortem naturæ. Feræ hauc humanitatem defunctis corpori-
bus detuliffe produntur, homines denegabunt?

Eufeb.9.
Hift.7.

S.Aug.
ferm. de
verb. Ap.
32.

Lib. de
Tobia
c. 1.

A A A

Raisons pour lesquelles on enterre les corps des Morts.

CEte coûtume qui a été reçuë de tout temps, & presque obseruée de toutes les Nations, est fondée sur trois raisons principales : La premiere regarde l'instruction des viuans : La seconde l'honneur & soulagement des defunts, & la troisiéme & principale ; la ferme, & certaine esperance de la resurrection des corps, qui a été cruë des peuples, méme des plus barbares.

La sepulture des defunts sert d'instruction aux viuans en ce que 1. par l'aspect de ces tombeaux nous entrons dans l'esprit d'vne veritable humilité, par la connoissance de nous méme ; nous nous souuenons que nous auons été formez de la terre, & que nous y deuons retourner vn iour.

2. En ce qu'ils nous seruent comme d'auertissement pour nous faire mépriser la vie, nous porter au desir des choses celestes, à l'imitation de nos ancêtres, & pour nous remetre en memoire, dit S. Chrysostome, que nous deuons mourir, & partant nous preparer par vne vie sainte & exemplaire à cete heure derniere : voila pourquoy les tombeaux sont appellez monumens, ou memoires, *Eò quod mentem moneant.*

Aug. de cura pro mortuis cap. 4.

Les sepultures contribuent à l'honneur des defunts 1. en ce que l'homme étant mort, son corps retient encore quelques lineamens, & quelques traits de l'Image de Dieu, à laquelle il auoit été crée, & merite par consequent de n'être pas traité comme les autres animaux.

2. Parce que, dit S. Thomas, comme la memoire des defunts vit encore parmy les hommes apres leur mort, ils ont interest d'étre inhumez honorablement, pour n'encourir pas l'infamie, dont seroit tachée vne personne qui auroit été priuée de sepulture. De là vient qu'on tient à si grand

deshonneur, & pour si grand châtiment, d'être jeté à la voirie apres sa mort, & que la premiere chose qu'on ordonne en faisant testament, c'est touchant la sepulture de son corps.

La sepulture enfin sert de soulagement aux defunts. 1. Parce qu'elle nous remet en memoire les personnes qui sont là enterrées, & nous fait souuenir de prier Dieu pour elles. *Non ob aliud, vel memoriæ, vel monumenta dicuntur sepulchra mortuorum, nisi quia eos qui viuentium oculis subtracti sunt, ne obliuione etiam cordibus subtrahantur, in memoriam reuocant, & admonendo faciunt cogitari.*

S. Aug. l. de cur. pro mor- cap. 4.

Et de là vient que les cimetieres sont maintenant situez deuant ou aupres des Eglises, & l'étoient anciennement deuant les portes des villes, & sur les grands chemins; afin que par ce moyen les passans, & ceux qui entrent ou sortent des Eglises ou des villes, se souuiennent de ceux qui y sont enterrez.

2. A cause de l'amour, & de l'inclination naturelle que les ames raisonnables ont pour leurs corps, qui leur ont seruy de domicile, & auquel elles doiuent se reünir vn iour, qui fait qu'elles se rejouissent du seruice qui leur est rendu apres leur decez, ou qu'elles s'atristent si on les en priue; *Licet enim occasus necessitatem mens diuina non sentiat, amant tamen animæ sedem corporum relictorum, & nescio quâ sorte rationis occultæ sepulchri honore lætantur, cuius tanta permanet cunctis cura temporibus, vt videamus in hos vsus sumptu nimio pretiosa montium metalla transferri, operosasque moles censu laborante componi.*

Ex Rit. ant. Bit.

Certè humana corpora propter animam quæ habitauit in eis, præsertim, si bona sit non sunt abiicienda: nam & ciuiliores leges iubent illa conuenienti honore funerari, ne si proiiciantur tanquam iumenta, iniuria fiat animæ egressæ ex eo domicilio.

Orig. contra Cels. l. 5.

Rationales animas honorari nouimus, & earum organa solenni sepulturæ honore dignamur, meretur animæ rationalis domicilium non proiici temerè, sicut brutorum cadauera.

Id. l. 8.

Scimus nec vana fides, solutas membris animas habere sen-

Theod.

*ſum, & in originem ſuam ſpiritum redire cæleſtem. Hoc libris ſa-
pientiæ, hoc religionis, quam veneramur, & colimus, declaratur
arcanis.*

*Ex illo humano cordis affectu quo nemo vnquam carnem ſuam
odio habuit, ſi cognoſcant homines aliquid poſt mortem ſuam ſuis
corporibus defunctis defuturam, quod in ſua quiſque gente vel
patria poſcit ſolennitas ſepulturæ, contriſtantur vt homines, &
quod ad eos poſt mortem non pertinet.*

Propterea Deum vbique ſepulchra fieri voluiſſe, ait S. Chryſo-
ſtomus, *vt illis memores infirmitatis noſtræ fieremus, ideoque omnem ciuitatem, & omne caſtellum ante ingreſſum ſepulchra habere, vt contendens intrare in ciuitatem quæ floret in diuitijs, &
dignitatibus priuſquam videat ſecum concipit, videat primum
quod ſit.*

Mais l'eſperance de la reſurrection eſt la principale raiſon de l'inſtitution des ſepultures, parce qu'il n'y a rien
qui nous marque mieux, ny plus naïuement de quelle façon les ames immortelles reprendront leurs corps au iour
du Iugement, que la ceremonie de les inhumer : & on y
apporte tous ces ſoins, pour môntrer qu'ils ne periſſent pas,
nonobſtant qu'ils pourriſſent, & qu'ils ſont là ſeulement
comme mis en depoſt iuſqu'au iour de la reſurrection,
que la ſepulture denote, en ce que, tout ainſi que le
grain reçu en terre, & pourry en produit de nouueau : de
méme les corps apres s'étre dépouillez de cete condition,
& de cét état corruptible dans le ſein de nôtre mere commune, où ayant été mis comme vne ſemence precieuſe, reprendront au dernier iour vne vie toute nouuelle, auec
d'autant plus d'auantage à proportion, que la terre rend
auec vſure la ſemence qui luy a été confiée ; c'eſt ce que
nôtre Seigneur nous a voulu ſignifier par ces paroles de
ſaint Iean : *Niſi granum frumenti cadens in terram mortuum*

*fuerit, ipſum ſolum manet, ſi autem mortuum fuerit, multum
fructum affert,* & apres luy ſaint Paul expliquant ce my-
ſtere ; *Quod ſeminas non viuificatur, niſi prius moriatur, &c.*
& plus bas ; *Seminatur in corruptione, ſurget in incorruptione*

seminatur in ignobilitate, surget in gloria, seminatur in infirmitate, surget in virtute, seminatur corpus animale, surget corpus spirituale, insinuant par là les quatre qualitez glorieuses des corps bien-heureux, l'impassibilité, la clarté, l'agilité, & la subtilité ; d'où vient que quelqu'vns appellent les cimetieres, les champs de Dieu, *Agri Dei*, parce qu'autant de corps que l'on y met dont les ames sont bien-heureuses, sont comme autant de semences qui doiuent vn iour produire leur fruit à la vie eternelle. *Statim ab initio per patres* S.Ath. *legem dedit Deus de sepeliendis, & abscondendis mortuis corpori-* qu. III. *bus, vt etiam taciti omnes confiterentur resurrectionem : quidquid* tioch. *enim terra à nobis obruitur in spem resurrectionis occultatur.*

On pouroit dire que tout cecy regarde seulement les corps qui doiuent être vn iour bien-heureux & non pas les corps des damnez qui semblent n'auoir aucune part en la resurrection ; *Non enim resurgent impij in iudicio*, dit Dauid ; mais il faut remarquer que Dauid ne nie point par ces paroles que les damnez résuscitent, mais bien qu'ils ne résusciteront pas à la façon des iustes ; car pour les damnez, *Resurrectio eis ad vitam non erit*, & comme les iustes, dit Mat.7.7. Daniel, *Euigilabunt in vitam æternam*, ainsi les méchans, *In* Dan. 12. *opprobrium sempiternum*, ou bien, ceux-là, comme dit nôtre Ioan.31. Seigneur, *In resurrectionem vitæ*, ceux-cy, *In resurrectionem iudicij* ; c'est à dire, pour les peines eternelles : les bons ne résusciteront pas seulement, mais aussi, *Immutabuntur*, dit 1 Cor.15. S. Paul ; les méchans résusciteront, mais ne seront pas chan- Apoc. 2. gez ; car ce n'est qu'vne resurrection, *ad mortem*, que S. Iean 20. 21. appelle, *mors secunda* ; car encor que le damné viue dans l'en- 6.de Ci- fer, dit S. August. *Mors illa potius æterna dicenda est, quàm* uit. *vita : nulla quippe maior est mors, quam vbi non moritur mors.*

2. Il est à remarquer que si on sçauoit qu'vne personne asseurement fût damnée, on ne devroit pas pour lors luy donner sepulture, comme il paroît par la pratique de l'Eglise, qui en priue les pecheurs publics, excommuniez, &c. mais parce que, dit saint August. l'état des consciences nous est inconnu, & que, *Omnia in futurorum seruantur incerta*, que

la paille eſt icy mêlée parmy le bon grain, on doit mettre en terre tous ceux à qui l'Egliſe ne nous defend point de donner ſepulture. *Quamuis enim non pro quibus fiunt omnibus proſint, ſed his tantùm pro quibus dum viuunt, cooperantur vt proſint; ſed quia non diſcernimus qui ſint; oportet ea pro regeneratis omnibus facere; vt nullus eorum prætermittatur, ad quos hæc beneficia poſſint, & debeant peruenire; melius enim ſupererunt iſta his quibus nec proſunt, nec abſunt, quam eis deerunt quibus proſunt.*

De Cur.
pro mor.
c. 18.

Des ceremonies obſeruées aux Sepultures.

Nous remarquons cinq ou ſix ceremonies principales que les anciens Chrétiens obſeruoient aux ſepultures des defunts, dans les écrits des SS. Peres. Car 1. apres auoir laué le corps, on l'embaumoit de precieux onguent, on le reuétoit d'habits & ornemens magnifiques, ou quelquesfois ſimplement d'vn ſuaire, comme l'vſage en étoit parmy les Iuifs; on l'expoſoit à l'entrée de la maiſon; puis le Clergé y étant ariué en ceremonie & proceſſionnellement, precedé de la Croix, on chantoit des Hymnes & des Cantiques diuins, & tous les aſſiſtans ayans des cierges ou des flambeaux en main, l'accompagnoient de cete maniere iuſqu'à l'Egliſe, là où on luy donnoit de l'encens, on offroit des prieres & des ſacrifices, & on faiſoit des largeſſes aux pauures pour le repos de ſon ame, à quoy ſaint Denis ajoûte qu'apres les prieres, le Pontife, & apres luy tous les aſſiſtans ſalüoient le trépaſſé; & cete ſalutation faite, il verſoit l'huile ſur le corps du defunct; & ayant fait vne ſainte Oraiſon ſur l'aſſemblée, depoſoit le corps au lieu honorable.

On les lauoit pour deux raiſons, la premiere pour voir s'ils étoient veritablement morts, la ſeconde pour marque de la netteté de leur ame qui étoit ſeparée du corps.

On les embaumoit à cauſe de la reſurrection comme pour les conſeruer de la corruption.

On les reuétoit par honesteté, mais il y auoit difference entre les laïcs & les clercs.

Cete ablution de corps, que nous voyons auoir été en vfage parmy les Payens, & parmy les Iuifs, auffi bien que parmy nous, peut auoir deux raifons; la premiere, & que les Payens & les Iuifs pouuoient auoir comme nous, eftoit afin que les corps fuffent plus propres & mieux preparez pour les onctions qui deuoient fuiure incontinent apres, & quelquesfois méme pour voir s'ils eftoient veritablement morts; voila pourquoy on fe feruoit d'eau chaude : on les appelloit trois fois par leur nom, apres quoy s'il ne paroiffoit aucun figne de vie, on les enfeueliffoit, & étoient appellez *Conclamati*. La feconde raifon particuliere aux Chrétiens étoit pour fignifier par cete ablution exterieure, la netteté de l'ame qui leur faifoit place parmy les bien-heureux : Et cete coûtume s'obferue encore parmy les Religieux, & dans l'Italie, au moins dans le Diocefe de Milan comme il paroît par le Manuel de faint Charles.

La coûtume d'embaumer les corps, que nous voyons auoir été pratiquée à fi grands frais en la perfonne de nôtre Seigneur, en celle de faint Eftienne, & de la plufpart des martyrs (laquelle s'obferuoit parmy les Payens feulement pour témoignage de l'amour & de l'honneur qu'ils portoient à leurs parens, ou à leurs amis defunts, & pour empécher la puanteur des corps, lefquels ils gardoient huit iours entiers dans les maifons, deuant que les porter au fepulchre) fe faifoit parmy les Chrétiens par vn principe, & par des connoiffances plus releuées; à fçauoir, dans l'efperance de la refurrection, afin de les conferuer par ce moyen dans leur integrité, & les munir s'ils euffent pû contre la corruption, ou les faire reuiure comme des autres Phœnix, du milieu des odeurs & des parfums à la vie eternelle; encore que fouuent par miracle les corps des Saints fans ces onctions fe foient conferuez incorruptibles, & ayent exhalé des odeurs tres-fuaues.

On a de coûtume de reuétir les corps des defunts, à cause de la pudeur & de l'honnesteté, qui ne permet pas d'expofer vn corps nud à la veuë des hommes, ou le metre en terre fans être couuert, ce qui auroit paffé de tout temps parmy les Payens pour vn crime tres-énorme.

Il y auoit grande difference entres les Laïcs & les Clers; les premiers étoient feulement couuerts de linge, ou de leurs habits communs & ordinaires, ou tout au plus de quelque precieufe étofe, mais les Clercs éftoint reuétus de leurs habits facrez, comme il paroît de faint Pierre Martyr, Patriarche d'Alexandrie; *Quem indutum veſtibus ſacerdotalibus albi coloris, colobio & omophorio triumphali pompâ, ad cæmeterium detulerunt.*

Colobium, eſt tunica ſine manicis.

Et le Pape Eutichianus ordonna, *Vt quicumque fidelem martyrem ſepeliret ſine dalmatica aut colobio purpurato, nulla ratione ſepeliret.*

Omophorium, id eſt, humerale l. de R. Pontif.

On peut voir vne figure de la fepulture des perfonnes deftinées au feruice des Autels dans l'exemple des enfans d'Aaron, Nadab, & Abiu, lefquels quoyque frapez du feu pour en auoir pris d'autre que celuy de l'Autel, furent neanmoins enfeuelis auec leurs habits facerdotaux; ce que Dieu approuua d'autant que l'honneur qui fe rend au defunt, n'eft point tant à fa perfonne, comme à fon miniftere.

Leuit. 10.

On y expofoit les corps pour deux raifons: la premiere, afin que les parens, les domeftiques, les voifins, les amis & autres perfonnes de connoiffance vinffent témoigner aux heritiers leur regret, & raconter les loüanges du defunt, ce qui s'appelle dans l'Ecriture fainte, *Planctus & fletus.*

La feconde, afin qu'on chantât des Hymnes & des Cantiques tout le temps qu'ils demeuroient là expofez, en attendant qu'on les portât à l'Eglife, comme nous voyons auoir efté fait à faint Pachome: *Eius venerabile corpuſculum diſcipulis eius, ſicut decebat, pro more curantes, totam noctem ſuper illud duxere peruigilem, Pſalmos, Hymnóſque canentes; ſequenti vero die ſepelierunt eum,* d'où femble auoir pris fon origine cete coûtume, que l'on a dans ce Diocefe, d'appeller les clercs pour prier aupres du corps pendant qu'il eft ainfi expofé.

On

On fe fert de cierges & de flambeaux aux conuois des defunts. 1. Pour môntrer que les Chrétiens font enfans de lumiere, & que ceux qui partent de cete vie apres auoir bien vécu, s'en vont triompher auec IESVS-CHRIST dans le Ciel, lefquels y font conduits pour ce fujet, comme des victorieux; *Dic mihi quid fibi volunt ifta fulgentes lampades ? an non defunctos tanquam athletas deducimus ?* S. Chryf. Hom. 4. in epift. ad Hebr.

2. Pour marquer par le feu, figure de la vie, que l'ame quoy que feparée de fon corps ne laiffe pas de viure.

3. Outre l'immortalité de l'ame, ce feu nous marque encore l'efperance que nous auons de reffufciter, & d'être participans de la lumiere eternelle.

4. Pour chaffer les puiffances des tenebres, c'eft à dire, les efprits, *Qui oderunt lucem, ac propterea non videbunt lumen.*

5. Pour faire voir que ces paroles de nôtre Seigneur ont été verifiées en la perfonne du defunt, par lefquelles il nous commande d'auoir toûjours la lumiere à la main, *Sint lumbi veftri præcincti, & lucernæ ardentes in manibus veftris, &c.* Ioan. 1. cap. 26.

Enfin pour témoigner par là qu'il eft decedé en la lumiere de la foy de Iefus-Chrift, qui eft appellée *Lux vera quæ illuminat omnem hominem,* & la clarté de cete belle cité à laquelle vont les fidels apres leur mort, *Cuius lucerna eft agnus.*

Quelquesfois le Clergé chantoit des Hymnes, des Cantiques & des Pfeaumes, aufquels on ajoûtoit méme, *Alleluya,* qui eft vn chant de ioye & d'allegreffe.

1. Parce que, comme dit S. Auguftin. *Pfalmus dæmones fugat, Angelos ad adiutorium inuitat, in nocturnis terroribus fcutum eft, diurnorum requies laborum, Angelorum opus, Spirituum cæleftium Thymiama fpiritale.* Et ainfi, comme on a befoin de l'affiftance des Anges pour lors, afin de prefenter à Dieu pour l'ame du defunt, & d'éloigner les puiffances des tenebres; c'eft auec grande raifon qu'on y chante des Pfeaumes, qui eft la méme chofe quafi, de dire, *Subuenite fancti Dei, occurrite, &c.* In præf. in Pfalm.

2. Le chant qui fe fait aux conuois des defunts, dit

saint Chryſoſtome, eſt pour glorifier Dieu, & luy rendre
grace de ce qu'il a desja couronné le defunt, qu'il l'a deliuré de tous ſes trauaux, & retiré aupres de ſoy : c'eſt ainſi
que nous voyons auoir été de tout temps, & qu'il a été
ordonné par les Conciles & les conſtitutions des ſouue-
rains Pontifs.

Saint Denis en ajoûte vne troiſiéme, diſant que les
chants & la lecture des diuines promeſſes ſe font aux conuois des defunts, pour nous faire entendre le bon-heur
qui les attend dans le Ciel quand ils ont bien vécu, &
nous avertir de trauailler pour y pouuoir ariuer quelque
iour auec eux, & nous môntrer par là, que la mort n'eſt
pas formidable aux Chrétiens.

Enfin pour moderer les pleurs & la triſteſſe des aſſiſtans, & autres perſonnes intereſſées à la perte du defunt,
car encor que le chant fût ioyeux, il ne laiſſoit pourtant
point de flechir auſſi bien le cœur de Dieu à miſericorde pour les defunts, que nos chants à preſent ſi lugubres,
& par cete allegreſſe que l'on témoignoit, c'étoit comme
demander à Dieu qu'il les rendît participans de la ioye
eternelle.

S. Chryſ.
hom. 4.
ad heb. *Honor mortuo non fletus eſt, non ejulatus, ſed hymni & pſal-*
mi, & vita optima. Quanam de cauſa dic, quæſo, vocas presbyte-
ros, & eos qui pſallunt, nonne vt conſoleris? Nonne vt eum ho-
nores qui exceſſit?

Ibid. *Quid ſibi volunt hymni? An non Deum glorificamus, &*
gratias agimus quòd eum qui exceſſit iam coronauerit? Quod à
laboribus liberauerit? Quod abiecto metu eum apud ſe habeat?
Nonne ideo ſunt hymni? Nonne ideo pſalmodia? Hæc omnia ſunt
lætantium.

Orat. 1.
in Iul. Saint Gregoire de Nazianze decriuant le conuoy de
l'Empereur Conſtance, *Ille igitur publicis præconiis, fauſtiſque*
acclamationibus ac celebri pompa deducitur, religioſiſque etiam no-
ſtris officiis, id eſt nocturnis cantionibus, ac cereorum ignibus qui-
bus nos Chriſtiani pium è vita diſceſſum ornandum exiſtimamus,
Et ſaint Denis, *Propinqui eius, qui mortuus eſt, pro iure*

Ecclef.
Hier. c. 7.

diuinæ propinquitatis ac morum similitudine, & eum qualis est beatum esse ducunt, quod ad victoriæ finem peroptatæ peruenerit, & victoriæ auctori, gratias cum cantu agunt, & præterea se ad similem finem peruenire optant, sumptumque eum ad antistitem, tant, quasi ad sanctarum coronarum donationem. Ille autem eum libenter accipit, eaque perficit omnia, quæ ex sancto instituto sunt in ÿs, qui sancte dormierunt : Vide reliqua ibidem.

On porte la Croix à la tête du Clergé aux conuois, comme on fait aux processions, pour les distinguer d'auec ceux des Heretiques, & des Infidels.

Lib. 4.
Orth.
fid. 12.

Per hanc enim fideles ab infidelibus distinguuntur, (dit saint Iean Damascene) *Hæc clypeus, atque armatura, & trophæum aduersus Diabolum signaculum, ne exterminator Angelus nos tangat; iacentium erectio, stantium fulcimentum; baculus infirmorum, virga ouium, resipiscentium adminiculum, proficientium perfectio, animæ & corporis conseruatio : malorum depulsio, bonorum omnium conciliatio, peccati extinctio, resurrectionis stirps, lignum vitæ æternæ.*

On donne de l'encens aux corps des morts. 1. Pour môntrer que toute leur vie a été comme vn sacrifice, & vn holocauste perpetuel; laquelle a été consommée à la gloire, & à l'hônneur de Dieu : comme l'encens qu'on leur offre, est consommé & détruit en reconnoissance du souerain domaine.

2. Pour marquer que même en mourant, ils ont laissé par les bonnes œuures, & le bon exemple qu'ils ont donné, leur memoire en bonne odeur & en benediction parmy les viuans, lesquels leur seruent encore apres leur mort.

3. Pour témoigner la creance qu'ils ont eû de l'immortalité, & d'être faits participans de la Diuinité & Immortalité dans le Ciel; l'encens ayant été toûjours offert à Dieu en témoignage de la Diuinité & Immortalité; de là vient cete ceremonie en certains lieux apres auoir encensé les Reliques, d'encenser les tombeaux des defunts.

Enfin pour môntrer, comme dit l'Apôtre, que ceux qui meurent en la grace de Dieu sont la bonne odeur de Ie-

2. Cor. 2.

fus-Chrift, & comme vn précieux parfum pour atirer les autres à la vertu. *Odor vitæ in vitam.*

On porte beaucoup de refpect aux corps des Chrétiens, 1. A caufe qu'ils ont été purifiez par les eaux de Baptéme, oints par l'onction de la Confirmation & de l'Extréme-onction; & fanctifiez par l'atouchement du corps du Fils de Dieu en l'Euchariftie, parce qu'ils ont été les membres de Iefus-Chrift, & les temples du faint Efprit.

2. Parce qu'ils ont feruy d'inftrument à l'ame, que l'on croit bien-heureufe, pour executer toutes fes bonnes actions, qu'ils ont été compagnons de trauail auec elle, & qu'ils doiuent être vn iour participans de la même recompenfe qu'elle reçoit dans le Ciel. *Qui facit exequias mortuorum, ob amorem illius facit, qui promifit corpora refurrectura; neque enim contemnenda funt, & abyicienda corpora defunctorum, maxime fidelium, quibus tanquam organis, & vafis ad omnia opera bona vfus eft Spiritus fanctus : vnde, &c.*

S. Aug. l. de cur. pro mort. c. 3.

Et S. Auguft. dit encor que toute cete pompe funebre & tout ce grand appareil, font plûtôt des confolations pour les viuans, que des foûlagemens aux defunts; *Curatio funerum, conditio fepulturæ, pompa exequiarum, magis funt viuorum folatia quam fubfidia mortuorum :* parce qu'en effet cela ne contribuë rien au bon-heur des defunts; la foy nous enfeignant que les corps enterrez ou non, voire même mangez des beftes ne laifferont pas de réffufciter, mais cela n'empefche pas qu'on n'en doiue auoir du foin, comme il ajoûte auffitôt: & il ne faut pas, dit-il, méprifer pourtant cet office de pieté, que l'on rend à la nature, duquel les anciens, même parmy les iuftes ont été fi foigneux, & pour lequel quantité dans l'Ecriture ont été loüez ; veu même qu'ils ont été le domicile d'vn efprit glorieux, & qu'ils doiuent reprendre vn iour vne nouuelle vie : neanmoins quoyque toutes ces ceremonies foient tres faintes & tres-anciennes, cela n'empéche pas que le même S. Auguft. S. Hierofme, S. Chryf. n'inuectiuent contre ceux, *Qui mortuis pompam funeris, fepulchrum pretiofum, pretiofas veftes, vnguenta, & aro-*

Ibidem c. 2.

S. Aug. in pf. 48. S Hier. in vita

mata adhibent, à caufe du mauuais vfage que l'on en faifoit; ils n'entendent toutesfois blâmer que ceux qui rendoient cet honneur à ceux qui auoient mal vécu, *Male viuentibus* : deplus ils ne reprent pas les chofes en foy, mais le mauuais vfage, *In omnibus huiufcemodi rebus*, dit faint Auguſt. *Non vfus rerum, fed libido vtentis in culpa eſt* : Car la modeſtie Chrétienne fembleroit defirer qu'on retranchât les excez, & les fuperfluitez qui fe font en femblables rencontres, ou d'vn honnête refpect que l'on doit aux corps des fidels, quelques vns paſſent à vne efpece d'idolatrie, par la pompe des funerailles laquelle eſt à proprement parler la pompe de la mort plûtôt que du mort : ce qui a donné fujet à quantité de conſtitutions Apoſtoliques pour moderer ces excez, de taxer les frais & la depenfe que l'on y pouroit faire, de peur de tomber dans l'inconuenient des Iuifs, chez qui la coûtume d'embaumer les corps l'efpace de quarante iours confecutifs paſſa à vne telle fomptuofité que plufieurs des parens des defunts, étonnez des grands frais qu'il falloit faire à leurs obfeques, laiſſans là les corps s'abfentoient bien fouuent pour n'auoir le moyen de foûtenir vne telle dépenfe; & faint Ephrem defend par ce méme principe de modeſtie, & d'humilité, d'apporter toutes ces formalitez, & magnificences à fon conuoy ; *Nequis ex vobis folenni pompa ad oſtentationem me circumferat : fed humeris tollentes me, & curfim comitantes, funufque curantes, fepelite me tanquam opprobrium defpectum, & abiectum, nequis veſtrum præconiis me celebret, ac laudet; vilis enim, & abiectus fum, &c. Nam fi actionum mearum odorem fenferitis, omnes profecto fugam capietis, meque inhumatum relinquetis, non ferentes fætorem peccatorum meorum : qui vero me veſtimento fplendido amictum depofuerit in tenebras exteriores proiicientur. Si quis autem mirrha me condierit, huius pars in gehennæ ignem erit. Verum in mea me tunica, & pallio deponite, quibus quotidie vtebar atque induebar : fi quidem peccatori & vermi putredine pleno cultus minime conuenit, &c. Oro vos ne cum aromatibus me fepeliatis : Non enim infipienti conueniunt honores, neque gloria decet inglorium ; neque alius*

Pauli erem. in finem. S. Chryf. hom. 84. in Ioan. & hom. 5. de anna. 3. de doctrina Chriftianæ c. 12.

Teſtamentum Ephrem.

boni odoris fumus eum qui putredo est, & puluis terra : ut dan
vaporationem fumi boni odoris in domo Domini, & me orationi-
bus vestris potius comitamini, & aromata Deo offerte : me vero
fletibus sepelite in doloribus conceptum, & pro suaui odore aromati-
busque pellucentibus, vestris me orationibus adiuuate obsecra, sem-
per mei in ipsis memoriam facientes, vestra porro incensa adolete
in domo Domini, ad laudem & gloriam ipsius, &c. Accedite
ad me, & extendentes componite me; nam spiritus meus penitùs de-
fecit, & comitamini me in psalmis, atque orationibus vestris : &
assiduè pro mea paruitate oblationes facere dignemini : & quando
diem trigesimum compleuero, mei memoriam faciatis. Mortui
enim in precationibus & oblationibus, commemorationis sancto-
rum viuentium beneficio afficiuntur.

On fait des prieres fur les corps des defunts, on offre des facrifices, & on fait des aumônes. 1. Pour fupplier, dit faint Denis, la diuine bonté de remetre, & de pardonner toutes les fautes & les offenfes que le defunt auroit pû commetre par fragilité humaine, & de luy donner place en la lumiere & en la region des viuans dans le fein d'Abraham, d'Ifaac, & de Iacob.

Ecclef. Hier.c.7.

2. D'autant que de toutes les ceremonies qui fe font, dit faint Auguftin, en la fepulture des defunts, il n'y en a point qui profite de foy aux defunts que les oraifons, les facrifices, & les aumônes, *Non existimemus ad mortuos, pro qui-*
bus curam gerimus peruenire nisi quod pro eis siue orationum,
siue eleemosynarum sacrificiis solenniter supplicamus : quamui
non pro quibus fiunt, omnibus profint, & ailleurs, *Pompa funeris,*
agmina exequiarum, sumptuosa diligentia sepulturæ, monumento-
rum opulenta constructio, viuorum sunt qualiacumque solatia, non
adiutoria mortuorum. Orationibus vero sanctæ Ecclesiæ, & sacri-
ficio salutari, & eleemosynis, quæ pro eorum spiritibus erogan-
tur, non est dubitandum mortuos adiuuari, vt cum eis misericor-
dius agatur à Domino, quam eorum peccata meruerunt, hoc enim
à patribus traditum vniuersa obseruat Ecclesia.

L. de cura pro mortuis c. 18.

Serm. 32. de verbis Apoft.

Les corps des Ecclefiaftiques doiuent être placez dans le chœur des Eglifes pendant la Meffe du conuoy, & ceux des

Laïes de quelque condition qu'ils foient, dans la nef : n'étant pas raifonnable, que celuy qui n'auoit aucun droit de fe metre dans le chœur pendant fa vie y foit admis apres fa mort.

L'afperfion de l'eau benîte que l'on fait fur les corps des defunts, marque 1. la communion que nous auons encor auec les trépaffez. 2. Pour preuue de la creance que nous auons de la refurrection, comme on arrofe vn arbre dans l'efperance qu'il reprendra vigueur. 3. Afin que le demon n'empêche point les oraifons des fidels. 4. Afin qu'il n'abufe point par foy, ny par fes fuppots, par exemple par les magiciens, du corps qu'il en verra arrofé. Enfin c'eft pour témoigner le defir que nous auons que l'ame du defunt foit arrofée des benedictions du ciel, & affiftée de la mifericorde diuine, par laquelle les flammes du Purgatoire foient tout à fait éteintes ou du moins amoindries.

On plante des Croix au lieu des fepultures. 1. Pour témoignage des bien-faits que nous auons reçus par la Croix. 2. Pour môntrer que celuy qui eft là enterré eft fous la protection de nôtre Seigneur crucifié, & qu'il doit en fon nom, & par fa vertu être vn iour appelé au royaume eternel.

3. Pour faire voir les marques de la profeffion du defunt, & l'étendart fous lequel il a combatu pendant toute fa vie, comme on auoit coûtume aux fepulchres des payens de metre des marques de leur profeffion, par exemple, aux foldats des armes, aux mariniers des rames, &c. *Audient mortui vocem filii Dei Ioan. 5.*

On fonne des cloches pour avertir les fidels de prier pour l'ame du defunt, pourquoy même. Novs accordons quarante iours d'Indulgences à ceux qui diront *De profundis,* ou trois *Pater,* & trois *Aue,* lors qu'on entend fonner pour quelque perfonne nouuellement decedée.

Il ne faut pas ceffer de prier pour les defunts lors qu'on a mis leurs corps en terre, car les anciens Peres enfeignent qu'outre le premier iour de la fepulture qu'on offroit facrifice pour eux, il y auoit encor certains autres iours pour renou-

ueler ces prieres & ces sacrifices, à sçauoir, le 3. le 7. &
le 30. & chez d'autres encore le 40. & 50. le 60. & le 100.
iour, & l'anniuersaire : non pas qu'il ne fût permis de faire
prieres pour les defunts dans les autres iours, mais d'autant qu'en ces iours là, le seruice se faisant plus solennel à
cause des mysteres contenus sous ces nombres. *Peragitur dies*

S.Clem.
18.const.
c. 40.
S.Amb.
orat.ad
obitum
Theod.

tertius mortuorum in psalmis, lectionibus, & orationibus, propter
eum qui tertia die resurrexit. Item dies 30. Moysen enim sic po-
pulus luxit. Alij obseruant tertium diem. Alij 30. Alij 40. quali-
bet obseruatio habet authoritatem quo necessarium pietatis imple-
tur officium.

　　　　Le 3. iour marque la resurrection de nôtre Seigneur, de
laquelle nous prions que le defunt soit fait participant.

Lib. de
exhorta.
castit.
Item S.
Aug.ep.
64.ad
Aurel.
Carth.

　　　　Le 7. qui est le iour du Sabath, marque le iour du repos eternel que nous souhaitons au defunt : voila pourquoy le corps de Iacob ayant été transporté d'Egypte en
la terre sainte par Ioseph, *Celebrarunt*, dit l'Ecriture, *exequias*
cum planctu magno, & fecerunt 7 dies. Et le Sage, *Luctus*
mortui 7. dierum.

Quia diis
manibus
ea sacrifi-
cia infe-
rebant,
vel diis
inferis.
Quia su-
per sili-
cem se-
pulchra-
lem po-
nebatur
non in
mesa vel
quod ea
silentes
vmbræ
cerne-
rent, id
est, possi-
derent.

　　　　Le 30. que l'on appelle en quelque lieu le bout du mois,
est encore celebre pour auoir été obserué dans l'Ecriture
au decez d'Aaron, & de Moyse, sur lesquels les enfans
d'Israël pleurerent autant de temps. Pour l'anniuersaire,
Tertullien de son temps en fait mention, qu'il appelle,
Oblationes annuæ. Repete, dit-il, *apud Deum pro cuius spiri-*
tu postules, pro quo oblationes annuas reddas..

　　　　Il se pratiquoit anciennement vne ceremonie aprés le
conuoy; car d'ordinaire on faisoit vn festin, que les payens
appelloient *Inferiæ, a Epulæ, b Silicernium, Parentalia*, & les
Chrétiens, *Agapæ*, qui se faisoit au lieu méme de la sepulture, conformément à ce que Tobie recommandoit autrefois à son fils, *Panem & vinum tuum super sepulturam iusti*
constitue, ou comme le Grec porte *Effunde panes tuos in sepul-*
chrum iustorum : Festin qui étoit different de celuy qui se faisoit à la maison à ceux qui étoient inuitez aux funerailles,
lequel se pratique encore aujourd'huy en diuers endroits ;

chez

chez les payens, le premier s'appelle τάφον *à nomine fepul-chri*, & l'autre, περίδειπνον, *quod triduo post obitum celebrari confuetuerat.*

Les Chrétiens ne faisoient pas ces festins à la façon des infidels ; car les Chrétiens ne croyoient pas comme les infidels, que les morts eussent besoin de boire, ny manger : mais afin que les viandes ainsi mises sur les sepulchres fussent en quelque façon sanctifiées par le merite des defunts, & qu'ainsi ayant reçu benediction particuliere, elles pûssent, dit saint Augustin, par ce moyen, la communiquer à ceux d'entre les vivans qui viendroient puis apres à s'en nourrir, & les faire participans de la sainteté des defunts; ainsi voyons-nous qu'on portoit des viandes au tombeau de saint Martin, qui s'augmentoient miraculeusement, & guerissoient les maladies, & qu'on faisoit des festins dans les Eglises, & aux sepulchres des martyrs, lesquels ont été tolerez iusqu'à ce que l'on y a veu de l'abus. Ou bien afin que par ce festin charitable qui se faisoit aux pauvres, les morts pûssent étre soulagez dans leurs peines, par les prieres de ceux à qui on le faisoit ; ce qui s'obserue encore maintenant en quantité de lieux de France & d'Espagne, où on distribuë du pain & du vin aux necessiteux. Ou bien enfin pour faire honneur au defunt, ainsi que l'on fait aux grands Seigneurs, lesquels pendant tout le temps qu'ils sont exposez dans leurs maisons, sont seruis comme s'ils étoient en vie.

On fait encore vn autre festin à la maison du defunt, pour seruir de quelque sorte de consolation, & donner quelque tréve à la tristesse des conuiez ; c'est ainsi qu'il a été de tout temps obserué chez toutes les nations. Au liure des Roys apres les obseques d'Abner, *Venit vniuersa multi-* 2 Reg. 13. *tudo cibum capere, cum Dauid Rege, id est, vt epulum, vel funebre conuiuium cum eo ageret :* & Iosephe écrit qu'Archelaus apres la mort d'Herodes, *Epulas ferales prolixe populo exhibuit.* Ce qui fut tellement en coûtume parmy les Iuifs, que plusieurs en étoient reduits a l'extremité, à cause que qui ne faifoit pas ces feftins paffoit parmy eux pour impie : mais parmy les Chrétiens, c'eft principalement pour, par les prie-res communes, foulager le defunt, d'où vient qu'on y apel-loit toûjours les clercs & les pauures. *Cur poft mortem paupe-* *Hom. 32.*
in Math. *res connocas* (dit faint Chryfoftome,) *cur Presbyteros orare obfecras? non ignoro te responfurum, vt defunctus requiem adi-pifcatur, vt propitium iudicem inueniat.*

C'eft vne chofe loüable de faire encore des feftins aux obfeques des defunts, pouruû qu'ils fe faffent pour les fins cy-deffus cottées, & auec la pieté, la modeftie, & la temperance requife ; car quand les Peres en parlent, c'eft toûjours auec des conditions, auffi bien que ceux qui fe *Natalitia*
connubia
lia. Eu-
chariftica faifoient au iour de la naiffance, du Mariage, de l'Eucha-riftie, ou de la dedicace des Eglifes, qu'ils appelloient pour cela facrez, ou feftins de dilection, ou de charité, à caufe qu'ils feruoient à entretenir la charité mutuelle des Chré-tiens les vns enuers les autres.

Les Ecclefiaftiques peuuent affifter à ces feftins dans les *S. Greg.*
Naz.
2. Conft
c. 44. cas portez par nos Ordonnances, & pouruû que ce foit auec les circonftances qu'y apporte faint Clement, dont voicy la conftitution. *Qui in exequijs mortuorum ad connu-bium funebre inuitati eftis, ordine, & cum timore Dei epula-mini, vt poffitis preces pro defunctis adhibere Deo; qui enim Pref-byteri, & Diaconi eftis, debetis femper fobrij effe tum vobis, tum alijs, vt poffitis eos qui incompofitè, & immoderatè viuunt mo-nere, &c. Verùm hoc non tantum de his qui funt in clero, fed etiam de omni laïco Chriftiano, &c.* Et dans les conftitutions de l'Archeuefché de Boulongne en Italie, il eftime que c'eft du deuoir des heritiers de conuier les Ecclefiaftiques. *Pluri-mùm decret vt Sacerdotes, & Clerici eo die quo officium cele-bratur, ab eorum charitate, quorum nomine fit anniuerfarium, quodammodo cogerentur ad fe ipforum fumptu corporali cibo ref-ciendum; in edibus tamen Canonicalibus, feu parochis non alibi, fi id accidat, prandere debebunt. Quod fi exequiarum patroni faci-lius adducantur ad id agendum in proprijs domibus, vt facerdo-tum illo comitatu affines, alijque folatio in domino afficiantur, non prohibetur : ea tamen modestiâ vtantur omnes , & præsertim Ecclesiastici quæ decet locum , congruit personis , quæ ab ijs exemplum sumere debent , & est consentanea memoriæ mortuorum , quam paulo ante recoluerunt : atque idcirco curent vt mensæ benedicatur , vt clericus aliquis legat librum aliquem spiritualem ab initio prandij vsque ad finem , neque post prandium habeantur colloquia , nisi de rebus spiritualibus , id est de breuitate vitæ, vanitate mundi huius , de ratione recte viuendi , & similibus prout magis expedire videbitur.*

Conuiuia post funus defuncti non fiant , nisi sobriâ mensâ , inter proximos consolationis mutuæ causâ : & ibi gratiarum actiones , ac preces pro defuncti requie communi omnium voto habeantur. Conc. Bituric. anno 1584. Can. 27. de cœm.

Du lieu de la sepulture des Chrétiens.

Les lieux destinez pour la sepulture des Chrétiens ont été de tout temps les Eglises, ou les Cimetieres. Les Chrétiens ont toûjours eu des Cimetieres , méme au plus fort des persecutions; ils furent si religieux en ce point, qu'ils auoient des lieux soûterrains hors des villes , qui se voyent encor maintenant en France, & en Italie, qui leur seruoient aussi de temple , & de lieux d'oraison, dans lesquels les Euêques tenoient les assemblées des fidels , administroient les Sacremens , & prêchoient la parole de Dieu , comme saint Hierôme témoigne, & vne infinité d'autres qui ont écrit les actes des Martyrs; cete deuotion s'accrût; tellement, qu'alentour seulement de Rome on compte iusqu'a soixante Cimetieres differens, qui retiennent encore le nom ou des souuerains Pontifes ou des autres fidels , qui pour la necessité des temps les ont fait bâtir, où se voyent quantité de chambres, & de départemens pour les fonctions Episcopales.

Les Cimetieres étoient hors des villes , parce que de ce temps là, les Chrétiens n'auoient pas la liberté d'enterrer publiquement: mais de plus , parce que les Loix

Baron. an. 259. 260. Anast. in vitis Rom. pontif. Baron. an. 126.

ciuiles deffendoient d'enterrer perſonne dans l'enclos des villes, ſoit pour éuiter l'infection qu'auroient pû cauſer les corps morts, ſoit pour éuiter les accidens du feu quand on venoit à les brûler, leſquelles neanmoins furent aboliës par l'Empereur Leon, *Tanquam in humanæ naturæ opprobrium atque dedecus inuentum.*

Hom. 1.
& 21.
ad pop.
Antioch.
Gen. 47.
Deu. 91.
1. Reg. 7.
Math. 9.
& 27.
Marc 5.
Luc 8.
Ioan. 11.
Act. 13.
1. Cor, 7.
11. 15.
1. Th. 4.
& 5.
Gen. 23.
Mat. 27.
Luc 23.

Le mot de Cimetiere vient proprement du mot κοιμητήριον, du verbe, κόμασα, qui ſignifie dormir; parce qu'aux Chrétiens, dit ſaint Chryſoſtome, *Mors non eſt mors, ſed ſomnus conſueto longior, & dormitio temporaria :* voila pourquoy les morts dans vne infinité d'endroits de l'Ecriture ſont appellez, *dormientes*, & le mot de ſommeil eſt pris ſouuent pour la mort, tant dans le viel que le nouueau Teſtament; ce qui marque parfaitement la ferme creance de la reſurrection.

Les Cimetieres ſont encor apellez, *Areæ, Polyandria, Tumbæ, Catatumbæ, Catacumbæ,* & quelquefois de la nature du lieu, *Cryptæ, Arenaria,* à cauſe qu'ils metoient les corps non pas dans la terre comme nous, mais dans des tombeaux taillez dans le roc, ainſi qu'Abraham fit pour ſa femme, & les Diſciples pour nôtre Seigneur.

Les Chrétiens ont eu beaucoup de ſoin d'auoir des Cimetieres, méme en des temps tres-fâcheux, 1. Parce que la ſepulture des defunts eſt vn des actes plus recommandables de la religion, que la nature méme nous enſeigne, n'y ayant iamais eu de nation ſi barbare qui n'ayt eu vn ſoin particulier d'enſeuelir ſes morts; d'où vient méme que parmy les Payens, les Cimetieres étoient des aziles, & des lieux de refuge pour les miſerables, & que ceux qui les violoient étoient punis comme criminels de lèze religion; ſçauoir, d'infamie, d'amende pecuniaire, d'exil, mutilation, & quelqueſfois du dernier ſupplice, ſelon la qualité du fait ou de la perſonne.

2. Pour conſeruer les corps de ceux qui auoient ſoufert le martyre pour la foy, & les reuerer dans ces lieux & s'animer à leur exemple à répandre volontiers leur ſang

pour la querelle de IESVS-CHRIST ; enquoy.la deuotion des fidels étoit fi ardente , qu'ils y paſſoient les nuits
entieres en oraiſon.

On a commencé d'enterrer les corps dans les lieux ſaints,
depuis que la paix ayant été renduë à l'Egliſe , & les corps
des martyrs tranſportèz des Cimetieres dans les Temples
bâtis en leur honneur : les fidels qui auoient coûtume d'ê-
tre enterrez dans les Cimetieres auec eux, quoy qu'en dif-
ferents tombeaux, commenecrent à vouloir être inhumez
dans les mémes lieux qu'eux. Les Chrétiens deſiroient-fort
d'être enterrez auprez des martyrs. 1. Afin d'être aſſiſtez par
la vertu de leurs ſaintes reliques. 2. D'être faits participans
des prieres & des ſacrifices qu'on offroit à leurs tombeaux :
ainſi la Sepulture dans les Egliſes, & dans les lieux des
martyrs eſt profitable, à raiſon de la protection des Saints,
à qui ces corps ſont en quelque façon confiez , ou à raiſon
des ſacrifices que les Prêtres y offrent , ou des prieres que
les fidels y vont faire plûtôt qu'en d'autres lieux ; ou enfin
à cauſe des Ceremonies qui s'y font.

Il y a apparence qu'en ce temps là l'vſage étoit d'enterrer indifferemment toutes ſortes de perſonnes dans l'Egliſe,
mais cela n'a pas duré long-temps , car dés le cinquiéme
fiecle la pratique en fut defenduë par les Conciles , & méme
par les Loix Imperiales de Theodoſe & d'Arcadius , *Nemo*
Apoſtolorum , vel Martyrum ſedem (id eſt ædem ſacram) hu-
mandis corporibus æſtimet eſſe conceſſam.

Et quoyque tous les Chrétiens puiſſent être inhumez
dans les Egliſes où ſont les reliques des Saints , neanmoins
comme tout le monde ſe doit reputer pecheur , ſelon la
parole de l'Ecriture ſainte dans la premiere de ſaint Iean ,
Si dixerimus quoniam non peccauimus , mendacium facimus eum ,
& verbum eius non eſt in nobis. Chacun doit craindre que ce
ne ſoit vne temerité & vne preſomption d'aprocher de ſi
prés les Autels , qui ſoit méme punie de Dieu . Témoin la
réponſe que fit vn Ange à vn ſeruiteur de Dieu , qui s'éton-
noit de voir vn homme méchant porté en terre auec grande

pompe, & en même temps vn pauure & faint Anacho-
rete deuoré des bêtes, luy difant que cet impie étoit re-
compensé par cete honorable Sepulture de quelque peu
de bien qu'il auoit fait au monde, pour être tourmenté
eternellement ; mais que ce faint Hermite auoit été traité
de la forte, pour expier le refte des fautes iournalieres
qu'il auoit commis, pour être trouué fans aucune foüil-
leure deuant Dieu. Témoin la réponfe de faint Gregoire à cete même queftion qui luy fut faite, *Cum grauia
peccata non deprimunt, hoc prodeft mortuis fi in Ecclefiis fepeliantur : quod eorum proximi quoties ad eadem facra loca conueniunt, fuorum, quorum fepulchra afpiciunt recordantur, &
pro eis Domino preces fundunt, nam quos peccata grauia deprimunt, non ad folutionem potius quam ad maiorem damna-
tionis cumulum eorum corpora in Ecclefiis ponuntur :* enfuite il
rapporte vne effroyable Hiftoire d'vne femme qui ayant
été enterrée dans l'Eglife, fut la nuit emportée dehors par
les demons. Et en fes Dialogues, l. 4. c. 53. Il en rapporte encore vne autre, *Quidam Valentinus nomine Me-
diolanenfis defenfor defunctus eft, cuius corpus in Ecclefia S. Syri
Martyris fepultum eft ; nocte autem mediâ in eadem Ecclefia
facta funt voces, ac fi quis violenter ex ea repelleretur atque tra-
heretur foras : ad quas nimirum voces cucurrere cuftodes, & vi-
dere duos quofdam teterrimos fpiritus, qui eiufdem Valentini pedes cum ligatura conftrinxerant, & eum ab Ecclefia clamantem,
ac nimium vociferantem foras trahebant, qui exterriti ad fua
ftrata reuerfi funt. Manè autem aperientes fepulchrum Valentini,
eius corpus non inuenerunt. Cumque extra Ecclefiam quærerent vbi
proiectum effet, inuenerunt hoc alio in fepulchro ligatis adhuc pe-
dibus. Vnde colligendum eft, inquit, quia hi quos peccata grauia deprimunt, fi in facro loco fepeliri fe faciunt, reftat, vt etiam
de fua præfumptione iudicentur, quatenus eos facra loca liberent,
fed etiam culpa temeritatis accufent.*

Le fentiment de l'Eglife maintenant, eft qu'ils foient
enterrez dans les Cimetieres : c'eft ce qu'elle nous témoigne
dans la plûpart des Rituels par ces paroles, *Vbi viget anti-*

qua consuetudo sepeliendi mortuos in cœmeterijs, retineatur, & vbi fieri potest restituatur, le Concile de Bourges excepte seulement certaines personnes, *In Ecclesiis,* dit·il, *sepeliantur tum Prælati, & Ministri Ecclesiæ, Principes, fundatores Ecclesiarum, Patroni, & Domini locorum, & qui magistratu aliquo cum honore functi fuerint, ac de Republica bene meriti, & ÿ qui ab antiquo in Ecclesia sepulturæ ius habent.*

Nous auons quantité d'exemples de ceux qui ont preferé les Cimetieres aux Eglises, pour y étre inhumez ; car dans le quatriéme fiecle, faint Damafe, & faint Ephrem, dans l'état Ecclefiaftique ; & le grand Conftantin & Honorius Empereurs, pour l'état feculier, auec les deux Theodofes, Arcadius, & Eudoxe ; faint Damafe, par l'Epitaphe fuiuant, témoigne qu'il auroit bien fouhaité d'étre enterré dans l'Eglife auec les Martyrs, mais par refpect qu'il ne l'a ofé faire. *Hîc fateor Damasus volui mea condere membra, sed cineres timui sanctos vexare piorum.* Saint Ephrem dans fon teftament. *Ne sinatis me in domo Dei poni, aut sub altari : non enim decet vermem putredine scatentem in templo ac sanctuario Domini reponi sed neque alio in loco templi Dei permittatis me poni, &c. Præterea vos adhortor obtestorque, ne me cum sanctis ponatis : nam peccator ego sum, & minimus, & propter insipientiam ac stultitiam meam ipsis appropinquare metuo. Non autem ista dico, quod societatem, & coniunctionem illorum respuam ; sed infinitam atque immensam peccatorum meorum multitudinem inspiciens exhorresco, & contremisco, &c. Neque in vestris monumentis me vsquam deposueritis : non enim loculi vestrorum monumentorum ex captiuitatibus meis me rediment. Causam vero ac rationem habeo, vt cum Deo meo habitem inter peregrinos & aduenas ; quandoquidem & ego aduena sum, & peregrinus, sicut & illi : cum ijs ergo sepeliri me faciatis ; quoniam quilibet homo suo gaudet simili atque consorte : in cœmeterio igitur vbi contriti iacent corde, me deponite, ac tumulate ; vt quando filius Dei venerit, & resurgere illos fecerit atque reformauerit cum eis me sanet resuscitetque.*

Ainfi faint Chryfoftome affure que Conftantin fut en-

Baronius. ann, 384.

Surius.

Hom. 26. in 2 Cor.

terré à Conſtantinople, à l'entrée de l'Egliſe de ſaint Pierre & de ſaint Paul. *Hîc quoque (id eſt Conſtantinopoli) Con-*
ſtantinum magnum , filius (id eſt Conſtantius) ita domum ingen-
ti honore ſe affecturum exiſtimauit, ſi eum in Piſcatoris veſti-
bulo conderet ; quodque Imperatoribus ſunt in aulis Ianitores, hoc
in ſepulchro Piſcatoris ſunt Imperatores, atque illi quidem ve-
lut Domini, interioris loci partes obtinent : hi autem velut acco-
læ, & vicini præclare ſecum agi putarunt, ſi veſtibuli ianua
ipſis aſſignetur.

L. 4 cap.   Cedrenus & Nicephore témoignent le méme de Theo-
50. in fi.   doſe le ieune, quand ils diſent qu'il fut mis, *In paterno*
l. 14. c 58. *monumento in dextra ſanctorum Apoſtolorum templi porticu, in*
qua pater quoque Arcadius, & mater Eudoxia, nec non auus
Theodoſius ſiti erant. Il y a méme des Canons qui defendent
d'enterrer dans les Egliſes, car dés le cinquiéme ſiecle, le
Concile de Bazas en France ; dans le ſixiéme, celuy de
Bragare & de Nantes ; & depuis, preſque dans tous les ſiecles, la defenſe en a été renouuellée.

La premiere raiſon de ces defenſes qui eſt toute naturelle, eſt à cauſe du mauuais air que cauſent les corps ainſi
enterrez dans les lieux ſaints.

2. Parce que l'Egliſe eſt le lieu proprement deſtiné pour
les Saints, n'y ayant point eu autrefois d'autre canoniſa-
tion que celle qui ſe faiſoit par la tranſlation du corps du
Cimetiere dans l'Egliſe ; coûtume qui a été ſi religieuſement
obſeruée en certaines Egliſes, que dans celle de ſaint Sa-
turnin à Thoulouſe, iamais on n'y a enterré perſonne.

La 3. C'eſt parce que, comme les Cimetieres ſont à preſent tout contigus des Egliſes, & qu'ils ne ſont qu'vn
auec l'Egliſe, ceux qui y ſont inhumez participent aux mémes graces & benedictions que ceux qui ſont tout au
pied des Autels.

4. Parce que les Cimetieres ont benediction particuliere
pour le repos des defunts, ce que n'ont pas les Egliſes.

On benit les Cimetieres pour pluſieurs raiſons, la
1. & la plus generale pour ôter la malediction qui tomba
ſur

ſur toutes les creatures inanimées apres le peché du premier homme, laquelle donne vne facilité, & vne faculté plus grande au malin eſprit de s'en preualoir à nôtre ruine.

Mais les raiſons particulieres ſont 1. à cauſe des prieres & autres ſaintes ceremonies qui s'y font continuellement en l'honneur de Dieu & des Saints. 2. Pour chaſſer de ces mémes lieux les demons, qui ſe plaiſent fort à frequenter les ſepulchres, comme nous apprenons de l'Ecriture, & des ſaints Peres, d'où ils moleſtoient les paſſans: de ſorte que comme les palais des Princes ſont des aſiles aux miſerables, là où des officiers de Iuſtice n'oſeroient entreprendre de rien faire; ainſi les Cimetieres qui ſont conſacrez à Dieu ſont des lieux où les demons n'ont aucune puiſſance: d'où ſaint Ambroiſe les appelle, *Requies defunctorum*, c'eſt à dire, là où ils ne ſont aucunement inquietez, comme ils pouroient être ailleurs.

La ceremonie de benir & conſacrer des Cimetieres eſt bien ancienne, puiſque ſaint Denis, du temps des Apôtres, dit qu'il faut metre les corps des fidels, *In loco honorando, & venerando, cum alijs eiuſdem ordinis, ſanctis corporibus*, par où il ne faut pas entendre l'Egliſe, qu'il auroit nommée autrement; ce qui eſt confirmé par la tradition des Egliſes d'Arles, & de Bourdeaux où l'on dit que nôtre Seigneur luy méme, accompagné de ſes Saints, a conſacré des Cimetieres auec les ſolennitez ordinaires.

Lorſque l'on enterre quelqu'vn dans l'Egliſe, il faut, 1. que la foſſe, ſi elle ſe fait proche du maître Autel (ce qui ne ſe doit accorder qu'aux Euêques, aux Curez & aux Fondateurs) ſoit pour le moins éloignée de cinq ou ſix pieds. 2. que l'on n'éleue pas de tombe hors de terre, ny autre maniere de ſepulchre, où ſoient grauez, ou attachez des armes, des trophées, des ſtatuës ou choſes pareilles, au moins ſans nôtre permiſſion.

Il n'eſt en aucune façon permis de prendre de l'argent pour la permiſſion d'inhumer dans l'Egliſe: parce que le lieu étant ſaint & conſacré, la permiſſion n'en peut-être

donnée pour de l'argent, fans commetre fimonie : c'eft
pourquoy les Conciles inueĉtiuent hautement contre cét
abus, & faint Gregoire écrit vne lettre fur ce fujet à deux
Euêques pour l'abolir dans leurs Eglifes, comme il auoit
fait en la fienne ; & faint Thomas demandant fi Ephron
auoit peché en prenant de l'argent d'Abraham, quoy que
par force, pour le lieu de la fepulture de Sara. *Apud Gen-*
tiles, dit-il, *loca fepulturis aßignata religiofa putabantur, fi ergo*
Ephron pro loco fepultura intendit pretium accipere, peccauit ven-
dens; Abraham tamen non peccauit emens, quia non intende-
bat emere nifi terram communem. Abhorrendus, & Chriſtianii
omnibus deuitandus, mos antiquus fubrepſit, fepulturam mor-
tuis debitam fub pretio vendere, & gratiam Dei venalem facere,
cum hoc nufquam fub Euangelica gratia meminimus nos inue-
niſſe, vel legiſſe, &c. Quid terra terram vendis ? &c. Recor-
dare quoniam non hominis eſt terra, fed Dei : fi terram vendis
inuaſione aliena rei reus teneberis. Gratis accepiſti à Deo, gra-
tis da pro eo. Quare interdiĉtum fit omnibus omnino Chriſtianis
terram mortuis vendere, & fepulturam debitam denegare. Ce
Canon a été renouuelé, *in Conc. Nannet 6. c. 6. Lateran.*
fub Innoc. 3. c. 66. De venditionibus fepulchrorum, & de his
qui pro fepulturis munera exigunt, vt feueriter puniantur, & di-
ſtringantur.

Nullus pretium pro baptifmo, neque pro pænitentia danda,
neque pro fepultura accipiat, nifi quod fideles fponte dare vel offerre
voluerint.

Pour maintenant, l'argent que l'on donne n'eſt pas pour
la terre precifement, laquelle étant de foy benîte ne peut
étre venduë, ny pour les ceremonies, ny autres offices Ecclefiaſtiques qui fe font pour le foulagement fpirituel du
defunt; ce qui feroit fimoniaque, fuiuant tous les Canons
Ecclefiaſtiques, mais c'eſt pour le droiĉt qu'aquiert vne
perfonne, de fe faire enterrer & fa famille, en tel lieu, à
l'exclufion de tout autre; ce qui eſt onereux à l'Eglife, &
peut étre eſtimé par argent auffi bien que la peine & les
frais plus grands qu'il conuient faire en ces ceremonies,

Il n'appartient qu'aux Euêques, aux Curez, ou aux iuges Ecclefiaftiques, non pas aux feculiers d'ordonner des fepultures, d'autant que c'eft vn droit purement fpirituel & Ecclefiaftique: voila pourquoy il n'eft permis à qui que ce foit de s'arroger, ou s'atribuer de fa propre authorité, droit de fepulture dans les Eglifes, fans la permiffion & le confentement des fuperieurs Ecclefiaftiques ; ce qui a été méme obferué parmy les Payens: car Numa Pompilius premier reformateur, ou plûtôt inftituteur de la religion des Romains, voulut que les Pontifes & les Prêtres euffent la charge & furintendance des fepultures.

Et la raifon de cela, c'eft parce que les fepultures font chofes faintes, comme tous les anciens les ont appellées, *Offa fanĉta, tumulus facer, fedes facra, vrna facra, facrati morte lapides, facer fomnus, facra quies, cineres facri, vbi corpus hominis condas, facer efto, venerabile marmor, religiofa iura, & perpetua.* D'où Hincmare. *Nullus Chriftianorum præfumat quafi hereditario iure de fepultura contendere ; fed in facerdotis prouidentia fit, vt parochiani fui fecundum Chriftianam deuotionem in locis quibus viderit fepeliantur. Ipfe tamen facerdos prouideat & congruam cuique fepulturam, & ne fcandalum quantum vitari poteft, fiat fuis parochianis, &c.*

Pour rendre les Cimetieres venerables aux fidels, & conferuer la fainteté & la reuerence qu'ils demandent. 1. Il faut que les Curez faffent en forte qu'ils foient clos de murailles à hauteur fuffifante, ou du moins de fortes hayes, pour empécher les beftes d'y entrer ; que la porte en foit fermée de clef, ou s'il n'y a point de porte, qu'il y ayt vne grille de fer qui foit foigneufement entretenuë.

2. Qu'ils ne foient labourez, ny enfemencez d'aucune chofe ; qu'on n'y plante ny arbre ny vigne : qu'on ne s'en ferue pas comme d'vne grange, pour bâtre ny vanner le bled ; que les herbes n'en foient pas loüées pour nourrir les animaux, fous pretexte méme du profit de l'Eglife.

3. Qu'on n'y faffe ny foires, ny marchez, ny ieux, ny danfes, ny manufactures, ny comedies, &c.

4. Qu'il y ayt vne Croix erigée au milieu, *Quam aliquo etiam decenti integumento operiri conueniens sit.* Dit S. Charles.

De ceux à qui il faut refuser la sepulture Ecclesiastique.

IL ne faut pas accorder la sepulture Ecclesiastique à toute sorte de personnes, les saints Canons en excluent de dix ou douze sortes.

1. Les Payens, les Iuifs, les Heretiques, & leurs fauteurs, les Apostats, les Schismatiques, ceux qui sont excommuniez d'excommunication majeure, encor que l'excommunication fût injuste, à moins d'en auoir été absous auparauant; les Duelistes, qui sont morts dans le duel, *Etiamsi dederint pœnitentiæ signa ante obitum.* Ceux qui sont interdits *Nominatim,* ou qui meurent dans vn lieu interdit, tant que l'interdit n'est pas leué; ceux qui par desespoir, ou par rage, non pas par folie, se sont procurez la mort, à moins qu'auparauant de mourir ils n'ayent donné quelque signe de penitence; les pecheurs publics & manifestes, comme les vsuriers, les blasphemateurs, s'ils ne font penitence, & reparation publique; autrement celuy qui leur donne la terre sainte est excommunié; ceux qui n'ont pas communié dans la quinzaine de Pâques sans excuse legitime; les enfans qui decedent sans le baptéme. Les Religieux qui à leur decez sont trouuez auoir quelque chose de propre, à moins d'auoir fait penitence. Vn seul témoin digne de foy suffit pour prouuer qu'vne personne a donné des signes de penitence. Quand il se rencontre des difficultez il faut auoir recours à Nous, ou à nos Vicaires generaux.

La 1. raison pour laquelle l'Eglise priue toutes ces personnes de sepulture Ecclesiastique est fondée sur ce qu'il n'est pas raisonnable que ceux qui doiuent auoir differentes demeures en l'autre monde, ayent icy bas communauté de sepultures, *Quæ enim participatio iustitiæ cum iniustitiâ, aut fidelis cum infideli?*

La 2. sur la reuerence qui est duë aux lieux saints, & sur l'immunité des Eglises & la sainteté, qui ne souffre dans son enclos, que ceux que l'on presume être decedez dans vne foy viue.

C'est vne grande peine d'être priué de la sepulture Ecclesiastique, comme nous auons déja dit, car comme c'est vne des grandes menaces que Dieu faisoit aüx Iuifs, & l'extreme de tous leurs maux; voila pourquoy l'Eglise semble n'auoir pas aussi de plus grande punition.

Quand on a enterré vn heretique dans vn lieu saint, il faut le deterrer, & reconcilier le lieu où il auoit été inhumé, & si c'étoit dans l'Eglise, il faudroit racler les bois, & les parois, suiuant les Canons; ce qui se pouroit prouuer par vne infinité d'histoires miraculeuses, & autres par lesquelles Dieu même a approuué, & confirmé cete ceremonie.

Les heretiques particulierement ne doiuent pas être tolerez dans les Cimetieres des Catholiques. 1. Parce qu'ils font criminels de leze-maiesté Diuine : or si les criminels de leze-maiesté Humaine, apres les punitions corporelles sont priuez le plus souuent de toute sepulture, quelle raison y auroit-il que ceux qui se sont bandez contre Dieu, & qui luy ont fait la guerre, pour recompense soyent honorez apres leur mort de la sepulture sacrée?

2. Parce qu'ils sont totalement retranchez de la communion de l'Eglise.

3. Parce qu'on ne doit communiquer apres la mort auec ceux ausquels on ne communique pas pendant la vie.

Enfin parce qu'il n'est pas permis de prier, suiuant saint Iean, auec ceux qui ne sont pas membres de l'Eglise: n'y ayant pas en cecy moins de raison de la presence des morts que des viuans.

Les anciens Canons permettent à ceux qui sont executez par Iustice d'être enterrez dans les lieux saints, & au-

jourd'huy on en eſt dans l'vſage & dans la pratique ; Le
Pape Iean II. dans ſon epître decretale an. 532. *Nec illud*
omittendum cenſeo, vt ÿs qui pro ſcelere ſuo à Præſidibus ſeu
Rectoribus populi fuerint interempti : & ſepulturam in cœmeterio
Chriſtianorum habere, & offerentium pro ipſis oblationes iuxta
Statuta Canonum, licentiam indicamus non negari.

Touchant le Deuil des Chrétiens.

C'Eſt vne choſe tolerable aux Chrétiens de pleurer à la
mort de leurs proches, & d'en porter le deuil, pouruû
que cela ſe faſſe auec grande moderation, & non pas comme dit ſaint Paul, à la façon des Payens, qui n'ont pas
d'eſperance de là Reſurrection, *Vt non contriſtemini ſicut &*
cæteri qui ſpem non habent.

　　Les Peres ont toûjours reprimé les larmes des Chrétiens
au decez de leurs proches : Et c'eſt vne partie pour cela
qu'ont été introduits dans l'Egliſe autresfois les chants de
ioye & de réjouïſſance ; juſqu'à chanter *Alleluya,* à la mort
des defunts, comme marque ſaint Hierôme (*In epitaph. Fa-*
biolæ) non qu'on les crût tous bien-heureux, car autrement on n'auroit pas fait de ſacrifice pour eux ; mais pour
appaiſer & adoucir les larmes de ceux qui leur apparte-
noient, & abolir cete coûtume, qui alloit au ſcandale du
Chriſtianiſme, *Vt immoderata lugendi eos atque plangendi con-*
ſuetudo, ex animis hominum eximeretur.

　　Saint Hierôme, ſaint Chryſoſtome, & premier qu'eux
ſaint Cyprien, lequel au traité qu'il a fait, *de Mortalitate,*
aſſure qu'il s'eſt trouué ſouuent preſſé de l'eſprit de Dieu,
& reçu commandement de ſa part de prêcher & d'exhorter
les peuples à ne point porter de deuil à la mort de leurs
parens. Voicy les termes de ſaint Cyprien : Combien de
fois Dieu m'a t'il reuelé à moy même, pauure chetif que ie
ſuis ! Combien de fois a t'il eu de bonté de ſe découurir à
moy, & me commander que ie témoignaſſe à toute heure, &
que ie préchaſſe qu'il ne falloit pas pleurer mes freres,

lors qu'il les appelloit à luy, & qu'il les déliuroit de la
captiuité de ce monde. Nous fçauons bien qu'ils ne font
pas perdus, ils ne font qu'allez deuant : C'eft comme vn
trajet de mer, il y en a toûjours qui s'embarquent les premiers. Nous deuons les regretter, mais non pas nous en
attrifter, & témoigner le regret par des habits noirs & lugubres, pendant qu'eux font reuétus de robes toutes éclar-
tantes.

Lugeatur mortuus, fed ille quem gehenna fufcipit, quem tar- S. Hier.
tarus deuorat, in cuius pœnam æternus ignis æftuat : non quorum epift. 25.
exitum Angelorum turba comitatur, quibus obuiam Chriftus
occurrit, grauemur magis fi diutius in tabernaculo ifto mortis
habitemus.

Fratres noftros non effe lugendos, accerßitione dominica in S. Cyp.
fæculo liberatos, cum fciamus non eos amitti, fed præmitti: receden- lib de
tes præcedere vt proficifcentes, vt nauigantes folent : defiderari eos mortal.
debere, non plangi : nec accipiendas hic effe atras veftes, quando
ibi illi indumenta alba iam fumpferint : occafionem dandam non
effe Gentilibus, vt nos meritò ac iure reprehendant, quòd quos
viuere apud Deum dicimus, vt extinctos ac perditos lugeamus,
& fidem quam fermone, & voce depromimus, cordis, & pectoris
teftimonio non probemus.

Les Peres inuectiuoient fi fort contre le deuil des Chrétiens. 1. Parce que la vie que nous menons icy bas, n'étant à
vray dire qu'vne mort viuante, ou vne vie mourante ; le
iour qui nous en retire ne nous peut être qu'heureux, & ne
doit pas étre regretté. Verité qui a été connuë, méme parmy Cyp. de
les Payens par la feule lumiere naturelle, & qui a fait dire Aug. 13.
à faint Cyprien, faint Auguftin, faint Chryfoftome, faint de ciui-
Gregoire & faint Ambroife, que la mort aux Chrétiens eft Greg.
plus fouhaitable que la vie, d'autant qu'elle les affranchit hom. 37.
des miferes de cete vie, de la feruitude, & efclauage du in Euang.
corps, & de la neceffité comme inéuitable du peché, *Educ* bono
de cuftodia animam meam, difoit Dauid, & faint Paul, *Quis* mort.
me liberabit de corpore mortis huius ? cupio diffolui & effe cum Chryfoft.
Chrifto. hom. 5.
ad pop.
Antioch.

2. Parce que cela pouroit être occasion de scandale aux Gentils, pour ne se conuertir pas à la foy, mais se mocquer plûtôt de nôtre religion, en ce que voyans les Chrétiens s'affliger excessiuement au decez de leurs proches, & démentir par leurs larmes, & leurs habits lugubres, le mépris qu'ils sembloient faire de la mort, & la creance de la Résurrection, ils prendroient de là sujet de tourner en risée, & tenir pour vne fable, & vne imposture tous les autres mysteres du Christianisme.

3. Parce qu'il y a souuent dans ces sortes de duëil plus de mine, & de ceremonie, plus d'artifice, plus de vanité, plus d'hypocrisie que de verité, & plus d'ostenration que de veritable compassion. En ce temps-là principalement qu'on auoit coûtume de s'égratigner les bras, s'arracher les cheueux, se déchirer le visage, & semblables. Ce qui a été deffendu par les loix diuines & humaines, *Non incide-*
Leu. 19.
Deut. 14. *tis super mortuo carnes vestras, neque figuras aliquas aut stigmata facietis vobis, non vos incidetis, neque caluitium facietis super mortuo,* dit Dieu.

Il est bien permis de s'attrister à la mort de ses proches, pouruû que ce soit auec mesure; car la foy non plus que la philosophie, ny l'empire (comme disoit l'Empereur Antonin) ne nous ôte point les affections naturelles. *Permitte*
Epist. 3.
ad bassul.
de obitu.
S. Mart. *illi vt homo sit: neque enim vel philosophia, vel imperium tollit affectus. Fides flere prohibet* (dit Seuere Sulp.) *sed gemitum extorquet affectus.*

Et saint Ambroise. *Sunt lachrymæ pietatis indices, non illius doloris, non omnis infidelitatis, aut infirmitatis est fletus; alius est naturæ dolor, alius tristitia diffidentiæ.*

Orat. de
obitu fra-
tris sui
Satyr. Et saint Augustin sur ces paroles de l'Apôtre, *Non contristemini sicut & cæteri,* fait vn excellent discours qui est dans nôtre Breuiaire au iour de la commemoration des morts.

Epist. 25. Et saint Hierôme, *Ignoscimus matris lachrymis; sed modum quærimus in dolore: si parentem cogito non reprehendo quod plangit: si Christianam, & monacham, istis nominibus mater excluditur.*

OFFICE

OFFICE
DES DEFVNCTS
A VESPRES.

Placebo. *Pfal.* Dilexi. E uou a e.

ILEXI quóniam exáudiet Dóminus : vocem oratiónis meæ.
Quia inclináuit aurem fuam mihi : & in diebus meis inuocábo.
Circundedêrunt me dolôres mortis, & perícula inférni inuenêrunt me.

Tribulatiônem & dolôrem inuéni : & nomen Dómini inuocâui.
O Dómine líbera ánimam meam miféricors Dóminus, & iuftus : & Deus nofter miferétur.

EEE

Custódiens páruulos Dóminus : humiliâtus sum, & liberâuit me.

Conuértere ánima mea in réquiem tuam : quia Dóminus benefécit tibi.

Quia erípuit ánimam meam de morte, óculos meos à láchrymis : pedes meos à lapsu.

Placêbo Dómino in regióne viuórum.

Réquiem ætérnam dona eis Dómine : & lux perpétua lúceat eis.

Antienne.

Placebo Domino : in re gio ne viuorum.

Ant. Heu mihi *Psal.* Ad Dominum E u o u a e.

AD Dóminum cùm tribulárer clamâui : & exaudîuit me.

Dómine líbera ánimam meam à lábiis iníquis : & à lingua dolósa.

Quid detur tibi, aut quid appónátur tibi : ad linguam dolôsam.

Sagíttæ poténtis acútæ : cum carbónibus desolatóriis.

Heu mihi quia incolátus meus prolongátus est, habitáui cum habitántibus Cedar : multum íncola fuit ánima mea.

Cum his qui odêrunt pacem, eram pacíficus : cum loquébar illis, impugnábant me gratis.

Réquiem ætérnam dona eis Dómine : & lux perpétua lúceat eis.

Antienne.

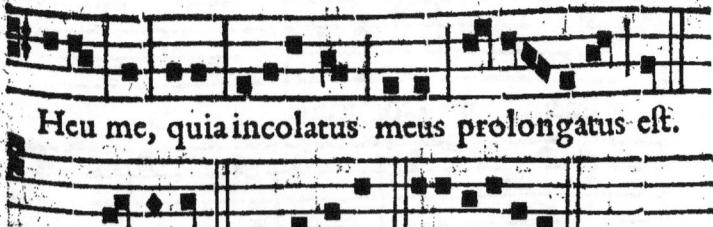

Heu me, quia incolatus meus prolongatus est.

Ant. Dominus. *Pfal.* Leuaui. Euouae.

Leuáui óculos meos in montes : vnde véniet auxílium mihi.

Auxílium meum à Dómino : qui fecit cælum & terram.

Non det in commotiônem pedem tuum : neque dormî-
tet qui cuſtôdit te.

Ecce non dormitâbit, neque dórmiet : qui cuſtôdit
Iſraël.

Dóminus cuſtôdit te, Dóminus protéctio tua : ſuper
manum déxteram tuam.

Per diem ſol non vret te : neque luna per noctem.

Dóminus cuſtôdit te ab omni malo : cuſtódiat ánimam
tuam Dóminus.

Dóminus cuſtódiat intróitum tuum, & éxitum tuum :
ex hoc nunc & vſque in ſæculum.

Réquiem ætérnam dona eis Dómine : & lux perpétua
lúceat eis.

Antienne.

Dominus cuſtodit te ab omni malo, cuſtodiat

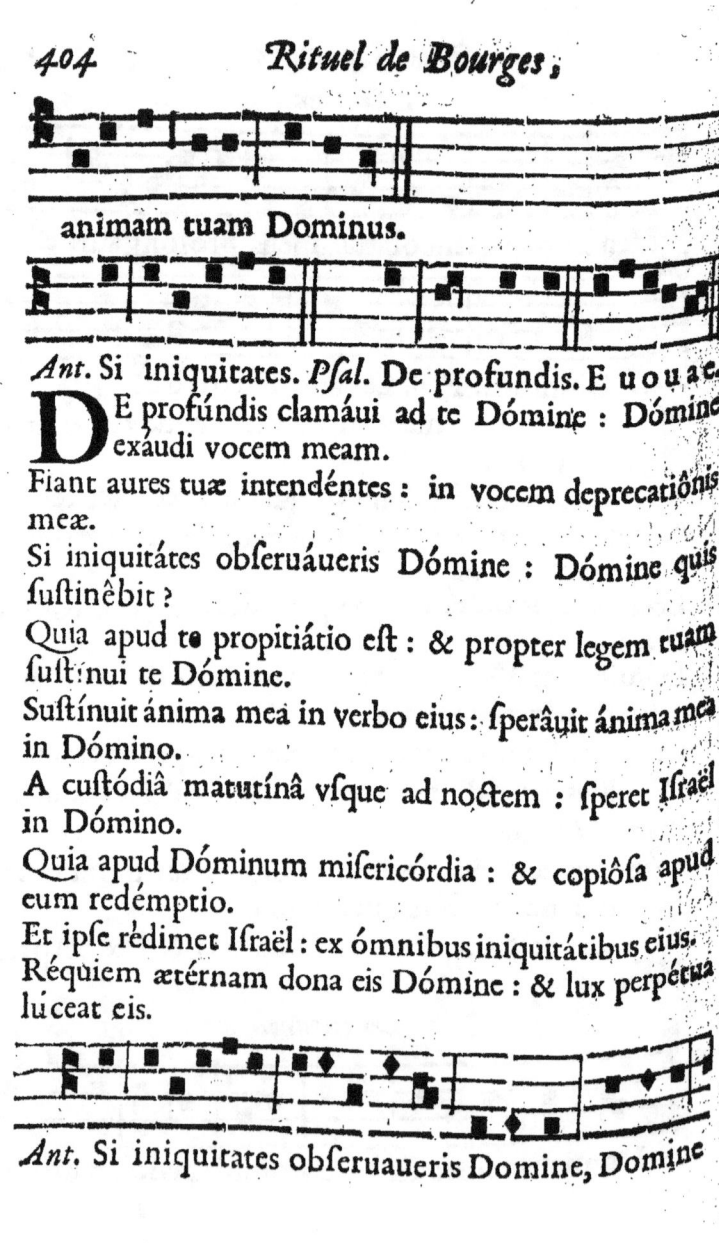

animam tuam Dominus.

Ant. Si iniquitates. *Pfal.* De profundis. E u o u a e.

DE profúndis clamáui ad te Dómine : Dómine exáudi vocem meam.

Fiant aures tuæ intendéntes : in vocem deprecatiônis meæ.

Si iniquitátes obferuáueris Dómine : Dómine quis fuftinêbit ?

Quia apud te propitiátio eft : & propter legem tuam fuftinui te Dómine.

Suftínuit ánima mea in verbo eius : fperâuit ánima mea in Dómino.

A cuftódiâ matutínâ vfque ad noctem : fperet Ifraël in Dómino.

Quia apud Dóminum mifericórdia : & copiófa apud eum redémptio.

Et ipfe rédimet Ifraël : ex ómnibus iniquitátibus eius.

Réquiem ætérnam dona eis Dómine : & lux perpétua lúceat eis.

Ant. Si iniquitates obferuaueris Domine, Domine

quis fuſtinebit.

Ant. Opera. *Pſal.* Confitebor. E u o u a e.

COnfitébor tibi Dómine in toto corde meo ; quóniam audíſti verba oris mei.

In conſpéctu Angelôrum pſallam tibi : adorâbo ad templum ſanctum tuum, & confitêbor nómini tuo.

Super miſericórdia tua, & veritâte tua : quóniam magnificáſti ſuper omne, nomen ſanctum tuum.

In quacúmque die inuocáuero te, exáudi me : multiplicâbis in ánima mea virtûtem.

Confiteántur tibi Dómine omnes reges terræ : quia audiérunt ómnia verba oris tui.

Et cantent in vijs Dómini : quóniam magna eſt glória Dómini.

Quóniam excélſus Dóminus, & humília réſpicit : & alta à longé cognóſcit.

Si ambulâuero in médio tribulatiônis, viuificábis me : & ſuper iram inimicôrum meôrum extendíſti manum tuam, & ſaluum me fecit déxtera tua.

Dóminus retríbuet pro me : Dómine miſericórdia tua in ſæculum : ópera mánuum tuârum ne deſpícias.

Réquiem ætérnam dona eis Dómine : & lux perpétua lúceat eis.

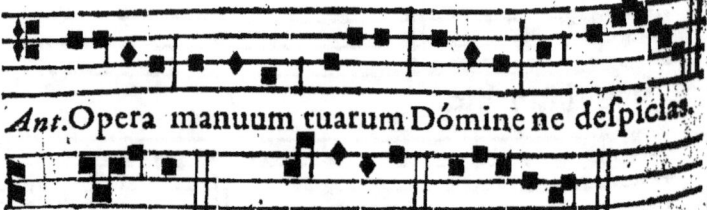

Ant. Opera manuum tuarum Dómine ne despiclas.

Ant. Omne. *Psal.* Magnificat. E u o u a e.

Magníficat : ánima mea Dóminum.

Et exultâuit spíritus meus : in Deo salutâri meo.

Quia respéxit humilitâtem ancíllæ suæ : ecce enim ex hoc beâtam me dicent omnes generatiônes.

Quia fecit mihi magna, qui potens est : & sanctum nomen eius.

Et misericórdia eius à progénie in progénies : timéntibus eum.

Fecit poténtiam in bráchio suo : dispérsit supérbos mente cordis sui.

Depósuit poténtes de sede : & exaltâuit húmiles.

Esuriéntes impléuit bonis : & díuites dimîsit inánes.

Suscêpit Ifráël púerum suum : recordâtus misericórdiæ suæ

Sicut locûtus est ad patres nostros : Abraham & sémini eius in sæcula.

Réquiem ætérnam dona eis Dómine : & lux perpétua lúceat eis.   *Antienne.*

Om ne quod dat mihi Pa ter, ad me veniet, & eum qui venit ad me, non eii ciam

foras.

Pater noſter. ℣. Et ne nos indúcas in tentatiónem.
℟. Sed líbera nos à malo.
℣. A porta inferi. ℟. Erue Dómine ánimas eórum.
℣. Requiéſcant in pace. ℟. Amen.
℣. Dómine exáudi oratiónem meam.
℟. Et clamor meus ad te véniat.
℣. Dóminus vobíſcum.
℟. Et cum ſpíritu tuo.

Orémus.

DEus, qui inter Apoſtólicos ſacerdótes, fámulos tuos pontificáli, ſeu ſacerdotáli fecíſti dignitáte vigére: præſta quæſumus, vt eórum quoque perpétuo aggregéntur conſórtio.

DEus, véniæ largítor, & humánæ ſalútis amátor: quæſumus cleméntiam tuam, vt noſtræ congregatiónis fratres, propínquos, & benefactóres, qui ex hoc ſæculo transiérunt, beáta María ſemper vírgine intercedénte cum ómnibus Sanctis tuis, ad perpétuæ beatitúdinis conſórtium perueníre concédas.

FIdélium Deus ómnium cónditor & redémptor, animábus famulórum famularúmque tuárum, remiſſiónem cunctórum tríbue peccatórum : vt in-

dulgéntiam, quam femper optauérunt, piis fupplicatiónibus confequántur. Qui viuis & regnas
in fæcula fæculôrum. ℟. Amen.

Le iour de la Commemoration de tous les defuncts
on ne dit que cete feule Oraifon, & on la finira ainfi; Qui
viuis & regnas cum Deo Patre in vnitáte Spíritus fancti Deus. Per ómnia, &c.

On dira l'Oraifon qui fuit, au iour du deceds & enter-
rement du defunct.   Orêmus.

ABfólue, quæfumus, Dómine, ánimam, fámuli
tui N. *ou,* fámulæ tuæ, N. *fi c'eft vne Fem-*
me, vt defúnctus, *ou,* defúncta fæculo tibi viuat: & quæ per fragilitâtem carnis humánâ con-
uerfatiône commîfit, tu véniâ mifericordíffimæ pietâtis abfterge. Per Chriftum Dóminum noftrum.
℟. Amen.

Pour le iour anniuerfaire.
Orêmus.

DEus indulgentiârum Dómine, da ánimæ fámuli tui, *ou,* fámulæ tuæ, *ou,* animâbus famulôrum famularúmque tuârum, cuius, *ou,* quorum
anniuerfárium depofitiónis diem commemorâmus,
refrigérij fedem, quiêtis beatitúdinem, & lúminis
claritâtem. Per Chriftum Dóminum noftrum.
℟. Amen.

Si c'eft pour vne feule perfonne qu'on fait l'anniuer-
faire, on dira l'Oraifon fufdite au nombre fingulier;
& encore cete autre, Deus, qui inter Apoftólicos, &c.
fi c'eft pour vn Euêque ou vn Prêtre feulement.   *Si*

Si c'est pour un Euêque on ometera seu sacerdotáli.

Si ce n'est que pour un Prêtre seulement, on ometera pontificáli seu. *Pour les Freres, amys & bien-facteurs on* dit l'Oraison, Deus, véniæ largítor, *comme dessus.*

Pour les Pere & Mere. Orêmus.

DEus, qui nos patrem & matrem honoráre præcepísti : miserére clémenter animábus patris ac matris meæ, eorúmque peccáta dimítte : meque eos in ætérnæ claritátis gáudio fac vidére. Per Dóminum, &c.

Si c'est pour plusieurs Peres & Meres qu'on prie, on dira animábus paréntum nostrórum, *& au lieu de dire* meque, *on dira* nosque. *Si c'est pour un Pere seulement, on dira* ánimæ patris mei, *ou* nostri: *si c'est pour une Mere seulement, on dira* ánimæ matris meæ : *ou* nostræ *si on prie aussi au nom de plusieurs.*

Pour un defunct. Orêmus.

INclína Dómine aurem tuam ad preces nostras, quibus misericórdiam tuam súpplices deprecámur : vt ánimam fámuli tui, quam de hoc sæculo migráre iussísti, in pacis ac lucis regióne constítuas, & Sanctórum tuórum iúbeas esse consórtem. Per Dóminum, &c.

Pour une defuncte. Orêmus.

QVæsumus Dómine, pro tua pietáte miserére ánimæ fámulæ tuæ : & à contágijs mortalitátis exútam, in ætérnæ saluatiónis partem restítue. Per Dóminum nostrum, &c.

℣. Réquiem ætérnam dona eis Dómine.

℟. Et lux perpétua lúceat eis.

℣. Requiéscant in pace. ℟. Amen.

A MATINES.

O N *dit l'Inuitatoire qui fuit, feulement au iour de la*
Commemoration de tous les fidels defuncts, & au
iour du deceds & conuoy de quelque defunct ; aufquels iours
on dira les trois Nocturnes qui fuiuent, auec chacun leurs
Antiennes, Verfets, Répons, & Leçons. Aux autres iours
on ne dira qu'vn Nocturne entier auec Laudes ; le Lundy
& le Ieudy, on dira le premier Nocturne ; le Mardy
& le Vendredy, le fecond : le Mercredy & le Samedy
le troifiéme.

Inuitatoire.

Regem cui ómnia viuunt : Venite adorêmus.
Le Chœur repete, Regem cui, &c.

Pfalme 94.

Enîte exultêmus Dómino, iubilêmus

Deo falutári noftro præocupémus fáciem

eius in confeffióne, & in pfalmís iubilémus

e i. Regem.

Quóniam Deus magnus Dóminus, & Rex magnus

super omnes Deos: quóniam non repéllet Dómi-

nus plebem suam, quia in manu eius sunt omnes

fines terræ, & altitúdines móntium ip se

cónspicit. Venite.

Quóniam ipsius est mare, & ipse fecit

illud, & áridam fundauérunt manus eius Ve-

nîte adorémus, & procidámus ante Deum:

plorémus coram Dómino qui fecit nos, quia

ipſe eſt Dóminus Deus noſter: nos autem pó-

pulus eius, & oues páſcuæ eius.

Regem.

Hó di e ſi vocem eius audiéritis, nolîte

obduráre corda veſtra, ſicut in exacerbatiône

ſecúndùm diem tentatiônis in desérto : vbi ten-

tauérunt me patres veſtri , probauérunt , & vi-

dérunt ópe ra mea. Venîte.

Quadragínta annis próximus fui gene ra tióni

huic, & díxi : Semper hi errant corde : ipſi

verò non cognouérunt vias meas, quibus

iu rá ui in ira mea , ſi introíbunt in

réquiem meam. Regem.

Réquiem ætérnam dona eis Dómine, & lux

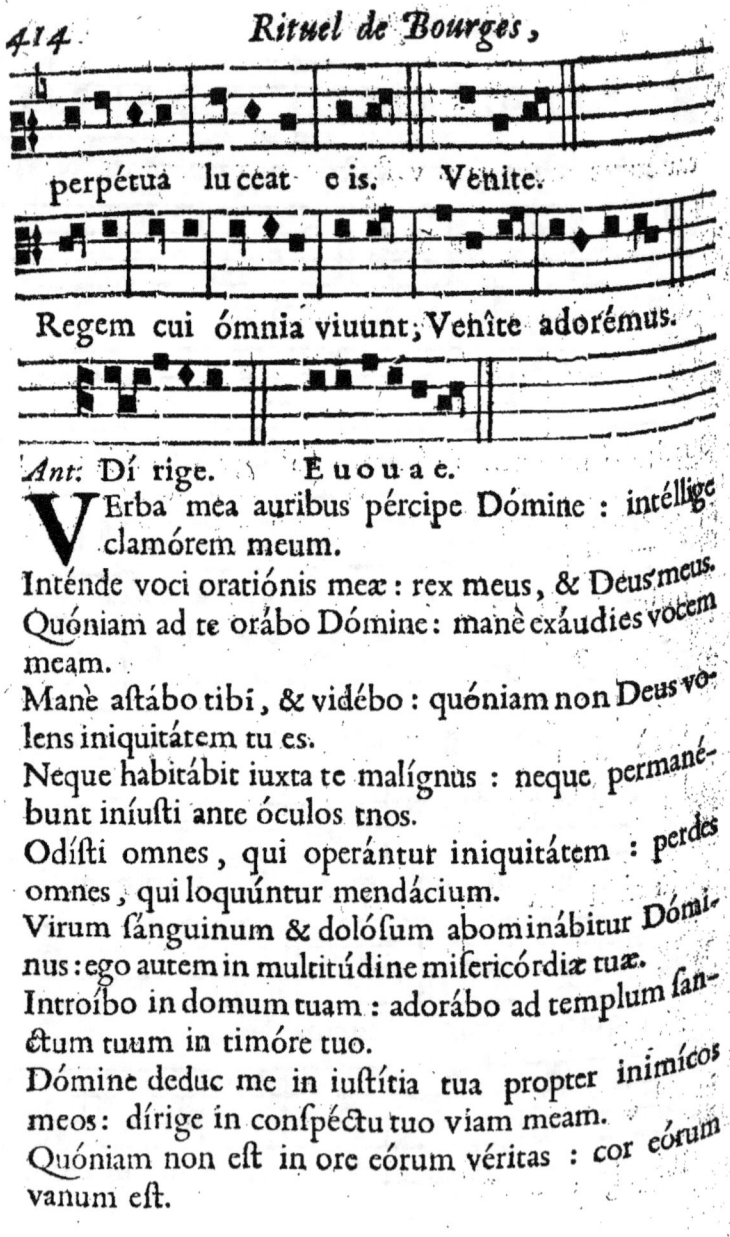

perpétua lu ceat e is. Venite.

Regem cui ómnia viuunt; Venite adorémus.

Ant: Dí rige. E u o u a e.

Verba mea auribus pércipe Dómine : intéllige clamórem meum.

Inténde voci oratiónis meæ : rex meus, & Deus meus.

Quóniam ad te orábo Dómine : manè exáudies vocem meam.

Manè aſtábo tibi, & vidébo : quóniam non Deus volens iniquitátem tu es.

Neque habitábit iuxta te malígnus : neque permanébunt iniuſti ante óculos tnos.

Odíſti omnes, qui operántur iniquitátem : perdes omnes, qui loquúntur mendácium.

Virum ſanguinum & dolóſum abominábitur Dóminus : ego autem in multitúdine miſericórdiæ tuæ.

Introíbo in domum tuam : adorábo ad templum ſanctum tuum in timóre tuo.

Dómine deduc me in iuſtítia tua propter inimícos meos : dírige in conſpéctu tuo viam meam.

Quóniam non eſt in ore córum véritas : cor córum vanum eſt.

Sepúlchrum patens est guttur córum, linguis suis do-
lóse agébant : iudica illos Deus.

Décidant à cogitatiónibus suis, secúndùm multitúdinem impietátum córum expélle eos; quóniam irri-
tauérunt te Dómine.

Et læténtur omnes, qui sperant in te : in ætérnum
exultábunt, & habitábis in eis.

Et gloriabúntur in te omnes, qui díligunt nòmen
tuum : quóniam tu benedíces iusto.

Dómine, vt scuto bonæ voluntátis tuæ : coronásti nos.
Réquiem ætérnam dona eis Dómine : & lux perpétua
lúceat eis. *Antienne.*

Dírige Domine Deus meus in conspéctu tuo

viam meam.

Ant. Conuertére. *Psal.* Domine. Euouae.

DOmine, ne in furóre tuo árguas me : neque
in ira tuas corrípias me.

Miserére mei Dómine, quóniam infirmus sum : sana
me Dómine, quóniam conturbáta sunt ossa mea.

Et ánima mea turbáta est valdè : sed tu Dómine
vsquequo ?

Conuértere Dómine, & éripe ánimam meam: faluum me fac propter mifericórdiam tuam.

Quóniam non eft in morte qui memor fit tui: in inférno autem quis confitébitur tibi?

Laboráui in gémitu meo, lauábo per fingulas noctes lectum meum: láchrymis meis ftratum meum rigábo.

Turbátus eft à furóre óculus meus: inueteráui inter omnes inimícos meos.

Difcédite á me omnes, qui operámini iniquitátem: quóniam exaudíuit Dóminus vocem fletus mei.

Exaudíuit Dóminus deprecatiônem meam: Dóminus oratiónem meam fufcépit.

Erubéfcant & conturbéntur veheménter omnes inimíci mei: conuertántur, & erubéfcant valdè velociter.

Réquiem ætérnam dona eis Dómine: & lux perpétua lúceat eis.

Antienne.

Conuértere Dómine, & éripe ànimam meam.

quóniam non eft in morte qui memor fit tui.

Nequando. Domine. E u o u a e.

Dómine

DOmine Deus meus in te speráui : saluum me fac ex ómnibus persequéntibus me, & libera me.

Nequándo rápiat vt leo ánimam meam : dum non est qui rédimat, neque qui saluum fáciat.

Dómine Deus meus si feci istud : si est iníquitas in mánibus meis.

Si réddidi retribuéntibus mihi mala : décidam meritò ab inimícis meis inánis.

Persequátur inimícus ánimam meam , & comprehéndat, & concúlcet in terra vitam meam : & glóriam meam in púluerem dedúcat.

Exúrge Dómine in ira tua : & exaltâre in fínibus inimicórum meórum.

Et exúrge Dómine Deus meus in præcepto quod mandásti : & synagóga populórum circúmdabit te.

Et propter hanc in altum regrédere : Dóminus iúdicat pópulos.

Iúdica me Dómine secúndùm iustítiam meam : & secúndùm innocéntiam meam super me.

Consumétur nequítia peccatórum, & díriges iustum : scrutans corda & renes Deus.

Iustum adiutórium meum à Dómino : qui saluos facit rectos corde.

Deus iudex iustus, fortis, & pátiens : numquid iráscitur per singulos dies ?

Nisi conuérsi fuéritis, gládium suum vibráuit : arcum suum teténdit & paráuit illum.

Et in eo paráuit vasa mortis : sagíttas suas ardéntibus effécit.

Ecce partúrijt iniuſtítiam : concépit dolórem, & páperit iniquitátem.

Lacum apéruit, & effódit eum : & íncidit in fóueam quam fecit.

Conuertétur dolor eius in caput eius : & in vérticem ipſius iníquitas eius deſcéndet.

Confitébor Dómino, ſecúndùm iuſtítiam eius : & pſallam nómini Dómini altíſſimi.

Réquiem ætérnam dona eis Dómine : & lux perpétua lúceat eis.   *Antienne.*

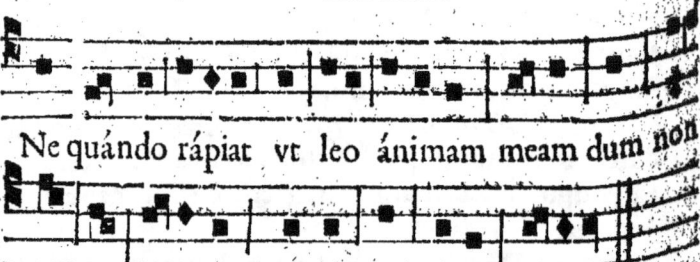

Ne quándo rápiat vt leo ánimam meam dum non

eſt qui rédimat, neque qui ſaluum fáciat.

℣. A porta ínferi. ℞. Erue Dómine ánimas córum. Pater noſter, *tout bas.*   ℣. Et ne nos indúcas, &c. ℞. Sed líbera nos à malo.

On dit les Leçons ſans abſolution, ſans Benediction & ſans Titre.

Premiere Leçon.   Iob. 7.

PArce mihi Dómine, nihil enim ſunt dies mei. Quid eſt homo quia magníficas eum ? aut quid appónis erga eum cor tuum? Víſitas eum dilúculo, & ſúbitò probas illum. Vſquequo non parcis mihi, nec dimíttis me, vt glútiam ſalíuam meam? Peccáui : quid

faciam tibi, ô cuſtos hóminum ? Quare poſuíſti me
contrárium tibi, & factus ſum mihimetípſi grauis ?
Cur non tollis peccátum meum, & quare non aufers
iniquitátem meam ? Ecce nunc in púluere dórmiam:
& ſi manè me quæſieris non ſubſiſtam. *On finit ainſi,
ſans adjoûter* Tu autem. *Répons.*

Cre do quod Redémptor meus   vi uit:

& in nouiſſimo di   e de ter ra ſurrectú-

rus ſum. Et in carne me   a vidébo De-

um ſaluatórem   meum.

℣. Quem visúrus ſum   ego ipſe & non

á li us & ócu li mei con   ſpectúri

GGG ij

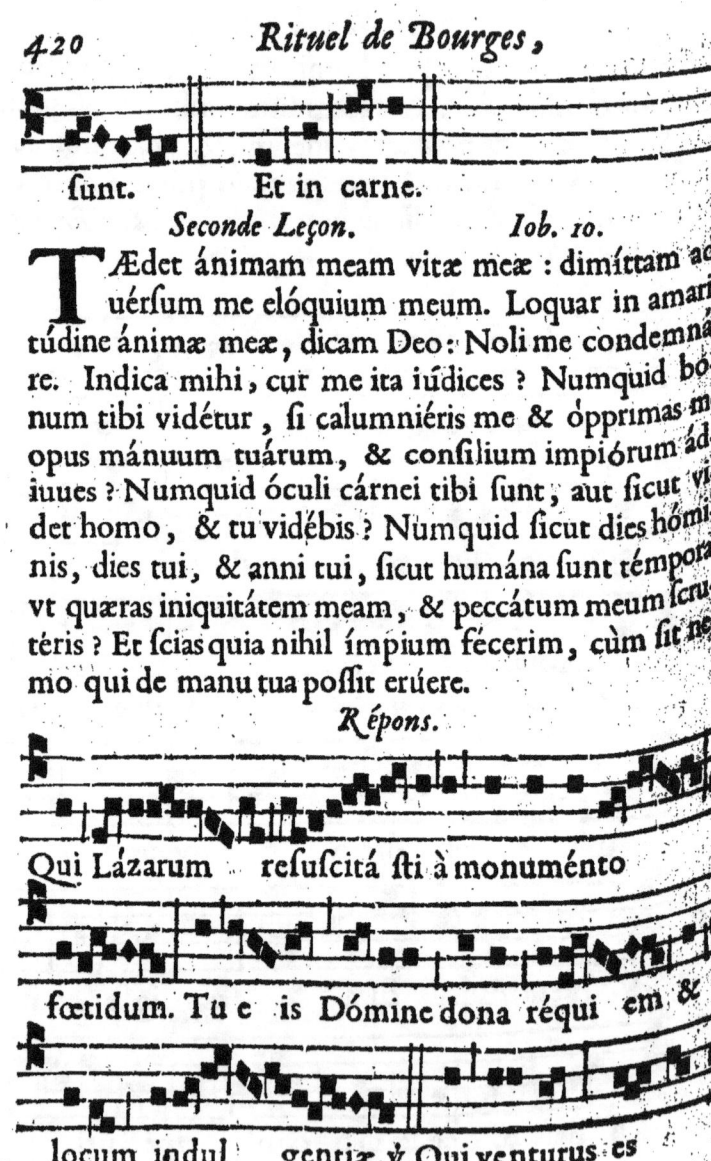

funt.   Et in carne.

Seconde Leçon.   **Iob. 10.**

TÆdet ánimam meam vitæ meæ : dimíttam aduérfum me elóquium meum. Loquar in amari-
túdine ánimæ meæ, dicam Deo: Noli me condemnáre. Indica mihi, cur me ita iúdices ? Numquid bó-
num tibi vidétur, fi calumniéris me & ópprimas me
opus mánuum tuárum, & confilium impiórum ád-
iuues ? Numquid óculi cárnei tibi funt, aut ficut vi-
det homo, & tu vidébis ? Numquid ficut dies hóminis, dies tui, & anni tui, ficut humána funt témpora,
vt quæras iniquitátem meam, & peccátum meum ícru-
téris ? Et fcias quia nihil ímpium fécerim, cùm fit nemo qui de manu tua poffit erúere.

Répons.

Qui Lázarum   refufcitá fti à monuménto

fœtidum. Tu e is Dómine dona réqui em &

locum indul   gentiæ. ℣. Qui venturus es

iudicáre viuos & mortúos & fæ culum

per ig nem. Tu e is.

Troisiême Leçon. **Iob. 10.**

MAnus tuæ Dómine fecérunt me, & plasmauérunt me totum in circúitu, & sic repénte præcípitas me. Meménto quæso, quòd sicut lutum féceris me, & in púluerem redúces me. Nonne sicut lac mulsísti me, & sicut cáseum me coagulásti ? Pelle & cárnibus vestísti me, óssibus & neruis compegísti me. Vitam & misericórdiam tribuísti mihi : & visitátio tua custodíuit spíritum meum.

Répons.

Dó mine quando véne ris iudicâre

terram, v bi me abscón dam à vul tu

i ræ tu æ ? Quia pec câui nimis

GGG iij

in vita me a.

℣. Commissa me a pauésco, & ante te

e ru béf co: dum véneris iudi câre, noll

me condemnâ re : Dum véneris

℣. Réquiem æ térnam dona e is Dómi-

ne, & lux perpé tua lû ceat

e is.

Dum vé neris iu di câ re.

SECOND NOCTVRNE
pour le Mardy & le Vendredy.

Ant. In loco páscuæ. *Pfal.* Dóminus E u o u a e.

Pfalme 22.

DOminus regit me, & nihil mihi déerit : in loco
páfcuæ ibi me collocáuit.

Super aquam refectiónis educáuit me : ánimam meam
conuértit.

Dedúxit me fuper fémitas iuftítiæ : propter nomen
fuum.

Nam & fi ambuláuero in médio vmbræ mortis, non
timébo mala : quóniam tu mecum es.

Virga tua, & báculus tuus : ipfa me confoláta funt.

Parafti in confpéctu meo menfam : aduérfus eos, qui
tribulant mè.

Impinguáfti in óleo caput meum : & calix meus inébrians, quàm præclárus eft.

Et mifericórdia tua fubfequétur me : ómnibus diébus
vitæ meæ.

Et vt inhábitem in domo Dómini : in longitúdinem
diérum.

Réquiem ætérnam dona eis Dómine : & lux perpétua
lúceat eis.   *Antienne.*

In loco páfcuæ ibi me collocáuit.

Ant. Delicta *Psal.* Ad te Do.   E u o u a e.

AD te Dómine leuáui ánimam meam : Deus meus in te confido non erubéfcam.

Neque irrídeant me inimíci mei : étenim vniuérfi, qui fuftinent te, non confundéntur.

Confundántur omnes iníqua agéntes : fuperuácuè.

Vias tuas, Dómine, demónftra mihi : & fémitas tuas edóce me.

Dírige me in veritáte tua, & doce me : quia tu es Deus faluátor meus, & te fuftínui tota die.

Reminífcere miferatiónum tuárum, Dómine : & mifericordiárum tuárum, quæ à fæculo funt.

Delícta iuuentútis meæ : & ignorántias meas ne memíneris.

Secúndùm mifericórdiam tuam, meménto mei tu : propter bonitátem tuam, Dómine.

Dulcis & rectus Dóminus : propter hoc legem dabit delinquéntibus in via.

Díriget manfuétos in iudício : docébit mites vias fuas.

Vniuérfæ viæ Dómini, mifericórdia & véritas : requiréntibus teftaméntum eius, & teftimónia eius.

Propter nomen tuum Dómine propitiáberis peccáto meo : multum eft enim.

Quis eft homo, qui timet Dóminum : legem ftátuit ei in via, quam elégit.

Anima eius in bonis demorábitur : & femen eius hæ reditábit terram.   Firmaméns

Firmaméntum eft Dóminus timéntibus eum : & teftaméntum ipfius, vt manifeftétur illis.

Oculi mei femper ad Dóminum : quóniam ipfe euél-
let de láqueo pedes meos.

Réfpice in me, & miferére mei : quia vnicus & pauper fum ego.

Tribulatiónes cordis mei multiplicátæ funt : de neceffitátibus meis érue me.

Vide humilitátem meam, & labórem meum : & dimitte vniuérfa delícta mea.

Réfpice inimícos meos, quóniam multiplicáti funt
& ódio iníquo odérunt me.

Cuftódi ánimam meam, & érue me : non erubéfcam,
quóniam fperáui in te.

Innocéntes & recti adhæférunt mihi : quia fuftínui te.

Líbera Deus Iftaël : ex ómnibus tribulatiónibus fuis.

Réquiem ætérnam dona eis Dómine : & lux perpétua
lúceat eis. *Antienne.*

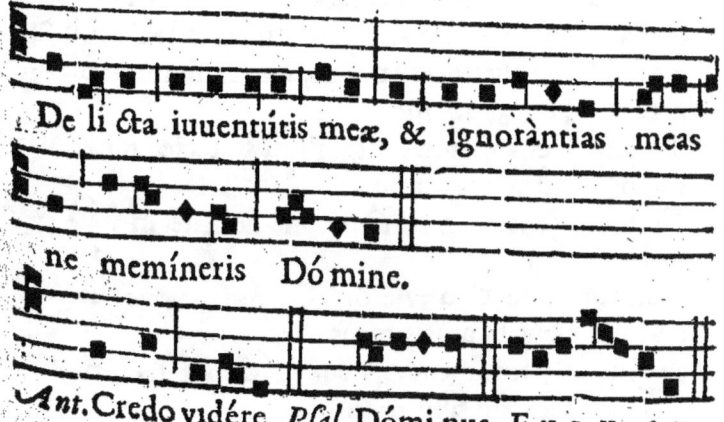

De li cta iuuentútis meæ, & ignoràntias meas
ne memíneris Dó mine.

Ant. Credo vidére. *Pfal.* Dómi nus. E u o u a e

DOminus illuminátio mea, & salus mea : quem timébo?

Dóminus protéctor vitæ meæ : à quo trepidábo?

Dum apprópiant super me nocéntes : vt edant carnes meas.

Qui tríbulant me inimíci mei : ipsi infirmáti sunt, & cecidérunt.

Si consistant aduérsum me castra : non timébit cor meum.

Si exúrgat aduérsum me prælium : in hoc ego sperábo.

Vnam pétij à Dómino, hanc requíram : vt inhábitem in domo Dómini, ómnibus diébus vitæ meæ.

Vt vídeam voluptátem Dómini : & vísitem templú eius.

Quóniam abscóndit me in tabernáculo suo : in die malórum protéxit me, in abscóndito tabernáculi sui.

In petra exaltáuit me : & nunc exaltáuit caput meum super inimícos meos.

Circuíui, & immoláui in tabernáculo eius hóstiam vociferatiónis : cantábo, & psalmum dicam Dómino.

Exáudi Dómine vocem meam, qua clamáui ad te : miserére mei, & exáudi me.

Tibi dixit cor meum, exquisiuit te fácies mea : fáciem tuam Dómine requíram.

Ne auértas fáciem tuam à me : ne declínes in ira à seruo tuo.

Adiútor meus esto : ne derelínquas me, neque despícias me Deus salutáris meus.

Quóniam pater meus & mater mea dereliquérunt me : Dóminus autem assúmpsit me.

Legem pone mihi Dómine in via tua : dírige me in sémitam rectam propter inimícos meos.

Ne tradíderis me in ánimas tribulántium me : quóniam insurrexérunt in me testes iníqui, & mentíta est
iníquitas sibi.

Credo vidére bona Dómini: in terra viuéntium.

Expécta Dóminum, viríliter age : & confortétur cor
tuum, & sústine Dóminum.

Réquiem ætérnam dona eis Dómine : & lux perpétua
lúceat eis. *Antienne.*

Credo vidére bona Dómi ni in terra viuéntium.

℣. Cóllocet eum Dóminus cum princípibus.

℟. Cum princípibus pópuli sui. Pater noster, *tout bas.*

℣. Et ne nos indúcas in tentatiónem.

℟. Sed líbera nos à malo.

Quatriéme Leçon. Iob. 13.

REspónde mihi : quantas hábeo iniquitátes & peccáta, scélera mea, & delícta mea osténde mihi.
Cur fáciem tuam abscóndis, & arbitráris me inimícum
tuum ? Contra fólium, quod vento rápitur, osténdis
poténtiam tuam, & stípulam siccam perséqueris. Scri-
bis enim contra me amaritúdines, & cónsumere me
vis peccátis adolescéntiæ meæ. Posuísti in neruo pedem
meum, & obseruásti omnes sémitas meas, & vestígia pe-
dum meórum considerásti. Qui quasi putrédo, consu-
méndus sum, & quasi vestiméntum, quod coméditur à
tínea. HHH ij

Répons.

Meménto me i De us, quia ventus est

vi ta mea. Nec af píciat me vi ſus

hó minis.

℣. De profúndis clamáui ad te Dó mine,

Dó mine exáu di vo cem me am.

Nec af pí ci at.

Cinquiéme Leçon. Iob. 14.

HOmo natus de muſiere, breui viuens témpore, replétur multis miſériis. Qui quaſi flos egréditur & contéritur, & fugit velut vmbra, & nunquam in códem ſtatu pérmanet. Et dignum ducis ſuper huiuſ-

cémodi aperíre óculos tuos, & addúcere eum tecum in
iudícium. Quis poteſt fácere mundum de immúndo
concéptum ſémine ? nonne tu qui ſolus es ? Breues
dies hóminis ſunt, númerus ménſium eius apud te eſt :
conſtituíſti términos eius qui præteríri non póterunt.
Recéde ergo páululum ab eo , vt quiéſcat, donec op-
táta véniat ; & ſicut mercenárij dies eius.

Répons.

Hei mihi Dómine, quia pecca ui
ni mis in vita me a, quid fáciam mi-
ſer? v bi fú gi am, niſi ad te Deus meus. Miſerére me i dum véneris
in nouíſſimo di e.

HHH iij

℣. A nima me a turbá ta eſt val dé, ſed tu Dómine ſuc cúr re e i.

Miſe ré re.

Sixiéme Leçon.　　*Iob.* 14.

QVis mihi hóc tríbuat, vt in inférno prótegas me, & abſcóndas me, donec pertránſeat furor tuus, & conſtítuas mihi tempus, in quo recordéris mei? Putáſne mórtuus homo rurſum viuat? Cunctis diébus, quibus nunc mílito, expécto donec véniat immutátio mea. Vocábis me, & ego reſpondébo tibi : Operi mánuum tuárum pórriges déxteram. Tu quidem greſſus meos dinumeráſti : ſed parce peccátis meis.

Répons.

Ne recor dé ris peccá ta me a Dó mi ne. Dum véneris iudi cá re ſæ culum

per ig nem.

℣. Dírige Dó mi ne Deus me us

in conſpéctu tu o viam me am. Dum.

℣. Réqui em æ tér nam dona e is Dó-

mi ne : & lux perpétu a lú ce at e-

is. Dum vé neris.

TROISIESME NOCTVRNE
pour le Mercredy & le Samedy.

Ant. Com plá ce at. *Pfal.* Ex pectans. E u o u a e.

EXpéctans expectáui Dóminum : & inténdit mihi. Et exaudíuit preces meas : & edúxit me de lacu miſériæ , & de luto fæcis.

Et ſtátuit ſupra petram pedes meos : & diréxit greſſus meos.

Et immíſit in os meum cánticum nouum : carmen Deo noſtro.

Vidébunt multi & timébunt : & ſperábunt in Dómino.

Beátus vir , cuius eſt nomen Dómini ſpes eius : & non reſpéxit in vanitátes , & inſánias falſas.

Multa fecíſti tu Dómine Deus meus mirabília tua : & cogitatiónibus tuis non eſt qui ſimilis ſit tibi.

Annuntiáui, & loquútus ſum : multiplicáti ſunt ſuper númerum.

Sacrificium & oblatiónem noluíſti : aures autem perfe- cíſti mihi.

Holocáuſtum & pro peccáto non poſtuláſti , tunc dixi : Ecce vénio.

In cápite libri ſcriptum eſt de me , vt fácerem voluntátem tuam : Deus meus vólui, & legem tuam in médio cordis mei.

Annun-

Annuntiáui iuftítiam tuam in Eccléfia magna, ecce lábia mea non prohibébo : Dómine tu ſciſti.

Iuftítiam tuam non abſcóndi in corde meo : veritátem tuam & ſalutáre tuum dixi.

Non abſcóndi miſericórdiam tuam, & veritátem tuam: à concílio multo.

Tu autem Dómine ne longè fácias miſeratiónes tuas à me : miſericórdia tua & véritas tua ſemper ſuſcepérunt me.

Quóniam circumdedérunt me mala, quorum non eſt númerus : comprehendérunt me iniquitátes meæ, & non pótui vt vidérem.

Multiplicátæ ſunt ſuper capillos cápitis mei : & cor meum derelíquit me.

Compláceat tibi Dómine vt éruas me : Dómine ad adiuuándum me réſpice.

Confundántur & reuereántur ſimul qui quærunt ánimam meam: vt áuferant eam.

Conuertántur retrórſum, & reuereántur : qui volunt mihi mala.

Ferant conféſtim confuſiónem ſuam : qui dicunt mihi, Euge, euge.

Exúltent, & læténtur ſuper te omnes quæréntes te : & dicant ſemper : Magnificétur Dóminus : qui díligunt ſalutáre tuum.

Ego autem mendícus ſum, & pauper : Dóminus follícitus eſt mei.

Adiútor meus, & protéctor meus tu es : Deus meus ne tardáueris.

Réquiem ætérnam dona eis Dómine : & lux perpétua
lúceat eis.　　　　　*Antienne.*

Compláceat tibi Dómine　vt　erí pi as me :

Dómine　ad adiuuandum me　réfpice.

Ant. Sana Dómine. *Pfal.* Beatus.　E u o u a e.

BEátus qui intélligit fuper egénum & páuperem:
in die mala liberábit eum Dóminus.
Dóminus conféruet eum , & viuíficet eum , & beátum
fáciat eum in terra : & non tradat eum in ánimam inimicórum eius.

Dóminus opem ferat illi fuper lectum dolóris eius: vniuérfum ftratum eius verfáfti in infirmitáte eius.

Ego dixi : Dómine miferére mei : fana ánimam meam,
quia peccáui tibi.

Inimíci mei dixérunt mala mihi : Quando moriétur,
& períbit nomen eius?

Et fi ingrediebátur vt vidéret , vana loquebátur : cor
eius congregáuit iniquitátem fibi.

Egrediebátur foras : & loquebátur in idípfum.

Aduérfum me fufurrábant omnes inimíci mei: aduérfum me cogitábant mala mihi.

Verbum iníquum conftituérunt aduérfum me : Numquid qui dormit, non adiíciet vt refúrgat?

Et enim homo pacis meæ, in quo fperáui : qui edébat
panes meos, magnificáuit fuper me fupplantatiónem.

Tu autem Dómine miferére mei, & reffúfcita me : &
retríbuam eis.

In hoc cognóui, quóniam voluífti me : quóniam non
gaudébit inimícus meus fuper me.

Me autem propter innocéntiam fufcepífti : & confir-
máfti me in confpéctu tuo in ætérnum.

Benedíctus Dóminus Deus Ifraël à fæculo, & vfque
in fæculum : fiat, fiat.

Réquiem ætérnam dona eis Dómine : & lux perpétua
lúceat eis. *Antienne.*

Sana Dómine ánimam meam, quia peccáui tibi.

Ant. Si ti uit. *Pfal.* Quemadmodum. E u o u a e.

Vemádmodum defiderat ceruus ad fontes aquárum : ita defiderat ánima mea ad te Deus.

Sitíuit ánima mea ad Deum fortem viuum : quando
véniam, & apparébo ante fáciem Dei?

Fuérunt mihi lácrymæ meæ panes die ac noéte : dum
dícitur mihi quotídie : Vbi eft Deus tuus?

Hæc recordátus fum, & effúdi in me ánimam meam:

quóniam tranfíbo in locum tabernáculi admirábilis,
víque ad domum Dei.

In voce exultatiónis & confeffiónis : fonus epulántis.

Quare triftis es ánima mea : & quare contúrbas me?

Spera in Deo, quóniam adhuc confitébor illi : falutáre
vultus mei, & Deus meus.

Ad meípfum ánima mea conturbáta eft : proptérea
memor ero tui de terra Iordánis , & Hermónijm à
monte módico.

Abyffus abyffum ínuocat : in voce cataractárum
tuárum.

Omnia excélfa tua, & fluctus tui: fuper me tranfiérunt.

In die mandáuit Dóminus mifericórdiam fuam : &
nocte cánticum eius.

Apud me orátio Deo vitæ meæ : dicam Deo, fufcé-
ptor meus es.

Quare oblítus es mei : & quare contriftátus incédo,
dum afflígit me inimícus?

Dum confringúntur offa mea : exprobrauérunt mihi
qui tríbulant me inimíci mei.

Dum dicunt mihi per fingulos dies : Vbi eft Deus
tuus : quare triftis es ánima mea ? & quare contúrbas me ?

Spera in Deo, quóniam adhuc confitébor illi : falutáre
vultus mei & Deus meus.

Réquiem ætérnam dona eis Dómine : & lux perpétua
lúceat eis.

Antienne.

Si tiuit ánima mea ad Deum viuum: quando véniam

& appa ré bo ante fá ciem Dómini?

℣. Ne tradas béftiis ánimas confiténtes tibi.

℟. Et ánimas páuperum tuórum ne obliuifcáris in
finem. Pater noster, *tout bas.*

℣. Et ne nos indúcas in tentatiónem.

℟. Sed líbera nos à malo.

Septiéme Leçon. Iob. *17.*

SPíritus meus attenuábitur, dies mei breuiabúntur,
& folùm mihi fúpereft fepúlchrum. Non peccáui,
& in amaritudínibus morátur óculus meus. Líbera me
Dómine, & pone me iuxta te, & cuiúfuis manus pu-
gnet contra me. Dies mei tranfiérunt, cogitatiónes
meæ diffipátæ funt, torquéntes cor meum. Noctem
vertérunt in diem, & rurfum poft ténebras fpero lucem. Si fuftinúero, infernus domus mea eft, & in ténebris ftraui léctulum meum. Putrédini dixi, Pater
meus es : mater mea : & foror mea vérmibus. Vbi
eft ergo nunc præftolátio mea, & patiéntiam meam
quis confiderat? *Répons.*

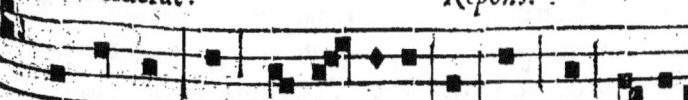

Peccántem me quo tí di e & non me pœni-

tén tem, ti mor mortis con túrbat me.

Quia in infér no nulla eſt redémptio,

miſeré re me i Deus & ſalua me.

℣. Deus in nómine tu o ſaluum me fac

& in virtúte tua li bera me.

Quia in.

Huictiéme Leçon. Iob. 19.

PElli meæ, conſúmptis cárnibus, adhæſit os meum, & derelícta ſunt tantúmmodò lábia circa dentes meos. Miſerémini mei, miſerémini mei, ſaltem vos amíci mei, quia manus Dómini tétigit me. Quare perſequímini me ſicut Deus, & cárnibus meis ſaturámini?

Quis mihi tribuat, vt fcribántur fermónes mei ? Quis mihi det, vt exaréntur in libro ftylo ferreo, & plumbi lámina, vel celte fculpántur in filice ? Scio enim quod redémptor meus viuit, & in nouíffimò diè de terra furrectúrus fum : & rurfum circúmdabor pelle mea, & in carne mea vidébo Deum faluatórem meum. Quem vifúrus fum ego ipfe, & óculi mei confpectúri funt, & non álius : repófita éft hæc fpes mea in finu meo.

Répons.

Dómine, fecúndum actum me um noli me iu di cà re : nihil dignum in confpectu tu o e gi : ideo dé precor ma ieftátem tu am. Vt tu Deus dé le as iniquitá tem me-

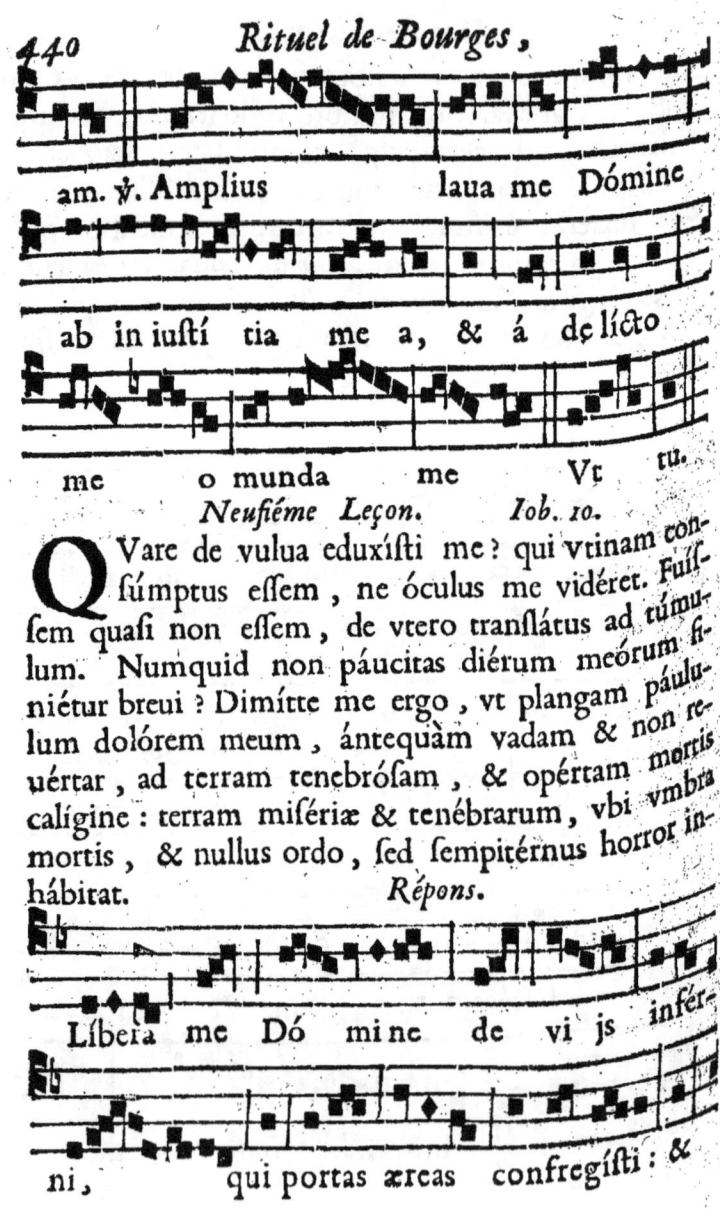

am. ℣. Amplius laua me Dómine

ab in iuftí tia me a, & á de lícto

me o munda me Vt tu.

Neufiéme Leçon. Iob. 10.

QVare de vulua eduxífti me? qui vtinam confúmptus eſſem, ne óculus me vidéret. Fuiſſem quaſi non eſſem, de vtero tranſlátus ad túmulum. Numquid non páucitas diérum meórum finiétur breui? Dimítte me ergo, vt plangam páululum dolórem meum, ántequàm vadam & non reuértar, ad terram tenebróſam, & opértam mortis caligine : terram miſériæ & tenébrarum, vbi vmbra mortis, & nullus ordo, ſed ſempitérnus horror inhábitat. *Répons.*

Líbera me Dó mi ne de vi js infér

ni, qui portas æreas confregífti : &

vi si tá sti in fér num , &

de dí sti e is lumen, vt víderent te.

Qui e rant in pœnis tene bra-

rum. ℣. Clamántes & di cen tes : adue ní-

sti Redémptor no ster. Qui. Réquiem

æternam dona e is Dómine & lux perpé tua

lú ceat e is. Qui erant in pœnis

te nebrá rum. KKK

*Le répons fuiuant ne fe dit que le iour de la commemo-
ration de tous les fidels defuncts, ou quand on dit neuf
Leçons.*

Lí be ra me Dó mi ne de mor te

æ tér na, in di e il la tre mén da.

Quando cœ li mo uén di funt & ter ra

Dum vé ne ris iudi câ re

fæ culum per ig nem.

℣. Tremens factus fum e go & tí meo, dum

difcúffio venerit, at que ven tú ra i ra

Quando cœ li. ℣. Dies illa, di es i ræ,

calamitátis & mi sé riæ, dies magna &

amâ ra valde. Dum. ℣. Réquiem æternam

dona e is Dómine, & lux perpé tua

lu ceat e is. Líbe ra me Dó mine.

Kyrie Eleifon. &c. *Auec les verfets & oraifon,*
cy-deffus page 407.

A LAVDES.

On commence à haute voix l'Antienne fuiuante.

Ant. Exul tá bunt. *Pfal.* Mife rêre. E u o u a e.

Miserére mei Deus : secúndùm magnam misericórdiam tuam.

Et secúndùm multitúdinem miseratiónum tuárum : dele iniquitátem meam.

Ampliùs laua me ab iniquitáte mea : & à peccáto meo munda me.

Quóniam iniquitátem meam ego cognósco : & peccátum meum contra me est semper.

Tibi soli peccáui, & malum coram te feci : vt iustificéris in sermónibus tuis, & vincas cùm iudicáris.

Ecce enim in iniquitátibus concéptus sum : & in peccátis concépit me mater mea.

Ecce enim veritátem dilexísti : incérta & occúlta sapiéntiæ tuæ manifestásti mihi.

Aspérges me hyssópo, & mundábor : lauábis me, & super niuem dealbábor.

Audítui meo dabis gáudium & lætítiam : & exultábunt ossa humiliáta.

Auérte fáciem tuam à peccátis meis : & omnes iniquitátes meas dele.

Cor mundum crea in me Deus : & spíritum rectum ínnoua in viscéribus meis.

Ne proiícias me à fácie tua : & Spíritum sanctum tuum ne áuferas à me.

Redde mihi lætítiam salutáris tui : & spíritu principáli confirma me.

Docébo iníquos vias tuas : & ímpij ad te conuerténtur.

Líbera me de sanguínibus Deus, Deus salútis meæ : & exultábit lingua mea iustítiam tuam.

Dómine lábia mea apéries : & os meum annuntiábit laudem tuam.

Quóniam si voluísses sacrificium, dedíssem vtique : holocáustis non delectáberis.

Sacrificium Deo spíritus contribulátus : cor contrítum & humiliátum Deus non despícies.

Benígnè fac Dómine in bona voluntáte tua Sion : vt ædificéntur muri Ierúsalem.

Tunc acceptábis sacrificium iustítiæ, oblatiónes, & holocáusta : tunc impónent super altáre tuum vítulos.

Réquiem ætérnam dona eis Dómine : & lux perpétua lúceat eis.

Antienne.

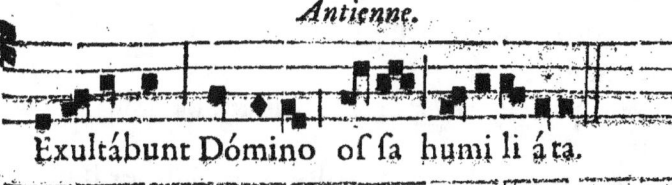

Exultábunt Dómino ossa humiliáta.

Ant. Exaudi Dómine. *Psal.* Te decet. E u o u a e.

TE decet hymnus Deus in Sion: & tibi reddétur votum in Ierúsalem.

Exáudi oratiónem meam : ad te omnis caro véniet.

Verba iniquórum præualuérunt super nos : & impietátibus nostris tu propitiáberis.

Beátus, quem elegísti, & assumpsísti : inhabitábit in átriis tuis.

Replébimur in bonis domus tuæ : sanctum est templum tuum, mirábile in æquitáte.

Exáudi nos Deus falutáris noster : fpes ómnium finium terræ, & in mari longè.

Præparans montes in virtúte tua, accínctus poténtia : qui contúrbas profúndum maris, fonum flúctuum eius.

Turbabúntur gentes, & timébunt, qui hábitant términos à fignis tuis : éxitus matutíni & véfpere delectábis.

Vifitáfti terram, & inebriáfti eam : multiplicáfti locupletáre eam.

Flumen Dei replétum eft aquis, paráfti cibum illórum : quóniam ita eft præparátio eius.

Riuos eius inébria , multíplica genímina eius : in ftillicídiis eius lætábitur gérminans.

Benedíces corónæ anni benignitátis tuæ : & campi tui replebúntur vbertáte.

Pinguéfcent fpeciófa deférti : & exultatióne colles accingéntur.

Indúti funt aríetes óuium , & valles abundábunt fruménto : clamábunt, étenim hymnum dicent.

Réquiem ætérnam dona eis Dómine : & lux perpétua lúceat eis.

Antienne.

Ex áu di Dómine, o ra ti ó nem me am,   ad

te omnis   ca ro   véniet.

Ant. Me fufcépit. *Pf.* Deus Deus meus. E u ou a e.

Eus Deus meus : ad te de luce vígilo.
Sitíuit in te ánima mea : quàm multiplíciter tibi caro mea.

In terra deférta, ínuia, & inaquófa : fic in fanéto appárui tibi, vt vidérem virtútem tuam, & glóriam tuam.

Quóniam mélior eft mifericórdia tua fuper vitas : lábia mea laudábunt te.

Sic benedícam te in vita mea : & in nómine tuo leuábo manus meas.

Sicut ádipe & pinguédine repleátur ánima mea : & lábiis exultatiónis laudábit os meum.

Si memor fui tui fuper ftratum meum, in matutínis meditábor in te : quia fuífti adiútor meus.

Et in velaménto alárum tuárum exultábo, adhæfit ánima mea poft te : me fufcépit déxtera tua.

Ipfi verò in vanum quæfiérunt ánimam meam, introíbunt in inferióra terræ : tradéntur in manus gládij, partes vúlpium erunt.

Rex verò lætábitur in Deo, laudabúntur omnes qui iurant in eo : quia obftrúctum eft os loquéntium iníqua.

Pfalme 66.

Eus mifereátur noftri, & benedícat nobis : il lúminet vultum fuum fuper nos, & mifereá tur noftri.

Vt cognoscámus in terra viam tuam : in ómnibus gentibus salutáre tuum.

Confiteántur tibi pópuli Deus : confiteántur tibi pópuli omnes.

Læténtur & exúltent gentes : quóniam iúdicas pópulos in æquitáte : & gentes in terra dírigis.

Confiteántur tibi pópuli Deus, confiteántur tibi pópuli omnes : terra dedit fructum suum.

Benedícat nos Deus , Deus noster , benedícat nos Deus : & métuant eum omnes fines terræ.

Réquiem ætérnam dona eis Dómine : & lux perpétua lúceat eis. *Antienne.*

Me sus cépit dé te ra tu a Dómine.

Ant. A porta ínferi. *Cant.* Ego. Euouae.

Cantique d'Ezechiel.

EGo dixi, In dimídio diérum meórum : vadam ad portas ínferi.

Quæsiui resíduum annórum meórum , dixi : Non vidébo Dóminum Deum in terra viuéntium.

Non aspíciam hóminem vltrà : & habitatórem quiétis.

Generátio mea ablata est, & conuolúta est à me : quasi tabernáculum pastórum.

Præcísa est, velut à texénte, vita mea : dum adhuc ordírer,

dírer, fuccídit me : de mane vſque ad véſperam finies me.

Sperábam vſque ad mane : quaſi leo ſic contríuit ómnia oſſa mea.

De mane vſque ad véſperam finies me : ſicut pullus
hirúndinis ſic clamábo, meditábor vt colúmba.

Attenuáti ſunt óculi mei : ſuſpiciéntes in excélſum.

Dómine vim pátior, reſpónde pro me : quid dicam,
aut quid reſpondébit mihi, cùm ipſe fé cerit?

Recogitábo tibi omnes annos meos : in amaritúdine
ánimæ meæ.

Dómine ſi ſic víuitur, & in tálibus vita ſpíritus mei,
corrípies me, & viuificábis me : ecce in pace amaritú-
do mea amaríſſima.

Tu autem eruíſti ánimam meam vt non períret : pro-
iecíſti poſt tergum tuum ómnia peccáta mea.

Quia non inférnus confitébitur tibi, neque mors laudábit te : non expectábunt, qui deſcéndunt in lacum,
Veritátem tuam.

Viuens viuens ipſe confitébitur tibi, ſicut & ego hódie : pater filiis notam fáciet veritátem tuam.

Dómine ſaluum me fac : & pſalmos noſtros cantábi-
mus cunctis diébus vitæ noſtræ in domo Dómini.

Réquiem ætérnam dona eis Domine : & lux perpétua
lúceat eis.   *Antienne.*

A por ta   in fé ri, é   ru e Dómine   ánimam meam.

Ant. Omnis ſpíritus. *Pſal.* Laudáte.　　E u o u a e.

Laudáte Dóminum de cælis : laudáte eum in ex-
célſis.

Laudáte eum omnes Angeli eius : laudáte eum omnes
virtútes eius.

Laudáte eum Sol, & Luna : laudáte eum omnes ſtellæ
& lumen.

Laudáte eum cæli cælórum : & aquæ omnes quæ ſuper
cælos ſunt, laudent nomen Dómini.

Quia ipſe dixit, & faſta ſunt : ipſe mandáuit, & creáta ſunt.

Státuit ea in ætérnum, & in ſæculum ſæculi : præcéptum póſuit, & non præteríbit.

Laudáte Dóminum de terra: dracónes, & omnes abyſſi.

Ignis, grando, nix, glácies, ſpíritus procellárum : quæ
fáciunt verbum eius.

Montes, & omnes colles : ligna fruſtífera, & omnes
cedri.

Béſtiæ, & vniuérſa pécora : ſerpéntes, & vólucres
pennátæ.

Reges terræ, & omnes pópuli: príncipes, & omnes iúdices terræ.

Iúuenes, & vírgines, ſenes cum iunióribus laudent

nomen Dómini : quia exaltátum est nomen eius solíus.
Conféssio eius super cælum & terram : & exaltáuit
cornu pópuli sui.
Hymnus ómnibus sanctis eius : filiis Israël , pópulo
appropinquánti sibi.

Psalme 149.

CAntáte Dómino cánticum nouum : laus eius in
Ecclésia sanctórum.
Lætétur Israël in eo, qui fecit eum : & filij Sion exúl-
tent in rege suo.
Laudent nomen eius in choro : in tympano, & psalté-
rio psallant ei.
Quia beneplácitum est Dómino in pópulo suo : &
exaltáuit mansuétos in salútem.
Exultábunt sancti in glória : lætabúntur in cubílibus
suis.
Exaltatiónes Dei in gútture eórum : & gládij ancípi-
tes in mánibus eórum.
Ad faciéndam vindíctam in natiónibus : increpatió-
nes in pópulis.
Ad alligándos reges eórum in compédibus : & nóbiles
eórum in mánicis férreis.
Vt fáciant in eis iudícium conscríptum : glória hæc est
ómnibus sanctis eius.

Psalme 150.

LAudáte Dóminum in sanctis eius : laudáte eum
in firmaménto virtútis eius.
Laudáte eum in virtútibus eius : laudáte eum secúndùm multitúdinem magnitúdinis eius.

Laudáte eum in fono tubæ : laudáte eum in pfaltério & cíthara.

Laudáte eum in tympano & choro : laudáte eum in chordis & órgano.

Laudáte in cymbalis benefonántibus : laudáte eum in cymbalis iubilatiónis : omnis fpíritus laudet Dóminum.

Réquiem ætérnam dona eis Dómine : & lux perpétua lúceat eis.　　　*Antienne.*

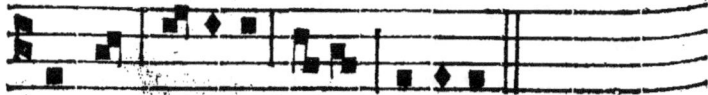

Omnis fpíritus laudet Dóminum.

℣.　Audíui vocem de cælo dicéntem mihi.

℞.　Beáti mórtui qui in Dómino moriúntur.

Antienne.

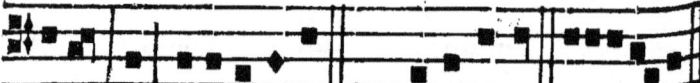

Ego fum refurréctio *Pfal.* Benedíctus. E u o u a e.

Cantique Zacharie. Luc. 1.

Benedíctus Dóminus Deus Ifraël : quia vifitáuit & fecit redemptiónem plebis fuæ.

Et eréxit cornu falútis nobis : in domo Dauid púeri fui.

Sicut loquútus eft per os fanctórum : qui à fæculo funt prophetárum eius.

Salútem ex inimícis noftris : & de manu ómnium, qui odérunt nos.

Ad faciéndam mifericórdiam cum pátribus noftris : & memorári teftaménti fui fancti.

Iufiurándum, quod iuráuit ad Abraham patrem noftrum : datúrum fe nobis.

Vt fine timóre, de manu inimicórum noftrórum liberáti : feruiámus illi.

In fanctitáte, & iuftítia coram ipfo : ómnibus diébus
noftris.

Et tu puer, prophéta Altíffimi vocáberis : præíbis
enim ante fáciem Dómini paráre vias eius.

Ad dandam fciéntiam falútis plebi eius : in remiffiónem peccatórum eórum.

Per vífcera mifericórdiæ Dei noftri : in quibus vifitáuit nos óriens ex alto.

Illumináre his, qui in ténebris, & in vmbra mortis
fedent : ad dirigéndos pedes noftros in viam pacis.

Réquiem ætérnam dona eis Dómine : & lux perpétua
lúceat eis.

Antienne.

Ego fum refurréctio, & vita : qui credit in
me étiam fi mórtuus fú e rit, viuet :
& omnis qui viuit, & credit in me, non

morié tur   in ætérnum.

Apres cela on dit Pater noſter *tout bas, & le Pſalme* De profundis, *comme cy-deuant, auec les Prieres & Oraiſons qui ſont à la fin des Vêpres.*

AVIS POVR LA SEPVLTVRE
des Adultes, que Nous ordonnons être obſeruez.

1. IL faut obſeruer exactement les ceremonies preſcrites par le preſent Rituel.

2. Il faut aſſiſter à l'enterrement auec telle modeſtie & deuotion, que l'on puiſſe ſeruir d'edification aux viuans, & de ſoulagement aux defunts.

3. Retrancher toutes les ſuperſtitions qui ſe pouroient gliſſer, & qui ſont frequentes en ces occaſions parmy le peuple.

4. Celebrer toûjours la Meſſe, ſi c'eſt le matin, *preſente corpore*, pour obſeruer en cela l'ancienne & religieuſe coûtume de l'Egliſe; & ſi c'eſt aprés midy, dire les Vêpres des morts en la preſence du corps, & ſi on veut, les Vigiles.

On doit prendre garde à huit choſes dans les enterremens. 1. les Curez doiuent ſe garder d'enterrer perſonne deuant le Soleil leué, & apres qu'il eſt couché, ſous peine d'excommunication; & que vingt-quatre heures ne ſoient écoulées depuis la mort; ce que Nous ordonnons être ponctuelement obſerué, principalement lors que le defunt eſt mort ſubitement.

Que fi pour quelque raifon on ne peut garder le corps à la maifon pendant les vingt-quatre heures, on poura faire le conuoy, & le laiffer dans l'Eglife fans l'enterrer, jufqu'a- pres les vingt-quatre heures.

2. D'exiger aucune chofe, mais receuoir humblement, & fe contenter des droits par Nous reglez.

3. De permetre qu'aucun corps, vne fois enterré, foit tranfporté d'vn Cimetiere ou d'vne Eglife en l'autre, ou dans le même Cimetiere d'vn lieu à l'autre, fans l'expreffe licence de Nous, ou de nos Vicaires generaux.

4. D'accorder la fepulture Ecclefiaftique à aucun de ceux qui en font exclus par les Canons.

5. De fouffrir, excepté le poile ou drap mortuaire, que les ornemens de l'Eglife & les vaiffeaux facrez foient employez à l'entour du corps, à quelque vfage que ce foit, de telle condition ou qualité que pût être le defunt; non pas même les vieux linges de l'Eglife pour enfeuelir les pauures.

6. Qu'au temps de maladie contagieufe, aucun corps ne foit enterré dedans, ny à la porte de l'Eglife, ny même expofé à l'entrée fous quelque pretexte que ce foit

7. Que les corps ne foient portez de la maifon à la Pa- roiffe, ou de la Paroiffe à vne autre Eglife en cachete, fans être accompagné du Clergé, & fans les autres cere- monies; fi ce n'eft qu'il faille le porter hors de la ville pour l'enfeuelir.

8. Que les femmes, ny les filles ne portent iamais de corps, même de leurs femblables, ny même ne tiennent les quatre bouts du drap.

Pour les pauures neceffiteux il les faut inhumer *Gratis*, fans rien obmetre des prieres accoûtumées, foit en les conduifant à l'Eglife, foit en les metans dans la terre, & contribuer même à fes propres dépens au luminaire, & à tout ce qui feroit neceffaire; fi ce n'eft qu'il y euft dans le lieu quelque confrairie deftinée pour cela, ou que la fa- brique y fournît du fien.

Lorfque quelqu'vn veut être enterré dans vn autre lieu

que ſa Paroiſſe. Le Clergé en la Paroiſſe duquel il eſt decedé va leuer le corps, & l'ayant conduit dans la mêcne Paroiſſe, apres y auoir dit la Meſſe pour le defunt, le Curé accompagné de ſon Clergé le va preſenter au ſuperieur du lieu où il auoit demandé d'être inhumé. Ou bien, comme il ſe fait en d'autres lieux, le Clergé des deux Egliſes ſe trouuant dans la Paroiſſe du defunt, va leuer le corps de compagnie; les deux Curez tenans le rang le plus noble, chacun dans le détroit de ſa Paroiſſe, en le conduiſant à la ſepulture.

Si par accident on étoit obligé d'enterrer vn Chrétien qui ne fût pas mort de maladie contagieuſe, hors du cimetiere, il faudroit le plûtôt que ſe pouroit, le faire tranſporter au cimetiere, & cependant eriger vne Croix au lieu de la ſepulture, & le Curé dans le détroit duquel il ſera mort ne doit pâs l'empêcher, ny rien exiger pour cela.

On peut faire quelque diſcours à l'enterrement des defunts, pouruû que ce ſoit de la foibleſſe humaine, & de la vanité de toute choſe, pour porter les auditeurs au mépris du monde. 2. Pouruû qu'ils ſe faſſent en l'Egliſe, & non à la maiſon : & quand il s'agît d'Oraiſon funebre qui ſe doit faire à la loüange du defunt, il faut en auoir nôtre licence, ou de nos grands Vicaires.

ORDRE

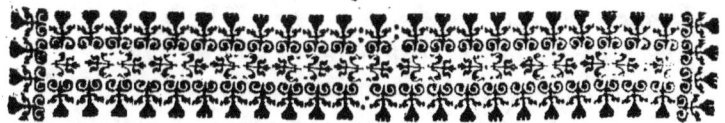

ORDRE POVR LA SEPVL-
ture de Laïcs.

L'*Heure étant venuë pour faire la sepulture &*
porter le corps à l'Eglise, on sonnera la cloche,
pour assembler les Prêtres & autres personnes
qui voudront assister au conuoy : la cloche étant sonnée, le
Curé se reuétira dans la sacristie pardessus son surplis,
d'vne étolle de la couleur noire ; ceux des villes, ou gros
bourgs, qui ne vont pas plus loin que l'enceinte de la ville
ou du bourg, se reuétiront, si faire se peut, d'vne chape de
la couleur noire, & s'il y a plusieurs Ecclesiastiques, deux
d'iceux prendront aussi chacun vne chape, s'il y en a, que
s'il n'y en a qu'vne seule, le Celebrant la prendra ; s'il y
en a deux & qu'il y ayt trois Prêtres, le Curé ou le Cele-
brant prendra seulement l'étolle, & deux Prêtres les deux
chapes, pour faire les deux chapiers : mais lors qu'il sera
necessaire d'aller plus loin que l'enceinte de la ville ou
faux-bourg, ou qu'il sera vn temps pluuieux, ou autre
temps qui pouroit gâter les ornemens, aucun des Ecclesia-
stiques ne prendra de chape, non pas méme le Celebrant,
qui ne sera pour lors que reuétu de son surplis & étolle.

Cela étant ainsi, le Curé & ses Prêtres, l'un d'eux ou
vn sous-Diacre, ou vn Clerc, ou quelqu'autre personne, n'y
ayant point d'autre Ecclesiastique portant la Croix, vont

M M M

proceſſionnellement, & modeſtement à la maiſon du defunt ſans parler, & en ſilence. Ou ſi les lieux étoient ſi fort éloignez, & le temps ſi fâcheux, qu'on ne pût aller querir le corps à la maiſon où il eſt mort, les parens le feront aporter au bourg où eſt l'Egliſe, & le metront ou à l'entrée du bourg ou à l'entrée du cimetiere (ce que nous deffendons neanmoins de faire ſans quelque neceſſité,) le Curé & les autres Prêtres iront au lieu où le corps ſera poſé, comme s'ils alloient à la maiſon du defunt : où êtans ariuez, celuy qui porte la Croix ſe placera, ſi faire ſe peut, à la tête du defunt, les autres Eccleſiaſtiques, Per circuitum, d'un côté & d'autre à l'entour du corps, le Celebrant aux pieds, auec les deux chapiers à ſes côtez ; & tous en ariuant ſe decouuriront, & receuront les cierges qu'on leur donnera ; le Celebrant prendra dans le benîtier, ou receura de l'un des chapiers laſperſoir, & aſpergera le corps du defunt une fois, en forme de croix, puis rendra au chapier laſperſoir, lequel étant remis dans le benîtier le Celebrant commencera l'Antienne, Si iniquitates, & les deux chapiers ou un Eccleſiaſtique, De profundis, comme il eſt mis aux Vêpres des morts, page 404. lequel ſera continué, & à la fin d'iceluy on chantera Requiem, & on repetera l'Antienne, Si iniquitates, apres laquelle les chapiers, ou s'il n'y en a point, le Celebrant commencera, & les autres repondront.

Kyri e　　e lé iſon.

Les autres Pêtres,
ou assistans.

Christe   e lé ison.

Les chapiers.

Kyri e   e lé ison.

Le Curé ou autre officiant, Pater noster.

℣. Et ne nos indúcas in tentatiónem.

℟. Sed líbera nos à malo.

℣. A porta ínferi. ℟. Erue Dómine ánimam eius.

℣. Dómine exáudi oratiónem meam.

℟. Et clamor meus ad te véniat.

℣. Dóminus vobíscum. ℟. Et cum spíritu tuo.

Orêmus.

Tibi Dómine commendámus ánimam fámuli tui, *ou* fámulæ tuæ, *si c'est vne fille ou femme*, vt defúnctus, *ou*, defúncta, sæculo tibi viuat, & quæ per fragilitâtem humánæ conuersatiónis peccáta admisit, tu véniâ misericordíssimæ pietâtis abstérge. Per eum qui ventúrus est iudicáre viuos & mortuos & sæculum per ignem. ℟. Amen. *Les chapiers*, Requiescat in pace. ℟. Amen.

Cela dit, le Celebrant commencera l'Antienne, Exultabunt, *& l'vn des chapiers*, Miserere mei Deus, *comme aux Laudes des morts*, *page 444*. *puis celuy qui porte la Croix commence à marcher*, *& les Ecclesiastiques suiuent deux à deux*, *marchans modestèment*, *& chantans ledit Psalme*, Miserere.

S'il y a des torches de confrairies ou autres, auſſi-tôt que le Celebrant commence l'Antienne, Exultabunt, *ils marchent deux à deux par ordre, & s'il y a des Religieux mendians, ils marchent auſſi deux à deux en rang, & ſous leur Croix, apres laquelle ſuit celle de la paroiſſe que les Prêtres ſuiuent marchans comme dit eſt; les deux cha-piers étans les deux derniers des rangs, enſuite le Cele-brant, puis ceux qui portent le corps, lequel eſt ſuiuy des parens & amis.*

Que ſi le Pſalme, Miſerere, *ne ſuffit pas pour aller juſqu'à l'Egliſe on obſeruera ce qui ſuit.*

Si l'enterrement ſe fait le Dimanche ou Lundy, on dira les Pſeaumes du ſecond & troiſiéme Nocturne de l'Office des morts, ſous cete méme Antienne, Exultabunt: *ſi c'eſt le Mardy ou Vendredy, les Pſeaumes du premier & du troiſiéme Nocturne; ſi c'eſt le Mardy ou Samedy, les Pſeaumes du premier & du deuxiéme Nocturne.*

Mais il faut obſeruer que l'on ne chante de ces Pſeau-mes que juſqu'à ce que l'on ſoit paruenu à l'Egiſe, où étans ariuez on chantera l'Antienne, Exultabunt Domi-no, *page 445. & l'on marchera juſqu'au milieu de la Nef, où étans ariuez, le porte-Croix s'arrétera, & le Clergé ſe metra en rang de côté & d'autre, le viſage tourné l'un deuers l'autre; les deux chapiers viendront rejoindre le Celebrant, qui auec eux ſe retireront vn peu, afin de laiſ-ſer paſſer le corps au milieu des Eccleſiaſtiques, puis retournans au milieu, eux, ou le Celebrant s'il n'y a pas des chapiers, commenceront le Répons ſuiuant.*

Vbuenîte fanĉti Dei occúr-

ri te Angeli Dó mi ni fufcipiéntes áni-

mám e ius. Offeréntes e am in confpéĉtu Al-

tíffimi. ℣. Sufcípiat te

Chriftus qui creâuit te, & in finu Abrahæ An-

geli de dú cant te. ℣. Réqui em

ætérnam dona e is Dó mine : Et lux perpé tua

lú ce at e is. Offeréntes.

Puis le Celebrant Pater noster.

℣. Et ne nos indúcas in tentatiónem.

℟. Sed líbera nos à malo.

℣. A porta ínferi.

℟. Erue Dómine ánimam eius.

℣. Dómine exáudi oratiónem meam.

℟. Et clamor meus ad te véniat.

℣. Dóminus vobíscum.

℟. Et cum spíritu tuo.

Pour vn homme.　　Orêmus.

INclína Dómine aurem tuam ad preces noſtras, quibus miſericórdiam tuam ſúpplices deprecámur : vt ánimam fámuli tui, quam de hoc ſæculo migráre iuſſiſti, in pacis ac lucis regióne conſtítuas, & Sanctórum tuórum iúbeas eſſe conſórtem. Per Dóminum noſtrum, &c.

Pour vne femme.　　Orêmus.

QVæſumus Dómine, pro tua pietáte miſerére ánimæ fámulæ tuæ, atque à contágijs mortalitátis exútam : in ætérnæ ſaluatiónis partem reſtítue. Per eum qui ventúrus eſt iudicáre viuos & mortuos, & ſæculum per ignem.

Cete Oraiſon finie, on laiſſe le corps au milieu de la nef
& le porte-Croix auec tous les Prêtres entrent dans le
Chœur, où étans, châcun ſe place à ſon rang, & le Curé
ou Celebrant à ſa place, lequel commence, ou Vêpres, ou Vi-
giles, ou Laudes : ſi c'eſt apres midy, on dit premierement
Vêpres, ſi elles n'ont été dites deuant le conuoy ; que ſi
elles n'ont pas été dites on les dira ; & on poura encore y

ajoûter *vn Nocturne des Vigiles conuenables au iour, si l'on ne les reserue pour le lendemain au seruice.*

Si c'est le matin, & que l'on n'ayt pas dit le Nocturne des Vigiles le soir precedent, ou auant l'enleuement du corps, on dira celuy du iour & Laudes auant la Messe : que si on a dit le Nocturne, on dira seulement Laudes, pendant lesquelles le Celebrant & ceux qui l'assisteront pour Diacre & sous-Diacre s'iront habiller à la Sacristie, pour- uû qu'il restent des Prêtres & Ecclesiastiques, ou autres personnes en suffisance pour chanter au Chœur, sinon ils atendront la fin des Laudes, lesquelles finies on dit la Messe des defunts : ou selon la coûtume du Diocese si on dit plu- sieurs Messes, on reserue celle des defunts pour la derniere; neanmoins il est plus à propos & Nous l'ordonnons autant que faire se poura, que les autres Messes soient dites auant l'enleuement du corps, & celle des defunts se dise apres que le corps est à l'Eglise.

Il faut remarquer que le Celebrant n'ira point enleuer le corps auec vne aube, & que le Diacre & sous-Diacre n'y doiuent pas non plus aller reuétus de leurs habits.

Si la sepulture se fait le Dimanche, Lundy ou Ieudy au matin, & qu'on chante Vigiles qui n'ayent pas été dites le soir, on dira le premier Nocturne ; si elle se fait le soir de ces iours, & qu'on dise Vigiles, on dira le Lundy & Ieudy au soir le second Nocturne : si c'est le Mardy & Vendredy au ma- tin on dira le second Nocturne : si c'est le soir, le troisiéme Nocturne : si c'est le Mecredy & Samedy au matin, on dira le 3. Nocturne; si c'est le soir on dira le premier Nocturne.

Si la sepulture se fait le soir, Vêpres ou le Nocturne

des *Vigiles* du iour étant dites on obserue ce qui suit, *&* est marqué à la fin de la *Messe.*

Si la sepulture se fait le soir, *Vêpres* étant finies, ou le dernier *Répons* de *Matines* dit *&* l'*Oraison* qui se doit chanter apres aussi finie, on obseruera ce qui sera dit cy-apres à la fin de la *Messe,* apres que le *Celebrant* a quitté sa chasuble.

Si la sepulture se fait le matin, *&* qu'on ne dise pas la *Messe,* les *Laudes* étans finies, on obseruera aussi ce qui suit depuis que le *Prêtre* a quité sa chasuble.

Si la sepulture se fait apres la *Messe,* le *Celebrant,* le *Diacre & Sous-diacre* apres l'*Euangile* de saint *Iean* dite, se retirent au côté de l'*Epitre* : Et le *Diacre & Sous-Diacre* ôtent la chasuble au *Celebrant,* *&* tous deux ensemble la posent sur l'*Autel* ; puis le *sous-Diacre* luy ôte le manipule, le met pareillement sur l'*Autel,* ensuite ils ôtent aussi chacun leurs manipules *&* le metent sur la credence, si elle est proche *&* tout ioignant l'*Autel,* si-non ils les donnent à vn *Clerc* en les metans sur l'*Autel* ; puis le *Sacristain* ou vn autre *Ecclesiastique* ayant aporté la chape, est mise au *Celebrant* par eux ; qui apres auec le *Celebrant* vont au milieu de l'*Autel* faire vne profonde inclination ; puis descendent tous trois aux bas des degrez, le *Diacre* au côté droit, *&* le *sous-Diacre* au gauche, tenant vn peu éleué le deuant de la chape ; font tous trois ensemble vne genuflexion, *&* vont auec tout le reste du *Clergé* au lieu où est le corps.

Pendant que le *Celebrant* prend sa chape vn *Ecclesiastique* va prendre la *Croix,* le *Thuriferaire* son encensoir, *&*

& vn autre le benîtier, & vn autre le Rituel, marchans, fçauoir le Thuriferaire & le porte-benîtier deuant la Croix, & le porte-liure deuant eux ; & auec les Acolythes qui vont aux deux côtez de la Croix, viennent se placer au milieu de l'Autel hors du baluſtre, & dans ce temps vn des Eccleſiaſtiques allume les cierges des autres, qui tous auec le Celebrant, font vne genuflexion & vont apres la Croix deux à deux modeſtement au lieu où eſt le corps, & se placent de cete maniere : Celuy qui porte la Croix, auec les deux Acolythes qui portent les chandeliers, se met à la tête du defunt, le Thuriferaire, le porte-benîtier, & le porte-liure vont se metre aux pieds du defunt, tous les autres Eccleſiaſtiques se rangent de côté & d'autre, se tournans le viſage les vns vers les autres, les plus ieunes demeurans proche de la Croix, & les autres conſecutiuement.

Le Celebrant auec le Diacre & ſous-Diacre vont auſſi se metre aux pieds du defunt, & se tournent vers la Croix, les trois portans l'encenſoir, le benîtier & le liure se metans derriere eux : étans ainſi placez, le porte-liure s'auance & faiſant vne inclination au Celebrant, se met deuant luy, tenant ſon liure ouuert, dans lequel le Celebrant chante In tono lectionis. Non intres, &c.

Aux lieux où il n'y a pas d'Eccleſiaſtiques ſuffiſamment il faudra se ſeruir de petits garçons pour porter le benîtier, l'encenſoir & le liure ; le marguillier ou autre poura porter la Croix : mais ils feront toûjours la ceremonie comme il s'enſuit, auſſi-bien pour les pauures que pour les riches : le Celebrant donc étant debout & tenant les mains jointes, chante In tono lectionis.   N N N

NON intres in iudícium cum feruo tuo, *ou*, ancillâ tuâ, Dómine, quia nullus apud te iuſtificábitur homo, niſi per te ómnium peccatórum ei tribuátur remíſſio, Non ergo eum, *ou*, eam, quæſumus, tua iudiciâlis ſenténtia premat, quem, *ou*, quam, tibi vera ſupplicátio fidei Chriſtiánæ comméndat : ſed grátiâ tuâ illi ſuccurrénte, mereátur euadére iudícium vltiónis, qui, *ou*, quæ, dum víueret, inſignítus, *ou*, inſigníta, eſt ſignáculo ſanctæ Trinitátis, qui viuis & regnas in ſæcula ſæculórum. ℞. Amen.

Enſuite le porte-liure fermant ſon liure fait l'inclination au Celebrant & ſe retire derriere luy, où il étoit auparauant ; les deux chapiers, ou s'il n'y en a point, le Curé commencera à chanter Libera me Domine, *page 442. que tout le Chœur continüra ; les chapiers chanteront les Verſets & les autres la repriſe : apres* Requiem, *les deux chapiers recommenceront* Libera, *& pendant qu'on le repetera, le porte-encenſoir s'auance vers le Diacre, fait vne inclination au Celebrant, à qui le Diacre ayant reçu la nauete, preſente la cuillier, & le Celebrant met par trois fois de l'encens dans l'encenſoir que tient le Thuriferaire, à la maniere accoûtumée, diſant,* Ab illo benedicáris in cuius honóre cremáberis : *quoy fait il rend la cuillier au Diacre, qui rend la nauete au Thuriferaire, lequel ſe retire à ſa place ordinaire : & le Diacre obſeruera de ne point baiſer la main en preſentant, ſoit la cuillier, ſoit l'aſperſoir au Celebrant, & le Celebrant de ne point donner la benediction ſur l'encens.*

Le Répons finy, les deux chapiers, ou le Curé chante. Kyrie eleiſon, *comme deſſus, page 458.*

Puis le Celebrant dit tout haut Pater noster, *lequel est continué par luy, tout bas, & par les assistans aussi. Ces deux mots,* Pater noster *étans dits, le porte-benîtier s'auance vers le Diacre faisant vne inclination au Celebrant, presente l'aspersoir au Diacre qui le donne au Celebrant, lequel auec les Diacre & sous-Diacre, qui tiennent les deuans de sa chape, & les éleuent, se tourne vers l'Autel, font ensemble vne genuflexion au saint Sacrement auant que de quiter leur place; & ensuite marchans à l'entour du corps, le Curé l'asperge de trois coups, sçauoir le premier en faisant le premier pas, le second au milieu, & le troisiéme vers le bout; & en passant deuant la Croix il luy fait auec ledit Diacre & sous-Diacre, vne inclination profonde, & continüant de l'autre côté encense aussi de trois coups; & étans tous trois retournez à leurs places, font de nouueau la genuflexion; puis le Celebrant rend au Diacre l'asporsoir, le Diacre le donne au porte-benîtier, apres quoy il prend l'encensoir & le met entre les mains du Celebrant, qui apres auoir encore fait la genuflexion, marche de rechef à l'entour du corps, & encense comme il a aspergé, faisant dans ce tour la méme chose que dans le premier.*

Etant retourné à sa place & ayant fait la genuflexion, il rend au Diacre l'encensoir, qui le rend au Thuriferaire, & se tournant vers la Croix, le porte-liure s'auance comme, il a fait auant, Non intres, *tient son liure, & luy Celebrant, les mains jointes, chante.*

℣.   Et ne nos indúcas in tentatiónem.

℞.   Sed líbera nos à malo.

℣.   A porta ínferi.   ℞.   Erue Dómine animam eius.

℣. Dómine exáudi oratiônem meam, &c.

Orêmus. Oratio.

DEus, cui próprium eſt miſeréri ſemper, & párcere : te ſupplices exorâmus pro ánima fámuli
tui, *ou*, famulæ tuæ, quem, *ou*, quam hódie de hoc
ſæculo migrâre iuſsíſti : vt non tradas eam in manus
inimíci, neque obliuiſcâris in finem : ſed iúbeas eam
à ſanctis Angelis ſúſcipi, & ad pátriam paradíſi per-
dúci : vt quia in te ſperâuit & crédidit, non pœnas inférni ſuſtineat, ſed gáudia ſempitérna poſsídeat. Per
Chriſtum Dóminum noſtrum. ℞. Amen.

*Cete Oraiſon finie, on portera le corps en terre, les
deux chapiers, ou le Curé commençant, & le Chœur continüant fort poſément,* In paradiſum.

*Cete Antienne étant commencée par les chapiers, les
porteurs viennent prendre le corps, & tous les Eccleſiaſtiques commencent à marcher au ſepulchre, dans le
même ordre qu'ils ſont venus de l'Autel, & ſe placent à l'entour de la foſſe comme ils étoient à l'entour
du corps : c'eſt à dire, la Croix au lieu où la tête doit être
poſée, & les Celebrant, Diacre & ſous-Diacre aux pieds
auec le porte - benîtier, encenſoir & liure ; & en allant,
les porteurs marchent apres le Celebrant, qui étans ariuez
au ſepulchre dépoſent le corps proche de la foſſe.*

*Si la ſepulture ſe fait dans le Cimetiere, les Celebrant,
Diacre & ſous-Diacre, & tous les autres ſe couurent :
or ſi ladite Antienne ne peut pas ſuffire pour aller juſqu'au lieu, apres qu'on l'a chantée, on chante* Memento,
du ſeptiéme ton, & à la fin on repete l'Antienne In paradiſum : *que ſi ce Pſalme ne ſuffit pas, & que le Cimetiere*

ſoit trop éloigné , on chantera encore le Pſalme, Domine
probaſti me, *puîs l'Antienne qui ſuit.*

I N paradiſum dedúcant te Angeli: in tuo

aduén tu ſuſcí piant te Mártyres , & pérdúcant

te in ciuitâtem ſanctam Ierúſalem. Chorus Angelô-

rum te ſuſcípiat, & cum Lázaro quondam páupere

ætérnam hábe as réquiem. *S'il faut dire les Pſeau-*
mes ſuiuans , l'vn des chapiers, ou le Curé commencera.

Meménto Dómine Dauid : & omnis manſuetúdi-

nis eius.

Pfalme 131.

MEménto Dómine Dauid : & ómnis manſuetú-
dinis eius.

Sicut iuráuit Dómino : votum vouit Deo Iacob.

Si introíero in tabernáculum domus meæ : ſi aſcén-
dero in lectum ſtrati mei.

Si dédero ſomnùm óculis meis : & pálpebris meis dor-
mitatiónem.

Et réquiem tempóribus meis, donec inuéniam locum
Dómino : tabernáculum Deo Iacob.

Ecce audíuimus eam in Euphrata : inuénimus eam in
campis ſiluæ.

Introíbimus in tabernáculum eius : adorábimus in
loco, vbi ſtetérunt pedes eius.

Surge Dómine in réquiem tuam : tu & arca ſanctiſi-
catiónis tuæ.

Sacerdótes tui induántur iuſtítiam : & ſancti tui exúltent.

Propter Dauid ſeruum tuum : non auértas faciem
Chriſti tui.

Iuráuit Dóminus Dauid veritátem, & non fruſtrábi-
tur eum : de fructu ventris tui ponam ſuper ſedem tuam.

Si cuſtodíerint filij tui teſtaméntum meum : & teſti-
mónia mea hæc, quæ docébo eos.

Et filij eorum vſque in ſæculum : ſedébunt ſuper ſedem tuam.

Quóniam elégit Dóminus Sion : elégit eam in habitatiónem ſibi.

Hæc réquies mea in ſæculum ſæculi : hic habitábo
quóniam elégi eam.

Víduam eius benedícens benedícam : páuperes eius saturábo pánibus.

Sacerdótes eius índuam salutári : & sancti eius exultatióne exultábunt.

Illuc prodúcam cornu Dauid : paráui lucérnam Christo meo.

Inimícos eius índuam confusióne : super ipsum autem efflorébit sanctificátio mea.

Requiem ætérnam dona eis Dómine, &c.

Psalme 138.

DOmine probásti me, & cognouísti me : tu cognouísti sessiónem meam & resurrectiónem meam.

Intellexísti cogitatiónes meas de longè : sémitam meam, & funículum meum inuestigásti.

Et omnes vias meas præuidísti : quia non est sermo in linguâ mea.

Ecce Dómine tu cognouísti ómnia, nouíssima & antíqua : tu formásti me, & posuísti super me manum tuam.

Mirábilis facta est sciéntia tua ex me : confortáta est, & non pótero ad eam.

Quò ibo à spíritu tuo : & quò à facie tua fúgiam ? Si ascéndero in cælum, tu illic es : si descéndero in inférnum, ades.

Si súmpsero pennas meas dilúculo : & habitáuero in extrémis maris.

Etenim illuc manus tua dedúcet me : & tenébit me déxtera tua.

Et dixi, fórfitan ténebræ conculcábunt me : & nox illuminátio mea in delícijs meis.

Quia ténebræ non obscurabúntur à te , & nox sicut dies illuminábitur : sicut ténebræ eius, ita & lumen eius.

Quia tu possedísti renes meos : suscepísti me de vtero matris meæ.

Confitébor tibi, quia terribíliter magnificátus es : mirabília ópera tua , & ánima mea cognóscit nimis.

Non est occultátum os meum à te , quod fecísti in occúlto : & substántia mea in inferióribus terræ.

Imperféctum meum vidérunt óculi tui, & in libro tuo omnes scribéntur : dies formabúntur, & nemo in eis.

Mihi autem nimis honorificáti sunt amíci tui Deus : nimis confortátus est principátus eórum.

Dinumerábo eos, & super arénam multiplicabúntur : exsurréxi, & adhuc sum tecum.

Si occíderis Deus peccatóres : viri sánginum declináte à me.

Quia dícitis in cogitatióne : accípient in vanitáte ciuitátes tuas.

Nónne qui odérunt te Dómine, óderam : & super inimícos tuos tabescébam?

Perfécto ódio óderam illos : & inimíci facti sunt mihi.

Proba me Deus, & scito cor meum intérroga me , & cognósce sémitas meas.

Et vide si via iniquitátis in me est : & deduc me in via ætérna.

Réquiem ætérnam , &c.

Psalme.

Pfalme 139.

ERipe me Dómine ab hómine malo : à viro iníquo éripe me.

Qui cogitauérunt iniquitátes in corde : tota die conftituébant prælia.

Acuérunt linguas fuas ficut ferpéntis : venénum áfpidum fub labijs eórum.

Cuftódi me Dómine de manu peccatóris : & ab homínibus iniquis éripe me.

Qui cogitauérunt fupplantáre greffus meos : abfcondérunt fupérbi láqueum mihi.

Et funes extendérunt in láqueum : iuxta iter fcándalum pofuérunt mihi.

Dixi Dómino, Deus meus es tu : exáudi Dómine vocem deprecatiónis meæ.

Dómine Dómine virtus falútis meæ : obumbráfti fuper caput meum in die belli.

Ne tradas me Dómine à defidério meo peccatóri : cogitauérunt contra me, ne derelínquas me, ne fortè exalténtur.

Caput circúitus eórum : labor labiórum ipfórum opériet eos.

Cadent fuper eos carbónes, in ignem deiícies eos : in miférijs non fubfiftent.

Vir linguófus non dirigétur in terra : virum iniúftum mala cápient in intéritu.

Cognóui quia fáciet Dóminus iudícium ínopis : & vindíctam páuperum.

ooo

Verúmtamen iufti confitebúntur nómini tuo : & ha-
bitábunt recti cum vultu tuo.

Réquiem ætérnam dona eis Dómine, &c.

Cant. Ezechiel. Ego dixi, &c. *comme à Laudes, page* 448.

A la fin de ces Pſeaumes, ou d'vn ſeul, étans ariuez au ſepulchre, on repete l'Antienne In paradiſum.

Le corps étant depoſé proche le ſepulchre, le porte-benî-tier s'auance & donne l'aſperſoir au Diacre, qui le donne au Celebrant, lequel aſperge tant le tombeau que le corps, vne ſeule fois en forme de Croix ; puis ayant rendu l'aſ-perſoir au Diacre, & le porte-benîtier étant retiré, le Thuriferaire s'auance, & preſente au Diacre l'encens, qui le preſente au Celebrant, comme cy-deuant à benir, & eſt beny ainſi qu'il eſt cy-deſſus marqué ; puis le Celebrant encenſe le tombeau & le corps vne ſeule fois en forme de Croix, ſans rien dire. Apres-quoy le Celebrant com-mence.

Clementíſſime Dó   mine. *Et l'vn des chapiers, ou tous deux enſemble commenceront, & le Chœur continüra.*

Bene díctus Dóminus Deus Iſraël : quia viſitáuit

& fecit redemptiónis plebis ſuæ.

Ce Cantique se chante tout au long, & châque Verset comme ce premier, à la fin on dit, Réquiem; puis on repete.

Clementíssime Dó mi ne qui pro nostra mi-

sé ri a ab impiórum mánibus mortis supplí-

cium pertulísti : líbera á nimam e ius de in-

férni té nebris & cuncta eius peccá ta

obliuióne perpétua dele & eam ad lucem

tuam Angeli ferant paradisíque iá nuam

introdúcant, vt dum corpúsculum púlueri trá-

ditur ad æternitá tem perdúcas. *On dit trois fois,*
& à genoux, s'il se peut commodément.

Dómi ne mise ré re, super isto pecca tóre,

ou, ista pecca tríce.

Apres cela le Prêtre dit : Kyrie eléison. Christe
eléison. Kyrie eléison. Pater noster, &c.
Spendant il asperge le corps.

℣. Et ne nos indúcas in tentatiónem.

℟. Sed líbera nos à malo.

℣. A porta ínferi.

℟. Erue Dómine ánimam eius.

℣. Requiéscat in pace. ℟. Amen.

℣. Dómine exáudi oratiónem meam.

℟. Et clamor meus ad te véniat.

℣. Dóminus vobíscum.

℟. Et cum spíritu tuo.

Orêmus.

FAc, quæsumus, Dómine, hanc cum seruo tuo
defúncto, *ou,* fámula tua defúncta, misericórdiam, vt factórum suórum in pœnis non recípiat vi-

cem, qui, *ou*, quæ, tuam in votis ténuit voluntâtem,
vt ſicut hîc eum, *ou*, eam, vera ſides iunxit ſidélium
turmis, ita illîc eum, *ou*, eam, tua. miſerátio ſóciet
Angélicis choris. Per Chriſtum Dóminum noſtrum.

℟. Amen.

℣. Réquiem ætérnam dona ei Dómine.

℟. Et lux perpétua lúceat ei.

℣. Requiéſcat in pace. ℟. Amen.

℣. Anima eius, & ánimæ ómnium ſidélium defun-
ctórum per miſericórdiam Dei requiéſcant in pace.

℟. Amen.

*Et du lieu de la ſepulture dans l'Egliſe, ils diront en
ſ'en retournans ſans chant, l'Antienne, Si iniquitátes,
auec le Pſalme, De profúndis, &c.*

※ ※ ※ ※ ※ ※ ※ ※ ※ ※ ※ ※ ※

De la ſepulture des Adultes qui ſe fait hors de la Paroiſſe.

L E propre lieu de la ſepulture des Chrétiens, c'eſt
l'Egliſe, ou le Cimetiere de la Paroiſſe dans laquelle ils decedent; c'eſt pourquoy, conformément aux ſaints Decrets de l'Egliſe, Canons du
Concile de Bourges, & diuers ſtatuts Synodaux de ce Dioceſe; nous ordonnons que tout Paroiſſien ſera inhumé en
l'Egliſe ou Cimetiere de la Paroiſſe où il ſera decedé; ſi ce
n'eſt qu'il ayt choiſi par teſtament, ou autre acte publique ou
particulier deuant vn Curé ou Notaire, autre lieu pour ſa ſepulture; voulant & entendant qu'il ſoit expreſſement porté
par écrit dans le teſtament ou Codicile le lieu de ſa ſepulture. Et parce que ſouuent il s'eſt meu des conteſtations ſur le

sujet desdites sepultures hors de la Paroisse, à cause des termes portez par le Canon 9. du titre seiziéme du Concile de
Bourges, pour éuiter ausdites contestations, Nous auons declaré & declarons que le Concile dans lequel il est dit, *que
le testateur élira le lieu de sa sepulture, ou s'en raportera à ses
parens ou amis, ou que s'il ne le fait pas, il sera enterré à la Paroisse ou dans le tombeau de ses parens, selon la volonté des heritiers ou des executeurs testamentaires,* doit être entendu que le
testateur se raportera par article de son testament du lieu
de sa sepulture à ses parens ou à ses amis, qu'il nommera,
ou executeurs, lesquels pour lors le pourront faire enterrer en
tel lieu que bon leur semblera : Mais s'il n'y a point d'article
dans le testament qui commette ce soin, ne pourront ses parens
ou executeurs le faire enterrer ailleurs qu'à la Paroisse, ou
au tombeau de sa famille, declarant que les termes du Concile parlans du tombeau des parens, doiuent être entendus
des tombeaux affectez aux familles ; & dans lesquels il n'y
a que ceux qui sont desdites familles qui y puissent être inhumez : & hors ces cas il sera enterré à la Paroisse, quoy
que l'on puisse prouuer par témoins que le defunt a autrefois declaré vouloir être enterré ailleurs, & même
pendant sa maladie, si ce n'est qu'il l'ayt declaré au Curé distinctement & librement, en presence de témoins,
n'ayant pas le loisir de le faire rediger par écrit étant trop
pressé de la mort. Ce que nous ordonnons être exactement
obserué, soit pour les hommes, soit pour les femmes, sans
qu'vn homme puisse pretendre, auoir droit de choisir la sepulture de sa femme, ny vne femme celle de son mary ; si
ce n'est que par testament l'vn & l'autre se soient, comme
dit est, raporté du lieu de leur sepulture au suruiuant : pour
les enfans qui ont leurs peres & meres, & qui ne sont pas
encore, *sui iuris* ; comme ils ne sont pas capables de faire
des testamens, leurs pere & mere pourront choisir le lieu de
leurs sepultures, mais étans mariez, ou ayans leurs droits
acquis, & étans capables de faire testament, ils éliront leurs
sepultures, ou par testament, ou declaration au Curé en

prefence de témoins, autrement ils feront enterrez en leurs Paroiffes.

Et parce que châcun eft libre d'être enterré où il voudra : Nous defendons à toutes fortes de perfonnes, Ecclefiaftiques, feculiers ou reguliers, laïcs & parens, de détourner les perfonnes de choifir tel lieu qu'ils voudront ; & neanmoins le lieu naturel & ordinaire étant la Paroiffe ; Nous defendons auffi à toutes fortes de perfonnes d'exciter ou porter les perfonnes à fe faire enterrer ailleurs, fous quelques pretextes que ce puiffe être, & ce fur peine d'être d'échûs du droit qu'ils auroient acquis par ledit teftament, d'auoir le corps pour l'enterrer, & encore d'encourir les peines portées par les faints Decrets & Bulles des Souuerairs Pontifes.

Et en cas que quelqu'vn choififfe fa fepulture en vne autre Eglife ou Cimetiere que celuy de fa Paroiffe, pour y être inhumé ; le Curé aura la moitié de tout le luminaire, c'eft à dire, des torches & cierges des affiftans, & autres qui feront mis à l'entour du corps ; les cierges des Autels & ceux qu'auront les Prêtres ou Religieux ne feront point partagez, & pour le droit de linceüil, il apartiendra au Curé de la Paroiffe où le defunt eft decedé, & pour cét enterrement on obferuera l'Ordre qui fuit.

ORDRE.

 *I la fepulture fe fait en vne Eglife Collegiale ou Paroiffiale autre que celle de la Paroiffe, les Chanoines, ou Curé & Prêtres de la Paroiffe où fe fait la fepulture pouront, fi bon leur femble, affifter à l'enterrement & au conuoy du corps ; & en ce cas marcheront ainfi qu'il s'enfuit : le Curé marchera à*

la tête, *&* vn peu deuant luy les deux chapiers portans
chapes des deux côtez ; les Chanoines auront la main
droite *&* les Prêtres de la Paroiſſe la gauche ; *&* ſi ce ne
ſont pas des Chanoines, les Prêtres de la Paroiſſe du defunt
auront la droite, *&* les autres Prêtres de la Paroiſſe où ſe
fera la ſepulture la gauche : le chef du Chapitre, ou le Curé poura marcher en chape ſi bon luy ſemble, ſans neanmoins
auoir d'étole, au milieu des deux chapiers, *&* immediatement deuant le Curé de la Paroiſſe du defunt, *&* à l'Egliſe
ſe placeront au Chœur comme ils ſeront venus.

On ira enleuer le corps, comme il eſt dit cy-deuant, *&*
on le portera toûjours dans l'Egliſe de la Paroiſſe auant
que de le porter en celle où il a élu ſa ſepulture ; ſoit E-
gliſe Collegiale, Paroiſſiale, ou reguliere ; *&* ſera dans ladite Egliſe Paroiſſiale du defunt fait le ſeruice *&* chanté
les Meſſes, comme dit eſt cy-deuant, *&* on obſeruera tout
juſqu'apres le Libera, apres lequel on commencera l'Antienne, In paradiſum, *&* le Pſalme, Memento, que
l'on dira auſſi-bien que les autres Pſeaumes s'il eſt neceſſaire, juſqu'à ce que l'on ſoit paruenu au milieu de la nef
de l'autre Egliſe où ſe fait la ſepulture, où là le Superieur de l'Egliſe reuétu de chape *&* d'étole, *&* deux Prêtres auſſi reuétus de chapes, reçoiuent le corps qui leur eſt
donné, en faiſant par le Curé qui le rend vne petite rela-
tion de la vie *&* de la mort du defunt ; *&* donnant ate-
ſtation comme il a ceçu les Sacremens, eſt mort en bon
Chrétien, *&* a élu ſa ſepulture dans ce lieu, à peu prés ainſi
qu'il s'enſuit.

ONSIEVR, comme c'est vn acte de justice de donner la sepulture aux morts, ce seroit vne injustice de la dénier au corps de defunt *M. N.* viuant nôtre Paroissien, que nous vous aportons; puisque nous pouuons vous asseurer qu'il a vécu en bon Chrétien, & mort comme ceux que saint Iean publie pour bien-heureux : *Beati mortui qui in Domino moriun-* Apoc.14. *tur :* Nous luy deuons ce deuoir, de rendre par tout témoignage de la pieté qu'il a fait paroître pendant sa vie , & de la deuotion qu'on a reconnüe dans sa fin ; il a frequenté les Sacremens en viuant, il les a reçus en mourant, & toûjours auec veneration : de sorte que nous pouuons dire de luy ce que l'Ecriture dit du grand saint Estienne, quoy que nous ne soyons pas aussi certains de son bon-heur, *Obdormiuit in Domino.* Il est Act 7. mort dans la grace du Seigneur, & son ame repose maintenant dans son sein. Il est donc bien raisonnable de donner la sepulture sainte à ce corps qu'elle a animé ; car , comme dit Origene, *Rationales animas* Orig. *honorari nouimus, & earum organa solenni sepulturæ ho-* contra *nore dignamur.* C'est cete sepulture que nous venons cels.lib.5 vous demander pour luy, suiuant ses intentions ; & ne pouuant plus parler, il vous demande par nôtre bouche , ce qu'Abraham demandoit pour sa femme Sara, à ceux de Chanaan, *Date mihi ius sepulchri vobis-* Genes 23 *cum,* donnez-moy la sepulture que i'ay souhaitée auoir parmy vous.

Le superieur de l'Eglise poura répondre ce qu'il voudra , à peu prés en ces termes.

MOnsievr, c'est auec respeĉt que nous receuons le corps que vous nous aportez : nous auons consolation d'entendre de la bouche de son Pasteur les loüanges de son merite ; & nous pouuons vous assurer que nous luy donnerons ce qu'il a desiré de nous , & ce que vous nous demandez pour luy ; & que nous luy rendrons tous les deuoirs que l'on doit aux morts , & que sa memoire sera parmy nous comme celle de Moyse parmy les Iuifs, en eternelle benediĉtion ; nous garderons son corps comme vn sacré dépost, jusqu'à ce qu'il plaise à nôtre Seigneur le deliurer , comme tous les autres, des ombres de la mort , & nous considererons sans cesse son tombeau, comme dit saint Isidore, *Pour nous faire souuenir de luy & de sa vertu.*

Eccl. 45.

Apres quoy, si le Curé de la Paroisse du defunt & ses Prêtres veulent assister à la sepulture , ils prennent la gauche , sinon ils s'en retournent modestement , non pas en causant, mais en priant Dieu : & les autres qui ont reçu le corps obserueront cecy.

Le corps étant posé au milieu de la nef, ils chantent d'abord le Libera, *page 442. pendant lequel les Prêtres se metent, comme dit est cy-deuant ; font l'aspersion & encensement & acheuent la sepulture en chantant,* In paradisum, *& le reste comme cy-deuant.*

Si apres que le corps est au milieu de la nef on veut encore dire vne Messe, on la poura dire , & en ce cas on ne chantera point pour lors Libera : *mais le corps étant au milieu de la nef, on ira au chœur pour dire la Messe, & apres cela on fera les ceremonies comme il est porté par cy-deuant.*

ORDRE DE LA SEPVLTVRE
des Ecclesiastiques.

COMME les Ecclesiastiques sont d'vne autre
dignité que les laïcs, il est bon, tant que faire
se peut, que leur sepulture soit separée de celles
des autres, & méme il seroit à propos que dans châque
Paroisse il y eût vn lieu destiné pour la sepulture des Ecclesiastiques de la Paroisse.

Ils doiuent être habillez de leurs habits de clericature
& d'ordre, exposez en cét habit, & portez à l'Eglise de
cete maniere ; si neanmoins ils veulent être couuers dans
leurs bieres comme les autres, on les y metra, sinon on
les metra à découuert, & les Clers tonsurez seront reuétus
pardessus leurs sotanes d'vn surplis blanc, vn bonnet quarré à leur tête, auront les mains jointes tenans vn Crucifix,
& des souliers ou pantoufles à leurs pieds, leurs jam-
bes chaußées : ceux des quatre Mineurs seront habillez
de la méme maniere. Les sous-Diacres auront pardessus leurs sotanes, sçauoir l'aube, la ceinture, le manipule & la tunique, le bonnet quarré, & le reste comme
les Clercs. Les Diacres auront l'étole & la Dalmatique,
le reste comme les sous-Diacres & les Prêtres. Les Prêtres auront outre les Clercs, sous-Diacres & Diacres,

l'étole croisée, la chasuble ; & on prendra garde que les ornemens qu'on leur donnera ne soient dechirez, & qu'ils
soient de couleur violete, si faire se peut, ou d'autre, s'il
n'y en a pas. Ils seront portez en terre par des Ecclesiastiques, & non par des laycs, & l'on aura soin de prier
ceux qu'on voudra qui les portent ; sçavoir les tonsurez &
Acolythes par de mêmes personnes ; les sous-Diacres, par
des sous-Diacres ; les Diacres par des Diacres ; & les
Prêtres par des Prêtres.

On apellera toûjours à leur enterrement le plus de
Prêtres que l'on poura, car c'est une commune maxime,
que le frere doit être aydé par le frere, & c'est une assistance charitable que l'on doit rendre ; les Prêtres qui
voudront assister, même comme amis, auront la deuotion
de prendre le surplis & aller auec les autres Prêtres au
convoy, & non pas comme les laycs.

Si c'est un Curé, tous les Curez de la ville ou circon-
uoisins, & les Prêtres de la Paroisse iront à son enterrement en surplis ; & l'Archiprêtre s'il y est, comme il y a
droit ; ou le plus ancien Curé fera l'Office, & tous les Officiers seront des Curez, les autres marcheront & tiendront de côté & d'autre les premieres places, auant les
Prêtres des Paroisses, ils iront tous selon leur degré de reception ; & quoy que ce ne soit pas un Curé, les Ecclesiastiques ne laisseront pas d'être à son enterrement, & ce-
lebreront même, le iour ou le lendemain, la Messe pour le
repos de l'ame du defunt.

On ira enleuer son corps comme il est dit à la sepulture
des laycs, & on obseruera la même chose, excepté qu'on

ne laiſſe pas le corps dans la nef, mais qu'on le porte & le poſe au milieu du Chœur, la tête vers l'Autel, au contraire des laycs qui doiuent auoir la tête vers la porte, & les pieds vers l'Autel ; en ſorte pourtant qu'on puiſſe faire les encenſemens , & on dit l'Oraiſon des Prêtres à la Meſſe ; le reſte ſe continüe comme aux laycs juſqu'apres l'Oraiſon Non intres. *Laquelle étant finië, ſi c'eſt vn Clerc, vn Acolythe, vn ſous-Diacre & vn Diacre, on continüe tout comme il eſt dit cy-deuant ; ſi c'eſt vn Prêtre, l'Oraiſon étant finië les chapiers chantent & le Chœur continüe le Répons* Ne recordéris, *page* 430. *apres* Réquiem *on le repete, & durant la repetition, le Celebrant benit l'encens comme apres le* Líbera ; *le Répons repeté, les chapiers chantent* Kyrie eléiſon, *comme cy-deuant, apres quoy le Celebrant dit tout haut ces deux mots,* Pater noſter; *puis prend l'aſperſoir & aſperge le corps à l'entour comme il eſt dit apres le* Líbera ; *il l'encenſe encore, & l'encenſement finy, il chante.*

℣. Et ne nos indúcas in tentatiónem.

℞. Sed líbera nos à malo.

℣. A porta ínferi.

℞. Erue Dómine ánimam eius.

℣. Requiéſcat in pace. ℞. Amen.

℣. Dómine exáudi oratiónem meam.

℞. Et clamor meus ad te véniat.

℣. Dóminus vobíſcum.

℞. Et cum ſpíritu tuo.

Orêmus.

INclína, Dómine, aurem tuam ad preces noftras; quibus mifericórdiam tuam fúpplices deprecámur, vt ánimam fámuli tui Sacerdótis, quam de hoc fæculo migráre iufsífti, in pacis ac lucis regióne conftítuas & fanctórum tuórum iúbeas effe confórtem. Per Chriftum Dóminum noftrum. ℟. Amen.

Cete Oraifon finie, les chapiers commencent & le Chœur continüe le Répons Líbera me Dómine: *& on obferue tout le refte comme à la fepulture des laycs.*

Quand on fera venu à la foffe, & auant que de defcendre les Ecclefiaftiques, on leur couure le vifage, & on ne les doit pas dépoüiller, neanmoins comme les Eglifes font denuées d'ornemens, & que l'on n'en a pas, on poura leur ôter la Tunique Dalmatique, Manipule, Etole & Chafuble; & les Ecclefiaftiques les deuétiront modeftement. Il feroit pourtant à propos de les enterrer auec les habits facerdotaux; & que les parens des defunts euffent cete pieté, que d'en donner d'autres à la place: ou bien que l'Eglife en donnât à ceux qui auroient bien feruy dans la Paroiffe, fi les parens ne font en pouuoir d'en donner.

On obferuera que fi c'eft vn Euêque, on dira la Meffe, Vt in die commemorationis defunctorum, *excepté l'Oraifon qu'on dit* Pro defuncto Epifcopo, *& à la fin de la Meffe on doit faire les cinq encenfemens portez par le Pontifical, fi on n'a point de Pontifical, on obferuera la prefente ceremonie, & à l'Oraifon au lieu du mot de* Sacerdotij, *on dira celuy de* Pontificij.

ORDRE DES FVNERAILLES
& Obseques, le corps étant absent.

I L se rencontre assez souuent que les personnes meurent hors de leurs Paroisses, & que les parens ou amis ayans reçu la nouuelle de leur mort, veulent faire faire leurs Obseques comme si elles étoient presentes ; cela étant on dressera vne representation ou chasse, sur laquelle il sera mis vn drap mortuaire, sçauoir pour les laycs dans la nef, pour les Ecclesiastiques dans le Chœur : Et on dira les Vêpres, Vigiles & Laudes des morts, & les Messes ; apres la derniere, on fera toute la ceremonie comme il est dit à la fin de la Messe, page 464. & suiuantes, excepté que l'on ne dira point Non intres : & à la fin de l'encensement, le Celebrant chantera.

℣. Et ne nos indúcas in tentatiónem.

℞. Sed líbera nos à malo.

℣. A porta ínferi.

℞. Erue Dómine ánimam eius.

℣. Requiéscat in pace. ℞. Amen.

℣. Dómine exáudi oratiónem meam.

℞. Et clamor meus ad te véniat.

℣. Dóminus vobíscum.

℞. Et cum spíritu tuo.

Orêmus.

ABſólue, quæſumus Dómine, ánimam fámuli tui, *ou*, fámulæ tuæ, vt defúnctus, *ou*, defúncta, ſæculo tibi viuat, & peccáta, quæ per fragilitá-
tem carnis, humána conuerſatióne commíſit, tu véniâ
miſericordíſſimæ pietátis abſtérge. Per Chriſtum Dóminum noſtrum. ℟. Amen.

Cecy s'obſeruera encore au ſeruice du troiſiéme, ſeptiéme
& trentiéme iour, ſi on en fait dire.

Jl s'obſeruera encore dans les Paroiſſes du Dioceſe
aux ſeruices des Seigneurs Spirituels & Temporels dans
leurs Paroiſſes de Iuriſdiction.

ORDRE POVR LES
Anniverſaires.

LE premier ſeruice qui ſe fait au bout de l'an du
decez, ſe fait ſolennel : on chantera Vêpres,
Matines & Laudes entierement, & on ob-
ſeruera tout comme aux Obſeques, le corps abſent.

Aux Anniverſaires qui ſe font de fondation ou de de-
uotion tous les ans, on dira Vêpres & vn ſeul Nocturne,
ſelon le iour; ſçauoir le Lundy & Ieudy le premier No-
cturne; le Mardy & Vendredy le ſecond Nocturne ; le
Mercredy & Samedy le troiſiéme Nocturne ; Laudes &
la

la Meſſe, & on obſeruera de ne dire iamais les Vêpres ny les Matines, ny les Laudes pour les Anniuerſaires, le Dimanche ou le iour d'vne Fête double ; à la fin on ira bien à la repreſentation ou chaſſe, mais on ne donnera, ny encens, ny eau benîte, on chantera ſeulement le Libera, & on dira l'Oraiſon cy-deuant, Abſolue quæſumus, &c.

Il faut neanmoins obſeruer que s'il y auoit fondation qui parût, par laquelle l'intention du fondateur fût telle, qu'abſolument il voulût qu'il luy fût fait vn Anniuerſaire à neuf Pſeaumes & à neuf Leçons, & l'auroit pour cét effet bien doté, il la faudroit executer, ſi autrement par Nous il n'eſt reglé. Mais pour les autres Anniuerſaires ordinaires, ils ſeront dits ſuiuant nôtre reglement.

Il faut encore remarquer que, ſoit aux enterremens, ſoit aux Anniuerſaires où l'on ne dit qu'vn Nocturne, on ne dit pas le Venite, mais on commence par la premiere Antienne du Nocturne ; & ſi on finit apres le Répons, ſans dire Laudes, on dira apres ledit Répons l'Oraiſon conuenable, comme à la fin des Vêpres, ſans pourtant dire aucun Verſet auparauant l'Oraiſon, que Dominus vobiſcum.

ORDRE POVR LA SEPVL-
ture des Enfans.

N obſeruera premierement ſelon l'ancienne *&*
la loüable coûtume de l'Egliſe, que les corps des
enfans morts auant l'vſage de raiſon, ne doiuent être enterrez auec les autres laycs morts en l'vſage de
raiſon : mais il doit y auoir vn lieu deſtiné dans le cimetiere, le plus proche des murailles de l'Egliſe, ou dans l'E-
gliſe méme, où il n'y ayt que ces ſeuls enfans enterrez ;
ce n'eſt pas qu'ils ne puiſſent être enterrez ſelon la volonté
des parens, dans le tombeau de leurs ayeuls ou peres *&*
meres ; mais tant qu'on poura obſeruer cete coûtume de l'E-
gliſe on fera tres-bien, *& Nous* exhortons les *Curez* auec
leurs *Paroiſſiens*, de choiſir vn lieu pour cela, *&* d'exalter
autant qu'il leur ſera poſſible ce que deſſus.

On ne doit pas ſonner les cloches, ou ſi on les ſonne, ce
ne doit pas être d'vn ſon lugubre, mais d'vn ſon gay *&*
de rejoüiſſance.

On couurira de blanc les bieres *&* les corps de ces petits
enfans non des grands, *&* on metra vne couronne de
fleurs au lieu où eſt leur tête.

Le *Celebrant* prendra vne étole blanche, *&* on ne ſe
reuétira d'aucune chape, l'*Autel* ſera auſſi paré de blanc,
& iront ainſi luy *&* ſon Clergé proceſſionellement leuer le
corps de l'enfant.

Etans ariuez au lieu où sera le corps, châcun se placera, comme dit est aux funerailles des laycs, & le Celebrant s'auançant, jetera de l'eau benîte sur le defunt, puis commencera. *Antienne.*

Sit nomen Dómi ni. *Psal.* Laudá te pú e ri Dó-

minum. E u o u a e.

Psalme.

LAudâte púeri Dóminum : laudâte nomen Dómini.

Sit nomen Dómini benedíctum : ex hoc nunc, & vsque in sæculum.

A solis ortu vsque ad occâsum : laudábile nomen Dómini.

Excélsus super omnes gentes Dóminus : & super cœlos glória eius.

Quis sicut Dóminus Deus noster, qui in altis hábitat : & humília réspicit in cœlo & in terra?

Súscitans à terra ínopem : & de stércore érigens páuperem.

Vt cóllocet eum cum princípibus : cum princípibus pópuli sui.

Qui habitâre facit stérilem in domo : matrem filiórum lætántem.

QQQ ij

Glória Patri, & Fílio, & Spirítui sancto, &c.

Antienne.

Sit nomen Dómini benedíctum, ex hoc nunc &

vsque in sæculum.

Cete Antienne repetée, deux des Ecclesiastiques, ou le Curé, chanteront, & le Chœur continüra du sixiéme ton, le Psalme, Beati immaculáti, &c. & les autres parties des petites Heures, jusqu'à ce qu'ils soient arivez à l'Eglise, & ayent posé le corps dans le Chœur.

Apres cela on chante dans le Chœur.

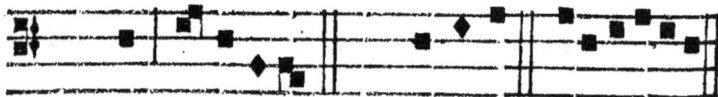

Ant. Hic accípi et. *Psal.* Dómini.　　E u o u a e.

Psalme.

DOmini est terra, & plenitúdo eius: orbis terrárum, & vniuérsi qui hábitant in eo.

Quia ipse super mária fundâuit eum: & super flúmina præparâuit eum.

Quis ascéndet in montem Dómini : aut quis stabit in loco sancto eius?

Innocens mánibus & mundo corde : qui non accépit in vano ánimam suam, nec iurâuit in dolo próximo suo.

Hic accípiet benedictiônem à Dómino : & misericórdiam à Deo salutâri suo.

Hæc est generátio quæréntium eum : quæréntium fáciem Dei Iacob.

Attóllite portas príncipes vestras, & eleuámini portæ
æternáles : & introíbit Rex glóriæ.

Quis est iste Rex glóriæ ? Dóminus fortis & potens:
Dóminus potens in prælio.

Attóllite portas príncipes vestras, & eleuámini portæ
æternáles : & introíbit Rex glóriæ.

Quis est iste Rex glóriæ? Dóminus virtûtum : ipse est
Rex glóriæ.

Glória Patri, & Fílio, & Spirítui sancto, &c.

Antienne.

Hic accípi et benedicti ônem à Dómino , &

misericórdiam à Deo salutári suo, quia hæc est

generáti o quæréntium Dóminum.

*Pendant lequel Psalme, si on doit dire la Messe, le Cele-
brant ira s'habiller, & s'il y a Messe solennelle, le Diacre, le
sous-Diacre, & le plus ancien Prêtre restant, dira les Ver-*

ſets & Oraiſon. S'il n'y a pas de Meſſe le Celebrant chan-
téra les Verſets & Oraiſon ſuiuante.

Kyrie eléiſon. Chriſte eléiſon. Kyrie eléiſon.
Pater noſter.

℣.　　Et ne nos indúcas in tentatiónem.

℞.　　Sed líbera nos à malo.

℣.　　Me autem propter innocéntiam ſuſcepíſti.

℞.　　Et confirmáſti me in conſpéctu tuo in ætérnum.

℣.　　Dómine exáudi oratiónem meam.

℞.　　Et clamor meus ad te véniat.

℣.　　Dóminus vobíſcum.

℞.　　Et cum ſpíritu tuo.

Orêmus.

OMnípotens & mitíſſime Deus , qui ómnibus
　　　 páruulis renátis fonte Baptíſmatis dum migrant
à ſæculo, ſine vllis eôrum méritis vitam illicò largíris
ætérnam , ſicut ánimæ huius páruuli, *ou*, páruulæ,
hódie crédimus te feciſſe : fac nos quæſumus Dómine,
per interceſſiônem beátæ Maríæ ſemper Vírginis , &
ómnium Sanctôrum tuôrum hîc purificátis tibi méntibus famulári , & in Paradíſo cum beátis páruulis pe-
rénniter ſociári. Per Chriſtum Dóminum noſtrum.

℞.　　Amen.

　　La Meſſe ſe dira , ou de la Trinité , ou de la Vierge,
ou des Anges ; & ſi elle eſt ſolennelle , il poura y auoir deux
chapiers , & auront des ornemens blancs.

　　A la fin de la Meſſe , le Prêtre quitera ſa chaſuble &
prendra vne chape blanche , & étant deſcendu au bas des

degrez chantera, Iúuenes, &c. *Ou bien, s'il n'y a point
de Messe, l'Oraison* Omnipotens, *cy-deuant mise; étant
dite le Celebrant commencera*, Iuuenes, &c.

*Aussi-tôt tous les Ecclesiastiques marchent & vont droit
au tombeau, le corps suiuant; & les deux chapiers commencent & le Chœur continüe le Psalme*, Laudáte Dóminum de cœlis, *comme à la fin de Laudes : étans ariuez
au tombeau, le Celebrant asperge le corps & l'encense de
trois coups, comme aussi le tombeau, sans partir de sa place,
puis on descend le corps dans le tombeau, & le Celebrant
jete auec la pale, sans rien dire, de la terre dessus, & le
Psalme étant finy, on repete l'Antienne.*

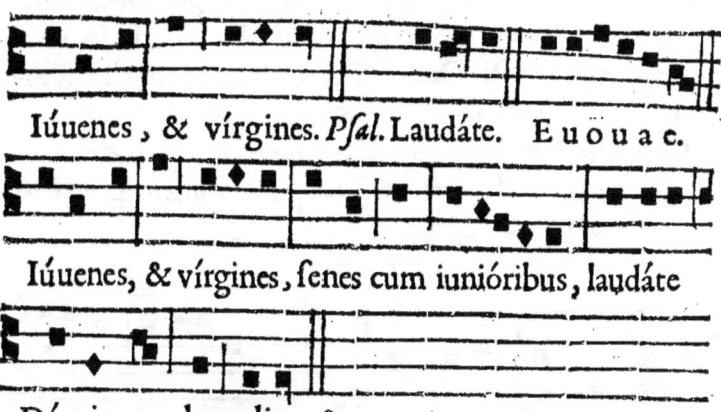

Iúuenes, & vírgines. *Psal.* Laudáte. E u o u a e.

Iúuenes, & vírgines, senes cum iunióribus, laudáte

Dóminum de cœlis, &c.

Puis le Celebrant chante, les autres répondans:
Kyrie eléïson. Chriſte eléïson. Kyrie eléïson.
Pater noſter.
℣. Et ne nos indúcas in tentatiónem.
℞. Sed líbera nos à malo.

℣.   Sínite páruulos veníre ad me.

℞.   Tálium eft enim regnum cœlôrum.

℣.   Dóminus vobíscum.

℞.   Et cum fpíritu tuo.

Orêmus.

Omnípòtens fempitérne Deus, fanctæ puritâtis amâtor, qui ánimam huius páruuli, *ou*, paruulæ, ad cœlôrum regnum hódie mifericórditer vocâre dignâtus es, dignêris étiam Dómine, ita nobíscum mifericórditer ágere, vt méritis tuæ fanctíffimæ Paffiônis, & interceffiône beâtæ Maríæ femper Vírginis, & ómnium fanctôrum tuôrum in eôdem regno nos cum ómnibus fanctis & eléctis tuis femper fácias congaudêre. Qui viuis & regnas cum Deo Patre in vnitâte Spíritus fancti Deus. Per ómnia fæcula fæculôrum. ℞. **Amen.**

Cete Oraifon dite, le Curé commencera l'Antienne fuiuante, & les chapiers le Cantique : pendant lequel ils s'en retourneront à l'Eglife.

Antienne.

Bene dí ci te Dóminum. *Cant.* Benedícite ómnia

ópe ra Dómini Dómíno. E u o u a e.

Le Cantique des trois Enfans.

BEnedícite ómnia ópera Dómini Dómino : laudáte & fuperexaltáte eum in fæcula.

Benedícite Angeli Dómini Dómino : benedícite cœli Dómino.

Benedícite aquæ omnes, quæ fuper cœlos funt, Domino : benedícite omnes virtútes Dómini Dómino.

Benedícite fol & luna Dómino : benedícite ftellæ cœli Dómino.

Benedícite omnis imber & ros Dómino : benedícite omnes fpíritus Dei Dómino.

Benedícite ignis & æftus Dómino : benedícite frigus & æftas Dómino.

Benedícite rores & pruîna Dómino : benedícite gelu & frigus Dómino.

Benedícite glácies & niues Dómino : benedícite noctes & dies Dómino.

Benedícite lux & ténebræ Dómino : benedícite fúlgura & nubes Dómino.

Benedícat terra Dóminum : laudet & fuperexáltet eum in fæcula.

Benedícite montes & colles Dómino : benedícite vniuérfa germinántia in terra Dómino.

Benedícite fontes Dómino : benedícite mária & flúmina Dómino.

Benedícite cete, & ómnia, quæ mouéntur in aquis Dómino : benedícite omnes vólucres cœli Dómino.

Benedícite omnes béftiæ, & pécora Dómino : benedícite fílij hóminum Dómino.

Benedícat Israël Dóminum : laudet , & superexáltet eum in sæcula.

Benedícite Sacerdótes Dómini Dómino : benedícite serui Dómini Dómino.

Benedícite spíritus , & ánimæ iustôrum Dómino : benedícite sancti, & húmiles corde Dómino.

Benedícite Anánia, Azária , Mísaël Dómino : laudâte & superexaltâte eum in sæcula.

Benedicâmus Patrem , & Fílium cum sancto Spíritu : laudêmus & superexaltêmus eum in sæcula.

Benedíctus es Dómine in firmaménto cœli : & laudábilis, & gloriôsus, & superexaltâtus in sæcula.

Glória Patri, & Fílio , &c.

Antienne.

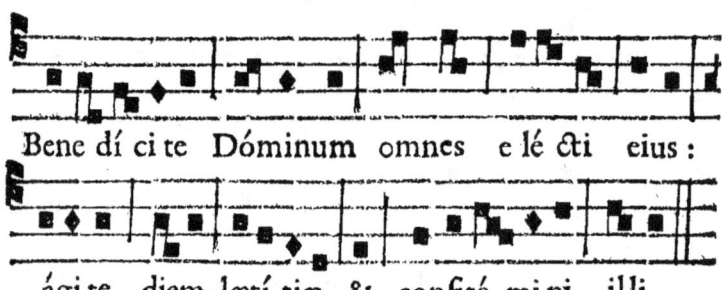

Bene dí ci te Dóminum omnes e lé cti eius : ágite diem lætí tiæ, & confité mi ni illi.

Orêmus.

DEus , qui miro órdine Angelôrum ministéria , hominúmque dispénsas : concède propítius, vt à quibus tibi ministrántibus in cœlo semper afsíftitur, ab his in terra vita noftra muniâtur. Per Dóminum noftrum Iesum Chriftum Fílium tuum. Qui tecum viuit & regnat in vnitâte Spíritus sancti Deus. Per ómnia sæcula sæculôrum. ℞. Amen.

℣. Benedicâmus Dómino. ℞. Deo grátias. Et fidélium ánimæ per mifericórdiam Dei requiéfcant in pace.

A la fin en s'en retournant à l'Eglife ou au Chœur,
on chante fi on veut, Laudâte Dóminum omnes gentes, &c.

Forme d'écrire les Mortuaires.

Apres que la fepulture eft faite, on écrit dans vn
liure fait pour cét vfage ladite fepulture en cete maniere.
Pour les Mariez.

L'An mil fix cent   le   iour du mois
de   a été inhumé en l'Eglife, & ce
dans vne *telle* Chapelle, *ou*, vn *tel endroit*, *ou*, dans le
Cimetiere *en vn tel lieu*. *N.* decedé en cete Paroiffe, âgé
de   ans   viuant mary de   fa femme
en premier nopces, *ou*, de *N.* en fecondes nopces. *Pour*
la femme on metra. *N.* viuante femme de *N. N.* fon
mary en premier nopces, *ou*, de *N. N.* en fecondes
nopces, decedé en cete Paroiffe, âgé de

Il faudra écrire la condition du mary defunt, ou du
mary viuant.

Si ils ont élu leurs fepultures hors de la Paroiffe, le
Curé de la Paroiffe metra. Decedé en la Paroiffe de
N. N. & inhumé dans &c. apres y auoir été aporté
auec les ceremonies ordinaires.

Le Curé de la Paroiffe du decedé écrira toûjours l'acte
du decez en cete forme.

L'An mil fix cent   le   iour du mois
de   eft decedé *N.* viuant mary de &c.
âgé &c. & a été inhumé, fuiuant fon intention, en
l'Eglife, *ou*, Cimetiere de *N.* où nous l'auons conduit

auec les ceremonies ordinaires. *De méme pour la femme.*

Pour les enfans, ou perſonnes qui ne ſont mariées.

L'An mil ſix cent   le   iour du mois
de   eſt decedé, *ou,* decedée en cete
Paroiſſe *N. N.* fils, *ou,* fille de *N. N.* & de *N. N.* ſes
pere & mere, étant âgé, *ou,* âgée de   ans,
& a été inhumé dans l'Egliſe, *ou,* Cimetiere de cete
Paroiſſe, *ou,* de *telle* Egliſe, *ou,* Paroiſſe où nous
l'auons porté auec les ceremonies ordinaires.

Pour les perſonnes inconnuës.

L'An &c.   a été inhumé en cete Egliſe, *ou,*
Cimetiere en *tel lieu,* vn homme, *ou,* vne femme qui a declaré auoir nom *N. N.* & être natif, *ou,*
natifue de   au Dioceſe de *N.* & fils, *ou,* fille,
mary, *ou,* femme de *N. N.* demeurant en la Paroiſſe
de *N.* Dioceſe de *N.* & a dit ètre âgé de
ans, ou enuiron.

*Que ſi c'eſt vne perſonne qui n'ayt pû dire ſon nom, étant
trop preſſée de la mort, & neanmoins qui ayt donné des
marques de Chrétien, ou qui en porte ſur luy, on écrira.*

L'An &c.   a été inhumé en cete Egliſe, *ou,*
Cimetiere en *tel endroit,* vn homme inconnû
qui eſt mort apres auoir donné des marques de Chrétien, *ou,* trouué mort ayant ſur luy telles marques de
Chrétien, & ce ſelon le jugement rendu par les Officiers
de iuſtice de cete Paroiſſe, qui marquoit auoir enuiron
l'âge de   ſa ſtature de grandeur enuiron de
pieds, de poil châtain, *ou,* noir, *ou,* autre.

On écrira pour vne femme de méme façon.

CHAPITRE DIXIESME,

Contenant diuers formulaires d'actes & reglemens.

INSTRVCTION AVX ECCLESIASTIQVES,
pour les citations & execution des Commiʃʃions & Mandemens de la Cour Ecclesiaʃtique, qui leur font adreʃʃez.

'AVTANT que ʃuiuant le ʃtyle de la Cour Ecclesiaʃtique de Bourges, titre ʃecond chap. 8. Tous Prêtres ou Clercs non mariez, premiers ʃur ce requis, peuuent faire citations par-deuant les Iuges Ecclesiaʃtiques, & executer les Mandemens d'iceux, il importe qu'ils ʃçachent les choʃes neceʃʃaires pour la validité deʃdites citations & execution deʃdits Mandemens; & à ce il conuient obʃeruer ce qui ʃuit.

Premierement, que les citations ʃe peuuent faire en ver-tu de Commiʃʃion de la Cour Ecclesiaʃtique, ou icelle ʃup-poʃée pour la plus grande commodité des parties; ʃi la Com-miʃʃion eʃt expediée, il faut qu'elle ʃoit düement libellée,

RRR iij

fignée du Greffier, & fcellée du fcel de la Cour Ecclefiaftique ; fi la citation fe fait la Commiffion fuppofée, il faut
que l'exploit d'icelle foit femblablement libellé.

Il eft neceffaire que ladite Commiffion ou exploit de citation foient libellez, pour l'inftruction du defendeur cité
& ajourné , afin qu'il connoiffe pourquoy il eft cité ou
ajourné , pour fe tenir prêt de deffendre au iour affigné, conformément au ftyle de ladite Cour , au fufdit titre 2. chap. 5.
& fuiuant l'Ordonnance de l'an 1539. art. 16. & celle de
1564. art. 1.

L'on apelle Commiffion ou exploit libellé , quand par
iceux la nature de l'action & le fujet d'icelle font netement
expliquez ; en telle forte que le defendeur puiffe connoître
le fujet pourquoy il eft apellé.

S'il y a Commiffion expediée düement libellée , comme elle le doit être , il fuffira que par l'exploit de citation
le defendeur foit affigné pour répondre aux fins de ladite
Commiffion.

Si la Commiffion eft fuppofée , il faut que l'exploit con-
tienne le fujet de ladite citation , & pourquoy le defendeur
eft affigné.

Secondement, faut obferuer que tout exploit de citation
ou execution de Mandement de ladite Cour Ecclefiaftique,
doit être fait à la perfonne ou domicile de l'ajourné ou
cité , dont il doit être fait mention par l'exploit, en metant, *perlant à fa perfonne* ; ou fi c'eft au domicile *parlant à* N.

En troifiéme lieu, que tout exploit doit être fait en prefence de deux témoins qui feront nommez par iceluy, fuiuant ledit ftyle audit chap. 2. tit. 8. & l'Ordonnance de l'an
1539. art. 9. & 22. celle de 1564. art. 1.

Et enfin, que le Prêtre, Clerc tonfuré non marié, appa-
riteur, ou autre qui fera la citation, ou executera les Mandemens de la Cour Ecclefiaftique, doit deliurer copie à la partie citée ou affignée, de l'exploit de citation ou affignation,
& du Mandement ou Commiffion, fi aucune y a ; la forme
de ce que deffus poura être ainfi qu'il s'enfuit.

Forme des citations, où il y a Commiſſion expediée.

L'An mil six cent   le iour de
Len vertu de Commiſſion émanée de Monſieur l'Official
ordinaire & Metropolitain, *ou*, Monſieur ſon Vicegerent.
Si la Commiſſion eſt emanée de Monſieur l'Official Primatial,
de Monſieur l'Official Primatial, *ou*, Monſieur ſon Vicegerent de l'Archeuéché de Bourges, en datte du
iour de   ſignée *N*. Greffier, & ſcellée du ſcel de
ladite Cour étant en forme, dont i'ay deliuré copie ; enſemble du preſent exploit, & à la Requête de *N*. dénommé
en ladite Commiſſion : i'ay Prêtre, *ou*, Clerc tonſuré ſous-
ſigné donné aſſignation à *N*. parlant à ſa perſonne, *ou*, en ſon
domicile, parlant à *N*. à ce qu'il ſoit & compare à, *tel iour*
en la ſalle de l'Officialité de Bourges, pardeuant mondit
Sieur l'Official, ou Monſieur ſon Vicegerent, heure de
cauſe, pour répondre aux fins de ladite Commiſſion ; & en
outre proceder ainſi que de raiſon, auec dépens, dommages &
interéts. Fait és preſences de *N. N.* témoins, les iour & an
que deſſus : *& ſignera ledit Preſtre*, ou, *Clerc tonſuré.*

Ce formulaire ſuffira pour toutes les citations où il y a Com-
miſſion expediée, auec les annotations cy-apres.

Si la Commiſſion eſt ſur defaut, l'on metra apres ces mots
du formulaire cy-deſſus : Pardeuant Monſieur l'Official, ou
Monſieur ſon Vicegerent, heure de cauſe : Pour voir ajuger les
profits dudit defaut & contumace, & au principal proceder
ſur la demande dudit demandeur ainſi qu'il appartiendra.

Si c'eſt vne Commiſſion pour aſſigner témoins, faut metre
apres leſdits mots, pour dire & dépoſer bon & loyal témoignage de verité ſur les faits reſultans de la plainte de *N. ſi c'eſt*
en matiere criminelle. Et ſi c'eſt en matiere ciuile, l'on metra, ſur
les faits mis en auant par ledit *N. demandeur,* ou, *defendeur.*

En matiere d'ajournement perſonel, apres ces mots du formu-
laire cy-deſſus, en vertu de Commiſſion, faut ajouter, en forme
de decret d'ajournement perſonel, *& apres ces mots dudit for-*
mulaire, à la Requête, *faut metre,* de Monſieur le Promoteur
de la Cour Eccleſiaſtique de l'Officialité de Bourges ; *s'il*

est seul partie ; & s'il y a partie ciuile, faut metre, à la Requête de *N.* partie ciuile, Monſieur le Promoteur joint : *& apres les mots* à ce qu'il ſoit & compare, *faut metre en* perſonne: *apres le mot,* pour, *faut metre* eſter à droit & être enquis & interrogé ſur les faits reſultans de la plainte, charges, & informations contre luy faites à la Requête dudit ſieur Promoteur, *s'il eſt ſeul partie :* ou dudit *N. s'il y a partie ciuile,* répondre à telles fins & concluſions que ledit ſieur Promoteur, *ou,* partie ciuile voudra contre luy prendre & requerir.

Forme des citations, où la Commiſſion eſt ſuppoſée.

L'An mil ſix cent　　　　　le　　　　　iour de
à la Requête de *N.* i'ay Prêtre, *ou,* Clerc tonſuré, cité & ajourné *N.* parlant à ſa perſonne, *s'il eſt rencontré, ou,* en ſon domicile parlant à *N.* à ce qu'il ſoit & compare à, *tel iour* en la ſalle de l'Officialité de Bourges, heure de cauſe, pardeuant Monſieur l'Official ordinaire de l'Archeuéché dudit Bourges, ou Monſieur ſon Vicegerent : *on ne met pas icy pardeuant Monſieur l'Official Metropolitain ou Primatial ; parce que pardeuant eux, on ne fait point de citations qu'en vertu de Commiſſions düement expediées,* pour répondre ſur ce que dit ledit demandeur, *faut exprimer le fait ou conuention dont procede l'action.* A ces cauſes conclud icelui demandeur, à ce que ledit ajourné ſoit condamné *payer, rendre, ou, faire telle choſe, ſelon ledit fait ou conuention ;* en outre proceder ainſi que de raiſon, auec dépens, dommages & intéréts, fait les iour & an que deſſus, & deliuré copie du preſent exploit és preſences de *N. N.* témoins. *Il n'eſt pas neceſſaire que les témoins ſignent, pourueu qu'ils ſoient nommez.*

Si c'eſt citation en reconnoiſſance de cedule, l'on met apres ce mot, *pour,* reconnoître ſon ſeing & écriture, mis & appoſé à ſa cedule & promeſſe, en datte de　　　　　dont i'ay deliuré copie, & à faute de la vouloir reconnoître, voir dire qu'elle demeurera pour reconnüe, & en ce faiſant ſe voir condamner à *payer, rendre, ou, faire telle choſe,* contenüe en ladite cedule, & pour les cauſes y mentionnées, & en outre, &c.

Si c'eſt vne *citation pour payement de la dixme*, *faut metre apres ce mot*, *pour*, être condamné à payer la dixme de *telle eſpece de bleds*, *grains ou autre choſe*, *ou*, la dixme de vins par luy recueillis, aux moiſſons, *ou*, vendanges dernieres, en *telle piece de terre*, ou, *vigne*, ſize en *tel terroir*, ou, *vignoble*. *Faut ſpecifier la quotité*, *ou*, *la* dixme *de lainage*, ou, *de charnage à raiſon de*   toiſons l'vne, ou, de   aignaux l'vn, en outre, &c.

En cauſe de Mariage, *faut metre apres ce mot*, *pour*, ſe voir condamner à épouſer en face de la ſainte Egliſe, & aux ſolennitez requiſes, ledit demandeur, *ou*, ladite demandereſſe, ſuiuant les promeſſes du Mariage legitimement & valablement contractées entre les parties. *Si les parens ont été preſens aux promeſſes*, *ou qu'il y ayt eu contrat*, *fiançailles ou bans publiez*, *on en fera mention*; en outre, &c.

Si c'eſt en declaration de nullité de Mariage, *on metra*, pour voir dire n'y auoir de Mariage entre les parties pour cauſe de force & violence exercée ſur ledit demandeur, *ou*, ladite demandereſſe, *ou*, pour cauſe d'impuiſſance dudit demandeur, *ou*, de ladite demandereſſe, *ou*, pour autre cauſe canonique qu'il, *ou*, qu'elle déduira, en outre, &c.

Si en adheſion, *on doit metre*, pour ſe voir condamner à adherer auec ledit demandeur ſon mary, comme femme doit faire auec ſon mary, *ou*, auec ladite demandereſſe ſa femme, la receuoir & traiter maritalement comme mary doit faire ſa femme & loyale épouſe, à peine d'excommunication, en outre, &c.

En oppoſition aux bans ou celebration de Mariage, *faut metre*, pour voir receuoir ledit demandeur, *ou*, ladite demandereſſe, oppoſant, *ou*, oppoſante, à la celebration du Mariage d'entre ledit ajourné, *ou*, ladite ajournée & *N*. ſe voir faire defenſes de paſſer outre à la celebration dudit Mariage à peine d'excommunication, ou autres peines & cenſures Eccleſiaſtiques, pour les cauſes & moyens d'oppoſition qu'il, *ou*, qu'elle déduira, en outre, &c.

CALENDRIER DES OFFICIA-
litez, Ordinaire, Metropolitaine & Prima-
tiale de l'Archeuéché de Bourges.

 REMIEREMENT, eſt à obſeruer que les iours
ordinaires du Siege deſdites Cours, ſont les
Mardys & Vendredys de châcune ſepmaine à neuf
heures du matin, à moins que leſdits iours ne
ſoient empêchez de quelques fêtes chomées, ou de deuotion, marquées dans le Calendrier precedent, ou de celles
marquées cy-apres.

EN IANVIER.

Saint Guillaume, le 10.
Saint Sebaſtien, le 20.
Saint Vincent, le 22.
Saint Sulpice, le 29.

EN FEVRIER.

La Chaire ſaint Pierre, le 22.

EN MARS.

Saint Gregoire, Docteur de l'Egliſe, le 12.

EN AVRIL.

Saint Georges, le 22.

EN MAY.

L'Inuention fainte Croix , le 3.
Saint Iean Porte-Latine , le 6.
La Tranflation faint Nicolas , le 9.
Saint Auftregefile , le 20.

EN IVILLET.

La Vifitation nôtre Dame , le 2.

EN AOVST.

Saint Pierre és liens , le 1.
Inuention faint Eftienne , le 3.
La Transfiguration nôtre Seigneur , le 6.
La Reduction de Normandie , le 12.
La vigile de l'Affomption , le 14.
La Decolation faint Iean , le 26.
Saint Auguftin , Docteur de l'Eglife , le 28.

EN SEPTEMBRE.

Exaltation fainte Croix , le 14.
Saint Hierôme , le 29.

EN OCTOBRE.

Saint Denis , le 9.

EN NOVEMBRE.

Le iour de l'entrée du Palais.
La Prefentation de la Vierge , le 21.
Sainte Catherine , le 25.

EN DECEMBRE.

Saint Ambroife, Docteur de l'Eglife, le 7.

PLus eſt à remarquer, que depuis la vigile de Noël juſqu'au premier iour de Mardy, ou Vendredy d'apres les
Roys leſdites Cours vaquent, comme auſſi depuis la Sexage-
fime juſqu'au Vendredy d'apres les Cendres, & depuis le
Dimanche de Pâques fleuryes juſqu'au Mardy d'apres Quafimodo, & encore durant les Rogations & octaue du ſaint
Sacrement.

Que vacations de moiſſons commencent le premier
Mardy, ou Vendredy d'apres la Natiuité de ſaint Iean
Baptiſte, & durent juſqu'au premier Mardy ou Vendredy
d'apres l'Aſſomption nôtre Dame.

Que les vacations de vendanges commencent le premier Mardy, ou Vendredy d'apres la fête de la Natiuité
nôtre Dame, & durent juſqu'au lendemain du Synode de
ſaint Luc, qui eſt le Ieudy ſuiuant ladite fête.

Il y a encore le Bureau Eccleſiaſtique, tant general
qu'ordinaire, qui ſe tient tous les Lundys, heure d'vne heure
de releuée de châcune ſepmaine en la ſalle de l'Officialité :
où ſe jugent ſouuerainement ſans appel, toutes cauſes, tant
d'appel des Bureaux particuliers des ſuffragans, qu'ordinaires, concernans les decimes ordinaires & extraordinaires, circonſtances & dependences d'icelles.

Letres Teſtimoniales en faueur des Pelerins.

N Rector Eccleſiæ parochialis *S. N. talis*, Ciuita-
.tis, *ou*, loci *N.* omnibus Eccleſiarum Paſtori-
bus, cæterifque Chriſti fidelibus, Salutem in Domino. Notum facimus *N.* præſentium latorem, huius

Parochiæ *S. N.* de , *tali loco* , fide & moribus
Chriftianum Catholicum effe , nec vllo Cenfura-
rum Ecclefiafticarum vinculo irretitum, quominûs
Ecclefiæ Sacramentis viuus , & fepulturæ Chriftianæ
mortuus participare poffit. Ipfum autem ad D. Petri
Romæ, *ou*, ad D. Iacobi Compoftellæ, &c. deuotam
peregrinationem fufcipere. Quapropter hunc habebi-
tis pijs mifericordiæ operibus commendatum , quales
decet effe Chriftianos : & bene agetis. Valete in Chrifto. Datum fub Chirographo noftro die
menfis   anno Domini millefimo fex-
centefimo , &c.

Forme des lettres Teftimoniales de la publication des bans.

N Parochus Ecclefiæ *S. N. talis*, Ciuitatis, *ou*, loci,
.dilecto in Chrifto Compresbytero *N.* Recto-
ri Ecclefiæ *S. N.* de *tali loco*, Salutem in Domino.
Notum facimus dilectioni veftræ, nos tria, vt lo-
quuntur, banna, *ou*, tres denuntiationes tribus con-
tinuis diebus Dominicis inter Miffarum folemnia legitimè feciffe : quarum prima , die
fecunda, die   tertia, die   huius, *ou tel*,
menfis habita eft; inter nobilem, *ou*, honeftum virum *N.* huius Parochiæ; & nobilem, *ou*, honeftam
mulierem *N.* veftræ, *ou*, Parochiæ *S. N.* Ex quibus nullum nobis innotuit impedimentum, quomi-
nùs poffint facrofancto Matrimonij vinculo ritè co-
pulari. In cuius rei fidem Chirographum noftrum
his litteris duximus apponendum , die   menfis
        anno Domini millefimo , &c.

Extrait du reglement des salaires & Aumônes, pour les Messes, seruices, & autres fonctions Curiales.

POur la proclamation des trois bans de Mariage sera payé, *dix sols.*

Pour la proclamation des bans de ceux qui desirent être promeus aux Ordres, ne sera rien pris pour le certificat, atendu qu'ils sont destinez pour seruir le public de la Paroisse.

Pour les Fiançailles qui doiuent être faites quelques iours auant la Benediction nuptiale, *huict sols.*

Pour la benediction nuptiale & celebration de la sainte Messe, *quatorze sols.*

Pour châcun congé qui sera deliuré, *vingt sols.*

Pour la sepulture, conuoy & leuement des corps des de-funts, au dessus de sept ans, sera payé au Curé, compris son assistance, *vingt-cinq sols.*

Quant aux Curez de la campagne, si le corps qu'ils vont leuer est dans le Bourg, prendront la susdite somme, *vingt-cinq sols.*

S'ils vont leuer vn corps aux Villages à vne demie lieuë, *trente sols,* à vne lieuë, *trente-cinq sols,* à vne lieuë & de-mie, *quarante sols.*

A châcun Prêtre qui assistera ausdits conuoys, sepultures & leuement des corps, soit des personnes au dessus de huict ans, soit au dessous, *cinq sols.*

Pour les Prêtres qui iront aux Villages hors des Bourgs, enuiron vne lieuë, *dix sols,* vne lieuë & demie ou deux lieuës, *quinze sols.*

Pour la sepulture & conuoy du corps des enfans au des-sous de huict ans, sera payé au Curé, compris son assistan-ce, *seize sols* : Si on le va querir aux Villages vn peu éloignez, *vingt sols.*

Pour châcun Prétre qui sera employé pour faire la se-

monce audit conuoy, pour perfonne de qualité, *trente fols.*
Pour ceux de mediocre condition, *vingt fols.*

Pour le Pfaultier & veilles pendant toute la nuict, pour
châcun Prêtre qui fera employé pour cet effet, *quarante fols.*

Pour le Pfaultier fans veilles, pour châcun Prêtre, *vingt
fols.*

Pour le droit de linceuil, és lieux où telle coûtume eft
legitimement vfitée, fera payé au Curé de l'Eglife où le
defunt fera decedé pour perfonnes de qualité, *trois liures.*
Pour perfonnes de moyenne condition, *quarante fols.* Pour
les enfans au deffous de douze ans, *vingt-cinq fols,* ou au
lieu des fufdites fommes, le linceuil qui fe trouuera dans
l'Eglife fur les corps des defunts fera laiffé, au choix &
option des parens & heritiers des defunts.

Pour perfonnes de baffe condition & non moyennées, tel
droit de linceuil ne poura être prétendu, ny le linceuil
qui fera fur le corps des defunts pris & retenu par le Curé.

Pour vn feruice folemnel à trois grand'Meffes, Diacre
& fous-Diacre, Vigiles à neuf leçons, & Laudes, fera
payé, *trois liures dix fols,* tant au Curé qu'affiftans.

Pour vne grand'Meffe, *vingt fols.*

Pour vne baffe Meffe, *huict fols.*

Pour vne grand'Meffe des Trépaffez, à Diacre & fous-
Diacre, fera payé, *vingt-cinq fols,* tant pour le Curé que
pour les affiftans, s'il y a Vigiles à trois Leçons, auec
Laudes, *trente fols.*

Pour la publication des Monitoires & de l'Agraue, pour
chacune fois qu'elles feront publiées, *quatre fols.*

Pour la publication des Memoires auec certificat, *trois fols.*

Pour la folennité d'vne Fête de Confrairie, fçauoir pour
Vêpres de la veille & du iour, pour Matines du iour de la
Fête, pour la grand'Meffe & le Salut, pour le Curé, *trente
fols,* & pour châque Prêtre affiftant, *dix fols.*

Pour vn Salut, *quatre fols* pour le Curé, pour les Prêtres,
deux fols.

Pour vn Libera chanté fur la foffe, *vn fol.*

Ordre & façon d'écrire l'état des Ames.

CEt état regarde particulierement la Confeſſion annuelle, & la Communion de Pâques. Nous voulons donc que les Curez ayent vn regiſtre à part, dans lequel ils écriront ceux qui ſe feront confeſſez & communiez à Pâques ; ce qui ſeruira encore pour leur faire connoître leurs Paroiſſiens, & ceux qu'ils ont ſous leur conduite & ſous leur charge.

Et en ce regiſtre ils diſtingueront châque famille, laiſſans vn peu d'interuale entre celle qui ſera au deſſus, & celle qui ſera au deſſous ; où ils écriront le nom, ſurnom & l'âge d'vn châcun, tant de ceux qui ſeront de la famille, que de ceux qui y ſeront avenus.

On notera ceux qui ſe feront confeſſez à Pâques, de cete letre **P**.

Ceux qui auront reçu la Communion, on les marquera à la marge vis à vis de leur nom, de ce ſigne **C**.

Ceux qui ſeront confirmez, on les marquera auſſi à la marge de ces trois lettres **Chr**.

On rayera le nom de ceux qui ſeront allez demeurer ailleurs. Voicy comme il s'en faut ſeruir.

L'An mil ſix cent, &c. le iour du mois de *Chr*. Paul N. fils de N. âgé de &c. & *Chr*. Catherine ſa femme fille de N. âgée de &c. auec *C*. Pierre leur fils, de l'âge de &c. & Ieanne leur fille, de l'âge de &c. demeurent en, *telle* place, bourg, *ou*, village de cete Paroiſſe, & ſont logez chez eux, *ou*, tiennent la maiſon où ils ſont, de loüage, d'vn *tel* ; ont ledit Paul & Catherine pour ſeruiteur & ſeruante, *C. Chr*. Antoine N. fils de &c. âgé de &c. & *C*. Marguerite N. fille de &c. âgée de &c.

FIN.